| 阿特伍德作品 |

猫　眼

北京上河卓远文化传播有限公司　出品

猫 眼

Cat's Eye

[加] 玛格丽特·阿特伍德

杨昊成 译

河南大学出版社
HENAN UNIVERSITY PRESS

图书在版编目（CIP）数据

猫眼 / (加) 玛格丽特 · 阿特伍德著；杨昊成译.
—郑州：河南大学出版社，2020.10
ISBN 978-7-5649-3466-8

Ⅰ. ①猫… Ⅱ. ①玛… ②杨… Ⅲ. ①长篇小说—加拿大—现代 Ⅳ. ①I711.45

中国版本图书馆 CIP 数据核字（2018）第 204881 号

猫眼

著　　者　[加] 玛格丽特 · 阿特伍德
译　　者　杨昊成
责任编辑　蒋海涛　张　珊
责任校对　杨全强
封面设计　鲁明静

出　版　河南大学出版社
地址：郑州市郑东新区商务外环中华大厦2401号　邮编：450046
电话：0371-86059701（营销部）　网址：http://hupress.henu.edu.cn
制　作　北京大观世纪文化传媒有限公司
印　刷　河南瑞之光印刷股份有限公司
版　次　2020年10月第1版　　印　次　2020年10月第1次印刷
开　本　889mm × 1194mm　1/32　　印　张　19.375
字　数　351千字　　定　价　68.00元

译序

《猫眼》究竟是怎样一部书？说实在的，直到译完全书，我依然觉得这是一个不易回答的问题。故事情节最简单不过了：女主人公画家伊莱恩·瑞斯利回到她度过童年及青春的多伦多举办个人作品回顾展，故地重游，触景生情，最终怅然离去。成长的欢乐和烦恼谁都经历过。起初，我颇觉得有趣，更时常感受着亲切，因为我在译的同时也被带入对自己儿时的回忆；孤灯下那会心的笑是甜蜜的，可以抚慰长大后遭受的一切创伤。然而渐渐地，我被一种阴沉郁闷的气氛所笼罩。伊莱恩与其家人尤其是她的哥哥斯蒂温在一起生活玩耍时那种不掺半点杂质的幸福与欢乐慢慢消失了，取而代之的是三个女孩的闯入：卡罗尔、格雷斯和科迪莉亚。伊莱恩从此完全被吸入一种欲罢不能、欲罢又恋的迷雾一样的情结，这情结像幽灵般纠缠着她，潜入她的血脉，时刻左右着她思想及情感的航船。这其中最挥之不去、不召即来的人物就是科迪莉亚。

伊莱恩和科迪莉亚之间这种剪不断理还乱的关系在我看来几乎是不可思议的。回顾展开幕式上伊莱恩对科迪莉亚的企盼究竟出于一种什么样的心理？细想起来，这两个人物之间大约有三件值得注意的事情：

科迪莉亚上小学时曾经在她家后院的地上挖了一个洞，目的是什么？她后来说是“想在里边放张椅子，到那底下去坐坐”，找个完全属于自己的地方，以免任何人烦她。但洞挖好之后，她却让伊莱恩先坐到了下面并开始一点点地将洞口封起。如不是被及时发现，伊莱恩就被活埋了！但也就是在洞口封起、黑暗弥合的一刹那，伊莱恩初次尝到了死亡的滋味。

第二件事情发生在四个女孩一次放学回家的路上。在此前后，伊莱恩一直遭到另外三个女孩的排斥，她们随时都能从她的身上挑出这样或那样的毛病，不失时机地教训甚至侮辱她，而每次冲在最前面的都是科迪莉亚。终于就有这么一天，科迪莉亚在认为伊莱恩嘲笑了她之后，将伊莱恩的帽子从桥上扔到了下面的小溪中并让伊莱恩下去将帽子捡回。时值严冬，冰天雪地，又是黄昏，茫茫野郊不见一人。伊莱恩为了捡回自己的帽子身陷冰河，正当她孤苦无援眼看就要冻死沟壑之时，她忽然看到一个身披黑色披风、一颗红心跳动在体外的女人从桥的上方向她缓缓走来。她对伊莱恩说：“不会有事的。回家吧。”伊莱恩相信，她看到的这个女人就是收容世上一切无家可归者的圣母马利亚。

之后不久，伊莱恩的性格渐渐发生变化，而她的母亲关于做人要挺起“脊梁”的一番话，更使她由原来的设法讨好同伴一变成为充满自信的独来独往。从此，伊莱恩告别了苦涩的童年，开始了她别样的新生活。也正是从这时开始，科迪莉亚每况愈下，急剧向着与伊莱恩相反的方向坠落，由开始的考试不及格，到闲在家中当行尸走肉，最后终于被家人悄悄地送入精神病院。伊莱恩和她的最后一次见面便是在这里。

这三件事情可以解释伊莱恩的“科迪莉亚情结”吗？我觉得是牵强的。毕竟，前两件事情都发生在人物的童年时代。很少有人会对儿时的遭遇耿耿于怀。但也很难说，人性是复杂的，潜意识中的思想和情感就更难理喻，女性千回百折的内心世界则常常令男人感叹自己想象力的贫乏。伊莱恩对少女时代曾经无数次伤害过自己的科迪莉亚的最终结局是怀抱了同情的，但这同情中分明有着“窃喜”的成分。她甚至幻想科迪莉亚有个更悲惨的结局。小说开头就写到伊莱恩恍惚中见到科迪莉亚成了一个街头流浪女：“她穿一件破外套，戴一顶如茶杯保暖套一样的针织帽，坐在一块路沿石上，身边两只塑料袋，里边装着她全部的家当，在那里喃喃自语……她站起身，拖着两只肿胀的脚蹒跚而去，一边又转过头来瞥上一眼，破旧的袜子透过胶鞋上的破洞露在外面。”

伊莱恩“从中获得了几分满足”，而且，“她的情况愈糟，我得到的满足就愈多。”

即便是同情，我也怀疑是否出于至诚。小说结尾时伊莱恩又在幻想，她在当年那座桥上幻想科迪莉亚被抛弃，随即又想象科迪莉亚“就要冻死……再不救她几乎就来不及了”。谁来救她呢？伊莱恩“伸出双臂，俯下身”，并且说：“现在你可以回家去了。”这不就是当年救她出绝境的圣母马利亚嘛！如今她将自己想象成圣母。她虽然没有说她就是圣母，但她确实说了这样的话：“如今我是长者，我是强者。”她在居高临下地施舍她的同情。居高临下地施舍同情大约可以给人以异样的满足吧。

回顾展开幕式上对一切都视而不见，连虚荣的满足也没有；人头攒动、人声鼎沸中偏在痴心地守望着自己少女时代的朋友（何况还不是真正意义上的朋友），这近乎离奇了。唯一说得通的理由也许是暗藏在伊莱恩潜意识中的一种报复心理：让从前的对手看到自己今日的成功。虽然伊莱恩在回西海岸的飞机上似乎一下打开了郁闷的心胸，想象着“两个老太太，就着一杯茶，开心地咯咯大笑”，但这一份豁然明朗也实在是来得太突兀了！

和这一层关系相比，伊莱恩与书中其他人物的关系就简单多了，并且都属于正常范围。

她爱自己的父母，尽管与他们之间也存在着代沟。她尤其爱她的哥哥斯蒂温并始终引以为骄傲。是斯蒂温带着她度过了浪漫的、无忧无虑的童年，也是斯蒂温给她树立了一个睿智、好奇、寡言、不修边幅、天马行空、浪迹天涯的男人形象。甚至连斯蒂温的死也被伊莱恩诗化了。斯蒂温在赴法兰克福做关于宇宙理论的科学报告的途中遭遇劫机，被暴徒推下飞机身亡。伊莱恩事后前往出事地点处理善后事宜。她是痛苦的。为了缓解这痛苦，也为了难以忘却的纪念，她将哥哥永远定格在她回顾展的一幅作品中：“一名男子正从天空坠落。说他坠落而不是飞翔是因为从他的姿态可以看得很清楚，他几乎是头朝下脚朝天，伴着几朵云斜向坠落；然而，他显得很平静。他身着二战时加拿大皇家空军的制服。他没有降落伞。在他的一只手中是一柄儿童的木剑。”

这就是妹妹眼中的哥哥。斯蒂温要是能看到这幅题为《一只翅膀》的画，大约也可以安息了。

然后就是伊莱恩与三个男人的关系了。

约瑟夫是伊莱恩在“人体素描班”上的老师。这是一个“没有祖国”的不幸男人，二战期间侥幸逃出欧洲来到加拿大。他的苦难、沧桑、忧郁、不可捉摸在情窦初开的伊莱恩眼中成为一种迷人的魅力，使她毅然投入他的怀抱并为自己早些时候与嘴上无毛、乳臭未干的男孩厮混而感到羞惭。但约瑟夫骨子里是个很自私的人。他有自己的抱负，想离开平庸的多伦多前往充满机遇和生机的美国从事电影业。他不肯结婚。他没有勇气拒绝另一个女孩苏茜的纠缠，而在苏茜怀孕流产后又不愿承担责任。伊莱恩渐渐看穿了他的真面目，而就在伊莱恩开始有意回避他之后，约瑟夫反倒像条可怜虫似的乞求对方的爱情甚至同情。伊莱恩最看不得男人的乞丐相。她没有任何依恋地一脚将这条可怜虫踢到了美国。

第二个男人是乔。实际上，伊莱恩与乔的关系早在她与约瑟夫关系未了之时就开始了。这并不能怪伊莱恩，这种“三角”关系并非源于伊莱恩的放荡。约瑟夫给她的时间是每周固定的几天，其余的要么属于苏茜，要么属于他自己。伊莱恩开始也许还没有多少异样的感觉，认为艺术家大概就是如此放浪形骸。她努力调整自己的情感及生活以尽可能地适应和满足约瑟夫的要求。但久而久之，这种扭曲的男女关系终究因为其荒谬而让伊莱恩品尝到难言的苦涩。正是在这个时候，乔闯进了她的生活。

这是个司空见惯的老模式。人的情感在出现危机或真空时是最脆弱的，仿佛一个失去抵抗力或者抵抗力很弱的躯体，可以不攻自破。乔是伊莱恩原先那个“人体素描班”上的同学，但也仅仅是同学而已，彼此并没有任何深入的接触。但他出现得很是时候。当伊莱恩离开干了一天活的咖啡店和他一道外出喝啤酒时，我们已经意识到可能发生的事。而当她喝了过多的生啤后来到外面夏夜那炎热的大街上而又

“不想独自一人回家”时，连我们也几乎知道该怎么办了。

> “你一人回去能行吗？”乔问。我一言不发。“来，我送你。”他说。他把一只手搭在我的肩上，我闻到沥青和室外灰尘以及他那被太阳晒过的皮肤的味道，我开始哭了。

伊莱恩不久摆脱约瑟夫，忠贞不贰地和她这位画家同学同居。伊莱恩是真心的，她开始操持乔的杂乱无章的艺术家生活。也许是画家天生崇尚放荡不羁的自由生活，乔开始根本没打算要和伊莱恩一起过一种安定的、有规律的家庭生活。他吃伊莱恩为他准备的饭菜，喝伊莱恩为他冲好的咖啡，穿伊莱恩为他洗得干干净净、叠得整整齐齐的衣服；他和伊莱恩上床。但仅止于此。他的住地像个难民收容所，形形色色的青年男女时刻在他的狗窝进出、留宿。除了和伊莱恩在一起的夜晚，他的行踪和活动无任何规律。他拒绝受任何人的管制、约束。他认为谁也不是谁的财产，即使在性的问题上，他也是彻底的自由主义。但就在这期间伊莱恩怀孕了。“这可不是闹着玩的。”萨拉的出世使他俩的关系由同居变为正式的夫妻。

乔很爱自己的女儿，但他不是个称职的父亲，更不是个称职的丈夫。他以艺术家自居，不对家庭的日常生活承担责任和义务。他不认为女人是搞艺术的料，骨子里根本没把自己的画家妻子放在眼里。他希望伊莱恩让步，放弃她的事业，一心相夫教女，同时崇拜他，做他的较有品位的陪衬。“他希望的不只是我有条件的投降，而是对他本人及其思想的崇拜与热情，得不到时，他感觉受了欺骗。”裂痕就这样产生了，并逐渐发展到无法收拾的地步。要强如伊莱恩，最终的选择是带着女儿离开多伦多，只身到西部独闯生活与事业之路。

伊莱恩的第三个男人完全是生活型的。他吃过苦，生活能力很强。早年做房地产生意赚了钱，后来买下一家旅行社，专跑墨西哥。他长伊莱恩十岁，离过婚，有一个已经成人的儿子。他不懂艺术，“做自己喜爱的事，同时赚到钱，这是他一生的理想。”但他也颇有生活情趣，“喜欢摄影，喜欢在阳光底下坐坐，”还“很明智，隔一段时间会因公出一次差，倒给了我想念他的机会”。因此，伊莱恩认为他就像“一番持续时间很久的、贪婪的狂饮作乐后吃到的一只苹果”，带给她的是一种简单的、爽口的、不带一点荤腥的、甘美的口味。这个男人就是伊莱恩的第二任丈夫本。

在为数不多的次要人物中，有一个人颇值得注意，这就是以各种不同姿态出现在伊莱恩作品中，遭到伊莱恩无情嘲弄挖苦的史密斯夫人。史密斯夫人乡气，古怪，假虔诚，身心俱病，伊莱恩第一次见她时就没有好感，这种厌恶与日俱增，终于使她按捺不住地将这挥之不去的激烈情感毫不宽容地表现在自己的画面上。回顾展上，表现史密斯夫人各种丑相的作品占了很大一部分。

另一个引起伊莱恩恶感的人物是她的小学老师兰姆莉小姐。这是刻板、严酷、保守、虚伪同时又可怜的小学教师的典型。

与这两个人物相对的是另外三个次要角色：邻居费恩斯坦恩夫人、小学美术老师斯图亚特小姐以及她父亲的研究生印度人班纳杰先生。伊莱恩和他们的接触是短暂的、偶然的，她只是他们人生中偶然的插曲；他们对她的友爱也是“随意的，不占多少分量的；我敢肯定他们付出后再也没有多想，或者根本就没有意识到那份友爱的意义”。但小女孩往往是凭直觉评判一个人的好坏。伊莱恩觉得他们善良，宽宏，有同情心，乐于助人，她于是决定报答他们，报答的方式便是“把他们变成不朽的荣耀，永生在我的颜料中”。她把这三个人称为“三个缪斯”并以此命名自己的作品。

纵观全书，表现的其实就是女主人公伊莱恩分别与家人、少女时代的三个女伴、三个男人以及几个次要人物之间的关系。其中贯穿始终的一个角色就是科迪莉亚。这究竟是个什么样的人物？伊莱恩对她是爱？是恨？是同情？是内疚？其实，科迪莉亚中学毕业后就从伊莱恩的生活中逐渐消失了，但伊莱恩何以在几十年之后偏偏对她梦牵魂绕呢？人们往往对自己最爱或最恨的人难以忘怀，而科迪莉亚哪个都够不上。她不是伊莱恩最好的朋友，尽管她自己认为是。她也不是对伊莱恩的生活或思想产生过多么重大影响的人，两人之间所有的恩恩怨怨都属正常；我们只需稍稍回顾自己的成长历程，就会发现这样的恩恩怨怨几乎人人都经历过。有什么稀奇的呢？看她们之间发生的一切，我们的感觉不是震惊，而是亲切，所以伊莱恩到头来对科迪莉亚的那份牵肠挂肚反倒让我们觉得震惊了。我们最后一次看到科迪莉亚是在那家精神病院，再后来怎么样作者没有交代。按正常的推理，她多半是潦倒了。这是一个谜。伊莱恩的情思更是一个谜。

《猫眼》由十五章七十五节组成，这十五章我们到后面才发现其实就是伊莱恩创作的十五幅作品的题目。它们反映了伊莱恩成长过程中不同时期的实际生活或心路历程。但小说的结构颇为别致，它基本由两大层面——现实与回忆——组成。两个层面互相重叠，在一种浓重的、云雾一般的情感流中交替发展，亦真亦幻。伊莱恩回多伦多为的是参加自己的作品回顾展，这是一件非常具体、实在的事情。但小说自始至终把这一现实的生活内容悬置在适当的高度，即使叙述作品的内容，也都把重点放在生成这些作品的情感背景上。伊莱恩一直走在现实与回忆相交的边缘，时刻趋近于跌入梦幻的深渊。她似乎颇乐意这样行走。伊莱恩是怀旧的。她摆脱不了自己在生活中走过的每一步。是喜是悲，是苦涩是明媚，一切发生在昨日的事，件件在她敏感的心灵上刻下了烙印。书名《猫眼》也是十五章中的一章。猫眼是一种很漂亮的弹子，书中那枚蓝色猫眼是伊莱恩上小学时玩的众多弹子中她最喜爱的一枚，她一直将其珍藏在母亲那只专门存放古旧物件的扁行李箱中。母亲晚年让她帮着整理这只扁行李箱，她在时隔多少年之后又见到这颗蓝色的猫眼，“我往这弹子里看，看到了我生活的全部。”如此钟情于旧痕，如此羁留于纠结的情思，倒是不多见于先锋派艺术家的。这或者又是一个谜。

《猫眼》不以深刻的思想取胜，也不以曲折离奇或布置精巧的故事情节见长。它表现的是生活的庸常。它是叙述的，而且是唠唠叨叨的叙述。这种唠叨的叙述又笼罩在一种涩冷的、梦幻般的气氛中，让人感觉到痴人说梦般的沉醉。小说的语言极其生活化，极富色彩，很好地承载了这样的叙述。它又是细腻的，细致入微的，柔性的，是典型的女性文学的语言，也是作者较一贯的文字风格。

玛格丽特·阿特伍德，1939 年生于加拿大首都渥太华，早年大部分时间在安大略和魁北克省北部以及多伦多等地度过。1961 年毕业于多伦多大学维多利亚学院，1962 年获剑桥大学拉德克利夫学院文科硕士学位；1962—1963 年、

1965—1967 年两次就读于美国哈佛大学；写作生涯的早期曾执教于温哥华不列颠哥伦比亚大学、蒙特利尔乔治·威廉姆斯爵士大学、埃德蒙顿阿尔伯特大学和多伦多约克大学；曾先后在多伦多大学、澳大利亚麦奎利亚大学和美国得克萨斯三一大学任驻校作家；1985 年和 1986 年分别被美国亚拉巴马大学和纽约大学聘为名誉教授；1981—1982 年任加拿大作家联合会主席，1984—1986 年任加拿大笔会中心主席。

阿特伍德一生广游天下，曾先后在英国、澳大利亚、美国、德国、法国和意大利等地学习、生活和工作过。至今已发表作品二十余部，其中主要为诗歌和小说，也有少量的评论、儿童读物和电视及广播剧本。1969 年发表第一部长篇小说《秀色可餐》，之后，《浮现》(1972)、《奥拉克尔夫人》(1976)、《有男人以前的生活》(1979)、《肉体伤害》(1981)、《使女的故事》(1985)、《猫眼》(1988)、《强盗新娘》(1993)、《别名格雷斯》(1996) 和《盲刺客》(2000) 先后问世。其中《使女的故事》为阿特伍德赢得了广泛的国际声誉，而《猫眼》则被许多评论家公认为是阿特伍德最优秀的小说之一。阿特伍德至今获得的各种奖项和荣誉不计其数，其中包括加拿大总督奖（1981)、古根海姆研究基金奖（1981)、《洛杉矶时报》小说奖（1986)、联邦文学奖（1987、1994)、布克奖（1987、1989、2000)、哈佛大学百年勋章（1990)、法国文学艺术骑士勋章（1994)、纽约全国艺术俱乐部荣誉勋章（1997）等。阿特伍德已获得世界各地十多所大学授予的名誉学位，并于 1988 年当选美国艺术与科学学院外籍名誉院士，其作品至今已被译成三十多种文字，是当今加拿大最重要的小说家和诗人之一。

杨昊成

2001 年 12 月于南京师范大学

本书中提到的绘画和其他现代艺术作品并不存在。然而，它们却受到视觉艺术家乔伊斯·维兰德、杰克·钱伯斯、查尔斯·帕契特、埃里卡·希伦、盖尔·杰尔特纳、丹尼斯·伯顿、路易斯·德·涅弗维尔、希瑟·库珀、威廉·库列克、格雷格·科诺的影响，其中还包括波普超现实主义陶瓷艺术家勒诺·M. 阿特伍德以及原先那家老的艾萨克斯美术馆所藏作品的影响。

本书所涉及的有关物理学和宇宙学的一点皮毛则受益于保罗·戴维斯、卡尔·萨根、约翰·格列宾和斯蒂温·W. 霍金论述这两项专题的迷人的著作，也得益于我的侄子大卫·阿特伍德有关“弦”的充满启迪的高见。

格雷姆·吉布森通读了这本小说，为此我向他表示深深的谢意。我还要感谢我的代理菲比·拉莫尔，我在英国的代理维维尼·舒斯特和瓦奈萨·霍尔特，我的编辑和出版商南·泰尔斯、南希·伊文思、埃伦·塞利格曼、艾德丽安·克拉克森、艾维·贝内特、莉兹·考尔德和安娜·波特，我的不知疲倦的助手梅勒妮·杜甘。除以上几位之外，对董亚·潘诺夫、迈克尔·布拉德利、艾丽森·帕克、加里·福斯特、卡西·吉尔、凯西·米尼洛夫、范妮·锡尔伯曼、詹姆斯·波尔克、科林·昆因、罗琦·阿贝拉、C. M. 桑德斯、吉恩·戈德堡、约翰·盖拉格赫尔和多萝西·古尔本，我也在此一并表示感谢。

作者

当图坎纳斯人将她的头砍下后，老妇人用双手捧起自己的血，然后对着太阳吹去。

“我的灵魂也进入你了！”她大声喊道。

从那时起，任何一个杀戮的人，无论其愿意不愿意、知晓不知晓，其受害者的灵魂都将进入他的身体。

——埃鸠阿多·加里诺（《火的记忆：创世记》）

我们所记得的为什么是过去，而不是未来？

——斯蒂温·W. 霍金（《时间简史》）

目录

第一章　铁肺

1

时间不是一条直线而是一个维，就像空间之维一样。假如空间可以弯曲，时间也就可以弯曲；假如你有足够的知识，假如你的速度比光还快，你就可以随着时间往回走，并同时存在于两个地方。

这话是我的哥哥斯蒂温跟我说的。那时他正用功，穿的是一件已经绽线的紫红色套头衫。他还花不少时间在练倒立，那样血液倒流可以给大脑补充营养。我那时还不明白他那些话是什么意思，不过也许是他没有解释得很清楚吧。他已经慢慢开始不太说话，因为话语无法确切表达他的意思。

可是从那以后我就开始认为时间是有形的，看得见，仿佛一串液态的透明体，一个堆一个。我们并非顺着时间回顾往昔，而是像低头看水那样直透下去。有时这个浮出水面，有时那个浮出水面，有时什么也不见。没有一件事情是往而不返的。

2

“斯蒂温说时间不是一条直线。”我说。科迪莉亚翻了翻眼，我就知道她会翻眼睛。

“又怎么样呢？”她说。这一回答让我们俩都很开心，它显得时间的性质并非什么大不了的事，也灭了斯蒂温的威风——他管我们叫“小孩儿”，好像他自己不是小孩儿似的。

科迪莉亚和我乘坐有轨电车上闹市区去，冬天里逢星期六我们就爱这么做。电车里又闷又热，散发出人们吸进又呼出的气息以及羊毛的味道。科迪莉亚漠然地坐着，时不时用肘碰我一下，一双灰绿色的眼睛木然地凝视着他人，朦胧闪烁，如金属一般。她跟人对视，谁都不是她的对手，我的水平和她颇为接近。我们一路向前，我们光芒四射，我们十三岁啦！

我们穿着长长的羊毛外套，系着腰带，领子往上翻好让自己看上去像那些电影明星，高统的橡胶套鞋则是由上往下翻，里边脚上套的是男人的工作短袜。口袋里塞着妈妈让我们披的头巾，不过只要一出她们的视线，我们就立即将头巾扯了下来。我们才不理会头巾这类东西呢。我们的嘴巴不饶人，它们红红的，如彩笔画过一般，又如指甲一样晶亮有光泽。我们认为我们是朋友。

电车上总是有些老太太，或者说我们眼中她们是老太太。这些人各种各样，有的穿戴体面，身着裁剪合身的海力斯粗花呢外套，配一副手套，整洁的帽子严肃地戴在头上，帽子一边斜插着几支小小的羽毛，显得轻松而活泼。有的要穷一些，看上去像外地人，头上肩上裹着暗色调的纱巾。还有的长得鼓鼓囊囊，又肥又短，嘴巴紧闭，一副自以为是的神气，手臂上像花彩般挂满了购物袋；看到这些我们就联想起削价品，联想起地下商场里那些廉价的可以讨价还价的东西。科迪莉亚一眼就能分辨出什么是便宜布料。“华达呢，”她说，“蹩脚货。”

然后就是那些不甘心的人，还在那里想方设法搞娇艳夺目的效果。这样的人不是很多，但显得很突出。她们穿鲜红色或紫色的套装，戴晃来荡去的耳环，头上的帽子看上去则像舞台上用的道具。裙子的下端露出衬裙，衬裙的颜色不同一般，有挑逗性。白色之外的任何颜色都让人想入非非。她们将头发染成浅黄色或婴儿蓝，甚至染成无光泽的旧毛皮外套那种黑色，这与她们细薄的皮肤相对照显得尤为触目惊心。她们的嘴巴周围一圈画得太大，口红涂得脏兮兮的，眼圈画得参差不齐走了形。这些人最容易自言自语。其中就有一位唱歌一般一遍又一遍地重复着说：“羊肉，羊肉。”还有一位一边用雨伞捅我们的腿，一边说："没穿东西嘛！"

我们最喜欢的就是这类人。她们身上具有某种欢乐，有一种创造的力量。她们不在乎别人怎么看。她们逃脱了，尽管我们并不清楚她们究竟从什么东西中逃脱了出来。我们觉得，她们的奇装异服，她们的口头禅都是有选择的，只要时候一到，我们也会像她们一样有选择的自由。

"我以后就要这样，"科迪莉亚说，"不过我还要养一只汪汪直叫的狮毛狗，它可以把小孩儿从我的草坪上赶跑。我还要弄一根牧羊棍。"

"我要弄条蜥蜴当宠物养，"我说，"而且只穿樱桃色。""樱桃色"这个词我最近才学到。

今天我在想，假如她们看不到自己那个样子会是怎样的情形呢？也许情况就这么简单：眼睛问题。现在我自己就碰到这样的麻烦：离镜子太近，影像模糊，离它太远又看不清细部。谁知道我在画什么脸？谁知道我在自己身上搞什么样的现代艺术？即使距离调好了，我自身还会变。我处在变迁之中；有些日子我看上去只有三十五岁，却已是灯残油尽；有些日子看上去已经五十，倒反而生意盎然。这多半取决于光，取决于你如何眯眼凝视。

我上粉红色的餐馆吃饭，这对皮肤比较有好处。上黄颜色的餐馆你的皮肤也变黄。我还真花时间思考过这个问题。

虚荣心越来越变成一种累赘，我因此明白女人为什么最终还是放弃了它。不过我现在还没有准备要放弃虚荣。

近来我发觉自己会大声地哼哼什么，或者微张着嘴巴走在街上，稍稍淌着口水。只是稍稍淌着，可是由小可以见大；墙上本是一条缝，往后又会裂成什么样子呢？一眼望去，以后会是怎样显眼的怪癖和疯狂呢？

我永远不会把这告诉任何一个人，除了科迪莉亚。可是哪个科迪莉亚？是那个浮现在我眼前的、套鞋的上部往下翻、领子往上翻的科迪莉亚？还是再往前的那个？往后的那个？无论是谁，绝不只有一种面目。

万一我再次遇见科迪莉亚，关于自己我会跟她说些什么？真相？还是什么能让我看上去像样就说什么？

很可能是后者。我依然有那种需要。

许久不见她了。没有指望要见到她。但是既然又回到了这里，每走过一条街，拐角或是进门，我几乎都能瞥见她的身影。不消说，这些断片碎影——一个肩膀，米色的驼毛绒衣，脸的一个侧面，腿肚子——确实是女人的，然而等到把人看全了，又不是科迪莉亚。

我不知道她如今是什么样子了。胖了吗？乳房下垂了吗？嘴角是否已开始出现小灰毛？可能性不大，因为只要灰毛一出现，她就会将它们拔掉。她会戴那种架子很时髦的眼镜吗？她会给眼皮做整容吗？会拉皮吗？染发吗？所有这一切都是可能的：我们俩都已到了那个临界年龄；这是一段缓冲地，我们依然可以相信这些花样在此间还是起作用的，只要我们避免阳光的强烈照射。

我想象科迪莉亚在那儿认真察看自己眼睛底下的眼袋，那皮肤，凑近一瞧又松又皱，和肘部的皮肤没有两样。她叹气，用时髦的乳霜轻轻地拍打。科迪莉亚知道该用哪种乳霜。她仔细打量自己的手，手已开始微微地皱缩，微微地弯曲，和我的一样。节节疤疤已经出现了，嘴部肌肉一副萎缩的样子；从地铁深色的窗玻璃上可以分辨出朝下巴奔去的一道道垂肉的轮廓线。别人还没有注意到这些变化，除非他们仔细察看，然而科迪莉亚与我却都有仔细察看的习惯。

她丢下浴巾，浴巾是绿颜色，一种与她的眼睛相匹配的柔和的海绿色。她转过头去，从镜子里看到自己腰部以上那一层层如狗脖子一般的皮，那垂肉一样往下挂的屁股，转过身来，看到的则是那羊齿般的干枯的阴毛。我想象她穿一件汗衫，也一样是海绿色，在某家健身房锻炼，汗出得像头猪。我知道她对这，对所有这一切会说些什么。那时我们发现了她姐姐用来除腿毛的热蜡（凝结在一个小罐里，沾满了除下的腿毛），曾经那样咯咯咯地傻笑，既开心又充满了厌恶。她对身体方面稀奇古怪的事一直充满了兴趣。

我想象和她意外相遇的情形。也许她穿一件破外套，戴一顶如茶杯保暖套一样的针织帽，坐在一块路沿石上，身边两只塑料袋，里边装着她全部的家当，在那里喃喃自语。“科迪莉亚！你不认识我了吗？”我说。她认识，可是装作不认识。她站起身，拖着两只肿胀的脚蹒跚而去，一边又转过头来瞥上一眼，破旧的袜子透过胶鞋上的破洞露在外面。

我从中获得了几分满足，她的情况愈糟，我得到的满足就愈多。我站到窗户边或阳台上去看，那样可以看得更清楚：我看到有个人在我身底下的人行道上一路追赶着科迪莉亚，追上了，猛击她的肋骨——那人的脸我说不清楚——把她摔到了地上。不过我不能再往下想了。

最好还是换个镜头来想象她输氧用的氧幕。科迪莉亚昏迷了。我被叫到了她的病床边。叫得太迟了。有花，闻着恶心，插在花瓶里已经凋谢了。有管子，有的插进手臂，有的插在鼻孔里。奄奄一息之声。我抓住她的一只手。她的脸浮肿，苍白，像一块没有烘烤的饼干，闭着的双眼下可见发黄的眼圈。她的眼皮一动不动，只是手指微微地抽了一下——或者只是我的想象？我坐在那里想，是否要将那些管子从她的手臂里拔出来？将插头从墙上拔下来？大脑活动已经停止了，医生说。我在哭吗？会是什么人叫我来的呢？

还有比氧幕更好的呢：铁肺[1]。我从未见过铁肺，不过

[1]　一种人工呼吸器。

报纸上登过儿童用铁肺的照片，那还是早在人们患小儿麻痹症的时代。那些照片——铁肺呈圆筒形，犹如一段用金属卷成的巨形香肠，其中一端伸出一个头，总是女孩儿的头，头发散落在枕头上，眼睛大大的，似夜间活动的动物的眼——我为之着迷的程度胜过对别的故事，比如孩子们出去到薄冰上玩耍掉下去淹死，或是儿童在铁路上玩耍让火车轧断了胳膊腿。不知怎么回事也不知是在哪里你就可能患上小儿麻痹症，结果是糊里糊涂就把你拖进了铁肺。也许是你吸进了什么或吃了什么，也许是你接触过的别人碰过的脏钱染上了什么。你永远搞不清楚。

大人们用铁肺来吓唬我们，作为我们想做某事而不能做的理由。夏天不许去公共游泳池，不许到人群中去。“你想以后一生都待在铁肺里吗？”他们会这样说。问得真傻，不过对我来说，那样的生活虽然半死不活带着遗憾，竟暗藏着几分神秘的诱惑。

科迪莉亚这时就躺在铁肺里，他们在帮助她呼吸，仿佛一架被人拉着的手风琴。一阵呼哧呼哧的机械声从她周身传出。她完全苏醒了，只是不能动不能说话。我走进了房间，又动又说。我们的目光相遇了。

科迪莉亚肯定住在某个地方。她可能就在离我一英里的范围内，可能就在邻近的一个街区。但是我始终不知道与她意外相逢时我会怎么样，比方在地铁里，她就坐在我对面，或是在站台上等车，正看着广告。我们可能肩挨着肩站在一起，看一张红红的大嘴正张开来咬一块巧克力，我这时就转过身来对她说："科迪莉亚，是我！是伊莱恩啊！"她会转过身来夸张地尖叫一声吗？她会不理我吗？

或者是我不理她——只要可能的话？或者是我一言不发地走到她跟前，展开双臂拥抱她？还是抓住她的双肩，不住地摇啊摇？

我似乎已经走了好几个小时了，沿着山路往下走，走向闹市区。有轨电车已不再往闹市区开。已是傍晚时分，天空如灰蒙蒙的水彩画，似湿尘。这座城市一到秋天常常会遇到这番景象。不管怎么说，这气候于我依旧是熟悉的。

我现已来到我们往日下电车的地方。那时我们一下车就踏进路边那些由一月里的冰雪融化而成的雪泥堆，踏进那从湖区吹来的刺骨的寒风。湖夹在那些脏兮兮的平顶楼房中间，在当时的我们看来，这样的楼房最接近都市风格。然而，城市的这个地区如今已不再是脏兮兮的平顶楼房，不再是一副穷酸相。管状霓虹灯弯成的手写字体装饰着整修一新的临街砖面房。到处是黄铜镶边，到处是房地产，到处是金钱。前头是巨大的长方形高楼，浑身玻璃，灯火辉煌，仿佛闪着冷光的巨形墓碑。凝固的资产。

然而我并没有怎么去看这些高楼，也没有怎么去看那些从我身边经过的身着进口货、手工制作的皮货、绒面革或别的什么时髦服装的人们。相反，我倒是低头注视着人行道，像一头寻踪觅迹的猎犬。

我感到喉头紧绷，下巴边缘一阵疼痛。我又开始咬手指了，咬出了血，那味道我记忆犹新。那味道是橙汁冰棍儿，是一分钱一颗的泡泡糖，是红红的甘草糖，是被咬啮的头发，是肮脏的冰。

第二章　锡纸

3

我躺在地板上，身底下是日本床垫，身上盖着羽绒被。日本床垫，羽绒被：这显示出我们在生活的道路上已走出多远。我不知道斯蒂温是否搞清楚过日本床垫和羽绒被是什么东西。十之八九没有。你跟他说“日本床垫”，他很可能像个聋子似的看看你，要不就以为你是脑子受伤出了问题。他不存在于日本床垫这样的维度空间。

在日本床垫和羽绒被还没有出现的日子里，一个冰淇淋蛋筒的价格是五分钱。现在是一元，如果你走运的话，而且还不如当年的大。那时与现在的实际区别就是：相差九十五分。

我的生命已经到了中年。我把它看作一块地方，比如一条河的中心，一座桥的中部，渡了一半，走了半边。按常理，到了这个年龄我也该有些积累了：财产，职责，成就，经验，智慧。我应该是个有些实实在在东西的人了。

但是，自从回到这里，我并没有感到比从前更有分量。我的感觉是更加轻飘飘，好像自己在泻物质、丢分子，骨头里跑钙质，血液中少细胞；好像我正在收缩变小，又好像填充在我体内的全是些冷气或轻轻飘落的雪花。

纵然这般轻飘飘，我却并不飞升，而是往下降。更确切地说，我是被拽着往下降，降入这个地方的层层叠叠之中，犹如陷入一片稀泥。

实际情况是，我恨这个城市。我对这个城市的恨由来已久，几乎记不得对它还有什么别的感觉。

说这个城市如何枯燥乏味一度是很时髦的事。一等奖多伦多一周游，二等奖多伦多两周游，美好的多伦多，蓝色的多伦多，结果是星期天这儿酒都喝不到。每一个生活在这里的人都说那样的话：土，自满自足，没劲。如果一个人这么说，就表明这些特点他都看出来了而他自己却没有染上。

如今，人们往往会说这城市发生了多大的变化。“世界级城市”是这年头人们在杂志上常用的一个词，用得也太滥了。到处都是那些民族餐馆、剧院、时装店。大家认为它就像少了垃圾和行凶抢劫的纽约。过去是多伦多人到布法罗[1]度周末，男的看色情表演，喝深夜啤酒，女的购物，将衣服层层叠叠穿在身上走私过海关，醉醺醺回到国内，一个个像忽然冒出的暴发户。如今周末的交通方向整个调了个个儿。

“枯燥乏味”也好，“世界级城市”也好，两种说法我是从来就没有相信过。对我而言，多伦多绝不是什么“枯燥乏味”。要描述那般痛苦那般魔力，谁也不会用到“枯燥乏味”一词。

我也不能相信这城市发生了什么变化。昨天我坐出租车从机场进城，一路上经过一英里又一英里风格保守、实用主义的建筑，那全是些平顶而齐整的厂房和货栈，原先曾是一片片齐整的农场；接着又穿过市中心，看到那五光十色，那欧式遮阳篷以及铺路石，这时我就觉得这城市还是那样。在繁荣与豪华的背后依然是旧时的那座城，条条街上那厚实的红砖房，前门廊柱一根根立在那儿，像伞菌的黄白色的茎，房子上的窗户则似一双双警惕着的、算计着他人的眼睛。心怀叵测，怨怼嫉恨，只思报复，毫不宽容。

在我梦中的这座城市里，我永远迷失。

除了所有这一切之外，我当然也有一个真实的生活。有

[1] 美国纽约州西部港口城市。

时我难以相信它是真的，因为它似乎不太像我所能捞到或者配享受的那种生活。这又和我的另一看法掺杂到了一起：任何一个和我同龄的人都已长大成人，而我只是假装长大成人而已。

我住在不列颠哥伦比亚省[1]一所有窗帘带草坪的房子里，在此我可以尽可能地远离多伦多，还不用担心会淹死在太平洋里。那里如幻般的风景给我以鼓舞：只有在贺卡上才见到的那种山（是日落时的风景，风景底下往往印有一行感伤的字），那仿佛由三十年代的七个小矮人建造的林间小屋，那没来由大得出了格的巨形鼻涕虫。连雨也用力过度，叫我难以当真。我猜想，这些东西对在那里长大的人来说是真实的，令人压抑的，其情形就如同这个地方之于我一样。不过如逢好日子依然有度假的感觉、遁世的感觉；碰上坏日子我倒没怎么留心过，什么也不记得了。

我有一个丈夫，他叫本，不是我的首任。他哪一种艺术家都不是，为此我谢天谢地。他经营一家旅行社，专跑墨西哥。在他众多的优秀品格中，有一项是提供赴尤卡坦[2]旅游的廉价票。我这次外出他之所以没一起来就是因为他开了这么一家旅行社：圣诞节前的几个月是旅游行业的旺季。

---

[1] 加拿大西部一省份，省府维多利亚。

[2] 墨西哥东南部一州名。

我还有两个女儿，现都已长大成人。她们分别叫萨拉和安，这是两个起得很有道理的好名字。一个女儿快要当医生了，另一个是会计。这都是明智的选择。我信奉明智的选择，与我的许多选择相比，它们是那样不同！我也信奉要给孩子们起个合情合理的名字，其中原因大家只要看看发生在科迪莉亚身上的一切便自会明白。[1]

真实生活之外，我还有一份职业，确切地说，这份职业可不一定有资格称得上真实。我是一名画家。我甚至一时兴起大胆将那名称填上了护照，因为要不然我就只有选择“家庭主妇”一项填上了。要我去当家庭主妇是不大可能的事；现在有时候想起来那依然会让我不寒而栗。受人尊敬的人是不当画家的，只有浮夸、矫饰、好表演的人才干这一行。“艺术家”一词又令我觉得难为情，所以比较而言我还是选择“画家”，因为它更像一份合适可取的工作。做艺术家是一种俗丽又不值钱的懒汉行为，这个国家中多数人都会跟你这么说。要是你说自己是一名画家，别人就会以一种奇异的眼光看着你。当然，专画野生动植物或靠画画大赚其钱的人除外。我赚的钱可只够引起别的画家的忌妒，还没有多到可

[1] 科迪莉亚（Cordelia）与莎士比亚著名悲剧《李尔王》中李尔王诚实善良的幼女科迪莉亚同名。莎剧中的科迪莉亚命运多舛，最终被缢身亡。书中女主人公在这里所暗示的是科迪莉亚与悲剧人物之间存在某种宿命般的联系，也就是说，科迪莉亚之所以结局悲惨，就是因为她有一个与悲剧人物相同的名字。其实，两者的人生历程大相径庭。

以让我狂放地叫他们全都滚开的地步。

然而，多数时候我还是兴高采烈的，觉得自己算是不幸中的幸运儿。

我之所以来这里，躺在这日本床垫上，盖着这羽绒被，就是因为我的这份职业。我来办一次回顾展，也是我的第一次。画廊的名字叫“颠覆”（Sub-Versions），是个双关语；双关语那些东西过去曾令我开心，后来用得泛滥了也就没了意思。这次回顾展应该是让我高兴的事，然而我的感情又是矛盾复杂的；我不喜欢承认自己年高功成到有资格举办这样一次展览，即使是在这样一家由一帮女人办的另类画廊中。我觉得这事荒谬可笑又预示着不祥：先是办回顾展，接着就进停尸房。但是安大略省美术馆不愿办我的回顾展我也很恼火。他们偏爱死了的外国人。

这羽绒被是在属于我第一任丈夫乔的一间工作室里。引起我兴趣的是，他居然会在这里放一条羽绒被，他的住房在别处啊！至此我还是控制住了自己，没去翻检他的药柜寻找发夹及女人用的除臭剂，要是在从前，我会这么做的。如今，这再也不关我什么事了，发夹之类的东西可以丢给他那个作风强硬的老婆去处理。

待在这地方可能是做了件傻事，太容易勾起对往日的回忆了。但是因为萨拉也是他的女儿，为了她，我们一直都还保持着联系。在经过了大吵大闹砸玻璃摔东西之后，我们最终的办法是通过打长途电话维持某种朋友式的关系，这么做永远比两人搞在一起要简单。当他听说回顾展的事情后，主动提出帮忙。他说，在多伦多，宾馆的价格，哪怕是二流宾馆，都变得让人吃不消了。“颠覆”本来是可以为我提供住宿的，可是我没有提。我不喜欢宾馆里那种整洁，那种一丝不苟清洗得纤尘不染的浴缸。我不喜欢听到自己的声音回荡在那里边，尤其是深夜。我更爱像乔像我自己这样的人掉毛脱发，杂乱无序，还带点脏兮兮。做个临时过客，漂泊游民。

乔的工作室临着国王街，离码头区不远。国王街过去是那种你永远都不会去的地方：昏暗肮脏的仓库，闹声不绝的卡车，缺少安全的小巷。如今它的社会地位算是上升了，艺术家们蜂拥而至；事实上，艺术家到来的第一次浪潮差不多已经过去，代之而起的是黄铜字牌，漆成消防车那种红色的暖气管道以及一家家律师事务所。乔的工作室在一座仓库的五楼顶层，目前这样子已经维持不了多久了。屋顶上方伸展着活动式投射灯的灯光；下面几层楼里正在清理旧油地毡，散发出松液胶的气味，底下则依稀可闻沉积经年的呕吐物与小便的味道；油地毡底下的宽木板正在作喷砂处理。我知道所有这一切是因为我是走着上这五楼的，他们还没有顾及装电梯呢。

乔把工作室的钥匙装在一只信封里塞在门口地毯底下，其中还有一张纸条写着：祝福你。这标志着他已温和了许多，或者说老成了许多。说“祝福你”可不是他之前的风格。眼下他临时在洛杉矶，为一部以链锯作为工具的凶杀影片制作特技，不过回顾展开幕前他会回来。

我上一次见到他是在四年前萨拉大学的毕业典礼上。他坐飞机离开内陆来到沿海区，所幸没带那个讨厌我的老婆。虽然我与她未曾谋面，可我知道她不喜欢我。在老一套的烦琐的仪式过程中，在那之后的茶点会上，我们表现得像负责而成熟的家长。我们把两个孩子都带出去吃晚饭，并且举止规矩。我们甚至按照我们觉得萨拉希望的样子穿着打扮：我穿了一套套装，配上相应的鞋子等一切行头；乔一身西装，居然还挂了条领带！我跟他说他的样子像个殡仪员。

可是第二天，我们就偷偷地跑出去吃午饭，只有我们俩，并且被酒击倒了。“被酒击倒”[1]这一几近废弃的词向我表明那是一次什么样的事件。重燃旧情。当然，这一切本当初都知道，尽管如此，我现在依然认为那次是偷偷摸摸跑出去的。本自己可绝不会同他的第一个老婆出去吃午饭。

“你总说那是一场大灾难。”本对我说，一副迷惑不解的神情。

“是啊，”我说，“太可怕了！”

---

[1] 意为“喝醉”。原文“plastered”有“被击倒、打败”之意，俚语中指酒醉。但该词远不如“drunk”常用，故书中有“几近废弃”之说。

“那你为什么还要跟他一起吃午饭呢？”

“说不清楚。”我说，但我知道也许还是可以解释的。我们所共有的东西，我是指我和乔，可能很像一次交通事故，但它确实为我们所共有。我们是幸存者，是彼此的幸存者。我们一直像鲨鱼一样对待对方，但同时又是对方的救生船。这样的关系还是颇重要的。

乔过去做构成派雕塑，制作材料来自他从人家的垃圾中捡来的一星半点木头和皮革；要不他就将东西砸碎——小提琴啦，玻璃器皿啦什么的——然后用胶将碎片粘在现场；他管这些东西叫粉碎风格。一次，他用几条色带将几棵树的树干裹起来再拍成照片；还有一次他复制了一块长满霉菌的面包，那面包在一台电动小马达的驱动下作一呼一吸状，霉菌是用他自己及朋友剪下的头发做的。我想那块面包上甚至还有我的一些头发，我曾经逮到他从我的头发刷子上偷偷地取头发。

他现在为电影制作特技，以此供养他那艺术家的癖性。工作室里四处散放着他制作的半成品。工作台上放着他的颜料、胶水、小刀和钳子，上面有一条手臂，由塑胶做成，切割的一端露出蚯蚓般蜿蜒的动脉，手臂上扎着带子。还有几件中空的腿脚模型站在地板上，象脚形状的伞架；其中一件模型上还真的插了一把伞。另外还有一张脸的一个局部，脸皮已经皱缩发黑，做成这样戴到演员的真脸上去正合适。这是一个被别人扭曲的、立志要复仇的怪物。

乔跟我说他不敢肯定自己该不该做这种劈砍切割肢体的破玩意儿，太凶残了，无助于促进人类的善良。上年纪后他已渐渐开始相信人之善，这无疑是一种变化。我在他的食品橱里甚至发现了一些药茶。他声称自己宁可为儿童影视片制作友善的动物。但是也正如他所说，人总得吃饭啊，而切割的肢体还就偏偏更为世人所乐见。

我希望他在这儿，本也行，或者我认识的任何人都行。对于生人我已渐渐失去胃口。换了从前我可能会关注跟生人在一起时的那种兴奋与奇遇，如今那只是混乱与麻烦。优雅地脱去衣服是永远也做不到的；随后得想着法子编话说，还要做到事后不为之烦心。更糟糕的是要重新面对那套鸡毛蒜皮的小事：脚指甲啦，耳孔啦，鼻毛啦，等等。也许在这个岁数我们重又回到做孩子时过分拘谨的状态。

我掀掉羽绒被起了床，感觉像没睡似的。在小厨房里，我翻他装药茶的几只包，有柠檬云雾茶，有“晨雷”[1]；我没有拿，最终还是选了点儿咖啡，浓浓的，味同毒药，令人心摇神荡。我发现自己不知不觉站到了一间主房的中央，心里不太清楚自己是如何离开厨房来到这儿的。感觉时间有点跳

[1] 一种适合早晨饮用的提神饮品。

跃，盯着屏风有几分发呆，多半是坐飞机带来的时差综合征：晚上熬夜，早上嗑药。早期老年痴呆症。

我坐在窗口，喝着咖啡，咬着手指，朝这五层楼下看去。从这个角度往下看，路上行人像是被从上面直压下去似的，个个好似长得畸形的小孩儿。四周全是平顶的、四四方方的仓库建筑；远处是平坦的铁路区，来来往往的火车过去都在这里换轨，那曾经是这地方礼拜天唯一可以找到的娱乐。铁路区再过去就是平展的安大略湖，自始至终了无变化，青灰色，满满一湖毒液，连雨水到里面再流出来都能致癌！

我在乔的极小的、油腻腻的卫生间漱洗，尽量不去想他那药柜里的东西。卫生间满是手指污印，刷的是一种脏兮兮的白，可不是那种最最悦目的淡色。周围不来点脏乔就觉得自己不像个艺术家。我眯着眼看镜子，开始画我那张脸。戴着我那隐形眼镜我会离镜子太近，拿掉呢又嫌太远。我已养成在镜子前化妆时将一片隐形镜片含在嘴里的习惯；那镜片滑滑的，薄薄的，像吃剩到最后的一点点柠檬果糖，一不小心我都可能被它噎住，那样死掉可是有失体面。我该弄一副双光镜戴戴，但那样一来我看着就和老妇没什么两样了。

我套上我那套浅灰蓝色运动服，这身伪装可以掩饰我艺术家的身份。我走下四层楼的楼梯，努力装出轻松而且是带着目的下楼去的样子。我的样子可能是个外出慢跑的生意人，也可能是个在过休息日的银行经理。我先往北，然后沿王后街向东，这是又一处我们以前从来都不去的地方。据传这里经常有邋遢的醉汉出没，我们叫他们“摩擦醇瘾君子”[1]；据说这些人喝摩擦醇，睡电话亭，在电车上朝你鞋子呕吐。但这地方现在已变成艺术画廊、书店以及塞满黑色服装及古怪鞋袜的时装店，那种鞋袜都带锯齿边，符合时尚。

我决定去看看那家画廊；我还从来没看过，因为所有这一切全都是通过电话与邮件安排的。我不打算到里面去暴露身份，还没到时候。我只想从外面看看它。我将从它边上走过，随意瞟上一眼，假装是个家庭主妇，游客，浏览橱窗的人。画廊是些吓人的地方，是对艺术家做出估价评判的所在。我还得慢慢去熟悉它们。

可就在我到达画廊之前，我经过一面由胶合板搭成的墙，这墙遮住一处拆毁的建筑。有人跟精心清理得一尘不染的多伦多作对，用喷漆在墙上喷了这样的文字：是培根还是我，宝贝儿。有人在底下接着写道：这培根是什么东西？我上哪儿能弄点儿来？[2]在这文字的旁边有一张海报，或者说不是海报，它更像一张招贴小广告：强烈的紫色调，醒目的几笔绿，字体黑色。写的是瑞斯利回顾展；只写了个姓，像

[1] 偏嗜摩擦醇的酒徒。摩擦醇主要用于按摩。

[2] 这里有一个双关语：“培根”（Bacon）既是人名，又可作“腊肉”“熏肉”解。故文中有“我上哪儿能去弄点（腊肉）来？”这样一种文字游戏。

个男孩儿。这名字是我的，那脸也是，多少是吧。用的是我寄给画廊的那张照片。只是上面的我现在多了把小胡子。

画这小胡子的人，无论是谁，一定清楚他是在做什么。或者是个“她”呢？没有什么可以排除这样的可能。这是一撇鬈曲飘逸的小胡子，和骑士的相仿，其优美只有山羊胡子才能与之相匹。它与我的头发很相称。

对这胡子我想我是应该有几分忧虑的。它只是一种乱涂乱画呢，还是一种政治评论——一种攻击行为？更像是“基尔罗伊到此一游”[1]这样的游戏文字，还是更像“滚开”[2]这样的激愤文字？我还能记得自己也曾画过这样的小胡子：那种动笔时夹带的毒念，那种嘲弄人贬损人的欲望，那种充满力量的感觉！这是丑化，是一种毁人容貌的行为。要是我年轻一点，他们这么画我我是会反感的。

但既已如此，我倒端详起这胡子来了，并且觉得：那样子还不错嘛！这胡子就像一件戏装，我从几个不同的角度仔细观察，仿佛在考虑要给自己买上一件。胡子使模样有了改观。我想到男人和男人脸上的毛，想到他们随时都有伪装与掩饰的机会可以任意支配。我想到那些满脸胡子的男人，想

[1]“基尔罗伊”系虚构人名，由第二次世界大战期间美国士兵在世界各地墙壁上留下“基尔罗伊到此一游”之类的字句而传开。

[2]亦出自第二次世界大战。一些被占领国家的人民常在侵略者驻地的墙壁上刷上“滚开”等文字以示愤怒。

到那玩意儿一旦被剃掉，他们的感觉一定是光不溜秋无遮无蔽，人都似矮了一大截。有不少人是蓄着胡子的模样更好看一些。

接着，忽然一下子，我产生了奇妙的感觉。我终于算是赢得了一张可以往上画胡子也能吸引人来画胡子的面孔，一张为众人所知的脸，一张值得他人去丑化的脸。这可是一种成就。不管怎么说，我到底还是搞出了一点名堂，且不管它是什么样的名堂。

我不知道科迪莉亚是否会看到这张招贴画。我不知道平添了这小胡子，她是否依然会认出是我。也许她还会来参加开幕式呢。她可能会穿过门走进来，而我将转过身来，身上是画家应该穿的一身黑，脸上是成功的表情，手上一杯颇不坏的葡萄酒。这酒我一滴也不会洒落。

4

我一直过得很开心，直到我们搬来多伦多。

在那以前，我们其实在哪儿都没有真正生活过，或者说生活过的地方太多了，难以记起。大量的时间都花在开着我们那辆车身低矮、小船般大小的斯图德贝克车，走过偏僻的道路或是沿两车道的公路往北而去。道路曲曲弯弯，我们经过一湖又一湖，一山接一山，路中央是一道道往前伸展的白线，两旁是高高低低的电话线杆，那电话线看去犹如起伏延展的波浪。

我独自一人坐在汽车的后部，周围是手提箱和装着食品与衣服的硬纸板箱。车子的软座椅散发出一种如汽油、似干洗剂一般的味道。我哥哥斯蒂温坐在前座，紧挨着半开的车窗。他嘴里散发出救生牌薄荷糖的味道；其实，他平时身上散发出来的是那种杉木做的铅笔和湿漉漉的沙子的味道。有时他会对着纸袋子呕吐，要是我爸能及时停车，他也会吐到路边。他晕车，我倒不会，所以他要坐在前面。就我所知，这是他唯一的弱点。

从后车座这个有利位置我可以将一家人的耳朵看得清清楚楚。爸爸的耳朵从他那顶旧毡帽帽檐底下支出来露在外面（他戴这顶帽子，树枝、树液、毛毛虫什么的就不会掉进头发去）；那耳朵很大，柔柔的，耳垂很长，既像神话中生活在地下的侏儒的耳朵，又像连环漫画《米老鼠》中那些肉色的、样子像狗的配角的耳朵。妈妈的头发用扁发夹在后面边上别住，所以从后面可以看到她的耳朵。耳朵窄窄的，上边缘纤细柔弱，如瓷制茶杯的把，但她人本身并不纤细柔弱。哥哥的耳朵呈圆形，像晒干的杏子，又像他用彩色铅笔画的来自外层空间那些肤色发绿、长着椭圆形脑袋的人的耳朵。在他那圆耳朵的四周，顺着后脖子往下的地方，他那深黄而竖直的头发长成厚实的一绺绺。他拒绝理发。

在车里，要对着哥哥的圆耳朵说悄悄话很不容易，而他无论何种情况下都不能转过头来跟我说悄悄话，他得笔直地朝前盯着地平线，或是盯着路上那一道道白线，白线似一个接一个慢慢起伏的波浪，朝我们冲刷过来。

大多数情况下路上都很空，因为是战争期间。偶尔有辆满载砍下的树干或新鲜木材的卡车开过，留下一阵木屑的香味。到了午饭时间，我们就在路旁停下，在轻薄如纸的白色永久花与紫色的柳兰中间铺上一块防潮地布，开始吃妈妈做的中饭，有时是面包沙丁鱼，有时是面包奶酪，要是搞不到别的东西，就吃面包糖蜜或面包果酱。肉和奶酪是稀罕物，定量供应，那意思是，人们配有一本上面戳着彩印的定量供应的票证簿。

爸爸生起一小堆火，在一只用铁丝挂起的罐子中烧水煮茶。中饭吃过，我们便抓几张手纸在口袋，依次隐入灌木丛中。有时那里已经有些手纸丢在蕨丛与枯叶中间，都已化了，不过多数时候见不到别的手纸。我蹲下身子，同时听着后面有没有熊；一些紫菀的叶子摩擦着我的大腿。我随后用树枝、树皮和干枯的蕨丛埋住手纸。爸爸说，这事要做得看上去跟你从来没有到过那地方一样。

爸爸走进森林，随身带着他那斧子、背包和一只系着皮背带的大木箱。他仰头张望，一棵树一棵树一棵树这么看过去，思忖着。接着他在被选中的那棵树底下的地上铺上一块油布，用它围住树干。他打开木箱。木箱里装得满满的，全是一架架插着的小瓶子。他用斧背敲击树干。树摇起来，树叶树枝和毛虫就吧嗒吧嗒地往下掉，他那顶灰色的毡帽也被颠落，掉到油布上。斯蒂温和我蹲下去拣毛虫，毛虫身上是蓝色的一道道纹，毛茸茸凉冰冰，感觉像狗鼻子。我们将毛虫放进装着灰白色酒精的收集瓶中。我们盯着看它们扭动身体沉入瓶底。

爸爸看着他收获的毛虫，那神情仿佛毛虫是他自己养的。他仔细察看那些被咬食的树叶。“多么美丽的虫害！”他说。他很快活，他比我现在还年轻。

酒精的气味留在我手指上，冰凉细微，沁人肌肤，犹如钻入一根钢针。那味道像白色的搪瓷盆。夜里，我抬头看星星，冷而白，光芒锐利，那时我就想，假如星星也有味，一定就是这味了。

到了一天将尽的时候，我们再次停下来搭帐篷。打起木桩，支起厚厚的帆布。我们的睡袋是卡其布做的，很厚，鼓鼓囊囊，而且摸上去总是潮漉漉的。睡袋下面我们铺上防潮地布和充气式床垫，往里吹气时吹得脑袋发晕，而且鼻子嘴巴里全是像雨靴一样的臭味或是像堆在车库中的备用轮胎的味道。我们围着篝火吃东西，树影幢幢，像黑黢黢的树枝在生长，树影越黑，篝火越明。我们爬进帐篷，到睡袋里把衣服脱了，这时手电筒在帆布上照出一个圆，一个光圈裹着另一个暗一些的光圈，像个射击的靶子。帐篷的味道像沥青，像木棉，像沾满奶酪油脂的牛皮纸，还像被压伏的青草的气息。到了早晨，外面的野草上洒满了露珠。

有时我们也上汽车旅馆过夜，不过只有当夜太深我们找不到地方搭帐篷时才这么做。汽车旅馆总是远离一切，开设在背靠黑色森林的地方。旅馆的灯显出点点幽光，衬得夜色更显朦胧，宛如海上的船灯，又像沙漠中的绿洲。汽车旅馆的外面设有加油泵，人体一般大小，顶部是个圆盘，亮着灯，像一轮灰白的月，又似一圈去了头部的光环。每个圆盘上是一扇贝壳或一颗星星，一片橙黄的枫叶或一朵白色的玫瑰。汽车旅馆及加油泵常常是空空荡荡或关闭着无人光顾：汽油定量配给，所以除非不得已，人们不太在外旅行。

或者我们也会上属于别人或政府的小木屋，或者进被人丢弃的伐木营，或者是自己搭两个帐篷，一个睡觉，另一个存放物品。冬天，我们就到往北一点的小镇或城市如苏镇、诺斯贝或萨德伯利去，住进公寓房间，实际也就是别人家房子的顶层，所以在木头地板上脱鞋穿鞋还得小心呢，以免弄出声音来吵了人家。我们用的都是平时托管的家具。家具一直没有变，但每次看来都很陌生。

这些地方人们用的是抽水马桶，颜色白白的，颇吓人，哗啦一声，里面的东西即刻就不见了。我们第一次到城里时，我和我哥哥就经常往卫生间跑，还往马桶里扔东西，像通心面什么的，然后看着它们如何被冲走。有时空袭警报响起，我们就拉上窗帘关掉灯，不过妈妈说仗永远也不会打到这地方来。战争的消息从收音机里透露出来，来自伦敦的声音遥远且杂音不断，由于静电干扰终于变得越来越微弱。爸爸妈妈边听边怀疑，嘴巴都收紧了：一种可能性是，我们正在吃败仗。

我哥哥可不这么想。他认为我方是好的一方，因此会赢得胜利。他收集印有飞机图片的香烟牌，所有飞机的名字他都知道。

哥哥有一把锤子和一些木头，还有一把他自己的可以折合的小刀。他削啊锤的，他在做一把枪。他用钉子将两片木头按正确的角度钉到一起，再钉一只钉当扳机。这样的木头枪他有好几把，还有木匕首木剑；他用红铅笔往刀刃上画血的颜色，红的用完了，有的血就变成了橘黄。他唱道：

归来，乘着翅膀[1]念着祷告，

归来，乘着翅膀念着祷告，

一台马达失去了，

[1] 原文为“乘着一只翅膀”，故有下文“觉得悲伤”“只有一只翅膀的鸟是飞不起来的”“祷告起不了什么作用”等说法。

我们依然向前进。

归来，乘着翅膀念着祷告。

这歌他唱起来很快乐，可是我觉得悲伤。虽然我在香烟牌上见过飞机的图片，却并不知道飞机是怎么飞的。我想和鸟一样吧，而只有一只翅膀的鸟是飞不起来的。这是冬天的时候爸爸说的。那是一次晚饭前，饭桌上还有别的几个男人在，爸爸举起杯子，说："只有一只翅膀你是飞不起来的。"所以实际上歌中的那个祷告起不了什么作用。

斯蒂温交给我一支枪、一把刀，我们就玩起打仗的游戏来。这是他最喜爱的游戏了。当爸爸妈妈在搭帐篷或生火或做饭的时候，我们就偷偷地溜到树林和灌木丛的后面，透过树叶做瞄准的动作。我扮演步兵，这就意味着我必须听他的。他挥手我前进，他示意我往后撤，他命令我压低头以免头被敌方打飞。

"你死了。"他说。

"不，我没有。"

"是的，你死了。他们打中了你。躺倒！"

无法同他争辩，因为他能看到敌人我却看不到。我不得不在松软潮湿的地面上躺下来。为了不把身上弄得太湿，我就在一个树墩上支住身体，这样一直坚持到我可以重新活过来。

有时，我们不玩打仗游戏，而是穿过林子捕捉东西，把圆木头、岩石什么的翻过来看看它们底下有些什么。我们看到有蚂蚁、蛆、甲虫、青蛙、癞蛤蟆、束带蛇，要是运气好，甚至还能见到蝾螈！对我们发现的这些东西我们决不下手。我们知道，假如我们把它们装进瓶里，不小心丢到汽车的后窗那里晒太阳，它们就会送命，这样的事我们以前干过。所以，我们只是看看它们，看蚂蚁如何惊恐万状藏起它们那圆片状的卵，看蛇怎样向黑暗中滑去。随后我们还是将圆木按原样放好，除非我们要用其中的一些小东西钓鱼。

我们偶尔也会打架。打这些架我总是输：斯蒂温个儿比我大，我又不如他凶狠，而且主要是我想跟他玩，他跟我玩的意愿没有那么强。我们压低声音干仗，要不就跑到老远的地方去干，因为一旦我们被大人逮住，两人都要受罚。也是因为这个原因，我们互不告密。我们由经验得知，背信弃义带来的满足常常受到惩罚，不值得。

就因为这样的打架是悄悄进行的，所以格外诱人。其诱人处就像那些我们不该说的脏话脏字，比如“屁股”；也仿佛玩阴谋、搞勾结一样，特别吸引人。我们互相踩对方的脚，拧对方的手臂，小心翼翼，痛了也不暴露，气得不行还保持着忠诚。

在远离战争的边地，像游牧民族一样生活，这样的日子我们过了有多久呢？

今天我们开了很长时间的车，搭帐篷时已经不早了。我们停在路附近的地方，旁边是一个破烂的无名湖。湖边的树倒映在水中。快秋天了，杨树叶正在变黄。太阳下山去，很慢，寒丝丝的，欲去还住，先是粉红，像火烈鸟的羽毛，接着是浅橙，然后是红汞般奇异的鲜红。粉红色的光在地平表面落定，几番摇曳，接着渐渐暗去直至消失。这是个晴朗的夜，没有月亮，满天星星，纤尘不染。银河碧澄清亮，预示着坏天气的到来。

所有这一切我们都没有去管它，因为斯蒂温正在教我如何像突击队员那样在黑暗中看东西。他说，你永远也不知道什么时候你或许就要用到这本领。你不能打手电，得一动不动地在黑暗中待着，直等到你的眼睛能适应无光的状态。这时候你的眼前便开始出现东西的轮廓，灰灰的，隐隐约约，似真似幻，仿佛是从空气中凝结成形的。斯蒂温叫我移动脚步要慢，一次一只脚，要站稳，小心别踩到树枝上。他还叫我呼吸要轻。“如果他们听到你出声就会将你逮住。”他悄悄地说。

他在我的身边蹲着，湖水衬托出他的身影。这时的湖已是比刚才更加漆黑的一汪水。忽然，有只眼睛的光一闪，他人不见了。这是他玩的一手花招。

我知道他是在往篝火处摸去，往我爸爸妈妈那儿摸去；

这时的他们忽隐忽现，朦朦胧胧，面目模糊不清，只剩下我一人听着心跳，喘着粗气。不过他是对的：现在我已经能在黑暗中看见东西。

这，就是我已故亲人的画像。

5

我的八岁生日是在一家汽车旅馆中度过的，生日礼物是一架勃朗尼牌方镜箱照相机，黑颜色，长方形，顶部有个把手，后面是一个取景用的圆孔。

用这架相机拍摄的第一张照片是我的照片。我斜靠在汽车旅馆小木屋的门框上。门在我身后，呈白色，紧闭着，上方是个用金属做成的9字。我穿的裤子膝盖部分又肥又大，外套则袖子太短。外套里面虽然外人看不到，可我知道那是我哥哥穿旧后传给我的一件黄褐相间的条纹针织内衣。我的不少衣服都曾经是他的。由于曝光过度，照片上我的皮肤显得过于白。我的头侧往一边；我没戴手套，手腕裸露着，悬垂在那里。看上去我像是那种老照片中的移民，听人摆布，被安排好一动不动地在那门口站着。

那时的我是个什么样呢？想要得到的东西又是什么呢？如今真是不容易记起来了。是否就想要一台相机做生日礼物？很可能不是，虽然得到这相机也颇使我开心。

我想得到更多的纳比斯科牌脆麦片条包装盒中的卡片，那些上面带有图画的灰色的卡片，你可以给它们上色，剪下来，然后折叠成城市里那种房屋。我还想得到一些烟斗通条。我们有一本书叫《雨天里的爱好》，上面教你如何用两个空罐头和一根线做成一台步话机；或者教你制作小船，这种船你只要往其中的一个孔里滴几滴润滑油就会向前行驶；还可以教你如何用微型火柴盒做出一个供洋娃娃用的五斗橱；另外还教你做各种各样的动物，狗啦，羊啦，骆驼啦，全都是用烟斗通条来做。小船和五斗橱对我并没有什么吸引力，我只喜欢烟斗通条。我还从未见过烟斗通条呢。

我想得到香烟盒中的锡纸。我已经搞到几张了，可还想再弄一些。爸爸妈妈不吸烟，所以我只有哪里能搞到就上哪里去收集，比如加油站边上啦，汽车旅馆附近的草丛中啦。我已经养成了这种沿途拾捡的习惯。捡到锡纸后我就将它们弄干净，抹平，然后一张张夹到我的课本中。我也不知道弄到足够的锡纸后我会用它们来做什么，不过那总会是件让人惊喜的事吧。

我想得到一只气球。战争结束了，气球重又回到人们的生活中来。有一年冬天，我得腮腺炎病倒了，妈妈在她的扁行李箱的底层找出一只气球来。她一定是战前藏在那里的，也许是怕相当一段时间内不可能再搞到气球。她帮我把气球吹起来。气球蓝颜色，半透明，圆圆的，像个幽静的月亮。橡胶老化皴裂，结果刚一吹起就炸了。我很伤心，可我还是想要气球，要一只不会炸裂的气球。

我想得到一些朋友，一些女生朋友。是的，女生朋友。我知道女生朋友是存在的，我在书中看到过有关她们的介绍，只是我还从来没有过女生朋友，原因是我从未在一个地方待上足够的时间，能让我交上这样的朋友。

多数时间里天气阴湿寒冷，灰蒙蒙的天空低垂着，像在暮秋时节；要不就是下雨，我们也就只好在汽车旅馆里待着。旅馆是我们已经住习惯了的那种：一排村舍，搭得很不牢固，或黄或蓝或绿的圣诞树灯将它们串联在一起。这些房子被叫作“家政服务式村舍”，意思是说他们那里提供一种炉子，一两只坛子，一只煮茶用的壶，以及一张铺着油布的桌子。我们住的那间“家政服务式村舍”的地上铺的是油地毡，上面是已经褪色的方形花卉图案。毛巾又小又薄，床单中间有几处已经被别人的身体磨破。有一个镜框里装着一幅描写冬天树林子的绘画，是件印刷品，还有一幅描绘一群正在逃跑的鸭子。有些旅馆有室外厕所，而我们这一间呢，臭虽臭，倒还真装着一只抽水马桶和一只浴缸。

我们在这家汽车旅馆里已经住了好几个星期了，这可是很难得：我们住汽车旅馆一次从来不超过一个晚上。我们吃佃农牌豌豆浓汤罐头，汤先放入一只满是凹坑的锅中摆到两个火头的炉子上温热；另外就是涂上糖蜜和大块奶酪的面包。仗打完了，奶酪也多了起来。我们在室内也穿着到户外去穿的衣服，夜里连袜子都不脱，因为这些村舍只有一层墙，本是供旅游的人夏天来住的。提供的热水从来连温热都达不到，妈妈就用煮茶的壶将水烧热，然后倒入浴缸让我们洗澡。“简单洗洗，把那一层脏洗掉就行了。”她老是这么说。

早上吃早饭时我们把毯子裹在肩上。有时我们能看见自己呼出来的气，甚至在村舍里边也是这样。所有这一切没有什么规律可言，却有几分像在过节似的。这倒并不完全是说我们不上学了，但不管怎样，我们每次上学都不会超过三到四个月。我上一次在学校已经是八个月前的事了，那情形什么样，如今只剩下模糊的、片时的记忆。

上午我们在作业本上做功课。妈妈告诉我们要做的功课具体在哪几页。接着我们就读学校发的课本。我的那本讲的是两个孩子的故事，他们住在挂着带有褶裥饰边的窗帘的一座白房子里，前面是草坪，周围是尖桩篱笆。爸爸上班，妈妈穿着裙子系着围裙，孩子们在草坪上与他们的狗和猫玩儿皮球。故事中没有一样内容和我的生活相似。那里边没有帐篷，没有公路，没有在灌木丛中撒尿的事，没有湖，没有汽车旅馆，没有战争。孩子们永远那么干干净净；那个小姑娘，她的名字叫简，身着漂亮的裙子，脚上是一双漆黑锃亮的搭扣皮鞋。

这些书于我有一种奇异的魅力。斯蒂温和我用彩色铅笔画画的时候，他画的是战争，那种普通的战争以及太空中的战争。为了表现爆炸的场面，他的红、黄及橘黄色彩笔用得只剩下一个头了；金色和银色也用完了，那是用来表现坦克及宇宙飞船闪闪发光的金属外壳、钢盔以及那些复杂的枪炮的。可是我画的却是小姑娘。在我的画中，她们身着老式服装，包括长裙子、无袖女装、泡泡袖，要么就是像简穿的那种衣裙，头上还戴着大大的蝴蝶结。关于别人家的小姑娘，我脑海中就是这么一副优美秀丽的形象。至于要是真的碰到这样一些小姑娘我会对她们说些什么，我却没有想过。我还没有想那么远呢。

晚上，我们的任务是洗碗碟——“把它们收到一起，赶紧！”妈妈总是这么叫唤。我们接着就以几个单音节词悄声地争吵该是你洗还是我洗。用潮腻腻的冷茶巾擦拭不如用水洗，水洗还能暖手。我们将碟子和玻璃杯浮在洗碗盆里的水面上，再用调羹和餐刀对它们进行俯冲轰炸，嘴里还轻轻地说着：“炸开啦！”虽说我们对目标是尽量地瞄准，其实却并不真的去击打。碗碟不是我们家的。我们这么闹搞得妈妈很是心烦。要是她烦透了，她就自己来洗，她那么做的意思就是对我们的训斥。

夜里我们把中间凹陷的床拉出来，头对着脚躺到上面。这种姿势据说可以让我们比较快地入睡，我们却在被子底下默不作声地你踢我我踢你，要不就设法用各自穿着袜子的脚去够对方的睡裤，看看能够到腿的什么地方。偶尔有一辆车开过，车头灯从窗子里照进来，灯光从一面墙移到另一面墙，然后渐渐消失。可以听到发动机的声音，接着是车胎跑在潮湿的公路上发出的沙沙声，再接着便是一片寂静。

6

我不知道我的那张照片是谁拍的。一定是我哥吧，因为妈妈在屋子里，在那扇白色的门背后，穿着宽松的灰色便裤和深蓝色的彩格呢衬衫，正在那里将我们的食物和衣服分别装进硬纸箱和衣箱。妈妈收拾行装有她的一套方法；她一边收拾一边自言自语，提醒自己别忘了一些细枝末节，她也不喜欢我们在她身边碍手碍脚。

那张照片刚拍过就开始下雪了，干干的小雪花从北方十一月凛冽的天空中一片一片地飘落。在下这第一场雪之前，有一种寂寥和乏味，天色越来越暗，最后剩下几片枫叶如海藻般在枝头晃荡。我们感觉到昏昏欲睡。忽然，天开始下雪了，这下我们可兴奋啦！

我们在汽车旅馆外四处奔跑，脚上除一双夏天穿的破旧鞋子外什么也没穿，裸露的双手伸向飘落的雪片，头仰着，嘴张着，吃雪噢！要是地上的雪很厚，我们会在上面打滚，就像狗在泥地里打滚一样，彼此心中充满同一种狂喜。可是，妈妈从窗子里向外探望，看到了我们，看到了雪，就叫我们进屋，用那小小的毛巾将脚擦干。我们没有合脚的冬靴。我们进屋后雪就变成了冻雨。

爸爸在地上来回地走，一边将他口袋中的钥匙弄得叮当直响。他总是主张什么事要来就早点来，要做就早点做。此时此刻，他想立即就离开，可妈妈说他不该这么性急。我们到屋外帮他把车窗上的冰片刮下来，接着又搬箱子，最后挤进车里朝南开去。我知道那是南是因为阳光照射的方向。这时的阳光微弱地穿过云层，照到结冰的树上，亮闪闪的，路两边一片片的碎冰在阳光下很是耀眼，叫人难以看清眼前的一切。

爸爸妈妈说我们是去我们的新家。这一次房子可真是我们自己的了，不再是租的了。房子在一座名叫多伦多的城市里。这个名字于我并不意味着什么。我所想的还是我学校课本上的那座房子，白颜色，尖桩篱笆，草坪，还有窗帘。我倒要看看我的卧室会是什么样子。

到达那座房子时已经是下午很晚的时候了。起初我还在想一定是搞错了，可是不，完完全全就是那房子，因为爸爸已经在用钥匙开门了。房子几乎不能算在街上，更像在一块地里。它形状方正，是座平房，由黄砖砌成，四周围着粗泥。在房子的一边地上有一个巨大的洞，洞周围堆着大堆的烂泥。房子前面的路没有铺，坑坑洼洼，也是一片烂泥。烂泥里放着几块水泥块，算是垫脚石，踩着它们我们才得以走到门前。

进入屋子，情形就更叫人丧气了。门窗倒是都有，真的，还有墙，取暖炉也管用。起居室里有一扇观景窗，不过窗外风景只是一大片高低起伏的烂泥。抽水马桶倒也真抽水，只是马桶里边有那么一圈半黄半褐的渍迹，水里还浮着好几个烟蒂；热水龙头一打开，流出的水红兮兮，温温热。地上就不是什么磨光地板了，甚至连块油地毡也没有。铺的是又宽又粗劣的木板，板与板之间露着隙缝，灰灰的，落满了泥灰，还到处布满了白色的斑斑点点，如鸟粪一般。只有几个房间的灯是固定的，其余的全都被电灯线拽着从天花板中央直荡下来。厨房里没有长台面，只有光秃秃一只洗槽。没有炉灶。什么都没有上油漆。到处都是灰尘：窗子上，窗台上，水槽水管上，地板上。四周还有不少死苍蝇。

“我们得齐心协力一起干！”妈妈说。这就意味着我们不可以抱怨。她说我们要尽我们的力量来改善眼前的一切。我们得自己动手来将这房子未完的工做完，因为那个本该将工做完的人破产了，用妈妈的话说即那人“出纰漏了”。爸爸却没有这么乐观。他在屋子里四处走动，这里瞧瞧，那里戳戳，喃喃自语，发出小小的似吹口哨般的声音。“真见鬼！真见鬼！”这就是他的话。

妈妈从汽车深处不知什么地方摸出一个便携式汽化煤油炉来，由于没有桌子，她就将炉子放在厨房的地上。她开始热豌豆浓汤。我哥到外面去了，我知道他去附近爬土山了，要不就是在估算钻入地上那个大洞的可能性，然而我却没有心情跟随他一起玩。

我在卫生间用那红兮兮的水洗手。洗槽上有条裂缝，此刻看来简直是个灾难，别处的毛病或者屋子里缺这缺那都不如这条裂缝来得糟糕。我对着那面沾满灰尘的镜子照自己的脸。电灯没有灯罩，只是光秃秃一个灯泡吊在头顶，这样的灯光下，我面无血色，一脸病容，眼睛底下是一圈圈的黑影。我揉揉眼。我知道，被人看到在哭鼻子可不好。这房子除了造得粗糙，给人的感觉也太热，也许是因为我身上仍然穿着户外活动的衣服吧。我感觉像是上了当。我想回到汽车旅馆去，重新上路，再去过我原先那种无根无蒂的漂泊生活，虽不稳定，倒也平安可靠。

头几天晚上我们睡地板，用的是睡袋，底下铺上充气床垫。后来冒出几张多余的行军床，那是用帆布绷在一个金属架上，底下小上头大，夜里一翻身就落地，床会扣到人身上。多少次夜里我都从床上翻下来，醒来时躺在糙糙的满是尘灰的地板上，不知自己身在何方。我哥不会在一旁偷偷地乐了，也不会在那里命令我闭嘴，因为现在我是独自一人在一个房间里。起初我还觉得有个自己的房间很让人激动——有个随心所欲任自己安排的空间，可以不去理会斯蒂温和他那些四处散落的衣服和木头枪——可是现在，我感觉到孤独了。在此以前我还从未单独一人在一间屋子里过过夜。

每天我们在学校的时候家中都有新的东西出现：一只炉子，一台冰箱，一张牌桌，四把椅子；这下我们可以像普通人一样坐在桌旁吃饭了，而再不用在壁炉前的地上铺块布盘着腿用餐。壁炉倒还真可以用，它是这屋子里真正完工的部分之一。我们用建筑材料中丢剩下的木屑碎片投进壁炉做燃料。

爸爸用他的业余时间全力以赴搞房子的内部装修。地上铺设的材料在地面上一点点铺开去：起居室内用的是窄条的硬木板；卧室内，一排一排往前铺的是油地毡。这房子看上去开始像座房子了。但是，这一切费去了太长的时间，我真不愿意它这么费时，而战后，在我们眼下这一片烂泥塘里，要实现有尖桩篱笆白色窗帘的梦境，我们还早着呢！

7

爸爸身穿风衣，头戴灰色的破毡帽，绒布衬衣的袖口紧扣着以防黑蝇钻入爬上臂膀，厚重的便裤收紧塞入羊毛做成的工作袜。而妈妈呢，除了所戴毡帽不同外，其余大致相同。爸爸妈妈这样的装束我们已经见多不怪习以为常了。

可是如今爸爸却穿起了夹克衫打起了领带，里边白衬衫，外面粗花呢大衣，还围了条围巾，鞋子外面套的不再是涂着腊肉油脂的防水皮靴，而是可以收扣的高筒靴。妈妈的腿也可以看见了，套在一双接缝从后部一路往上开的长筒尼龙丝袜里。她出门时要画口红。她有一件带灰色毛皮领子的外套，还有顶插着一根羽毛的帽子，那帽子一戴，她的鼻子就显得过长，所以每次戴上后她一照镜子就说：“我这样子看上去像个巫婆。”

事情原来是这样的：爸爸的工作变了，由原先野外森林昆虫的研究者变成了现在的大学教授。本来摆得到处都是的臭烘烘的坛坛罐罐及标本采集瓶数量已大为减少，取而代之的是散放在家中各处的、他的学生用彩笔所画的一摞摞草图。这些草图全为昆虫标本的草图，其中有蚱蜢、云杉卷云蛾、森林天幕毛虫、吃木虫等。每张草图有一页大小，各个部位标得清清楚楚：上下颚、窦毛、触须、胸部、腹部等等。有些画的是横切面，这就是说昆虫被切开以便让人看到其内部：什么通道啦，支脉啦，鳞茎啦，细丝啦。这一种草图我最喜欢了。

每天晚上，爸爸坐在椅子里，椅子的扶手上搁一块木板，木板上就放着这些标本草图，他手拿红铅笔一张张地批改。有时他一边改一边自个儿笑起来，或者直摇头，或者牙齿间啧啧有声，说："笨蛋！呆瓜！"我站在他椅子后面看那些标本图，他就给我指出来，这个人把昆虫的嘴画错地方了，画到另一端去了，那个人画心脏前没有经过准备，更有人连雌雄都不分。这可不是我判断这些标本图的标准，是好是坏我是根据其色彩来决定的。

每逢星期六我们就和他一起上车开到他工作的地方去。那地方实际上叫"动物学大楼"，不过我们不这么叫，它就是那么一座楼而已。

楼很大。因为是星期六，每次我们上那儿去它都几乎是空的，这就使它显得更加巨大。大楼由砖砌成，经日晒雨淋已呈深褐色。它给人的印象是似乎有角楼，其实并没有。楼上长有常春藤，因为现在是冬天，叶儿落了，四处爬着的只是些筋筋条条。楼内是铺着硬木地板的长长的过道，一茬茬的学生冬天里穿着带雪泥的靴子从上面走过，地板已经受到污损，不过依然擦得很干净。楼梯也是木制的，我们一爬就吱吱作响。楼梯上有扶手，可是不许我们从上往下滑。铁制的散热器吵得要命，不用时冰冷，一开就滚烫。

二楼是彼此贯通的走廊，其间排放着许多架子，上面的瓶瓶罐罐装满了死蜥蜴或酸洗过的牛眼球。有一个房间里是几只装着蛇的玻璃箱，那蛇比我们以前见过的任何一种都要大。其中有一条是驯服的王蛇，要是负责驯养它的人在场，他就会把蛇拿出来绕到他的手臂上，我们也因此能看到这蛇为了吃到一样东西如何先将其压死的样子。我们还被允许摸了摸这条蛇。它的皮肤凉凉的，干干的。另外几只玻璃箱中装的是响尾蛇，那人给我们表演他如何从蛇的毒牙中挤出毒液来。进行这个表演时他戴了一只皮手套。毒牙形状弯曲，中间是空的，从中滴出的毒液颜色发黄。

在同一间屋子里还有一只水泥池子，其中的水看上去浑浊黏稠，发绿；水中趴着几只大海龟，眼睛眨巴眨巴的，一会儿又弄出很大的声音，笨拙地爬到为它们提供的岩石上去，要是我们靠它们太近还会发出嘶嘶的声音。这间屋子比别的屋子要热，潮气也大，这是为了满足蛇与海龟的需要。屋子里的味道像麝香。还有一间屋子里是一只装满巨型非洲蟑螂的箱子；那蟑螂色白，剧毒，看管它们的人每次开箱喂食或将其取出箱外时，都不得不先对它们施放麻醉气以使其暂时昏迷。

下面地下室里放着一架架白色的大家鼠与黑色的小家鼠，这些老鼠不是野生的，很特别。它们从插入箱中的给料漏斗中吃那一颗颗的小食丸，从装有滴管的瓶子里喝水。它们用嚼碎的报纸做窝，里边全是尚未长毛的粉嘟嘟的幼鼠。它们一会儿从彼此的身上爬过，一会儿又拱到彼此的身底下。睡觉时堆成堆，相互用颤颤的鼻子你嗅嗅我我嗅嗅你。饲养老鼠的人告诉我们，假如你把一只陌生的老鼠放进其中的一只箱子，它们一闻味道不对或者陌生，就会将其撕咬至死。

地下室散发着浓烈的老鼠屎的味道，这味道往上飘，弥漫了整个大楼，越往上则越淡，最终和用来清洗地板的绿色去污剂、地板上光剂、家具上光蜡、甲醛以及蛇等各种别的气味混合到一起。

大楼内的东西倒没有一样叫我们觉得讨厌。不说细的吧，那总的布置安排我们都熟悉，尽管我们以前从未在一个地方见到过这么多老鼠，其数量与臭味令我们生畏。我们很想把海龟弄出池子来玩，但因为它们会突然发起袭击，脾气又不好，不小心手指可能会被咬掉，我们还是识趣点不玩为妙。我哥想从一只标本瓶中弄一头牛的眼球出来玩玩，这类事情别的男孩子也都觉得颇能激动人心。

楼上有些屋子用作实验室。实验室的天花板十分宽广，前面是黑板。室内是一排排深颜色的大课桌，这些课桌倒更像是工作台，边上有供人坐的高高的凳子。每张桌子都有两盏带绿色玻璃罩的台灯，另有两台显微镜；那是老式的显微镜，薄薄的管料分量扎实，其他附件都由黄铜制成。

我们以前也见过显微镜，不过没有这么近距离观察过。我们可以在上面泡上许多时间直到玩腻为止。有时大人给我们看玻璃片上的东西，蝴蝶的翅膀啦，软体虫的横切面啦，涡虫啦，涡虫还被染上粉红色和紫色，这样不同的部位就都能看见了。有时我们将自己的手指放到镜头底下去观察手指甲，那灰白的部分弯弯的像座小山，衬以深粉色的天空做背景，周围的皮肤一粒粒拱起，仿佛是在一片沙漠的边缘。有时我们还从头上将头发拔下来观察；头发硬邦邦亮闪闪，犹如甲壳质昆虫皮肤上长出的刚毛，头发根部则好比洋葱头上小小的球茎。

我们喜欢看痂。我们将痂揭下来——因为显微镜底下摆不下一整条胳膊或腿——然后将放大倍数调到最大。痂看上去像岩石，高低不平，还带有硅石般的光泽，要不就像某种真菌。假如我们能从手指上揭下一块痂来，我们就将手指也摆到显微镜下仔细观察那血慢慢渗出的地方；血鲜红鲜红的，圆圆的一块像一颗纽扣，似浆果一般。看完之后我们就将血吮吸掉。我们还观察耳屎、鼻涕或者脚趾头里挖出的污垢，不过先要检查一下四周围没有什么人；我们知道，不事先请示，这种事情大人是不会同意的；虽说也从未有过什么确切的规定，我们的好奇心还是得有一定的限度。

这就是我们星期六上午干的事，这种时候爸爸总在他办公室忙他的事，妈妈则上街购买食品和杂货。妈妈说，我们自己这么玩可以省掉她不少心。

从这座楼可以眺望到大学街，那儿有草坪和几尊人骑着马的铜绿色塑像。街的正对面是安大略省议会大厦，也是又旧又昏暗。我想它肯定也和动物学大楼一样，里边满是长长的过道，一走就吱吱作响，也肯定同样摆满了一架又一架酸洗过的蜥蜴和牛眼。

就是在这动物学大楼上我们第一次看到了“圣诞老人大游行”。我们以前从未看过游行。这次游行的情况你也可以从收音机里收听，不过要是你想看到实况，还得穿上又厚又臃肿的冬衣，站在人行道上一边跺脚一边搓手，这样才能保持身体暖和。有人为了看得更清楚就爬到那马的塑像上去。我们就用不着，因为我们可以挑楼内一间主要的实验室，爬到其中的窗台上去坐着。那布满灰尘的玻璃窗将我们与外面严寒的天气相隔，而那铁制的散热器又将一阵阵热气顺着我们的腿由下往上吹。

就是从这窗台上我们看着人们从我们这儿走过，他们的穿着看上去像雪片，像矮人，像兔子，像捏出来的球形糖果小精灵。由于我们是居高临下地朝下看，这些人似乎被去了头又切了脚，矮矮的只剩下中间一截，煞是异样。我们看到由身着苏格兰褶裥短裙的风笛手组成的管乐队，还看到像巨型蛋糕一样的东西，下面装着轮子，从我们这边缓缓开过，上面载着的人挥手示意。天开始下起蒙蒙细雨。那下面的每一个人看上去都像是很冷的样子。

圣诞老人在游行队伍的尽头，样子比我们预想的要小。由于被这布满灰尘的玻璃窗所隔，他说话的声音以及他那带有扬声器的铃铛我们无法听到。他在由机器操作的驯鹿后面轻轻地前后摇摆着自己的身体，向人群打着飞吻，看上去像是已经被雨水浸湿。

我知道他并不是真正的圣诞老人，只是某个装扮成那个样子的人。尽管如此，我对圣诞老人的观念还是改变了，它获得了一种新的内容：从那以后，只要想起圣诞老人，我就很难不产生别的联想，我会想起那蛇，那龟，那酸洗过的牛眼，那浮在黄色瓶子中的蜥蜴；我还会想起那旧木头、家具上光漆、甲醛和那久已离我远去的老鼠，它们所散发出的气味四处弥漫，浓烈，古老，悲凉，却又给我以抚慰。

第三章　帝国灯笼裤

8

有好些日子我几乎下不了床。我感到说话困难。我数着数迈步，一步，又一步，一直走到卫生间。能迈开这些步子是我取得的主要成绩。我重点练习怎样旋开牙膏上的盖子，怎样将牙刷举起来送到嘴边，而就是这一点事，我甚至很难抬起胳膊去做。我觉得我是没有用了，任何有价值的事都做不成，至少在我看来是这样。

"你对自己有什么可说的吗？"科迪莉亚从前老这么问我。我总是说："什么也没有。"我已逐渐将这话与自身联系到了一起，仿佛我什么也不是，一切尽为空虚。

昨夜我即感到空虚袭来。空虚尚未靠我太近，然而已经上路了，犹如飞鸟的一扑，犹如凉风徐来，又好比海潮退去时起初那轻轻一卷。我想和本说说话。我打通了家里的电话。他外出了，录音电话机开着。我听到的是我自己的说话声，快乐而节制:“你好。我和本此刻不能听电话，不过请留言，我们将尽快给您回电。”接着是嘟的一声。

不见其人，只闻其声。一个天使般的声音，在空中飘荡。假如我此刻死去，这声音就将永远这么响下去，平平静静，给拨打电话的人提供着帮助。它仿佛人死后留下的一个电子幽灵，听到它我就想哭。

“用力抱抱！”对着空荡荡的空间我突然冒了一句。我闭上眼，回想起沿海一线的群山。我对自己说，那才是家，才是你真正生活的地方。在那舞台一般的景致中，一切是那样漂亮，犹如一部虚构电影的背景。那不是真的，它不够沉闷，不够单调，不够肮脏。然而，现如今他们正在那里改变着它的模样。这儿走上几英里，那儿走上几英里，走到观景窗看不到的地方，你就来到一片只剩下树桩的土地。

温哥华是这个国家的自杀之都。你不断西行直到尽头。你来到边缘。随后你跌下海去。我从羽绒被底下钻出来。理论上说，我是个大忙人。有不少事需要我去做，尽管没有一件是我真心想做的。我在小厨房的冰箱里翻找食物，摸到一只鸡蛋，煮熟，丢进茶杯里，将它捣得稀烂。那药茶做好后我没看一眼。我径自去端那杯实实在在却品质低劣的咖啡。一杯就会让我紧张起来。知道自己的神经很快就要紧绷起来反而使我感到振作。

我徘徊在断肢残臂和高弓足之间[1]，渴饮着黑暗。我喜欢这间工作室，我可以在这儿工作。这里表现出的得过且过与昏暗邋遢的程度对我倒是正好。七零八碎的物什给我以鼓舞：别的且不论，我眼下的状况总比它们要强。

今天我们开展。这可是个不吉利的字眼。[2]

我将自己塞进衣服里去，弄弄手臂摸摸腿，好像它们并不属于我自己，而是属于其他某个个子不太大或是身体不太好的人。今天穿的又是浅灰蓝色运动衫。我随身没有带多少衣服。我不喜欢托运行李，所有的东西都爱往飞机的座位底下一塞了事。我心底有一个念头：万一在那半空当中出点什么事，我就可以从座位底下一把抢出我的包，然后姿态优美地从窗口跳出，不留一点遗物在身后。

我一头冲到外面，沿街快速地走着，嘴巴微张，同时在心中估算着时间。跟那帮快乐的家伙在一起要保持快乐。我以前习惯慢跑，可是那对膝盖不好。β－胡萝卜素摄入多了人会变成橘黄色，钙补过了头又生肾结石。健康这东西真是要人命。

从前那个空空荡荡的多伦多不见了，如今它拥挤得叫人

[1] 此处的“断肢残臂和高弓足”指乔为电影特技制作的模型。

[2] “开展”原文为“hang”，该词有“上吊”之意，故作者此处有“不吉利的字眼”一说。

窒息。多伦多在膨胀，快撑死了，这一点再明显不过。交通状况令人震惊，喇叭声四起，到处可见横冲直撞，人们将车一路开到四岔路口的中心，然后坐在那儿等交通灯变绿。我庆幸自己以步当车。我从这里的货栈中间穿过，所经过的每一幢楼似乎都在发出叫喊："快来翻修我！快来翻修我！"我第一次在地产区见到"Reno"这个词还以为它是指那个赌博胜地呢。[1] 现在的语言我真是跟不上了。

我无意中到了国王街与斯巴蒂纳街的拐角处，继续往北走。这地方过去人们常来搞服装批发，现在依然如此，不过原先那些犹太人开的熟食店渐渐消失了，取而代之的是大型华人商场、柳编家具、嵌花台布与竹制风铃。马路上的标记有些附有中文小标题，多元文化真是势不可挡；有些则在名字底下再标上"时装区"字样。现如今什么都成个区了，过去从来就没有什么区。

我忽然觉得自己出席开幕式需要一套新的衣服。当然我随身也带了一套，并且已经用旅行熨斗烫好——我将乔的工作台清理出一角当烫衣板，再在上面叠放一条毛巾。这套服装颜色是黑的，因为这样的场合穿黑色最好了：简简单单，素净淡雅，就像交响乐队中的女大提琴手的服装那样。衣服

[1] "Reno"为前一句话中"翻修"(renovate)一词之略，而书中主人因跟不上快速变化的现代语言而误以为是指赌博胜地里诺。

穿得比前来的客人还过头可不行。

可是，想起这身衣服现在却叫人沮丧。黑颜色容易粘上绒毛，而我又忘了带衣服刷子。我想起四十年代的透明胶带广告来：将透明胶带反过来缠在手上，将手缠得像个小木乃伊，以此法去衣服上的绒毛。我想象自己站在那座美术馆里，身边围着的不是这样的时装就是那样的时装，还有货真价实的珠宝，而自己一身寡妇黑，透明胶带没有粘到的地方还起着绒毛。也可以考虑别的颜色，比如粉红；粉红被认为有削弱敌手的作用，可以令他们对你心慈手软，小姑娘多用粉红色原因肯定在这里。军方没有想到这一点真是奇怪。头戴浅粉红色的钢盔，钢盔上是玫瑰形的花饰，整整一个营，冲向滩头阵地，那粉红色的一片该是何等气势！现在我该换一种颜色了，我此刻不妨稍微来那么一点粉红。

我在削价商品的橱窗前慢慢巡行。每个橱窗仿佛一座神龛，灯光自内而外射出，其中陈列的美女或是一只手搁在臀部，或是一条腿伸出，浅棕色的脸冷冰冰不可捉摸。社交礼服又回潮了，什么蝴蝶结，弗拉曼柯舞褶裙，什么无背带服，圈环裙，做得像布料糖稀一样的泡泡袖：一切我以为已永远落伍的东西。还有超短裙，现在的和过去的一样糟糕，我从来都与之划清界限。我先前见到超短裙就不喜欢：衬裤内裤露得太多。我不能穿带褶裥的东西，要不然样子像棵卷心菜；也不能穿无背带的衣服，原因是自己的锁骨那么高，还干枯枯的，胳膊肘又像鸡脚骨那样外突。我所需要的是来点什么直统统的东西，也许稍稍带点皱褶。

一块“削价大甩卖”的招牌将我诱进了商店。这家店起名“光鲜靓丽时装店”，其实并不是什么真正的时装店，里边堆满了尾货，东西挂下来，低低的要压到人的头。店里挤满了人，这倒使我很开心。商店的女售货员让我吃不消。我购物时不喜欢叫人看着。我轻手轻脚地在货架上一件件地翻找，找我需要的东西；那些带闪闪发光的装饰片的玩意儿，有玫瑰花饰的安哥拉山羊毛，金丝线，邋里邋遢的白皮革等一概绕过不看。我所希望的是能将自己的外观改变一下，这可越来越困难了。乔装打扮在年轻时还容易些。

我将三样东西拿到了试衣室：一种是浅橙色，上面是一块钱硬币大小的小圆点；另一种是铁青色，其中镶嵌着缎子一样的东西；还有就是为保险起见选的黑色——要是前两种不行，黑色总可以对付。浅橙色倒是我真正喜欢的，可是那些小圆点我穿能行吗？我麻利地将衣服穿上，拉上拉链，扣住，然后在镜子前转过来转过去地照。镜子上的光线照例很差。要是我开这样的一家商店，我就将试衣服的这一个个小隔间统统漆成粉红色，同时投些钱进去将镜子好好搞搞，因为女人们想从镜子里看到的东西千千万，就是不包括她们自己，尤其是在如此糟糕的灯光布置下。

我伸长脖子，试图扭过头去看自己后面的模样。也许可以配双别的鞋子或者别的耳环？那块价签晃啊晃的，指着我的臀部。那些小圆点就在这宽阔的一大片肉上滚动着。说来也怪，人从后面看总是要大得多，这或者是因为后面分散人注意力的特征较少，难以打破那一大片要么撅起要么平展的单调。

就在我转身向后看的时候，我看到了我放在地上的钱袋。在经过这么多年之后，我应该明白钱袋不能这么随意乱放。钱袋开着。小隔间的墙板只做到离地面一英尺的地方，而就是在这个豁口靠后的位置，一只无声的手臂正往回缩，手上紧紧拽着我的钱包，手指甲上搽了绿色的日辉牌指甲油。

我将一只没穿鞋子的脚狠狠地踩到那只手腕上。只听得一声尖叫，其他几人咯咯大笑。小年轻追求放浪的生活，小女生寻寻觅觅四处惹事。我的钱包被扔下了，那手像触须似的嗖一下缩了回去。

我猛地推开了门。科迪莉亚，该死的！是你？！

但科迪莉亚早已不见了踪影。

9

父母送我们去上的这所学校离家还有些路呢，我们要经过一片墓地，越过一条沟壑，穿过一条曲曲弯弯、两边旧房林立的宽阔的大街。学校名叫玛丽王后公学。每天早晨，我们穿着冬天新买的套鞋从冰冷的烂泥中走过，手上拎着装在纸袋袋中的中饭，穿过一片残剩的果园，来到离家最近的一条铺好的公路，就在那里等校车爬上山坡越过坑洼，一颠一摇地朝我们开来。我穿着新的风雪衣，裙子紧裹在两条腿上，被塞进风雪裤那两条鼓鼓囊囊的裤管里，走起路来全搅到一块儿。上学不能穿裤子，得穿裙子。这一点我不习惯，我也不习惯一动不动地呆坐在课桌旁。

我们在校舍的地下室吃中饭。地下室很冷，灯光昏暗。在有关人员的监督下，我们一排排坐在带瘢痕的木头长凳上，头顶是一根根彩带似的悬着的暖气管。大多数孩子都回家吃饭，只有搭乘校车的才要留下。学校发给我们喝的奶装在小瓶子里，我们在用卡纸做的奶瓶盖上戳一小洞，插入吸管来吸。这是我第一次用吸管吃奶，感觉非常惊奇。

校舍本身旧而高，由猪肝色的砖砌成；天花板很高，长长的铺着地板的过道给人以不祥之感；散热器要么开得足足的，要么根本不开，因此我们不是冻得直哆嗦就是热得够呛。窗户高而薄，有许多格子，上头饰有用彩色美术纸剪出的图形；因为是冬天，眼下剪的是雪花。校舍有个前门，可是从不给孩子们使用。后面有两个十分气派的入口，四周满是雕刻，两扇门的上方饰以两块华丽的嵌板，上头用庄严的圆体分别刻着：男生、女生。当老师在院子里摇响她的铜铃时，我们得两人一组站好队，女生一队，男生一队，然后挨个儿从两扇不同的门进去。女生会手牵着手，男生则不牵。要是走错了门，就得挨鞭打，至少大家都是这么说的。

我对那扇男生的门十分好奇。要是当了男生，从另一扇门穿过会是什么感觉呢？仅仅瞅一眼就得挨鞭打，那里边到底有什么？我哥说，里边的楼梯没有任何特别之处，只是简简单单的普通楼梯。男生也并非另有一个单独的教室，他们是和我们待在一起的。他们进是从男生的门进，可是最后到的地方和我们一样。我能明白男生为什么有自己的洗手间，因为他们撒尿的方式和我们不同，也明白男生们为什么有自己的活动区，因为他们相互间永远在拳打脚踢。可是那扇门还是叫我困惑。我很想到里边去瞧一瞧。

正如男女生从不同的门进出一样，学校的操场也分成不同的部分。前面，在教师入口处旁边，有一片铺着煤渣的垃圾场，那是男生的游乐地。学校边上背街的一面有一座小山，有木台阶通往高处；坡子上由于腐蚀的作用形成了一条小溪，坡顶长着几棵又小又矮的常绿植物。根据惯例这是留给女生的。稍大一点的女生三五成群站到那上头，头弯下来，相向着说悄悄话。不过男生有时候也会鬼喊鬼叫挥舞着手臂往山上冲。男女生两个入口处外铺着水泥的那一块是公共领地，男孩子们要进入他们的门得先从这块公共领地上穿过。

在学校我只有排队时才能见到我哥。在家里的时候，我俩用两只罐头盒加一根线做了一台步话机，机器架设在我俩卧室的窗户之间，通话效果不很理想。我们将互相之间的留言塞到对方的门底下，留言全用异乡人的暗语写成，满是“X”“Z”之类的，还得破译。我们用胳膊肘你碰我一下我碰你一下，或者在桌子底下用脚你踢我我踢你，台面上那两张脸还得保持一本正经，不露声色。有时我们还将两人的鞋带系到一起，那也是表示某种信号。这些通过罐头盒传递的嗞啦嗞啦含混不清的话语，这些听不到元音的句子，这些用脚传达的莫尔斯电码，如今就成了我跟我哥之间联络的主要方式了。

可是白日里，一出门我就不见了他的踪影。他老远地跑在前头，一边扔着雪球；上了校车他就坐到后头，跟一窝年龄稍大、吵吵闹闹的男生黏在一起。放学后，他先得通过任何一所学校的任何一个新来的男生都必须要面对的种种打架干仗，然后前去帮忙向附近那所天主教学校的男生开战。该校名叫“永远保佑我们的圣母马利亚”，可我们学校的男生将它重新命名为“永恒地狱中的圣母马利亚”。据说这所天主教学校的男生很不好对付，他们将石块儿裹藏在雪球中间。

我很识趣，懂得这种时候最好不跟我哥说话，或者吸引他或任何别的男生的注意。男孩子有妹妹，或者姐姐，都会遭人取笑，甚至还会因为有母亲而被人笑话，这就好比拥有新衣服时的别扭劲儿。我哥要是得到点什么新东西，想尽办法也得立即将它弄脏，为的是避免惹人注意；要是他不得不和我及妈妈一起上哪儿去，他总是走在我俩的前面，要不就走在马路的另外一边。假如他因为我而遭别人取笑，打仗方面他就得多出点力。我要跟他接触一下，哪怕只是叫他一下名字，都将是对他的不忠。这些名堂我很能理解，所以尽量不去丢他的面子。

这样，我最终也就只有和女孩子们在一起了，而且是活生生实实在在的女孩子。然而我又不习惯跟她们在一起，也不熟悉她们那一套。跟她们在一块儿我感到别扭，我不知道说什么好。男孩子们那些没有说出口的规矩我都清楚，可是到了女孩子这儿，我感觉我随时都可能犯下点什么预想不到的、灾难性的大错。

一个名叫卡罗尔·坎贝尔的女孩儿和我交上了朋友。从某种程度上说她也不得不和我交朋友，原因在于她是我们年级里除我之外唯一一个搭乘校车的女生。坐校车上学，在地下室而不是回家吃饭的孩子，被认为有一点点与众不同，到铃声响起该排队的时候，弄不好会发现自己没了伴儿。因此，卡罗尔乘校车时坐在我边上，排队时拉着我的手，跟我说悄悄话，坐在地下室那木头长凳上吃中饭时也紧挨在我身边。

卡罗尔住在那个废弃的果园靠近学校一边的一座较旧的

房子里。那是一座带绿色百叶窗的两层楼的黄色砖房。卡罗尔粗短身材，老爱笑。她跟我说，她的头发是蜜黄色，剪的是童花头，两个月就得上一次美发店做这样的发型。我一直不知道还有童花头、美发店之类的东西。我妈妈不上美发店。她留着长发，边上用发夹夹住，样子就像战时招贴画中的女人。我自己的头发则从来没有剪过。

卡罗尔和她的妹妹星期天都配有专门的套装：大小合身的褐色粗花呢上装，天鹅绒领子，褐色圆形天鹅绒帽，上有可以从下巴底下将帽子扣住的松紧带。她俩还有褐色的手套和褐色的小钱袋。这一切都是她告诉我的。她们都是基督教圣公会的信徒。卡罗尔问我上的是什么教堂，我说我不知道。事实上我们从来不进教堂。

放学后，我和卡罗尔走回家，走的不是早晨校车走的路线而是另一条路。我们摸着小街小巷走，还经过架在那条沟壑上的一座已经开始腐烂的步行木桥。大人教我们一个人的时候不能这么做，不能独自跑到下边的沟壑里去。卡罗尔说那下边可能会有男人在。这些可不是普通的男人，他们属于另一种，那种专打你主意、幽灵般不可名状的男人。她说“男人”这个词的时候是笑着悄悄说的，仿佛男人们是一种特别的、令人怦然心动的玩笑。我们轻手轻脚地从桥上走过，绕开木板已经烂透的地方，同时密切注意着是否有男人出现。

卡罗尔邀请我放学后上她家玩，她给我看挂满了她的衣服的衣橱。她有很多套装和裙子；她甚至还有一件专门在梳妆和休闲时穿的晨衣，与此相配的是一双细绒毛拖鞋。在此以前我还从未在一个地方见到过这么多女孩子的衣服。

她让我从门口参观一下她的起居室，不过大人不允许我们到里边去。她自己也只有练钢琴的时候才可以进去。起居室里有一张沙发、两把椅子，所配的帷幔全都印着玫瑰花图案，是浅褐色的料子，卡罗尔说是印花棉布。她发“印花棉布”这个词的音时带有一种敬畏，好像那是某个神圣物件的名字似的，我也就在心里默默地对自己重复了一遍：“印花棉布。”那声音像一种淡水螯虾的名字，又像是我哥画的遥远星球上某个外星人的名字。

卡罗尔告诉我，如果她弹错了一个音，她的钢琴老师就会用尺子打她的手指，她妈妈则用梳子的背面或拖鞋掴她。什么时候她倒霉倒定了，就得等她爸爸回家来用皮带狠狠地抽她，直接抽在她光光的屁股上。所有这些事可都是秘密。她说她妈妈在电台的一档什么节目里唱歌，用的是另一个名字，而我们倒还真的偷听到她妈妈用颤抖的高嗓门在起居室里练声呢。她还说她爸爸到夜里就要将几颗牙齿取出来放进床边的一杯水中。她将那只玻璃杯指给我看，不过里边没有牙齿。卡罗尔似乎什么都愿意跟我讲。

她还告诉我学校里哪些男生在和她相爱，同时要我保证不把事情说出去。她问我哪些男生在和我恋爱。这种事我以前从来没有想过，可我看得出她期待我给她某种答复。我说我不清楚。

卡罗尔来到我家，一下子注意到了所有这一切：未经油漆的墙壁，从天花板上直荡下来的电线，没有铺完的地板，几张行军床……她开心得叫人难以置信。“这就是你睡觉的地方？”她说，“这就是你吃饭的地方？这些就是你的衣服？”我的衣服数量不多，大部分是裤子和针织的紧身上装。我有两套衣服，一套夏装，一套冬装，另有一件束腰外衣和一条羊毛短裙，是上学时候穿的。我开始怀疑，自己是不是需要再添置几件衣服。

卡罗尔跟学校里每一个人说我们家是在地板上睡觉的。她说这话时给人的印象仿佛我们这么做是故意的，因为我们是城外来的，睡地板是我们的一种信念。当我们真正的床——四条腿，带床垫，和所有人的床别无二致——从仓库运到时，卡罗尔很是失望。她四处散布说我竟然不知道自己上的是什么教堂，还说我们在牌桌上吃饭。她并不是以轻蔑的口吻跟人反复地讲这一件件事，而是将它们当成一桩桩来自异国他乡的奇闻。不论怎么说，我毕竟是她排队时的伙伴，她希望人家觉得我神奇。更确切地说是她希望人家觉得她自己神奇，竟能抖搂出这么些神奇的事来。这情形好比她是在报道某个原始部落的一些滑稽古怪的习俗：真倒都是真的，却叫人不可思议。

10

星期六我们带卡罗尔·坎贝尔上动物学大楼。我们进楼的时候她皱着鼻子说："这就是你爸爸工作的地方？"我们让她看蛇和海龟，她发出一种听上去像是"唷"的声音，说是不想碰这些东西。这让我感到很吃惊；大人一直鼓励我不要胆小，这么长时间下来，见到这些东西我已不再有什么感觉了。斯蒂温也是这样。只要有机会，几乎没有什么东西我们不想去摸摸碰碰的。

我觉得卡罗尔·坎贝尔是个胆小鬼。同时我又发现自己对比她那种骄矜之态产生了几分骄傲。我哥以一种古怪的样子看她：是鄙视，真的，假如我那么说话，他可要取笑我了。不过他轻蔑的眼光中有一种潜台词，像一个无形的点头，仿佛他正打算怀疑的某种东西到底出现了。

按理，卡罗尔说这种话之后我哥哥不会再理她了，可他继续用泡在坛子里的蜥蜴和牛眼球来试她。"唷！"她说，"要是人家把这么一个东西放进你背里可怎么办呢？"我哥问她来点这玩意儿当晚饭怎么样？他发出咂咂咀嚼的声音来。

"唷！"卡罗尔叫道，面孔一下皱起，浑身扭作一团。

我不敢也像她那样显出惊吓和恶心的样子，我哥是不会相信的。可我也不能参加那种制作诸如癞蛤蟆馅饼、蚂蟥口香糖之类令人作呕的食品的游戏了；如果只是我们俩单独在一起，或者和别的男孩子在一起，我会二话不说就跟着一道干。所以我什么也没说。

从大楼回来后我又去了卡罗尔家。她问我是否想看看她妈妈新买的那套“双胞胎毛衣”。我不知道那是什么玩意儿，不过名字听起来很撩人，所以就说好吧。她带着我蹑手蹑脚走进她妈妈的卧室，还说要是我们被逮着她可就真要倒霉了。她把叠好放在架子上的这套“双胞胎毛衣”拿给我看。所谓“双胞胎毛衣”不过是两件颜色相同的套衫，一件前面带纽扣，一件不带。我原先已经见过坎贝尔夫人穿过一套不同的“双胞胎毛衣”，那是米色的；她的一对乳房突出鼓起，带纽扣的一件披挂在肩上像件斗篷。“双胞胎毛衣”不过如此而已。我很是失望，因为我本来预想它总该和双胞胎有点什么联系。

卡罗尔的父母不像我的父母那样同在一张大床上睡觉。相反，他们睡两张小床；两张床一模一样，都配有粉红色的绳绒线床罩和床头柜。这两张床被叫作“孪生床”，在我看来比那套“双胞胎毛衣”更名副其实。尽管如此，一想到坎贝尔先生和坎贝尔太太夜里躺在那上面，盖着被子和毯子，除两颗头不同外——先生的有小胡子，太太的没有——其余都一样，仿佛一对孪生儿，我还是觉得怪怪的。使我产生这感觉的是他们卧室里什么都成双成对：床罩，床头柜，台灯，衣橱……我自己父母的卧室没有安排得这么对称均衡，也没这么干净整洁。

卡罗尔说她妈妈洗碗碟的时候要戴橡胶手套。她把那橡胶手套以及安在水龙头上的一个莲蓬头一样的东西指给我看。她打开水龙头，水喷洒到洗槽内，无意中一部分水还喷到了地上。这时坎贝尔太太走了进来，她身着那套米色的“双胞胎毛衣”，眉头紧皱着，说我们最好还是上楼去玩。也许她并没有皱眉头。即使在她笑的时候她的嘴都是微微朝下撇的，长着这么一张嘴，很难判断她是开心还是不开心。她的头发和卡罗尔的头发是同一种颜色，不过冷烫后满头都是波浪。是卡罗尔向我指出那叫冷烫。冷烫形成的波浪其实跟水毫不相干。它像洋娃娃的头发一样，收拾整理得一丝不乱，仿佛是缝在固定的位置上似的。

我越是迷惑不解，卡罗尔就越有一种满足感。“冷烫是什么你都不知道？”她说，一副开心的样子。她急于向我解释一些事物，告诉我它们叫什么，让我看看它们。她带我参观她的家，仿佛这是一座博物馆，这里的一切都是她亲自收集得来的。站在楼下的客厅时，屋里有一个衣帽架——“你从来没见过衣帽架？”——她说我是她最好的朋友。

卡罗尔还有一个最好的朋友——有时候是，有时候不是。她的名字叫格雷斯·史密斯。卡罗尔是在校车上将她指给我看的，那样子如同她指那套“双胞胎毛衣”和衣帽架一样，指的都是某个要叫人来羡慕的对象。

格雷斯·史密斯比卡罗尔大一岁，比我们高一级。在学校里她和她班上别的女生玩，但放学后以及星期六她和卡罗尔一起玩。她班上没有女生像我们似的住在沟壑的这一边。

格雷斯住在一座形状像鞋盒子的两层楼的红色砖房里，前面的门廊里有两根粗而圆的白色柱子将其高高撑起。她比卡罗尔高，粗密的黑发分成两条辫子。她的皮肤白得要命，仿佛泳装下的身子那么惹眼，不过皮肤上满是雀斑。她戴眼镜。通常她是穿一条带两条背带的灰色短裙和一件缀有小羊毛球球的红色针织套衫。她的衣服闻起来有点像是史密斯家那所房子，融合了去污粉、煮熟的萝卜、略带酸臭味的待洗衣物以及门廊下泥土的气味。我觉得格雷斯长得很漂亮。

星期六我不再上动物学大楼去了，而是改为跟卡罗尔和格雷斯一起玩。因为是冬天，我们大多数时候是在室内玩。跟女孩子一起玩与跟男孩子玩不一样，起初我觉得怪怪的很不自然，好像我只是在模仿女孩子玩一样。不过很快我就习惯多了。

我们玩的那些东西多数是格雷斯的主意，因为一旦我们想玩点什么而她不喜欢，她就会说她头疼想回家，要不就叫我们回家。她从来都不提高嗓门大喊大叫或者发怒，她只是无言地指责，好像是我们搞得她头疼似的。因为更多情况下是我们想跟她玩而不是她想跟我们玩，所以什么事最终都是遂她的愿。

我们在格雷斯的电影明星图画书上给明星们上颜色。这些书上有影星们身穿不同服装、做不同事情时的样子：牵着狗散步啦，穿着海员服驾船航行啦，晚会上身着晚礼服在人群间周旋啦，等等。格雷斯最喜爱的影星是埃丝特·威廉斯。我没有最喜爱的影星——我从没进过电影院——可还是说我最喜欢维罗妮卡·莱克，原因是我喜欢这个名字。维罗妮卡·莱克的这一本书都是些纸做的、可以剪下来的洋娃娃图样；维罗妮卡·莱克身穿泳装，另有几十套服装，你可以用环在她脖子周围的搭襻往她身上粘连。格雷斯不肯让我们把这些图样剪下来，只有在她剪下来之后我们才可以将图样安上去取下来，不过只要我们守规矩，她就允许我们在她这些图画书上一直玩下去。她喜欢将这些书全都配上颜色。她告诉我们用什么颜色，用在哪些部分。我知道我哥要是来玩这个会怎么个玩法——给埃丝特画上绿皮肤，再来一对甲壳虫的触须；给维罗妮卡画上毛茸茸的腿，要八条——但我忍住了，没有这么做。不管怎么说，那其中的衣服我还都挺喜欢。

我们玩上课的游戏。格雷斯家的地下室里有几把椅子和一张木头桌子，还有粉笔和一块小黑板。这些东西都安置在室内那根晾衣绳底下，碰到下雨或下雪天，史密斯家就将内衣晾到这根绳子上。地下室没有完全装修好：地是水泥地，将屋子撑住的那几根柱子是砖砌成的，水管电线也都裸露在外；由于紧挨着黑板就是一只装煤的箱子，空气中还散发出煤尘的味道。

格雷斯总是当老师，我和卡罗尔做学生。我们要做单词拼写测试，还要做算术，就像真的上课一样，不过更糟糕，因为我们从来都没有画画的机会。我们不敢表现得很差，因为格雷斯不喜欢乱糟糟没有纪律。

或者我们就守着一堆堆旧的《伊顿目录图册》坐在格雷斯房间的地板上玩。《伊顿目录图册》我以前看到过很多：在北方他们都挂到室外厕所里当手纸用。《伊顿目录图册》让我想起这种室外厕所里的恶臭味，想起底下那个洞洞里嗡嗡乱飞的苍蝇，想起装着石灰的盒子以及那根将石灰拨到下面洞里去的木棍——石灰用来覆盖洞里那一堆堆粪便，它们形状各异，颜色深黄，或新或旧。但是在这里，对待这些目录图册我们却都颇有敬意。我们将彩色的小人从上面剪下来，贴到剪贴簿上，接着我们又将别的东西——炊具家具之类——剪下贴到这些小人的四周。这些小人本都是女的，我们管她们叫“我夫人”。“这台冰箱归我夫人了，”我们说，“我夫人要这块地毯。”“这是我夫人的雨伞。”

格雷斯和卡罗尔会互相看看对方剪贴簿上一页页的内容

说："啾，你的这么好！我的一点也不好。我的糟透了。"每次我们玩这种剪贴游戏的时候她俩都爱这么说。她们说着甜言蜜语，但声音假假的，我看得出她们言不由衷，实际上每个人都认为她自己本子上那个"夫人"好。但是这种话你还不得不说，所以我也就开始说了。

我觉得这种游戏很累人——所有这些物件，这一切，积聚起来那么重，都得要人来照看，打包，塞进汽车，最后再拆包。对于搬家我可太熟悉了。但卡罗尔和格雷斯却从未搬过，她们的"夫人"各自住在一座单独的房子里，而且永远都住在那里。她们还可以不断地往剪贴簿里添新的内容，在每一页上挤进什么餐厅家具啦，床啦，一摞摞的毛巾啦，一套又一套的盘子啦，而丝毫不用去考虑别的。

我开始想要得到我以前从未想过的东西：辫子，居家穿的晨衣，属于我自己的一只小钱袋。某种东西正在我面前展开，正在被透露给我。我发现，有一整个女孩子的世界及其活动存在着，这个世界一直不为我所知，而我实际可以毫不费力地成为其中的一部分。我不用和任何人去比，要努力去赶上他，跑得和他一样快，瞄得和他一样准；不用发出巨大的爆炸似的响声，不用破译密码似的留言条，不用人家说我毙命了就立即倒下装死。[1] 我用不着去想这些玩意儿我是否

[1] 此句指书中小主人公和她哥哥斯蒂温在一起打闹、游戏时的内容。

做得和男孩子一样好。我所需要做的一切只是往地板上一坐，拿把绣花剪，从《伊顿目录图册》上将那一只只长柄平底锅剪下来，一边嘴里还要说："剪得真差劲！"在某种程度上，这让我松了口气。

11

到了圣诞节，卡罗尔送了我一些"友情园"出的浴盐[1]，格雷斯则送了我一本有关维吉尼亚·梅奥的彩色图画书。她俩送的礼物我最先打开。

我还得到了一本相簿，正好配我的相机。相簿的封面与内页都是黑的，由一根看上去像是粗而黑的鞋带一样的东西扎着；另有一包黑色的三角形相角，上有不干胶，用来固定照片。到现在为止，我用自己的相机只照过一卷胶卷。每当我按下快门时我都在想这张照片会是什么样子。我一张都不想浪费。当照片从冲洗店取回来的时候，底片也一道取回。我举起底片对着光线看：实际照片中的白色部分在底片上全呈黑色。比如雪就是黑的，人的眼球和牙齿也是。

我用黑色的三角形相角将照片固定到相簿里。有几张照的是我哥，他手拿雪球摆出威胁人的姿势。还有几张分别是

[1] 浴盐是一种结晶体，用以使浴水软化并带有香味。

卡罗尔和格雷斯。我自己就那么一张，就是站在门上有“9”字的汽车旅馆门前的那张。那是很久以前的事，有一个月了。已然能看出那孩子与今天的我相比小得多，也可怜得多，一副缩头缩脑、不谙世事的样子仿佛另一个遥远的我。

圣诞节我得到的另一件东西是一只红色的塑料钱袋，钱袋呈椭圆形，有一个金色的揿扣，上部有一个拎手。在室内时，钱袋软软的，很有韧性，可是到户外后一遇冷它就变硬，使得里面的东西喀啦啦地响。我把自己的零花钱装在钱袋里，一个星期五分钱。

我们家的起居室这时候终于铺上地板了，是硬木的；妈妈双膝跪地给地板上蜡，再用一把很沉的长柄刷子在上面来回拖擦，发出像海浪一样的声音。起居室喷好了漆，室内设施安装完毕，还加了护壁板。甚至连窗帘都有了，叫作帷幔。房子里公用、易见的部分率先竣工。

与此相比，我们的卧室还没怎么装修，屋内的窗户还没装窗帘。夜里躺在床上，旁边就是我哥的房间，灯光从他那里照出来，使我得以看到窗外飘落的雪花。

这是一年中光线最暗的时候。即使在白天，光线也显得很暗，而到夜晚上灯后，这种昏暗便如雾一般渗透笼罩了一切。外面只有零星的几盏街灯，昏昏的，彼此远远隔着。人们屋子里的灯投下微黄的光，不是那种冷冷的、微微发绿的光，而是一种略呈棕色的黄油一般的昏黄。屋子里东西的颜色都糅进了那种昏暗：栗红色，淡褐色，暗绿色，灰玫瑰色。这些颜色看上去有点脏，好像你忘了清洗画笔就去使用的颜料盒中那一格格颜色似的。

我们从仓储室搬出栗红色的坐卧两用沙发，再在沙发前面摆上一块具有东方风格的紫红色的小地毯。我们还有了一盏三个灯头的落地灯。夜晚的灯光下，空气凝结在一起，仿佛凝结中的蛋奶沙司。较浓密的光聚积在起居室的四角。入夜，窗帘紧闭，层层叠叠的布幔被拉开用以抵挡外面的寒冬，裹藏昏黄浓密的灯光，把它们抑制在屋内。

在这样的灯光下，在磨光发亮的硬木地板上，我铺了晚上专用的纸，双膝跪着，两肘撑地，开始看我的连环漫画。这些漫画书上，有的人眼睛就是两个圆圆的洞，有的瞬间就能将你催眠，有的身份很是神秘，还有人能将自己的脸拉成各种形状。我的周围是新闻纸和地板蜡的气味；五斗橱抽屉中我那穿上就痒痒的长筒袜的味道与我脏兮兮的膝盖的味道掺杂在一起；羊毛格子呢那热烘烘叫人要搔痒痒的味道又与棉布内裤猫盒子般的味道混合在一起。在我身后，收音机正在播放来自滨海诸省的四步舞曲《唐·梅塞及其岛民》，为六点钟的新闻播报做准备。收音机是木制的，被漆成了黑色，转动旋钮时，一只绿色的眼睛会在调谐盘上随之转动。当眼停在电台与电台之间时，就会发出怪异的、来自外太空的噪音。斯蒂温说那叫无线电波。

这些日子里，格雷斯·史密斯常常喊我放学后上她家去，却不叫上卡罗尔。她告诉卡罗尔不请她是有原因的：那是因为格雷斯的妈妈。她妈妈很累，所以那天格雷斯只能邀请一个最好的朋友到家。

格雷斯的妈妈心脏不好。格雷斯不把这当成一个秘密，换了卡罗尔就会这么做。格雷斯说这事的时候不带什么感情，委婉而冷静，仿佛她是请你进门前在门口的垫子上擦擦脚；不过口气中也带着得意，好像她拥有某种东西、某种特权或是某种道义上的优越感，而那种东西是我不能与她共享的。这种态度就如同她对待摆放在楼梯平台上的那株橡胶榕一样。这是格雷斯家里唯一的一棵植物，我们是不允许碰的。它已经很老了，得用牛奶一片叶子一片叶子地拂拭。史密斯太太那颗有毛病的心脏就如同这株橡胶榕。就是因为这颗心脏，我们得踮着脚轻声走路，忍住别笑出声，对格雷斯言听计从。心脏不好也能派上用场，连我都看出了这一点。

每天下午史密斯太太都要休息一下。她午休不在卧室里，而是在起居室的长沙发上；她脱掉鞋子伸直身体躺在上面，身上盖一条阿富汗毛毯。这就是我们每次放学后上那儿去玩总能见到她的原因。我们从边门进去，上台阶来到厨房，尽可能不出声，进入餐厅，直走到那两扇落地玻璃门旁，从那里透过玻璃格框朝里窥视，设法看清楚她到底是睁着眼还是闭着眼。她从来都没睡着。但是，永远有这么一种可能性——格雷斯以同样就事论事的态度使我们确信——她有可能死在任何一天。

史密斯太太跟坎贝尔太太不一样。比如，她没有什么“双胞胎毛衣”，对这种东西她表示鄙视。我知道这一点是因为有一次当卡罗尔在吹她母亲的那套“双胞胎毛衣”时，史密斯太太说：“是吗？”她这个“是吗？”可并不是在提问，而是一种叫卡罗尔闭嘴的方式。她不抹口红不施粉，出门时也这样。她的颧骨很高，牙齿很整齐，牙与牙之间有小小的隙缝，每一颗都可以看得清清楚楚；皮肤看上去就像擦伤了，仿佛被洗土豆的刷子刷过似的。她的脸呈圆形，一副无精打采的样子，脸上的皮肤和格雷斯一样白，只是没有雀斑。她也和格雷斯一样戴眼镜，不过眼镜框不是棕色的，而是用的金丝边。她的头发从中间一路分开，两鬓花白，梳成辫子后在头上盘成一个扁扁的发冠，再用发夹横七竖八地夹住。

她穿的是印花的家常便服，不仅早上穿，大部分时间里都是这么穿。衣服外面她系一条上部像婴儿围兜一样的围裙，围兜垂下来连到胸脯，使她看上去仿佛只有一只乳房而不是两只，那一只乳房横贯她的整个前胸，又继续往下延伸与腰连成一片。她穿用莱尔线[1]织成的、带线缝的长筒袜，

[1] 莱尔线，一种丝光针织长纤维棉线，源于该织物的原产地法国北部城市莱尔，故名。

这让她的腿看上去像是硬塞进袜子里，又从后面缝合起来似的。她穿棕色的牛津鞋。有时她也不穿长筒袜，而是套一双薄薄的棉短袜，袜子以上露出白白的那么一截腿，上面是稀稀拉拉的几根毛，就像女人长了胡子一样。她还真有胡子，不过不多，只是嘴角四周那么疏疏的几根。她笑得挺多，笑时闭着嘴唇遮住她的大牙；不过和格雷斯一样，她从不大笑。

她的手很大，由于常洗衣服而变得节节疤疤，还发红。要洗的衣服很多，因为格雷斯还有两个妹妹，她穿过的短裙、衬衣连同内裤会传给两个妹妹接着穿。我已习惯于穿我哥的旧衣服，但只是他的紧身套衫，不是内裤。正是这些内裤，因为反复来回地穿而变薄、发白，每次我们坐在格雷斯家的地下室假扮乖学生时，头顶这些挂在晾衣绳上的内裤就啪嗒啪嗒地往下滴水。

情人节到来前，我们得在学校用红颜色的美术纸剪出一个个心形来，粘在纸片做的小衬垫上，然后再贴到又高又薄的玻璃窗上。我剪的时候想到史密斯太太那颗病心脏。它到底出什么问题了呢？我想象它藏在阿富汗羊毛毯和耸起的围兜下面，在她身体内部黏答答肉乎乎的黑暗中跳动。这是个秘密的禁地。这颗心应该是红红的吧？不过上面已生出一块红黑的斑，好似苹果上烂了一块儿或是出现了一处伤疤。想到这儿我的心就疼。一阵小小的尖利的抽搐攫住了我，有一次看到我哥的手指被一块玻璃割破就是这种感觉。但是，这颗病心脏又激发着我的兴趣。它令人好奇，却也着实透着病态，是个让人恐惧的宝贝呢！

日复一日我都这么将鼻子紧贴在那落地门的玻璃上，想方设法要看看史密斯太太是否还活着。我后来见到她永远是这副样子：躺那儿一动不动，像博物馆里的什么东西，头枕在别在沙发扶手上的一块挡灰的布罩上，脖子底下垫着个床上用的枕头，身后还可以看得到那棵橡胶榕；她扭过头来看我们，那张像是被刷子刷过的脸上没有戴眼镜，在昏暗的空间里显得雪亮，亮得有些奇怪，犹如一棵闪着鬼火的蘑菇。她那时比我现在小十岁。为什么我这样恨她？为什么我会——归根结底——这么关心她那脑袋里在想些什么？

12

雪逐渐消融，在我们家附近的路上留下一个个满是浑水的小坑。一夜过去，浑水坑里结上了薄薄的冰凌，我们用靴后跟将它们踩个粉碎。屋檐上挂着的冰柱子砸在地上，我们捡起来当作冰棍放进嘴里舔。我们身上挂着连指手套，手套荡在下面，晃啊晃的。放学回家的路上，我们走在草地上，可以看到篱笆底下东一张西一张湿漉漉的纸，一堆堆狗屎，炭灰色的碎雪上面还冒着几朵番红花。阴沟里流着黄兮兮的水，沟壑上那座木桥又滑又软，雪化之后重又散发出一股腐烂的气味。

我们家的房子看上去有点像是从战争中幸存下来的：四周堆满了碎石瓦砾，一片荒芜。爸爸妈妈站在后院里，双手叉着臀部，看着眼前这一大片新掘出的烂泥。他们在设计着自己的花园。已经有一簇簇的红顶草开始从烂泥里冒出来了。我爸说红顶草哪儿都能长。他还说，那个建筑工程承包商（就是中途跑掉的那个）从我们修筑地下室的地方掘走了厚厚的黏土，将其甩到房子的四周，把本来应该是表土的地方全都覆盖了。我爸说他是“白痴加骗子”。

我哥密切关注着隔壁那个大洞中水位升降的情况，他在等着洞内的水干透，这样他就能把洞当地堡使。他很想用棍子和旧木板给它搭个顶，可他知道这不可能，一则因为洞太大，二来大人也不会允许他这么搞。他因此改变设计，打算往下挖一条隧道，与洞壁连通，用绳梯爬上爬下。他没有绳梯，不过他说只要弄到绳子他就做一副。

他和别的男孩子们在烂泥地里四处跑，靴底因此粘上了大块大块的泥巴，在地面留下鬼怪似的足迹。他们跑到那个废弃的果园里，蹲在树后互相开冷枪，嘴里高喊着：

“你死了！”

“我没死！”

“你死了！”

别的时候他们也会涌到我哥的房间来，伏在他床上或地板上，翻看他那几大摞连环漫画。我有时也会这么做，在那一张张彩页中间翻来滚去，四周则全是男孩子身上那种热腾腾的气味。男孩儿的味道和女孩子不一样。他们发出一种浓烈刺鼻的、皮革似的、从下身冒出来的味道，像旧绳子，又像湿漉漉的狗。我们一直关着房门，因为我妈不赞成孩子看漫画书。阅读就在饱含敬意的静默中进行着，大家偶然发出几个简单的音要求彼此交换。

漫画书是我哥目前正在收集的东西。他总是在收集着什么，一度是在收集几十家不同牛奶公司的奶瓶盖子；他用橡皮筋将盖子一串串扎好，装在口袋里随身携带；他把盖子靠墙放好，再用其他的奶瓶盖子对准了掷过去，以此赢得更多的盖子。后来又收集汽水瓶盖子、香烟盒子、不同省或州的车牌图样。漫画书是没有办法赢得的，只有和别人交换，一本好的换三四本差的。

在学校，我们用美术纸制作复活节彩蛋，有粉的，有紫的，还有蓝的，然后将它们粘到窗子上。这之后制作郁金香，而不久我们就有了真的郁金香。真东西出现前总是先有纸做的，这似乎已成一种规律。

格雷斯拿出一根长长的跳绳来，和卡罗尔一起教我怎样甩绳子。我们一边甩，一边用低调的嗓子一遍又一遍重复着这么一句单调的话：

舞女莎乐美，风骚近身来；

风骚近身来，但见片衣在。[1]

格雷斯一手按在头顶，一手搁在髋部，扭动着屁股。她身穿背带褶裙，跳得极其得体。我知道，人们认为莎乐美应该更像是我们纸娃娃小人书中出现的那些电影明星。我联想起薄纱似的短裙，鞋头缀着星星的高跟鞋，覆满水果和羽毛的帽子，形如上挑、细若笔尖的眉毛——花哨艳丽，极尽雕饰。但是格雷斯一条褶裙、两根羊毛背带的简朴装束推翻了这一切想象。

我们的另一个游戏是玩球。我们对着卡罗尔家的边墙击球。我们将皮球对着墙往上抛，球落下来，就在接住球之前的片刻，我们拍手，转身，同时一遍又一遍地说：

一般动作后，抬脚把步移；大声笑一下，开口再讲话；先是一只手，接着另一只；先动一只脚，再动另一只；前面拍拍手，后面拍拍手；后面而前面，前面又后面；尖声吹口哨，放声喊一嗓；屈膝行个礼，举手敬个礼，转身把球接。

---

[1] 莎乐美，《圣经》故事人物，希罗底之女，以风骚淫荡之“胡奇库奇舞”取悦于希律·安提帕王，而被赐予所求施洗者约翰之首级。

说到“转身把球接”时就把球抛出去，大转一周将球接住。这个动作最难，甚至比一切左手的动作都难。

太阳光照的时间越来越长了，落山时金红一片。柳树上掉下黄色的柔荑花序，落到木桥上；枫树的翅果打着转掉到人行道上，我们将黏糊糊的孢子部分剥开，再将翅果夹到鼻子上。空气暖暖的，湿湿的，犹如无形的薄雾。我们穿着棉布连衣裙上学去，而开衫呢，走回家的路上就脱下身拿在手里。果园里老树上的花盛开着，有白色的，有粉红的；我们爬上去，呼吸着其中护手液一般的香味，或者我们就坐到草地上，用蒲公英做成一条条的花链。我们将格雷斯的头发散开，头发飘落到背上，形成粗粗的棕色波浪；我们把花链像皇冠一样箍在她的头上。“你成公主了。”卡罗尔说，轻抚着她的头发。我给格雷斯拍了一张照并将照片装进了影集；她坐在那里，一脸端庄的笑，头上是花彩点缀着。

卡罗尔家对面一批房子正在拔地而起，到了晚上，一群群的孩子——有男孩有女孩——就在其间爬上爬下；大家闻着新刨下的刨花的香味，穿行于一堵堵尚未建起的墙壁之间，爬上一架架很快将被楼梯取代的梯子。这一切可都是严格禁止的。

卡罗尔因为害怕不愿爬高层。格雷斯也不肯爬，却并不是因为她胆小：她不愿任何人，任何一个男孩，看到她的内裤。女孩子不允许穿宽松的便裤上学，而格雷斯则任何时候都不穿它们。她们俩因此留在一楼，我一个人上去，顺着还没有铺盖天花板的梁爬来爬去，继而再向上直至阁楼。我坐在尚未铺地板的顶楼，在六面通透的房屋框架中间，沐浴着金红色的晚霞，低头朝下看去。我没去想会不会跌落。我还不知道恐高。

一天，有人拎了一袋弹子出现在校园里，第二天每个人手上都有了这玩意儿。男生们抛下他们自己的操场，蜂拥到“男生入口处”和“女生入口处”前面那块公用的操场上；他们之所以要到这边来，是因为弹子必须在表面光滑的地方才玩得起来，而男生的操场上尽是煤渣。

玩弹子游戏时，你要么当立靶的，要么当击靶的。如果是击靶，你就跪下来，瞄准，然后像扔保龄球一样将你的弹子对准目标弹子滚过去。如果击中，目标弹子就归你了，而自己的依然留着；击不中，你的弹子就算输掉了。如果是立靶，你要两腿叉开坐在水泥地上，将弹子卡在你面前的某道隙缝中。这弹子可以是普通的弹子，不过来击这种东西的人不多，除非人家击中一颗你给两颗。目标弹子通常要更珍贵些，像猫眼—— 一个明净的玻璃球，中心开着彩色的花瓣，或红或黄或绿或蓝；像纯色弹子——绝无疵点，仿佛有颜色的水或蓝宝石和红宝石；像水婴弹子——其中悬浮着几根仿佛来自水底的彩色细丝线；像金属弹子；像玛瑙弹子——和别的弹子一样，只是略大些。这些珍品从一个赢家转到另一个赢家。珍奇的弹子是不可以花钱去买的，得设法赢得，否则就算欺骗。

那些立靶的人吆喝着各自手上的奇货的名字："纯色弹子，纯色弹子，金属弹子，金属弹子。"这两个双音节词被拉长，拖成一句单调平板的唱词；吆喝声往下降，仿佛人们在呼唤走失的小狗或孩子。叫喊声听起来有些悲凉，尽管叫的人并不是有意要这样。我自己也按立靶人的那种样子坐在地上，凉凉的弹子朝我的两腿中间滚来，一个个聚集到我那展开的裙子上；我喊着"猫眼，猫眼"，声调怅然若失；除了贪婪与某种令人愉悦的惊恐外，我的心中别无感觉。

猫眼是我最心爱的弹子了。我如果赢了一颗新的，就等到只剩我一人时拿出来对着光翻过来转过去仔细地看。猫眼真的像眼睛，不过不是猫的眼睛。它是某种未知的然而却又存在的东西的眼，就像收音机上那只绿色的眼，又像是某个遥远星球上的外星人的眼。我最喜爱的一种是蓝色的。为了安全起见，我把它放在自己红色的塑料钱袋里。我的其他几颗猫眼可以冒险让人来击，但这一颗不行。

由于我击靶水平不高，得到的弹子不是很多。我哥的技术则高得要命。他将五颗普通的弹子装在一只蓝色的皇冠牌皇家威士忌酒袋子里带去学校，回家时那酒袋以及他自己的口袋全都装得鼓鼓的。他将赢来的货放进带螺旋盖的皇冠牌保护瓶；那些瓶是我妈妈送的，一只一只地排列在他的书桌上。他对自己的技术从来只字不提。他只是一只只地排列他的瓶子。

一个星期六的下午，他把他最好的弹子——纯色弹子，水婴弹子，猫眼，他的精品奇货——全都单独装进一只瓶子里。他拿着瓶子去沟壑那边，就在木桥底下某个地方将瓶子埋了。接着他又画了一张详细图，标明他的宝贝的埋藏地；他将这图放进另一只瓶子里，也埋了。他告诉我他做了这些事，可是没有说为什么，也没有告诉我瓶子到底埋在什么地方。

13

尚未整修完毕的房子，实为一片烂泥的草地，以及草地边堆得像山一样的泥土迅速地向我们身后退去；我从汽车的后窗看着这一切；我坐在那里，身子紧紧地挤在食品箱、睡袋和雨衣中间。我上身穿着我哥的一件蓝条子紧身套衫，下身是一条旧的灯芯绒裤子。格雷斯与卡罗尔身着短裙站在苹果树下，她们在挥手，渐渐地从我视野中消失。她们依然得上学，我不上了。我好羡慕她们。旅途的柏油味与橡胶味已经在向我袭来，然而我讨厌这气味。我正在从我刚开始的新生活——女孩子的生活——中被强行拉开。

我重新坐定，出现在眼前的是那熟悉的视角：后脑勺，耳朵，以及越过它们看到的公路上的一段段白线。我们驶过像草地一般的农田，驶过农田中的青贮窖、榆树以及刚割下的还散发着香味的青草。阔叶林变得越来越小，松树多起来了，空气凉爽，天空澄蓝。我们正在和春天告别。我们碰上了旅途中首次出现的花岗岩山脊与湖泊；背光处遍是积雪。我把身子往前坐了坐，将双臂靠放在前排座位的椅背上。我感觉自己像一只小狗，竖直了耳朵四下里嗅。

北方的味道和城市的不一样，空气更清爽，更稀薄，看得也远。一家锯木厂，一堆小山似的锯木屑，一座样子如圆锥形帐篷的焚烧木屑的炉子；炼铜厂的大烟囱，厂周围的石头上光秃秃没有一棵树，看上去像是烧烤过的；一堆堆焦黑焦黑的炉渣——这一切整个冬天我都给忘了，而今重又出现在眼前，一见到它们便重新勾起了我的记忆，我熟悉它们，我跟它们打招呼，仿佛它们就是我的家。

拐角的地方站着一些男人，他们身后是杂货店、小银行以及墙面贴着灰色沥青材料的啤酒酒吧。这些人都将手插在防风夹克的口袋里。一些人脸色很深，看上去像印第安人，还有的只是被晒黑了。他们走起路来和南方人不一样，更慢，更显出沉思的样子；他们说话也不如南方人多，且话与话之间间隔的时间更长。我爸一边和他们说话一边将口袋中的钥匙和零钱拨弄得直响。他们聊水位，聊森林中的旱情，聊鱼儿咬食的样子。他管这种聊天叫“侃大山”。他拿着一牛皮纸袋的杂货回到车上，将它塞到我脚后面的小小空当里。

我和我哥站在一个摇摇欲坠的码头的尽头，码头边是一条长长的、布满了岩石的、碧蓝的湖。傍晚时分，残阳如血，远处潜鸟在叫，那拖得长长的调子往上升，像狼在嗥。我俩在那儿钓鱼呢。有蚊子，可我已经习以为常，几乎懒得去打它们。垂钓在默默进行，谁也不发议论；甩杆，鱼饵突然下沉，收钓丝的声音。我们注视着鱼饵看是否有什么鱼儿上钩，要是有，我们就想方设法将它网上来，一脚踩住，猛击它的头，然后在其眼睛后面插入一把小刀。往往是我踩住鱼，猛击头部和插刀的事由我哥负责。虽然他一言不发，做这一切时却沉着、冷静、机警、灵敏，嘴角肌肉绷得紧紧的。我在想，在那粉红色的黄昏，我的双眼是否也像他的那样，或者像某种动物的那样，熠熠放光。

我们临时住在一个废弃的伐木营地里。我们睡充气床垫，睡睡袋，铺位就安在原先伐木工人睡觉的木头床上。伐木营虽然只是两年空着没人住，却已经给人以十分古老的感觉。有些伐木者在这 2×4 的木板墙上或用刀刻或用笔写，留下了他们的题词、姓名、名字的首字母，留下了缠在一起的两颗心、简短的脏话以及有关女人的下流画。我发现了一只旧的槭汁糖浆罐头，罐头盖盖着，已经生锈，我和斯蒂温将它弄开时，发现糖浆已经长霉。这糖浆罐头令我想起古时候人制作的物件，仿佛从坟墓中挖掘出的什么东西似的。

我们在树林子中四处寻觅，找骨头，找地里有什么拱起的地方可以让我们来挖挖，如建筑物的轮廓什么的。我们将圆木和石头翻过来看看它们底下有什么东西。我们企图发现一个消失的文明。我们只发现了一只甲虫，许多黄黄白白的小树根，一只癞蛤蟆。与人有关的东西一无所获。

爸爸脱去了城市的装束，重又恢复了他原来的模样。他重新穿上他那旧夹克衫，那肥肥大大像布袋一样的便裤，那压得扁扁的毡帽，毡帽里还塞了一些充作钓饵的假蝇。他脚穿系着鞋带上了油的厚重的工作靴在树林子中噔噔地走，斧子放在皮鞘中，我们则紧随其后。时值森林梅毛虫大发作，那是多少年来最大的一次。这可让他乐坏了，那双观察家的眼睛仿佛头上安着的两颗蓝灰色的电钮，闪闪发光。带条纹长刚毛的梅毛虫遍布森林各处。它们织成丝线从树枝上挂下来，形成一道垂挂的幕，行进中你得用手将它撩开才能往前去；它们如河水般一路漫过去，其情形犹如一条活动起来的地毯；它们穿过道路，向伐木卡车轮胎碾过的油滋滋的稀泥袭去。周围的树叶都给啃光了，仿佛被大火烧过一样；树干四周结满了网，整个儿被围了起来。

“记住了，”爸爸说，“这可是一次值得纪念的历史性大发作，很长时间才有机会再见上一次的。”他说这话的样子和我听人议论森林火灾或是战争时的情形一样：重视，惊叹，而又和灾难感交织在一起。

我哥一动不动地站着让梅毛虫像水波一样漫过双脚落到他身体的另一边。“你小时候曾经想吃那些东西，被我逮住了。”妈妈说。“你抓了一手的梅毛虫，将它们丢得到处都是，正冷不丁要往嘴里塞，被我逮住了。”

“在某些方面梅毛虫就像一种动物。”爸爸说。他坐在由伐木工人留下的板材制造的桌子旁，吃着煎午餐肉和土豆。那一顿饭他从头至尾在讲梅毛虫：梅毛虫的数量，梅毛虫的足智多谋，消灭梅毛虫的各种不同的办法。他说，喷洒 DDT 或别的杀虫剂的做法都是错的，那样只会毒死梅毛虫的天敌——鸟类，而梅毛虫自身因为是昆虫，随机应变的本领很大，事实上它们的这种本领要超过人类，因此只会逐渐对杀虫剂产生抗药性，最终所得到的结果是，鸟死了，过些时候梅毛虫却日见繁多。爸爸正在研究一种别的办法，那是一种生长激素，可以让梅毛虫的身体系统出乱子，提前化蛹进而未老先衰。不过他说，要是让他来打赌的话，他还是愿意将赌注押到昆虫上。昆虫的年龄可是比人类要长，它们具有更丰富的生存经验，数量也比我们人类多得多。不论怎么说，由于原子弹以及目前事态发展的趋势，不用等到本世纪结束，我们很可能就已经将自己炸上了天。未来将属于昆虫。

“属于蟑螂吧。”我爸说，“一旦蟑螂渡过劫难，这世界将只剩下蟑螂了。”他说这话时用一根小棍戳了一块土豆，显得轻松而愉快。

我坐那儿吃着煎午餐肉，喝着奶粉。我最喜欢的是浮在表面的那些小粒粒。我在想卡罗尔和格雷斯，我最要好的两个朋友。与此同时，我却又记不确切她俩的模样。我真的曾经坐在格雷斯卧室的地上，坐在她床边那块编结而成的小地毯上，从《伊顿目录图册》上剪下煎锅、洗衣机的图片，又将它们粘贴到剪贴簿上？这一切似乎已经虚幻得叫人难以相信了，然而我知道我确曾做过。

伐木营后面老远的地方是一片巨人的伐木区，伐下的树木已经叫人运走，只剩下树根和树桩。远处那边有许多沙。一簇簇的乌饭树已经长了出来，其情形跟一场大火之后相仿佛：先是出现那些易于生长的草类，接着就是乌饭树。我们采摘乌饭树的蓝色浆果，将它们放进用罐头盒做成的杯子里，摘一杯妈妈付我们一分钱。她在户外生一堆火，上面吊一只用大罐头桶做成的水壶，将装有浆果的坛子放在里边煮，以此做出乌饭树浆果布丁、乌饭树浆果沙司、乌饭树浆果罐头等。

太阳直往下烤，沙地上热气蒸腾，逼上身来。我头上扎一条棉布头巾；头巾叠成三角形在耳朵后面系住，头巾的前面已经被汗水浸湿。周围苍蝇在嗡嗡地叫，我试图透过这嗡嗡声或者在这嗡嗡声之后听到熊的叫声。我不清楚熊的叫声听起来什么样，可我知道熊喜欢乌饭树而且行动变化莫测。它们可能会跑开，也可能对人尾随跟踪。假如熊来了，你应该躺下装死。这是我哥说的，他说这样熊才可能走开，要不它会将你的五脏六腑全都掏空。我见过鱼的内脏，能想象出那是什么情形。我哥发现了一堆熊粪，蓝蓝的，斑斑点点看上去像是人拉的，他用一根棍子戳戳它，看它拉在那里已经有多久了。

下午，要是天气太热不能摘浆果，我们就到我们钓鱼的湖里游泳。大人不让我越过我的安全水深。湖水冰凉且一团漆黑；在那河沙渐渐消失的深水处，是一些被黏泥覆盖住的古老的岩石，还有就是沉入水底的粗圆木、螯虾、蚂蟥和下巴突出的大狗鱼。斯蒂温跟我说鱼有嗅觉。他说鱼能闻到我们身体的气味，因而可以一路避开不撞上身来。

我们坐到岸边，坐在从窄窄的水滩上翘起的石头上；我们将一粒粒面包屑抛入水中，看看会招来什么鱼：米诺鱼，还有几条金鲈鱼。我们寻找小石片打水漂，练习随意打饱嗝，将嘴巴抵住手臂的内侧吹气以发出放屁一样的声音，或者含一口水在嘴里看能喷多远。在这些项目的比赛中我都不是赢家，我更像一名观众；不过我哥并不吹嘘，即使我不在场，他独自一人也很可能做出同样的事来。

有时他还以撒尿的方式在沙土较薄的沙地边沿或水面上写字。这事他做起来很有条理，仿佛做好它很重要似的；那尿从他游泳裤的前部，从他的一只手及其多出的一根手指那里撒出来，形成一条精巧的弧线；写出的字有棱有角，和他真的笔迹别无两样，而且写完后总带上一个句号。他不写自己的名字，也不写脏话；别的男孩子会这么干，我是从他们写在路边雪堆上的字了解到这一点的。他写的是：火星。或者，当他感觉自己力能胜任时，会写长一些的字：木星。[1]那个夏天结束的时候，他已经用小便写完了整个太阳系，写了三遍。

时间到了九月中旬，树叶已经开始变色，或深红，或金黄。夜晚，我走到屋外去上厕所，黑暗中没带手电，因为那样反而看得更清楚；此时星星轮廓分明，晶莹澄澈，我呼出的热气出现在身前。透过窗户我看到爸爸妈妈坐在煤油灯旁，样子犹如一幅镶了黑色边框的遥远的画。从窗户外这么看他们，心里明知爸妈不知道我能看到他俩，我心感不安。

---

[1] 木星英文为 Jupiter，七个字母，较火星的英文 Mars 为长，故有此说。

那感觉像是我不存在；或者，他们不存在。

我们从北方回来像是从一座山上下来似的。我们一路南下，穿过不同层级的地势，每下一层，原本清新、凉爽、阳光普照的环境都随之一变；我们经过最后一片露头的花岗岩地，最后一个边缘呈犬牙交错状的小湖，最终进入南方——这里空气潮湿，闷热腻人，蟋蟀声声叫着，野草散发出南方独有的气味。

我们是下午回到家的。房子看上去陌生了，同之前不一样，仿佛被人施过魔法似的。房子周围的烂泥里已经长出了大鳍蓟和一些黄花植物，形同一道长满荆棘的篱笆。隔壁那个巨洞和堆得山一般高的泥土不见了，取而代之的是一座新房子。这是如何发生的？我可没想到会有这样的变化。

格雷斯和卡罗尔站在苹果树中间，完全就在我当初离开他们时那个位置。可是，她们的模样变了。四个月来，无论到哪儿我的脑海中始终装着她俩的形象，那形象不断变幻，其中只有很少几个特征显得突出——而今全变了。原因之一是她们长高了，而且穿上了与先前不同的衣服。

她们没有跑上前来，而是停下手中的事直盯着我们看，好像我们是生人，好像我们从没有在这地方住过。她俩之外又多了一个女孩儿。我看看她，想不起来有谁曾经跟我说起过。我以前从未见过这个女孩儿。

14

格雷斯向我招了招手。稍后，卡罗尔也向我招手。那第三个女孩儿没有招手。她们一起站在那些紫菀属植物与黄花属植物中间，等着我向她们走去。苹果树上结满了长有疮痂瘢点的苹果，有红的，有黄的；有些已经从树上掉落，烂在了地上。可以闻到一股甜甜的、苹果汁一样的味道，小黄蜂如醉了酒一般在嗡嗡乱飞。苹果踩在我脚下成了一片烂糨糊。

格雷斯和卡罗尔变黑了，不像原来那么苍白；五官长得更开了，头发颜色已经变浅。三人中另外那个女孩儿个子最高。和格雷斯、卡罗尔不一样，她没有穿夏天的短裙，而是穿了一条灯芯绒裤子和一件套衫。格雷斯和卡罗尔两人都是粗短身材，但这个女孩儿是瘦而不弱，她长得细细长长，却很有些肌肉。深黄色的头发剪成长长的童花头发型，刘海儿落下来，有一半挡住了她那浅绿色的眼睛。脸蛋长长的，嘴巴微微撇向一边；上嘴唇什么地方似乎有点歪，好像是切开后往上缝而缝歪了一样。

可是她笑起来嘴巴就平直了。她的微笑很像成人，好像是故意学的，而这时冲着我笑全是出于礼貌。她伸出手来，说："嗨，我叫科迪莉亚。你一定是——"

我两眼凝视着她。如果她是大人，我倒会拉过她的手跟她握一握，我也知道该说什么。可是小孩子不是这么握手的呀。

“伊莱恩。”格雷斯在一旁介绍说。

在科迪莉亚跟前我感到几分羞怯。两天来我一直坐在汽车的后座，晚上睡帐篷；我意识到自己身上脏兮兮，头发也没有梳。科迪莉亚的目光越过我朝正在从车上往下卸东西的我的爸爸妈妈看去。她的两眼在估摸着，觉得很有趣。我不用回头也看得见我爸那顶旧毡帽、他那双靴子以及他脸上的胡子茬儿；我也看得见我哥未剃的头发、破旧邋遢的套头衫和他膝盖部分肥得像口袋一样的裤子；我还看得见我妈那灰色的宽松便裤、像是男人穿的格子呢衬衫以及她那张丝毫没有化妆的脸。

“你鞋子上有狗屎。”科迪莉亚说。

我低头看了看。“只是一只烂苹果。”

“颜色可没有什么两样，对吧？”科迪莉亚说，“倒并不是硬邦邦的那种屎，而是又软又黏那种，就像花生酱。”这次她说话的声音似乎是在向我吐露什么秘密，仿佛她说的是某件只有她和我知道并达成共识的私密事。她搞了一个两个人的小圈子，把我拉了进去。

科迪莉亚住在比我更东边的地方，那一带的房子甚至比我们的还要新，房子周围和我们的一样堆满了烂泥。不过她家不是平房而是两层楼。房子有一间餐厅，与客厅之间用帘子隔开，拉开帘子，餐厅、客厅合而为一变成一个大间；一楼是不带浴缸的浴室，被称为盥洗间。

科迪莉亚家中的颜色不像其他人家那样是深色调，她家用浅灰、浅绿和白色。比如沙发，用的就是苹果绿。没有什么带花的、褐紫红色的或天鹅绒之类的东西。有一幅装在浅灰色框子里的画，画的是科迪莉亚的两个姐姐；那还是她俩小时候的一幅彩笔画，两人都还穿着罩衣，头发又细又软像羽毛一样，眼睛如薄雾一般。她家里还有真的花，一次同时有好几种，分别插在用瑞典玻璃制成的、厚实的、线条流畅的花瓶里。是科迪莉亚告诉我们那是瑞典玻璃。她说瑞典玻璃最好。

科迪莉亚的妈妈手戴园艺手套亲自动手插花。我妈不弄这一套。有时她也会将几枝花往盆里那么一插放到餐桌上，可那些花都是她自己穿着宽松便裤沿途或是在那沟壑中散步锻炼时采摘来的，实在不过是些野草而已。她决不会考虑花钱买花。我生来第一次产生这样的想法：我们是穷人。

科迪莉亚的妈妈有一个帮忙的清洁女工。她是我们几家中唯一雇用清洁女工的母亲。清洁女工不叫清洁女工，就叫“那女的”。那女的来她家的日子里，我们都得让开以免在那里碍手碍脚。

“这个人前面的那女的，”科迪莉亚压低嗓音愤怒地说，“有一次偷土豆时被逮住了。她将自己的包往下一放，土豆滚了出来，满地板都是。尴尬死了！”她所谓尴尬指的是对她家人而言，不是指那女的，“我们当然得让她走人。”

科迪莉亚一家吃鸡蛋时不是将蛋煮熟之后在碗里捣成糊糊，而是有专门的鸡蛋杯。每只蛋杯上都有一个首字母缩写，家中一人一只。另外还有餐巾环，上面也都有各人名字的首字母。我以前从未听说过还有什么鸡蛋杯，而从格雷斯对此一言不发的样子来看，她也从来没有听说过。卡罗尔则说不准她家里到底有还是没有。

“鸡蛋吃完之后，”科迪莉亚跟我们说，“你得在蛋壳的底部敲一个洞。”

“为什么？”我们问。

“那样的话巫婆们就不能到海上去航行了。”她说这话时显得轻松随意却又略带轻蔑，意思好像是说，只有傻瓜才需要问这样的问题呢。不过也有可能她只是在开玩笑或是逗我们玩。她的两个姐姐也有这样的习惯。我们很难分得清她们什么时候希望人家觉得她们一本正经不是在开玩笑。她们说起话来口无遮拦，好嘲弄人，那情形好像是在刻意模仿什么，只是搞不清她们模仿的究竟是什么东西。

她们会说：“我差点死掉！”或者：“我看来像要遭天罚了！”有时候她们还说：“我看上去像个十足的母夜叉。”再有时则说：“我看上去像哈吉斯·麦克巴吉斯。”这似乎是她俩虚构的一个相貌丑陋的老女人。不过她们并非真的相信自己差点死掉，或者相貌丑陋。她俩长得都很漂亮：一个肤色浅黑，个性热情奔放；另一个长得白里透红，一双友善的眼睛给人以真诚之感。科迪莉亚的美和她俩的不一样。

科迪莉亚的两个姐姐分别叫潘迪塔和米兰达，不过没有人这么叫她们。大家喊她们作潘迪和米瑞。肤色浅黑的那个是潘迪，她学芭蕾，米瑞拉中提琴。中提琴放在衣橱里，科迪莉亚拿出来给我们看：琴躺在那天鹅绒衬垫的琴盒里，显得神秘而珍贵。因为学这些玩意儿，潘迪和米瑞会拖着腔调温和地彼此取笑，有时还会自己拿自己取笑，不过科迪莉亚说，她俩都很有天分。这听起来像是种牛痘，大人就这么在你身上种下了，而且留下了印记。我问科迪莉亚她是否有天分，她将舌头往嘴角一伸，随即又扭过头去，仿佛此时她的心思正在别的事情上似的。

科迪莉亚应该叫科迪，然而她不是。她总是坚持要人家叫她的全名：科迪莉亚。三姐妹的名字个个与众不同，学校里没有一个女生有这样的名字。科迪莉亚说，她们的名字都出自莎士比亚。对此她显得很自豪，仿佛我们都该知道似的。“那都是妈咪的主意。”她说。

三姐妹都喊她们的母亲叫“妈咪”，说起她来充满爱意还兼带纵容，好像她是个聪明却又任性的孩子，需要哄着顺着似的。她长得小巧玲珑，弱不禁风，常是一副心不在焉的样子；戴的一副眼镜上系着一根银链子，链子挂在脖子上。

她在参加绘画学习班。她画的画有几张挂在楼上的厅里，用的都是淡绿色，画的是鲜花、草坪、瓶子和花瓶。

三个女孩子在妈咪周围织下了一张阴谋的网。她们一致同意有些事情不能告诉母亲。她们会互相提醒："那件事不应该让妈咪知道的。"不过她们也不想叫母亲失望。潘迪和米瑞总是设法在尽最大可能随心所欲地做事的同时又不让妈咪失望。这方面科迪莉亚就不如两个姐姐精：她不能像她们那样想做什么就做什么，相反却常常让母亲失望。这是妈咪生气时常说的一句话："我对你太失望了。"要是母亲失望至极，就会喊来科迪莉亚的爸爸，那事情可就严重了。只要一提到他，几个女孩子们就都不敢开玩笑或者拖腔拖调地说话了。他身材高大，线条粗犷，很有魅力，不过我们曾经听到过他大喊大叫，就在楼上。

我们坐在厨房里，一方面是躲避那女的掸尘，同时也是在等科迪莉亚下楼来玩。她又叫大人失望了，不得不受罚收拾整理自己的房间。潘迪荡了进来，她那驼毛上衣随意而优雅地搭在肩上，一侧髋部上搁着她学校的教科书。"你们知道科迪莉亚说她长大以后想做什么吗？"她说，声音粗哑，装出一本正经像要透露什么机密给我们似的。"她想做一匹马！"我们完全无从知道这到底是真是假。

科迪莉亚有满满一橱演戏时穿的服装，那都是妈咪的旧衣服、旧纱巾之类，还有一些旧布单，裁剪后即可随意地往身上那么一裹。这些东西曾经是潘迪和米瑞的，如今她俩已经长高，穿不下了。科迪莉亚想叫我们演戏，餐厅及其帘幕权当是舞台。她出了一个点子，说是我们上演这些剧目并因此收费。她将灯关掉，用下巴夹着一个手电筒，然后阴森怪异地大笑。表演这些玩意儿其实不过如此。科迪莉亚看过戏剧，甚至还看过芭蕾，有一次看的是《吉赛尔》；她说得很随意，信口拈来，好像我们也都知道似的。但是不知怎么，我们表演的这些剧目老也不能像她希望的那样成形。卡罗尔总是咯咯咯地傻笑，该她说的话也老是忘了说。格雷斯是不喜欢任人摆布，所以就说自己头痛。虚拟的故事不能引起她的兴趣，除非其中含有许多实实在在的真东西如烤箱啦，烫衣板啦，影星们的服装啦，等等。对科迪莉亚的闹剧她是不屑一顾的。

“你自杀吧。”科迪莉亚说。

“为什么？”格雷斯问。

“因为你被人抛弃了。”科迪莉亚说。

“可我不想自杀。”格雷斯说。扮演侍女的卡罗尔在一旁咯咯咯地傻笑起来。

所以我们只是一番乔装打扮后步下楼梯，走出屋子，穿过新铺了草皮的前草坪，长长的纱巾拖在身后，疑惑下一步该发生什么。谁都不肯扮演男生的角色，原因是男生没有好的服装穿。不过科迪莉亚常常会用潘迪的眉笔给自己画上小胡子，然后用一块旧的天鹅绒帘子裹在自己身上，企图为所演剧目多少有点情节做最后一番努力。

我们一块儿从学校步行回家，现在不是三个人而是四个人了。半路上有一条偏僻的小街，街上有一家小店，我们会在那儿停下来，用零花钱买一分钱一颗的橡皮糖、红色的甘草棒棒糖、橙汁冰棍等，每样东西都平分共享。阴沟里可见七叶树的坚果，看上去潮湿而光亮；我们的开衫口袋里装满了这些东西，其实也说不清到底有啥用。我们学校的男生和“永远保佑我们的圣母马利亚”教会学校的男生用这些坚果互扔，但是我们不这么干。坚果会将人的眼睛砸瞎。

往下通向那座木桥的泥土小径干干的满是尘土，小径上方垂挂着的树叶子因为夏日阳光的照射都打蔫了，绿虽绿却暗而无光。小径边一路尽是茂盛的野草，有黄花属植物、狗舌草、紫菀属植物、牛蒡、致命的茄属植物及其红得像情人节糖果一样的浆果。科迪莉亚说，假如你想毒死什么人，用这浆果倒是一个好办法。茄属植物散发出泥土的味道，湿湿的，像壤土，很有些触鼻，好像猫尿似的。猫就在那里头四处逡巡，我们每天都看得到，它们时而弓下身子，时而蹲到地上，时而用爪子挖土，还用黄黄的眼睛直瞪着我们看，仿佛我们就是它们正在搜寻的猎物。

草丛中还有人们随意扔在那里的空饮料瓶和一些克里内克斯纸巾。有一天，我们发现了一个安全套。科迪莉亚知道那东西叫安全套，潘迪有一次曾经告诉过她，那时科迪莉亚还很小，错把安全套当气球了。科迪莉亚知道那是男人们用的一种东西，对于这种男人我们应该提高警惕，不过她不明白为什么那玩意儿要叫安全套。我们用一根棍子将它挑起来仔细地看：白乎乎，软沓沓，跟橡胶似的，又像鱼肚子里的什么东西。卡罗尔说："呕！"我们偷偷摸摸地将它弄到山上，随后又硬往人行道上的一个栅栏底下塞；一会儿它就浮在下面那黑乎乎的水面上，白白的，看上去像要下沉似的。即使只是发现了这么一个东西也是肮脏的——即使将其藏匿起来了。

那木桥比我记忆中倾斜腐朽得更厉害了。木板往下塌陷的地方比原先更多。通常我们都是走中间，可是今天科迪莉亚径自走向护栏并靠在上面朝下看。我们一个接一个战战兢兢地跟过去。这个季节里，底下小溪中的水很浅，我们可以看到人们扔在里边的垃圾，比如旧轮胎、破瓶子或者锈金属条。

科迪莉亚说，由于溪水直接从墓地流出，这水实际是由溶解后的死人组成的。她说要是你喝了这水或者一步跨进水里，再或甚至离它太近，死人就会从溪水中出来——周身上下笼罩着一层薄雾——将你带走。她说这种事之所以没有发生在我们身上，唯一的原因是我们在桥上而这桥又是木头的。像这样在死人溪上搭座桥对人是安全的。

卡罗尔很害怕或者表现得很害怕。格雷斯则说科迪莉亚是一派胡言。

“不信你试试看，”科迪莉亚说，“到那下面去走走。我敢跟你打赌。”我们谁也没有下去。

我知道这是一场把戏。我妈就常到那下面去散步，我哥也常跟其他年龄比他大的男孩儿上那儿去。孩子们脚穿橡胶靴哗啦哗啦地从涵洞中走过，还爬上树或者吊在桥下位置较低的横梁上荡来荡去。禁止我们上沟壑一带去的原因其实不是死人，而是男人。不过这对我没有差别，我在想：死人会是什么模样呢？我既相信又不相信，而且两种心理同时产生。

我们采摘蓝色和白色的野花以及茄属植物的浆果，将它们安放到小径边牛蒡的叶子上，每一张叶子上再加一颗七叶树的坚果。这些东西是我们假想的饭菜，可是没人清楚这饭菜是供给谁的。供完之后我们就上山了，将摆放好的那些东西——一半花圈一半饭——弃在身后。科迪莉亚说，我们得将手彻底洗干净，因为茄属植物的浆果是致命的，我们必须把那毒汁洗掉。她说只要一滴毒汁就可送人上西天。

第二天，当我们从学校回家时，我们的那些用野花摆出的饭菜就不见了。很可能是男孩子们将它们毁了，男孩儿就爱捣毁这类玩意儿；或者是潜伏在什么地方的男人们干的。

然而，科迪莉亚瞪大眼睛压低嗓音扭过头去看了看说：

“是死人干的。不然还能是谁呢？”

15

上课铃摇响的时候，我们两人一对手拉着手在女生入口处前排好队；卡罗尔和我一对，格雷斯和科迪莉亚一对，她俩远远地排在我们后头，因为她们比我们高一级。我哥排在远处那边的男生入口处前。课间休息的时候他人就不见了，跑到铺着煤渣的操场上去，就是在那里，在上礼拜的一场足球赛中，他的嘴唇叫人给踢出一道口子，结果是不得不缝了几针。缝的那几针我都看到了，而且是近距离之内看到的：黑黑的针线，周围肿成紫紫的一圈。我很是羡慕。我知道人受伤后可以享受到一定的待遇。

既然我已经重新脱下裤子换上了裙子，我可得牢牢记住自己每一步的行动。坐着的时候不能两腿叉开，不能跳得太高，不能再倒挂在什么地方，否则会遭人耻笑。我得重新开始学习内衣内裤的重要性，其有自己的一套祷文：

看英国，看法国，

看到你的小裤衩。

要不就是：

我不知道，我不在乎，

我是没有穿内裤。

这是男生们说的，他们一边说一边扮猴子似的鬼脸。

有关内衣内裤的猜测可多啦，特别是关于老师的内衣内裤，不过仅止于女教师。男人的内衣内裤没有什么重要的。不论怎么说，反正男教师也没有几个，有的几个也都上了年纪；没有什么年轻的男子了，因为战争已将他们吞灭。老师们多数是过了一定年龄的未婚妇女。女人结婚后就没有工作了，这一点从我们几个人妈妈的情况就可以知道。岁数大一点的未婚女人，身上总有某种奇怪的、可笑的东西。

课间休息的时候，科迪莉亚就给人家分派内衣内裤，说皮瑾小姐体胖而且总是满脸堆笑，应该让她穿带浅紫色荷叶边的东西；斯图尔特小姐要穿带绲边的内衣，那样就和她用的手帕配上了；哈契特小姐年过六旬而且习惯戴石榴红的胸针，她就适合穿红色的缎子料长衬裤。我们不相信这内衣内裤有一样是确实存在的，不过光想想也是一种极大的快乐。

我自己的老师是兰姆莉小姐。据说每天早上铃响以前，即便是在暖和的暮春时节，她也要走到教室的后面去将她那短灯笼内裤脱下；那灯笼裤传说是由厚厚的海军蓝羊毛做的，散发出樟脑丸和一些别的说不太清是什么东西的味道。这事大家一遍又一遍重复着，但既不是猜测，也不是捏造，而是事实。几个女生声称，有几次她们在放学后被留校时见过兰姆莉小姐重新穿上那条短灯笼内裤，还有几个女孩儿说，她们曾目睹那裤子挂在衣帽间。兰姆莉小姐这条神秘的、叫人反感的深色内裤使她的周身出现一道光环，她走到哪儿，这光环都紧随着，令她四周的空气为之变色。内裤使她变得更加恐怖了，不过任何时候她都叫人觉得恐怖。

前面一年教我的老师很慈祥，可是名字太难记了，科迪莉亚在她玩的那个关于内衣内裤的游戏中甚至提都没提她一下。她的脸像餐桌上的小圆面包，皮肤的颜色像牛奶冻，管学生的办法是连哄带骗。兰姆莉小姐管人的办法是威吓。她个儿矮，体形像个棒槌，铁灰色的开衫从肩膀直挂到屁股，中间没有停挡，连个腰身都没有。她永远穿这么一件开衫，搭配一系列深颜色的短裙，那就不可能总是同一条了。她戴一副钢丝眼镜，镜片后面那双眼睛人们不容易看到；她穿半高跟的黑鞋子；她笑起来很浅，嘴唇都不动一下。惩罚学生时她不是将孩子们送到校长那里去，而是亲自动手：当着全班人的面，她扬起手，将那黑色的橡皮鞭子一记一记狠狠地往下抽，又快又准，脸色发白还直打战，这期间我们都在一旁看着，眨巴着眼，眼中情不自禁充满了泪水。她打人时有的女生哭出了声，虽然打的并不是她们，然而她们这么抽鼻子却很不聪明：兰姆莉小姐恨人哭鼻子，她会说：“我会给你几下让你去哭的。”我们已经学会挺直身子坐正，两眼朝前看，脸无表情，双脚踏地，听她在那里将皮鞭狠狠地往人身上抽，抽得人直缩。

挨抽的主要是男生。大家觉得男生比女生更需要受罚。男生也好动，坐也不是站也不是，尤其到上缝纫课的时候。学校要我们为母亲缝制端热锅时用的防烫布垫。这活儿男孩子们似乎就是做不好，他们缝出来的针脚又大又难看，七扭八歪。他们还用针你扎我我扎你。兰姆莉小姐在教室的过道间高视阔步，动不动就用尺子在哪个男生的指关节上狠狠地来一下。

学校教室的天花板很高，教室的颜色棕中带黄，前面一边是黑板，另一边是散热器，散热器的上方是高高的、多方格的玻璃窗。门那边是衣帽间，一路走过去你感觉有人在后边盯着你看，其间是国王和王后的巨幅照片，国王胸佩勋章，王后则身穿白色长礼服，头戴钻石冠。教室里一排排摆放着两个人一张的高高的木头课桌，桌面被做成斜的，上面还挖有放置墨水的凹圆。它和玛丽王后学校里所有别的教室一样，不过似乎没有它们亮堂，这也许是因为其中没有那么多装饰的缘故。我们原来的老师那时将用纸剪出的装饰小花片带到学校来，千方百计想讨我们的喜欢，她教的班级的窗户上因此总是爬满了她用纸剪出的花花草草。兰姆莉小姐虽然也用这种方式庆祝一年四季，但我们在她戴着亮闪闪的钢丝眼镜的眼睛的监督下剪出来的花草植物却是矮小干瘪，看上去了无生气，结果是墙壁和玻璃窗上的空白处永远没有足够的小花片来装点。还有，要是你剪出的秋叶或者南瓜不匀称，兰姆莉小姐便不能容忍。她可是有标准的。

与去年相比，今年的一切更为英国化了。我们学着用尺子画英国的国旗，还要记住那几个不同的十字形符号，它们分别代表英格兰、爱尔兰、苏格兰和威尔士的守护神——圣乔治、圣帕特里克、圣安德鲁和圣大卫。我们自己的国旗是红的，其中一角印有一面小的大英帝国的国旗，不过加拿大没有守护神。我们还要学习记住地图上那些粉红色部分的名字。

“大英帝国太阳永不落。”兰姆莉小姐用她那根长长的木头教鞭敲着从上面卷下来的地图说。在非大英帝国统治的国家里，他们割儿童的舌头，尤其是男童的舌头。英帝国殖民统治前，印度没有铁路，没有邮政服务，非洲各处部落的人们都在端着长矛你争我杀，身上却没有一件像样的衣服。加拿大的印第安人没有汽车没有电话，他们还吃敌手的心，愚顽不化地以为那样可以获得勇气。大英帝国改变了所有这一切。它将电灯带给了人们。

每天早上，兰姆莉小姐用她那定音笛吹出一个细细的金属般的音符后，我们就全体起立高唱“上帝佑我国王”。我们还唱：

> 统驭啊不列颠，不列颠统驭大海；
> 不列颠人民永不永不永不当奴才！

因为我们是不列颠公民，我们永远不会当奴才。但我们又不是真正的不列颠公民，因为我们同时又是加拿大人。这就不完全一样了，加拿大人还是不如他们优秀，尽管我们也自有我们的歌：

> 忆往昔，从不列颠的岸边，
> 来了那无畏英雄乌尔夫，
> 将不列颠大旗牢牢插上
> 加拿大美丽的国土。
> 愿王旗在此招展，
> 它值得我们炫耀，是我们的骄傲；
> 愿它与大蓟蓟、三叶草、玫瑰花
> 还有那枫树叶永结同心[1]，
> 永远高高飘。

[1] 大鳍蓟、三叶草、玫瑰花和枫树叶分别代表威尔士、爱尔兰、苏格兰和加拿大。

我们唱这首歌的时候，兰姆莉小姐的下巴抖得让人害怕。乌尔夫的名字听上去和那种人们可能称之为狗的东西差不多[1]，但是他征服了法国人。这一点很使人不解，因为我见过法国人，北方那边多着呢，所以他不可能把人家全都给征服了。至于枫树叶，那可是我们红旗上最难画的部分，谁都不曾画对过。

兰姆莉小姐将有关王室成员的剪报拿到教室来贴在侧面的黑板上。有些剪报是旧的，上面是纳粹德国空袭伦敦期间，伊丽莎白公主和玛格丽特·罗兹公主身着女童子军制服发表广播及其他演讲时的情景。兰姆莉小姐以此向我们暗示，我们应该像她们一样：坚定，忠诚，英勇，顽强。

此外，还有别的一些报纸图片，反映的是瘦骨嶙峋的儿童衣衫褴褛地站在一堆堆破砖碎瓦前的情景。这些图片是用来提醒我们，欧洲还有许许多多受饥挨饿的战争孤儿，我们得记住这一点；我们要把自己盘子里的面包屑、土豆皮以及所有其他食物都吃干净，因为浪费是一种罪孽。另外，我们也不应该抱怨。事实上我们无权抱怨，因为我们这些孩子是幸运的：英国儿童的家园都被炸毁了而我们的没有。我们把穿过的旧衣服从家中拿到学校来，兰姆莉小姐用牛皮纸将它

[1]“那种人们可能称之为狗的东西”指狼，英文是wolf，与书中乌尔夫（Wolfe）的名字同音，故有此说。

们打包捆好后寄往英国。我能拿到学校来的衣服不多，因为我妈都将穿破的衣服撕碎做成抹布了。不过我还是设法抢出了一条灯芯绒裤子，它先是我哥穿的，后来给了我，现在太小穿不下了；还有就是我爸的一件法兰绒衬衫，不小心洗坏了，缩得无法再穿。一想到英国那里有个别的什么人穿着我的衣服在到处走，我皮肤上就感觉怪怪的。我的衣服，即便是已经穿不下的旧衣服，似乎都是我身体的一部分。

所有这一切——国旗，根据定音笛唱出的歌，大英帝国及其公主，战争孤儿，甚至还有捆扎包裹的包装带——都和兰姆莉小姐那条我看不见的、不吉利的海军蓝短灯笼内裤叠加在一起。每当我画英国国旗或是唱“上帝佑我国王”时都不能不想到它。它是真的存在呢，还是不存在呢？我是否还有机会在教室里目睹她穿上或者——不可思议地——脱下？

我不怕蛇也不怕蚯蚓，但是我怕这短灯笼内裤。我知道，如果我真的见到它会更糟糕。它极其神圣不容亵渎，可同时也叫人深深地难为情。无论它有什么问题，那问题同样也可能出在我身上，因为尽管谁都不相信兰姆莉小姐是个姑娘，她终究也不是个男孩啊。每当那黄铜摇铃当啷当啷响起，我们就在女生入口处排好队，这时你无论怎么把我们归类，她总会和我们女生归在一起。

第四章　致命的天仙子

16

我沿着女王大街走着，经过一家家连环漫画旧书店；橱窗里全是水晶蛋和海贝壳，还有许多叫人心情沉重的黑颜色的衣服。真希望还是回到温哥华，和本一起坐在壁炉前，一边向外眺望远处的港湾，一边任由那巨大的鼻涕虫在后花园津津有味地大嚼绿色的果蔬。壁炉，后花园——我以前上这儿来看乔的时候（他的住处下面是巨人的存放行李的仓库），心里可没有想着这些东西。拐角处是“枫叶酒家”，它离我在其中画女人体的那所艺术学校只有两个交通路口，我曾在那里，在黑暗中，喝着生啤，咀嚼着心痛的滋味。有轨电车开过，震得面街的窗格啷啷地响。有轨电车没有淘汰，还在跑。

“我真不想去。”我对本说。

“你可以不去啊。”他说，“取消算了，上墨西哥来。”

“他们费了不少功夫，一切都安排好了。”我说，“听着，你知不知道，假如你是个女性，无论在哪里，要想办个回顾展有多难？”

“办这个展览为什么就那么重要呢？”他说，“好歹你的画还在卖嘛！”

“我还是得去，”我说，“不去就不好了。”我自小受的是逢人便说“请”和“谢谢”的教育。

“那好吧。”他说，“你自己在干什么你自己知道。”他给了我一个拥抱。

但愿我真的知道我自己在干什么。

这儿就是“颠覆”画廊了，它在一家餐馆的供货仓库与一家文身店之间。一旦类似“颠覆”这样的部门搬入，供货仓库和文身店最终都得迁走，墙上已经有拆迁的通知写在那里了。

我推开画廊的门走进去，心中一沉，正如我每次走进美术馆时感受到的那样。这都是因为地毯的缘故，地毯使整个地方显示一副悄声静气、道貌岸然的派头：画廊太像教堂了，里面有太多的敬畏，让你感觉有人正在行跪拜礼。并且，我不乐意见到这里成为画作最后的归宿，这些中性色调的墙面，打着投射灯光，无毒无菌，被布置得安全稳妥。这就好像刚刚有人在周围喷了空气清新剂，为的是去掉气味。去掉墙上的血气。

这家画廊并非布置得整洁无瑕，有些地方还能看到切削后留下的边痕：这儿露出一截暖气管，那儿有一块墙面是黑的。仍未从墙上取下的作品我看都没看一眼，我讨厌后印象派那些脏兮兮的绿色和一团糟的橘黄，后这个后那个的。如今一切都成了后什么，好像我们全都只是早些时候某样东西的一个注脚，而那时的东西才实实在在值得有个自己的名儿似的。

我自己有好几幅画已经拆箱了，靠着墙放在那儿。它们是被人寻访、索求，最终从画主人那里收集来的。不论画主人是谁，反正不是我；更倒霉的是，要是换到今天，我的这些画可以卖出更好的价钱。画主人的名字将写在小小的白卡片上，和我的名字一起放到画的旁边，那意思好像是：仅仅拥有作品与创造作品不相伯仲。他们就是这么想的。

假如我把自己的耳朵割了，市场价就上去了吗？最好是我把头伸进烤箱，让自己的脑子爆炸。有钱的艺术品收藏家所乐意购买的东西，除了别的，就是那点从他人经验中间接获取的疯狂。

正面朝外的那幅是我二十年前画的一件作品：史密斯夫人。那是处理得很漂亮的一幅蛋彩画，史密斯夫人灰白的发冠上插着发夹，一张土豆脸，戴着眼镜，身上除她那条带花的、围兜似的、显得她只有一只乳房的围裙外，什么也没有穿。她斜靠在她那张栗色天鹅绒沙发上，起身欲赴天堂，天堂里全是橡胶榕；一轮明月浮在天空，状如一片小花垫。作品名叫《橡胶榕：升天》。史密斯夫人周围那些小天使来自四十年代圣诞节的张贴画，那是些洗得干干净净、身穿白衣服、用布条扎着一绺绺鬈发的小姑娘。“天堂”一词用孩子们在学校里用的那种印模压印在画的顶部。我当时觉得那是一种很时髦的做法。

现在回想起来，这幅画曾经遭人唾骂，不过倒不是因为用了那印模。

我不会盯着这些画看很长时间，对其他作品也一样，看长了就会开始发现毛病。我会用小刀修改它，或者一把火烧了，还墙面一片干净，然后从头再来。

一个女的从后面大踏步地向我走来，她金黄色的头发剪成不太过分的豪猪式，身上一条紧身连衫裤，脚蹬绿色皮靴。我立即意识到我不该穿这身浅灰蓝色慢跑运动套装。浅灰蓝给人以又轻又薄的感觉。我应该像所有正统的女性画家那样穿一身修女黑或德拉库拉黑[1]。我应该用颜色像吸血鬼在脖子上留下的瘀血似的口红，而不是用完美玫瑰牌口红轻描淡写地这么描两下充数。但那样的话会使我看上去像哈吉

[1] 德拉库拉，爱尔兰作家布拉姆·斯托克（1847—1912）所著哥特式鬼怪小说《德拉库拉》中的吸血鬼之王，常穿一身黑，形象阴森恐怖。

斯·麦克巴吉斯。到了这个岁数，脸上皮肤已然全失那葡萄果冻似的红色，我显得一脸苍白，满是皱纹。

我偏要穿着这身慢跑运动套装坚持到底，我要假装我这是故意为之。这身打扮满可以意味着反偶像主义，他们又怎么会知道？浅灰蓝色慢跑运动套装缺的不是别的，正是做作与矫饰。不赶时髦的好处是你永远都与时尚没有牵涉，也就永远不会落伍，成为昨日的模特儿。这也是我为自己的画所找的借口，或者说，是过去许多年中我为自己的作品所找的借口。

“你好！”那女的说，“你一定是伊莱恩吧？看起来和你的照片不太像。”我想，这是什么意思？比照片好还是比照片糟？“我们在电话里谈得很多了。我叫查娜。”多伦多像查娜这样的名字过去不常听到。我的一只手紧紧握起，可以听到骨节在嘎吱作响：这个女的手指上一连套了大约十只厚实的银戒指，状如打人的指节铜套。“我们刚才还在考虑订货的事呢。”除她之外，另外还有两个女的，看上去都比我更像艺术家，艺术气息五倍于我。她们戴着抽象的艺术品耳环，头发也做成抽象艺术的样式。我感觉到自己的打扮不合时宜。

她们从外卖店买了美味的甘蓝鳄梨三明治、咖啡和经过蒸汽消毒的牛奶，我们吃吃这个，喝喝那个，讨论着画展的安排。我说我主张按作品的时间顺序来处理，但查娜另有想法，她想把作品按色调归类，让它们彼此呼应，最终的整体效果反过来增强单幅作品的力量。我更加紧张不安了，这样的谈话使我浑身抽搐。我竭力保持沉默，顽强抵御着说出我头疼想回家的冲动。我应该感谢这几个女人，她们是为我着想，是她们为我安排了所有这一切，她们是在向我表示敬意，她们喜欢我画的东西。但是尽管如此，我依然觉得自己寡不敌众，仿佛她们属于另一类人，我却不是其中的一员。

乔明天就要离开洛杉矶，离开他那链锯凶杀案的制作工场回来了。我快等不及了。我们将躲开他的老婆偷偷摸摸出去共进午饭。不过那也仅仅是一种文明行为，不就是像对待同志一般和前夫吃顿饭吗？对于那个一切坛坛罐罐都被砸得粉碎、闹得天翻地覆的破裂家庭来说，重新在一块儿吃顿饭倒不失为一个很好的结局。我俩从年轻时候起就彼此认识，如今到了我这个岁数，到了我们这个岁数，这一点可是变得十分重要了。由此看来，他于我似乎是一种慰藉。

另一个人走了进来。又是一个女人。“安德里亚！”查娜说着，昂首挺胸地向她走去。“你迟到了！”她在安德里亚的脸颊上吻了一下，随即挽着对方的手臂向我走来。“安德里亚想挖一篇有关你的报道。”她说，“为开幕式。”

“事先没人跟我说过这事啊。”我说。我中人家埋伏了。

“最后一刻才想到这主意的。”查娜说，“对我们而言可算是幸运！我把你们俩弄到后面房间去，好吗？我给你们送点咖啡来。把你的话挖出来，这是他们的说法。”她歪嘴一笑，又对我加了这么一句。我听凭安排，由她们带着穿过走廊；我依然会被像查娜这样的女人支使得团团转。

“我原以为你不是这个样子。”我们落座后安德里亚说。

“不是这个样子？怎么不一样呢？”我问。

“要再大些。”她说。

我对她笑笑，说：“我是比原先大啊。”

安德里亚仔细打量了一下我这身浅灰蓝色慢跑运动套装。她自己穿一身黑，是那种大家认可的、亮闪闪的黑，和我不一样，我即使穿黑也是带有六十年代早期遗风的那一种。她用喷雾罐将头发喷染成红色，才不管别人会怎么说，头发顶部剪得像是戴了一顶橡树果形状的帽子。她乳臭未脱实在是年轻，虽然我知道她肯定已经二十出头，但在我看来只不过是个十几岁的黄毛丫头。她很可能觉得我是个老古董，人到中年，脾气古怪，很有点像她的中学老师。很可能她就是想出来“逮”我的。很可能我会让她“逮”着。

我们在查娜的办公桌边面对面坐下，安德里亚搁下相机，又摆弄了一下她的盒带录音机。安德里亚为一家报纸写稿子。“这是为生活栏目写的一篇稿。”她说。我知道那指的是什么，它过去曾经叫“女性专版”。现在改称“生活”也真是滑稽，好像只有女的是活着的，而别的东西，比如“体育”吧，全是为死人办的。

“‘生活’，呃？”我说，“我是两个孩子的母亲。我还烤面包。”说的全是真话。安德里亚以责备的眼神瞪了我一下，随即啪一声打开了她的录音机。

“你怎么操纵名气？”她说。

“这可不是什么名气，”我说，“名气指的是伊丽莎白·泰勒的乳沟。这玩意儿不过像是媒体带来的丘疹。”

听了这话她露齿一笑。“能不能请你谈谈你们这一代艺术家——你们这一代女性艺术家——的情况？你们的志向和目标？”

“你是指画家吧，”我说，“你问哪一代？”

“七十年代吧，我想。”她说，“那是女性——那是你开始引起世人注目的年代。”

“我这一辈不属于七十年代。”我说。

她笑笑。“那么，”她说，“哪一代呢？”

“四十年代。”

“四十年代？”对她而言这简直是在谈考古了。“但你总不可能是——”

“那是我成长的年代。”我说。

“哦，对了，”她说，“你是说那是你性格逐渐发展形成的时候。能不能谈谈有关情况？它们如何反映在你的作品中？

“色彩。”我说，“我的许多色彩都是四十年代的色彩。”我的态度开始变得温和。至少她没有从头至尾一口一个“比如”“你知道”。“战争。有人还记得战争，有人已记不得了。这中间有一个分界线，有一种区别。”

“你指的是越战？”她说。

“不，”我冷冷地说，“是第二次世界大战。”她显出几分害怕的样子，仿佛我是刚从死亡中复活过来似的，而且还没有完全复活。她不知道我有那么老。“那么，”她说，“有什么区别呢？”

“我们的注意力能集中很长时间。”我说，“我们盘子里的一切都要吃得干干净净。钱我们要省着用。生活很艰苦，但我们能凑合着过。”

她一脸迷惑。关于四十年代我只想谈这些。我开始冒汗了。我感觉自己像是在看牙医，嘴巴张着，样子极难看，听凭一个素不相识的人借一束光和一面镜子往我喉咙下面看，她看的什么我反正看不到。

她聪明而又巧妙地将话题由战争重新转到女人上，这是她首先想谈的话题。事业对于女人是不是更难？我是否曾遭到过歧视、轻蔑？怎么看生孩子？我提供的回答没能帮她什么忙：所有的画家都觉得自己没有受到应有的重视。至于孩子么，你可以在他们上学的时候画。我的丈夫一直都很出色，他给我不少支持，有些是经济上的。我没有说是哪一个丈夫。

“这么说你没有觉得靠男人支撑有点丢面子？”她说。

“女人一直都在支撑着男人，”我说，“稍稍反过来这么支撑一下又有什么错？”

我要说的不完全都是她想听的。她更乐意听某人遭凌辱、受骚扰的故事，只是她自己还不可能有这样的故事，她年纪太小了。尽管如此，人到了我这个年龄，就会被认为有一些遭凌辱、受骚扰的故事，至少受过侮辱吧，至少受过奚落吧。教美术的男老师在你屁股上拧一下，叫你一声“宝贝儿”，问你为什么没有出现伟大的女性画家，就这类事。她希望能看到我暴怒，看到我奇特古怪的一面。

“你是否有过什么女性导师？”她问。

“女性什么？”

“就像——老师一样，或是别的你崇拜的女画家。”

“应该是叫女导师吧？”我不客气地说，“一个也没有。我的老师是个男的。”

“是谁？”

“约瑟夫·赫毕克。他对我很友好。”我很快又加了一句。我有一个男老师应该可以让她满意了吧，可她又不想听我说下去了。“他教我画女性裸体。”

这话可把她吓了一跳。“呃，你怎么看，你知道，女权主义？”她说，“许多人称你为女权主义画家。”

“哦，是吗？”我说，“我讨厌拉帮结派，我讨厌搞小集团。不论怎么说，反正我年纪不小了，那名词总不会是我发明的；你呢，年纪又太轻，搞不明白它是什么意思，所以谈论这个问题究竟有什么意义呢？”

“这么说这样一种分类对你没有意义咯？”她说。

“女人喜欢我的作品，这一点我很高兴。为什么不呢？”

“男人也喜欢你的作品吗？”她问得很狡猾。她一直在翻阅我的一些旧资料，已经看过其中几篇装神弄鬼的破文章。

“什么男人？”我说，“并不是所有人都喜欢我的作品，这不是因为我是一个女人。如果他们不喜欢一个男人的作品，也不是因为他是个男人。不喜欢就是不喜欢。”我已处于说话不被相信的境地，这使我大为恼火。我的声音还保持着镇静，喝下去的咖啡却在体内汹涌翻腾。

她皱皱眉，又摆弄了一下录音机。“那你为什么画的全是那些女人呢？”

“我应该画什么？男人吗？”我说，“我是画家。画家都画女人。鲁本斯画女人，雷诺阿画女人，毕加索画女人。每个人都画女人。画女人有什么不对吗？”

“可不是画成那样啊。”她说。

“什么样？”我说，“无论你怎么说，我笔下的女人为什么就得和每个人笔下的女人一模一样？”我发现自己已在不知不觉地抓弄手指头。我停住了。要不了多久，我的牙齿就会像被逼得走投无路的耗子那样格格作响。她的声音离我越来越远了，我几乎听不到她在说话。但我能看到她，而且看得还十分清楚：她那羊毛套衫领子上一条条凸起的螺纹，她脸颊上细细的茸毛，那颗闪亮发光的纽扣。我听到的是她没有说出口的话：你的衣服糟糕透顶。你的艺术狗屎一堆。你挺直身子给我坐好，不要搭腔！

“你为什么画画？”她问。我又能听到她的声音了，而且听得十分清楚。我听出她已经恼羞成怒，因为我，因为我一再拒绝让她满意。

“任何人做任何事都问个为什么吗？”我说。

17

光线暗得比往常要早，放学回家的路上，我们从焚烧着的树叶所散发出的烟雾中走过。天下雨了，我们只能在室内玩。我们坐在格雷斯房间的地板上，将擀面杖、长柄平底锅从图册上剪下来贴到那些纸夫人的周围；因为史密斯夫人的心脏不好，我们玩的时候都是一声不响。

但科迪莉亚两三下就把这游戏做完了。她似乎一下子就明白了为什么格雷斯家中会有这么多《伊顿目录图册》。原来史密斯一家穿的衣服都是这么来的——全家人都从《伊顿目录图册》中订购衣服。在“少女装”那一栏里就有格雷斯和她的两个妹妹穿的格子布长裙、背带短裙以及冬天穿的外套，外套由大块经久耐穿的羊毛做成，都带有风帽，颜色有三种，分别是鲜黄绿、品蓝、栗色。科迪莉亚设法暗示我们，她是永远不会穿从《伊顿目录图册》上订购的外套的。不过这一点她没有大声说出来。和我们其他几个人一样，她也想讨得格雷斯喜欢。

她很快翻动着页码，对炊具那一部分略而不看。她翻到乳罩部分，翻到镶有精细花边、垫着衬料的文胸那几页——这些东西被称为紧身胸衣——随后又给书上的模特儿画小胡子；这些模特儿的皮肉看起来就像是用一层薄薄的米色灰浆画上去似的。她用铅笔给模特儿添上毛，添在腋下，两乳间。她想忍住不笑，但终于还是扑哧一声笑了出来；她念起了那句图片说明文字：“‘花边赏心悦目，娇丽动人，为你成熟的胴体更添魅力。’这是指大奶子。看这个——杯子大小！像一对茶杯！”

乳房使科迪莉亚着迷，又让她充满了鄙夷。她的两个姐姐如今都已长出了乳房。潘迪和米瑞坐在自己放着双人床的房间里，双人床上铺着带荷花边的枝状花纹薄棉布；她俩一边锉着指甲，一边轻轻地笑；有时她们到厨房里用小锅将褐色的蜡烫热，然后拿到楼上去浇在腿上除毛。她们照镜子，做出很伤心的表情——“我这鬼样子像是哈吉斯·麦克巴吉斯！简直是诅咒！”她俩用的废纸篓里散发出一股烂草败花的味道。

她们对科迪莉亚说，她还太小，有些事情搞不明白，可是说完之后还是把那些事告诉了她。科迪莉亚随后压着嗓音瞪着双眼将个中实情传了出来：诅咒指的是两腿之间流出来的血。我们不相信她的话。她将证据拿了出来：从潘迪的废纸篓里捞出的一块卫生护垫，上面是棕褐色硬硬的一层，像发干的肉汁。“这不是血。”格雷斯厌恶地说。格雷斯没有说错，那东西和人划破手指时淌出来的血完全不同。科迪莉亚十分生气，可她毫无证明的办法。

我以前对成年女子的身体没想太多。但是现在，这身体实实在在地显露出来了，令人眼花缭乱：长着毛，陌生而怪异，柔软似水，令人惊骇。我们围在潘迪和米瑞的房间外，一边吃吃笑着，一边设法透过钥匙孔朝里看：她俩正在将热蜡从腿上剥下来，一面剥一面哇哇喊疼。她们让我们发窘，虽然我们不知道为什么。她们知道自己正在遭我们笑话，就走到门这边来撵我们走。“科迪莉亚，你和你这帮小朋友为什么不给我们走开！”她们带有几分预见似的冲我们笑笑，仿佛已经知道等待我们的将是什么。“你们就等着瞧吧！”她们说。

这可使我们害怕极了。无论她们身上发生了什么使她们这里鼓起来，那里软下去，使她们只敢走不敢跑，好像脖子上牵着根无形的皮带，处处受制，无论这是为什么，同样的事情将来也可能发生在我们身上。我们偷偷地看马路上的女人们和我们老师的乳房，但不看自己母亲的乳房，那关系太近了，会让人觉得不舒服。我们密切观察自己的大腿和胳肢窝，看是否有什么毛长出来，又注意看自己的胸脯，看是否已出现隆起。然而什么也没有发生，到目前为止，我们仍平安无事。

科迪莉亚翻到目录图册的后面几页，那上面是一些灰色和黑色的图片，图中有丁字形拐杖、托臂及其他一些人造的人体辅助器械。“丰乳器。”她说，“这东西看到了吧？是用来把奶子鼓大的，就像自行车的打气筒一样。”我们不知道她的话哪些是可以相信的。

我们不能问母亲。很难想象她们不穿衣服是什么样子，很难想象她们衣服底下竟然还有一个光溜溜的身子。有许多事情她们是不会讲的。她们跟我们之间隔着一道海湾，一道深渊，那海湾和深渊越来越远，越来越深，充满了无言。她们将脏东西用几层报纸包起来，再用绳子扎好，即便如此，仍有脏水滴落到刚刚打过蜡的地板上。她们的晾衣绳上挂满了内衣内裤、睡衣、袜子，展示了她们满是污渍的私密生活，她们将手伸进灰叽叽、黏糊糊的水里反复漂洗它们。她们对卫生刷子、马桶座圈和细菌十分熟悉。这个世界是很肮脏的，无论她们怎么清洗都没有用，而我们也知道她们不会欢迎我们小孩子向她们提一些肮脏的问题。所以只是孩子们相互传着大段大段的悄悄话，结果越传越恐怖。

科迪莉亚说男人身上长有胡萝卜，就在两条大腿之间。那其实也不是真的胡萝卜，而是一种比胡萝卜更糟糕的东西。它上面长满了毛，末端还会有种子出来，只要进到女人的肚子里，不论你想不想要，都会慢慢长成一个小孩儿。有些男人还在他们的胡萝卜上扎个孔，然后像戴耳环那样在上面挂个圈儿。

科迪莉亚不清楚那种子是怎么出来的，形状什么样。她说它们是隐形的，可我认为这不可能。假如真有所谓种子的话，它们一定更像鸟食或长而细的胡萝卜籽。另外，她也说不出那胡萝卜是怎么进去下种子的。显而易见肚子上可以装上按钮开关，但那样的话肚子得切开个裂口。她说的那一整套东西很令人怀疑，而一想到我们可能是这么一种行为的产品简直侮辱了我们。我想到了床，据猜想一切都是在那上面发生的。卡罗尔家的孪生床永远那么干净整洁；科迪莉亚家那张带顶篷的床雅致考究；格雷斯家的床则是深红木色，上面铺着钩针编织的床单和一层层羊毛毯子，很是体面。这样的床本身就是一种明证，那样的事绝对不可能在其上发生。我又想到卡罗尔那个歪嘴妈妈，想到将花白头发梳成辫子盘在头顶又在上面插满发夹的史密斯夫人。她们会噘起嘴唇坐直身子，装出一副庄重严肃的样子。我们要提那样的问题她们绝对不会允许。

格雷斯说："小孩是由上帝造的。"她说起话来一向是那副一锤定音的样子，这就意味着这事再没有什么可议论的了。她一言不发，只是鄙夷地笑笑，我们就都放心了。宁可上帝造人也不要我们自己造自己。

但还是有疑问。比如我就知道不少事情。我知道"胡萝卜"这词用得不确切。我曾经见过蜻蜓和甲壳虫，它们飞来飞去，一只紧贴在另一只背上，我知道这叫作"交配"。我知道什么叫产卵管，那是将卵子产到树叶上、毛虫上、水面上的一种器官，它出现在我爸在家里批改的那些学生画的昆虫简图上，就在那里摆着，标得清清楚楚。我还知道什么是蚁后，知道雌螳螂会吃雄螳螂。然而所有这些没有一样有助于解开我的疑惑。我想到史密斯夫妇，两人赤条条一丝不挂，史密斯先生紧紧地贴在史密斯夫人的背上。这样一个景象，即使我不给他们加上会飞的翅膀，依然解答不了我的疑问。

我倒是可以问我哥。但是，虽然我们曾在显微镜底下一起观察过痂和脚趾头里的污垢，虽然浸泡在酸液里的牛眼、剖出内脏的鱼或者死木头底下能找到的一切都没能把我们搞得心里难受，拿这样的问题去问他却是有欠考虑的，也许会伤了他。我想起他用多出来的那根灵巧的"手指"在沙地上绕着圈写成的"木星"字样，写得有棱有角。按科迪莉亚的说法，那根东西到末端长的全是毛。也许我哥也搞不明白。

科迪莉亚说，男孩子跟你亲嘴的时候要把舌头伸到你嘴里来。我们认识的男孩儿没有一个是这样，她指的是年龄大的男孩子。她说这话时的神情和我哥当着卡罗尔的面说“鼻涕虫黏液”或“鼻涕”时的神情没有什么两样，而卡罗尔的反应也一样，都是鼻子一皱，身子一扭。格雷斯则说科迪莉亚的话令人作呕。

我想到有时候在市中心人行道上看到的痰，想到肉店里出售的牛舌头。他们为什么想要干这样的事呢——把自己的舌头伸到人家的嘴里去？当然只能引起人的恶感。他们就想探探看接下去还能干些什么。

18

我踏着阶梯从地下室往上走，阶梯上钉着黑色的踏步胶皮。史密斯夫人系着她那条围兜似的围裙正站在厨房的洗槽跟前。她已睡过午觉起来了，正准备晚饭呢。她在削土豆皮；她经常用刀削着什么。削下的土豆皮呈螺旋状，灰灰的一长条，从她那双节节疤疤的大手上往下掉。她用的那把水果刀已磨损得很薄很薄，刀身几乎成了一弯新月。厨房里雾气腾腾，散发出大豌豆和炖肉骨头的味道。

史密斯夫人扭过头看着我，她的左手拿着一颗削了皮的土豆，右手是刀。她笑了笑。“格雷斯说你们家不上教堂。”她说，“也许你想跟我们一起去，上我们的教堂去。”

“是的。”格雷斯说，她已跟在我后面踏着阶梯走了上来。这个主意令人开心。礼拜天上午格雷斯将只属于我一个人，既没有卡罗尔，也没有科迪莉亚。格雷斯依然值得我们喜爱，大家都想跟她一起玩儿。

当我把这个打算告诉我爸爸妈妈时，他们变得不安起来。“你肯定你真的想去吗？”我妈妈问。她说她小的时候不管自己喜不喜欢都得上教堂。她父亲对此要求很严。每到礼拜天她甚至不能吹口哨。“你真的肯定你想去吗？”

我爸说他不相信给儿童洗脑子有什么好处。关于宗教，人长大了可自有主张；在他看来，宗教必须为许多战争和大屠杀负责，盲从和偏执的根源也在宗教。“每个受教育的人都应该知道《圣经》。”他说，“可她才只有八岁。”

“快九岁了。”我说。

“好。”我爸说，“别听到什么就相信什么。”

到了礼拜天，我穿上我和我妈一起挑选的衣服：一件深蓝色及绿色的羊毛花格布连衣裙，白色的螺纹长筒袜用吊袜带扣到我僵挺挺的白棉布内衣上。我现在的衣服比以前要多了，可我不像卡罗尔那样跟着妈妈去购物，帮着妈妈挑挑选选。我妈不喜欢购物，她也不自己动手做衣服。我的女童装都是二手货，是由我妈一个远方的朋友捐送的，那人有一个年龄比我大一点的女儿。这些衣服没有一件很合我身，不是褶边往下耷拉着，就是袖子的腋下部分往上耸。我还以为这就是衣服的样式呢。不过白色的长筒袜倒还是新的，穿在脚上感觉比上学时穿的那双褐色袜子更加磨得人痒痒。

我把我那颗蓝色的猫眼弹子从我红色的塑料钱包里拿出来放进五斗橱的抽屉里，取而代之的是我妈给我用来捐到教堂募捐盘中的一枚五分钱硬币。我沿着满是车辙的马路朝格雷斯家走去，脚上穿的是鞋子——还没到穿靴子的季节呢。我按了按门铃，格雷斯将前门打开了。她肯定一直在等我。她也穿了一件连衣裙和一双白色的长筒袜，两条辫梢上还系着海军蓝的蝴蝶结。她从上到下将我打量了一番。“她没有戴帽子。”她说。

史密斯夫人站在门厅里，她仔细盯着我看，好像我是被人丢在她家门口的一个孤儿。她让格雷斯上楼再找一顶帽子，格雷斯一会儿拿了一顶带松紧带可套在下巴上的深蓝色天鹅绒旧帽下楼来了。帽子太小了，但史密斯夫人说可以临时将就着用。“上我们的教堂头上是不能光着的。”她说。她特别强调“我们的教堂”，好像还有别的档次低一点的、不戴帽子就可以进的教堂似的。

史密斯夫人有一个姐姐，也和我们一起上教堂。她叫米尔德里德姨妈。她年纪稍大，曾在中国做传教士。和史密斯夫人一样，她也有一双红彤彤的、节节疤疤的手，也戴钢丝眼镜，也盘着发冠，只是她的头发已完全灰白，另外她脸上也长着灰白的茸毛，而且比史密斯夫人要多得多。姐妹俩都戴着帽子，帽子看上去仿佛两捆马里马虎捆扎起来的毛毡包裹，还有好几根发梢翘在半空中。这种帽子我曾在几年前的《伊顿目录图册》中见到过，那是向后梳着油光发亮的头发、长着高颧骨、涂着深红色亮闪闪口红的模特儿戴的。戴在史密斯夫人和她姐姐的头上就不是那种效果。

当史密斯一家全都穿好外套戴上帽子后，我们就钻进了他家的汽车；史密斯夫人和米尔德里德姨妈坐前面，我、格雷斯和她的两个小妹妹坐后面。虽然我依旧很崇拜格雷斯，可这种崇拜完全不是身体方面的；此时被挤在汽车的后座上，和她挨得这么近，真叫我感到很不自在。我的正前方是史密斯先生，他在开车。史密斯先生个儿矮，秃顶，我们难得见到他。卡罗尔和科迪莉亚的父亲也都是这样；在家庭的日常生活中，多数情况下都见不到做父亲的影子。

礼拜天大街上几乎空无一人，我们开着车从街上穿过，沿着有轨电车的轨道往西行。汽车内尽是史密斯一家子呼出的污浊臭气，闻上去仿佛陈腐的干唾沫。教堂很大，由砖砌成；教堂顶部不是一个十字架，却是个看上去像洋葱而且在转动的东西。我问这洋葱状的东西是什么，说不定它可能有某种宗教含义，但格雷斯说它只是个用来通风的排气扇。

史密斯先生停好车，我们下车进入教堂。我们在一条长凳上坐成一排；长凳是由黑色发亮的木头做的，格雷斯说那叫教堂长椅。有生以来我这还是第一次进教堂。教堂的天花板很高，状如圆叶牵牛花的一盏盏灯吊挂在链条上，前方上部是一个朴素无华的金十字架和一瓶白花，在那背后有三扇装着彩色玻璃的窗户。其中中间那扇窗户最大，上面是身穿白衣服、双手向两边伸展的耶稣形象，耶稣的头顶还盘旋着一只白颜色的鸟。窗户底下用粗黑的《圣经》体写着（字与字之间都隔着一个小圆点）：天·国·在·你·心·中。左边一扇窗户上是坐着的耶稣，两旁用粉红色画着两个儿童，他们正伏在耶稣的膝盖上。底下的文字是：宽·待·儿·童。两扇窗户上的耶稣头上都顶着光环。另一边窗户上是一名身着蓝衣服的妇女，头上没有光环，一块白手巾半遮着她的脸。她提着一只篮子，一只手伸向下面。她的脚旁边坐着一个男人，头上裹着一条看上去像是包扎伤口的绷带一样的东西。下边写着：最·伟·大·者·唯·博·爱。这三扇窗户的周围都饰着花边，枝藤缠绕，葡萄串串，异花争艳。窗户的背后有光进来，将窗户照得通明。我几乎舍不得将目光移开。

接着管风琴奏起了音乐，所有的人全都站了起来，而我却变得一片茫然。我仔细看格雷斯怎么做，她站我就站，她坐我也坐。整个唱歌的过程中，她都将赞美诗集打开着拿在手里；她指着上面的曲子，可我一首也不认识。过了一会儿，我们该上主日学校[1]了，于是就和别的小孩一起排成一队鱼贯而出，来到教堂的地下室。

主日学校也和普通学校一样分成不同的班级。不过教师更年轻一些，我们的老师是个比别的教师稍大一点的不到二十岁的小年轻，她戴一顶淡蓝色的帽子，脸上还遮着一块面纱。我们班全都是女孩子。老师给我们念了一篇有关约瑟及其百色衣的《圣经》故事。接着她就听女生们背诵她们该背的那些内容。我坐在椅子上，两条腿晃啊晃的。我什么东西也没有背。老师对我笑笑，说她希望我每礼拜都能回到这里来。

这之后，所有不同的班级都一起进入一间大房间，房间里是一排排灰色的木头长凳，样子很像我们在学校里吃饭时坐的那种。我们在长凳上坐好，灯灭了，有人将彩色的幻灯片投射到房间尽头的裸墙上。这些幻灯不是照片而是画。它们看上去是老式的那种。第一张放的是一名骑马穿过森林的骑士，他正举目向上，凝视着一束穿过树林一泻而下的光。骑士的皮肤很白，眼睛大大的像女孩儿，一只手按在肯定是心脏所在的部位，胸口外面护着铠甲，样子很像汽车的挡泥板。在他那张又大又亮的脸盘下方，我看到有电灯的开关、

[1]　主日学校，也称星期日学校，是指在星期日对儿童进行宗教教育的学校，大多附设于教堂。

墙裙的上沿板以及一架小钢琴伸出来的一个角。

下一张幻灯片放的还是同一个骑士，只是个子小些，他的底下出现了一些文字，我们就在那架不见其身的钢琴重键敲出的和声的伴奏下唱开了：

我要真实，因为有那些信赖我的人，
我要纯洁，因为有那些关爱我的人，
我要强壮，因为我将遭遇许多苦难，
我要勇敢，因为我将迎接许多挑战。

在我身旁，黑暗中，我听着格雷斯的声音直往上爬，细细尖尖，犹如鸟叫。所有的歌词她都知道，《圣经》中该背诵的段落她也全都记得。当我们低头祈祷时，我感到周身上下充满了善，我感觉自己被包容、被接纳了。上帝是爱我的，无论他是谁。

从主日学校出来，我们又回到原先的教堂去完成礼拜的最后一部分。我将我的五分钱硬币放到募捐盘里。然后还有一项名为"荣耀颂"的赞美上帝的内容。之后我们就走出教堂，重新挤回到史密斯家的汽车里。格雷斯小心翼翼地问："爹地，我们可以去看火车吗？"两个小丫头一听就来了劲，说："去！去！"

史密斯先生问："你们一直都很乖吗？"两个丫头就说：

“是的，是的。”

史密斯夫人发出一个犹豫不决的声音。“哦，好吧。”史密斯先生对两个小丫头说。他顺着有轨电车的轨道驾车向南穿过空荡荡的大街。汽车犹如一座滑行的小岛，一路上只经过孤零零一辆有轨电车。终于，我们看到远处一池灰蒙蒙的平平的湖水，而在我们的身底下，临近一个像是低低的悬崖的边缘，只见一片灰色的、铺满了火车车轨的平地。就在这片盖满了金属的平地上，几列火车在那儿慢腾腾地前后调轨。因为是礼拜天，又因为这显然是史密斯一家教堂礼拜之后一项常规的活动，我就不由得生出这样一个念头来：这车轨，这令人昏昏欲睡的笨重的火车与上帝有关。还有一点在我看来也很明显：真正想看火车的人不是格雷斯，也不是两个小丫头中的任何一个，而是史密斯先生自己。

我们坐在停驻的汽车里看火车，直到史密斯夫人说饭都要烧坏了才开车回格雷斯家去。

我被邀请留下吃这顿礼拜天的正餐。这还是我第一次留在格雷斯家吃饭。饭前格雷斯将我带到楼上洗手，结果我又了解到她家的另一件新鲜事：每人一次只允许用四小方块卫生纸。洗手间的肥皂又黑又粗糙。格雷斯说那叫焦油皂。

正餐吃的是烤火腿、烤蚕豆、烤土豆和南瓜泥。史密斯先生切火腿，史密斯夫人往上加蔬菜，盘子在每个人之间传来传去。我刚要开始吃，格雷斯的两个小妹妹透过她们戴着的眼镜直盯着我看。

“在这个家里，吃饭前我们要先做感恩祷告。”米尔德里德姨妈微笑着说，态度很明确，可我简直不知道她在说什么。我看看格雷斯：他们为什么要说她的名字呢？[1] 然而，他们全都低下头，双手合十，只听得格雷斯说：“为了我们将要得到的饭餐，愿主使我们真诚的感恩，阿门。”史密斯先生则说：“美酒，佳肴，慈主，咱们开吃吧。”说完还冲我挤了挤眼。史密斯夫人说：“劳埃德！”史密斯先生报以一个诡谲的浅笑。

饭后，我与格雷斯坐到起居室那张天鹅绒长沙发上，史密斯夫人就是在这沙发上睡午觉的。我以前从来没有在这上面坐过，所以感觉这时坐的是专为人留的什么专用品，仿佛王位或者棺材似的。我们看主日学校发给我们的文章，其中有约瑟的故事，另有一篇现代的故事，讲的是一个男孩儿从募捐盘里偷钱，后来忏悔，就为教堂收捡废纸和旧瓶子，以此作为补偿。文章中出现的画都是用钢笔和墨水画的黑白画，但前面有一张耶稣像却是彩色的；耶稣身穿菘蓝色长袍，四周围着以各种不同颜色画出的儿童，或棕，或黄，或白，洁净而可爱，有的拉着他的手，有的睁大眼睛以崇敬的目光

---

[1] 格雷斯的英文原名为 Grace，而“饭前做感恩祷告”英文为“say grace”。伊莱恩对宗教仪式几乎一无所知，故错将“say grace”当成“说她（格雷斯）的名字”。

抬头凝视着他。这个耶稣头上没有光环。

史密斯先生在一张褐紫红色的安乐椅上打瞌睡，他那圆滚滚的肚子一鼓一鼓的。厨房里传来喀啷喀啷银餐具响动的声音。史密斯夫人和米尔德里德姨妈正在那里洗碗具。

我带着我那红色的塑料钱包和主日学校发的文章于傍晚时分回到了家。“喜欢吗？”我妈问，依然是那副不安的神情。

“学到什么了吗？”我爸问。

“我得背一篇《圣经》上的诗篇。”我郑重其事地说。“诗篇”一词听上去像是一个秘密的口令。我心里感到有几分怨恨。有些东西我父母一直在瞒着我，而这些东西是我需要了解的。就比如帽子吧，我妈怎么可能把帽子这事给忘了呢？上帝于我并不完全是个陌生的概念，学校的晨祷中就有，甚至在“上帝佑我国王”的歌词中也有。但是，上帝的概念看来还不止这些，有更多的内容需要记，更多的曲子需要唱，更多的零钱需要捐，这样上帝才能得到真正的抚慰。不过对于天堂我心里还是犯愁。我到天堂的时候该是什么年龄了呢？我死的时候要是已经老了该怎么办？我希望自己在天堂时年龄和现在一样大。

我从格雷斯那里临时借得一本《圣经》，它仅次于她最好的一本。我来到自己的房间开始背诵：天国证明上帝的荣耀，苍穹展示他的巧作。日日颂此辞，夜夜长新知。

我的卧室依然没有装任何窗帘。我从窗子看出去，我抬头望：那里有天国，那里有星星，它们全都在原来的老地方。它们看上去不再像酒精和搪瓷盘一样显得冷冰冰、苍白而遥远。如今看去，它们都像是在注视着我。

19

女孩子们三五成群站在校园里或者小山顶上，一边窃窃私语，一边玩往线轴上绕线的游戏。如今，拥有一个敲进四只钉子的线轴外加一团毛线成了一种时尚。你将毛线依次绕到四只钉子上，绕两周，然后再用一只钉子将底下的一圈钩到上面来。在线轴的另一头荡着一个圆而厚的毛线尾巴，你得将它绕起来，形同一只扁的蜗牛壳，然后再用它缝成放茶壶的一块小垫子。这种线轴我有一个，格雷斯和卡罗尔也有，甚至科迪莉亚也有，不过她的毛线往往是一团死结。

这些手里拿着线轴和彩色毛线、三五成群说着悄悄话的女生得和男生分开，彼此不能来往。每一帮女生都要排斥某些别的女生，但对于男生是一概排斥。男生也排斥我们，可他们的排斥是主动的，他们拿定主意要这么做。我们就没这个必要。

有时我依然上我哥的房间去，往地板上随便什么地方一躺，在那里看连环画，但只要有别的任何一个女孩儿在场我都绝不会那样。光是我一个人他可以容忍，而作为一帮女孩子中的一员那样随便乱来他是不会允许的。这一点不说也知道。

我曾经把跟男孩子在一起玩当作理所当然的事，我已习惯了他们那一套。可是现在我要多加小心了，因为男孩子和女孩子不一样。例如，理应常洗澡，男孩子们却就是不。他们身上的肉散发出一种臭烘烘的味道，还能闻到头皮味，而且由于他们裤子的膝盖部分打着皮质假补丁，还能闻到皮革的味道，裤子自身则散发出一股羊毛味儿；那种裤子长度只到膝盖以下，裤脚那里用带子收紧，就像足球运动员穿的裤子。腿脚的下部他们穿上厚厚的羊毛短袜，通常是潮乎乎的，还往下掉。头上呢，一到户外他们就戴有带子可以扣到下巴上的皮质防护帽。他们的衣服是卡其黄，要不就是海军蓝或者灰，还有就是森林绿，总之是些不太显脏的颜色。所有这些给人以一种军人的感觉。男孩子们因为自己色调灰暗的衣服、耷拉着要往下掉的袜子、脏兮兮墨迹斑斑的皮肤而感到自豪；在他们看来，脏，几乎是和伤口一样的好东西。他们努力要表现得像个男孩子。他们互相之间只喊姓，无论什么人，只要额外弄出点不干不净的东西来，就能引起他们的注意。“嗨，罗伯逊！擦擦你那鼻涕！”“谁放的屁？”他们彼此重重地捶对方的胳膊，嘴里说着，“吃我一拳！”“也吃我一拳！”男孩子们一进房间，其人数似乎总显得比实际要多。

我哥也像其余的男孩子一样捶别人胳膊，就身上的种种气味发表高论，可他还另有一个秘密。他永远也不会将这个秘密告诉别的男孩儿，因为他受不了他们笑话他的样子。

这个秘密就是：他有一个女朋友。这个女朋友真是秘密至极，连她本人也不知道！这个秘密他只告诉了我一个人，我再三向他发誓，决不跟任何一个人讲。即使光我们俩在一起的时候，他也不许我说出她的名字，而只能提她名字的缩写——B.W.。有时别的人在场，比方我爸我妈，我哥也会轻轻地说出这两个缩写字母。他说的时候两眼紧盯着我看，等着我点头或者发出某种暗示，表明他的话我听到了并听明白了。他用密码给我写条子，条子放在我能找得到的地方，比如枕头底下，或者塞进我那五斗橱最上面的一只抽屉里。当我把这些条子上的内容翻译出来时，发现它们竟完全不像他的风格，那么缺乏创意，事实上要多低能有多低能，我简直无法相信，不过是："和 B.W. 谈过话了。""今天见到她了！"这些纸条他是用不同颜色的彩色铅笔写的，还带有感叹号。有一天夜里，天气一反常态，早早下起了雪。第二天早上我醒来后朝卧室的窗外看去，只见白白的地面上被小便冲蚀出两个力量饱满的缩写字母，字母已开始融化了。

我看得出来，这位女朋友正在给他造成某种痛苦和兴奋，可是我不明白为什么。我知道她是谁。她的真名叫伯莎·沃森。她常跟年龄大一点的女生在山上那几棵生长不良的冷杉树底下闲荡。她长着棕色的直发，蓄着刘海儿，个子中等。我看不出来她身上有什么魔力或者有什么与众不同。我想知道她究竟对我哥玩了个什么样的花招，竟让他相比以前变傻了，恍惚不定，神经兮兮。

掌握了这一秘密，并且还是唯一被选中掌握这秘密的人，这一点让我在某种程度上感到自己很重要。然而，这是一种负面的重要，其作用如同一张白纸。我之所以能知道他的秘密是因为我不重要、算不了什么。我是感到自己有一种被单独选中的荣幸，但同时也感到失去了什么。另外，因为要保护他，我生平第一次感到要对他负责。他有险在身，而我有能力控制他。我也想过可以告发他，让他受别人的嘲笑，我可以选择那样做。他现在任我摆布，可是我不要摆布他。我要他回到他原来的样子，没有改变，不向任何人低头。

女朋友的事没有持续多长时间。一段时间之后便再也没听到她的消息。我哥重又开始取笑我或者拿我不当回事；他重新成了主宰。他弄来一套化学器械，跑到地下室做起实验来。说到痴迷，我还真愿意他痴迷的是这套化学器械而不是那个女朋友。实验中有些东西要用文火慢慢烧，还有些东西散发出恶臭，硫黄会产生小小的爆炸，有时还会有令人惊叹的幻景出现。有一种文字，写在纸上看不见，把纸放到蜡烛上字就显形了。你还可以将一只煮得很老的鸡蛋变得跟橡皮一样柔软，牛奶瓶中都能放得下，不过再要将鸡蛋取出来就难多了。有些实验的操作指南写道："将水变成血，叫你的朋友目瞪口呆。"

我哥依然在跟人交换连环画，可现在的他交换起来随随便便，心不在焉。由于不像从前那样在乎这些东西，如今他换得的书倒是更多了。这些连环画堆在他的床底下，一摞又一摞，可是除非有别的男孩子在场，他再也难得去翻看它们了。

我哥把那一套化学的东西都用完了。现在他又弄了一张星球图钉在自己卧室的墙上；夜里他将灯灭了，坐到打开的、昏暗的窗户边，寒冷中他将自己那件褐紫红色的套衫套在睡衣外面，就这样，他举头凝望着天空。他拿着我爸的一副双筒望远镜，爸说只要他将望远镜的带子一直套在脖子上（这样望远镜就不会掉到地上），他就允许他用。我哥下一样真正想要的东西就是一架望远镜。

当他允许我跟他一起玩并且愿意说话时，他也会教给我一些新名字，他会将星球图上那几个基准点标出来：猎户座，熊星座，天龙座，天鹅座。这些都是星座，每一个都由数量巨大的星星组成，它们比我们自己的太阳还要大几百倍，热几百倍。他说这些星星在离地球多少光年以外的地方。其实，我们看到的根本就不是这些星星，我们所看到的只是这些星星许多年前——数百年甚至数千年前——发出的光。这些星星就像是回音。我穿着绒布睡衣睡裤坐在那里，浑身直哆嗦，后脖子因为一直在仰头观看而又酸又疼。我细眯着眼朝那寒冷的、无限后撤的黑暗看去，朝那有火球似的星星在其中沸腾翻滚的大黑锅看去。我哥心目中的星星和《圣经》描述的星星可不一样，它们是无言的，它们在吞灭一切的沉默中燃烧着。我感觉自己的身体似乎正在融化，仿佛一层越来越细的薄雾，被什么东西吸着往上飘啊飘，直飘进一个要将一切都排除干净的巨大空间。

“牧夫座 α 星。”我哥说。这是个外国字，我不认识，可是我听出他声音中的那个调调：认出来了，完成了，在他倒腾的一整套玩意儿中又加进了一项内容。我想起春天里他玩的那几瓶弹子，想起他一颗颗数着往瓶了里放的那个样子。我哥又在收集东西了；他收集的是星星。

20

学校的窗台上堆满了纸黑猫和纸南瓜。万圣节前夕，格雷斯穿了一件普通的女士连衣裙，卡罗尔穿的是仙女般的一身套装，科迪莉亚则是一身小丑打扮。我弄了条被单往身上一披，因为没有别的可穿的了。我们挨家挨户地走，牛皮纸做的杂货袋里装满了苹果状的糖果、爆玉米花球、花生薄脆饼，而每到一家都要在人家门口嚷嚷:“快送出来吧！快送出来吧！巫婆出来了！”在前面的窗台上，在门廊里，橘黄色的大南瓜顶露在那里，亮闪闪的，然而南瓜本身却看不到。第二天，我们将南瓜拿到木桥上，从桥边上扔下去，我们看着它们在下面地上砸得稀巴烂。现在就算是十一月份了。[1]

科迪莉亚近来正在她家没有铺草皮的后花园里挖洞呢。她以前也曾挖过几个，可是都不成功，挖着挖着就碰到了大石头。这一个比较有希望。她挖的工具是一把尖头铁锹。有时我们也帮她挖。这不是一个小洞，而是个很大的方洞，随着四周堆起的泥土越来越高，洞变得越来越深。科迪莉亚说我们可以用它作一个俱乐部的活动场所，洞里头放几张椅子下去，在里面坐坐。洞挖到足够深的时候她还想用木板在上面盖起来当屋顶。木板她已经收集来了，那是从她家附近正在盖的两座新房子工地上弄来的废木板。她对这个洞是全身心地投入，很难拉动她再去玩任何别的东西。

[1] 万圣节前夕是十月三十一日。根据西方习俗，第二天孩子们要将讨来的南瓜砸掉，由此进入十一月份。

大街上昏暗下来，然而虞美人为荣军纪念日开放着。[1]它们是由毛茸茸的布做成的，红红的仿佛情人节里表示爱情的鸡心，花上有个黑色的斑点，另有一根别针从中心穿过。我们将花戴在外套上。有关这虞美人我们还背了一首诗：

在佛兰德斯的田野里虞美人呜咽着，
那一排挨一排的十字架之间
就是我们的长眠地。

十一月的阳光微弱，光线照耀下，只见尘埃飞舞；十一点钟，就在这飞舞的尘埃中我们站到课桌边静静地默哀三分钟。兰姆莉小姐神情严肃地站在教室的前面；我们低着头，闭着眼，静听着我们自己身体发出的窸窸窣窣的声音以及远处为纪念阵亡将士鸣放的隆隆炮声。“我们死了。”我一直闭着眼，努力去感觉一种虔诚，一种悲伤，为的是那些已故的士兵；他们为我们而死，我无法想象他们的脸是什么样子。我从未见过死人。

科迪莉亚、格雷斯和卡罗尔将我带到科迪莉亚家后花园

[1]　为纪念两次世界大战中的阵亡将士，加拿大定每年的十一月十一日为荣军纪念日。在这一天里，人们多佩戴人造虞美人——阵亡者的象征——以纪念为国捐躯的将士。

中的那个深洞边。我身上穿的是从堆放戏装的衣橱里找出的一件黑连衣裙和一件披风。她们是想让我扮演已经被斩首的苏格兰女王玛丽。[1] 她们一个抬我腋下一个抬我双脚，把我放入洞去。接着她们又搬弄顶上的木板。日光消失了，只听得泥土碰击木板的声音，一铲又一铲。洞内昏暗，寒冷，潮湿，闻起来像是癞蛤蟆待的土洞。

外面，在我头顶上，我能听到她们的声音，后来就听不见了。我躺在那儿想，什么时候可以让我出去呢？什么动静也没有。当我被放入洞中的时候我知道那只是个游戏，现在明白并不是。我感到伤心，有一种被背叛的感觉。接着我感到黑暗向我压来，再之后便是恐惧。

时至今日，当我再回忆那时的洞中情形，我还真记不得当初自己在里面究竟遭遇了什么。我记不清当时的真实感受。也许什么也没有发生，也许我如今所能记起的这些感受根本不对。我只知道过了一会儿别人来把我弄出了洞，而这个游戏或是别的游戏还在接着往下玩。在洞中的时候我自己是一副什么形象我一无所知，只有那么一个漆黑的长方形，像门一样的长方形，其中什么也没有。也许这个长方形指向空虚，也许它只是一种标志，一种时间的标志，它将此前此

[1] 苏格兰女王玛丽（1542—1567）出生六天后即继承王位，后成为法王法兰西斯二世的王后（1559—1560），返苏格兰（1561）后两次再嫁，被迫逊位，逃往英格兰，因图谋暗杀英格兰女王伊丽莎白一世被斩首。

后的时间分为两段，而就在这个分段的节点上我完全失去了力量。他们将我弄出洞时我哭了吗？看来有可能。但从另一方面看我又很是怀疑。然而我已经记不清了。

这事之后不久我九岁了。我的其他生日——后来的和以前的——我都能记住，但这一个就是记不住。他们一定为我搞了个生日聚会，那还是我第一次真正过生日，因为如若不然，又怎么会有人来参加呢？一定有一个蛋糕，肯定还有人送礼物，蛋糕上插着蜡烛，大家向我祝贺，蛋糕的夹层中也肯定藏着用蜡纸包好的二十五分币和十分币各一枚，好叫谁一口咬到嗑着牙齿。科迪莉亚肯定是到场了，格雷斯和卡罗尔也不会不到。这一切肯定都发生了，但是，它们在我心中留下的唯一印痕却是对生日聚会的一种模糊的恐惧，不是恐惧别人的生日聚会，而是恐惧我自己的。我想起蛋糕上柔嫩的糖霜，想起十一月的一个午后那苍白的日光下燃烧着的粉红色蜡烛，心中顿生一种耻辱与失败之感。

我闭上眼，等着脑海中能出现一些图像。我需要有东西来填补那个黑色的时间方块，需要退到过去看看其中到底有什么东西。看来我那一刻似乎是消失了，后来重新出现，但已经不是原来的我；我不明白为什么自己已被改变。当时哪怕我能看得清头顶上木板的底部是什么样子也会好些。我闭上眼，等着脑海中能有一些图像出现。

起初什么也没有，只是越来越模糊的黑暗一片，仿佛进入了一个隧道。但过了一会儿，有东西开始成形了：一丛墨绿色带紫花的树叶，深紫色，一种悲伤的浓郁的颜色，另外就是一簇像水一样半透明的红色浆果。枝藤交错盘结，和别的植物紧紧地缠绕在一起，形同一道树篱。一股暗色土的味道与另一种强烈刺鼻的味道从树叶丛中升腾而起，那是一些已为人遗忘的旧东西的味道，浓烈而腻人。没有风，可是树叶在动，像是隐藏在暗处的猫引起的波动，也有可能就是树叶自身在动。

“天仙子！”我暗自想道。这是个黑暗的词儿。十一月里没有天仙子。天仙子是一种常见的杂草，人们将它从花园中拔除、扔掉。人们常将天仙子一类的茄属植物同土豆联系在一起，因为两者所开的花很相似。土豆要是丢在阳光下发了绿也可能有毒。想了解这一类的事情已成了我的习惯。

我看得出这是个错误的记忆。但是，那花，那味道，那树叶的波动还是留存在我的脑海中，浓郁，魅惑，荒凉，充满悲伤。

第五章　绞干机

21

我离开画廊往东走。我需要去购物，去买点像样的食物，也需要让自己的脑子清醒清醒。当我独自一人，我又回到了以前的习惯，常常忘了吃饭，整夜不睡地工作，一直到身体内产生一种奇异的感觉，仔细一想，才明白原来是饥饿。接着会去冰箱里翻找，像真空吸尘器似的，有什么吸什么。全是些吃剩的东西。

今天早上还有鸡蛋的，但是现在没有了。面包、牛奶也没有了。为什么原先会有鸡蛋、面包、牛奶在那里呢？一定是乔存放的，有时候他得在那里吃饭。或者，这些东西会不会是他为我准备的呢？很难相信。

我要买橘子，买不带果酱的酸奶。我得有一个积极明确的态度，自己照顾好自己，补点酶，补点对人体有益的菌。我心中带着这些美好的想法，不知不觉来到了闹市区。

这是从前伊顿公学的所在地，就在这角落上，黄黄的颜色，四四方方。如今，取而代之的是一座巨大的建筑，他们称之为购物中心，好像购物是一种精神病似的。[1] 大楼上镶贴着玻璃和瓷砖，光滑透亮，又像冰山似的泛着绿光。

在这建筑的街对面是一个我很熟悉的区域：辛普森百货商店。我知道这家百货店里什么地方有一处食品厅。透过临街橱窗的平板玻璃，只见一堆堆的浴巾，填塞得鼓鼓囊囊的沙发和软椅，以及印有现代图案的床单。我不知道所有这些布最终会落到何处。人们拿着布离去，将它塞进各自的家中，这是人类集料筑窝的本能。假如你曾经近距离地看到过鸟窝的话，这么一种拼命往家搬东西的观念就不会那么诱人了。这些布往任何一家装也总该有个限度，不过当然，这种布是用后就弃的。过去人们买的是质量，东西要经久耐用，做的衣服一直要穿到它成为自身的一部分；人们仔仔细细检查底边，检查纽扣缝得对不对，要将布料在食指与大拇指之间来回地捻搓。

接下来的橱窗里是些一脸愠色的人体模型，骨盆突出，肩膀不是往这边耸起就是往那边耸起，看上去仿佛手持斧子的驼背杀手。我估计眼下就流行这副表情：冲冲的满脸怨气。

[1] “购物中心”原文为 shopping complex，而 complex 一语双关，也指一种情结、病症。

人行道上只见许许多多的两性人，真的，女孩子穿着男孩子的黑皮夹克和硬靴子，剪的是短平头或鸭屁股头；男孩子则阴沉着脸，仿佛时装杂志封面上那些女郎似的一脸不开心，头发用发胶固定住，一根根竖起像刺猬的刚毛。从远处看，我对他们真是难分雌雄，不过他们自己多半知道自己是男还是女。他们使我感觉自己落伍了。

他们都在追求些什么呢？是否每个人都在模仿另一个人？或者只是在我眼中如此？他们都那么年轻！尽管他们尽是一副满不在乎的样子，种种欲念还是显露在外，仿佛鱿鱼的根根吸须。他们什么都想要。

但我现在想来，当年我与科迪莉亚在年岁比我们大的人眼中也就是这德行。当年我们就在这儿横穿大街，领子高高站起，双眉紧收成弧形以示怀疑一切；我们穿着橡胶靴子大摇大摆地走，竭力做出一副冷漠孤高的样子；那时我们是在去联合火车站的路上（那儿有火车进站），我们上那边找那种照相的机器：扔进去二十五分币，就出来四张钱包大小的黑白照片。科迪莉亚嘴角叼着一支香烟，眼睛半睁半闭，摆出一副淫荡撩人的神情。照片清晰极了。

我随旋转门进入辛普森百货商店后立刻迷失了方向。一切都整个儿改变了。过去都是庄重的、实木镶边的玻璃柜台，里边有各种标准款式的手套、样子合适的手表和带有印花的起衬托作用的围巾。风格严正，趣味高雅。如今这里成了一个化妆品的集散地，银镶边，金包柱，突出的广告牌上灯光闪烁，一些商标名每个字母都是人头般大小。空气中弥散着战争年代那种香水的异味。电视屏幕上是一张张洁净得无半点瑕疵的脸，美人儿在那儿转过来转过去，一会儿精心打扮，一会儿微启红唇轻轻叹息，一会儿又有人在她们脸上来回轻抚。别的屏幕上还出现了保养前后皮肤上毛细孔比较的特写镜头，另有人体各个部位如何保养护理的详细做法，如手的保养护理，脖子的保养护理，大腿的保养护理。对了，还有胳膊肘，肘部尤其需要保养护理，因为衰老从肘部开始，然后再向身体的其他部位慢慢迁移。

这是宗教，是伏都教[1]，是魔法。我是想相信它有魔力，相信那些膏啊霜的，相信可以让人返老还童的洗液，还有装在小瓶子里如胶水光滑亮洁的润滑油。“你不知道那破东西是用什么做的吗？”本曾经问我，“是用碾碎的鸡冠做的。”可这并没有让我却步，只要管用，我什么都要试试——鼻涕虫的体液，癞蛤蟆的唾沫，水螈的眼睛，总之，一切东西，只要能把我像木乃伊似的保护起来，挡住时间的脚步，让我多少保住现在的样子，我就统统用上。

---

[1] 一种西非原始宗教，信徒头脑简单，相信魔法，甘愿受骗。叙述者暗示女人多相信化妆品的神奇功效，盖与伏都教信徒无异。

可是，这些烂泥一样的膏啊霜的我已经有太多了，足可以让我们中学毕业班上所有女生抹个够，如今她们也像我一样十分需要它们。我在此处只短暂地停留了一下，勉强同意让一个女孩免费往我身上喷洒一种毒液一样的新香水。荡妇肯定又回来了，维罗妮卡·莱克重新潜入。[1]那玩意儿闻上去像“助你凉”葡萄汁冲剂。我无法想象除了专叮烂水果的苍蝇，这香水还能诱住别的什么。

“你喜欢这活儿？”我问这女孩。她们穿着高跟鞋整天站在这儿往陌生人身上喷洒香水一定会很孤独。

“这香水一直很受欢迎。”她回避了我的问题，没有直接回答。我从她的眼眸中快速瞥了一眼自己：已经不是长在枝头的玫瑰花了，往好里说，至少也已徘徊在家庭主妇的边缘了。在她的眼中，我只代表市场。

我问这女孩食品厅在什么地方，她告诉我在楼下。我走上自动扶梯，忽然发现自己是在往楼上去。如此不辨方向真是糟糕，或者就是我记忆中的时间出现了空白，难道我已经到过楼下了？我走下自动扶梯，发现自己正不知不觉地费力穿行于一架又一架儿童晚会服装之间。这些服装都是花边领子，泡泡袖，还有腰带，全是我记忆中的样子，其中不少是

[1] 维罗妮卡·莱克是伊莱恩少女时代在《伊顿目录图册》上见过的一个淫荡的影星，此处伊莱恩被喷洒香水后，感觉自己仿佛成了维罗妮卡·莱克，故有此说。

花格呢做的，颜色是那种正宗的、沉闷的血红色，或是带红条子的墨绿色、深蓝色、黑色。黑卫士兵团的服色。这些人难道全都忘了历史？难道他们不熟悉苏格兰人的故事，就不知道让小姑娘们穿点别的，非得要她们穿上象征绝望、杀戮、背叛与谋杀的深颜色？[1]“我的生活，”另起一行，“失落在枯黄的树叶上。”曾经我们得背诵像这样的东西。话说回来，方格呢也曾是我那个年代流行的时尚。白短袜，低跟搭扣皮鞋，用绵纸包着的、从未合人心意的生日礼物；小姑娘们四下里搜寻、估量的眼睛，满脸油滑的虚伪的笑意，身着方格呢，犹如麦克白夫人[2]。

在科迪莉亚牢牢控制着我的无尽的日子里，我曾撕剥我脚上的皮。这事我是在夜里本该睡觉的时候干的。那时我的脚凉凉的，略微有些潮，很光滑，就像蘑菇的表皮。我先从大脚趾开始。我将脚向上扳起，在底部外沿皮最厚的地方咬开一个小小的口子，然后用手指甲将皮以窄条状一一撕下。(手指甲我倒是从来不咬，因为不能产生痛感的东西你去咬它干什么呢？）接下来我撕另一个大脚趾上的皮，每只脚的

[1] 成立于一七二五年的苏格兰高地警卫团，也称黑卫士兵团，团丁皆着深色方格呢制服。那段历史正如书中所说，充满了“绝望、杀戮、背叛与谋杀”。

[2] 莎士比亚著名悲剧《麦克白》中主人公麦克白的夫人，苏格兰人，生性贪婪，常着方格呢裙。麦克白夫人的形象常与杀戮联系在一起。

前掌后跟也都如法炮制。我一直要撕到出血为止。除了我自己没有人看过我的脚，所以没人知道我在干这事。每天早晨我将袜子穿起来，套到我那双撕过皮的脚上。走起路来有些疼，但还不至于不能走。疼痛给了我某种明确的、直接的东西，可以叫我来思考思考。这是一种我紧紧抓住的东西。

我将自己的发梢含在嘴里咬嚼，因此总有一绺头发潮潮地并在一起。我还啃咬手指甲周围的一圈护膜，留下一条条裸露的、往外渗血的嫩肉，嫩肉后来结成硬皮，自行脱落。在浴缸里或者洗碗碟的水里，我的手指看上去像是被老鼠啃过似的。这些事我经常干，事后想都不想。但脚上那些事我却比较慎重。

我记得，两个女儿先后出生时我曾想，我本该生男孩而不是女孩。我觉得女儿不容易对付，我不懂得她们那一套。我心里肯定一直很害怕，害怕自己讨厌女儿。换了儿子，我就知道该怎么做：逮青蛙，钓鱼，打仗干架的种种计谋，烂泥地里四处跑。我会有能力教他们如何自卫，针对什么自卫。但儿子们的世界如今也改变了，很可能尽是些一脸困惑的毛头孩子，仿佛居住在黑暗中的人忽然见到阳光时眼前什么也看不到，不知所措。我会对他们说："坚持自己的主见，像个男人样！"我本会教他们机智诡诈，遇事灵活。

至于女孩子，就拿我的女儿来说吧，她们似乎生来就具有某种保护层，有某种我自己所缺少的免疫力。她们能直视你的眼睛，目光坚定，看你有什么样的反应；她们头脑清楚明事理，往厨房的餐桌上一坐，周围的空气便顿时活跃起来。她们心智健全，或者说，我愿意认为她们心智健全。她们成了我生命中所有缺憾的补偿。

她们使我感到惊讶，她们一直让我感到惊讶。在她们很小的时候，我觉得我应该保护她们，让她们免遭我自身的一些事情的影响，比如对婚姻的恐惧，婚后那些闹得一塌糊涂的日子以及空虚无为的岁月。我不希望把我身上的一些东西传给她们，她们没有这些东西会更幸福。那些日子里我常常于黑暗中躺在地板上，窗帘拉紧，房门紧闭。我会说："妈咪头疼。妈咪在工作。"可她们似乎不需要那种保护，她们似乎什么都可以接受，任何东西只消看一眼通通能接受。"妈咪在里面的地板上躺着呢。她明天就没事了。"我曾经听到萨拉这么对安说；当时她们一个十岁，另一个四岁。我果然没事儿！这么一种信念，就如同对日出日落、月圆月缺的信念一样，支撑了我。使天道常行不变的一定也就是这一类东西。

谁知道她们往后会怎么看我，谁又知道她们已经对我形成了什么看法。我只希望她们能成为我的故事的一个幸福的结局。当然，她们并不是自己的故事的结局。

有人从我身后走了过来，半空中忽然冒出的一个声音让我大吃一惊：“您需要帮忙吗？”原来是一名女营业员，不过这次是个年龄较大的妇女。中年。随后想起，是我的年龄，顿时丧气。我和科迪莉亚的年龄。

我正站在一堆方格呢服装的中间，用手指摸一只衣袖。天知道我在那儿摸了多久。我是否一直在叨叨自语，发出了声音？我感觉嗓子紧紧的，脚也疼。但无论还有别的什么可能在等待我，我都不希望自己在辛普森少女服装部一不小心当众出丑，给人留下疯疯傻傻的印象。

“我找食品厅。”我说。

她轻轻一笑。她很累，而我什么方格呢服装都不要，令她很失望。“噢，你应该立即下楼去，”她说，“在地下室。”她友好地给我指了指路。

22

黑色的门打开了。我坐在动物学大楼内的一个窗台上；大楼内散发出老鼠屎和甲醛的臭味，电散热器的热气顺着我的两条腿直往上冒。我朝窗外看去，只见窗下小精灵和小矮人滚着雪球在铜管乐队《铃儿响叮当》的伴奏下冒着小雨吃力地行进着。窗玻璃上又是灰尘又是雨，隔着它那些小精灵看上去像是按比例缩短了似的，身上条条杠杠，形象大受破坏；我呼出的气则在玻璃上形成一个雾蒙蒙的圆圈。我哥没在这儿，他已经大了，没有兴趣再来看这些东西。这是他说的。整个儿窗台由我独自一人享用。

在我旁边的窗台上坐着科迪莉亚、格雷斯和卡罗尔，她们三人挤在一起，相互说着悄悄话，咯咯直笑。因为她们都不跟我说话，我只能单独一人坐在另一个窗台上。我说错了什么话，可是又不知道到底说错了什么，她们不肯告诉我。科迪莉亚说，最好是我自己回想一下我今天所说的每一句话，然后再设法把讲错的话找出来，那样我就会接受教训不再说那样的东西了。我猜对答案之后她们才会重新和我说话。所有这些做法都是为我自己好，因为她们都是我最要好的朋友，是想帮助我学好。管乐队头戴湿漉漉的毛皮帽子，女指挥裸露着被雨水淋湿的双腿，红扑扑的脸上带着笑，浸湿的头发在往下滴水，看着这一切从我身底下经过，我就在想：我到底说错了什么呢？我想不起来今天所说的话和平时有什么两样。

我爸身穿他那实验室的白大褂走进了房间。他正在大楼的另一处忙着呢，过来是想看看我们这几个人怎么样。“喜欢这游行吗，姑娘们？”他说。

“欧，是的，谢谢您。”卡罗尔说完格格一笑。格雷斯说：“是的，谢谢您。”我什么也没说。科迪莉亚从她坐着的窗台上下来，噌一下溜上了我这边，紧挨着我坐了下来。

“我们喜欢极了，非常感谢您。”她用对大人说话的那种口吻说道。我父母均认为科迪莉亚举止优美。她伸过一只胳膊将我搂住，轻轻地这么一挤；这一挤是她在教我，暗示我们之间有这么个秘密的协作：只要我一动不动地坐着，一言不发，什么也不暴露，一切都不会有问题，我会得到救赎，我会重新被她们接纳。我放下心来，浑身直哆嗦。我充满感激地笑了。

可是，我爸一出房间，科迪莉亚就转过脸来直对着我。她的表情与其说是生气，不如说是伤心。她摇摇头。“你怎么能这样？”她说，“你怎么能这样没有礼貌？他问话你连个回答都没有。你知道你这样意味着什么，是吧？我想你恐怕得受惩罚了。你自己还有什么好说的吗？”我没有什么好说的。

我站在科迪莉亚紧闭的房门外面。科迪莉亚、格雷斯和卡罗尔都在里面。她们正在开会。会是关于我的。尽管她们给了我一次又一次机会，我就是达不到她们的要求。我得努力改进。然而改进什么呢？

潘迪和米瑞沿着过道上楼来了，她俩因为年龄比我们大，身上似乎披了一层铠甲，谁都不用怕。我渴望自己能和她俩一般大。她俩是仅有的能真正管住科迪莉亚的人，这一点我能看出来。我把她俩想象成自己的同盟，或者说，假如她们了解内情的话，她们是会做我的同盟的。了解什么内情呢？连我自己也说不上来。

“你好，伊莱恩。”她们说，接着又说，“今天玩什么小游戏？捉迷藏？”

“我说不准。”我回答道。她们对我笑笑，倒是很亲切，没有架子。她们一头朝自己的房间走去，去摆弄她们的脚指甲，去谈她们大姑娘的那些事。

我斜靠在墙上。门背后传来咕咕哝哝的说话声，听不清楚，那放肆的大笑却没有我的份。科迪莉亚的妈咪自个儿哼着曲子像风一样从我身旁飘过。她身穿画画时穿的那件罩褂，一侧脸颊上有一点苹果绿的污渍。她朝我笑笑；那是天使般的笑，和蔼然而遥远。“你好，亲爱的，”她说，“你跟科迪莉亚说，锡罐里有你们女孩子几个吃的曲奇饼。”

“现在你可以进来了。”房间里传来科迪莉亚的声音。我看看紧闭的房门，看看门把手，随后看着自己的手一点点向上面的门把手伸去，那只手似乎已不再是我身体的一部分。

事情就是这种样子。这个年龄段的女孩子彼此间就会做出这一类的事，或者说那个时候女孩子们就是这么干的，只是在这方面我先前没有什么实践经验。当我的女儿快要到九岁这个年龄的时候，我怀着十分不安的心情密切注视着她们。我仔细观察她们的手指，看是否有啃咬的痕迹，我观察她们的脚，观察她们的头发梢。我问她们："你们一切都好吗？你们那些朋友也都好吗？"我问这样的问题意在使她们能跟我说点什么，可她们看看我，好像不明白我在说些什么，又为什么要这般焦虑不安。我总以为她们多少会有所暴露：做噩梦，抑或神色消沉。可是我什么也没能发现，这只能意味着她们善于欺瞒，其手段和我当年一样高明。当女儿的朋友到我们家来玩的时候，我仔细观察她们的脸，看是否能找出一丝伪装的痕迹。我人站在厨房里，耳朵却在听着另一间屋子里她们的说话声。我想我还是能辨出点什么来的。或者可能更糟。也许我女儿自己就在对别的什么人做那一类事，这倒解释了她们为什么没有咬手指，能够泰然自若睁着一双蓝眼睛直直地与我对视。

大多数做母亲的都会随着女儿青春期的到来而烦心不安，可是我相反。我很轻松，我能放心地舒口气。小女孩只在成人眼中显得娇小可爱。她们对彼此而言并不可爱。她们是和成人一般大小的人。

天气越来越冷了。我躺在床上，双膝尽可能地往上环靠着自己的身体。我在撕脚上的皮；这事我现在做起来无须目视，手摸摸就行。我在烦我今天所说的话，烦我脸上的表情、走路的样子和身上的衣着打扮，因为所有这一切都需要改进。我不正常，跟别的女孩子不一样。这是科迪莉亚和我说的，不过她会帮助我。格雷斯和卡罗尔也会帮助我，那将需要她们付出长期艰苦的努力。

早上我从床上爬起来，穿上衣服，穿上那连着吊袜带的僵挺挺的棉布内衣，套上螺纹长筒袜、起小球球的羊毛套衫以及花格呢短裙。我现在想起来这些衣服都是冰凉凉的。很可能它们就是冰凉凉的。

我将鞋子套在我那撕过皮、穿了长筒袜的脚上。

我走出房间来到厨房，妈妈在那儿做早饭。厨房里有一只锅，里面在熬粥，是“红河谷”或燕麦片或“小麦精”之类的东西。还有一只玻璃的咖啡壶。我将两只胳膊伏在白色的炉子边，眼睛望着粥轻轻地沸腾，变稠，气泡缓缓地挨个儿从粥中泛起，每一个都冒出一股小小的热气。这粥仿佛一锅烧开的烂泥。我知道，一到喝粥我的麻烦就来了：我的胃会收缩，手会变凉，难以吞咽。我的胸骨下面好像有个很紧的东西压在那儿。但是我总会想办法把粥喝下去的，因为这粥必须喝。

要不我就看煮咖啡。看煮咖啡要好些，因为一切我都能看得清清楚楚：针尖般大小的细泡泡聚集在倒伞形的玻璃容器底下，一会儿停住不动，一会儿水柱穿过中间的空心柱直往上冲，水落下来盖住金属网篮里的咖啡豆，一滴滴的咖啡液随后滴入清水中，将清水化成一片褐色。

或者我也会坐在放着烤面包箱的桌子边烤面包片。我们每个人的调羹里都有一颗深黄色的鱼肝油胶囊，形状如同一只小小的足球。还有白白亮亮的盘子和几玻璃杯果汁。烤箱放在一块银制的防热垫板上。烤箱有两个门，在两个门的底部分别有一个小小的把手；烤箱的中间是烤架，被烧得发出红光。当面包的一边烤好之后，我转动把手，这时两个门打开，面包滑落下来翻个身，一切都是自动的。我想到把手指放进去，放到那火红的烤架上烤会是什么样子。

所有这一切都是拖延时间的办法，时间一拖掉，我就用不着出厨房门了。可是无论我做什么，虽然我不愿意，不知不觉中我还是在往身上套滑雪裤，短裙子皱成一团夹在两腿间，鞋子外面硬套上厚厚的羊毛短袜，然后双脚塞进靴子中去。接着还有外套、围巾、手套、毛线编织的帽子，我人整个儿被裹了起来；妈妈和我吻别；大门打开，又在我身后关上，严寒刺骨的空气呼一下冲入我的鼻孔。我像只鸭子似的一摇一摆走过掉光了叶子的苹果园，走向远处的学校班车停靠点，只听得滑雪裤的两条裤管彼此摩擦，发出响声。

格雷斯在那儿等着我，还有卡罗尔，特别是还有科迪莉亚。一旦我出了家门是没有办法摆脱她们的。她们已经上了校车，科迪莉亚紧紧站在我身后，咬着耳朵对我说："站直了！人家在看着呢！"卡罗尔就在我班上，我一整天的一言一行都由她向科迪莉亚报告。课间休息也好，中午在地下室吃饭也好，她们全在场。我吃什么饭，三明治怎么拿，东西在嘴里怎么嚼，她们都要评头论足一番。放学回家的路上，我要么得走在她们前面，要么得走在她们后面。走在前面更糟糕，因为她们会议论我走路的样子，议论我从后面看起来好不好。“别驼背！”科迪莉亚说，“别那么甩膀子！”

她们对我说的东西没有一样会当着别人的面说出来，就是当着别的孩子的面也不说，无论发生什么，一切都只在我们四个人中间秘密进行。恪守秘密是重要的，这一点我很清楚：犯规泄密将是顶顶严重的、不可挽救的罪责。假如我泄密，我将被永远抛弃。

但是，并不因为科迪莉亚是我的敌人她才对我做这些事或这么管着我。远不是这样。什么叫敌人我知道。学校里就有敌人，他们互相之间大吼大骂，如果是男生，彼此还会打架。战争期间也有敌人。我们学校的男生和“永远保佑我们的圣母马利亚”学校中的男生也是彼此以仇相见。对敌人你会扔雪球，打中了快活不已。对敌人你能感觉到仇恨、愤怒。但科迪莉亚是我的朋友。她喜欢我，想帮助我，她们几个全都是这样。她们是我的朋友，是我的女生朋友，而且是我最好的朋友。这样的朋友我以前从来不曾有过，我极其害怕失去她们。我想讨她们的喜欢。

要是仇恨事情就简单了。换了仇恨，我就知道该怎么做。仇恨简单明了，响当当如金属一般，只手挥出，毫不动摇。爱就不一样了。

23

所有这一切倒非冷酷得毫无转变余地。

有些日子里，科迪莉亚觉得该轮到卡罗尔改进学好了。放学回家的路上，格雷斯和科迪莉亚邀请我和她俩一起走在前面，丢下卡罗尔尾巴似的在后面跟着，去反省自己做错了哪些事情。“卡罗尔总是自作聪明。”科迪莉亚说。每当这种时候我并不同情卡罗尔。眼下她所受的一切真是活该，因为长期以来她一直就是这样对我的。如今事情轮到她头上而不再是我，我开心极了。

然而这样的时光并没有持续很长时间。卡罗尔动不动就哭，哭得还老响，而且一哭起来就自我陶醉似的不能自已。她招人注目，指望她恪守秘密是不可能的。她身上有一种做起事来不计后果的品性，要想带她提携她也只能到此为止了。她这人荣耀感不强，只有当告密者还比较可靠。如果说这一切在我眼中比较明显的话，在科迪莉亚眼中一定更加明显。

别的日子里，一切都显得平平常常。科迪莉亚似乎已想不起再去帮助任何人改进学好，而且我认为她对这事可能已不抱什么希望了。她希望我做事放开手脚，就当什么都不曾发生过一样。但做到这一点对我来说很难，因为我觉得自己永远在受她们的监视。任何时候我都可能一不小心越过界线，而我自己连界线在哪都浑然不知。

去年一年，放学之后或者是周末，我几乎没有独自一人在家待过。现在我只想一个人待在家里。我找借口，这样就可以不出去玩儿了。我依然管它叫玩儿。

“我得帮我妈干活。”我说。这话听上去很像是真的，女孩子有时候确实得帮自己的母亲干活，格雷斯尤其如此，经常得帮她妈做事。但是我家情况却不是这样，虽然我倒希望它是这样。我妈不会在家务活上磨磨蹭蹭做个不息，她宁可走出家门，秋天耙耙树叶，冬天铲铲雪，春天拔拔草。我要帮她她反而干不快。可是我还是跟在她屁股后面在厨房里到处转，说：“要我帮忙吗？”最后她交给我一块抹布，让我抹餐桌那四条涡卷形的腿和书橱的边边角角；或者让我切枣子，砍坚果，从“克里斯科”黄油盒的内包装纸上撕下一角蜡纸给烤松饼的杯状模子上上油；要不我就去漂洗衣服。

我喜欢漂洗衣服。洗衣房在地下室，不大，四周用东西围了起来，很是幽密。架子上是一包包奇怪的、充满了神力的东西：有浆衣服用的淀粉，白白的，形状卷曲如鸟粪，有可使白色衣物更白的靛青漂白粉，有一条条的阳光牌肥皂，有上面印着骷髅头、底下叉着两根骨头的“佳维克斯”漂白粉，它们同时散发着卫生与死亡的气息。

洗衣机本身呈桶状，白色的搪瓷外壳，底下是四条细细长长的腿。洗衣机在地板上慢慢跳动，随着嘎啦嘎啦的转动声，衣服和肥皂水一起旋转，仿佛一锅“布稀饭”在慢腾腾地沸腾着，有气无力。我眼睛盯着缸内看，双手托着下巴搁在缸边，趴在边沿上的身体直往下塌，脑子里什么都不想，空荡荡一片。水开始变灰，所有的污垢都洗出来了，使我感觉自己颇有功德，似乎我光凭这么看着就把活儿干好了。

我的工作是将洗过的衣服经脱水机绞干后放入盛满干净水的洗槽，漂洗过后再放入第二个洗槽进行二次漂洗，之后放进吱吱作响的洗衣篮里。我妈随后将衣服拿到外面，用木夹子夹在晾衣绳上。有时候我也晾衣服。衣服在严寒中冻得硬邦邦，像夹板似的。一天，邻居家的一个小男孩从送奶的马车上捡了一些小圆面包似的马粪，把它们放到刚洗过的、双搭在两根晾衣绳上的白被单的底部褶层里。所有的被单都是白的，所有的牛奶都是马车送来的。

脱水机是两层橡胶滚筒，颜色似苍白的皮肤，滚筒转啊转，衣服紧紧地挤在夹层间，水和肥皂沫就像榨水果汁似的被一点点压了出来。我卷起袖子，踮起脚尖，在洗缸内乱翻一气，将湿透的内衣内裤、衬裙及睡衣裤等使劲往上拽；这些衣服摸上去仿佛某种东西，这东西你感觉可以摸，一碰才发现原来是个淹死的人。我将衣服的边角捅到脱水机的夹层中间，衣服一下子被又拽又拖地卷了进去；衬衣的袖子中兜着空气，鼓鼓的像只气球，袖口还有肥皂水在往下滴。人家告诉我，干这活的时候要十分小心：女的往往叫脱水机绞住了手或者身体的其他部位，比如头发。我在想，万一我的手真的让机器给绞住了会是什么后果？血肉模糊一直绞到胳膊的上部，绞到哪儿肿到哪儿，从另一边出来的时候，这手已经被压得扁扁的像只手套，苍白无血，颜色如同纸一张。一开始肯定很疼，这我知道。但这里面就是有种诱人的东西在刺激着我。一整个儿人也可以进脱水机里去绞一遍，绞完出来扁扁的，一身清爽，犹如夹在书中的一朵花。

“你出来玩吗？”放学回家的路上科迪莉亚问。

“我得帮我妈干活。”我说。

“又要干活了？”格雷斯说，“她怎么要做那么多事？从来都没有过啊。”科迪莉亚在场的时候，格雷斯已开始用第三人称谈论我，仿佛是一个成人在跟另一个成人说话。

我想说是我妈病了，可我妈显然非常健康，我知道这么说混不过去。

“她认为她非常优秀，我们配不上。”科迪莉亚说，随即又冲着我，“你是不是觉得自己很优秀，我们都配不上？”

“没有。”我说。认为自己优秀无比是不好的。

“我们来问问你妈能不能让你玩。”科迪莉亚说，语气重又换成原来那种友好的、关心人的样子，“她不会一直叫你干活的。这不公平。”

我妈笑着说我可以玩，同伴这么需要我她似乎很开心，因此我只得丢下那烤松饼的模子，不管洗衣机的脱水机，由她们强行拉走，驱赶到外边寒冷的空气中去。

每逢礼拜天我都要上那个顶部安着个洋葱一样的东西的教堂去。我是挤在史密斯家的汽车里跟他们一家人一起去的，其中包括史密斯先生、史密斯夫人、米尔德里德姨妈和格雷斯的两个妹妹，两个小丫头一到冬季鼻孔里永远塞满了绿中带黄的鼻涕。史密斯夫人似乎对这样的安排很满意，不过她是对自己满意：如此不厌其烦地、特别地来向别人表示自己的善举。她对我并不是特别满意。虽然她抿着嘴唇面带微笑，不停地问我下一次是不是可以把我哥或者我爸爸妈妈也一起带来，我还是可以从她看我时两条眉毛间皱起的那条线判断，她对我不是特别满意。我盯住她的胸脯看，她那一大只乳房一路垂挂到腰腹部，胸腔内是那颗暗红色带黑斑的心脏在跳动，一收一放，一收一放，犹如一条搁在岸边的鱼，上气不接下气。我看着她的胸脯，摇摇头，感到很不好意思。我没有答应她下次把我家其他成员也带来，这一点对我很是不利。

我已经将《圣经》每一部的名字依次背熟，我还背下了《十诫》《主祷文》以及《八福词》的大部。在关于《圣经》的小测验和需要背诵的功课上，我一直都是实打实拿满分，不过我也开始结巴了。在主日学校，我们得站在那儿，当着他人的面，大声背诵。格雷斯在监视着我。我礼拜天所做的每一件事她都看得好好的，之后如实报告给科迪莉亚。

“昨天在主日学校她身体没有站直。”或者：“她假装一本正经。”下面这样的议论每一条我都相信：我的肩膀往下塌，我的脊梁骨挺不直，我显露出的爱心全不对路。我发现自己走起路来确实弓着身子拖着脚步，于是竭力站得直一些，但因为着急，身子挺得僵僵的。我确实又拿了个满分十分，格雷斯只得了九分。做对了也是错吗？我该做到哪一步才算对？完美吗？第二个星期，我给出五个错误的答案，故意的。

“《圣经》测验她十道题只对了五道。”格雷斯星期一这么说。

“她越来越笨了。”科迪莉亚说，随即又对着我，“其实你没那么笨。你得再加把劲才是！”

今天是“白色礼物星期天”。我们都将家里的一听听食品用白色绵纸包着拿到教堂捐给穷苦人。我拿的是佃农牌豌豆浓汤和斯帕姆牌午餐肉。我怀疑我拿的这些东西不合适，可我妈在食品橱中只找到了这些。捐赠白色礼物这样的主意让我感觉很迷惑：如此硬邦邦的礼物，被包裹得整齐划一，完全不知其中是什么，颜色如何，看上去死死的毫无生气。在那堆放在教堂前面的、用不祥的空白绵纸包着的一捆捆食品中间，什么都可能有。

我和格雷斯坐在教堂地下室的木头长凳上，一边看着射在墙上的亮闪闪的幻灯片，一边由黑暗中钢琴那沉重缓慢的声音伴奏着，唱出了这样的歌词：

> 耶稣号召我们发一分光，
> 那光纯净又清亮，
> 就像一支小小的蜡烛，
> 燃烧在夜晚。
> 这个世界处处是黑暗，
> 故而你在你那小小的角落，
> 我在我这小小的角落，
> 咱们一起来发光。

我想要像蜡烛一样发光。我想做个好孩子，听话，耶稣吩咐什么就做什么。我想相信“爱你的邻居如同爱你自己”以及“天国在你心中”。然而，所有这些似乎越来越不可能了。

黑暗中我看到一束小小的光射在边上。不是蜡烛，是墙上的光照到格雷斯的眼镜上形成的反射。这歌词格雷斯熟记于心，她用不着看幻灯片屏幕。她在注视着我。

做完礼拜，我又随史密斯一家开车穿过星期天空荡荡的大街，到那座平湖旁灰蒙蒙的平地上去看火车单调乏味地来回换轨。之后我又回他们家吃那顿礼拜天的中餐。如今每个礼拜天都是这样，这顿饭已成了上教堂做礼拜的一部分；要是我对两件事中的任何一件说个不，结果将十分糟糕。

我已经掌握了这里的生活方式。我爬上楼梯，经过那棵橡胶榕，不碰它，来到史密斯家的卫生间，先数好四小方块手纸撕下，接着用他们家那种毛拉拉的黑肥皂洗手。我不再需要他们告诫了，格雷斯一开口——“为了我们将要得到的饭餐，愿主使我们真诚地感恩，阿门”——我的头就自动地低了下来。

“猪肉和豆子是悦耳的果实，吃得越多，吹得越响。”[1]史密斯先生说着环视餐桌露齿一笑。史密斯夫人和米尔德里德姨妈并不觉得他这话有什么好笑的。两个小丫头神情严肃地盯着他看。她俩和格雷斯一样，都戴眼镜，白皙的皮肤上长着雀斑，金属丝一般的棕色头发梳成辫子，辫梢上扎着礼拜天专用的蝴蝶结。

“劳埃德！”史密斯夫人说。

“得了，这话又没什么害处。”史密斯先生说。他直盯着我的眼睛。“伊莱恩认为好玩。是不是，伊莱恩？”

---

[1] 这是一句玩笑，也是一句委婉语。所谓“吹得越响”是指放屁，故猪肉和豆子被称为“悦耳的果实”。

我被逮住了。我能说什么呢？要是我回答不，会显得无礼。如果我说是的，我便成了他的同伙，而站到了史密斯夫人、米尔德里德姨妈以及包括格雷斯在内的史家三个女孩的反面。我感觉自己的脸一阵热一阵冷。史密斯先生在咧着嘴冲我笑，这是个暗藏了意思的笑。

“我不知道。”我说。真正的回答其实是不，因为事实上我不知道这个玩笑是什么意思。可是我又不能完全抛弃史密斯先生。他是个矮胖子，肌肉松弛，已开始秃顶，但到底还是个男人。他没有指责我。

第二天早上，在学校的班车上格雷斯就把这事重复给了科迪莉亚，她的声音低得几乎成了耳语：“她说她不知道。”

“那叫什么回答？”科迪莉亚凶凶地问我，“要么你觉得好玩要么你觉得不好玩，为什么说‘我不知道’？”

我实话实说：“我不知道它是什么意思。”

“你不知道什么是什么意思？”

“‘悦耳的果实’。”我说，“还有‘吹得越响’。”因为无知，这一刻我真是窘极了。我所能做出的最糟糕的事情就是暴露无知。

科迪莉亚呵呵呵一阵轻蔑的大笑。“那是什么意思你都不知道？”她说，“多笨！它的意思是放屁。吃豆子能叫人放屁，这谁都知道。”

我丢了双份的面子，一是因为我无知，二是因为史密斯先生是在礼拜天吃正餐的时候说的放屁，他拉我站到他的一边，而我居然没有说不。让我感到羞窘的倒不是“放屁”这个词本身，对它我已经习以为常，没有大人在一旁听着的时候，我哥和他的那些朋友一直将它挂在嘴边。让我感到羞窘的是，“放屁”一词竟出现在正派的堡垒——史密斯家的饭桌上！

但是从内心讲我也并不反悔。我对史密斯先生的忠诚近似于我对我哥的忠诚：两者都站在玩牛眼球一边，站在看显微镜下脚趾头中的污垢一边，站在发泄愤怒一边，站在颠覆反叛一边。对谁发泄愤怒？颠覆反叛什么？反叛格雷斯和史密斯夫人，还有粘贴到剪贴簿上的那些衣着整洁的纸夫人。科迪莉亚也该是在这一边。她有时候是，有时候又不是，很难说得准。

24

早晨，牛奶都冻起来了，奶脂浮在上面，由瓶颈中倒出，冰冰的，尽是颗粒状的小奶柱。兰姆莉小姐在我的课桌边俯下身来，她那条看不见的海军蓝灯笼内裤在她周身投下一圈令人痛苦的光环。在她鼻子的两边，皮挂下来，形同哈巴狗面部的垂肉；嘴角的一边还留有已经发干的口水的痕迹。“你的字在退步。”她说。我沮丧地看看我写的那一页。她没有说错：那些字母不再像原先那样又圆又漂亮，而是像蜘蛛网似的，疯狂，奇丑，钢笔尖按得太重的地方是墨迹斑斑一片污黑。“你必须多加把劲。”我弯着手指在笔底下画圆。我想她是在看我手指上那啃咬得毛毛拉拉高低不齐的皮肤边缘。她说的每一句话，我做的每一件事，卡罗尔都听在耳中看在眼里，过些时候她都要去报告。

科迪莉亚在参加一个剧目的演出，我们前往观看。这是我第一次看剧目，理应激动兴奋，然而我却满心地害怕，因为我对上剧院看节目的一套规矩一无所知，而我肯定自己总归会在哪儿出点错。剧目的演出地在伊顿礼堂；舞台上垂挂着蓝色的大幕，上面间隔着黑色天鹅绒横条。大幕拉开，显出一行字：轻风拂柳。所有的演员都是儿童。科迪莉亚演的是一只鼬鼠，但因为她身穿鼬鼠装，头戴鼬鼠帽，不可能将她和所有别的鼬鼠区分开来。我坐在剧院中那长绒毛的豪华座位上，咬着手指，伸着脖子，努力想把她给找出来。明知她在那儿却又不知道她确切的位置最糟糕了。任何一个位置上都可能是她。

收音机里全是甜甜蜜蜜的音乐，比如《我梦见了白色的圣诞节》《红鼻子驯鹿鲁道夫》，等等。这些歌我们在学校里都要唱；我们站在课桌边，兰姆莉小姐先用她那支定音笛嘟嘟嘟吹出一个调，接着又用她那把木头尺子打着节拍（男生多动症发作时她猛敲他们的手，用的就是这把尺子)。鲁道夫使我感到困惑，因为它总是有点不对劲，可同时又给了我希望，因为它最终还是受到了人们的喜爱。我爸说“鲁道夫”是一个为了商业目的而硬造出来的名字，令人恶心。他说：“傻瓜和他的金钱是注定要分开的，长不了。”

我们用美术纸做红色的铃铛，在剪出样子前先将纸折成两半。我们用同样的方法做雪人。为了达到对称均衡的效果，兰姆莉小姐自有办法：什么东西都得对折，什么东西都是两半，一左一右，一模一样。

我像个梦游者似的一件件做完了这些节日的工作。我对铃铛雪人没有兴趣，对圣诞老人也没兴趣；自从科迪莉亚告诉我所谓圣诞老人其实就是你自己的父母后，我对他已不再相信。班里举行圣诞聚会，内容包括坐在课桌边默默地吃各自从家中带来的糖果和兰姆莉小姐提供的软心豆粒糖——每个小孩儿五颗。兰姆莉小姐熟悉那些传统习俗，对于它们，她自己总是满怀敬意，严格遵守。

圣诞节我得到的是一个芭芭拉·安·司各特的洋娃娃，我曾经说过我希望得到这么一个洋娃娃。他们一定要我说我想得到某样东西，而这个洋娃娃从某种程度上说倒确实是我所希望得到的。我以前从未得到过一件形状是小女孩的洋娃娃。芭芭拉·安·司各特是一名著名的花样滑冰运动员，非常非常著名。她得过许多奖。我曾仔细研究过报纸上她的那些照片。

这个芭芭拉洋娃娃上装着用人造革做的小小冰刀，粉红色的服装，雪白的柔毛镶边，长睫毛的眼睛一睁一闭，可它的样子与真的芭芭拉·安·司各特完全不同。从照片上看，芭芭拉肌肉发达，大腿粗壮，而这洋娃娃是个体态苗条的小人儿。芭芭拉已是一名妇女，洋娃娃却还是个小姑娘。它有人物模拟像那种令人不安的力量，是一个没有生命的生命，让人的心中愈发充满恐惧。我将洋娃娃放回到硬纸盒中，周身及脸部都用绵纸裹住。我说我这么做是为了它安全不受损坏，但实际上我是不想叫它老是注视着我。

在我们家长沙发的上方，从一边墙上拉出来一个羽毛球的网。爸爸妈妈将圣诞贺卡挂到这网的一格格网眼上。我所认识的人当中没有谁像这样在墙上拉这么个羽毛球网。科迪莉亚准备的圣诞树和别人的都不一样：树上覆盖着安琪儿轻纱似的头发，上面所有的灯以及装饰品全是蓝颜色。不过，她搞出这么一些别出心裁的东西不会有事，我就不行了。我知道，因为这羽毛球网，她们是会让我付出代价的，迟早而已。

我们围坐在餐桌旁吃圣诞饭。在座的有我爸的一个学生；这是个年轻人，从印度来这里学习昆虫，他以前从未见到过雪。我们之所以请他来吃圣诞饭是因为他是外国人，远离家人，孤零零的，而且在他那个国家甚至都没有圣诞节。

这一点我妈事先向我们做了解释。他很有礼貌，紧张不安，时不时会格格地笑。我感觉他是以一种惊恐的神色看着在他面前一溜摆开去的丰盛食物：土豆泥，肉汁，菜绿色及红色的果冻色拉，硕大的火鸡……我妈说他们那边的食物不一样。我知道，在他那笑容和礼貌的背后是悲惨与不幸。这方面我已逐渐掌握了一点小秘诀，如今我几乎毫不费力就可以嗅出他人心中隐藏着的痛苦。

我爸坐在餐桌的上座，像卡通人物“快乐的绿林巨人”似的满面喜色。他举起玻璃杯，那双土菩萨似的眼睛忽闪忽闪。“班纳杰先生。”他说。他总是喊他的学生叫先生或小姐。“只有一只翅膀你是飞不起来的。”

班纳杰先生格格一笑，说：“非常正确，先生。”他的声音听上去像是英国广播公司播新闻的。他举起自己的玻璃杯抿了一小口。杯子里倒的是葡萄酒。我和我哥的酒杯里倒的是越橘汁。要是在去年或前年，我和我哥还可以在桌子底下将我俩的鞋带扎到一起，秘密地那么一推一拖就可向对方发信号，但如今，我俩因为各自不同的原因都不再这么疯了。

我爸用长柄勺将火鸡中的填料舀出来，又将颜色深浅不同的火鸡肉撕成片分开；我妈给大家加土豆泥和越橘酱。她问班纳杰先生——小心翼翼地将每个音都吐得十分清晰——他们国家吃不吃火鸡。他说他不认为他们那里吃这个东西。我坐在他桌子的对面，一边晃荡着两只脚，一边直盯着他看，完全着迷了。他那细长细长的手腕从他那过大的袖口伸出来，两只手又长又瘦，指甲周围也像我一样搞得毛毛拉拉七高八低。我觉得他很漂亮：棕色的皮肤，璨白的牙齿，乌黑的眼睛，看人时一副惊骇的神情。主日学校办的教会报的封面上有一帮身穿不同服装、围着耶稣在跳舞的儿童——黄皮肤的，棕色皮肤的，其中有个孩子就是他那种颜色。班纳杰先生没有特别的服装，他只有跟别的男人一样的一件夹克及一条领带。尽管如此，我还是难以相信他是个男人。他看上去太不像个男人了。他倒是更像我自己这样的人：与周围的人事格格不入，时刻提心吊胆。他害怕我们。他不知道我们下一步会做什么，不知道我们会指望他做什么不可能的事，不知道我们会叫他吃什么东西。难怪他老在咬手指头。

“稍来点儿胸骨上的肉，先生？”我爸问。班纳杰先生一听到胸骨一词立刻活跃起来。

“啊，胸骨。”他说。我知道他们已一起进入那个共同的生物学的世界，这个世界可供他暂时躲藏，以避开我们此刻正坐在其间的这个沉默的、讲究规矩的、尴尬的现实世界。当我爸用切菜的刀将肉一片片切开的时候，他另用一把叉子将与翅膀肌肉连接的部位指给我们大家看，特别是指给班纳杰先生看。当然，他说，家养的火鸡已经丧失了飞翔的能力。

“Meleagris gallopavo,”他说，班纳杰先生将身子往前靠，拉丁文的学名激起了他的兴趣，“这是种豌豆脑袋的动物，你也可以说是鸟脑袋，饲养它是因为它能长膘，尤其是腿下段那部分。”说着他将这部分指出来给大家看，“养它肯定不是因为它聪明。最初驯养这种动物的是玛雅人。”他给大家讲了一个饲养火鸡的农场的故事：一次刮暴风雨，那些火鸡蠢得要死，不晓得进棚子躲避，结果全都送了命。当时火鸡都在外头站着，张大嘴巴翘首望着天空，雨砸下来灌入它们的喉咙，把它们给噎死了。他说这个故事是农场上的人说的，很可能并不真实，不过火鸡这种鸟的愚蠢确是尽人皆知。他说，这一带落叶林中一度到处都是的野火鸡却要聪明得多，它们甚至能躲过训练有素的猎人的枪口。这种野火鸡还能飞。

我坐在那儿，勉强吃两口我的圣诞晚餐，班纳杰先生也是这样。我们俩盘子中的土豆泥被我们捣得一塌糊涂，实际倒并没有吃多少。野生的东西比驯养的来得聪明，这一点非常清楚。野生的东西狡猾，善躲避，自身会保持警惕。我把我认识的人也分成野性的和驯养的两类。我妈，野性。我爸我哥，野性。班纳杰先生，也是野性，不过要羞怯得多。卡罗尔，驯养。格雷斯，也属驯养，不过暗中还残留着几分野性。科迪莉亚，彻头彻尾的野性。

“人类的贪婪是没有限止的。”我爸说。

“真是这样吗，先生？”班纳杰先生说。我爸接下去说，他曾听说一个猎人的某个儿子正在做一项试验，企图培育出一种四条腿而不是两条腿两个翅膀的火鸡，因为火鸡腿下段上的肉更多。

“这么一只怪物怎么走路呢，先生？”班纳杰先生问。我爸赞许道：“问得好！”他告诉班纳杰先生，某些该死的傻瓜科学家正在研究一种四方形的西红柿，假想这种西红柿比圆的品种容易装筐。

“当然，所有的味道就要牺牲掉了。”他说，“他们对味道根本不加考虑。他们培育了一种无毛的裸体鸡，原以为长羽毛的能量可以省下来产更多的蛋，可是这东西一冷就直哆嗦，结果不得不给鸡笼子双倍加温，最终费用反而更多。”

“这是在戏弄大自然，先生。”班纳杰先生说。我已经知道正确的回应就是这句话。考察大自然是一回事，在一定的限度内保护自身免遭自然的侵袭也是这样，但戏弄大自然就完全是另一回事了。

班纳杰先生说，他听说如今能看到的是一种裸体猫，他是在一本杂志上看到关于这猫的介绍的，不过他自己根本看不出来这东西有什么意义。这是他到现在为止说得最多的话。

我哥问印度是否有毒蛇，班纳杰先生此刻已自在多了，就开始一一举出有哪些毒蛇。我妈笑了，因为餐桌上事情的进展比她原先想的要好。对她来说，毒蛇没什么，只要能让人开心，在餐桌上谈谈毒蛇完全可以。

我爸已将他盘中的东西全都吃光了，他又到火鸡的肚子里去捞更多的填料。火鸡很像一个被捆绑了手脚的无头的婴儿。它已褪去其作为盘中餐的伪装，在我面前露出真实的面目来：一只巨大的死鸟。我正吃着一只翅膀。这是一只驯养的火鸡的翅膀。这是世界上最愚蠢的一种鸟，它愚蠢至极，甚至已不再能飞翔。我正吃着失落的飞翔。

25

圣诞节过后有人给了我一份工作。这工作是：放学后用婴儿车推着布赖恩·费恩斯坦恩在附近街区转悠，每周一次，每次一小时，如果天气不太冷就稍微再长一点。干这份活我可以得到二十五分，这可是不少钱呢！

费恩斯坦恩家就住在我们家旁边的房子里，那里原先是堆得山一样高的烂泥，后来忽然就冒出来这幢大房子。费恩斯坦恩夫人作为一个女人个子很矮，她长得很丰满，乌黑的鬈发，牙齿洁白漂亮。因为她经常笑，这些牙齿就常常露出来，笑时鼻子往上皱，像小狗一样；还摇头，摇得耳朵上的金耳环金光闪闪。我不敢肯定，可我觉得这耳环实际真的是穿在她耳朵的小孔上的，与我曾见过的任何耳环都不同。

我按了按门铃，费恩斯坦恩夫人开了门。“我的小宝贝儿，你可帮我大忙了！”她说。我在门厅里等着，门厅的地上铺着报纸，我那双冬天穿的靴子上有水滴下来落到报纸上。费恩斯坦恩夫人穿着一件带花的粉红颜色的家庭便装，脚上是一双真毛皮的高跟拖鞋，她急急忙忙奔上楼去抱布赖恩下来。门厅里散发着布赖恩那些被尿浸透的尿布的味道；尿布扔在一只桶里，等着洗尿布的公司来取。自己家要洗的那些东西别的什么人可以前来取走，想到这一点我觉得非常有意思。费恩斯坦恩夫人总在外面摆放一满碗橘子，那碗就放在高出门厅几个台阶的一张桌子上；不过圣诞节的时候，没人会像她这样将橘子放得到处都是。碗的后面有个金黄颜色的蜡烛架，形状像一棵树。所有这一切——甜腻腻叫人恶心的婴儿大便散发出腐烂的尿布的味道，加上那一碗橘子和那棵金树似的蜡烛架——在我心中交织成一幅极其复杂的画面。

费恩斯坦恩夫人抱着布赖恩橐橐橐下楼来，小孩子被裹在一身蓝色的带耳朵的小兔子衣服里，衣服的拉链一路拉到底。她在孩子的脸上重重地亲了一口，抱着他上下颠了几下，随后将他往婴儿车里一塞，哗一下拉上车顶上的防水盖。“好啦，小布布，”她说，“这下妈咪能听到自己的想法啦。”她笑笑，鼻子一皱，金耳环直晃。她的皮肤很饱满，闻上去有奶香味儿。她和我见过的任何一个母亲都不一样。

我推着布赖恩来到外边寒冷的空气中。我们先是绕过街区，接着就踏上吱吱作响的雪地；雪地上撒满了人们从炉子里倒出来的煤渣，随处可见的还有杂在其间的冻结的马粪。

我想象不出布赖恩怎么会搅得费恩斯坦恩夫人无法思考，他可是从来不哭一声。他也从来不笑。他从来都不发出任何声音，也不睡觉。他只是躺在他那婴儿车里，睁着一双圆圆的蓝眼睛，一脸严肃地朝上盯着我看，那个纽扣似的小鼻子被冻得越来越红。我没有想着要去逗他玩，可是我很喜欢他：他静静的没有一点声音，对一切不做任何评判。

我觉得时间差不多了，就推着他回到了家。费恩斯坦恩夫人说："总不会这么快就已经五点了吧！"我请她不要给我一个二十五分币而是给我几个五分币，因为几个五分币看上去多。她听了好一阵大笑，可还是满足了我的要求。我将我所有的钱都放在一只旧铁皮的茶叶罐里，茶叶罐上是一幅沙漠的图片，还有棕榈树和骆驼。我喜欢将钱取出来在床上摊开。我并没有数一共有多少钱，而是按照压印在每一枚钱币上的年份——1935，1942，1945——将它们分别摆放。每个硬币上都有一个国王的头，都是顺着脖子根那么爽净利落地一刀切开，不过硬币上的国王各不相同。我出生以前的国王都有胡子，现在的就没有了，因为现在的国王是乔治，也就是我们教室后面挂着的那个。将这些钱币分成一堆堆割下的头颅，这给我以一种奇异的快慰。

我和布赖恩绕着街区转了又转。因为我没有手表，难以判断一个小时是否到了。科迪莉亚和格雷斯绕过拐角从前头冒了出来，卡罗尔跟在后面。她们见到我后就走了过来。

“哪个词跟伊莱恩押韵？”科迪莉亚问我，她没有等我回答就自个儿说，“伊莱恩真烦人。”[1]

卡罗尔费力往婴儿车里看。“看这小兔子的耳朵！”她说，“他叫什么名字？”她的声音听上去恋恋不舍。我以一种新的眼光看看布赖恩。并不是谁都可以被允许来推个婴儿到处转的。

“布赖恩，”我说，“布赖恩·费恩斯坦恩。”

“费恩斯坦恩是个犹太人的名字。”格雷斯说。

我不知道犹太人是什么。“犹太人”这个词我见过，《圣经》上到处都是，但我不知道还有活着的、真正的犹太人，特别是我不知道我家隔壁居然就住着一家犹太人！

“犹太人叫卡克。”[2] 卡罗尔说着瞥了科迪莉亚一眼，希望能得到她的同意。

“别这么粗俗。”科迪莉亚用她那成人一样的嗓子说道，“卡克这个词可不是我们用的。”

·

我问我妈什么是“犹太人”，她说那是一个信仰另一种宗教的民族。班纳杰先生也属于一种不同的宗教，不过他不

---

[1] 此处原文为：“Elaine is a pain.”“Elaine”“pain”同韵。“pain”此处作“令人讨厌的人”解，译作“伊莱恩真烦人”，“恩”“人”同韵。

[2] 卡克（kike）是对犹太人的蔑称。

是犹太人。宗教有许许多多不同的种类。说到犹太人，战争期间希特勒就杀死了许多。

“为什么？”我问。

“他精神错乱，”我爸说，“是个自我扩张狂。”两个词都没怎么能解开我的迷惑。

“是个坏人。”我妈说。

我推着布赖恩从撒有煤渣的雪地上走过，碰到有小烂泥坑的地方就稳稳地绕着走。他瞪大眼睛往上看着我，鼻子红红的，小嘴巴一笑不笑。现在布赖恩身上又添了一个新的特点：他是一个犹太人。关于他，额外又多出了一点什么，而且还有几分英雄气，就是他小兔子衣服上那对蓝色的兔耳朵也不能减损他这点英雄气息。“犹太人”一词与尿布、碗里的橘子、费恩斯坦恩夫人的金耳环以及她耳朵上很可能真的扎在那儿的小孔全都交织在一起，但也使人联想起一些重要的、古代的事情。人们不可能指望每天都能碰见一个犹太人。

科迪莉亚、格雷斯和卡罗尔走在我旁边。“小毛头今天怎么样？”科迪莉亚问。

“他很好。”我带着戒备说。

“我不是指他，我是问你。”科迪莉亚说。

“能让我来换你推一会儿吗？”卡罗尔问。

“不行。”我对她说。万一她出个差错，万一她把布赖恩翻到路边的雪堆里，那就全是我的错。

“谁又真想推该死的犹太人家小孩！”她说。

“犹太人还杀死了基督，”格雷斯一本正经地说，“《圣经》上就是这么说的。”

不过犹太人倒没怎么激起科迪莉亚的兴趣，她脑子里在想着别的事情。“如果一个捕鱼的人叫渔民，捕臭虫的人又叫什么呢？”她问。

“我不知道。”我说。

“你真笨！”科迪莉亚说，“你爸不就是这样的人吗？接着来，想想看。其实很简单。”

“逮臭虫的人。”[1] 我说。

“你就是这么看你爸的吗？”科迪莉亚说，“他是个‘昆虫学家’。笨！你应该感到羞耻。你该用肥皂把自己的嘴巴彻底洗一洗。”

我知道“鸡奸者”是个脏字，但我不知道为什么。尽管如此，我还是背叛了亲人，同时也遭人背叛。“我得走了。”我说。在推布赖恩回到费恩斯坦恩夫人那里去的一路上，我默默地流着泪；布赖恩盯着我看，全无表情。“再见了，布赖恩。”我轻轻地对他说。

---

[1] 这是科迪莉亚故意设下的一个圈套：“fish”（捕鱼）加后缀 -er 成为“fisher”（渔民）；伊莱恩天真地以为“bug”（臭虫）加同样的后缀即为“逮臭虫的人”，殊不知“bugger”实际意思是“鸡奸者”。

我跟费恩斯坦恩夫人说，这工作我不能再干了，因为我作业太多。我不能把真正的理由告诉她：我总依稀感到布赖恩跟我在一起不安全。我的脑海中出现布赖恩一头栽到路边雪堆里的情景；或者是他坐的婴儿车飞速地从桥边上那被冰雪覆盖的小山上滑下，朝那满是死人的小溪直冲下去；要不就是布赖恩被抛向空中，那一对小兔子耳朵在惊恐中飞转向上。我只能有所保留地对她说这工作我不能干了。

“没事的，小蜜蜜。”她看着我那坦诚的、水汪汪的眼睛说。她伸出一只胳膊将我揽过去紧紧地拥了拥，随后又加了我五分钱。在此以前还从未有人喊过我“小蜜蜜”。

我朝家中走去，知道我既有负于费恩斯坦恩夫人，也有负于自己。“鸡奸者”——我自个儿暗暗地想。我一遍又一遍重复着这个词，直到它自行消失在它本身的两个音节中。“Erbug, erbug”[1]。这个字本身并没有任何意思，就像“卡克”一样，可它具有一种力量，带有明显的充满恶意的色彩。我对我爸都干了些什么？

我拿着费恩斯坦恩夫人给我的上面刻着国王头像的五分币，将它们全部花在了放学路上经过的那家店里。我买了甘草棒棒糖、软心豆粒糖、中间夹仁儿的多层硬糖和几袋用吸

[1] 英文中并无此词，它由词缀“-er”及“bug”组成，其实是将“鸡奸者”（bugger）一词打乱了字母顺序。

管吸的果汁牛奶冻（吸起来会嘶嘶作响）。我将它们平均分配，将这些表示我将功赎罪的东西奉送到我朋友们等待的手中。就在我送出前的那一刻，我得到了爱。

26

今天是星期六。一上午什么事也没有。朝南窗户的上方檐槽上结了冰溜子，阳光一照，滴答滴答往下滴水，如屋漏似的发出持续不断的声音。我妈在厨房里烤面包，我爸和我哥在别的地方。我独自一人吃着中饭，一边看着挂在那儿的冰溜子。

中饭是薄脆饼干、橘子奶酪和一杯牛奶，还有就是一碗字母汤[1]。我妈认为，对孩子来说喝字母汤是一桩开心乐事。字母汤上面漂着白色的字母：有大写的 A、O、S、R，偶尔也有 X 或 Z。在我更小的时候，我常常将字母捞出来，在盘子边上用它们拼单词，或是拼出自己的名字后再一个字母一个字母地吃掉。如今我只是喝汤，对字母已没有特别的兴趣。汤的颜色红中带点橘黄，有一种味道，但字母本身却吃起来什么也不像。

电话铃响。是格雷斯。“你想出来玩吗？”她说，声音

[1]　这种汤里含有通心面做的字母块，为儿童所喜爱。

不带任何感情色彩，听上去既空又硬，像蜡光纸。我知道科迪莉亚站在她旁边，要是我说不，她们就会指责我些什么；要是我说想，我就不得不去。结果我说想。

“我们过来叫你。”格雷斯说。

我的胃感觉木木的，重重的，犹如装了一肚子的泥。我穿上滑雪衣，套上靴子，又戴上毛线编织的帽子和手套。我告诉我妈说我要出去玩。“别着凉了。”她说。

太阳照在雪上耀得人睁不开眼。融化了的雪上有一层薄薄的冰壳，那是最上层的雪化了又冻所致。我的靴子从冰壳上踏过，留下边缘清晰的一个个脚印。四周不见一个人。我穿过耀眼的一片白，朝格雷斯家的房子走去。空气中光芒四溢，寒气浮动，我都能听到它对我双眼造成的压迫。我感觉自己处在一种半透明的状态，仿佛蒙在手电筒上的一只手，又如我在杂志上看到过的水母的照片，像是水盈盈的肉制气球漂浮在海中。

一直到街的尽头我才看到她们三人，乌黑乌黑的，正朝我走来。她们的外套看上去几乎是黑的。等她们走得离我更近时，连她们的脸看上去也都是黑的，好像人在阴影里一样。

科迪莉亚说：“我们说的是我们过来叫你，没说你可以到这儿来。”

我一言不发。

格雷斯说："我们跟她说话她得搭腔。"

科迪莉亚说："怎么回事？你聋了吗？"

她们的声音听上去很遥远。我扭向一边，一下子呕到了路边的雪堆上。我并不是故意要吐，也不知道自己会这样。每天早上我的胃都会感到恶心，我已经习惯了，可这一下却是真的：字母汤混着一小片一小片嚼碎的奶酪，喷在洁白的雪上，红黄色十分惹眼，还有几个已被嚼坏的字母零零星星散落在那儿。

科迪莉亚一句话不说。格雷斯说："你最好回家吧。"跟在她们后面的卡罗尔听上去像要哭出来的样子，她说："她的脸上都是！"我朝自己家走回去，一边闻着呕吐时散落在滑雪衣前面的秽物的味道，一边同时在鼻子和喉咙里品尝着其中的滋味，感觉像是嚼碎的胡萝卜。

我躺在床上，身边放了一只擦洗地板时用的清洁桶；我发着一阵阵的烧，人晕乎乎轻飘飘。我又吐了好几次，最后除了一点点绿色的黏液外什么也吐不出了。我妈说："我估计我们都要吐。"她说对了。夜里，我听到急急忙忙的脚步声、干呕声和哗啦哗啦抽水马桶的冲水声。我感到自己很安全，很小；生场病倒把我给围护了起来，仿佛裹拥在温软的绵羊毛之中。

我开始更经常性地生病了。有时我妈拿个手电筒往我嘴里照照，再摸摸额头量量体温，然后送我上学校，但有时也允许我待在家里。在不用上学的这些日子里，我感到可以松一口气，仿佛自己一直在跑路，跑了很长时间，终于到了一个可以歇息的地方，虽不是永远休息，却可以作短暂的停留。发烧是令人愉快的，人可以清闲不干事。我喜欢一切不急不忙消消停停，喜欢大人给我喝的放了气的干姜水，喜欢留在唇齿间的清淡余味。

我用几个枕头靠着躺在床上，身边的椅子上放了一杯水。我在听我妈从老远处发出的声音：打蛋器的声音，真空吸尘器的声音，收音机里的音乐，以及地板上光机发出的水打在湖边似的声音。冬天的阳光透过窗户从半拉着的窗帘间斜射进来。现在我有窗帘了。我看着装在天花板上的灯具，那是一种黄兮兮的不透明的玻璃，两三只撞入其中没能出来的死苍蝇的影子透过那如云一般含混不清的冻胶似的玻璃显现出来。要不我就看着门把手。

有时我从杂志上剪东西下来，用乐佩奇牌胶水将它们粘贴到剪贴簿上；那胶水装在一只样子如国际象棋中的象一样的瓶子里。我从《好管家》《女士家庭杂志》《女主人》等杂志上剪下女人们的照片。如果我不喜欢这些女人的脸，我就将她们的头剪掉贴上别人的头。这些女人身穿泡泡袖的衣服和宽下摆的裙子，白色的围裙紧紧地系在腰间。她们往抽水马桶里放杀菌剂杀菌；她们将窗户擦得直发亮；她们用一条又一条的肥皂来清洁自己长有粉刺的皮肤，或用洗发精清洗自己油腻腻的头发；她们去除身上讨厌的气味，往粗糙的皱巴巴的手上揉护手液；她们将一卷又一卷的手纸贴紧自己的脸颊又揩又抹。

另外还有些图片反映的是女人在那里做她们不应该做的事：有些是长舌妇，太爱说人长短；有些做事马虎，凌乱无序；有些专横武断，好指使人。还有一些女人是一天到晚织东西。有一幅图片说："走路，乘车，站着，坐着，所到之处，都在编织。"这幅图片反映的是一名妇女在有轨电车上打毛线，她的编织针的针尖戳到了旁边人身上，那一团毛线也滚落在车内的过道上。还有一些女人身边带着一只玩具看护鸟，那种鸟红黑相间，大大的眼睛，棍棒似的脚，像儿童画上的。图片文字说："看护鸟看着管事佬"，"这是一只正注视着你的看护鸟"。

我看得出来，一切永远都不会完美，事情也总会有做错的时候。即使你长大了，无论你多么使劲地洗啊擦，随你怎么弄吧，脸上总还会有这个点那个斑的，你也总会做出什么蠢事让别人大皱眉头。但不管怎么说，把所有这些并不完美的女人剪下来，看看她们额头上的皱纹，清楚她们心里有多着急，再将她们一一贴到我的剪贴簿上，这事总让我感到快乐。

中午时分，"快乐的一帮"在收音机里"敲门"：

敲门敲门敲门。

谁在那儿？

是咱快乐的一帮！

喔，进来吧！

保持快乐如咱快乐的一帮，

保持健康，愿你感觉还不错；

假如你快乐又健康，

就让富有见鬼去吧，

所以要快乐，跟咱快乐的一帮！

“快乐的一帮”使我心中充满了不安。假如你不快乐不健康会怎么样呢？他们没说。他们自己是永远都快乐，或者说，他们自己讲自己永远都快乐，不过我无法相信有谁能永远快乐。所以他们肯定有的时候是在撒谎。然而又是什么时候呢？他们那听上去像在做假的笑声有多少真正是假的呢？

片刻之后，国家天文台发出了官方报时信号：先是一连串像是来自外层空间的嘟嘟声，接着稍停，然后是长长的一声。这长长的一声表明已经一点钟了。时间正在过去，在这长长的一声前那短暂的寂静中，未来正在成形。我扭头钻进枕头里。我不想听到那长长的一声。

27

冬雪消融，留下脏兮兮的煤渣、湿漉漉的纸头和被水浸透的旧树叶。我们家后院突然冒出来一大堆表土，接着又出现一堆卷起来的一方方草皮。我爸妈穿着满是烂泥的靴子和斑斑点点沾满泥土的裤子，像铺卫生间地砖一样将草皮铺盖到烂泥上面。他们将红顶草和蒲公英拔掉，种上绿色的洋葱和一排生菜。不知从哪里冒出来几只猫，在新铺的软软的地上一会儿抓一会儿蹲，我爸抓起几簇挖起的蒲公英向它们扔去。“该死的猫！”他说。

叶芽儿变黄了，跳绳又出来了。我们站在格雷斯家的车行道上，旁边是她家那棵深粉色的欧洲苹果树。我甩绳子，卡罗尔甩另一头，格雷斯和科迪莉亚在中间跳。我们看上去是几个正在玩耍的小女孩儿。

我们嘴里念念有词：

不是昨夜而是前夜，
二十四个强盗来到我家后门边，
这就是他们对——我——说的话：
夫人转身，转身，再转身，
夫人触地，触地，再触地，
夫人露脚，露脚，再露脚，

夫人，夫人，滑了二十四跤！

格雷斯在中间跳着，她转了个身，用手触了一下车行道，稳重地踢起一只脚，同时微微一笑。她难得被绊倒。

我们念的这一段词在我听来很是骇人，它隐隐约约暗示了一种下流。有些东西我不明白：强盗及其奇怪的命令，夫人及其旋转，她像一条受训的狗一样被迫表演那些把戏，而最后那个“滑了二十四跤”是什么意思？她是不是呼的一下被迅速赶出自己的家门，强盗们倒留在里面，什么东西想拿就拿，想砸就砸，随心所欲？要不就是她整个儿完了？我想象她悬在那棵欧洲苹果树上，脖子上套着那根跳绳用的绳子。我并不为她感到难过。

阳光照耀，弹子又回来了，整个冬天也不知它们在哪里，说冒出来就冒出来。校园里只听到孩子们的声音在升高：“纯色弹子，纯色弹子，金属弹子，金属弹子，两换一喽！”在我听来这声音就像是鬼在叫，或是落在陷阱里被逮住的动物在叫：痛苦已极，发出细细的哀号。

放学回家的路上我们从那座木桥上走过。我走在别人的后面。透过那几块破损的木板我可以看到底下的地。我想起很久以前，就在桥下面什么地方，我哥在埋藏他那满满一瓶子的纯色弹子、水婴和猫眼。瓶子仍然在泥土里，黑暗中它悄悄放着光明。我想象自己不顾那些凶险的不见其影子的男人，独自一人走到那下面去，挖出那宝藏，双手捧起所有的神秘。我永远也不会找到那瓶子，因为我没有那张地图。但我喜欢想一些别人一无所知的事情。

我重新找出整个冬天一直都在五斗橱抽屉角落里躺着的我的那颗猫眼。我拿起它，火红的阳光从中射过，我拿着它仔细地看。水晶球体中的眼睛是那么蓝，那么纯，仿佛是冻结在冰中的什么东西。我将它装在口袋里随身带到学校，但我没有将它立作靶子供人射击。弹子在我指间滚动着，我拿着它不松手。

“你口袋里那是什么？”科迪莉亚问。

“没什么。”我说，“只是一颗弹子。”

这是玩弹子的季节，人人口袋里都装着弹子。科迪莉亚把这事给放过去了。她不知道这颗猫眼具有何等力量，能够保护我。有时我带着它在身上，我就能像它那样来看人。我能看到人们像色彩鲜艳的活动洋娃娃一样，嘴巴一张一合，实际却不出声。我能看到人们的形体、身材、颜色，别的却什么感觉也没有。我只有在我自己的眼中才是有生命的。

我们在城里待的时间超过以往任何时候。我们一直待到学校夏季放假，这时白天很长，睡觉时间过了日光还很亮，湿热的空气如一条冒着热气的毯子笼罩在街道的上空。我喝着鲜葡萄汁；葡萄汁口味不像葡萄，倒像是人们可以用来杀灭虫子的什么东西。我一边喝一边在想，什么时候我们又要动身去北方了。我跟自己说这个时候永远也不会到，我这么说是为了不想让自己失望。但是，就算有我这颗猫眼做伴，我知道我也无法容忍在这个地方再长时间地待下去。我会内爆。我曾在《国家地理》杂志上读到过关于深海潜水的介绍，知道潜水员为什么要穿上厚厚的金属服，因为不这样的话无形的大比重深海水压会像一拳砸在烂泥巴上一样将人压倒，最终是人体内爆。就是这个词：内爆！它听上去有一种单调的、终了的声音效果，犹如一扇铅门关上时发出的声音。

我坐在汽车里，装在后排座位上像只包裹。格雷斯、科迪莉亚和卡罗尔站在苹果树丛中看着。我猫下身以避免她们的目光。我不愿伪装，不愿经历那告别时的一切。汽车开动，她们挥了挥手。

我们向北方驶去。多伦多退到了我们的身后，成了地平线上一团近乎棕色的空气，仿佛远处燃烧物上冒出的烟。直到这时我才回过头去看望。

树叶越来越小，越来越黄，一齐向花蕾处合拢。空气清爽。我在路边看到一只乌鸦，它正在那儿有一口没一口地吃着一头被汽车压死的豪猪，豪猪的刺像一棵巨大的牛蒡上长着的芒刺，它的五脏六腑颜色粉红，像炒鸡蛋一样被啄得支离破碎、一塌糊涂。我看到北方的花岗岩从平地上陡然拔起，而路就从中开凿而过。我看到一条破破烂烂的湖，湖边上的烂泥地里有一些枯枝残树戳在那里。我还看到一座焚烧锯木屑的炉子，一座森林火警瞭望塔。

三个印第安人站在路边。他们不在卖东西，因为他们身边没有篮子，而乌饭树的浆果出来还早着呢。他们就这么站在那儿，好像长期以来一直就是这么站在那儿似的。在我的眼中他们是熟悉的，不过只是作为一种风景。当我透过车窗凝视他们的时候，他们看到我了吗？很可能没有。对于他们，我只是模糊的一团，只是匆匆驶过的一辆汽车中的又一张脸而已。我无权要求他们怎么样，对这眼前的一切我都无权要求怎么样。

我坐在汽车的后座上等我的父母，他们在买杂用品。后座上散发出汽油和奶酪的味道。汽车停在一家由木头搭建的杂货店边上，杂货店经风吹雨淋已经塌陷，外观灰蒙蒙的，外面钉满标示牌勉强将房子拉住使它没有散架，标示牌上写着：*黑猫牌香烟，运动员牌香烟，可口可乐*。这里连个村庄也不是，只是公路边一块野地，挨着一座桥，挨着一条河。我曾经还想知道这河的名字。斯蒂温站在桥上，他将几片木头朝上游这边扔下去，记下木片从桥的另一边出来时所需要的时间，以此计算出水的流速。墨蚊子出来了，有些还飞到了汽车里，顺着车窗往上爬，爬爬飞飞，接着再往上爬。我仔细看它们的动作：我看到它们弓起的背，看到它们那黑红黑红像小灯泡似的肚子。我啪一下将它们压扁在窗玻璃上，留下几处红红的污点——那可是我自己的血！

我开始感觉到轻松，不是快乐，是轻松。我的喉头不再感觉卡得紧紧的，我不再咬紧牙关，脚上的皮肤也开始重新长出来了，手指的伤也已经部分愈合。我可以放心走路放心说话，用不着顾虑自己从后面看样子好不好，说话方式对不对。我可以走好长时间的路而一句话不说。现在我可以摆脱说话的烦恼，可以重新回到原先无言的状态，可以像上床睡觉那样，堕回到那种无常的生活节奏中去了。

这个夏天我们住在苏必利尔湖北岸的一间出租的小木屋里。木屋周围还有几个别的村舍，大部分都空着，没有其他孩子。苏必利尔湖很大，湖水冷而蓝，变化莫测。它能叫货船沉没，还能淹死人。起风的时候，波浪翻滚，发出大海般的涛声。到湖里去游泳倒一点也没吓着我。我涉入冰冷刺骨的湖水，看着自己的脚，接着双腿迈了下去；腿长长的白白的，显得比在陆地上时要细。

湖滨很宽，一头集中了一大片鹅卵石。我在这鹅卵石堆中消磨时光。石头圆圆的，像图章一样，不过是硬的，阳光下它们发热，晚上空气凉下来还是温温的。我用我那架勃朗尼相机照了几张鹅卵石的照片。我给它们起了几个奶牛的名字。

湖滨上头的土丘上是一些湖边植物，有毛茸茸的毛蕊花，有长着紫花和一点点大的苦豆荚的野豌豆，还有会割伤人腿的其他野草；这些植物的后面就是森林，其中有橡树、条纹枫、白桦树和杨树，其间还杂有北美胶枞和云杉。有时还能见到有毒的藤蔓。这是一座神秘的带有戒备的森林，不过离湖边这么近，倒不容易在其中迷失方向。

我在森林中走着的时候发现了一只死乌鸦。和活着的时候相比它看上去要大些。我用一根木棍捅捅它，又将它翻了个身，结果看到了蛆。它闻上去一股烂臭味，像锈，更奇怪的是像我曾经吃过的某种食物，不过我记不起来是什么食物了。它黑黑的，但不像是黑颜色，更像一个洞。它的嘴已经失去了光泽，牛角一样的颜色，像老的脚指甲。它的眼睛已经皱缩。

我以前也曾见到过死的动物，比如死青蛙、死兔子什么的，但这只乌鸦的死更加彻底。它用它那只皱缩的眼睛看着我。我完全可以用手中的这根棍子从它身体中间直穿过去。无论我怎么弄它，它都不会有任何感觉了。没人能对它产生任何影响。

要在这座湖的岸边钓鱼可不容易。没地方可以站脚，也没有码头。因为水流很急，大人不许我们独自坐小船到湖里去，不过我们反正也没有小船。斯蒂温在忙别的事。他借助于双筒望远镜检查核对，收集记录湖中货船上各种烟囱的图样。他设置一些象棋上的难题然后又将它们解开。他劈引火柴，要不就拿着本介绍蝴蝶的图书独自一人走上长长的路。他的兴趣不在捉住蝴蝶然后用大头针将它们钉到板上做标本，他只是想看看蝴蝶，辨认不同的种类，数一数它们的量。他在那书的后面将这些蝴蝶一一列出。

我喜欢看他书上那些蝴蝶的照片。我最喜爱的一种叫月形天蚕蛾，很大，淡绿色，翅膀上有月牙形。我哥找到了这样一只月形天蚕蛾，他指给我看。“别碰它，”他说，“否则翅膀上的粉末掉下来它就不会飞了。”

不过我不跟他下象棋。我自己没有开始采集什么货船烟囱的图样，也没有去玩蝴蝶。对自己赢不了的游戏我已逐渐开始失去兴趣。

森林边缘一线因为阳光没有遮挡，长着许多美国稠李树。红红的稠李果熟了，变成半透明状。稠李果酸得要命，能把你嘴巴里的口水都酸干。我把它们摘下来放到一只装猪油的桶里，然后拣出枯枝残叶，妈妈就用它们来做果冻：她先将果子煮开，然后用一只粗布做的果汁过滤袋将果核滤出，加糖，将胶状的果汁倒入热罐子里，最后用石蜡封口。我数了数那几只漂亮的红罐子。这其中也有我一份功劳。罐子看上去像是有毒的样子。

好像是我获得了允许似的，我开始做梦了。我的梦色彩鲜明，却没有声音。

我梦见那只死乌鸦又活了，只是它样子依旧，看上去还是死时的模样。它踮着脚跳来跳去，扑棱着已经开始腐烂的翅膀，我一惊醒，心怦怦直跳。

我梦见自己在多伦多，穿着冬天的衣服，但衣服不合身。我将衣服从头上往下套，竭力要将胳膊伸进两只袖子中去。我沿着大街在走，身体的一部分露到衣服外头，一部分皮肤裸露着。我感到害羞。

我梦见我那颗猫眼像太阳似的在天空中放着光芒，又像是我们那本介绍太阳系的书中照片上的行星。但是猫眼没有温度，冷冷的。它开始移动，越来越近，然而一点也没有变大。它正从空中往下落，光灿灿亮闪闪，直冲着我的头砸来。它击中了我，直砸进我的身体里，可是没有将我伤着，只是有点凉而已。这一阵凉把我给惊醒了。我的毯子掉到了地板上。

我梦见沟壑上那座木桥正在倒塌。我正在桥上站着，桥板出现裂缝，断开，桥直晃荡。我顺着剩下的几块木板往前走，紧紧抓住旁边的护栏，可是我无法走到那边的小山上去，因为桥与什么东西也不相连。别的人都站在小山上，我妈也站在小山上，可是她只顾和这些人说话。

我梦见我正从美国稠李树上摘果子，摘下来放入那装猪油的桶里。不过那不是稠李果，而是致命的天仙子的浆果，半透明，红艳艳。浆果中满是血，就像那墨蚊子的身体似的。我一碰它就炸裂，血流了我满满一手。

没有一个梦是关于科迪莉亚的。

晚上，爸爸和我们在湖滨玩碰到就算捉住的游戏；他像只笨熊似的跑着，一边“呜夫呜夫呜夫”地大笑。一分一毛的硬币从他的口袋里掉出来落到沙地上。湖中的船只在远处悠悠驶过，后面拖着长长的一条烟；太阳从船的左边落下去，粉红，宁静。我照照洗脸盆上方的镜子：我的脸呈棕色，比以前更圆了。我妈在放着烧木柴的炉子的小小厨房里冲我笑笑，又伸出一条胳膊将我揽过去紧抱了一下。她感觉我很幸福。有几个夜晚我们吃果浆软糖，算是自己慰劳自己一下。

第六章　猫眼

28

辛普森地下商场过去曾是卖廉价服装和扳手的地方，如今已变得十分华丽，其中有摆得像一座座金字塔一样的进口巧克力和一个冰淇淋专柜；一个个通道里放着的是各种花式糕点和美味罐头食品；时间在滴答滴答一分一秒地过去，逐渐向着打印在食品包装上的有效日期靠近。甚至还有一个卖咖啡的专柜。这下面的一切都是世界级的，而在我上中学的时候，我曾拿着我那一点点买衣服的零花钱到这地方来买便宜的睡衣；那睡衣尺寸太大，是削价出售的。所有这些巧克力真是叫我受不了，光是看到它们就让我想起圣诞节以及吃了过多巧克力之后那种黏糊糊的感觉——吃得太多，简直是暴食。

我在咖啡柜边坐下；看到这么多满足自我放纵的糖衣食品，一种慵懒袭上我的心头；为了对付这慵懒，我要了一杯卡布奇诺浓咖啡。咖啡柜有可能是用假的墨绿色大理石做的，也有可能就是真的大理石；它的上面是一面精巧漂亮的遮篷，那是意大利风格，也不知是谁的主意；柜台边还有几张小小的转凳。从这里可以看到修鞋子的柜台，这可不那么"世界级"，然而于我却是一种抚慰。虽然如今出现了所有这些巧克力，人们却依旧还要修鞋子，并不是一见鞋子有磨损的痕迹就将它们扔弃。

我想起自己童年时穿过的那些鞋子：棕色的牛津鞋，脚尖已经磨损，打了前掌，后跟是新的；快要散架的脏兮兮的白色跑步鞋；棕色的带两个搭扣配短袜子穿的凉鞋。大部分鞋都是棕色的，它们和高压锅里跟软兜兜的胡萝卜、蔫土豆以及一层层黏滑的洋葱一起炖出来的食物的颜色倒很一致。高压锅的顶上有一个形状像哨子似的东西，如果你忘了去留意它，锅盖就会像炸弹似的炸开，胡萝卜和土豆全都将被轰上天花板，烂粥似的粘在上面。这事我妈就曾经碰到过。幸运的是她当时不在厨房所以没有被烫伤。当她看到发生的事后倒并没有赌咒发誓。她笑了笑说："它可炸不着我这个镀金姜饼！"[1]

做饭的活大多是我妈干的，不过做饭可不是她最喜欢的

[1] 西方有关于姜饼人（The Gingerbread Man）的童话：姜饼人为了避免被吃的命运，从烤箱里逃出来，边逃边唱："Run, run, as fast as you can. You can't catch me. I'm the gingerbread man."

事。总的来说，她不爱做家务。在地下室那只扁行李箱里，和来自二十年代那件做有边饰的天鹅绒晚礼服及一条骑马时穿的马裤摆在一起的是几件用真银制造的器皿，有满是花饰的放盐和胡椒粉的小作料瓶，有形状像鸡爪子一样的糖夹子，有饰满银花的玫瑰花钵。这些器皿用绵纸包着放在下面的地下室里，它们的颜色已开始变黑，但不放在底下人就老要去擦拭。我们那时用的刀、叉、调羹之类的就得擦拭，有装饰花纹的那些地方还得用旧牙刷去刷。餐桌下面那几条涡卷形的腿容易沾灰尘，同类的那些物件——我妈管它们叫小摆设——也是这样；别的人家是将这些玩意儿摆放在壁炉台上。但是妈妈喜欢做糕点，而我对此更多的也许只是愿意想想而已。

假如我是我的母亲会怎么做呢？她一定能意识到我身上正在发生什么事，或者说，她能意识到有事在发生。她甚至从一开始就能注意到我的沉默，我那啃咬过的手指，我嘴唇上拉下一小块皮之后结在那里的黑色的痂。如果一切是现在发生，而且是发生在我自己的孩子身上，我会知道该怎么办。但那时呢？那时可没有这么多选择，我说的话也少得多。

我曾经画过一组关于我母亲的系列画。那是六块板六幅肖像，像是一套双重的三联画，分成两组，上面三幅，底下三幅。第一幅是用彩色铅笔画的，我母亲穿着她那四十年代末的服装在她城市家中的厨房里。连她也系了一条像小孩围嘴似的围裙，围裙上是蓝蓝的花，还缀有海军蓝的绲边；连她也系这围裙，而且还是经常性地系。第二幅是同一个人，由过期的《女士家庭杂志》和《女主人》上那些插图拼贴而成，用的不是照片，是那些用令人作呕的绿色、发暗的蓝色以及看上去脏兮兮的粉红色涂抹而成的艺术品。第三幅还是她，是白颜色上堆白颜色，凸出来的部分是几根紧挨在一起的烟斗通条，彼此以轮廓线相分辨，烟斗通条用胶水粘在一个白色的、面子由布做的背衬上。从左到右阅读这三幅画，我母亲仿佛是在一点点地消融，由写真逐渐变成巴比伦风格的浅浮雕上的一个影子。

底下那一组肖像顺序正相反：首先是烟斗通条，其次是拼贴而成的同一个人物，最后是色彩完整的细部写实。但是这一次我母亲穿的是宽松的便裤和靴子，上身是一件男人的夹克，她正在户外篝火上做稠李果果酱。你可以把这组画当作一个逐渐具体化的过程来阅读：由白色的烟斗通条那一幅中轻烟薄雾般的缥缈，逐渐进入到最后一幅中白昼那具体实在的光辉。

我把整个系列命名为《高压锅》。由于创作这组画的年代以及那些年中所发生的那些事，有人认为这些画的主题是“大地女神”；想到我母亲对家务活的讨厌，我就觉得这样的看法很是滑稽可笑。另有人认为主题是女性受奴役；还有人认为这些画只是一些程式化的东西，落入女人充当消极的、家庭中琐碎角色的窠臼。但组画表现的不过就是我母亲用她惯常的方法在她惯常的地方做饭而已，时间是四十年代末。

她一去世我立刻画了这组画。我现在觉得我那时是想叫她复活。我想让她不朽，然而世上哪有不朽这样的事呢？我画的这些有关母亲的画就像其他一切东西一样，在时光中湮没了。

我喝完卡布奇诺浓咖啡，付了钱，又给那名模仿意大利人为我提供服务的男招待留下一笔小费。我知道我不会在这食品厅里买任何食品，我被它吓都吓坏了。一般情况下，或是在别的城市，我也不至于这样；我是个成人，上街买东西也习以为常。但在这地下商场如何能找到我此时此刻就想要的东西呢？我还是在回去路上到角落处哪家小店里去看看，那种地方深更半夜还有人在卖牛奶和稍稍有些不新鲜的切片白面包。这样的商店如今都是由肤色和班纳杰先生一样的人或是中国人经营。和过去经营这些商店的脸白如糨糊的人相比，现在这些人倒不见得有多么客气友好，然而他们对什么事不满意都写在脸上，当然具体原因就不得而知了。

我退回到自动扶梯上，来到热腾腾满是香水味的一楼。这里的空气很糟，麝香味太浓，再有就是压倒一切的金钱的味道。我来到外面的露天空气中，向西走去，一路上经过橱窗里那些样子凶险的人体模型，又经过形状像两扇贝壳的市政厅。

就在我前面，有一具身体躺在人行道上。人们绕开它走过，低头看几眼，然后眼望别处继续赶路。我看到迎面过来的一张张脸，脸上都是那小心调整过的表情，意思好像是说:“这可不关我什么事。”

当我走到她跟前和她处在同一水平线上时，我发现这人是个女的。她仰天躺着，两眼直直地凝视着我。“夫人。”她说，“夫人。夫人。”

这个词用得可多了：高贵的夫人；黑夫人；她是个真正的夫人；老夫人式花边；听着，夫人；嗨，夫人，瞧您往哪儿走；“夫人洗手间”用口红杠掉，换成一个“女”。尽管如此，求人的时候最终还是要用“夫人”这个词。如果你极想得到某样东西，那时你可不能说“女人，女人”，你得说“夫人，夫人”。她现在就在这么叫我。

我想：假如她这是心脏病发作该怎么办？我看：她额头有血，不多，只是个小口子。她一定是倒地时碰着了头。没有人停下来，她就这么仰着脸躺在那儿，一个五十多岁的胖女人，身上一件穷人穿的绿色华达呢外套，一双可怜的破鞋子全都绽裂了，两条胳膊大张着。她那棕色的眼睛周围是一圈被太阳晒成棕褐色的皮肤，看上去红红的，有些肿胀；她那黑中带灰的长发像八字形一样展开，散落在人行道上。

“夫人。”她说，又好像是别的词，咕咕哝哝听不清楚，但这时她可已经把我给逮着了。

我扭过头去看看身后还有没有别的人肯帮这个忙，却没人理睬。我跪下来，对她说：“你还好吗？”多蠢的问题！很明显她不好。在她身体周围什么地方可以闻到呕吐与酒精的味道。我幻想自己带她去喝咖啡，可是喝过之后又上哪儿去呢？我是无法脱身了，她会跟着我回到画室，然后朝浴缸里吐，在我那蒲团上睡觉。这些人每次都能逮着我，他们一眼就能看到我过来了，无论我怎样皱眉头做出厌恶状，他们都能从人群中一下子把我选中。那都是些在人行道上逛着的、想和你搭讪以骗取你钞票的艺术家，文鲜明[1]统一教团的信徒，弹着吉他向你索要地铁专用辅币的年轻人。一被无助的人逮着，我自己就很无助。

“她不过喝醉了。”一个男人很随意地说了一句。“不过”？他是什么意思？人家够受罪的了。

“来，”我说，“我扶你起来。”真没出息，我对自己说。

---

[1]　文鲜明，韩国传教士，一九五四年创立世界基督教统一神灵协会，通称统一教团。

她会问你要钱，你给了她她就去买廉价的甜葡萄酒喝。但这时我已经将她扶了起来，她歪倒在我身上。要是我能把她拖到距离最近的一堵墙那儿，我就可以将她在墙上靠住，稍微给她掸掸身上的灰之后考虑怎样溜之大吉。

“上那儿。”我说。可是她不肯到墙上靠着，她靠在了我身上。她呼出的气很难闻。她哭了，那是小孩子那种毫不顾脸面的放肆的哭；她的手指死死地抓住我的衣袖。

“别离开我！”她说，“啾，上帝，别撇下我一个人不管！”她两眼紧闭，声音听上去是绝对的贫困，绝对的痛苦。声音触动了我心中最柔弱最伤感的部分，可是我不过一个临时在此陪伴她的人，谁知道她缺什么，又遭受了什么样的损失。我真是一点办法也没有啊！

“喏，拿着。”我说。我在钱包里摸索了一阵，找到一张十块的，皱成一团塞到她手里将她打发走了事。我是个单纯而容易上当的人，我的心在流血。我的心上有一个伤口，伤口中流出的是钱。

“上帝保佑你！”她说。她的头靠回到墙上，从一边转到另一边。“上帝保佑你，夫人！我们的圣母马利亚保佑你！”这祝福的话她是含含糊糊随便说出来的，但谁能说我不需要呢？她一定是个基督徒。我可以找一家教堂，然后将她像一件包裹似的悄悄朝门里那么一放。她是他们的人，由他们去处理吧。

“现在我得走了。”我说，“你会好的。”我从牙缝中挤出这句谎话。她将眼睛睁得大大的，努力想看清楚我的模样。她脸上的表情逐渐平静下来。

“你的情况我知道。”她说，“你是我们的圣母马利亚，可是你不爱我。”

十足的发酒疯。我是绝对绝对帮错了人。我将自己的手从她身上抽了回来，仿佛她是个活的电插座。“不！”我说。她说的没错，我是不爱她。她的眼睛不是棕色而是绿色，和科迪莉亚的一样。

我离开她走了，带着内疚走了，但同时又在为自己开脱：我是个好人。她很可能快死了。再没有人在她身边停下脚步。

我是个傻瓜，竟把这事与善良仁爱混为一谈。我不是好人。

我知道的事太多了，做不了好人。我知道我自己。

我知道我自己有报复心，贪婪，狡猾，心藏私密。

29

九月份我们又回到了家。在北方，夜很凉，树叶已经开始变色，可回到城里，气候依然很热，很潮。噪音大得惊人，到处是汽油和柏油马路融化时散发出的臭味。我们家整个夏天都是大门紧锁，里面的热空气又臭又沉闷。自来水从龙头里刚放出来时是锈的。我用有点发红的温水洗了个澡。我的身体空空的一点感觉也没有，都已经开始发僵了。未来犹如一扇门，正慢慢向我关上。

科迪莉亚一直在等我。这一点我一看到她站在学校班车停靠点就看出来了。夏天以前，她的态度还能在友好与恶毒之间轮流变变，有时则间以冷漠，可如今她狠多了，变得比原来更无情。她似乎受着某种欲望的驱使，就要看看她究竟可以走到哪一步。她逼着我往一个边缘退，一个像悬崖一样的边缘退：往后一步，再往后一步，我就会一头栽落彻底完蛋。

我和卡罗尔现在上五年级了。我们班来了个新老师，斯图亚特小姐。她是苏格兰人，说话带地方口音。她说起话来是这样的："好的，姑儿娘们儿。"她书桌上一只质地像胶冻一样的瓶子中插着一小束干花欧石南，还摆放着那个被英格兰人弄得倾家荡产、和斯图亚特小姐同姓的漂亮王子查理的微型人像；桌子的抽屉中是一瓶护手液。这护手液是由她自己蒸煮制作而成的。

每天下午她都给自己冲一杯茶，这茶闻起来不全像是茶，而是带有她从一只小的银瓶中倒入茶中的别样东西的味道。她的头发白中带蓝，梳成漂亮的波浪；她身穿沙沙作响的浅紫色丝绸衣服，袖子中还塞着一块花边手绢。由于对粉笔灰过敏，她经常戴一只护士用的那种白纱布口罩以盖住自己的鼻子和嘴巴。这可并没有妨碍她向不专心听讲的男生扔黑板擦。她扔黑板擦时虽手不过肩，也并不用劲，却从来都是一扔一个准。哪个男生被她打中之后还得将黑板擦送回给她。对她的这个习惯男孩子们似乎并不反感，他们把被老师打中看作一种出头露脸引人注目的标志。

大家都爱斯图亚特小姐。卡罗尔说能在她班上是我们的运气。如果我有那精力的话，我也会爱她的。可是我太麻木了，太沉迷于别的事情了。

我把我那颗猫眼一直放在口袋里，放在口袋里我就能一直抓住它。它躺在我的手中，像宝石一样珍贵；它那不偏不倚的凝视的目光穿透我的手指骨和口袋布向外张望。在它的力量的帮助下，我忽然重新意识到自己眼中所见。在我的前上方我看到了科迪莉亚、格雷斯和卡罗尔。我看她们走路时的体态，看路上的影子从一条腿移到另一条腿，看衣服上的不同色块：开衫上的红方块，裙子上的蓝三角。她们就像在我前上方出现的木偶，小小的，很清楚。我可以看她们也可以不看她们，随我高兴。

我来到通向木桥的小路，开始朝下面走去，一路上从结着红色浆果的天仙子的藤蔓边走过，从高高低低起伏不平的树叶边走过，从潜伏在暗处的猫的身旁走过。她们三个人已经到了桥上，可是她们停住了，她们在等我。我看看她们那几张鹅蛋形的脸，每张脸的四周是头发的一圈轮廓。她们的脸犹如发霉的鸡蛋。我迈开双脚朝山下走去。

我想到要做一个隐身人，想到要去吃路边灌木丛中致命的天仙子的浆果，想到要去喝洗衣房里印有骷髅头和死人骨的瓶子里装着的“佳维克斯”漂白粉，想到要从桥上跳下去，像南瓜一样在下面摔个粉碎，一半剩个眼睛，一半剩个龇牙咧嘴。我会像南瓜那样散成一摊，我会死去，就像死去的人们一样。

我又不想做这些事，我害怕。但我想到科迪莉亚让我做；她倒不会用充满鄙夷的声调让我做这一切，她会很友好。我的脑海中能听到她友好的声音：“做啊！来吧！”我会做这些事的，为的是让她高兴。

我考虑着要把一切告诉我哥，求他帮忙。但具体告诉他什么呢？我没有被打得眼睛发青鼻子淌血，科迪莉亚可不做任何伤害肉体的事。如果是男孩子对我追追打打、逗逗闹闹，他倒知道该怎么办，可我并没有在这方面吃男孩子的苦头。面对女孩子，面对女孩子弯弯绕绕、窃窃私语的手段，他一点办法也不会有。

另外，我也害羞。我怕他笑话我；不过就是一帮小女孩，要这样胆小如鼠，要这样小题大做，他会瞧不起我的。

我在厨房里帮我妈给做松饼用的杯状模子上润滑油。我看见润滑油上过后留在金属模子上的那些图纹，看见自己指甲上的一个个小月亮，看见手指甲周围那被我啃咬得七高八低的肉。我的手指绕啊绕，润滑油抹了一圈又一圈。

我妈计量出一份盐，用筛子筛出面粉，然后做出松饼的面糊糊。筛子发出干干的像砂纸一样的声音。“你没有必要非得和她们一起玩。”我妈说，“没有她们肯定还会有别的小姑娘可以一起玩啊。”

我看了看她。痛苦像一阵缓缓的风，慢慢漫过我的全身。她注意到什么了呢？猜出什么了呢？她准备要干什么呢？她可能会去跟她们的母亲讲。这将是她可能做出的最糟糕的事。情况怎么样我想象不出来。我妈和她们几人的母亲不一样，她不符合她们的观点。她不像别的几个母亲那样整天窝在家中；她就像空气，要把她困住可不容易。别人既不上附近的溜冰场去溜冰，也不会单独跑到沟壑那里去瞎走。在我看来她们似乎都很成熟，而这种成熟我自己的母亲却没有。我想起身着“双胞胎毛衣”的卡罗尔的母亲，想起她那怀疑人的笑；我想起把眼镜系在一根链子上的科迪莉亚的母亲，想起她那种含含糊糊、捉摸不透；我想起头上插满发夹的格雷斯的母亲，想起她那条耷拉在身上的围裙。我的母亲一身便装，手里拿着一束荒草出现在她们家的门槛前，那么不协调，她们能相信她的话吗？

“我小时候小孩子们骂人，我们就说‘棍棒和石头会打断我的骨头，但骂人却绝对伤不了我’。”我妈这么对我说。她和面粉的胳膊兜着圈儿，十分有力地甩动着，干起活来又有效又有劲。

“她们没有骂我。”我说，“她们是我的朋友。”这一点我相信。

“你得学会维护自己的观点。”我妈说，“别让她们牵着你的鼻子团团转。别没有骨气！你得挺起脊梁骨！”她啪嗒一下将面糊倒入烤杯。

我想到了沙丁鱼和它们的脊椎。它们的脊椎你是可以吃的：那骨头在你的上下牙齿之间碎裂，一碰就碎。我自己的脊椎一定就是这种样子，那后背上几乎根本没有什么脊梁骨。我眼下所遭受的一切是我自己的错，原因就在我少那么几分骨气。

我妈放下碗，伸过双臂将我抱住。“真希望我知道该怎么做。”她说。这是她的坦白。现在我知道了，我一直也在怀疑：就这件事而言，她无能为力。

我知道做松饼时面糊一舀出来就得放进烤杯里烤，否则面糊一跑气就全完了。我不能叫妈妈的抚慰分了我的心，我付不起那样的代价。要是我向抚慰屈服，我身上所剩的那一点点骨气也将荡然无存。

我挣脱母亲的怀抱。“松饼得进烤箱了。”我说。

30

科迪莉亚带了一面镜子到学校。这是一面可以装在口袋里的小镜子，长方形，不带镜框，普普通通。她将镜子从口袋里掏出来竖在我面前，说："照照你自己！你照照！"她的声音里满是厌恶，好像我的脸——光是我这张脸就玩了什么花样，我在上面做了什么太出格的事似的。我朝镜子里看去，但看不出有任何异常的地方。不过就是我那张脸，嘴唇上咬掉皮的地方有几个黑点。

我父母亲要聚一帮人来玩桥牌。他们将起居室里的家具推到墙边放着，然后打开两张折叠的金属桥牌桌和八把桥牌椅。每张桌子的中间摆了两只陶瓷碟，一只放椒盐干果，一只放什锦糖果。这些糖果被叫作"桥牌混合剂"。每张桌上还各摆放了两只烟灰缸。

接着，门铃响客人到。屋子里满是香烟的陌生味道，到第二天早晨都没有散掉，碟子里是吃剩的几颗糖果和椒盐干果；时间在一分一秒慢慢地过去，忽然迸发出的笑声越来越大。我躺在床上听那一阵阵的大笑声。我感到孤立，有一种被抛弃的感觉。另外，我也不理解：为什么这个活动，这么一个吵吵嚷嚷、臭味弥漫的活动，要叫作"桥牌"。它可不像桥啊。

有时班纳杰先生也来参加这样的桥牌聚会。我穿着绒布的睡衣睡裤躲在门厅的角落里，希望能看上他一眼。我并不是疯狂地爱上了他或什么的，根本没那回事。我之所以想看到他是出于一种担忧，一种同情心。我想看看他过得怎么样了，生活是怎么对付的，关于不得不吃火鸡，以及别的事，他都是怎么处理的？从他眼中那暗暗的、显得忧烦的神色以及他那稍稍有些歇斯底里的笑声来判断，他一定过得不太好。但是，无论什么在困扰着他（确实有什么事在困扰着他），如果他能对付，我也就能对付。或者说，我就是这么想的。

伊丽莎白公主要来多伦多了。她和她的丈夫正在访问加拿大；她的丈夫是一名公爵。这是皇室成员的一次访问。收音机里可以听到人群的欢呼声，还可以听到有人用庄重的声音在描述公主身上衣服的颜色；她每天换一种不同的颜色。我蹲伏在起居室的地板上，背景里播放的是流行于沿海几省的提琴音乐；《多伦多星报》摊开放在我的胳膊肘底下，我在仔细研究登在头版的公主照片。她比她实际的年龄要老，显得也更平常，不再穿着德国人空袭伦敦时女童子军穿的那种制服，但也不像挂在我们教室后面的女王像上的女王那样身着晚礼服，头戴钻石冠。她穿的是一身很平常的服装，戴一副手套，拎着一只手提包，和任何人都没有两样，另外还戴了一顶女士的礼帽。但尽管如此，她终究还是个公主。报纸里面有一整版有关她的内容，其中有向她行屈膝礼的妇女，有向她献花束的小姑娘。她脸朝下对着她们微笑；她永远露出一脸和蔼的笑，报纸描述她这笑容为“光华照人”。

我日复一日地蹲伏在地板上翻报纸，我注意她乘飞机、坐火车、坐汽车，从一个城市到另一个城市，横跨地图上的每一个地方。我将她经过多伦多的预计路线图记在心里。我要抓住这次好机会看看她，因为预计她的车将顺着公墓间那条尚未完全整修好的坑坑洼洼的路直接从我们家旁边经过；公墓里是一些细细长长的新种下的树和一堆堆用推土机推出的土，还有一排五座堆得像山一样高的烂泥。

五座烂泥堆堆在靠我们家这侧的路边上。它们最近才出现，原来那地方是一长条荒草地。每座烂泥堆都高高地立在其自身的洞的边上，那洞粗看形状像地窖，洞底有一汪泥水渗在那里。我哥声称其中的一个洞归他；他打算继续掘这个洞，先从顶部往下挖一个隧道，然后从旁边往里开，最后从边上挖出一个洞的入口。他想在那底下干什么没人知道。

我不明白他们为什么要安排公主的车从这几座烂泥堆边开过。我觉得她才不一定想看这些东西呢，但我也说不准，因为她眼下正在参观的许多东西也不见得比这些烂泥堆更有意思。有一张照片是她站在一个市政厅外面，还有一张她站在一家做鱼罐头的工厂的边上。但不管她想看还是不想看，这烂泥堆倒是个站脚的好地方。

我盼望着公主的这一次来访。我期望从中能得到点什么，但到底是什么我又说不清楚。这可就是那个德国人在伦敦扔炸弹时临危不惧、公开反抗的公主，是那个勇敢顽强的英雄般的公主。我觉得到她来访的那一天我身上会发生点什么事。会有什么变化出现的。

皇家的这次访问终于到了多伦多。这天天气阴沉，还下着针尖一样的小雨，他们管它叫飘毛毛雨。我一早就出了门，站到中间那堆烂泥的顶上。只见一排散落的人群，其中有大人有孩子，沿路边那被踩踏得又湿又脏的杂草丛中站着。有些孩子手里拿着一面小英国国旗。我也有一面，那都是学校发的。前来观看的人并不多，因为附近这地方没住那么多人，而且住在这里的人有的很可能上更远处的市中心去了，那里有铺好的人行道。我看到了格雷斯、卡罗尔和科迪莉亚，她们沿通向格雷斯家那条路的路边站着。但愿她们看不到我。

我站在烂泥堆上，手里举着那面松松地套在一根棍子上的英国国旗。时间愈来愈晚，什么动静也没有。我想也许我应该回屋里去听收音机，看看公主离这儿还有多远，可是突然从左边出现了一辆警车，正挨着公墓开过来。天开始下小雨。远处可听到有人在欢呼。

先是几辆摩托，接着是几辆汽车。我看见沿路的人们将手臂伸向空中，又听到稀稀落落的欢呼声。虽然路面坑坑洼注，车子还是开得飞快。我看不出哪辆车上坐的是公主。

可是随后，我还真的看到了。就是那辆车：有只白手套从车窗伸出来，前后挥动。一眨眼车已到了我对面，一眨眼车已经过去了。我没有挥动我那面英国国旗，也没有欢呼，因为我发现已经来不及了；等待了半天的一切直到此刻才看清楚，哪有时间摇旗呐喊。我现在该做的就是双臂向两边伸开从烂泥堆上跑下去（伸开双臂是为了保持身体平衡不跌倒），扑到公主的汽车面前。要么是扑到车子的面前，要么是往车上扑，要么就跳到车里去，这样公主就会让他们停车。她不得不这么做，为的是避免车子压住我。我倒并不是幻想自己能坐在皇家汽车里被他们带走，我还比较现实，不至于那么浪漫。不论怎么说，我还不想离开我的父母。但是那样一来事情就要发生变化，它们将跟原来不一样，人们总得有点行动。

载着那只手套的汽车开走了，它转过弯，不见了，而我却并没有动。

31

斯图亚特小姐喜爱艺术。她让我们从家中将爸爸的旧衬衣带到学校，这样我们可以做一些比较脏乱的艺术品而不会把自己的衣服搞脏。我们在那儿剪、画、贴的时候，斯图亚特小姐就戴着她那护士戴的口罩在过道间走来走去，居高临下从我们肩膀上方往下看。可是，假如有人，比方说某个男生，故意画出一张无聊的画，她就会拎起那一页画，用带嘲讽的愤怒的口吻说："这儿的这位小伙子认为他很聪明儿。你应该还算聪明儿，不会认为自己真的就那么聪明儿吧！"说完她就用大拇指和食指的指甲在他的耳朵上弹一下。

我们为她制作那些我们熟悉的纸物件，像南瓜啦，圣诞铃铛啦之类的，但她还让我们做一些别的东西。我们用圆规画复杂的花的图案，我们将一些稀奇古怪的物件往硬纸板做的背景上粘，其中有羽毛，有从衣服上取来的装饰用的金属小圆片，有色彩染得十分艳丽的一条条通心面，有一根根长长的饮料吸管，等等。我们还几个人一组上黑板或到大卷大卷的牛皮纸上去画壁画。我们画有关外国的画，比如墨西哥的仙人掌，戴巨型帽子的墨西哥男人；比如戴瓜皮帽的中国人以及画有灵眼的中国船；再比如印度，我们专画那些体态优美、身披丝绸的印度妇女，她们头顶铜罐能使之平衡不倒，她们的额头上缀着宝石。

我喜欢这些有关外国的画，因为我可以相信其中的内容。我极度需要一种信仰，即在别的什么地方，这些别样的外国人确实存在着。我才不管在主日学校的时候人家对我说，那些地方的人不是挨饿就是不信上帝，要么就是既挨饿又不信上帝。我也不管自己每礼拜捐献的钱都跑去派了这样的用场：改变那些人的信仰，喂饱他们的肚子，使他们打扮得像模像样。因为这些人好吃稀奇古怪或令人恶心的食品，也因为他们有对英国人采取危险行动的倾向，兰姆莉小姐就认为他们诡计多端、阴险狡猾，但我还是比较倾向接受斯图亚特小姐的介绍：他们头顶的太阳放射出令人欢乐的金黄的光辉，棕榈树一片明洁的绿，他们的服装如花似锦，他们的民歌轻松欢快。妇女们用她们那又快又难懂的语言在一起叽叽喳喳，一笑便露出漂亮至极的纯白牙齿。假如这样的人们真的存在，什么时候我可以上那儿去。我不必一直在这儿待着。

斯图亚特小姐说，今天我们要画我们放学后干的一些事。

别的同学弓着背伏在课桌上开始画。我知道他们要画什么：跳绳啦，快乐的雪人啦，听收音机啦，逗小狗玩啦，等等。我痴痴地盯着我自己那张纸，纸上一直都空白着。终于，我将我那张床画了下来，我自己就躺在床上。我的床头有一块暗色的木制的床头板，板上饰有花纹。我还画了窗户，画了五斗橱。我给画涂上夜的颜色。我那捏着黑蜡笔的手往下按，越涂越重，最终这画几乎成了一片黑，只剩下我那张床的一个模糊的影子以及我枕在枕头上的头还依稀可见。

我沮丧地看着这幅画。这并不是我原来想画的东西。它和谁的画都不一样，是我画错了。斯图亚特小姐会对我感到失望，她会对我说：“你应该还算聪明儿，不会认为自己真的就那么聪明儿吧！”我都能感觉到她这时已站到了我身后，正居高临下从我肩膀上方往下看；我都能闻到她那护手液的气味，闻到她身上另一种并不是茶的气味。她转过身到了我的前面，我看到了她，看到了那双从口罩顶上露出来正看着我的亮闪闪、皱巴巴的蓝眼睛。

她一度沉默，一句话也没说。然后她以并不严厉的口气问：“我亲爱的，你的画为什么这么暗呢？”

“因为是夜里。”这是个白痴一样的傻答案，话一出口我就意识到了。我说话的声音很低，几乎连我自己都听不到。

“我明白了。”她说。她没有说我画的东西不对，也没有说我放学后除了睡觉肯定还有别的事可干。她在我肩膀上稍稍按了一下，然后继续顺着过道走去。她这一按发出了短暂的光，犹如一根擦亮后很快又熄灭的火柴。

学校教室的窗户上布满了纸剪的红心。我们用硬纸盒制作了一只巨大的情人节信箱，信箱上用粉红色的皱纹纸盖着，贴满了底下带花边衬垫的红心。我们将从伍尔沃思连锁店买来的图书上剪下的情人卡投入信箱上端狭长的孔中，对于我们特别喜爱的人送上我们特别的、独一无二的礼物。

到了正式情人节那天，整个下午就是一次联欢会。斯图亚特小姐喜欢搞联欢会。她将几十块自己做的心形白脱甜酥饼带到了学校；甜酥饼上有糖霜和银色的小球球，还有几颗肉桂色的小心，菘蓝色的心上则写有字，那内容可不是我们现在这个时代所用的，而是更早，有什么“好棒好棒”“她是我的宝贝”“嗽，你这孩子”等等。

斯图亚特小姐坐在她自己的桌子边，在她的监督下，几个女生打开信箱分发情人卡。卡片在我的课桌上堆成了堆，大多数是男生送我的。这一点我看得出来，因为上面的字写得十分潦草，而且许多卡都没有签名。有些卡上只有缩写字母，或写上：“猜是谁？”还有些卡上署的是“X”或“O”。女生送的卡则全都清清爽爽署着全名，谁送了什么不会错。

放学回家的路上，卡罗尔偷笑着炫耀男生送她的那些情人卡。我从男生那儿收到的卡比卡罗尔多，比科迪莉亚和格雷斯在她们六年级班上收到的也要多。只有我自己知道这一点。我将卡片收藏在课桌里，这样回家的路上就没人会看到。她们盘问我我就说没收到多少。我紧紧藏住这个信息，它是新的，却并不让我感到吃惊：男孩子就是我的秘密同盟。

卡罗尔只有十岁零九个月，却已经开始长乳房了。乳房并不大，但乳头已不再扁平，而是长成了尖，乳头后面也有一块东西鼓在那里。这很容易就可以看出，因为她胸脯挺挺的，穿套衫时衣服从上套下来，绷得紧紧的，乳房会突出来。课间休息时卡罗尔抱怨她那一对乳房，她说乳房疼，还说她得戴胸罩了。科迪莉亚说："歇，闭上你的嘴，别提你那一对破奶子！"科迪莉亚年龄比卡罗尔大，可她一点胸脯还没有呢。

卡罗尔又捏嘴唇又捏脸颊，要把它们搞红。她在她母亲的废纸篓里找到一支用过的口红，她把口红藏起来，之后又装在口袋里带到学校。放学后，她用小指的指尖将口红涂到嘴唇上。在我们到她家之前，她用一张克里内克斯纸巾将口红擦掉，可是擦得不够干净。

我们在她楼上的房间里玩。当我们下楼到厨房里去弄一杯牛奶喝时，她妈妈说："少小姐，你那脸上是什么东西？"说完，当着我们的面她就用那脏兮兮的洗碗布猛擦卡罗尔的脸。"别让我再逮着你做这样下贱的事！你这么点年纪，真想得出来！"卡罗尔不顾一切，放开来扭动身体，又是哭又是叫。我们在一旁看着，既恐惧又兴奋。"等你爸回家再来收拾你！"她妈妈说，声音冷酷、暴怒。"丢人现眼！"她说，这话意思好像是说，光是叫人瞧着也有什么不对似的。接着她才想起我们还在那里，就说："你滚吧！"

两天之后，卡罗尔说她父亲还真的把她狠揍了一顿，他用皮带上有搭扣的一头直接往她的光屁股上抽。她说她几乎不能往下坐。她说这话时显得颇自豪。放学后她在她楼上的房间里给我们看她的伤；她掀起裙子，拉下内裤，果然伤痕就在那儿，几乎像手抓的一样，不是很红，但的的确确就在那儿。

很难将这个打人的事实和卡罗尔的父亲联系到一起：坎贝尔先生是个好人，他长着软软的小胡子，总是喊格雷斯“漂亮的棕色眼”，喊科迪莉亚“半边莲小姐”。想到他会用皮带抽人真是怪怪的。不过做父亲的连带他们的行为方式总是个谜，叫人难以捉摸。比方说，我就知道史密斯先生过着一种事关火车的秘密生活，思想上逃避现实，这事并没有人告诉我。科迪莉亚的父亲我们难得一见，但见到时他在我们的眼中总是很迷人；他说笑话，笑容灿烂得如同广告牌，但科迪莉亚为什么怕他呢？她就是怕。除了我的父亲，所有的父亲白日里都不见影子；白天是母亲的世界。但一到夜晚父亲们就出现了。黑暗将做父亲的带回了家，一起带回的还有他们那真正的、难以用言语表达的力量。眼睛乍一看，他们是一种样子，可他们并不只是那种样子，所以用皮带抽人的事我们还是相信了。

卡罗尔说，早上床铺好以前，她在她妈妈那张孪生床上看到了一小块潮潮的东西。我们踮着脚尖来到她父母的房间。床上已铺好垂着绒线头的绳绒床罩，那么干净整洁，我们都不敢将它掀下去看。卡罗尔打开她妈妈床头柜的抽屉，我们朝里面偷偷地看。其中有个橡胶一样的东西，模样如同蘑菇上面的小圆顶；还有一管牙膏，但里面装的又不是牙膏。卡罗尔说这些东西可以防止人怀上小孩子。没有人偷笑，没有人讥笑。相反，我们都看那标签上的文字。不知为什么，卡罗尔屁股上那些红印子倒给了她以前缺少的那么一种信誉。

卡罗尔躺在她自己的床上，床上那条皱巴巴的白床单倒和那窗帘很匹配。她在装病，病因不明。我们把一块洗碗布搞湿裹到她额头上，又给她找了杯水。生病是我们现在常玩的一个游戏。

“啾，我太恶心了！啾，我太恶心了！”卡罗尔一边呻吟一边在床上扭动着身体。“护士，想点办法吧！”

“我们得听听她的心脏。”科迪莉亚说。她将卡罗尔的套衫从头上拉掉，接着又脱她的贴身背心。我们都曾经看过医生，看病时蒙受的那种粗鲁与尴尬我们都知道。“这又不会疼。”只见那一对乳房，看上去鼓鼓的，乳头有点发蓝，仿佛额头上静脉的颜色。“摸摸她的心脏。”科迪莉亚对我说。

我不想摸。我不想碰那团肿胀的、非自然的肉。“摸啊！”科迪莉亚说，“叫你摸你就摸。”

“她想违抗！”格雷斯说。

我伸出一只手，按到卡罗尔左边那只乳房上。乳房摸上去像一只灌了一半水的气球，又像是不冷不热的燕麦粥。卡罗尔格格格地傻笑。“啾，你的手这么凉！”我恶心得想吐。

“摸心脏！蠢！”科迪莉亚说，“我没说摸她的奶子。两个东西不一样你不知道吗？”

一辆救护车来了，我妈被用担架从家中抬到了车上。我没看到，是斯蒂温告诉我的。事情发生在半夜，那时我已经睡着了，但斯蒂温已开始养成半夜偷偷起床从卧室窗户看星星的习惯。他说，当城里的多数灯火熄灭之后，星星就可以看得清楚得多。他说，夜里不用闹钟也能醒来的办法是上床前喝两杯水，然后你得集中精力念着自己想醒来的那个钟点。这是从前印第安人的做法。

所以说他当时是醒的，他听到了，悄悄走到房子的另一边从窗户往外看。他在那边能看到外面马路上正在发生的事。他说车灯闪烁但没有鸣笛，难怪我什么声音也没听到。

我早上起床的时候，我爸已在厨房里炸熏肉了。他知道怎么炸熏肉，不过我们住城里时他从来不炸，只是到野外生篝火做饭时他才动手。我父母卧室的地上是一堆揉作一团的床单，毯子则叠好搁在一张椅子上；褥子上有一大块椭圆形的血迹。但当我从学校回到家里的时候，床单已不见了，床已经铺好，什么也看不到了。

我爸说是出了点事故。但人在床上躺着睡着了怎么还会出事故？斯蒂温说因为一个小孩儿，一个出世太早的小孩儿。他的话我不相信：要生孩子的女人都有胖胖的大肚子，而我妈的肚子却并不大。

我妈从医院回到家，她比原来虚弱了。她得休息。对此大家都不适应，她自己也不习惯。她强撑着，还是照常爬起来，走路时手扶着墙壁或抓住家具的边，肩上披一件开衫，弓着身子站在厨房的洗槽边干活。她在做着一件事情的时候，还常常得中途离开去躺一躺。她的皮肤苍白而干燥。她看上去总像是在听一个声音，也许是屋子外头的什么声音，可是什么声音也没有。有时我得重复两遍她才听到我说什么，仿佛是她丢下我到别的地方去了，或者是她已经忘记我还在场。

所有这一切甚至比那一大块血迹还要吓人。爸爸让我们再多帮把手，这就说明他自己也吓坏了。

妈妈身体好一些之后，我在她的针线篮里发现了一只蓝绿色的针织小短袜。我在想她为什么只打了一只。她是不喜欢编织的，所以可能是她先织了一只，接着就厌倦了。

我梦见班纳杰先生和隔壁的费恩斯坦恩夫人是我真正的父母。

我梦见我妈生了一个小孩儿，是一对双胞胎中的一个。那孩子肤色是灰的。我不知道双胞胎中的另一个在哪里。

我梦见我们家的房子烧塌了，烧得没剩一点东西，只有一些烧焦的树桩星星点点残留在原来的位置，仿佛刚刚发生过一场森林大火。烧毁的房子边高高耸立起一座泥山。

我的父母亲死了，同时却又活着。他们身穿夏天的衣服紧挨着躺在一起，正穿过大地往下沉；大地硬硬的，然而透明，就像冰一样。渐渐远去的时候，他们用悲凉的目光看着在上面的我。

32

星期六下午。我们要去动物学大楼，参观一个叫“空佛萨特”的东西。我不知道什么是“空佛萨特”，可是上那座大楼去让我心里轻松，那儿有老鼠，有蛇，有实验，却没有女孩子。我爸问我想不想带个朋友一起去。我说不。我哥要带丹尼去；丹尼一天到晚流着鼻涕，他穿菱形图案的针织背心，还集邮。他俩坐在汽车的后座——我哥现在已不再晕车——用儿童黑话交谈着。

“你——鼻——流——”

“那又——怎么样？想弄点——吃吃？”

“呀姆——呀姆——啊——好吃！”

我知道，他俩这黑话有些是说给我听的，至少丹尼是这样。丹尼把我跟别的那些又是扭身体又是鬼叫的女生混到一起了。我一度曾想用同样恶心的话来回敬他，可是我对吃鼻涕之类的事已失去兴趣。我朝车窗外看去，假装不去听他们谈话。

“空佛萨特”原来是博物馆之类的东西。动物学系正在对公众开放，目的是激起人们对科学的兴趣从而改进人们的思想。这是我爸说的；他说这话时在咧着嘴笑，跟他平时半开玩笑时一个模样。他说人们的头脑是可以改进改进了。我妈说她不认为自己的脑子还能再改进，所以算了，还是上街去买日用杂货吧。

来“空佛萨特”的人很多。在多伦多，周末没有那么多的娱乐活动。大楼内有一种节日的气氛；大楼平日里的去尘剂味、家具上光剂味、老鼠屎味以及蛇味同别的气味混杂在一起，比如冬天的衣服的味道、香烟的味道以及女人身上的香水味等。为了给参观的人们指路，墙上用胶带贴着一条条彩色纸牌，纸牌与纸牌之间还杂有用美术纸剪出的箭头，过道里、楼梯上下、每个不同的房间旁贴得全都是。各自房间的展品都被按照人们应该了解的内容分类布置。

第一个房间展出的是小鸡胚胎发育的各个不同阶段：先是红红的一小点，逐渐发育成一只脑袋大、眼睛鼓、毛刚露的小鸡，看上去并不像复活节卡片上印的那样蓬松可爱，而是黏黏滑滑，爪子卷曲在身底下，眼皮只睁开一条缝，露着一弯玛瑙蓝的眼睛。那胚胎已浸过酸，甲醛的气味很浓。另一个展品是装在玻璃瓶子里的一对双胞胎；那是真正的、完全相同的、一对死去的人类双胞胎，胎盘都连在身上，皮肤灰灰的，浮在看上去像是洗碗水一样的一种东西上面。他们的静脉和动脉中都被注射了色胶，静脉注的是蓝色，动脉注的是紫色，这样我们就能看到他们的血液系统是互相联系在一起的。有一只玻璃瓶子中装了一个人的大脑，仿佛一颗松软的、灰色的巨形核桃。我无法相信我的脑袋里会有这么一个东西。

在另一个房间里有这么一张桌子，人们可以在这里做指纹收集，你可以看到自己的指纹和任何人的都不一样。室内有一张很大的蜡光卡纸，有几张人的指纹的放大照片用图钉钉在上面。我和我哥以及丹尼都在这里取了各自的指纹。丹尼和我哥对那小鸡和双胞胎都不怎么看重——“晚饭——想——来点——鸡肉？”“弄点——炖双胞胎——怎么样？”他们一点都不愿待在那个房间里。可是对于指纹，他们的热情可高了。他们一边互相用沾着墨水的手指在对方的额头中央按指印，一边说：“黑手党的标志！黑手党的标志！”嗓门很大，听上去很不吉利，最后我爸经过这里时叫他们静下来别闹了。漂亮的印度人班纳杰先生跟我爸在一起。他冲我紧张地笑笑，说：“你好吗，小姐？”他总是叫我“小姐”。在所有这些和冬雪一样白的脸孔中间，他显得比平时还要黑；他的牙齿一闪一闪。

还是在这取指纹的同一个房间里，他们向人们分发一张张的纸；他们要你尝这纸的味道，说出它是像桃核一样苦呢，还是像柠檬一样酸。这可以证明有些东西是遗传的。还有一面镜子，你可以照着它做舌头练习，看是否能把舌头往上卷，向两边拉，或卷成苜蓿叶的形状。有些人是一样都做不起来。丹尼和我哥一直占着那面镜子，他们将大拇指伸进嘴里后往两边拉，又将眼皮翻下来露出里面红红的肉，大扮鬼脸，令人毛骨悚然。

“空佛萨特”的有些部分就不那么有意思了，文字太多，有的仅仅是挂在墙上的一些图表或者看看显微镜什么的，这些事情我们什么时候想做都可以。

人群很挤，我们穿着冬天的罩靴，顺着婴儿蓝或黄色的纸牌指示的路线沿走廊一步一拖地往前走。我们没有脱掉身上的外套。楼内很热。散热器温度调到了最高，发出“卡嚓卡嚓”的声音。空气中越来越多的是别人呼出的味道。

我们来到一间房间，其中有一只被切开的甲鱼。甲鱼放在一只白色的搪瓷盘里，就像肉店里摆放的那样。甲鱼是活的，也可以说是死的，不过它的心脏还活着。这甲鱼是做的一个实验，目的是向人们展示爬行动物身体的其他部分死亡之后，其心脏如何还能继续跳动。

甲鱼的底壳上锯着一个洞。甲鱼面朝天摆着，你可以往里一直看到它的心脏；心脏慢慢地跳动，在体腔内闪着暗红色的光，回缩时像是一只蠕虫被人触到，继而再次伸张，收缩。就像只手，一抓一放。像只眼睛。

他们在甲鱼的心脏上接了一根线，线连到一只扩音器上，这样大家可以听到那心脏的跳动声响彻整个房间；心跳声慢得让人难受，犹如一个正在爬楼梯的老人。我都说不准那心脏下一跳还能不能跳得起来。走一步，停一下，接着噼啪一声，就像我哥说的那种收音机里可以听到的来自外部空间的静电声，然后又是一跳，吸进一大口气。生命正在像水一样从甲鱼的体内流出，这我可以从扩音器里听出来。甲鱼的生命很快便会结束。

我不想待在这个房间里，可是我前后都排着人。所有的人都是大人，丹尼和我哥不见了。我被夹在身着粗花呢外套的人的中间，眼睛只够到他们衣服上的第二个扣子。我又听到另外一个声音，像一阵风似的越过那心跳声飘了过来，沙沙的，像杨树叶，只是这声音小些，干些。我视野的边缘出现了黑暗。黑暗向中间合拢。我看到的仿佛是一个隧道的入口，飞快地离开我向后退去，或者说，是我在飞速地跑离隧道，跑离隧道尽头那一点天光。这之后，我看到了许许多多和我的眼睛处在同一水平线上的罩靴和地板，它们一直延伸到很远的地方。我的头很疼。

"她昏倒了！"有人说。我这才知道自己刚才是怎么回事。

"一定是热的。"

我被抱到外面灰蒙蒙的冷空气中；抱我的是班纳杰先生，

他抱我时发出忧虑痛苦的声音。我爸匆匆赶到外面，他让我坐下，将头低下来埋到两个膝盖之间。我这么做了，眼睛看着自己罩靴的上部。他问我要不要吐，我说不。我哥和丹尼跑出来直盯着我看，一句话不说。最后我哥开了口："她昏倒了。"说完他们又进了大楼。

我在外面一直待到我爸将车子开过来把我送回家。我开始觉得我已经发现了某种值得了解的东西。有一种办法可以让你离开你想离开却又离开不了的地方。昏倒就像是一步跨到路边，你离开了自己的身体，离开了时间，或者说进入了另外的时间。当你醒来的时候已经是"后来"了。时间已经在没有你的情况下往前去了。

科迪莉亚说："想象一下有那么十摞盘子。这十摞盘子就是你的十次机会。"每次我做错了什么事，就会有一摞盘子哗啦一下砸下来。我能看到这些盘子。科迪莉亚也能看到，因为每次喊"砸下去！"的是她。格雷斯也能看到一点，可她喊"砸下去！"时是试探性的，她要看科迪莉亚是否同意。卡罗尔也试过一两次，可她遭到了讥笑："那可砸不下来！"

"只剩四摞了。"科迪莉亚说，"你最好自己当心点。怎么样？"

我一句话不说。

"脸上别挂着你那假惺惺的笑！"科迪莉亚说。

我一句话不说。

“砸下去！”科迪莉亚说，“只剩三摞了。”

谁也没有说过这十摞盘子全都砸下来又会怎么样。

我靠墙站着，边上是女生进出的门；寒风钻进我的裤腿，又从我的袖口底下往里钻。她们不让我动。我已经忘记了为什么事不让我动。我发现了我可以用音乐来填塞头脑，在心里唱唱“归来，乘着翅膀念着祷告”，或者“保持快乐如咱快乐的一帮”，而将几乎所有事都抛到脑后。

课间休息的时候到了。兰姆莉小姐手持铜铃在操场上巡视，面对寒风，她把脸绷得铁紧，想着自己的事。虽然她已经不再教我，可我还是一样地怕她。几个女生拉成一串从我边上猛冲过去，嘴里念着“谁都别想挡住咱”。还有些女生要稳重些，两个一对儿手挽手在操场上溜达着。她们以好奇的目光看看我，然后走开。这倒像是在公路上开车的人们，见路边发生了车祸就减慢车速朝车窗外看。她们也放慢脚步，可是并没有停下来。她们知道什么时候会有麻烦，知道什么时候该远离这样的麻烦。

我离墙稍远一点站着。我将头往后靠，两眼向上凝视灰蒙蒙的天空。我屏住呼吸。我已开始把自己弄得头晕。我能看到一摞盘子在晃动，开始往下倒，终于悄无声息地砸成一地的陶瓷碎片。天空收拢成一枚针尖，干枯的树叶声像波浪一样从我头顶飘过。然后我看到自己的身体躺在了地上，就这么躺在那里。我能看到女生们指指戳戳地围上来，看到兰姆莉小姐摇摇晃晃地走过来费劲地弯下身来看我。但我是从上往下看到这一切的，仿佛我是在半空中，在门上方“女生”字样旁边的某个地方，像只鸟似的看着下面的一切。

我清醒过来的时候，只见兰姆莉小姐的脸赫然出现在离我只有几英寸的地方；脸紧绷着，比以前任何时候都阴沉，好像是我捣了什么乱；她的周围围了一圈女生，挤挤攘攘争着想看个清楚。

有血，我的额头碰破了。我被送到护士办公室。护士将血擦去，然后把一小团软纱布用一张邦迪创可贴贴到我的额上。看到自己的血印在湿湿的、白白的清洗布上，我感到深深的满足。

科迪莉亚这下不吭声了：血给人的印象很深，比呕吐还要强烈。放学回家的路上，她和格雷斯很关心我，她们用胳膊挽着我的胳膊，问我感觉怎么样。得到她们的这种关注令我浑身颤抖。我怕我快要哭了，快要流下汹涌的、伤感的、和解的泪来。但时至今日我已变得非常警惕，所以还不止于此。

下一次科迪莉亚再让我靠墙站着的时候，我就再次昏倒。如今我几乎是想什么时候昏倒就能什么时候昏倒。我屏住呼吸，听着耳旁沙沙的声音，见眼前一黑就往边上一跌，脱离了自己的身体，到了别的某处。不过我不能总像第一次那样从上往下看。有时候只是漆黑一片。

我开始出名了，大家都知道我是个会昏倒的女孩儿。

“她是故意的。”科迪莉亚说，“来，让我们瞧着你昏倒。来，昏倒啊！”但这种时候，她叫我昏倒我反而又昏不倒了。

我开始在不跌倒的情况下，在脱离自己身体的时空里消磨时光。每当这种时候我都感到模糊一片，仿佛有两个我，一个叠加在另一个上面，不过没有完全对齐，多出来一圈透明的边缘，紧挨着它的是一圈实实在在的肉，然而肉没有感觉，仿佛一块疤。我能看到周围发生的一切，我能听到别人正在对我说些什么，但我丝毫不必理睬。我两眼睁着，可并不在场。我已经离开，我在边上。

第七章　永远保佑我们的圣母马利亚

33

我离开辛普森地下商场后往西走，依然在寻找吃的东西。最终我买了一块外卖的比萨饼，在路上就吞了起来；我用手指将饼一折为二，然后一点点地咬。当我和本在一起的时候，我都是在规定的时间里吃东西，因为他吃东西的时间是有规律的；我吃的东西也很有规律；但当我单独一个人的时候，我就放纵自己，回到从前那独特的与众不同的生活方式，专找些营养价值差的劣等食物来吃。吃这样的东西对我不好，但我需要回忆回忆那所谓的不好究竟是什么样。我可以开始视本生活中的一切为理所当然，比如他打领带，比如他那发型，比如他早餐要吃葡萄柚。这样的感觉使我对他愈发欣赏。

回到画室我就给他打电话，心里计算着他返回海岸边的家中要几个小时。但是留言带上只听到我自己的声音，紧接着的是国家天文台嘟嘟嘟的官方标准时间报时信号，这一报就宣告了未来的到来。“爱你。”我说，这样他过些时候就能听到。可随后我才想起来，这时他人已到了墨西哥，要等到我回去他才能到家。

这时候外面的天已经黑了。我可以出去弄点更像样的晚饭吃，或者也可以试着去找部电影看看。我没有。我爬到了蒲团上，盖上羽绒被，就着一杯咖啡，拿起多伦多市的电话号码簿，开始查找我想找的名字。再找不到什么姓史密斯的了，他们肯定已经搬迁，要么已相继去世，要么已先后成了家。姓坎贝尔的很多，根本注意不过来。我查到了乔，他的姓可曾经是我自己的姓啊。找不到约瑟夫·赫毕克，只有赫倍克、赫恩斯、赫拉斯特尼克斯、赫里克哲斯。

再也找不到姓瑞斯利的了。

找不到科迪莉亚。

重新躺到乔的床上感觉怪怪的。我没有把这当作是乔的床，因为我从来没见他在上面睡过，但床当然还是他的床。和他以前睡过的那些床相比，这床要整洁得多，也干净得多。他的第一张床就是在地板上垫一床褥子，褥子上摆一只旧的睡袋。对此我倒并不介意，事实上我还挺喜欢，那感觉像是在外面露营。通常会有那么一条用空杯盘组成的标示线，标示线的周围是星星点点吃剩的一些食物，我对他这么做却不如睡睡袋一样喜欢。关于这乱七八糟的一堆东西，那个时候还有一套规矩呢：从视而不见到收拾整理，有这么一条线看你过还是不过，男人可以据此判断出你是否不请自到，主动要搬去跟他一起过，并试图想接管他的一切。

一次，我们俩从一开始就躺在那床上，后来我开始收拾盘子，正在这时卧室的门忽然开了，一个我以前从未见过的女人出现在门口。她身穿脏兮兮的牛仔裤，上身一件暗淡无光的T恤衫；她的脸很瘦，看上去十分苍白，瞳孔老大。看样子她是在服用一种毒品；那时候服用毒品已渐渐开始成为一种可能。她站在那儿一言不发，一只手放在背后，脸绷得紧紧的毫无表情，与此同时我将睡袋拉上来盖住自己的身体。

“嗨！”乔说。

她从背后抽出那只手将什么东西朝我们扔过来。那是一纸袋装得满满的、还是温热的意大利细面条，酱都在里面。纸袋一打着人就崩开了，弄得我们一头的花彩。她走出去，依然一句话不说，砰地一下将门重重地关上。

我吓坏了，可乔却大笑起来。“那是怎么回事？”我说，“她他妈的是怎么进来的？”

“从门进来的呀。”乔说，他还在笑。他拨开我的头发从里边拣出一根面条来，然后侧过身子要来吻我。我知道，这个女人一定是他的一个女朋友，或者是他以前的一个女朋友，我对她愤怒极了。我倒没有想到她这么做可能也自有道理。我那时还没有碰到过卫生间里留有别的女人的发夹的事（这就像狗为了争夺地盘在有积雪的消防栓上撒上一泡尿一样），也没有碰到过别人在枕头上很有策略地留下几个口红印子的事。乔知道如何遮掩不露马脚，而一旦没遮住他总有理由。我也没有想到这个女人肯定有房间的钥匙。

“她疯了。”我说，“她应该进疯人院。”

我一点也不同情她。从某种程度上说，我还有点崇拜她。我崇拜她毫无顾忌，有勇气显露自己恶劣的举止，直白地爆发自己的愤怒。将一袋面条朝人身上扔，这一举动本身有一种简单爽快、在所不计的壮伟品格，它一下就将麻烦事了结了。那时，要能做出任何类似她那样的举动，我自己还差得远呢。

34

格雷斯在做饭前祷告。史密斯先生说：“赞美上帝后就将炮弹发。”说完就去够那烘豆子。[1] 史密斯夫人说：“劳埃德！”史密斯先生说：“这话又伤不着谁！”说罢咧咧嘴迅速

[1] “赞美上帝”指格雷斯做饭前祷告，“炮弹”指烘豆子，因吃豆子后人容易放屁，故史密斯先生有此玩笑。参见前文。

从侧面向我一笑。米尔德里德姨妈皱了皱她那长有胡须的嘴巴。我一点一点慢慢咀嚼着史密斯家这橡胶榕似的食物。在餐桌布的遮挡下，我在底下扯着自己的手指。礼拜天就这样慢慢地过去。

吃过炖菠萝之后，格雷斯要我跟她一起到地下室去玩上课的游戏。我下去了，可我后来又得上楼去上卫生间。格雷斯就像学校老师那样准许了。就在我从地下室踏着楼梯往上走时，我听到了米尔德里德姨妈正在跟史密斯夫人说话；她俩在厨房里洗碗呢。

“她是个地地道道的异教徒。”米尔德里德姨妈说。因为她曾在中国做过传教士，所以说她是权威。“你所做的努力在她身上没产生一丁点儿作用。”

“她还在学《圣经》呢，是格雷斯告诉我的。”史密斯夫人说。这时我才明白她们谈论的原来是我。我在最顶上一级台阶停住脚步，从那里我可以看到厨房里面：餐桌上堆着几摞脏的碗碟，还有就是史密斯夫人和米尔德里德姨妈的背部轮廓。

“要她们学到所有那一切，”米尔德里德姨妈说，“非得等到你铁青着脸才行。但那也全都是死记硬背，哪能透彻地领会。你的背一转过去，她们立刻就回到原来的老样子。”

这话说得太不公平，我受到了打击，仿佛被人踢了一脚似的。她们怎么可以这样说我呢？我写的一篇关于《戒酒篇》的文章还获得过老师的特别提名；《戒酒篇》中说到酒徒出车祸后因毛细血管受酒精作用全部扩张而冻死在暴风雪中。我连“毛细血管”这样的词都知道，我甚至能将它正确地拼写出来。我能背诵整个《诗篇》，整章整章地背；我能唱主日学校里有关白衣骑士的全部歌曲而不用看打在墙上的彩色幻灯片上的文字。

“那样一个家庭出来的，你还能指望她什么？”史密斯夫人说。她没有接下去说我的家庭到底怎么了。“其他那几个孩子都已经感觉到了。她们知道。”

“你不觉得她们对她太狠了吗？”米尔德里德姨妈说。她的声音倒很甜美，听了让人觉得舒服。她想知道她们对我究竟有多狠。

“这是上帝的惩罚。”史密斯夫人说，“她活该！”

一股热浪流遍我的全身。这热浪是羞辱，我以前也感受过，但它同时也是仇恨，我却没有体会，至少是以这么纯粹的形式出现的仇恨我还没有体会过。这仇恨有一个具体的形，那便是史密斯夫人看似只有一只乳房、没有腰身的形状。它犹如长在我胸中的一棵肉质野草，白白的茎，很肥，仿佛长在通向木桥的小路边那撒满猫尿的泥地上的一棵结着绿色小刺果的、枝叶蔓生的牛蒡。沉沉的、厚密的仇恨。

我站在最上面一级的台阶上，恨得人都呆住了。我恨的不是格雷斯，甚至也不是科迪莉亚。我还不能做到那一步。

我恨的是史密斯夫人，因为我原以为只是发生在女孩儿中间、发生在孩子们中间的事，原来却并不是什么秘密。这些事她们已经谈论过，而且容忍了。史密斯夫人知道而且许可了。她没有采取任何制止的措施。她认为我是活该。

她离开洗槽走到餐桌那儿去拿另外一摞脏盘子，她进入了我的视线。刹那间，我的眼前出现一幅影像风格十分强烈的图像：在我妈用的那台洗衣机肉色的绞干机里，史密斯夫人正在被绞着，先是两条腿，只听得骨头在格啦格啦响，被压得扁扁的，皮和肉皱起来，一点点向头部挤压过去，只消片刻，她这脑袋就会像只巨大的血气球似的啪一下弹出来。要是我的眼睛能像连环画中那样能射出置人于死地的射线，我会立刻把她化成灰烬。她没有说错，我是个异教徒。我无法宽恕她。

好像她能感觉到我凝视的目光似的，她转过身来看到了我。我们的目光相遇了，她知道我已经听到她们的谈话。但是她没有畏缩，既不尴尬，也没有抱歉的意思。她嘴唇包着牙齿冲我那么得意地一笑。她对米尔德里德姨妈而不是对我说了这么一句："人小耳朵长。"

她那颗坏心脏浮在她的身体里，像一只眼，像一只邪恶的眼，这只眼看到了我。

我们在黑暗中坐在教堂地下室的木头长凳上，眼睛看着墙上。格雷斯从一旁注视着我，她眼睛上架着眼镜，光一闪一闪的。

上帝见那小麻雀掉落，
麻雀遇着他那慈爱的目光；
假如上帝如此爱这小鸟，
我知道他也爱我。

打在墙上的图片是一只巨手中捧着一只死鸟，有一束光从上往下直射到这鸟的身上。

我掀动着嘴唇，可是我不在唱。我已开始对上帝失去信心。史密斯夫人一个人独占着上帝，她知道什么东西是上帝的惩罚。上帝在她的一边，而我被排除在外。

我想到耶稣，耶稣应该是爱我的。可他一点爱我的迹象也没有，而且我又觉得他也帮不了我什么大忙。面对史密斯夫人和上帝，耶稣无能为力，因为上帝更大。上帝根本就不是什么“我们的圣父”。如今他在我心目中的形象是一种巨大的、生硬的、冷漠不动情的、没有脸面的东西，好像是沿着什么轨道在向前行进。上帝是一种像机车一样的东西。

我决定不再向上帝祈祷。该诵主祷文的时候我就默默地站着，只是嘴唇动动。

“宽恕我们的罪过吧，就像我们宽恕那些对我们犯下罪过的人一样。”

我拒绝说这句话。假如它意味着我一定得宽恕史密斯夫人，否则死后就得下地狱，那我准备下地狱。耶稣一定知道要做到宽恕是多么难，所以他才把这句话写进去。他总是将实际上不可能做到的那些事写进去，比如将自己所有的钱分送他人。

“你没在祈祷！”格雷斯小声对我说。

我的胃忽然变凉。是和她顶还是承认？哪个更糟？不论怎样反正总是受惩罚。

“我在祈祷。”我说。

“你没有。我听着呢。”

我一言不发。

“你说谎！”格雷斯说，她一得意就忘了要轻声说话。

我依然一言不发。

“你应该请求上帝宽恕。”格雷斯说，“我就是这么做的，每晚都这么做。”

我坐在黑暗中用力抓弄自己的手指。我在想格雷斯请求上帝宽恕的事。宽恕她什么呢？只有当你忏悔的时候上帝才会宽恕你，而她却从未表示过一点忏悔的意思。她从来不认为自己做错过任何事。

格雷斯、科迪莉亚和卡罗尔在前头走，我离她们有一个街区。因为我无礼，她们今天不让我跟她们走在一起，但她们也不想让我在后面掉得太远。我就这么一路走着，踏着“保持快乐如咱快乐的一帮”的音乐的节拍，脑子里除这句歌词外一片空白。我低着头走，仔细搜寻着人行道、排水沟，看是否有香烟中的锡纸扔在那里，虽然我已经不再像很久以前那样收集这些东西了。我知道无论我为她们做出什么，没有一样会有价值。

我看到一张印有彩色图画的纸片。我捡起来。我知道这画的是什么：圣母马利亚。这纸片来自“永远保佑我们的圣母马利亚”，就是被我们学校的男生咒为“永恒地狱中的圣母马利亚”那所学校。圣母马利亚身着一袭蓝色的长袍，长袍底下根本看不到有脚；她的头上披着一块白白的布，布之上顶着冠，黄色的光环放射出像钉子一样的光的射线。她悲伤地微笑着，样子像是很失望；她双手伸展，仿佛在欢迎人们；她的心在她胸腔之外，上面插着七柄剑，或者说，它们看上去像剑。那心很大，红红的，十分洁净，犹如用缎子做的一个心形针垫，又像是一颗情人节鸡心。图画的底下印着：七种悲伤。

圣母马利亚的像在我们主日学校的有些材料中也能见到，但那像上从来见不到她头上有冠，从来见不到那心形针垫，也从来没见过画上只有她一个人。她多多少少总是处在背景的位置。除了到圣诞节，人们一般都对她不是特别地关注，而即使在圣诞节，小耶稣也比圣母要重要得多。史密斯夫人和米尔德里德姨妈谈起天主教徒时（大家都知道在礼拜日的餐桌上她们会这么做），口气中总是带着轻蔑。天主教徒是向雕像做祈祷，圣餐仪式上喝的是真正的葡萄酒而不是葡萄汁。“他们崇拜教皇。”这是史密斯家人的话，要不就说：“他们崇拜圣母马利亚。”那口气好像是说崇拜圣母是什么见不得人的丑事。

我又将画拿起来凑近一点看。但我知道留下这画是危险的，所以我把它扔了。这一冲动没有错，因为这时候她们三个已经停住了脚步，在等着我赶过去。除非我站着或是在走路，我做什么事都会引来她们的注意。

“我们刚才看到你捡了个东西，是什么？”科迪莉亚问。

“一张纸。”

“什么样的纸？”

“就是一张纸。主日学校的一张纸。”

“为什么要捡？”

这个问题我倒曾想考虑考虑，怎么设法如实地回答。可我这时的回答是：“我不知道。”这是我对于任何问题所能提供的唯一回答，只有这样我才能不遭到她们的讥笑或盘问。

“纸你怎么处理了？”

“我扔了。”

“别捡马路上的东西。”科迪莉亚说，“有细菌。”这事她倒就这样放过去了。

我决定要做点危险的事，反叛的事，也许甚至是亵渎神灵的事。我再不能向上帝祈祷了，所以我要向圣母马利亚祈祷。这一决定使我感到很紧张，好像我要去当小偷似的。我的心跳得比原来更厉害了，我的手感觉冰冰凉。我感觉我很快就会被别人逮住。

跪拜看来是必须要做的。在那个顶部装着个洋葱一样的排气扇的教堂里我们不跪拜，但天主教徒跪拜是众所周知的事。我在自己的床边跪下来，模仿圣诞卡上的孩子将双手合十，不过我这时身上穿的是蓝条子的绒布睡衣裤，而他们永远都穿白色的长睡衣。我闭上眼睛，努力想象圣母马利亚的样子。我想让她帮帮我，或者至少向我显示她能听到我，然而我不知道该说些什么。对圣母说的话我还没有学过。

我试着想象：比方说要是我在大街上碰到圣母，她会是什么模样呢？她会不会穿着和我妈一样的衣服？还是穿着那件蓝色长袍并且头上戴冠？假如她穿的是蓝色长袍，会不会有一群人围上去看？也许他们会想：这只是个刚从圣诞剧场演完戏出来的某个人；不过，要是她的心像画上那样是在体外并且还插满了剑，大家就不会这么想了。我试想着我要告诉她一些什么。但是她已经知道了：她知道我是多么不开心。

我越来越努力地祈祷。我的祈祷是无言的、叛逆的、无泪的、绝望的，没有任何希望。什么结果也没有。我捏紧拳头往眼睛里挤，直挤得两眼发疼。一瞬间，我觉得自己好像看到了一张脸，接着是蓝光一闪，可此刻我所能看到的一切只有那颗心。心就在那儿，鲜红鲜红的，被弄成了圆形，四周一圈暗暗的光，仿佛闪着亮光的黑色天鹅绒。心的中央有金子流出，接着渐渐隐去。是那颗心，没有错，但看上去又像是我那只红红的塑料钱袋。

35

时间到了三月中旬。学校教室的窗户上复活节的郁金香又开始竞相开放。地上仍有积雪，已成了脏脏的冰花，不过冬天的严酷与寒光正在渐渐消失。天空变得很厚，低低地往下沉。

我们顶着低而厚的天空往家走；天空灰蒙蒙的，鼓胀着，尽是潮气。湿润润、软绵绵的雪花从天上飘下来，积在屋顶和树枝上，又不时地滑下去，碰到什么湿答答软乎乎的东西，发出“咚”的一声。没有风，那声音被雪闷住了。

天并不冷。我解开自己那顶用羊毛线编织的蓝帽子上的带子，让它松松地在头上一走一摆，一走一摆。科迪莉亚脱下她那连指手套，捧起一捧捧的雪，压成球球，对着树，对着电线杆，对着她看到的任何东西随意扔过去。今天是她向我表示友好的日子之一，她一只胳膊挽着我，一只胳膊挽着格雷斯，我们就这么沿着大街走过去，嘴里唱着“谁都别想挡住咱”。我也唱。我们一起又是跳又是滑。

下雪曾经带给我的欣快与亢奋如今又部分地回来了；我想张开嘴，让雪落进嘴里去。我让自己放开来，像她们那几个一样大笑，看看会是个什么结果。我的笑是一种表演，是想紧紧抓住一种常态。

科迪莉亚身子往后猛倒在邻街的一块无人草地上，她伸开双臂到雪地里，又往上举过头顶，接着放下来搁到身体的两侧，以此做出一个雪天使。雪片落在她的脸上，落进她笑着的嘴里，化了。雪片沾在她的眉毛上，她眨眨眼，又闭上眼不让雪花飘进去。一时间，她看上去像是我不认识的一个人，一个陌生人，正躺那儿放射出某种未知的光芒，仿佛她会有什么好的举动做出来。又像是一起交通事故的受害者，被人家抛在了雪地里。

她睁开眼，向上伸出双手；手潮潮的，被冻得通红。我们拉着她起来，这样她就不会碰坏她在地上做的那个天使印子。雪天使的两个翅膀毛茸茸的，头细细的只一丁点儿大。她身体两侧靠下手停放的地方有她的手指印，形同一对小爪子。

我们忘记了时间，天色越来越暗。我们沿着通向木桥的那条街奔跑。连格雷斯都在跑，样子笨笨的，还边跑边喊：“等等我！”她被抛在后面这还是第一次。

科迪莉亚第一个到达小山顶上，接着就往下跑。她想试着滑雪，可是雪太软不够冰滑，而且雪里还有煤渣和沙砾。她倒在地上往下滚去。我们以为她又像刚才在地上做雪天使那样是故意跌倒故意滚的。我们朝下面冲去，冲到她的身上；大家兴奋至极，大笑着，上气不接下气，而就在这时她却爬了起来。

我们止住了笑，因为这时我们已经看出她刚才跌倒原来不是故意的，而是一次事故。她喜欢自己做什么事都是有意为之。

卡罗尔说："你伤着了吗？"她的声音颤颤的，她吓坏了，她已经看出来事情很严重。科迪莉亚没有回答。她的脸重又绷紧，两眼露出凶光。

格雷斯挪了挪身体让到科迪莉亚边上稍后一点的位置；她从那儿冲着我一笑，笑得很紧。

科迪莉亚说话了，是冲着我来的："刚才你笑了吗？"我想她的意思是问：是不是因为她刚才跌倒了我在笑她？

"没有。"我说。

"她在笑。"格雷斯站在中立的立场就事论事地说。卡罗尔挪到小路的另一边，不跟我待在一起。

"我再给你一次机会，"科迪莉亚说，"刚才你笑了吗？"

"笑了，"我说，"但是——"

"就回答笑了还是没笑。"科迪莉亚说。

我一句话不说。科迪莉亚扭过头去看了格雷斯一眼，仿佛是在寻找对方的同意。她叹了口气，很夸张地叹了口气，样子就像个大人。“又撒谎了。”她说，“我们该拿你怎么办呵！”

我们似乎在那儿站了很长时间。这时天气比刚才更冷了。科迪莉亚伸手将我那顶编织帽揪了下来。她冲过余下的山路来到桥上，迟疑片刻后走到桥的扶栏边，将我的帽子扔进了下面的沟壑。接着，她转过她那张白白的鹅蛋脸朝我这边看。“过来！”她说。

这么说，原来什么也没有变。时光还将和从前一样，没完没了地这么继续下去。不论怎么说，我刚才并不是真笑，我只是喘口气而已。

我走下山，来到科迪莉亚站着的扶栏边，脚底下的雪倒并没有嘎吱作响，而是像垫在下面的棉花一样每走一步往边上一扑。在我的脑海中，这声音倒像是在补牙齿上的一个洞。平时我很怕走到离桥边这么近的位置，可这次我不怕了。我感到此刻没有任何东西能像害怕一样给我以明确而肯定的感觉。

“你那顶倒霉的帽子就在那儿。”科迪莉亚说。果然，帽子就在那儿；在下面很远的地方，即使光线越来越暗，依然能在白白的雪地上看到它蓝蓝的影子。“你为什么不到下面去把它捡上来？”

我看看她。她想叫我到下面的沟壑里去，那是坏男人出没的地方，大人从来都不让我们去。我忽然想到我不可以去。但不去她又会怎么样呢？

我看出来这个念头同样也在科迪莉亚的心中慢慢生成。也许她做得太过分了，终于在我身上碰到了某种抵抗的坚核。如果这一次我拒绝按照她吩咐的去做，谁知道我的抗拒最终会发展到哪一步。另外两个这时也已下山，正安安全全地站在桥的中间从旁看着。

“去吧。”她说，口气比刚才柔和了，好像是在鼓励而不是命令。“去了就饶了你。”

我不想到那下面去。那儿是禁地，很危险；另外天也黑了，坡子又滑，下去了再爬上来我怕有困难。但我的帽子在那儿啊！要是我撇下帽子回家，我就得解释，就得露馅。而假如我拒绝下去，科迪莉亚接下来又会怎么样呢？她会愤怒，她也许再也不跟我说话了。她可能会把我推下桥去。她以前从未做过那样的事，从未碰过或捏过我一下，现在她既然能把我的帽子扔了，说不准下面还会做出什么来。

我走到桥的尽头。“帽子捡到后数一百下，”科迪莉亚说，“然后再上来。”她的声音听上去不再是生气的样子，倒像是什么人在玩一个什么游戏时给出指导。

我开始朝陡峭的山坡下走去，手紧紧抓着树枝或树干。那路甚至根本不是一条真正的路，只是由谁上上下下踏出来的那么一块地方；可能是男孩子，可能是男人，女孩子不会走这里。

当我来到底下光秃秃的树丛中时，我抬头往上看。在天空的衬托下，木桥的扶栏隐隐地显出轮廓。我看到三个头暗暗的轮廓线，她们在看我。

我的蓝帽子就落在小溪的冰面上。我站在雪地里看它。科迪莉亚没有说错，这是一顶“倒霉的帽子”。我看着它，心里就觉得厌恶，因为这顶一副倒霉样的帽子是我的，被人讥笑也是活该。我是再也不想戴了。

我听到冰底下什么地方有流水的声音。我一步跨出去跨到溪面上，伸手一够，将帽子捡了起来，脚下的冰却被踩破了。我掉进齐腰深的溪水中，身体周围露出来的全是大块大块被踩破的冰。

寒冷像针一样刺遍我的全身。我的罩靴以及罩靴里面的鞋子开始进水，水浸湿了我的滑雪裤。我很可能大叫了一声，或是发出了某种别的声音，但我记不起我有没有听到任何动静。我拽住帽子抬头朝桥上望去。一个人也不见在那里。她们一定走开了，跑开了。难怪要我数到一百，原来是为了她们可以有时间跑开！

我试着移动我的双脚。脚很沉很沉，因为靴子里灌满了水。假如我愿意，我就可以一直这么站在这里。这时已是真正的黄昏，地上的雪发出带着一丝蓝意的白光。小溪中的那些旧轮胎、锈破烂全都被雪覆盖着；我的四周到处是拱在那里的蓝色的弧形，蓝色的洞，一片纯净，一片静默。小溪的水冷而静，它直接来自公墓，来自墓穴，来自墓穴中的尸骨。水是由死人的身体化解而成的，澄澈清亮，而我就站在这水里。如果我不马上移动一下身体，我就要冻僵在这溪水中。我将变成一个死人，悄无声息，清清爽爽，和这些死去的人一样。

我在溪水中乱挣扎，冰的边缘一踩就塌。拖着一双浸满水的靴子走路很艰难，我可能会一路跌到底。我抓住一棵树的树枝用力登上了岸；我坐到蓝蓝的雪地上，脱下罩靴将里面的水倒出来。夹克衫的两只袖子一直潮到胳膊肘那儿，连指手套是完全被水浸透了。这时仿佛有无数把刀在割我的腿和手，我疼，眼泪顺着我的脸流了下来。

我看到沟壑边上那些房子里亮着的灯光。房子好高啊！手和脚这么疼，我不知道怎么往山上爬，我不知道怎么回到家去。

我的脑海中开始出现黑黑的锯木屑，无数漆黑的小斑点正通过我的眼睛进入我的大脑，其情景仿佛那雪花是黑的，犹如底片上的白就是黑一样。雪已变成小小的丸子，更像是在下雪珠。雪珠穿过树枝落下来，发出沙沙的响声，仿佛十分拥挤的房间里人们明知必须保持安静却还在动来动去、窃窃私语。这是那些死去的人正在从水里出来聚集到我的周围，我看不到他们的身影。他们说“嘘——”。

我仰躺在小溪边上，两眼望着天空。再也感觉不到有什么疼了。天空发出一种微弱的红光。木桥的模样已变，它在我的头顶上，似乎比原来更高，更结实，好像那扶栏已经消失或者栏与栏之间的空隙已被填满。桥还发着光，一长条泛着绿意的黄光，和我以前见过的任何光都不一样。我坐起来以便能看个清楚。我感觉身体没有重量，像在水中似的。

桥上有人，我能看到那人暗暗的轮廓。起初我以为是科迪莉亚回来找我了。然后我发现那不是个孩子，小孩子不会那么高。我看不到那人的脸，见到的只是一个身影。那泛着绿意的黄光有一圈就在这身影的背后，光是从那头的四周射出来的。

我知道我应该起身往家走，可是待在这雪地里似乎更容易，这儿有小小的冰丸子轻抚着我的脸。另外我也困了。我闭上了眼睛。

我听到有人在跟我说话。像是有个声音在呼唤，只是那声音很轻，闷住了似的。我都不能肯定，也许压根儿就没有听到。我吃力地睁开眼。站在桥上的那个人正穿过扶栏，或者说，正融进那扶栏中去。这是个女人，现在我已经能看出那条长长的裙子，或者，是一件长长的披风？她不是在飘落，她好像是一步步朝着我的方向走下来，可她脚下又没有任何可供她踩脚的东西。我连害怕的力气都没有了。我躺在雪地上，带着一种软绵绵、有气无力的好奇心呆呆地看着她。我倒是希望能像她那样踩着空气在半空中走路。

这时她离我已相当近了。我能看到她闪着白光的脸，看到她裹在头上的黑黑的纱巾或风帽。也许是头发？她向我伸出双臂，我感到一股幸福的暖流向我冲来。在她那半敞着的披风里面忽然红光一闪。这是她的心，我想。这肯定是她的心，在她身体的外面，闪着光，像霓虹，像燃烧着的煤块。

之后我就再也看不到她了。但我感到她还在我的周围，倒不像是在怀抱着我，而是如一股温暖的微风轻拂着我的周身。她正对我说着什么。

“你现在可以回家了。”她说，“不会有事的。回家吧。”

我听她说这话的声音并不大，可这确实是她的话。

36

桥顶上的光不见了。我在黑暗中摸索着往坡上爬，雪珠在我周围沙沙地下，我抓住树枝、树干用力往上攀，鞋子踩在板结的冰雪上，一走一滑，一走一滑。没有任何疼痛的感觉，甚至于脚上都感觉不到，手上也没感觉。就像是在飞。那股微风随着我移动，暖暖的，轻抚着我的脸。

我知道我看到了谁。是圣母马利亚，不会有错。即使在我祈祷的时候，我也不敢肯定她是真的，但现在我知道她是真的。除了圣母，谁还能像那样在半空中走路呢？谁还会有那么一颗闪光的心呢？当然，我没看见有蓝裙子，也没看见她头上戴冠，她的衣服看上去是黑的。但因为天是黑的，也许冠就在她头上，只是我看不见。不论怎么说，她也可以穿不同的衣服、不同的裙子，那些都无关紧要，因为她确实是接我来了。她不想叫我在雪中受冻。她现在仍然同我在一起，只是看不到她的身影；她将我裹在温暖之中，我没有痛苦。我的呼唤她到底还是听到了。

这时我已爬到了上面，上了那条主要的路。屋子里的灯光更近了，就在我的上方，在我的左右两边。我几乎睁不开眼。我甚至都走不直。但我的脚还是在不停地移动，一前一后地往前走。

前面就是大马路了。我走到那儿时看到了我妈妈，她正飞快地走着。她的外套没有扣扣子，头上没戴围巾，罩靴上的带子也只系了一半，走起路来拖拖沓沓。她一看到我就开始跑。我站住一动不动，看着她奔跑的身影，她的外套向两边飞起来，罩靴显得很是笨重，而我就这么看着，像是在看别的什么人参加赛跑。她跑到我跟前的一盏路灯底下；我看到她的眼睛，大大的，闪着湿润的光；她的头发上落满了雪珠。她没有戴手套。她伸出双臂一下将我搂进了她的怀抱，而就在她搂住我的一刹那，圣母马利亚忽然消失了。疼痛和寒冷重又像针一样刺进我的身体。我开始剧烈地颤抖。

“我跌到水里去了。”我说，“我是去捡帽子的。”我的声音听上去厚厚的，说出来的话含混不清。我的舌头有点问题。

我妈没有说“你上哪儿去了”或者“你怎么搞怎么晚”，而是问：“你的靴子呢？”靴子在下面的沟壑里，正被雪掩埋着。我忘拿了，帽子也忘了。

“从桥上掉下去了。”我说。我需要撒个谎让这件事尽快过去。牵涉科迪莉亚的事要说出实话对我而言依然是不可想象的。

我妈将她的外套脱下来裹到我身上。她的嘴紧闭着，她脸上的表情既恐惧又愤怒。这表情她以前常有，那还是很久以前我们远在北方的时候，那时我们老是把自己身上弄破。她将一只胳膊伸到我的腋下拽着我急急地往前走。每走一步我的脚都疼。我在想，自己会不会因为到下面那沟壑中去了而受到惩罚。

一到家我妈就将我那被水浸透、一半都已冻结的衣服剥了下来，随即又让我洗了个温水澡。她仔细地看我的手指、脚趾、鼻子和耳垂。“格雷斯和科迪莉亚当时在哪儿？”她问我，“她们看见你落水了吗？”

“没有。”我说，“她们不在场。”

我看得出来，无论我做什么，她都打算要打电话找她们的母亲，然而我这时已太累，不关心这个了。“一位女士帮了我。”我说。

“什么女士？”我妈问，可我知道还是不跟她说为好。如果我说出那女士实际是谁，我是不会被相信的。“就是一位女士。”我说。

我妈说我没有被严重冻伤是我走运。冻伤是怎么回事我知道：手指脚趾都会冻得掉下来，那是《戒酒篇》中对酒徒的惩罚。妈妈喂我喝下一杯奶茶，接着把我弄上床；她给我准备了一只热水瓶子和绒布床单，又在上面加盖了两条毛毯。我依然在直打哆嗦。我爸回来了，我听到他俩在门厅里压低嗓子焦虑地说着话。接着我爸进来了，他用手摸摸我的额头，然后退去，成了一个影子。

我梦见自己在学校外面的那条大街上奔跑着。我做错了什么事。时间是在秋天，树叶似火一般地在燃烧。许多人在后面追我。他们大声叫喊着。

一只无形的手一把拽住我的手把我往上拉。有一级级的台阶通向空中，我踏着台阶往上走。别人谁都看不见台阶在哪儿。这时我已站在空中，底下是一张张朝上看我的脸，然而他们够不着我。他们依然在大声叫喊，而我再也听不到他们的声音。他们的嘴无声地一张一闭，就像鱼的嘴一样。

我有两天在家待着没上学。第一天躺在床上，人发着烧，飘飘的，处在一种微妙的、似玻璃一般的清晰状态。到了第二天，我思索起到底发生了什么事情。我能记得科迪莉亚将我那顶蓝色的编织帽扔下了桥，我能记得自己踩破冰面掉进了水中，后来我妈顶着一头雪珠朝我奔过来。所有这些事都实实在在确定无疑，但就在这些事情之间有一个模糊的空间。那些死人和那个穿披风的女人确实出现了，可出现的方式如同梦境。此刻我也说不准了，那女的是否真的就是圣母马利亚？我相信是的，可我再也说不清楚了。

卡罗尔从我们家的投信口塞进来一张祝我早日康复的卡片，卡片上印有紫罗兰。周末，科迪莉亚给我打来了电话。“我们不知道你落水了。”她说，“对不起，我们没有等你。我们以为你就在我们后面呢。”她话说得很谨慎，用词精当，像经过排练似的，听不出来有忏悔的意思。

我知道她和我一样都编了一些故事，隐瞒了真相。我知道她的这个道歉是被硬逼着说的，也知道我以后得为此付出代价。但她以前从来没有向我道过歉，所以这个道歉，无论多么虚假，使我感觉自己不是更强硬，而是更软了。我不知道说什么好。“没关系。”我挤出了这么一句。我觉得我这话是真心的。

我回到学校以后，科迪莉亚和格雷斯对我很客气但保持着距离。卡罗尔很明显较她们两个更害怕，或者说，对那件事更有兴趣。“我妈说你差点儿冻死！”她悄悄地对我说，我们在两人一组站队等上课铃响，“我被打了一顿屁股，是用梳子打的。我真的挨揍了。”

草坪上的积雪正在融化，学校的地板上，家中的厨房里又开始出现烂泥。科迪莉亚警觉地围着我转。在我们放学回家的路上我一下发现她的眼睛在盯着我上下打量。谈话虽然还算正常，却显得很做作。我们走到那家商店时停下来买甘草棒棒糖，糖是卡罗尔买的。当我们一边吮着甘草糖一边往前逛时，科迪莉亚开口了：“伊莱恩出卖我们，我认为她应该受到惩罚，你们说呢？”

“我没有出卖。”我说。这么一个毫无根据的指责在以前也许会让我心往下一沉，吓得我要强忍住才能不掉下泪来，但此刻我再也没有那样的感觉了。我说话的声音很平，很镇静，恰到好处。

“别跟我顶嘴！”科迪莉亚说，“如果你没出卖，你妈怎么会给我们几个的母亲打电话？”

“是啊，她怎么会打电话？”卡罗尔说。

“我不知道也不在乎！”我说。我对自己的勇气大为惊讶。

“你想无礼！”科迪莉亚说，“脸上别给我挂着那得意的笑！”

我依然是个胆小鬼，我依然害怕，那一点没有变。但我转过身从她跟前走开了。这就像一步踩入悬崖，而心里坚信空气会将自己托住。真的就托住了！我发现没有必要她说什么我就做什么，而且，是好是坏，我从来就没有必要按她吩咐的去做。我可以自己喜欢什么就做什么。

“你竟敢抛下我们就跑！”科迪莉亚在我身后说，“你立刻给我回到这儿！”我能听出她这话实际是什么腔调。这是一种模仿，一种表演。她这是在扮演一个年龄比她大得多的人的角色。这是一场游戏。我身上从来没有任何东西需要改进。一直是在玩游戏，而我被她们愚弄了。我一直都很傻。我像恨她们一样恨我自己。

“十摞盘子！”格雷斯说。这种吓唬以前也许还能迫使我就范，现在我只觉得可笑。

我继续往前走。我感觉自己胆子壮大，一头轻松。她们不是我最好的朋友，或者说，连朋友都算不上。没有任何东西非得把我和她们几个拴在一起。我是自由的。

她们跟着我一路往前走，一边议论着我走路的样子，讨论从后面看我的样子好不好。要是我扭过头去就会看到她们学我的样子。“看她傲的！看她傲的！”她们叫道。我能听出其中的仇恨，但那声音中也有一种需要。她们需要我，而我却再也不需要她们。我冷落她们。我的心中出现了一种坚硬的东西，水晶般透亮，似一颗玻璃。我走过马路继续往前，嘴里吃着我的甘草棒棒糖。

我不再上主日学校去了。放学后我拒绝和格雷斯、科迪莉亚甚至卡罗尔玩。我再也不走那顶木桥回家，而是经过公墓绕长长的路回去。当她们结伴到我们家后门来叫我时，我就跟她们说我很忙没空。她们又试着对我好，想把我诱回去，然而我再也不吃她们这一套了。我能看出她们眼中的贪婪。我似乎一下就能把她们看穿。为什么以前我没能做到呢？

我哥不在的时候，大量时间我待在他的房间看他的连环图书。我希望能去爬摩天大楼，能披着斗篷飞，能用手指尖在金属上烧出洞来，能戴上面具，能看到墙壁对面的东西。我希望能打人，打罪犯，每拳出击都会红光一闪、黄光一耀。"咔啪——咔嚓——咔嘭！"我知道我有做这一切的意志。不知为什么，我就想干这些事。

在学校我跟另外一个女孩儿交上了朋友，她的名字叫吉尔。她对别的一些类型的游戏，什么纸啊木头的，感兴趣。我们上她家一起玩"老处女"[1]、呼"同"牌戏[2]和"捡棒棒"。格雷斯、科迪莉亚和卡罗尔只在我生活的边缘荡来荡去；她们引诱我，讥笑我，然而日子一天天过去，她们的影像越来越苍白，越来越虚幻。我几乎再也听不到她们的声音，因为我几乎就没去听过。

---

[1]　一种简单的纸牌戏；先从牌中去掉一张牌，然后互相抽牌搭对子，最后手中持有单牌的人为输，被称为"老处女"。

[2]　一种儿童玩的简单牌戏：玩者各自将手中的牌一张张发放桌面，抢先认出两张相同者即呼"同"(snap)，桌面所有的牌便统归先呼者。

第八章　半张脸

37

有很长一段时间我都愿意上教堂去。我跟自己说我是想进去看看里边的艺术，我不知道我是在寻找某种东西。进什么教堂我并没有故意去挑选，即使那些教堂出现在导游手册上，有所谓的历史意义，我也不愿去单独寻访，而且，教堂里正在做礼拜时我也从不愿进去；事实上我不喜欢礼拜这一概念，吸引我兴趣的不是教堂里正在举行什么，而是教堂里有些什么。大多数情况下我都是偶然看到一个教堂，一时心血来潮就进去了。

一旦进入教堂，我对建筑倒不是很在意，尽管那些术语我也很熟悉，什么气楼啦，中殿啦等等，我都写过专门的论文。如果有的话，我倒愿意看看里面的彩色玻璃。我比较喜欢天主教的教堂，不太喜欢新教教堂，而且是装饰得越华丽越好，因为可看的东西多。我喜欢不顾一切的豪华铺陈，对金叶贴面，对巴洛克艺术过分的华丽，我都不觉得反感。

我愿意看刻在墙上和地上的铭文；在墙上和地上刻铭文是有钱的圣公会信徒的一个特殊癖好，他们认为这么做可以更清楚地领悟上帝的旨意。圣公会的信徒们还喜欢收集被炮火轰炸成碎布条的军旗以及其他一些类型的战争纪念物。

但我特别要挑其中的雕像看。那些圣徒们的雕像，躺在棺架上的十字军战士或者假装成十字军战士的人的雕像。总之，各种各样的人物像我都愿意看。圣母马利亚的雕像我总要留到最后看。我满怀希望走近这些雕像，但结果总是失望。雕刻的人物我一个也不认识。他们简直就是一个个打扮得齐齐整整的玩偶，用的是毫无特色的蓝和白，看上去虔诚却了无生气。既然如此，我也不知道自己为什么还一直想再看点别的。

我第一次跟本一道去墨西哥。这也是我们第一次一同外出，是我俩第一次聚在一起。我以为这也许只是一个插曲。我甚至都不能肯定我的生活中是否还需要有个男人；那时候我已经烦透了这样一种观念，就是，要想了结和一个男人的关系，办法是再找一个男人。我人都被磨得喘不过气来了。但和一个如此单纯而又容易满足的人在一起也是一种宽慰。

我们单独在一起开始为期两周的短途旅行。这次旅行结果和本的公务有关。萨拉跟她最要好的朋友在一起。我们的旅行从维拉克鲁斯开始；我们仔细观赏了那里的小虾、旅馆和蟑螂，接着驾车上山，像我们平时一贯做的那样去寻找风景如画而人迹罕至的景点。

有这么一个湖边小镇，对于墨西哥来说，这地方阒寂无声，十分安静。墨西哥给我的深刻印象是热情高涨，它犹如一具内脏外翻的尸体，血都在外面流着。人们不太上这小镇来也许是因为这里气候寒凉，靠近湖边。

本在那儿考察市场寻找拍摄对象的时候，我上了教堂。教堂不大，看上去很破落。教堂里一个人也没有，散发出年代久远、被人遗忘的石头的味道和四处发霉的味道。我围着外面的走廊溜达，边走边看那用脏兮兮的油彩画出的、几乎是一个个机械地排在一起的、样子别扭的“苦路十四处”[1]。画画得很糟，但很真诚，有人在严肃认真地画这些画。

接着我看到了圣母马利亚。起初我不知道就是她，因为她没有像平时那样穿蓝色，也没有穿白色或金色，而是一身黑。她头上也没有戴冠。她低着头，脸在阴影里，双手伸出，摊开在身体的两侧。在她两只脚的周围是一些烧得只剩一小截的蜡烛，而她那黑衣服上面钉满了东西，我原来还以为是星星，实际却是黄铜或锡做的一些胳膊、腿、手、羊、

[1] 天主教按顺序排列于教堂中或道旁供人膜拜的十四个十字架，各配有介绍耶稣受难经历的图画或塑像。

猴子、小鸡和心。

我看出来这些东西钉在上面的目的：她是一切丢弃物的圣母，专门负责丢弃物的复原。在所有这些木头或大理石或石膏做的圣母像中，只有这一幅在我看来还有点真实。燃一支蜡烛，跪下来向她祈祷可能还有几分意义。然而我没这么做，因为我不知道为什么而祈祷，不知道自己失去了什么，不知道可以用什么来往她的衣服上钉。

过了一会儿，本回来了，他找到了我。“怎么啦？”他说，“你在那地上干什么？你没问题吧？”

“没问题。”我说，“什么事也没有，就是歇一歇。”

因为跪在石头上，我浑身凉透了，肌肉发麻，变得僵硬。我已经忘记自己最后是怎么跪在那儿的。

我的女儿，她们两个，都经过了这么一个阶段，其间她们老说：“怎么样？”意思是说：“那又怎么样？”那是老大刚满十二或者十三岁那一阵。她们总是两条胳膊一抱，盯着我或者她们的朋友，要么就是互相瞪着眼，说：“怎么样？”

“别这种样子，”我总是说，“我都快被你们弄疯了！”

“那又怎么样？”

科迪莉亚和我女儿一样大时干的也是这种事，也是这么两条胳膊一抱，脸部一动不动，一双眼睛茫然地瞪着你看。科迪莉亚！把手套戴上，外边冷。“那又怎么样？”我不能过来，我得把作业做好。“那又怎么样？”

科迪莉亚，我想，是你让我觉得我自己什么都不是。

“那又怎么样？”

对此我无法回答。

38

夏天来了又去，接着是秋季、冬季。国王死了。我是吃午饭时从新闻中听到的。我沿着满是积雪的大街回学校去，一边走一边在想，“国王死了”。这下，他活着时发生的一切都过去了，了结了，什么战争、只剩下一翼翅膀的飞机、我家外面的烂泥等许多许多东西。我想起钱币上他的那些个头，有成千上万个呢，如今已变成一个死人的头而不再是一个活着的人的头。钱币得换了，邮票也得换，都得换上女王的头像。女王就是过去的伊丽莎白公主。我记得看过她的照片，那时她比现在年轻得多。关于她我还有别的一些记忆，可是记不清晰了，而且还让我微微地感觉着不安。

科迪莉亚和格雷斯两人都跳了一级。她俩如今虽然只有十一岁却已经上八年级，而同一年级中别的人都已经十三岁了。卡罗尔·坎贝尔和我只上到六年级。现在我们都在另一所学校上学了；在沟壑靠近我们的这一边终于建起了一所学校，这样我们再也不用早晨搭校车，不用中午在学校地下室吃中饭，也不用放学后从马上要倒塌的木桥上走回家。我们的新学校是一座只有一层楼的现代化的黄砖建筑，样子像一所邮局。学校的黑板质地柔软，用的是能保护眼睛的绿色，而不是传统的黑色，粉笔写在上面老会发出刺耳的啸鸣；地上铺的是菘蓝色的地砖，不像玛丽女王学校铺的是走在上面嘎吱作响的木头地板。没有标明“男生”和“女生”的门，也没有将男生和女生隔开的操场。连教师也跟以前的不一样了，他们更年轻，更随便。有几个还是年轻的小伙子。

有些事情我已经忘了，我已经忘了我已把那些事情忘记。我还记得我原来上的那所学校，但只是朦朦胧胧，好像我上一次在那儿是五年而不是五个月以前。我还记得自己上主日学校，但具体细节已想不起来了。我知道我不喜欢史密斯夫人的思想，但为什么却已经忘记。我已经忘记晕倒、摔盘子、跌入小溪以及见到圣母马利亚等等是怎么回事。所发生的一切不好的事情我统统忘记了。虽然我每天都能见到科迪莉亚、格雷斯和卡罗尔，那些事却一件都记不起来；我只记得她们曾经是我的朋友，那时我还小，后来就交上了别的朋友。有些事还跟她们有关，像是印在一页书上的干干的一小行字，平平地横在那里，又如古代战争的日期那么茫然。她们的名字就像是脚注中出现的名字，又像是《圣经》前面用棕色墨水写出的那些笔画细长的名字。没有任何感情和这样一些名字联系在一起。她们就像远亲的名字，这些远亲住在很远的地方，我几乎不认识。那段时光已经消失了。

对于这段消失的时光，除了我妈谁也没有提起过。偶然她还会说："你度过的那段糟糕的时光！"而我却给弄糊涂了。她在说什么呢？我觉得提起那些糟糕的日子隐隐约约有几分让人害怕，有几分丢我的脸；我可不是那种经历了糟糕日子的女孩儿，我过的都是好时光。这不，在我们六年级的全班照上，我可是满脸笑容。"像蛤蜊一样开心满足。"这是我妈形容人幸福时常说的话。我确实像蛤蜊一样开心满足：硬硬的壳，身子被牢牢地裹在里面。

我爸我妈还在忙乎我们那个家。在我爸的空余时间里，他又是敲又是锯，在地下室一点一点又搭出了几个房间，什么暗房啦，放坛坛罐罐的肉冻和果酱的储藏室啦等等。草坪现在也像个草坪样了。他们在花园里种了一棵桃树，一棵梨树，有一块地上种的是芦笋，还有一排排别的蔬菜。边上是茂盛的鲜花，有郁金香和水仙，有蝴蝶花、牡丹、石竹、菊花，每个季节的花都有几样。我偶然也得帮一把手，但大多数时候只是在一旁漠不关心地看着他们在烂泥地里撅着屁股又是掘土又是除草，弄得裤子的膝盖上全是泥斑。他们很像在玩沙堆的小孩。我喜欢花，可是我知道自己不会为了种出这些花而去像他们那样费劲麻烦，给自己弄一身脏。

沟壑上面那座木桥被拆除了。大家都说桥越来越不安全，差不多该拆了。他们将重新建一座混凝土桥来取代它。有一天我站到沟壑边位于我们这一侧的小山顶上去看拆桥。小溪的边上有一堆烂木板。竖的那些板还立在那儿，就像是死树的树干，部分横板还连在上面，但扶栏已经不见了。我有一种不安的感觉，仿佛某个无名然而至关重要的东西被埋在了那下面，或者是，桥上依然还有个人，被错留在了上面，在那高高的半空中，无法落到地上来。但是很显然，上面什么人也没有。

科迪莉亚和格雷斯毕业后上了别处；传说科迪莉亚进了一所名为“圣塞巴斯蒂安”的女子私立学校，格雷斯那所中学在更北面，那所学校十分强调数学。格雷斯擅长清清爽爽一小排一小排地做加法。她毕业时依旧留着长长的辫子。卡罗尔课间休息的时候总是跟男生泡得很近，常常有那么两三个男孩子跟在她身后追。他们喜欢把她扔到路边的雪堆上后往她脸上抹雪，没有雪的时候就用跳绳将她绑起来。当她挣脱男孩子跑开时，两只胳膊绕着圈拼命地甩。她跑起来总是扭动着身子，很是滑稽，跑得也慢，容易被逮住，而一逮住就鬼喊鬼叫。她已经在练习戴胸罩了。别的女生都不怎么喜欢她。

社会学课程我选了一个有关西藏的课目；西藏那地方有喇嘛用的转经筒，讲生死轮回，女人有两个丈夫；“科学”一科我选的是研究不同种类的种子。我有了一个男朋友，这是一种时尚。他偶尔会用漆黑的铅笔写一张纸条伸过过道递给我。有时还举行聚会，大家在一起别别扭扭地跳舞，傻不拉叽地大笑，男孩子们闹得一塌糊涂；还有人张着湿漉漉的嘴亲嘴，牙齿碰牙齿，显得很不内行。我的男朋友把我名字的缩写字母刻到了他的新课桌上，为此他挨了老师的揍。他还为别的一些事挨过揍。这可很受大家的欣赏。我还第一次看到了电视，那就像一出小小的黑白木偶戏，没有多大意思。

卡罗尔·坎贝尔搬走了而我几乎没有注意到。我跳过七年级直接进入八年级，那些按照年代顺序介绍的英国历代国王以及人体血液循环系统方面的知识就没有学；我还把我的男朋友甩到了后面。我剪了头发。我想剪头发。我已经厌倦了留着长长的像波浪一样的头发，后面弄根条状的发夹，或是用橡皮筋一扎；我已经厌倦了一直做小孩子。我带着满足看着我的头发像雾一样从我头上飘落，头露出来，显现出比原来更清晰、更分明的轮廓。我已经准备好要上中学了，我想马上就到那里面去。

作为上中学前的准备，我把自己的房间重新收拾了一下。我将小橱里的旧玩具全部清理出去，五斗柜所有抽屉里的东西也全都倒掉。我在一只抽屉里面发现有一颗孤零零的猫眼弹子在滚啊滚的，还有几颗已经干枯的陈栗子。另外还有一只红色的塑料钱袋，我记得是一次过圣诞节时收到的礼物。这是一只小娃娃用的钱袋，里边有五分钱硬币，我一拿起来咔啦咔啦直响。我把硬币拿出来准备花掉，把弹子放到里面。我将那几颗栗子扔到了外面。

我还找到了里面是一页页黑纸的相册。我有很长时间没有用我那架勃朗尼相机拍照了，所以这相册也就从我的视线内溜走了。用黑色的三角形相角固定在里面的一些照片我已记不得是什么时候拍的。比如有几张照片，上面看上去像是一些大的鹅卵石，地点是在一座湖的边上。照片的底下印着用白笔写的两个名字：黛茜，埃尔西。那确是我的笔迹，可我就是记不起来是什么时候写在那儿的。

我把这些东西拿到地下室去放在一只大箱子里，那些没有扔掉的旧东西都存放在里面。其中有我妈的结婚礼服，几件装饰华美的银器，几幅我不认识的、深褐色的人物肖像，战前留下来的一盒带穗子的桥牌签子。我们过去画的一些画也在里面，比如我哥画的那些宇宙飞船，闪着红光或黄光的爆炸等，还有我画的那些娇嫩的、过时的小女孩。我看到她们身上的反穿衣、头发上的蝴蝶结以及还没有发育开来的脸和手，心里就有一种厌恶。我讨厌看到和我孩提时代的生活如此密切相关的东西。我觉得这些画画得很笨，现在要我画，我可以画得好得多。

就在我上中学的第一天的前一天，家里的电话响了。电话是科迪莉亚的妈咪打来的，她想跟我妈说话。我猜想是大人们那些枯燥无聊的事，就回到起居室的地板上继续读我的报纸。但我妈放下电话后来到了起居室。

“伊莱恩。”她说。这很反常，因为她难得喊我名字。她的声音听上去很严肃。

我的眼睛从《魔术师曼德里克》上移开看向她。她从上往下看着我。“是科迪莉亚的妈妈打来的。”她说，“科迪莉亚要到你们中学来了。科迪莉亚的妈妈想问一问你们两个女孩子想不想一起上学。”

“科迪莉亚？”我说。我有整整一年没有看到科迪莉亚了，也没有和她说过话。她整个儿消失了。我之所以选择那所学校是因为我不用坐汽车可以走着去，既然这样，为什么不可以和科迪莉亚一道走呢？所以我就说：“好啊。”

“你肯定你想和她一道走吗？”我妈问，口气中有几分忧愁。她没有说为什么科迪莉亚现在要上我的这所学校来，我也没有问。

“为什么不呢？”我说。我已经开始说话油腔滑调不讲规矩了，一上中学就这样，但同时我又不明白我妈到底是什么意思。现在是人家在请我帮科迪莉亚某种小小的忙，或者说，帮科迪莉亚的妈妈某种小小的忙。我妈做人的原则通常是，人家请你帮忙你就应该帮，那么这一次她为什么态度犹豫不决呢?

她没有回答我的这个问题。相反，她留在我身边不走了。我就重新看我的连环画。“那么要不要我给她妈回个电话？或者还是你自己跟科迪莉亚说？”她问。

“你可以给她打个电话。”我说，说完又加了一个“请”。此时此刻我还并没有特别想跟科迪莉亚说话。

第二天早晨，我上科迪莉亚家去叫她，她家就在我们上学的路上。门打开，科迪莉亚站在那儿，可是她不再是原来的样子了。她不再瘦骨嶙峋、细细长长，她已长出了一对饱满的乳房，臀部和脸部的脂肪也变厚了。她现在的头发更长了，剪的不再是以前的童花头。她留了一条马尾辫，扎辫子的松紧带四周缠了几朵小小的白布做的山谷野百合。她将刘海儿上的一绺头发用过氧化氢漂成了白色。她搽了橘黄色的口红，为了相配，指甲上也涂了橘黄色的指甲油。我自己的口红是浅粉红色的。见到科迪莉亚我就意识到自己的样子不像个十几岁的少女；我看上去还是个娃娃，只是打扮成少女的样子罢了。我还是和原来一样瘦瘦扁扁的。我有一种疯狂的欲望，希望自己长大，快长大。

我们一块儿走着上学去，开始都没怎么说话。我们经过一家煤气站，一家殡仪馆，接着是一英里长的一排店家，沿线有一家伍尔沃思连锁店，一家国际开发协会下属的药店，一家水果蔬菜店，一家五金商店，所有这些店一家挨一家，全都安排在两层楼的、平顶的黄砖房里。我们将学校的教科书捧在胸前，全棉的裙子在我们裸露的腿上擦啊擦的。眼下已是夏末，所有的草坪都呈灰绿色或黄色，一个夏天已将它们整个儿晒蔫了。

我以为科迪莉亚要比我高一级。可她没有，她现在和我是同一个年级。她是被圣塞巴斯蒂安那所学校开除的，原因是她在一只蝙蝠上画了一根阴茎。这是她自己说的。她说当时黑板上有人画了一只很大的蝙蝠，蝙蝠的翅膀伸展着，而两条腿中间却只有那么一丁点儿东西鼓在那里。因此她就趁老师不在教室的时候跑到黑板上去把那一点点鼓在那儿的小东西给擦掉了，重新画上了一根大而长的——“也没有画到那么大”——老师进教室的时候正好逮到她在画。

“就这样吗？”我问。

不完全是。她还在那根鼓起的东西的底下清清爽爽地写上“麦尔德先生”几个字。麦尔德先生就是那个老师的名字。

很可能这还不是她干的一切，但她跟我说的就这些了。她想了想后又添了一句，提起这一年她的成绩没有通过。“我太小，那些东西还学不来。”她说。这话听起来像是别人对她说的，最有可能是她妈对她说的。“我只有十二岁。他们不应该让我跳级的。”

如今她已经十三岁了。我十二岁。他们也让我跳了级。我开始怀疑自己到头来是否也会像科迪莉亚那样在蝙蝠上画画阴茎，一年成绩全不及格。

39

我们上的那所学校名叫“伯恩汉姆中学”。学校是新建的，长方形，平屋顶，没有经过装潢，不外露，有点像一家工厂。这是现代建筑最新的一种玩意儿。学校里边有长长的走廊，地面是一种云纹状的东西，看上去像花岗岩而实际又不是。墙壁淡黄色，沿墙靠放着暗绿色的锁柜。学校有一个礼堂，还有一套有线广播系统。

每天早上我们都从有线广播系统中听通知。我们先是听它念一段《圣经》和主祷文。念的时候我低着头，可是我拒绝祷告，我也不知道自己为什么要这样。听完主祷文之后校长就向我们宣布接下来有哪些活动。他还警告我们要把我们吃的口香糖的包装纸从地上捡起来，还警告我们别像那些老夫老妻那样在大厅里逛啊逛的。他的名字叫麦克里奥德先生，不过，因为他秃顶，大家背后都叫他“克罗米圆顶”。因为家族关系，他实际是个苏格兰人。伯恩汉姆中学有自己的彩格呢校服，有自己的校徽，校徽上刻的是一株大鳍蓟和几把他们苏格兰人插在短袜状的护套中的短刀；他们还用苏格兰盖尔人的一句格言作为学校的校训。这彩格呢校服、校徽、校训和校旗全都来自麦克里奥德先生自己的家族。

在前面的大厅里，和女王像并排挂在一起的是弗洛拉·麦克里奥德夫人以及她的两个吹风笛的孙子在敦维岗城堡外摆好姿势请人画的一幅肖像。学校意在让我们把这座城堡当作我们祖先的家，把弗洛拉夫人当作我们的精神领袖。我们在合唱班学唱《斯凯岛船歌》，它讲的是漂亮王子查理逃离要灭他种族的英格兰人的故事。我们学唱《苏格兰人有些啥》，还学了一首讲耗子的诗，结果引起了一些人偷偷地笑，因为诗中含有“乳房”一词。由于我以前从未上过中学，所有这一切与苏格兰沾边的东西我都以为是中学里正常的现象；即使那几个亚美尼亚人、希腊人和中国人，也都和我们大家一样，浸没在一片彩格呢校服的迷雾中而失去了他们那点点与众不同。

我在这所学校认识的人不多，科迪莉亚也是。我在公立学校毕业班上的同学只有八个，科迪莉亚班上在这儿的是四个。所以这学校里尽是陌生人。除此之外，我们还分在不同的年级教室里，这样，即使是原来的同学，彼此也没有什么依靠。

我所在的年级教室里每个人的个头都比我大。这也是意料中的，因为每个人的年龄都比我大。女生们都长出了乳房，整天懒懒散散、迷迷瞪瞪，身上抹了粉，散发出大热天那种味道。她们脸上的皮肤用油液搽过，看上去滑溜溜的。我对她们都保持着警惕。我不喜欢更衣室；我们都得上那里面去换上棉布做的、口袋上绣有我们名字的蓝色灯笼体操服。在更衣室里，我感觉自己比任何时候都瘦；当我在镜子里看到自己的模样时，我能看见锁骨下面的一根根肋骨。打排球比赛的时候，这些女孩子在我的周围又蹦又跳，惊天动地；她们放开嗓子狂叫，吼得声音都沙哑了，那两团新长出来的肉晃啊晃的。我小心避开她们，因为她们的个头很可能会把我撞倒。但实际上我见到她们并不怕。从某种程度上说，我还瞧不起她们呢，因为她们和卡罗尔·坎贝尔是那么地相像，整天叫啊叫甩啊甩的。

男孩子中间有几个还没有变声，是一帮无足轻重的小东西，但男生中有不少人已长得像个巨人。有些年龄十五岁，快十六岁了。他们的两鬓留得很长，后面油光光梳得像个鸭屁股。他们都剃胡须了。有几个看来像是经常性地在剃。他们坐在教室的后面，长长的腿伸在过道里。他们已经留过一级，至少留过一次；他们不但自己放弃了努力，学校对他们也失去了信心，不过是在服刑一样地混日子，混到能离校就开路。虽然他们在大厅里对其他女生评头论足，弄出亲嘴的声音，或者在锁柜四周荡来荡去，对我却完全不理睬。在他们眼中我还只是个小孩儿。

但我并不觉得自己比这些人小。在某些方面我感觉自己比他们大。在我们的《生理卫生》书上，有一章是讲青少年情感的。按照这本书的说法，我理应陷入旋风似的青少年情感之中，一会儿笑，一会儿哭，用他们的术语讲就是，坐上过山车猛转。但是这样的描述并不适用于我。我很平静；同学们的行为滑稽可笑，还真像教材上说的那样，而我看待他们的态度是既有科学上的好奇，又差不多带着一种女主人般的宽容。当科迪莉亚说："你不觉得他是个梦中情人吗？"我一时不知道她是什么意思。偶然我也会无缘无故真的就哭起来；书上说的，人就会这样。但是我无法相信我自己的悲伤，我不能真的拿它当回事。我看着镜子中的我在那儿哭，同时却被眼泪给迷住了。

吃中饭的时候我和科迪莉亚坐在餐厅里；餐厅是白颜色的，里面摆着一张张浅白色的长桌子。我们吃的中饭整个上午都闷在学校的锁柜里，滚烫滚烫，吃到嘴里有一股淡淡的体操鞋的味道；我们用吸管吸巧克力牛奶；我们一边吃一边吸，一边用自认为聪明带刺的话议论对方，议论学校里别的孩子，议论老师。科迪莉亚已经上过一年中学，知道怎么对人评头论足。她将自己的衬衣领子竖起，然后装出一副嘲弄人的笑。"他是个傻蛋。"她说；或者是："爬虫一条，讨厌死了！"这些话只适合用在男孩子身上。女孩子可能很粗，很自命不凡，很卑贱，可能胆小如鼠，也可能为了男生神魂颠倒；如果大家觉得她们学习太用功，她们也可能像男生一样成为聪明的才女或是专讨老师欢心的马屁精。但她们不可能是傻蛋或爬虫。我喜欢“傻蛋”这个词。我觉得它指的是羊毛衫上起的小球球。被叫作傻蛋的男生就有那样的羊毛衫。我自己穿羊毛衫时很当心，一见到这样的小球球总要将它们全部摘下来。

科迪莉亚收集那些印在光面相纸上的影星、歌星的照片，这些东西她是找到登在电影杂志上的影迷、歌迷俱乐部的地址后函购来的；电影杂志的后面登有好莱坞弗雷德里克公司出的雕绣薄织物的女式贴身内衣内裤的广告，还有那种巧克力风味的药片的广告，这种药片吃了可以减肥。她用图钉将这些照片钉到她课桌上方的告示牌上，或是用透明胶带粘到她房间的墙上。每次我到她的房间里去，总觉得好像有一群人在注视着我，他们那亮闪闪的黑白眼睛一直跟着我。这些照片中有的上面还有明星们的签名；我们经常在灯光底下仔细地看，看纸上是否有钢笔签字时留下的凹痕，假如没有，那签名就只是印在纸上的。科迪莉亚喜欢琼·艾立逊，但她同时也喜欢弗兰克·辛纳特拉和贝蒂·胡腾。按照科迪莉亚的说法，伯特·兰开斯特最性感。

放学回家的路上，我们上唱片店在那垫有软木的小棚子里试听了七十八张唱片。有时科迪莉亚会用自己的零花钱

（她的零花钱比我的多）买上一张唱片，但大多数情况下她只是试听试听。她希望我也像她那样听的时候翻动眼睛作沉醉迷离状，她希望我跟着呻吟。她知道那一套程式，她也知道，既然我们现在上中学了，理应有什么样的行为举止。但我觉得这些东西真是捉摸不透，实在是骗骗人的，要我那么做我总觉得是在表演。

我们将唱片带回科迪莉亚家中放在起居室的唱机上开大音量播放。弗兰克·辛纳特拉出现了，只闻其声不见其人；声音在绕着曲子溜溜地转，仿佛一个人在泥泞的人行道上一脚一滑地走。他突然拉向一个高音，达到那个音高后颤抖几下，然后恢复，慢慢向另一个音的方向滑去。

“他那种唱法真是太棒了！你不喜欢吗？”科迪莉亚说。她扑到长沙发上，两腿交叉搁到一条胳膊上，头朝下，屁股朝天。她嘴里吃着一块撒满糖霜的炸面圈，糖霜掉下来沾到鼻子上。“我觉得他好像就在这儿，一只手在我的脊梁上上下抚摸。”

“喜欢。”我说。

潘迪和米瑞进来了，潘迪说：“别又在那儿为他发呆了！”米瑞说：“科迪莉亚，亲爱的，劳驾你把声音开小点好吗？”这些日子她总是用格外甜蜜的口气跟科迪莉亚说话，一口一个“亲爱的”。

潘迪现在已经上大学了。她经常参加大学生联谊会。米瑞在中学读最后一年，不过不在我们中学。她俩现在比以前任何时候都更迷人、更漂亮、更老成。她们穿开司米毛衣，戴纽扣状的珍珠耳环，还抽烟。她们管香烟叫“烟烟”，管鸡蛋叫“蛋蛋”，管早饭叫“早饭饭”。如果什么人怀孕了，她们就说人家是“大肚肚”。她们自己的母亲她们倒还是叫“妈咪”。她们坐那儿抽烟，以半开玩笑半轻蔑的嘲讽口吻随意议论着自己的朋友；这些人有的叫米基、博比，有的叫普基、罗宾，从这样的名字很难判断这些人到底是男孩还是女孩。

“你填够了没有？”潘迪问科迪莉亚。这是她们刚刚开始的一种新的说法，意思是你吃够了没有，“那些东西应该是晚饭吃的。”她指的是炸面圈。

“还剩不少呢。”科迪莉亚说。她依然头朝下屁股撅着朝天，手在擦着鼻子上的糖霜。

“科迪莉亚，”潘迪说，“别把你的领子那么翻起翘着。俗。”

“不俗。”科迪莉亚说，“帅！”

“帅？”潘迪说，她翻翻眼睛，从鼻子里喷出一股烟来。她的嘴巴很小，胖嘟嘟的，嘴角边呈曲线状，“这话听起来倒像是个头发油广告。”

科迪莉亚一下转过身子坐了起来，她将舌头伸到嘴的一角，然后看着潘迪。“那又怎么样？”她最后说，“你懂什么？你已经过时了。”

潘迪已经长大，有资格跟大人一起在饭前喝鸡尾酒，不过大人不让她上酒吧去喝；听了科迪莉亚的话，她噘起了嘴。“我觉得上中学对她没什么好。”她对米瑞说，“她都成硬石头一块了！”她发“硬石头”这个词的时候拖着腔调略带嘲讽，意思是向大家表示，她自己已经长大，“硬石头”之类的词已经用不到她身上了。“加把劲呵，科迪莉亚，要不然一年成绩又完了。你知道爹地上次是怎么说的。”

科迪莉亚脸红了，一下想不起来该如何回嘴。

科迪莉亚开始到店里扒摸东西了。她不管这事叫偷，她说是扒摸。她上伍尔沃思连锁店扒摸那一管管的口红，又到杂货店去扒摸那一盒盒的“尼布斯”甘草糖。她进商店后先是买一些小零碎，比如扁发夹什么的，当女售货员转过身去从钱箱里找零钱的时候，她就迅速地从柜台上把什么东西拿过来藏到衣服底下或是衣服口袋里。现在已经是秋天了，我们穿的是长长的外套，走起路来摆啊摆的能碰到腿肚子。这样的长外套上做有很肥的、超大型的贴袋，扒摸东西时可方便了。出了店她就把她捞到的东西给我看。她似乎觉得自己做的事没有什么不对的；她开心地大笑，眼睛放光，脸颊发红，仿佛获了奖似的。

那家伍尔沃思连锁店地上铺的是旧的木头地板，每年冬天人们穿着沾有雪泥的靴子走出走进，已将地板踩得斑斑点点；头顶的灯昏昏的，从天花板上的金属杆上挂下来。店里的东西其实没有一样是我们真正想要的，也许口红是例外。还有一些相框，其中摆放了一些着色很奇怪的电影明星的照片；他们这么做的目的是想让大家看看相框里摆了照片视觉效果怎么样。这些明星的名字有莱蒙·诺法罗、琳达·丹耐尔等，都是好多年前某个遥远时代的人了。还有一些不上档次的帽子，一些四周围有一圈面纱的老太太戴的帽子，一些头发梳子，梳子上贴着仿钻石的莱茵石。这里差不多每一样东西都是别的什么东西的仿制品。我们在过道里走来走去，将给顾客试用的科隆香水往自己身上喷，把做样品的口红涂到手背上，什么货都用手指捏上一捏，然后放开嗓门把它们贬得一钱不值，惊得那些已到中年的女营业员一个个直瞪着我们看。

科迪莉亚扒到一条粉红色的尼龙围巾，可她感觉被瞪着眼睛看我们的一名女营业员发觉了，所以有很长一段时间我们没有再上那儿去。我们又进那家杂货店买奶油冰棍，就在我付钱的时候，科迪莉亚捞到了两本恐怖的连环图书。在放学回家剩下来的那段路上，我们一边走一边轮流高声朗读，像收音机里播放的戏剧那样将其中的部分表演出来，还时不时地停下来大笑、鬼喊。我们还在殡仪馆前的矮石墙上坐下来，这样我们俩就都能看到书上的那些画；我们看着笑着。

这两本连环画画得极细，色彩用得十分强烈，主色调是绿、紫和硫黄。科迪莉亚念了其中关于两姐妹的一个故事：姐妹中一个很漂亮，另一个脸上有一处烧伤，将她的半个脸都挡住了。那一处烧伤呈褐紫红色，皮肤皱得像只坏死的苹果。漂亮的那个有一个男朋友，她经常去跳舞；烧伤的那个爱对方的男朋友，就恨她。由于忌恨难忍，烧伤的那个就在一面镜子前自缢身亡。但是她的灵魂进了镜子，等到下一次漂亮的那个到镜子前梳头的时候，一抬头正好瞧见烧伤的那个也在看她。这一惊吓她便昏过去了，烧伤的那个于是就从镜子里出来进入漂亮的那个的身体。她换上对方的身体，愚弄了那个男友，甚至骗取了他的亲吻。但尽管她的脸现在已完美无瑕，她在那面镜子中的映像却依然显示出那张真正的、被毁的脸。那个男朋友看出来了。幸运的是，他知道该怎么办。他把那面镜子给打破了。

“哭吧，哭吧。”科迪莉亚说，“噷，鲍勃……太……可怕了！没关系，我亲爱的，现在一切都过去了。她已……回到她……原来的地方去了……永远去了。现在我们可以真正在一起了，不用害怕。紧紧拥抱。结束。噷，我要吐！”

我念的一个故事讲的是一个男人和一个女人，他俩在海上淹死了，可两人发现自己实际并没有死。他们的身体被海水泡得鼓起来，巨大无比。他们生活在一座荒岛上。因为太胖，两人不再相爱。这时来了一艘船，他们就向它招手。“他们没有看见我们！他们正在从我们的身体中间穿过！噷，不……那就肯定意味着……我们受罚永远得这么过下去了！就没有什么办法了吗？”

在下一幅图画中，他俩把自己给吊死了。两具胖胖的尸体挂在一棵棕榈树上晃啊晃的，而原先那两个瘦瘦的身体穿着快成碎片的泳装，看上去干瘦干瘦像纸捻子似的，正手挽着手朝大海走去。“紧紧拥抱。结束。”

“呶，叫人双倍恶心！”科迪莉亚说。

科迪莉亚又念了一个故事，讲的是一个死人从一片沼泽地里出来，浑身上下全是一片片被撕下的、滴着鲜血的肉；他回来是要去勒死自己的兄弟，因为先是这兄弟将他推到沼泽里去的。我念的一个故事说的是一个男人让一位漂亮的姑娘免费搭车，结果发现这女孩原来已经死了有十年了。科迪莉亚还念了一个故事：一名男子中了伏都教一名巫医的咒，一只手上长出一把红红的大龙虾的螯，他就用这把螯向巫医发起了攻击。

我们到科迪莉亚家的时候，科迪莉亚不想把这两本恐怖连环画带进家中。她说有人会发觉，发觉后就要问她是从哪儿弄来这书的。即使他们认为书是她买的，她还是会遇到麻烦。所以最后是我把书带回了家。我们俩谁都没有想到要把这书扔掉。

我一把书带回家马上就意识到我不想要它们夜里和我留在同一个房间里。大白夫捧着它们大笑是一回事，但我不喜欢在我睡着的时候它们躺在我的卧室里，一想到这个我就害怕。我想象它们在黑暗中闪着那瘆人的、硫黄色的光，想象一缕缕的薄雾从它们中间冒出来显现在我的五斗橱的上面。我害怕我会发现有个别什么人困在我的身体里，自己一照卫生间的镜子就看到另一个女孩的脸，这个人样子像我，可是半张脸黑乎乎的，皮肤烧没了。

我知道这样的事并不会真的发生，可是我不喜欢自己有这样的念头。我也不想把这两本连环画扔掉，否则它们也许会到处作怪，失去控制。因此我就把书拿到斯蒂温房间，往他自己那堆依然在床底下搁着的旧连环图书中间一插。那些书他是再也不会看了，所以不会发现其中这两本。夜里，无论有什么东西从那书中慢慢往外冒，对他都不会有什么影响。在我看来，他什么事都有本事对付，包括对付这一类的事。

40

星期天晚上。壁炉里生着火，窗幔紧拉着，将十一月沉沉的暮色挡在了外面。我爸坐在安乐椅里批阅学生画的云杉蛾幼虫；蛾幼虫都是切开的，露出了里面的消化系统；我妈烤了一方方带腊肉的干酪。我们都在听收音机里的喜剧节目“杰克 · 本尼表演”，其中时不时地插播交好运牌香烟歌唱性的广告。在那个表演节目中，有一个男人说起话来声音很刺耳，另外一个男人有这么一句："中间裹着腌菜，面上涂着芥末。"我不知道第一个人应该是个黑人，第二个是个犹太人；我只是觉得他俩的嗓音听起来很滑稽。

我们家那台带绿眼睛的旧收音机不见了，出现了一台浅黄色的新机子；新收音机放在一只很光滑的、没有雕饰的箱子里，同时在里面放着的还有一台播放密纹唱片的唱机。我们用上面刻有凹口的小木头桌子来摆放一碟碟方块干酪；这些小木头桌子也是浅黄色的，桌子腿上粗下细成锥形，一路下来没有节疤，没有花饰，所以不会吸灰尘。它们看上去像连环画中出现的胖女人的腿：没有膝盖，没有脚踝。所有这些金黄色的木材都来自斯堪的纳维亚地区。我们那些银制器皿都放到地下室的扁行李箱中去了，取而代之的是一套新的银器，但实际也不是什么银，而是不锈钢。

选购这些器具的不是我妈，而是我爸。我妈那些正式场合穿的礼服也是我爸选购的。我妈笑着说，她所有的口味全在嘴上。就她而言，椅子不过就是摆那儿给人坐坐的，只要不一坐就塌，她根本不在乎上面的图案是粉红色的矮牵牛花还是紫色的小圆点。她好像一只猫，什么东西只有在动时她才看得见。对于时装她更加不关心了，总是临时抓到什么就穿什么，什么滑雪衫啦，旧围巾啦，不配对的连指手套啦，她就以这副打扮迈着大步到处走。她说只要能挡风，样子好不好看她无所谓。

更糟糕的是，她已经开始迷上冰上舞蹈了；她到当地的室内溜冰场去听课，踩着又尖又细的音乐节拍，和别的女人手拉着手，跳一会儿探戈，跳一会儿华尔兹。这是很让我丢面子的事，但她至少还是在室内跳，没有什么人看见。我只能希望以后到了真正的冬天她不要跑到室外的溜冰场上去练，因为那儿也许有我认识的人可能会看到她。但她甚至根本意识不到这种事可能引起的烦恼。她从来不会像别人家的母亲那样或是按照人们希望的那样说："人们会怎么看？"她说她毫不在乎。

我觉得她的这种态度是不负责任的。与此同时，"毫不在乎"这个词又让我感到愉快，它把我妈变成了"非母亲"，仿佛一种突变体的猫头鹰。我开始对自己的衣服挑剔讲究起来，专爱拿一面小手镜照自己背后的模样：虽然从前面看样子也许还可以，但衣服这东西是说不准靠不住的，说不定不知不觉中就会有什么问题出现，哪个线头松啦，哪条贴边掉啦之类的。能做到"毫不在乎"是一种奢侈，它描写出一种极好的、对什么都可以不敬的无所顾忌的潇洒态度。我自己就想培养出这么一种态度，不论在这些事情上面还是在别的事情上面。

我哥坐在和桌子配套的一张浅黄色的、腿上粗下细成锥形的椅子里。在我没注意的时候，他忽然间个子长高了，年龄长大了。他现在已开始用剃须刀了。因为今天是周末，他没有刮胡子，嘴巴周围就有一圈细细的胡茬在皮肤外面。他穿着一双软帮鞋，那是一双他在家里穿的旧鞋子，大脚趾底下已经磨出了洞；身上是一件鸡心领的暗紫红色套衫，套衫的胳膊肘处已经脱线了。我妈努力想说服他把套衫补一补或是干脆换一件，可他就是不干。妈妈经常说她在穿衣服方面一点都不讲究，但这种不讲究也并不是说衣服上磨出了洞、磨破了边或者弄上了脏也无动于衷。

我哥学习的时候穿的就是这破布一样的套衫和筛子一样的软帮鞋。平时上学的日子里他得穿夹克，戴领带，穿灰色的法兰绒衣裤，所有这些都是学校的规定。他不能像我们学校的男生那样留个鸭屁股头，他连短平头都不能剪；他的头发是从脖子后面一路往上修，然后从一边分开，就像英国唱诗班上那些男童的发型。这也是学校的一个规定。他的头发剪成这样，看起来倒像是二十年代或者更早时候一本冒险书中一幅插图上的模样，这书我们家地下室就有几本；又像是一本连环画上的一名盟军空军军官。他长的就是那种鼻子，那种下巴，只是略瘦小些，轮廓分明，样子好看，是那种老式的形象。他的眼睛也和那军官的相像，呈一种逼人的、略显狂乱的蓝色。他讽刺起那些十分注意自己形象的男生来真是辛辣之至，叫人无力回手。他骂这些人是只讲究穿着的不上档次的粗坯。

他所在的学校是一所专收高智商男生的私立学校，学费虽不贵，想进去得通过难度不小的考试。我父母略带不安地问我是不是想找一所女子私立学校上；他们觉得要是不想办法让我同样上私立学校，我可能会感到自己受了冷落。我了解这种学校的情况，上他们那儿你得穿苏格兰褶裥裙，还得会打曲棍球。我说这种学校是为势利小人办的，学术标准并不高，实际情况也确实如此。但事实上我是不愿意自己在一所女子学校里被困死。一想到要上那样一所学校，我心中就充满一种将遭幽闭的惊恐：一所除了女生别的什么也没有的学校不是一个陷阱吗？

我哥也在听“杰克·本尼表演”。他一边听一边用左手将一方方干酪往嘴里塞，但他的右手还拿着笔，这只手从来都没有闲着的时候。他几乎不怎么看他那个又是涂又是写的小本子。但隔一会儿他就会撕下一张纸团成一团。纸团掉在地上。当我收听完那个节目将这些纸团捡到一起往废纸篓里扔时，我发现那上头写满了数字，一长条一长条的数字和符号，没完没了，像文章，像一封用密码写出的信。

我哥有时也带朋友来家里玩。他们坐在他房间里，彼此间搁着一张象棋桌；他们除了手之外身体一动不动：手举起来，在棋盘上方停住，然后猛地落子。有时他们嘴里会咕咕哝哝，或者说“啊哈”“吃你一子”“也吃你一子”；有时也会互相对骂，用的都是些没有恶意、意思含混不清的新词，诸如：“你这个不尽根！”“你这个平方根！”“你这是返祖现象！”被吃掉的那些棋子，比如马、卒、象什么的，全都排列在棋盘的边上。为了看看棋局的形势，我偶然也会给他们送几杯牛奶以及我按照《贝蒂·克罗克食谱图》做出的形状如玩具风车的香草巧克力饼干到房间里去。就我而言，这是一种自我炫耀的形式，可并没有得到多少他们的反应。他们只是咕哝一句，用左手端起杯子喝牛奶，又将饼干直往嘴巴里塞，眼睛却一刻也不离开棋盘。象倒了，后垮了，王被围住了。“再走两步就赢。”他们说。一根手指落下来将王推倒。“五局三胜。”说罢又从头再来。

我哥是晚上学习。他学习的方式有时候很奇怪。他练倒立，说是为了改善大脑的血液循环，要不就用唾沫将纸弄湿做成一个个纸团后往天花板上扔。他房间的顶灯的四周像长了丘疹似的，全是一个个被他嚼过的小纸团。还有些时候他又像发了疯似的，一心扑到体力活上，劈下大堆大堆的生火柴，其实根本要不了那么多。再就是到沟壑下面去跑步；他穿的是叫人难堪的、又肥又大像口袋似的裤子，一件森林绿的套衫绽线绽得比他那件暗紫红色的更厉害，脚上那双灰色的跑鞋也已磨破，就像人们在空地上看到的那种。他说他是在练马拉松。

许多时候我哥似乎并没有意识到我的存在。他在考虑别的事情，那些重要的正经的事情。他坐在餐桌旁，右手在动；他将一块干面包片捏成小粒粒，眼睛出神地看着我妈脑袋后面的墙；墙上有一幅画，画的是一只花瓶，其中插着三片马利筋的豆荚。我爸这时候正在解释为什么人类注定要灭亡。这一次他提出的理由是因为我们发现了胰岛素制剂。所有的糖尿病患者都不像从前那样很快就会死亡，他们存活的时间相当长，这样会把糖尿病传给他们的后代。不久，根据几何级数的法则，我们全都将变成糖尿病患者，而由于胰岛素制剂是用母牛的胃制成的，整个世界到后来都将被生产胰岛素的母牛所覆盖，他指的是世界上那些没有被人类占满的地区，反正人类为了自身的利益正在飞速地繁殖。母牛会打嗝，打出来的尽是沼气。正在进入大气层的沼气已经太多太多了，都快将氧气扑灭了，它也许会把整个地球变成一个巨大的温室。极地的海洋会融化，纽约市将淹到六英尺的水下，许多别的沿海城市就更不用提了。另外我们还得担心沙漠，担心水土流失。如果我们不被母牛打嗝打死，到头来也只有像撒哈拉沙漠那样的结局。我爸说得兴高采烈，他这时已快将肉糕吃完了。

我爸并不是跟糖尿病患者或者母牛有什么过不去。他只是喜欢顺着自己的思路考虑问题，最终做出合乎逻辑的结论。我妈说甜点吃咖啡蛋奶酥。

要是在过去，我哥可能会对人类的命运更加感兴趣。可这时他却说，假如太阳变成超新星，事情发生后要过八分钟我们才能看到。他采取的是长远看问题的观点。他是在暗示，不管怎么说，我们迟早都将变成一颗煤渣渣，所以多几头牛少几头牛烦它做什么。虽然他依然还在采集珍稀的蝴蝶标本，但离生物学却是越来越远了。我哥说，放到一个更大的背景中看，我们不过是地球表面上脏兮兮的一小团绿色。

我爸吃着他的咖啡蛋奶酥时稍稍皱起了眉头。我妈很有策略地给他倒了杯茶。我看出来了，人类的未来就是一个战场，斯蒂温赢了一点，我爸输了一点。谁最关心人类的未来谁就得输。

我现在比以前更了解我爸了。我知道战争期间他想去当一名飞行员，然而他不能，因为他从事的工作被认为对战争至关重要。云杉蛾幼虫对战争能有什么重要意义我还没有想出个所以然来，但显然它们确实很重要。也许这就是他开车老是开这么快的原因，也许他是赶着去起飞呢。

我知道他是在新斯科舍省边远蛮荒的一个森林农场长大的，那里没有自来水，没有电。他之所以会建筑，能砍伐，原因也就在这里：那地方每一个人都会使斧子，拉锯子。他是通过函授学完中学课程的，常常是坐在厨房的餐桌边就着一盏煤油灯用功学习。他到伐木营区干苦力，帮人家打扫兔笼子，以此挣钱读完了大学。他很穷，为了省钱，夏天他都是睡帐篷。他过去常常到方形舞会上去给人家演奏那种乡村提琴，二十二岁上才第一次听到乐队的演奏。所有这些我都知道，只是难以想象。另外我倒也希望自己不知道就好了。我希望我爸只是我爸，就像他原来那样一直没有什么变化；我不希望他变成另一个人，那个人原来早期还另有一段神秘的生活。对别人了解得太多会使你受他们的控制，他们会对你提要求，你也就被迫去理解他们做事情的种种理由，这样你的力量就被削弱了。

我狠狠心不去多想什么人类的命运，而是在脑子里盘算着自己得存多少钱才能去买一件新的细羊毛套衫。在“家政”课上（实际也就是教你怎么做饭、怎么缝纫），我学到了怎么装衣服拉链，怎么平式接缝，而且现在有许多衣服我都是自己做，虽然做出来的样子不会总跟衣服板样正面图上的完全相同，但自己动手总是要便宜些。在做时兴款式的正面时，我几乎得不到我妈什么帮助，因为无论我穿什么，只要没有明显的裂口，她都说好看。

为了听听别人的意见，我就去找隔壁的费恩斯坦恩夫人；我现在每周末给她带孩子。“你应该穿蓝色，小蜜蜜。”她说，“非常漂亮。樱桃红也可以。你穿樱桃红看上去真是没话说！”说完她就和费恩斯坦恩先生一起出去度夜周末了；她的头发往上梳，嘴巴活色生香，脚上一双细细小小的高跟鞋，走起路来一摇一摆，手镯叮当直响，金耳环直晃荡。我给布赖恩·费恩斯坦恩念《万能的小机车》，然后把他放到了床上。

我和斯蒂温有时还会搞到一起洗盘子，这时他又忽然记起来他是我哥了。我洗盘子，他用抹布擦干，他一边擦一边如长辈似的很慈祥很关心地问我一些问题，比如我这九年级念得怎么样啊之类的，真叫人受不了。他已经上十一年级了，比我要高两级，用不着老是跟我提这么一些不愉快的事。

但就在这样一些我洗盘子他擦干的晚上，有时我觉得他又回到了他那个真正的自我。他告诉我他学校老师的一些绰号，所有的绰号都很粗俗，比如“胳肢窝”，“人用马桶”，等等。有时我们还一起造出一些新的咒骂人的词语，这些词意义含混不清，但隐含了一种下流。他说“呆皮”，我回他一个“拨弄”；我告诉他“拨弄”是个动词。我们靠在厨房的柜子上，笑得腰都直不起来，最后妈妈走进厨房来说：“你们这两个孩子在干什么呢？”

有时他觉得有责任要教育教育我。他似乎对大多数女孩都没有什么好感，他不想叫我也变成普通的那种女孩。他不想让我成为一个脑子糊里糊涂的傻瓜。他觉得我有落得一事无成的危险。每天早晨他都会站到卫生间的门外问，我到底还舍不舍得离开那面镜子。

他认为我应该练练脑。为了帮助我练，他裁了一张长纸条做了一条莫比乌斯带：先将纸扭一百八十度，反过来一圈后用胶水将纸条两端粘住。这个莫比乌斯带只有一个面，你可以用手指顺着纸的表面往前摸来证明这一点。按照斯蒂温的解释，这是想象无限的一种方法。他还给我画了一只克莱因瓶，这瓶没有什么内和外，或者说得更确切一点，它的内和外是一样的。对我来说，克莱因瓶不如莫比乌斯带容易理解，原因很可能在于它是一只瓶，却不是用来装东西的，对此我无法想象。我理解不了这其中的奥秘。

斯蒂温说他对二维宇宙的问题很感兴趣。他要我想象一下：在一个形状完全是扁平的人的眼中，一个三维的宇宙样子会是什么样？假如你站在一个二维的宇宙里，人家就只能在交叉点上来感知你，人家会发现你只是两个长方形的薄片，你自己的那双脚在人家眼中也只是两个二维的剖面。之外还有五维宇宙、七维宇宙等等。我费尽脑子来想象这些多维的宇宙，但三维以上的似乎就想象不出来了。

“为什么只是三维呢？”斯蒂温问。这是他最喜欢的技巧：总是问我一些只有他知道正确答案或是别的答案的问题。

“因为本来就只有三维啊。”我说。

“你是说我们感知到的只有三维。”他说，“我们受到自身感觉器官的局限。你觉得苍蝇是怎么看世界的？”我知道苍蝇感知世界的方式，我曾经通过显微镜观察过许多苍蝇的眼睛。“通过六边形的小眼，”我说，“但每个小眼看到的还只是三维。”

“你这一点说得颇有道理。”他说。这话让我觉得自己已经长大，还算配跟他进行这次对话。“但事实上我们感知到的是四维。”

“四维？”我说。

“时间也是一维。”他说，“你无法将时间与空间分离。我们就生活在时空之中。”他说一成不变、互不关联而又独立于时间流逝之外的东西是不存在的。他说时空是曲线型的，在曲线型的时空中，两点之间最短的距离并不是直线，而是循着那曲线的一条线。他说时间可以拉长也可以缩短，它在一些地方跑得要比在另一些地方快。他说假如你把一对双胞胎中的一个放到高速的火箭上过一个星期，回到地面时他会发现他那个同胞兄弟已经比自己大了十岁。我说我认为那可真叫人伤心。

我哥笑了。他说宇宙就像一只布满了斑点的、正在被吹大的气球。斑点就是星星，长期以来它们彼此越离越远。他说真正有意思的一个问题是：宇宙到底是不是无限又无边，还是像气球那样无限但是有边。宇宙和气球之间的联系我所能想到的只有那破裂时的一声爆炸。

他说空间大部分是空的，而物质事实上也不是固体。物质只是一群或快或慢运动着的、彼此间相隔很远的原子。不论怎么说，总之，物质和能量互为方面。这就像一切都是由固体的光制成似的。他说如果我们有足够的知识，我们就可以像穿过空气一样穿过墙壁；如果我们有足够的知识，我们还可以走得比光都快，那时候空间就成了时间，时间也成了空间，我们因此也就能穿过时间回到过去。

在他所有这些念头中，这一个倒真的引起了我的兴趣。我很想能看到恐龙，还有许许多多其他的东西，比如古埃及人什么的。但另一方面，他的这一思想又有点吓人。我不那么肯定我真的就想回到过去。我也不那么肯定他说的一切我都要表示出那样的钦佩，那太叫他有优越感了。不论怎么说，这样说话也不合情理，许多东西听上去就像是连环画里的内容，比如激光枪之类的。

因此我说："那又有什么好呢？"

他笑笑。"如果能这样，你就知道你可以做到这样。"这是他的回答。

我告诉科迪莉亚，斯蒂温说的，假如我们有足够的知识，我们就可以穿墙过壁。就目前来说，对他最新的这些思想我自信还能解释的也就这一个了。其余的太复杂，太离奇。

科迪莉亚大笑。她说斯蒂温是个才子，假如他不是这么聪明，肯定是傻蛋一个。

今年夏天斯蒂温找到了一份工作，那是到一个男生夏令营里去教人家划小划子。我没有工作，因为我才只有十三岁。我随父母上了北方，到了离苏圣马里不远的一个地方，我爸在这里指导一个全都关在带纱窗的笼子里的梅毛虫实验区的工作。

斯蒂温用铅笔和他从带一条条横线的工作笔记本上撕下来的纸给我写信；在信中他逮到什么都加以嘲讽，遭他讽刺的包括和他一起在夏令营的那些指导老师，还有那些指导老师在休息的日子里流着口水围着直转的女孩子。他是这样描写这些指导老师的：皮肤上暴着一个个小脓疱，嘴巴里翘着一颗颗尖牙齿，舌头摊出来像狗舌一样挂着，眼睛永远弱智似的呆呆地盯住女孩子看。这倒使我觉得自己还有某种力量，或者说，将会有某种力量，因为我也是一个女孩子。我独自一个人出去钓鱼，去钓鱼主要也就是为了给他写信时有话可说。除了钓鱼我没有多少话要对他讲。

科迪莉亚的来信用的倒是真正的墨水，颜色黑黑的。信上尽是形容词和副词的最高级，到处是感叹号。她写的“i”上边一点都是画一个小圆圈，就像那个系列漫画中孤儿安妮的眼睛，又像是一个水泡泡。她在信末的签名之后总要拖上这样一些东西，什么“你永远的朋友，除非尼亚加拉瀑布干枯”，“你永远的朋友，除非所有的曲奇饼都碎裂”，或者，“你永远的朋友，除非大海为了保持海底干燥要穿橡皮裤子”。

“我真是无聊死了！！！”她写道，这句话底下连画三道杠杠。即使是说无聊，她的腔调都是这样饱蘸激情，然而她这好嚷嚷的风格就是给人以虚假的感觉。有时候她以为我不在看她，其实我都看到了：脸上呆呆的一动不动，显得很遥远，一点反应也没有，仿佛魂不在身上似的。但是突然她就会转过脸来大笑。“他们卷起袖子将香烟盒塞在那里头你不觉得很帅气吗？”她会突然来这么一句，“那样二头肌就露了出来！”说完她又重新恢复了正常。

我感觉我像是在消磨时光。我到大人规定的湖里去游泳；我吃葡萄干，吃上面涂着厚厚一层花生酱以及蜂蜜的饼干，一边吃一边看着那些侦探故事。我感到闷闷不乐，因为像我这么大的人周围一个也没有。我爸妈真残忍，他们的心情十分快乐。他们的好心情对我算不上一点安慰。要是他们像我一样脾气坏坏的或者更坏，情况说不定还要好一些，那会让我感觉自己还比较正常。

第九章　堕落

41

早上很晚的时候电话把我吵醒了。是查娜。“嗨，你好！”她说，“我们搞到《娱乐》的头版上去了，三张照片，你想想看，发了三张照片！这下真炒热了！”

想到她这炒作的点子我就不寒而栗；还有，她说“我们什么什么”又到底是什么意思？但是她很满意，因为我已经从《生活》毕业升格到《娱乐》了，这可是个好兆头。我还记得以前的理想，那时自己想不朽想伟大，想成为列奥纳多·达·芬奇。现在我被人家和摇滚乐演唱组的一帮人以及最新上演的电影放到了一起。有人曾经说过，艺术这种东西好混，这话听起来好像搞艺术跟混在顾客中到商店里扒东西或者犯点别的小罪差不多。这也许就是艺术过去一直是、现在也是这种状态的原因：它成了一种偷窃，一种对视觉艺术的拦路抢劫。

我就知道不会有什么好消息。话虽这么说，我还是抵挡不住诱惑。我套上衣服，下楼找到最近的一个报亭。我还真的稳住了没有出洋相，直等到回楼上才将报纸打开。

用粗体印着的一行文字说：艺术家奇思异想，搅劲依然。我注意到："艺术家"取代了"画家"，"依然"一词预示着不祥，遥指出我正向老朽昏聩的方向迈进。长着橡树果脑袋、涉世未深的少女安德里亚这是在向我报复啊！我很吃惊她竟会使用"奇思异想"这样一个老式的字眼。它成功地传达出了"裤裆"以及"出怪招"这么两个意思，倒也贴切。但很有可能这标题并非出自她之手。

还真是三张照片。一张是我的头像，从下往上小角度拍摄，所以看上去我像是长了一个双下巴。另外两张是我的画。一张画的是史密斯夫人，赤身裸体，正吃力地从空中飞过。远处是教堂的尖顶，上面装着形状似洋葱的排气扇。史密斯先生像只龙须菜上的甲虫一样贴在她的背上，他笑得龇牙咧嘴，活像一个神经病；他俩都长着昆虫那种亮闪闪发光的褐色翅膀，画得跟真人一般大小，而且画得极其精细。这幅画的名字叫《鸡奸者，天使传报[1]》。另外一张画的是史密斯夫人单独一人，她手拿一把状如一钩月亮的水果刀和一

[1] "天使传报"指天使加百列向马利亚传报耶稣将通过马利亚成胎而降生，见《圣经 · 新约》。

颗削了皮的土豆，腰部以上、大腿以下都没有穿衣服。这幅画来自《帝国灯笼裤》那个系列。报纸的照片没有将这两幅画处理好，因为颜色都给搞没了。它们看上去太像是两张生活快照。我清楚实际上史密斯夫人身上的灯笼内裤用的是一种强烈的靛蓝，我花了好几个星期才把那颜色搞对，这种蓝看上去能放射出一种令人透不过气来的暗光。

我将第一段很快地浏览了一遍："著名艺术家伊莱恩 · 瑞斯利本周回到故乡多伦多举办其姗姗来迟的生平作品回顾展，展览将持续很长时间。""著名"，这是个和陵墓联系在一起的字眼。我还不如这就往大理石的停尸桌上一爬，弄条床单往身上一拉将头蒙住。和通常见到的情形一样，引用我的话也引错了；我那身蓝色的慢跑运动服也没有逃过人家的评头论足："伊莱恩 · 瑞斯利身着曾经风行一时的浅灰蓝色慢跑运动服，显得平平常常毫无惊人之处，然而却出言不凡，评论当今女性用语辛辣，故意挑衅。"

我喝了几口咖啡，跳过中间段落直接看最后一段。"如电击般令人震惊"一语是免不了会有的，"后女权主义者"是强加到我头上的，还有什么"然而""尽管"等等用语。友好的老多伦多既想对我进行归类，又躲躲闪闪持骑墙态度。来一个猛烈的攻击或者还更可取些，来点激烈的争论，有点火药味什么的，那样的话我还可以知道我依然活着。

我把开幕式时的情景想象得极其野蛮凶残。也许我真的应该“故意挑衅”，也许我应该向他们证实，他们心里最深的怀疑并没有错。我可以将乔制作的持斧凶杀案中的某些特技效果用橡皮膏粘贴到自己身上，搞出一张烧煳的脸，上面挂着一只被撕下的、充血的眼睛，或者弄一条正在往外喷血的塑料膀子。还可以将我的脚伸进那浇铸好的空的模子中去，然后像某个疯子科学家制作的电影中的什么人那样，一颠一摇地步入现场。

这些事情我是不会去干的，但就是想想也叫人觉得宽慰。我的想象使整个事情显得很遥远，因而将其降为一场笑剧或闹剧；这样一场笑剧或闹剧我除了讥嘲是不会卷入其中的。

科迪莉亚会在报上看到这篇文章，她也许会笑。虽然电话号码簿上查不到她的名字，她肯定还在这附近什么地方。像她这样的人把自己的名字改掉是完全有可能的。或者她也有可能已经结婚，也许还不止一次结婚。女人你要始终知道她们的行踪是很困难的，大多数女人都是如此。她们悄悄换个什么别的名字，然后消隐得无影无踪。

不论怎么说，这篇文章她是会看到的。她会看出来这画上的人是史密斯夫人，她会因此而亢奋不已。她会知道这是我画的，她会来。她会走进门来，看到她自己的这副形象：侧着身，装在画框里，画上标着日期，在墙上挂着。错不了：长长的下巴轮廓线，微微弯曲的嘴唇。她似乎是在一个房间里，没有别的人；房间的四壁是淡绿色。

这是我曾经画过的唯一一张关于科迪莉亚的画，画中只有科迪莉亚一个人。它的名字叫《半张脸》。这是个古里古怪的名字，因为事实上科迪莉亚整个儿的脸都能看到。但在她身后墙上挂着的还有另一张被一块白布蒙住的脸，那就像是文艺复兴时期的寓意画，或者人们以前在北方关牲口的栅栏中看到的那些动物的头，比如驼鹿或熊之类的，其效果仿佛是戏剧中用的面具。也许是吧。

画这幅画我曾经碰到了麻烦。我很难将科迪莉亚固定在某一个时段或某一个年龄上。我当初是想把她定在十三岁左右，瞪着她那双反叛的、几乎是好斗的眼睛从画中往外看，其神情就像在说："那又怎么样？"

但是那双眼睛还是把我的计划给破坏了。眼睛画得没有力，其表现在脸上的神情是试探性的，犹豫不定的，责备人的，仿佛受了什么惊吓。

在这幅画里，科迪莉亚是怕我的。

我怕科迪莉亚。

我倒并不怕见到科迪莉亚。我是怕自己变成科迪莉亚。因为在某些方面我俩已互换角色，而角色互换发生在何时我却已经忘记了。

42

夏天过后我上十年级。虽然我个子还是比别人矮，年龄还是比别人小，到底还是长大了。特别是，我已经长乳房了。如今我也像正常的女孩子一样有了例假；我也成了那些彼此心照不宣的女生中的一员；我也可以坐在一边不参加排球比赛，而后上护士那儿要阿司匹林，两腿之间夹着块形状像扁平的兔子尾巴、湿答答浸满猪肝色的血的卫生护垫蹒跚在走廊里。这其中有满足。我刮腿上的毛，倒不是因为上面有多少毛可刮，而是因为它给人的感觉很好。我坐在浴缸里一点一点刮腿肚子上的毛；我真希望我的腿肚子再粗一点、鼓一点，就像那些啦啦队队长的腿肚子一样。这种时候我哥就会在浴室外嘀嘀咕咕。

“镜子，墙上的镜子，你照出谁最美丽？”他说。

“走开！”我平静地说。现在我可有那样的特权了。

我在学校安静而警惕。我只管做自己的家庭作业。科迪莉亚将自己的眉毛拔成两条细细的线（比我的细），又将指甲涂成“火”与“冰”两种颜色。她经常丢东西，比如梳子；法语作业也丢。她在走廊里声嘶力竭地大笑。她生造了一些新的、复杂的咒骂人的话；比如她说“有蹄类哺乳动物的排泄物”就是指“废话”，还有什么“伟大的、火焰般燃烧的、蓝眼睛秃头耶稣”等等。她还吸上了烟，有时在女厕所吸被人逮住；看看我们这样，老师们一定想不通我们俩怎么成的朋友，在一起时又做些什么。

今天放学回家的路上天下着雪。软软的大雪花仿佛冰冷的飞蛾，落下来，轻抚着我们的皮肤。空中尽是羽毛。我和科迪莉亚兴奋至极，我们沿着人行道大喊大叫地穿行在暮色之中；汽车从我们身边滑过，因为下雪，速度减慢了，声音也闷闷的。我们唱道：

记住这个名字：
莉迪亚·平克汉姆，
她给女人开的药方给她带来了声誉！

这是收音机里播的一则有人伴唱的广告。我们不知道莉迪亚·平克汉姆的药方到底是什么，但什么东西一说是“给女人开的”，总是跟月经或别的同样难以启齿的女人的事情有关，所以我们就觉得很好玩。我们还唱：

麻风病，
日日夜夜你把我折磨，
我的眼珠

几乎要掉进那高杯酒中……

还有：

你心的一部分，
我现在正吃着，
太伤心，当初我们无法不分手……

我们唱着这些歌，还模仿一些流行歌的曲调唱出别的歌词来，所有这一切我们都觉得妙趣横生。我们把橡胶靴子上面的部分往下翻，穿着它又是跑又是滑；我们做好一个个雪球往灯柱上、消防栓上扔，还勇敢地向驶过的汽车扔去；我们甚至斗着胆尽可能接近人行道上的行人，然后将雪球往他们身上扔，这些人大多是拎着购物袋或牵着狗的妇女。做雪球我们先得把学校的教科书放下来。我们的目标很可怜，而且我们其实也没有扔中多少东西。我们倒是扔中了一名穿毛皮外套的妇女，还是从后面错击中的。她转过身来对我们怒目而视，我们赶紧跑开，拐过一个角跑进旁边的一条小街；我们又怕又窘，笑得几乎都直不起腰来。科迪莉亚一仰身子倒在了一块被雪覆盖的草坪上。“那一双凶恶的眼睛！”她厉声叫道。不知什么原因，我不喜欢她两臂伸开躺在雪地上的样子。

“起来！”我说，“要不会得肺炎的。”

“那又怎么样？”科迪莉亚说。但她还是爬了起来。

尽管天还没有暗，街灯却都亮了。我们来到公墓开始的地方，那是在街的另一边。

“还记得格雷斯·史密斯吗？”科迪莉亚说。

我说是的。我确实还记得她，但记得不清晰，而且也不是时刻记得她。我从第一次见到她时就记住她了，后来是记得她头戴花冠坐在苹果园里，之后很久她上八年级，并且准备要上中学。我甚至不知道她上的是什么中学。我记得她的雀斑，记得她浅浅的笑，还有她那粗粗的像马鬃一样的辫子。

“他们用手纸都定量。”科迪莉亚说，“每次四方块，解大便也是这么多。你知道吗？”

“不知道。”我说。但我曾经好像还真的知道这事。

“还记得他们用的黑肥皂吗？”科迪莉亚说，“还记得吗？闻上去跟焦油似的。”

我明白过来了我们此刻正在干什么：我们是在取笑史密斯一家。科迪莉亚各种各样的事全都记得：挂在地下室晾衣绳上滴着水的、洗得发白的内衣内裤，厨房那一把已被用成薄薄一片的水果刀，从《伊顿目录图册》上订购的冬装……在科迪莉亚看来，买东西应该上辛普森。如今，每逢星期六上午我们就上那儿去；我们裸露着脑袋，乘上有轨电车颠颠摇摇一站站奔市中心而去。从《伊顿目录图册》上订购东西要比到伊顿直接购物差得多。

“一家子下三烂！”科迪莉亚朝飘着雪花的空中大叫一声。这么说人家很残酷，很精当。我们放声大笑以示轻蔑。“这下三烂一家正餐吃什么呢？几盘子软骨！”

这种取笑此时已变成一场放肆的游戏。他们家的内裤是什么颜色？小孩子解大便时不小心弄在裤子上的屎的颜色。下三烂夫人脸上为什么贴着一张邦迪？光胡子时刮破了脸。对于这一家人什么都可以说，什么都可以凭空捏造。他们无力抵御，他们任我们宰割。我们想象那两个成年下三烂做爱的情景，但这事对我们来说复杂了，想象不出来到底是什么样子，也太叫人恶心。恶心是个新词，我们是听潘迪说的。

“下三烂格雷斯玩什么取乐呢？噗噗挤她脸上的小脓包！”科迪莉亚笑得弯下了身，差点栽倒。“别逗了，别逗了，你再说我就要尿尿了！”她说。科迪莉亚说格雷斯上八年级时就开始长青春痘了，时至今日肯定已数量大增。这倒不是凭空捏造而是真的。想到这些我们心里乐滋滋的。

我们编派史密斯一家，把他们说得毫无魅力，小气，仿佛生面团似的没有发好，又如白色的人造黄油一样叫人觉得乏味（我们断言他们的甜点就是这种东西）。我们对他们的虔诚、他们拮据的经济、他们家人脚的大小、他们家里那棵橡胶榕（这橡胶榕把他们全家的特点都概括了）统统加以嘲弄。我们说他们的时候用的是现在时，那意思好像是我们现在依然和过去一样了解他们。

对于我，这是一场叫人觉得深深满足的游戏。我无法解释自己这种野蛮残酷的表现，我也不问这场游戏自己为什么竟然玩得这么津津有味；我也没有问，这游戏为什么科迪莉亚要玩，而且是坚持要玩，眼看它像火一样势头越来越弱，又非得煽起来叫它熊熊燃烧。她从侧面看着我，那样子似乎在估摸：在这场我们俩都完全清楚是一种卑劣的背叛朋友的行动中，我到底还会走多远。我的眼前又一次飞快地闪过格雷斯的形象：她穿着那条背带裙，上身是那件起了球的羊毛套衫，正穿过前门消失在她家的房子里。过去她曾受到我们大家的崇拜，如今却再也不会了。而按照科迪莉亚现在的说法，格雷斯以前也从来没有受到过崇拜。

我们在飘落的雪花中跑过大街，打开公墓栅栏上的小铁门走了进去。这事我们以前从未干过。

公墓的这一端还没有完全整修好。栽在这里的树还只是些树苗，叶子都没有长出来，看上去更像是临时种上的。地上多数还没有被人碰过，但是已经有挖掘、正在动土和类似巨爪一样的痕迹。墓碑没有几块，而且还都是新近出现的：长方形的花岗岩大石料，表面磨得像长老会的教堂那样光可鉴人，上面的字母刻得很朴素，丝毫没有要漂亮的意思。这些墓碑使我想起男人身上的大衣。

我们走在这些墓碑中间，一边走一边用手指出，哪些墓碑——尤其是特别灰、特别粗笨的几块——会被那一家下三烂选中届时将彼此埋到它们的下面。从这里我们可以透过钢丝网眼栅栏看到街对面的那些房子。格雷斯·史密斯家就在其中。想到此时此刻格雷斯可能就在屋子里，就在前面那有白色廊柱、样子很平常的砖头盒子里，而对我们刚才一直在编派她的那些话一无所知，想到这一点，我心里觉得怪怪的，而且有一种奇异的快感。史密斯夫人可能也在那里头，她正躺在天鹅绒的长沙发上，身上盖着那条阿富汗毛毯，这副形象我倒是常常记起。那棵橡胶榕还会在楼梯平台上摆着，它不会长出多高。橡胶榕生长起来很慢。不过我们倒是长大了，而她家这房子看上去就小了。

公墓在我们的眼前伸展开去，一英亩又一英亩。这时那沟壑是在我们的左边，刚好看得见新建在那里的混凝土桥。我很快地回忆了一下那座老木桥以及桥下的小溪；就在我们的脚下，死去的人们一定正在融化，变成水，冷而清，慢慢流下山去。但我马上就把这回忆抛开。我对自己说，有关这公墓没有什么可以害怕的。它太实在，太丑，太整洁。它不过像厨房里的一个架子，搁那儿给你放放东西而已。

我们默不作声地走了一会，也不知道要上哪儿去或者为什么这么走着。树比刚才的高了，墓碑也比前面的要旧。这时能见到那种交叉处有圆环的凯尔特式十字架，偶尔还能见到塑在那儿的天使。

“我们怎么从这儿出去呢？”科迪莉亚说。她稍稍笑了一下。

“一直走总会碰上条什么路的。”我说，“那是不是车辆？”

“我要抽一支烟闻闻臭味儿。”科迪莉亚说。我们找到一张长凳坐下来，这样科迪莉亚可以空出手来吸烟。她将手弯成杯子状以挡住风吹将烟点着。她没有戴手套，头上也没有裹围巾。她有一只很小的、黑色和金色相杂的打火机。

“瞧所有这些死人住的小房子。”她说。

“陵墓。”我心领神会地附和。

“下三烂一家的陵墓。”她说。她不肯放过这个玩笑，还要最后来这么一下。

“没有他们家的陵墓。”我说，“这儿对他们来说太奢华。”

“伊顿！”科迪莉亚念道，“一定是那家商店，字母拼得都一样。编《伊顿目录图册》这一对原来就埋在这里头！”

“目录图册先生和目录图册夫人。”我说。

“我不知道他们家人穿不穿贴身胸衣。”科迪莉亚说着吸了一口烟。我们试图再回到刚才那种疯狂的玩笑中去，然而不管用。我想的是伊顿夫妇，想的是他们俩或许还有更多的人如何被塞进他们私人的坟墓，仿佛毛皮外衣或者金表似的被藏起来，而坟墓的形状做得像一座希腊神庙就越发让人觉得奇怪了。他们到底在什么地方？在墓里头？在停尸架上？还是像恐怖连环画中画的那样，在蜘蛛网密布的、盖着石盖的棺材中？我想象着他们那在黑暗中闪闪发光的珠宝——他们当然会有珠宝，想象着他们干枯的长发。人死后头发还会长，指甲也是。我不知道这些我是怎么了解到的。

“你知道，伊顿夫人真的是个吸血鬼。”我慢慢地说，“她夜里出来。她身穿一件长长的白色舞会礼服。那门吱嘎一声打开，她就出来了。”

“喝那下三烂一家的血也太晚了吧？”科迪莉亚眼巴巴地望着我说，同时掐灭了她手中的香烟。

我坚决不笑。“不，我是说真的。”我说，“她真的喝他们的血。这事碰巧让我知道了。”

科迪莉亚神情紧张地看着我。雪还在下，已经是黄昏薄暮了，而这地方除了我们俩什么人也没有。“哦？”她说。她还在等着我的玩笑话。

“真的。”我说，“我们有时候一道出去，因为我也是一个吸血鬼。”

“你不是！”科迪莉亚说着站了起来，拍拍身上的雪。她笑得很含糊。

“你怎么知道呢？”我说，“你怎么知道？”

“你都是在大白天走来走去。”科迪莉亚说。

“那不是我，”我说，“那是我的同胎姊妹。你一直都不知道，但我确实是一对双胞胎中的一个。我们俩长得一模一样，仅仅靠看你是无法将我俩区分开来的。不管怎么说吧，只有太阳是我必须避开的。像这样的日子绝对安全，一点问题也没有。我有一具装满了土的棺材，我就在那里面睡觉；棺材在下面，在下面——我要寻找一个合适的地方——的地下室里。”

“你胡说！”科迪莉亚说。

我也站了起来。“胡说？”我压低了嗓音，“我只是把实话告诉你。你是我的朋友，我原本觉得你该知道真相了。我真的已经死了，死掉已经好几年了。”

“你可以不要玩这一套了！”科迪莉亚尖声地说。对于这一手带给我的快活我感到吃惊，我也惊讶地发现科迪莉亚竟会如此不安，我还可以这样有力地将她控制。

“玩什么？”我说，“我不是在玩。不过你不用担心。你的血我是一点也不会吸的。你是我的朋友。”

“别玩小顽童那一套了！”科迪莉亚说。

“再过一会儿，”我说，“我们就要被锁在这里头了。”我们俩都突然想到这倒可能是真的。我们沿着路面往前跑，又是喘气又是笑，终于找到一个很大的出入口；幸运的是它还开着。出入口的外面就是永格大街，此时正值下班高峰，路上车水马龙。

科迪莉亚还想从中找出下三烂一家的车来，但我对此已经厌倦了。我此时已有一种更加沉甸甸的、更加恶毒的、小小的胜利可以在指间把玩：我俩已经在精神上较量过了，我是强者。

43

现在我上十一年级了，虽然个子还不是很高，但已经和许多别的女生一样高了。我有一条炭灰色的直筒短裙，虽然裙上做有倒褶裥，穿着它走路还是不容易；我还有一件蝙蝠式套衫，红颜色上杂以一道道灰色的横杠，使色彩显得比较协调。我有一条很宽的、黑颜色的松紧腰带，腰带上有一个仿金搭扣；我有一双女芭蕾舞演员穿的那种棉绒平底鞋，走起路来要拖着脚，鞋帮会从两边向外鼓凸。我还有一件做得极短的外套来配那条直筒短裙。我的一副模样是这样的：上面松松垮垮爹开着，底下露出来一段细细长长的大腿和小腿。我还有一张刻薄的不饶人的嘴。

我这张刻薄的嘴十分厉害，我甚至因此出了名。除非是别人惹了我，我一般是不会用它的，可是一旦我被惹火了，那我就会张开这张刻薄的嘴，一句句简短的、毁灭性的评论就从中喷了出来。这些话我几乎想都不用想，它们忽然就会冒出，真好像是一只只里面装了灯泡的思想的气球。“别烦人”和“你知我知”是女孩子中间标准的机敏应答，可我比这个厉害多了。我愿意说“烦个屁！”——这就避开了所谓高雅的趣味。我还愿意造出一些可以一下子将人打趴的话来，比如“行尸走肉活脓疱”“除腋臭广告的前半部”等等。如果有女生叫我才女，我就说：“宁可做才女也不做像你一样的呆头白痴！”我还常说：“头发上抹了好多油脂，呃？”或者：“老吮，呃？”我知道她们的弱点在哪儿。“吮”这个字特别叫人觉得满足，也特别具有杀伤力，多数是男孩子相互之间在说，它叫人想起婴儿和大拇指。我还没有考虑过别的还有什么可以“吮”，或者在什么样的情况下可以“吮”。

学校里的女生都学着提防我这张刻薄的嘴，尽量避免和它发生冲突。我走在大厅里，一种潜在的、发生口角的危险气氛包围着我，然而别人都十分谨慎地对待我，这种感觉正合我意。说来也怪，我这种刻薄恶毒的行为其结果不是朋友少了，而是反倒多了——至少表面上是这样。女孩子都怕我，但她们知道什么位置最安全：待在我边上，在我身后半步远的地方。“伊莱恩是个有趣的怪人。”她们说。其实她们自己也不相信。她们中有些人已经在收集陶瓷及厨卫用品了，甚至嫁妆箱都有了。对这一类东西我觉得好玩，却也看不起。不过当我得知我无意中伤了人时，我心里很是不安。我希望我无论伤什么人都是有意为之。

由于男孩子们不对我说那些惹我发火的话，我就没有机会用我这张刻薄的嘴损他们。当然，斯蒂温除外。这些日子里我们就像打羽毛球似的一来一去互相使用那些恶毒的言辞，这倒仿佛是在玩一种游戏。“吃我一记！”“也吃我一记！”而我通常可以用这样的话回得他哑口无言：“你那个头是在哪儿剃的？割草机店里吗？”他对剃头一事很是敏感。或者，当他穿着他那私立学校规定的灰色法兰绒长裤和夹克，全身上下收拾得齐齐整整时，我就会说：“嗨，你这样子倒像是辛普森的一名推销员。”辛普森的推销员是一些乳臭未干的孩子，他们身穿颜色鲜艳的、口袋上绣有校徽的上装出现在中学毕业班每年的年刊上，个个看上去漂漂亮亮、整整齐齐；他们是在为辛普森做广告。

我爸说：“少奶奶，你这张尖嘴总有一天会让你惹出祸来！”叫我“少奶奶”是一种提示，意思是说我胆子也太大了，已经快接近某种东西的边缘了，但尽管它让我暂时闭了嘴，却并没有使我从此说话口气有所缓和。我已经逐渐变得喜欢冒这样的险，喜欢那种晕乎乎飘飘欲仙的感觉，这种感觉就是：我意识到自己已越过那条能为社会所接受的行为规范的界限，意识到自己是行走在薄冰上、半空中。

我这张刻薄的嘴用得最多的时候是在科迪莉亚身上。她甚至不用惹我，我是把她当靶子来练的。我们坐在可以俯瞰足球场的小山上，身上穿着只有足球比赛日才可以穿到学校去的牛仔裤。我们用别毯子的大头针将裤脚过长的翻边往上别住，这是最近才流行起来的事。那几个啦啦队队长穿着长及大腿中部的裙子跳来蹦去，手里挥动着纸做的、一头绑在一起的一面面小彩旗；她们的腿看上去不长，也不是金黄色，跟《生活》杂志背面上登的那些啦啦队队长的形象完全是两回事，显得矮胖，黑乎乎的，和她们啦啦队队长的身份极不相称。不过我还是羡慕她们的腿肚子。足球队员慢跑着进了场。科迪莉亚说："那个格列高利！好一个帅哥！"我就说："干酪一块！"[1]科迪莉亚看了我一眼，那眼神中有伤害。"我觉得他是个英俊少年。""他们身上就是像乡巴佬似的满是玉米胚芽油我看你也会喜欢的。"我说。当她说学校的马桶座圈不先擦干净就坐下来可不是个好主意，因为那样有可能会染上什么病，我就问："这是谁跟你说的？你妈咪吗？"

我还取笑她最喜爱的那几个歌手。"爱，爱，爱！"我说，"他们永远在呻吟。"我已变得越来越冷酷无情，对那种装腔作势过分伤感的东西十分鄙视。弗兰克·辛纳特拉被我贬作"一块会歌唱的果浆软糖"，贝蒂·胡腾则成了"人间的一块磨刀石"。不论怎么说吧，这些人都已经过时，他们都是些多愁善感的面糊团团。真正的真理还是要到摇滚乐中去找："石做的心"还差不多。

有时候科迪莉亚也能想出一些话来回我，但有时候她想

[1]　此处是一个双关语：英文"hunk"既有"富有魅力的健美男子"之意，又有"一大块"（东西）之意。

不到。她只会说:“太狠了!”要不她就将舌头伸到嘴的一边,然后换个话题。要不她就点上一支烟。

我坐在历史课堂上,在书页的边上乱涂乱画。我们在学第二次世界大战。老师充满了激情,挥舞着手臂和教鞭在教室前面蹦来跳去。他个子不高,一缕头发翘着怎么都弄不平,还有一条瘸腿;他自己可能就参加过二战,或者外传是这样。他在黑板上用白粉笔画了一张很大的欧洲地图,又用黄色虚线标出国与国之间的分界线。粉红色的箭头表示入侵的希特勒军队。讲到德军吞并奥地利了,讲到波兰沦陷了,接着是法国沦陷。我在书上画郁金香和树,画一条线代表地面,还画出它们各自不同的根系。用绿粉笔画的潜水艇出现在英吉利海峡。我画出隔着过道坐在我旁边的那个女孩的脸。闪电战开始了,炸弹像邪恶的、银色的天使似的从空中飘落下来,伦敦在一个街区接一个街区、一家接一家地分崩碎裂,壁炉架、烟囱、多少代传下来的手雕双人床被炸成碎片燃烧着,历史被夷为一堆堆瓦砾残片。“这是一个时代的结束。”老师说。他说要我们明白还很难,但再也不会有任何相同的事发生了。我们看得出来,他为此深深地感动着,我们都觉得很别扭。我在想:会有什么相同的事发生呢?

让我觉得不可思议的是,当老师拿粉笔画着所有那一切并统计出二战中所有的死亡人数时,我自己居然还活着。他还介绍了女人当年穿的那种可笑的阔垫肩、细腰身的服装，那种后面挂下来盖住屁股仿佛在屁股上系了一条围裙似的褶襞短裙。我画了一个肩膀很宽、头戴阔边花饰帽的女人。我画自己的手。手最难画了。要想让这手看上去不像是一排香肠还真不容易。

我开始跟男孩子外出了。这并不是什么有意识计划的一部分，它就这么发生了。我和男孩子的关系很是轻松省力，我意思是说，和他们交往我几乎不费什么劲。跟女孩子在一起我才感到别扭；我感觉自己必须防备的是女孩子，不是男孩子。我坐在自己的卧室里摘细羊毛套衫上起的那些毛茸茸的小球球，这时常会有电话响。打电话的常常会是个男孩。我拿着套衫来到放着电话机的过道里；我在过道的椅子上坐下来，听筒搁在耳朵与肩膀之间，继续摘套衫上的小球球，一场大部分时间实际都是沉默的长长的对话就这么进行着。

男孩子天生需要这样的沉默，你不能说太多的话来惊吓他们，也不能说话太快。他们实际说什么并不那么重要。重要的部分存在于话与话之间的沉默中。我知道我们双方都在寻找什么，那便是逃避。他们想逃避的是大人和其他男孩，我想逃避的是大人和其他女孩。我们在寻找沙漠中的孤岛，虽然只是暂时的并且出于幻想，但真的在那儿。

我爸在起居室里神经质地走来走去，把他口袋里的钥匙和零钱弄得叮当直响。他不耐烦了，他忍不住要来听我发出的这些单音节词，这些含糊不清低声说出的话，这些无言与沉默。他走进过道来，用手指做出剪东西的动作，意思是我应该长话短说。“我得挂了。”我说。那男孩发出一种像是气从内胎里跑出来的声音。我明白那声音是什么意思。

我了解男孩子的那些事情。我知道他们脑子里在想什么，知道他们对女孩子对女人的看法，知道那些他们无法向别的男生承认或是向任何人承认的东西。他们对自己的身体感到害怕，对自己说的话感到害羞，还怕被人笑话。我知道当他们在自己的小圈子里胡闹或是躲在体育馆后面偷偷摸摸抽香烟时彼此之间会进行什么样的对话。“令人目瞪口呆的烂女人”，“毫无吸引力的女人”，“丑妞儿”，“母狗”，这些词是他们用来指女孩子的，还有的话比这些更难听。我倒并不因为他们用这些词就对他们反感。我知道这些词不过是酸洗牛眼和吃鼻涕的另一个版本，是男孩子们需要说出口以向彼此证明自己很强、不受诓骗的工具。这些词并不一定能说明他们不喜欢真正的女孩子，或者说，不喜欢某一个真正的女孩子。有时真正的女孩子替换了这些词，有时这些词成了那些女孩子的化身，而还有些时候它们不过代表一种背景噪音。

我认为这些词没有一个能用到我身上。它们只适用于别的女孩，这些女孩对这样一些词浑然不知，她们在学校的走廊上走着，甩着头发，扭着小屁股，仿佛自以为很性感，彼此大声而随意地说着话，其用心又骗得了谁呢！要不她们就做出或纤弱娇柔或怅然若失或浑身是劲的各种姿态。而与此同时，这些没有说出声来的词的乌云却始终笼罩在她们的周围："令人目瞪口呆的烂女人"，"毫无吸引力的女人"，"丑妞儿"，"母狗"——这些词指向她们，灭了她们的神气，将她们压到可以被任意操纵的程度。对付这些无声的词的诀窍是：从它们的间隙走过去，在心中把头转向一边，对其充耳不闻，最终巧妙逃脱，就像穿墙过壁一样。

这是我所了解的关于男孩子的一般情况。其中没有一点跟某个单独的男孩子有关，跟同我一起外出的男孩子有关。这些男孩年龄一般说来比我要大，虽然他们不是那种留着油光光的鸭屁股发型的男孩，也没有浑身上下穿着皮货，但他们给我的感觉更好。我跟他们外出的时候，大人要求我准时回家。如果我没有，我爸就会找我长谈，他会向我解释，说准时回家就像准时赶火车一样，要是赶火车迟到了，火车不就搭不上了？"可这个家又不是火车。"我说，"它还会走哪儿去吗？"我爸气急败坏，把口袋里的钥匙弄得叮当直响。"问题的关键不在这儿！"他说。

我妈的解释是："我们不放心。""不放心什么？"我说。在我看来，没有任何东西用得着担心。

在这件事情以及别的一些事情上，我父母都是我的一个障碍。他们不肯像所有别的人家那样买电视机，因为我爸说电视会将人变成弱智，还会发出对人体有害的射线以及潜意识中的一些信息。当男孩子来家里接我的时候，我爸忽然会从地下室里冒出来；他戴着那顶灰色的旧毡帽，手里拿着把鎯头或锯子，一只赤裸着的爪子拉过人家的手就握。他用他那双忽闪忽闪的、精明而带讥讽的小眼睛将人家上下打量，还叫人家“先生”，好像他们是他的研究生似的。我妈表现得很像一位态度优雅的女士，她几乎什么话都不说。要不她就对我说，在男孩子面前我的样子真甜。

春天，父母亲会穿着他们沾满污泥、肥肥大大像口袋似的、在园中劳动时穿的裤子，绕过房子的拐角冒出来看着我跟男孩一起出去。他们会把人家男孩子硬拉到后面的院子中去；我爸爸在那里积聚了一大堆水泥方砖，说是将来说不定哪儿就要用到。他们要这些男孩来看他们展示自己的蝴蝶花，好像人家都是老太太似的；对于这些蝴蝶花，男孩子们还都得说上两句好听的话，而事实上他们这时的心思根本不在这蝴蝶花上。有时我爸还试图吸引他们围绕时下的热点话题谈谈意见，或是从他的书架上把一些书拿下来，问人家这本读过没有那本读过没有，搞得人家男孩子站那儿从这只脚换到那只脚，不知所措。“你爸是个怪人。”这些男孩后来不安地说。

我父母亲就像是我的弟弟妹妹，他们跟小顽童似的，脸上脏兮兮，一些很让人丢脸的话脱口而出，想都想不到，管也管不住。我叹口气尽量受着。我觉得自己比他们大，大得多。我觉得自己像古人。

我跟男孩子在一起时做的事没有什么可担心的。它们很正常。我们去看电影，我们坐在吸烟区搂着脖子亲嘴，或者上汽车电影院去，在那儿同样吃着爆玉米花搂着脖子亲嘴。搂脖子亲嘴是有规矩的，我们都遵守，那就是：靠近，推开，靠近，推开。解吊袜带和乳罩就过分了。不准动拉链。男孩子的嘴里有香烟和盐的味道，他们的皮肤闻上去像那种剃须后用的陈香牌润肤油。我们去跳舞，在一支支摇滚乐曲中转着圈，或者在蓝色的灯光下拖着脚步，四周全是拖着舞步的一对对别的伴侣。正式舞会之后我们就上某个人家去或是上圣查尔斯餐馆去，那之后又是搂着脖子亲嘴，不过时间不会很长，因为那时通常已经没有时间了。参加正式舞会我都是穿自己做的衣服，因为那样的衣服我买是买不起的。这衣服有好几层丝网眼纱，底下由硬布环衬撑着，我担心那些钩子会脱下来。我有用相配的缎子面做的鞋子或是带银色搭襻的鞋子，还有耳环，那东西夹耳朵，疼得要命。参加这样的舞会男孩子们会送我装饰花，那通常是些被弄得扁扁的康乃馨或边缘已发褐的玫瑰花苞，是一团团已经枯死的植物，就像收来的一堆已经皱缩的花脑袋，事后我将它们压好收藏在五斗橱的抽屉里。

我哥斯蒂温对这些男孩持轻蔑的态度。在他看来，他们都是弱智，不值得我认真考虑。他在背后笑话他们，拿他们的名字取笑。他们明明是乔治却非要叫“乔杰—波杰”，明明是罗杰却非要叫“罗佛”。他打赌说每一个这样的名字都不会持续很久。“对他来说也就三个月吧。”他在见到人家男孩子第一面之后常会这么说；或者：“你准备什么时候把他蹬掉？”

我倒不会因此而讨厌我哥。他的这种言行在我意料之中，因为他部分是对的。我对这些男孩的感觉和连环图书上那些真正的浪漫故事中女孩子的感觉不一样。我不会到处那么一坐，心中老想着他们什么时候来电话。我喜欢他们但不会爱上他们。许多青少年杂志上描写女孩子们会闷闷不乐，郁郁寡欢，每边脸颊上都挂着颗珍珠耳环似的眼泪，这样的描写却没有一种适用于我。因此，一定程度上说，男孩子于我确实不是一件多么严肃的事。但同时他们又是。

严肃的这部分是他们的身体。我拿着电话坐在过道里，我听到的是他们身体的声音。我不怎么去听他们讲的话，而是听那无言的沉默，在无言的沉默中，他们的身体会重新创造自身，或者由我来创造，获得某种姿态。当我感到孤独，渴望男孩子时，我渴望的是他们的身体。在黑暗的电影院，我仔细观察他们举着香烟的手，肩膀倾斜的线条，臀部的角度。我从一旁看着他们，仔细观察不同光线下他们的变化。我对他们的爱是视觉的：这才是他们身上我想占有的那个部分。“别动！”我常这么想，“保持那个样子别动。让我好好看看那个姿势。”要说他们能够影响我，这种影响是通过眼睛达成的，等到我厌倦了他们，部分是因为身体上的疲惫，部分是视觉上的倦意。

这其中只有一部分与性有关，不过它们确实与性有关。有些男孩子有汽车，有些没有，跟没有车的男孩子出去的时候我们乘公共汽车、有轨电车或是新开通的多伦多地铁；地铁很干净，像一间铺了菘蓝色瓷砖的长长的卫生间，清静安全。这些男孩子常常会走着送我回家，我们通常绕道走很长的路。空气散发出丁香花或刈过的青草或燃烧的枯树叶的味道，要看是在什么季节。我们从那座新的水泥桥上走过，头顶柳枝弯弯，桥下溪水潺潺。我们站在从桥上的电灯柱上投下的昏暗的灯光里，身子靠在扶栏上，他们的胳膊搂着我，我的胳膊搂着他们。我们撩起对方的衣服，用手在对方的脊梁骨上来回抚摸，这时我觉得脊梁骨绷得紧紧的，快要断了似的。我摸遍对方的全身上下，我抚摸对方的脸，不由得大为惊讶。男孩子脸上竟会出现这么大的变化：变得柔和，自由舒展，痛苦。人的身体是纯粹的能量，是固体的光。

44

一名女孩被发现让人谋杀在沟壑里了。不是我们家附近那个沟壑，而是它的一更大的支流，在那些砖建筑过去更南边的地方；那儿就是唐河了，河边种满了柳树，河里则抛满了垃圾，脏兮兮的；唐河水缓缓流入湖中。这样的事按理不应该发生在多伦多——条这里的人们夜里自家的后门都不锁，窗户也不上销，但看来这种事确实会发生。所有报纸的头版上都登载着这条消息。

这个女孩年龄和我们一样大。她的自行车被发现就在她身边。她是被勒死的，还受了猥亵。我们知道“受了猥亵”是什么意思。报上还登了她生前的一些照片，照片看上去好像已经有鬼魂附体。这样一种神情照片通常需要经过多少年才能具备，它是一种时光消失后无法换回、不可弥补的神情。报上对她的衣服有十分全面的描述。她当时穿的是一件安哥拉羊毛套衫，脖子上围一条饰有一个个小绒球的毛皮领子，这种东西眼下正流行。这种毛皮领子我没有，可也很想弄一条。她的是白颜色，你也可以弄到水貂皮式的深褐色。她的套衫上别着一枚徽章，形状是两只鸟，红色的玻璃首饰做鸟的眼睛。这东西是谁都会戴着上学校去的。所有这一切有关她服装的细节描述我虽然都在带着极大的兴致阅读，但这事给我的一个强烈印象就是不公平。有一天你穿着普普通通的衣服走出去，结果没有得到任何警告就被人谋杀，之后所有的人都来看你，调查你的情况，这样的事似乎很不正常。谋杀也应该有一个比较能拿得到场面上来的理由啊。

我老早以前就将沟壑那边会出现坏男人的念头抛到了脑后。我认为那只是做母亲的人编造出的一个用来唬人的故事。但是现在看来，虽然我不相信，这样的坏男人还真的存在。

这个被杀的女孩让我感觉到不安。刚开始的一阵震惊过去后，学校里谁都不再怎么说起她了。甚至科迪莉亚也不想再谈起她。好像这女孩被杀是因为她自己做了什么不光彩的事，所以她才到那个发生着一切说不出口的丑事的地方了结自己。她就这么走了，带着她的一头金发，她的安哥拉羊毛套衫，她的平凡无奇。她的死搅起了某种东西，像是枯死的树叶。我想起了我曾经有过的一个洋娃娃，她的裙边镶着一圈白色的柔毛。我记得自己很害怕这个洋娃娃。许多年中我从未去想它。

我和科迪莉亚坐在餐桌旁做作业。我在帮科迪莉亚，设法跟她解释原子是怎么回事，可她拒绝把它当成正儿八经的事。原子的示意图上是一个原子核，原子核的周围是电子。原子核看上去像一颗树莓，而电子及其光环看上去像土星。科迪莉亚将舌头伸到嘴的一边，对着原子核大皱眉头。“这东西看上去像颗树莓。”她说。

“科迪莉亚，”我说，“明天就考试了。”她对分子没有兴趣，元素周期表似乎也掌握不住。她拒绝搞懂什么是质量，拒绝搞懂为什么原子弹会爆炸。物理书上有一幅原子弹爆炸的照片，可以看到蘑菇云等东西。对她来说，这不过就是又一颗炸弹而已。“质量和能是两个不同的方面。”我对她说，“这就是为什么 $E=mc^2$。”

“要是珀西那假正经的不是那么一条讨厌的爬虫，我理解起来可能还容易些。”她说。“假正经的珀西”是我们的物理老师。他长着红红的头发，头发竖在头顶，就像一只树上的啄木鸟。他说话咬舌，口齿不清。

斯蒂温从房间走过，他站在我们身后居高临下地往下看。“看来他们还在教你们这种娃娃物理。”他很宽容地说，“他们还是把那原子画得像颗树莓。”

“听到了吧？”科迪莉亚说。

我觉得自己的脑子被他搅乱了。“这是要考到的原子部分，所以你最好学一学。”我对科迪莉亚说。对斯蒂温我则问：“那么原子实际到底是什么样子？”

“许多一无所有的空间。”斯蒂温说，“其实它几乎根本不存在。它只是由力固定在那儿的少数几个微粒。从亚原子这个层面上说，你甚至不能说有物质这种东西存在。你只能说它有一种存在的倾向。”

“你把科迪莉亚弄糊涂了。”我说。科迪莉亚点了一支烟正看着窗外，只见几只松鼠正围着草地互相追逐。这一切都没有引起她的注意。

斯蒂温仔细看了看科迪莉亚。“科迪莉亚就有一种存在的倾向。”他这么说了一句。

虽然科迪莉亚也跟男孩子外出，但她的情况跟我不一样。每隔一段时间我都会通过和我一道外出的男孩安排一次四人约会。和科迪莉亚约会的男孩总是要低一个档次，她自己也知道，所以经常拒绝接纳对方。

科迪莉亚似乎拿不定主意她真正可以接纳的男孩是哪一种。发型像我哥这种的男孩她说是呆子和傻蛋，剪鸭屁股发式的虽然性感，她又说是滑头，庸俗而不上档次。她觉得和我一道外出的那些男孩因为通常只是些短平头，对她来说显得过分幼稚而孩子气。她已经不再涂过分红的口红与指甲油，也不再总是竖着领子，她已经开始迷上色度比较中和的粉红，已开始节食减肥，已开始梳妆打扮。这种现象杂志上称为“打扮得漂漂亮亮”，仿佛给马洗刷打扮似的。她的头发比以前短了，她的一副行头也不像以前那么惹眼了。

但是，科迪莉亚身上有些东西还是叫男孩子们感到不安。她对男孩子似乎过分关注，过分礼貌，许多事情挖空心思做得太过头。当她觉得男孩子说出了一句笑话时往往会大笑，还要说："这真逗，斯坦！"甚至人家没有打算要开玩笑时，她也会说出这样的话，结果人家搞不清楚她是不是在拿他们取笑。有时候她是，有时候又不是。她的嘴里还常常一不小心滑出一些很不得体的话来。有时我们吃完汉堡包和油炸土豆后她会冲着男孩子欢快地来一句："你们填够了没有？"问得人家目瞪口呆。他们可不是那种愿意用餐巾环的男孩。

她常要问他们一些诱导性的问题，总是学着大人的样努力想把他们拉到谈话中来；她似乎不明白，跟男孩子在一起，最好的事情是让他们在无言中默默地待着，只用眼角的余光去观察他们。科迪莉亚却总是面对面直愣愣地盯着人家看，满含真诚；在她直视的目光下，男孩子们不知所措，就像兔子一头跑进了车前头的强光，被照得呆在了那里。她和他们坐在汽车后座时，从那呼吸声和喘气声我也判断得出来，往"那个"方向去她也奔得太急了点。"她有点怪噢，你这个朋友。"男孩子们对我说，可他们也说不上来为什么。我觉得可能是因为她没有兄弟只有姐姐的缘故。她认为跟男孩在一起说的话很关键，她从来不明白男人沉默的复杂与微妙。

但我知道，科迪莉亚并不是真的对男孩子们自己要说的话有什么兴趣，这是她告诉我的。多数时候她认为男孩子很蠢。她努力要跟男孩子交谈只是一种表演，一种模仿。她跟他们在一起时的笑声都是低低的，提炼过的，就像是收音机里听到的女人的那种笑声；当然，一得意忘形就另当别论，那时她会猛笑。她是在模仿什么东西，模仿她脑海中的某种东西，那是只有她自己才看得到的某个角色或某个形象。

厄尔利 · 格雷剧团的演员们到我们中学来了，他们每年都要来一次。他们从一所中学演到另一所中学，这方面的名气很大。他们每年都演一部莎士比亚的剧，这些剧总是全省十三年级的统考中要考到的，想上大学就得通过这些剧目的考试。多伦多剧院不多，实际上只有两家，所以不少人都来看他们演出的这些剧目。孩子们看戏是因为考试要考到，父母亲前往则是因为能看到戏的机会不多。

厄尔利 · 格雷剧团的演员有厄尔利 · 格雷先生，他总是演男主角；厄尔利 · 格雷夫人，她演女主角；还有两三个别的演员，人家都觉得是厄尔利 · 格雷家的什么亲戚，他们可能一人兼演两个或两个以上的角色。其余角色则由演出那周他们所在中学的学生担任。去年上演的是《裘力斯 · 恺撒》，科迪莉亚得到机会做一名群众演员。她得按剧情要求用烧焦的软木将脸涂脏，还要从家里找来一条床单将自己浑身上下裹起来，在马克 · 安东尼发表“朋友们，罗马人，同胞们，大家听我说！”那个著名演说的群众场面里连说：“暴徒！暴徒！”

今年上演的剧目是《麦克白》。科迪莉亚演一名侍女，在最后那场战争戏中还兼演士兵。这一次她得从家里找一块花格呢的汽车地毯。她运气不错，因为她还有一条苏格兰褶裥短裙，那是潘迪上女子私立中学时穿过的一条旧裙子。除了表演角色，科迪莉亚还兼任道具助理。她负责整理收拾每次表演后的道具，将它们按各自的位置放好；那位置总是不变，这样演员在后台就可以一把抓到，不假思索拿了就跑。

三天彩排期间科迪莉亚非常兴奋。这我能看得出来，因为回家的路上她在一支接一支地抽烟，对别的东西一概表现出厌倦冷漠，而每隔一会儿却要提一下那几个真正的专业演员的名字。她说，那几个年龄较轻的演员是想尽办法要表现得滑稽幽默。他们管三个女巫叫“三个吸毒的姊妹”[1]；他们管科迪莉亚叫“奶油小生”，还吓唬她说要把水螈眼和青蛙脚放到她喝的咖啡里。他们说，当麦克白夫人在她发疯那场戏中说“滚出去，该死的脏东西！”时，她是在指她那条狗斯波特——斯波特把屎拉到了地毯上。她说真的演员从来都不大声说出“麦克白”这个名字，因为它代表的是一种坏运气。他们另外把他叫作“高地苏格兰人”。

“你刚才就说过。”我说。

“什么？”

“麦克白。”我说。

---

[1] 应该是“三个装神弄鬼的姊妹”（即女巫）。但英文“weird”（装神弄鬼的）与“wired”（吸毒的）十分相近，故有年轻演员的这一文字游戏。

科迪莉亚突然在人行道的中间停住脚步。“啾，上帝！”她说，“我说了吗？”她假装笑笑，想把霉气笑掉，但实际却为此紧张不安。

剧情结束的时候，麦克白的脑袋被砍下，麦克德夫得将它拎到舞台上。这脑袋是一棵卷心菜做的，包在一块白色的茶巾里，麦克德夫将它往舞台上一扔，它嘭一下发出重重的、肉与骨头着地的声音。彩排的时候就出现了这种情况。可是首场演出前的晚上——演出共有三场——科迪莉亚注意到卷心菜已经开始坏了，它变得又软又湿，散发出像泡菜一样的味道。科迪莉亚用一棵完全新鲜的卷心菜替代了它。

剧是在学校礼堂上演的，学校的集会、合唱队排练也都在这里进行。开演那天晚上礼堂挤满了人。一切进展还算顺利，没有发生多少意外，只是有人在不该笑的地方偷偷傻笑了几声，而当麦克白在邓肯的寝室外犹豫不决时，不知是谁喊了一句：“继续，动手啊！”当麦克白夫人穿着睡袍出现的时候，还有人从礼堂的后面发出嘘声和吹口哨声。演到战斗那场戏时，我在找科迪莉亚；果然她在那儿，穿着苏格兰褶裥短裙，手里举着把木头做的剑，那块汽车地毯披在肩上，正从舞台上匆匆跑过。可是当麦克德夫最终上场将那包在茶巾中的卷心菜扔下来的时候，它没有一下停住不动，而是像个皮球似的噔噔噔蹦过舞台，最后从舞台边上掉了下去。这事减弱了这个剧的悲剧效果，大幕在一片笑声中落了下来。

这是科迪莉亚换卷心菜换出来的错。她感到很丢面子。“那卷心菜就应该是烂的。”当我上后台去向她表示祝贺时她呜咽着对我说，“他们这时候才跟我讲！”演员们对此倒并没怎么在乎，他们跟她说这倒是一种完全新奇的效果。但尽管科迪莉亚红着脸笑了，想轻松地就让这事过去算了，我还是看到她差点要掉下泪来。

我应该为她感到同情，可是我没有。相反，第二天放学回家的路上，我却说：“噔噔噔——啪嗒！”科迪莉亚说：“啾，别这样！”她的声音平板，沉重。这可不是开玩笑。一刹那，我闪过一个念头，我在想：对我最好的朋友我怎么可以这样刻薄呢？她还确是我最好的朋友。

时光流逝，我们比原来又长大了，我们是学校里年龄最大的，我们已上到十三年级。我们可以居高临下地看待新来的、还只是小孩子的学生（我们曾经也和他们一样只是小孩子）。我们可以对他们宽容地微笑。我们已经到了可以学生物的年龄，生物课老师在化学实验室里上课。上这门课时我们离开自己年级教室里的组员，跟别的年级教室的学生碰到了一起。科迪莉亚因此成为我生物课上做实验时的合作伙伴，与我共用一张黑颜色的、带洗槽的化学实验桌。科迪莉亚对生物的不喜欢一点不亚于物理，物理这门课她是勉勉强强才通过的。但她总得修点理科方面的课程；在她看来，要是不修生物，也许就得选些别的东西，选生物或者还容易些。

老师发给我们一套解剖用的工具，其中那把刀形状像医用解剖刀，可能还要锋利一些；有一只小碟子，碟子底部上了一层蜡；还有一小包大头针，就像上缝纫课时发给我们的那种。首先要我们解剖的是一条蚯蚓。老师给我们每人发了一条。我们看着动物学教材上蚯蚓的内部解剖图：我们将蚯蚓切开后看到的就应该是这种样子。蚯蚓在底部上了蜡的碟子里又是绞又是扭，沿碟子边探嘴伸鼻，竭力想逃出碟子去。它们闻上去像是地上的洞的味道。

我将蚯蚓的两头用大头针钉住，从上到下竖着就是一刀，手法十分娴熟，蚯蚓就像上鱼钩时那样扭动着身体。我将蚯蚓的皮拨开来钉在碟子的边上。我看到了蚯蚓的心脏，它不像一般心脏的形状；我看到了它的中央动脉，正在像水泵一样压送着血液；我看到了它的消化系统，里边满满装着的全是烂泥。“啾！”科迪莉亚说，“你怎么能——！”科迪莉亚越来越多愁善感了，我想。她快变成窝囊废了。趁老师不注意的时候，我帮她把那条蚯蚓给解剖了。接着我又画出切开后的蚯蚓的解剖图，并将各个器官一一漂亮地标出。

蚯蚓之后是青蛙。青蛙的腿直蹬，比蚯蚓难控制，它那样子太像一个人在游泳了！我按照老师的指导先用氯仿将青蛙麻昏，随后将它刺穿在大头针上，凭借天分解剖起来。我画了一张青蛙内部的解剖图，其中有所有那些弯弯扭扭的东西，还有球髓，小小的肺，以及青蛙作为冷血两栖动物特有的心脏。

科迪莉亚同样也不能解剖青蛙。她说，光是想到将解剖刀刺进青蛙的皮她就感到恶心反胃。她看看我，脸色苍白，两眼瞪得大大的。青蛙的气味已经开始让她感到不舒服。我为她解剖了青蛙。我擅长做这种事。

我背淡水螯虾的平衡器、鳃以及嘴周围的器官的名称。我背猫的血液循环系统。上我们课的老师平时担任的是男生的足球教练，可他最近修了一门动物学的夏季课程，这样就可以做我们这门课的老师了。他为我们订购了一只死猫，猫的静脉和动脉分别注进了蓝色与粉红色的胶乳。猫送到时他很失望，因为它显然已经腐烂发臭，即使放在甲醛溶液中，我们依然能闻到它的腐臭味。因此，老师就没有要我们解剖猫，大家用书上的那幅解剖图。

但是，蚯蚓、青蛙和猫对我来说还不够。我希望能了解更多的东西。星期六下午我上动物学大楼，跑到没有人的实验室里去用他们的显微镜。我观察那些幻灯片，那些三角头、斗鸡眼的三涡虫的剖面图，观察染上鲜艳色彩的细菌，其中有鲜明的粉红，强烈的紫色，以及灿烂的蓝色。这些幻灯片底下打着灯光，仿佛彩色的窗玻璃，令人叹为观止。我将它们画下来，在结构与结构之间用不同的彩笔画出它们的轮廓线，不过灯光照耀下那种灿烂鲜明的色彩感我是永远也画不出来的。

班纳杰先生现在已经是班纳杰博士了，他发现我正在做的事后就把他认为我希望看到的一些幻灯片带给了我。他羞羞答答却又急切地把这些东西拿出来给我，同时会意地咯咯一笑，好像我俩是在分享一个令人开心的、我知他知的秘密或是某种宗教方面的东西。“这是梅毛虫的寄生物。”说着他将幻灯片满怀敬意地放到我桌上的一张干净纸上。“这是蛾幼虫下的卵。”

“谢谢你。”我说。他用他灵巧的、啃咬过的手指捏着纸的两角将我画的图拿起来看。“很好！很好！小姐。”他说，“要不了多久我的工作就要你来做了。”

他现在已经有了个太太，太太从印度来；他还有了个小孩。有时我从实验室的门口往里看能看到他们：那孩子温顺而疑惑，班纳杰先生的夫人则一副担心着急的样子。她戴着金耳环和一条缀有闪闪发亮的小饰片的纱巾。她裹在身上的红色的莎丽从她褐色的加拿大冬装下露出来，底下则露着一双罩靴。

科迪莉亚来到我家，我帮她做动物学课的作业，她会留下来吃饭。我爸一边将炖牛肉端上桌一边说，每天都有一种物种在灭绝。他说我们每天在往河里放毒，我们在毁灭这个星球上的基因库。他说一种物种灭绝后，留下的那个生物龛就会有别的物种来填补，因为大自然拒绝真空。他说前来填补的东西是那些普通的杂草、蟑螂和老鼠，过不了多久，所有的花就都成了蒲公英。他挥动着手中的叉子说，如果我们作为一种物种继续这么过量繁殖的话，一种新的流行病就会出现，这样才能恢复物种之间的平衡。所有这一切是会发生的，因为人们忽视了科学的基本教训，而去从事政治、宗教与战争，还为互相残杀寻找慷慨激昂的各种借口。另一方面，科学理性客观不带偏见，是唯一的宇宙语言。这语言就是数字。当我们最终深陷死亡与垃圾时，要想清除摆脱我们身受的混乱，只有求助于科学。

科迪莉亚听着所有这一切，她假笑了笑。她觉得我爸是个怪人。我听他这一番话就知道科迪莉亚一定是这样想的：这可不是人们在餐桌上应该谈论的话题。

我也上科迪莉亚家吃饭。科迪莉亚家的饭分两种：她爸在家时是一种，不在家时又是一种。他不在家时，吃的东西很是马虎随便。她妈咪穿着画画的罩褂就上了餐桌，而且心思还不在吃饭上；潘迪、米瑞还有科迪莉亚身着蓝色的牛仔裤，上面套一件男人的衬衫，头发上还卷着发卷就出来了。她们会突然从桌子边跳起来，逛啊逛地跑到厨房去添点黄油或者盐，因为这些东西被大家给忘记了。她们同时说话，一会儿无精打采，一会儿又像是被什么东西逗乐了，而轮到谁收拾餐桌谁就叫苦；妈咪在一旁说："好了，姑娘们，该收拾桌子了。"其实她对她们也没有信心。她都懒得失望了。

但是，科迪莉亚的父亲在家时，一切就不一样了。餐桌上会放上鲜花，点上蜡烛。妈咪会戴上她的珍珠项链，餐巾被叠得整整齐齐套在餐巾环上，而不是皱皱巴巴随便往盘子底下一压。什么都不会被忘记。没有人戴发卷，没有人将胳膊肘放到餐桌上，连腰板都挺得比平时要直。

今天就是餐桌上点蜡烛的这么一天。科迪莉亚的父亲坐在桌子的上座，他的眉毛浓密，目光似狼；他弓起身子居高临下瞪着我，全力向我显示他那持重、讥嘲、令人恐惧的魅力。他能让你感到他对你的看法很重要，因为那一点都不会有错，而你对他的看法就没有什么关系了。

"我可被凶女人害苦了。"他说，装出一副很悲伤的样子，"一屋子的女人，男人就我一个。早上她们都不让我进卫生间刮胡子。"有讽刺意味的是，他居然要求我的同情，希望我站到他的一边，与他为伍。可我想不起来有什么好说的。

潘迪说："他应该觉得自己很幸运，我们都还能容忍他。"潘迪像小公驹那样随便嬉闹一下是不会有什么麻烦的，她剃的头就像个男孩子。米瑞被逼急了则会露出责备的目光。这两种作风科迪莉亚都不会。不过三个人都在讨父亲的好。

“你们近来在学什么？”他对我说。这是他常问的一个问题。我无论说什么他都觉得有趣。

“原子。”我说。

“喔，原子。”他说，“我记得原子。现在原子自身又有些什么新说法啊？”

“哪一种原子？”我问。他笑了。

“是啊，哪一种呢？”他说，“问得好！”这或者就是他所希望得到的：最基本的一来一去，一问一答。但科迪莉亚永远想不出什么东西来，她太怕他了。她很怕自己会不讨父亲的喜欢，而父亲偏偏因此而不喜欢她。我曾看见过许多次，她慌慌张张乱动着两只脚竭力想要给父亲以抚慰。但无论她做什么说什么，似乎永远都不够，因为不知为什么，好像就不该有她这个人。

我关注着这一切，它让我很生气，它让我想踢她。她怎么能这么没出息？她什么时候会学好呢？

动物学课的年中考试科迪莉亚没有及格。她似乎并不在乎。考试时她有一半时间在偷偷摸摸给学校里各种各样的老师画漫画。放学回家的路上她将这些漫画拿给我看，大笑着，笑得很夸张。

有时我梦见男孩子。这是一些无声的梦，梦见的是他们的身体。这些梦在我醒后还能留在心中好几分钟，我会沉浸其中尽情地享受一番，但不久也就忘了。

我也做别的梦。

我梦到自己不能动弹，不能说话，甚至连呼吸都不能。我被罩上了铁肺。铁肺紧扣在我的周身，仿佛一张被卷成圆筒的硬皮。正是这张铁皮在一进一出地帮我呼吸。我又沉又重，除了这沉重我什么感觉也没有。我的头从铁肺的一端伸出来露在外面。我望着上面的天花板，天花板上装着灯，灯泛着微黄，仿佛一块布满云纹的冰。

我梦见自己在五斗橱上的镜子前试戴一条毛皮领子。有人站在我身后。要是我挪动一下身子，不用转过头就可从镜子中看到自己身后的人。我将可以看到镜中人究竟是谁。

我梦见自己发现了一只红色的塑料钱袋，钱袋藏在一只抽屉或是箱子里。我知道钱袋里有宝贝，可就是打不开。我一次又一次地试，最后终于像气球似的迸开了。它装了满满一袋死青蛙。

我梦见别人给了我一颗用白色茶巾包着的脑袋。透过白布，我看得见其中的鼻子、下巴和嘴唇。我可以将布打开，看看到底是谁的脑袋，可我不想这么做；我知道，要是我打开，这脑袋就会活过来。

45

科迪莉亚告诉我，她小的时候曾打碎过一支体温表，她吃了其中的一点水银，把自己弄生病了，这样她就不用去上学。有时她也会将手指往喉咙里伸，搞得自己恶心呕吐；或者她会将体温表拿得离电灯泡很近，使自己看上去像是在发烧。她干这事的时候被母亲逮住，因为她拿着体温表在电灯泡边上停留的时间太长了，水银一下冲到华氏一百一十度！从那以后，她别的一些骗人手段便更不容易得逞了。

“那时你多大？”我问她。

“啾，我不知道。上中学前吧。”她跟我说，“你知道，那个年龄的人就会干那些事。”

这是五月中旬的一个星期二。我们坐在“阳光坡”的一个小隔间里。“阳光坡”有一个喷泉式苏打水销售柜台，柜台是用带斑点的红鸡血石做的，铬合金收边，沿柜台有一排用螺丝固定在地上的圆转椅。转椅的黑面子可能并不是皮做的，人往上一坐会轻轻发出一声放屁一样的声音，所以我和科迪莉亚以及所有女孩子还是愿意坐到小隔间里。小隔间是用深颜色的木头做的，两张面对面摆着的长凳中间是一张桌子，桌面和苏打水柜台一样也是红的。伯恩汉姆的学生放学后上这地方来抽烟，或一杯又一杯地喝放有酒浸樱桃的可口可乐。喝可乐时在里边放上两片阿司匹林，据说会把人弄醉。科迪莉亚说她曾经试过，她说那和真正的酒醉完全不同。

我们没有喝可乐，而是每人拿着两根吸管在喝香草奶昔。我们将纸盖子从吸管上轻轻拿开，把它皱缩成一条小小的纸毛虫。接着我们把水杯里的水滴到纸毛虫上，纸毛虫受水后膨胀，看上去像是在爬行。“阳光坡”的桌子上丢满了一条条湿漉漉的被水浸透的纸条。

“母鸡生下来的是一只橘子，小鸡们说什么话了呢？”科迪莉亚说。她这么说是因为学校里正刮着一股风，大家都在开一些有关鸡的老一套的玩笑。有关于鸡的玩笑，也有关于傻瓜的玩笑。“那傻瓜为什么把钟扔到窗外去啊？”“他想看时间是怎么飞的。”

“看那橘子酱。”我用一种无聊的声音说，“傻瓜看到地上的三个洞时他说什么了？”

“什么？”科迪莉亚说。即使她曾听过某个笑话，要想起它来她仍有困难。

“算了，算了，算了。”我说。

“哈哈。”科迪莉亚说。约定俗成的其中一部分是对别人的玩笑来一点轻微的嘲讽。

科迪莉亚用我们杯子里洒出来的水在桌子上胡乱涂写。“还记得我以前挖的那些洞吗？”她问。

“什么洞？”我说。任何洞我都没有印象了。

“我家后院那些洞。啃，好家伙，当初我是多么想在那里挖出个洞来！我开始挖，可是地太硬了，里边尽是石头。于是我又重挖一个。那时放学后我就去挖，一天都不歇。因为老握着铲子挖土，双手磨出了水泡。”她笑了笑，显出心情沉重、似有所思的样子。

“你挖这洞想干什么呢？”我问。

“我想在里边放张椅子，到那底下去坐坐。就我自己一个人。”

我笑了。“为什么呢？”

“我不知道。我现在想可能那时是想找个完全属于我自己的地方，谁都不会来烦我。我很小的时候就常常在前厅的一张椅子上坐着。我那时常常想：要是我保持着那么一动不动，不去碍手碍脚，什么话也不说，我就会安安稳稳的，什么麻烦也没有。”

“会有什么麻烦呢？”我说。

“就是安安稳稳。”她说，“当我确确实实还是个小孩子的时候，我想自己在爹地那儿总是遇到麻烦。都是在他发脾气的时候。你永远也不知道他什么时候脾气就上来了。‘脸上别给我挂着那傻不拉叽的笑！’他常常会来这么一句。我经常和他顶着干。”她将一直在烟灰缸里闷燃着的香烟摁灭。“你知道，我讨厌搬到那房子里去。我讨厌玛丽女王学校里那些小孩，讨厌像跳绳那样无聊乏味的事。除了你，我在那里其实没有一个好朋友。”

科迪莉亚的脸慢慢融化，重新形成，在这张脸的背后，我看到她九岁时的脸正在成形。这都发生在一眨眼之间，仿佛我正站在外面的黑暗中，忽然，窗帘啪一下掀开，露出亮着灯光的窗户，将屋子里正在进行的一切活动的细节清清楚楚地展现在我的眼前。一瞥之间，我得以看到那时的一切。随后就看不到了。

一股热血冲上我的头顶，与此同时我的胃一阵收缩，好像什么危险的东西刚要砸到我而终于没有砸到似的；好像是我正在偷东西或撒谎时被人逮住，又好像是我听到别人在我背后议论我，说我的坏话。不论怎么说，我心头涌起了与先前相同的一阵羞耻感、负疚感、恐惧感，以及对自己的无情的厌恶感。但我不知道这些感觉是从哪里来的，我不知道我做了些什么。

我也不想知道。不论是什么吧，反正绝不是我需要或想要的东西。我只想在五月的这个星期二在这里待着，坐在“阳光坡”的红顶小隔间里，看着科迪莉亚用吸管灵巧地吱吱吸着最后剩下的一点奶昔。她什么变化也没有注意到。

“我想到了一个！”我说，“为什么身体没有洗干净的小鸡两过道路？”

“为什么？”科迪莉亚问。

“因为这是个肮脏的叛徒。”[1] 我说。

科迪莉亚像潘迪那样翻了翻眼。“真好玩儿！”她说。

我闭上眼。我的脑海中出现了一个漆黑的方块和一方紫色的花团。

46

我开始回避科迪莉亚了。我也不知道为什么。

我不再安排和她一道出去的四人约会。我跟她说和我约会外出的男孩没有任何合适的朋友。我说放学后我还得留下来。这倒是实话：我在为下一次舞会画装饰画，画那些棕榈树以及身着草裙的姑娘。

有些日子科迪莉亚还是会等我，所以不管怎么样我还得和她一道走回家。她不停地说啊说，仿佛我们之间什么事也没有似的，而我几乎不开口；后来我无论怎样都坚决不多说。过了一会儿她就会过分欢快地说：“我这里一个劲地在说我的事，你的情况呢？”我笑笑说：“没什么好多说的。”有时她会顺势开个玩笑，说：“我的事说够了，你对我怎么看？”我就在她这玩笑后加一句：“没什么好多说的。”

---

[1] 这是个笑话，也是个文字游戏：“身体没有洗干净”即“肮脏”；“两过道路”即过去了又回来，英文为 double cross，意思是“叛变”“欺骗”。故“身体没有洗干净的小鸡两过道路”就成为一个“肮脏的叛徒”。

科迪莉亚考试不及格的功课越来越多。她似乎并不为此而烦恼，或者说，不论什么情况她都不想谈论这事。我不再帮她做作业，因为我知道即使我帮她做，她也不会用心。她对任何事都很难集中心思。放学回家的路上，即使她正在说话，话说到一半她也会突然改变话题，弄得人很难明白她到底是在说什么。打扮方面也常常有疏漏，她又回到许多年前马马虎虎、随随便便的旧习惯上去了。那一缕漂白过的头发她任其疯长，弄得两种色调互相打架，乱糟糟的。尼龙长袜上抽丝了，衬衣上的扣子不见了。口红颜色似乎也不合她那张嘴。

大人们决定，或许科迪莉亚最好还是再换一所学校。她真的换了。这之后她经常给我打电话，不过后来慢慢少了。她说我们应该不久就聚一聚。对此我从来没有拒绝过，但也从来没定过具体的时间。我总是过一会儿就说："我现在得挂电话了。"

科迪莉亚一家搬进了另一所更大的房子，那是在更北面一个更加豪华气派的居民区。几个荷兰人搬进了她家原来的房子。荷兰人种了许多郁金香。这似乎便是科迪莉亚最后的一点消息。

我坐在体育馆的桌子边参加十三年级的毕业考试；考试

是一门接一门，一天连一天。树叶全长出来了，蝴蝶花盛开着，热浪滚滚；体育馆里蒸得像个火炉，我们在里头坐着，热不可耐，却还是一刻不停地写着，馆内则散发出考试前曾在这里锻炼的运动员们的气味。老师像警察似的在过道间来回巡视。好几个女生晕倒了。有一名男生也突然昏倒，事后发现他喝了冰箱里的一大罐番茄汁，实际上是他母亲的桥牌俱乐部放在冰箱里准备喝的“红玛丽”混合酒。当这几个晕倒的人被抬出考场的时候，我的眼睛几乎一直没有离开过考卷。

我知道生物学的两门考试我一定能考好。我什么东西都能画：淡水螯虾耳朵的内部构造，人眼，青蛙的生殖器，金鱼草开的花的剖面图，等等。我知道“总状花序”与“根状茎”的区别，我能详细解释什么叫“光合作用”，我还能正确地拼写“scrofulariaciae”这样复杂而不常见的单词。但就在我参加植物学考试的时候，我像癫痫病发作似的忽然冒出一个念头：我不打算像原先设想的那样当一名生物学家。我要当一名画家。我看着眼前的试卷，试卷上，蘑菇从胚芽到子实体的一个生命循环正在慢慢成形，对此我了如指掌，绝对地有把握。一瞬间，我的生命被改变了，无声地改变了。但我还是继续详尽地解答着什么叫“块茎”“球茎”和“荚果”，仿佛什么也没有发生过。

毕业考试刚刚结束，一天晚上电话响了。是科迪莉亚。我意识到自己一直在盼望着这个电话。

“我想见到你。”她说。我不想见她，可我知道我还是会见她的。我听她的言外之意不是“想”见我，而是“需要”见我。

第二天下午，我先乘地铁后转公共汽车，穿过被烤热的市区向北前往科迪莉亚如今居住的地方。在此以前我还从未到过这儿。街道蜿蜒着往里伸，到处弯弯曲曲；房子大而笨重，都是乔治王朝时期的建筑风格，浓密的灌木丛将房子衬托得更加突出。就在我沿着路往上走时，我看见了，或者说，自以为看见了科迪莉亚出现在前窗后面的那张苍白而模糊的脸。我还没来得及按门铃她就打开了门。

“嗨，你好。”她说，“好久不见。”这是假热情，我们俩心里都明白。科迪莉亚现在的样子已变得一团糟。她的头发没有光泽，脸部肌肉苍白而没有血色。她长了不少体重，但增加的不是结实的肌肉，而是软沓沓含水分的泡泡肉。她又像从前那样用那种过分惹眼的橘红色口红了，这种口红使她整个人看上去黄不拉叽的。“我知道，”她说，“我这模样就像哈吉斯·麦克巴吉斯。”

房子里面凉凉的。前厅地面是那种黑白相间的方块图案；厅的中央是一个漂亮雅致的楼梯。楼梯旁边一张光可鉴人的桌子上放着一瓶唐菖蒲插花。除了起居室里的钟声，房子里一片寂静。科迪莉亚之外似乎没有别的人在家。

我们没有进起居室，而是经过楼梯到后面，穿过一扇门后进了厨房，科迪莉亚在这里给我冲了一杯速溶咖啡。厨房很漂亮，安排布置得完美无缺，这里色彩素淡，安安静静。冰箱和炉子都是白色。如今有人把冰箱弄成淡绿色或粉红色，但我不喜欢这些颜色，我很高兴科迪莉亚的母亲也不喜欢。餐桌上摊着一本学校里用的那种画有一条条横线的笔记本，我认出这是他们家原来用的那张饭桌，只是桌子中间那两块活动面板拿掉了。这就意味着他们一定另有一张新的吃饭桌子。我惊讶地发现，我想看到那张新饭桌的愿望倒比看科迪莉亚还强烈。

科迪莉亚在冰箱里找了半天找出来一包打开的、从商店里买来的炸面圈。“我一直在等着找个借口将剩下这些全都吃掉。”她说。可她刚咬了第一口就将烟点上了。

“啊，”她说，“这些日子你在忙什么？”还是她那种过分欢快的腔调，这是她过去跟男孩子说话时用的，此时此刻只让我觉得恐惧。

“喔，还是老一套。”我说，“你知道，全要考试。”我们互相看看。她的情况很糟，这最清楚不过了。我不知道她是否希望我不要去注意她这一切。“你呢？”我问。

“我找了个家教。”她说，“我应该是在用功。我要通过夏季那几门课的考试。”我们俩没有提但心里都明白，尽管她换了一所新学校，但一年下来成绩肯定又是不及格。她肯定是考得一败涂地。除非她在下一轮考试中或者别的什么时候将不及格的所有功课补考过关，她永远都别想跨进大学之门。

“家教好吗？”我问，仿佛是在问一件新衣服的情况。

“我想是吧。”科迪莉亚说，“她叫丁格尔小姐。真是这个名。她老是眨眼睛，她的眼睛好流泪。她住在这个邋里邋遢的套间里。她的内衣内裤是浅橙色的，我经常看到这些东西挂在她脏兮兮的浴室的浴帘杆上。我总能把她从功课上引开，办法是问候她的健康。”

“从什么功课上引开？”我问。

“噢，任何功课都可以。”科迪莉亚说，“物理，拉丁文，什么都行。”她说这话时听上去像是有几分不好意思，可同时又像是自豪与兴奋。就像她从前扒摸东西时的样子。她近来这些日子里的成就是：糊弄家教。“我不明白为什么他们认为我每天的时间全花在了学习上。”她说，“我睡得很多。要不就喝咖啡、抽烟、听录音。有时我也从爹地的威士忌酒瓶里弄一小口抿抿。喝过后我给他充上水。他都没有察觉！”

“可是，科迪莉亚，”我说，“你总得做点事情！”

“为什么？”她说，语音里又带了点她以前那种好斗的腔调。她不只是在开玩笑。

我没有理由好对她说。我不能说:“因为每个人都在做事情。”我甚至不能说:“你总得谋生啊。”因为她显然用不着什么谋生，她住在这所很大的房子里，根本不是在谋自己的生活。她可以一直这么混下去，就像旧时代的老式女人，那种不出嫁的姑妈、姨妈，那种岁数一年年往上长却永远都不离家的老姑娘。她父母亲看来也不可能将她一脚踢出家门。

于是我说:“你会觉得无聊的。”

科迪莉亚笑了，声音笑得老响。“那我用功了又怎么样呢？”她说，“我通过考试，我上大学，我该学的都学，我变成第二个丁格尔小姐。不，谢谢了！”

“别傻了！”我说，“谁说你一定得做第二个丁格尔小姐？”

“也许我是傻。”她说，“我就是无法把心思集中到那玩意儿上，我几乎看不进一页书，一看书上的字，它们就全变成小黑点。”

“也许你可以上秘书学校。”我说。这话一出口我就觉得自己像是当了回叛徒。上秘书学校的女孩子眉毛修得细细长长，上身穿粉红色尼龙丝衬衣，科迪莉亚知道我们俩对这种女孩子是什么看法。

“多谢了多谢了！”她稍停了一会儿。“我们别谈这一切好不好？”她说，声音重又恢复了她原来那种过分的欢快。“我们谈点好玩的事情。还记得那棵卷心菜吗？蹦啊蹦的那一棵？”

“记得。”我说。我忽然想起她可能是怀孕了，或者说，她可能曾经怀过孕。对中途辍学的女生做这样的猜测是很自然的。不过我最终还是觉得这事不可能。

“当时我觉得真是太丢面子了。”她说，“还记得我们当初上市区到联合车站那里去照相吗？我们那时觉得自己真帅！”

“那是在地铁建成前。”我说。

“我们那时候对人家老太太扔雪球。我们还唱那些很差劲的歌。”

“麻风病。”我说。

“你心的一部分。”她说。“我们那时觉得我们真是潇洒极了。现在我看到那个年龄的小孩儿心里就想：真是一帮顽童！”

她回顾那一段时期时给人的感觉仿佛那是她的金色年华，或者说，那段日子在她的眼中也许就是这样，因为那时比现在要好。但我不希望她再这么回忆下去。我想保护自己，使自己免遭更多关于她的黑暗记忆的缠绕，在某种令人尴尬的事情发生之前体面地离开这儿。她在一种人为的、强做出来的欢闹的边缘获得了暂时的平衡，这种平衡随时都有可能倾覆而变成它的反面，变成眼泪，变成绝望。我不想看到她像那样整个儿垮掉，因为就安慰而言，我没有任何东西可以奉献给她。

我对她硬了硬心肠。她的表现像个头脑简单的傻瓜。她用不着将自己一直死死地封闭起来，封闭在这个悲悲切切的、遥遥无期的、档次很低的痛苦之中。她有各种各样的选择与发展前途，唯一阻碍她前进的是缺乏毅力。我真想对她说："振作起来，努力上进！"

我说我得回去了，待会儿还得出去。这不是真话，她也表示怀疑。虽然她这人一团糟，但识别社交中谎言的本能却更加敏锐了。"当然。"她说。"这完全可以理解。"这时她用的是那种冷冷的、成人的腔调。

我急着要离开，显出很匆忙的样子，而这时我才忽然觉得自己要匆匆逃走的理由之一，竟是不想碰见她的母亲；她母亲不知在什么地方，说不定什么时候就回家来了。她母亲会以责备的目光看着我，好像科迪莉亚变成现在这样是我的责任，好像她感到失望的不是科迪莉亚，而是我。凭什么我要去受这样的目光？难道是我的错？

"再见，科迪莉亚。"我在前厅里说。我快速地捏了捏她的胳膊，然后往后一退，这样一来她没能吻到我的脸。吻脸颊是她家人的习惯。我知道她是期望从我这儿得到某种东西，某种与她过去的生活、与她自己有联系的东西。我知道我没能把这种东西提供给她。我对我自己感到惊愕，对我的残酷、冷漠、缺乏善意感到惊愕。但与此同时我也感到了解脱。

“回头再给你打电话。”我说。我是在说谎，可她不愿意相信这是说谎。

“那太好了。”她说。她用礼貌将我们俩都掩盖了起来。

我沿着路朝下面的大街走去。我转过身来看她。这不，又是那张脸，它恰似一轮朦胧的月亮，映在前窗的后面。

第十章　人体素描

47

人的记忆力会出现几种毛病。比方说，忘记一些名词，或者数字。有时还会出现更复杂的遗忘症。患上这样的遗忘症，人可能对自己的整个过去失去记忆，你得一切重新开始，学习如何系鞋带，如何用叉子，如何读书、唱歌。你被介绍给你的亲戚，介绍给与你交往时间最长的老朋友，其情形好像你以前从未遇到过这些人似的；你得到另一次与他们交往的机会，这倒比宽容还好，因为你得到一张白纸，可以清清白白从头开始。另一种形式的遗忘症是，遥远的过去你倒记得，眼前的一切却想不起来。你想不起来五分钟之前发生了什么。当你一生中一直都很熟悉的某个人走出房间接着很快又回来时，你竟会像阔别二十年似的迎候人家；你不停地抽泣，欢喜与宽慰交织在一起，仿佛你是在与死去的人重新团圆。

有时候我就想：以后，这些遗忘症中哪一种会来折磨我呢？我知道总有一种会让我受苦的。

多少年中我曾希望自己长大，变老，而今我真的老了。

我坐在“魁西”酒吧那一片粗野的漆黑之中，一边喝着红酒，一边盯着窗外。窗玻璃的另一面，科迪莉亚幽然飘过，她融化，重新组合，变成另一个人。又一次把人的身份搞错了。

他们为什么要给她起这样一个名字？把这样一份沉重挂到她的脖子上！“月亮之心”，“大海的珍珠”，怎么形容得看你用的是何种外国语了。三姐妹中最小的一个，也是唯一诚实的一个。执拗倔强的一个，被父抛弃的一个，没人理睬的一个。[1] 假如给她起名叫“简”，一切是否会两样呢？

我自己的母亲给我取的是她最要好的朋友的名字，这是那个时代妇女们的习惯做法。“伊莱恩”，我曾经觉得这名字太悲苦。我希望的是某种更清晰、更明确的东西，比如来个单音节词，“多特”或者“帕特”，念起来像是一只脚咯噔一下踏在地上。这样的名字你一点也不会搞错，一点水分也没有。但是，我的名字已经随着岁月的流逝在我身上固化了。

---

[1] 此段文字说的是莎士比亚著名悲剧《李尔王》中诚实、善良的幼女科迪莉亚（Cordelia）。科迪莉亚的父母当初据此为女儿起名，显然抱有美好的幻想。

我依然觉得它生硬粗糙，但正如一只戴了很久的手套，如今它已变得柔顺适意了。

这地方出现了许多新的黑颜色，其中有的是皮革，有的是亮闪闪的聚乙烯。这一次我倒是有备而来，我穿的是黑颜色的棉高领衫，外面是一件黑颜色的、带风帽系腰带的双排扣男式风雨衣。但是我的皮肤不对了，年龄也不对了：这里的每个人都只有十二岁。上这地方来是乔的建议。还是相信他吧，当最新的浪潮卷来，人应该在那一堆泡沫里紧紧抓住翻倒了的冲浪板不松手。

乔像是永远迷恋上了迟到似的，为的是表明他的生活填满了内容，而所有这些内容都比我更重要，今天也不例外。约定的时间过去了三十分钟，他飘然而至。不过这次他倒是道歉了。他是不是有所改进？还是他新的老婆管得更紧？真有意思我依然把她看作是他的“新”老婆。

“没关系，我本来就是有准备的。”我说，“我很高兴你还能出来玩儿。”先给了他那个老婆小小的一脚。

“和你一块儿吃顿饭很难说是玩儿吧？”他说着咧嘴一笑。

他依然想撩我。我们互相上下打量了一番。四年中他又多出了几道皱纹，鬓角与小胡子也比原来更白了。“别提秃掉的那一块。”他说。

“什么秃掉的那一块？”我说，言下之意是：如果他不在乎我身体上的衰退，我也不会在乎他身体上的衰退。这一点他倒也能做到。

“你现在的样子比以前任何时候都好。”他说，“出来卖画一定很适合你。”

“噢，是的。”我说，“卖画可比那些让人又吐又叫的电影中舔屁股、肢解女人身体的事好得多。”要是在从前，这话将招来一场血战，但时至今日他肯定也已经接受了命运对他的安排。他耸耸肩，不好受也只有认了，但他露出一副疲惫的神色。

“活得时间足够长，舔屁股的就会变成被舔的。”他说，“自从制作被炸眼球的道具时起我就没有出过差错。现如今我是从头到脚都沾着别人的唾沫。”

一种粗野的性的可能性明显地隐含在他这话中，但是我避开了。相反，我倒是在想，他没有说错：虽然我们不怎么样，但时至今日，终于轮到我们说了算了，或者说，在别人眼中一定是我们说了算。从前，我认识的人是死于自杀、摩托车翻车或者别的形式的暴力事件。如今，死因都是疾病了：心脏病，癌症，身体上出现的种种意想不到的问题。世界正由与我同龄的人、与我同龄的男人们操纵着；我们这些人已开始掉头发，已开始为健康担心，这让我感到恐惧。当岁数比我大的人做领导时，我可以相信他们的智慧，我可以相信他们已经超越了愤怒、恶意以及被他人爱的需求。如今我看得更明白了。我看到报纸杂志上的那些脸心里就在想：到底是什么样的贪婪，什么样的愤怒，在驱使着这些人前行呢？

“你实际的工作进展如何？”我问。我态度缓和下来，想让他知道我依旧很把他当回事。

这倒很让他感到不安。“还好吧。”他说，“最近没能有多少进展。”

想到时间不足了，我们都一言不发。要实现我们曾经有过的理想，我们所剩的时间不多了。乔是有潜力，但潜力不再是个用起来可以让人觉得舒服的字眼了。潜力是有其生命期限的。

我们谈到萨拉，谈得很从容，没有斗嘴，好像我们是她的叔叔阿姨似的。我们还谈到我的画展。

“我猜想你已经看到报上那篇肆意攻击我的东西了。”我说。

“是肆意攻击吗？”他说。

“也怪我。我对采访的人太不客气了。”我说，口气中假意带着忏悔，“我快成一个凶狠好斗的老巫婆了。”

“你不变成这么一个老巫婆我倒要失望了。”他说，“叫他们难受难受，他们拿了钱不就是干这个的嘛！”我们两个都笑了。他了解我。他知道我可能会变成一个多么恶劣的人。

我满怀恋旧的柔情看着他；据说男人对自己参加过的战争，对自己的老战友会产生这样的思念之情。我在想，我曾经朝这个人扔过东西。我朝他扔过一只玻璃烟灰缸，一只很便宜的烟灰缸，砸过去却没有碎。我扔过一只鞋子（他的），一只手提包（我的），扔手提包的时候甚至没有先将它关好，钥匙和零钱像一阵金属雨似的狂泻到他的头上。我扔的最糟糕的一样东西是一台手提式小电视机；我当时站在床上，将电视举起来，就着脚下的弹簧的劲势朝他扔了过去，不过在电视机脱手的一刹那，我也在想：嗷，上帝，他倒是快躲啊！过去我曾想我有能力杀了他。如今我只感到一点小小的遗憾：当初我们为什么就不能彼此文雅一点呢？尽管如此，所有那一切爆发，那一切无情，那一切色彩斑斓的残迹碎片还是令我感到震惊。是的，令人震惊，令人痛苦，几乎把一切给毁了。

如今，既然我已离开了他，或多或少安全了，他离开了我，或多或少也安全了，我倒能够带着柔情回想他的一切，我甚至能回想起关于他的一些细节来；对于我的另外几个男人，我却做不到。老情人之间的事仿佛是浸在酸液中的旧照片，一点一点逐渐淡化：首先不见的是痣啊疹的，接着是明暗对比，再接着是脸本身，一直到一切都消失，只剩一个大致的轮廓。我到七十岁时这些男人还会在我的记忆中剩下些什么呢？那巴洛克一般的狂喜，那使人的身体变得扭曲的无法抵御的性冲动，将在我的记忆中荡然无存。可能会剩下他们的一两句话，浮在内心的空虚中。也许是这里一根脚趾，那里一只鼻孔，或是一撇胡须，飘浮在那儿，犹如缠夹在别的残渣中间的一小段弯弯的海草。

在夜一般漆黑的桌子的对面，乔坐着，尽管他的身影显得越来越小，却依然在动，在呼吸。我的内心感到一丝疼痛、一阵渴望：别这么就走！还没到时间呢！别走！可是，要在他面前暴露出我的伤感，我的软弱，我可就蠢了，那永远是愚蠢之举。

我们吃的大概是泰国菜：鸡肉香嫩鲜美，色拉是一种外国进口的叶子做的，红红的叶子上带着一个个紫色的小斑点。华而不实的食品。现在流行吃这种东西，上这种地方来的人们就爱吃这种东西。多伦多再也不是卖汤团烩鸡、炖牛肉和煮烂青菜的地方了。我回想起我二十二岁时第一次吃鳄梨的情景。那就像我父亲第一次听交响乐团演出似的。说来真是与众不同，我如今想念的是儿时的甜食，战争年代吃的那些甜食，简简单单，便宜而且清淡，像木薯淀粉做的布丁，上面做有明胶状的鱼眼睛；还有果冻焦糖布丁，那是一种乳冻甜点。乳冻甜点是用一块块白色的乳脂软糖做的，做的时候那软糖出自一根软管，端到你面前时上面还有厚厚一大滴葡萄冻。这种甜点如今十有八九消失了。

乔要了一瓶酒，他可不是喝了一杯再要一杯。这又让我隐隐感觉到他从前夸海口、翘尾巴还让我尽管放心的那副德行。

“你老婆怎么样？”我问他。

“喔，”他说，眼睛看着下面，“我和玛丽·琼已经决定暂时分开一段时间试试。”

这也许解释了房间里为什么会有药茶在：某个更年轻的、比较喜欢素食的、能影响他的人已悄悄走进他的工作室。“我想你是找了个什么小妞儿吧。”我说。

“事实上，”他说，“是玛丽·琼离开了家。”

“我很遗憾。”我说。说罢我立即感到——感到气愤。她怎么可以这样对他呢？这冷酷的没有感情的母狗！我站到了他的一边，尽管事实上几年前我自己也是这样对他的。

“我想部分也怨我自己。”他说。换了从前他是绝不会这么承认的。“她说她跟我说不通。”

我敢打赌她说的不止这些。他已丢掉了某种东西，某种我过去认为对他来说很必要的幻想。他已逐步意识到他也是个人。要么他这是在演戏？演给我看？表明他是紧跟时代的？也许不应该告诉男人他们有何种人性，告诉了只会让他们感到不舒服。他们会因此而变得更诡秘，更狡猾，更难以捉摸，更难读懂。

“要是你当初没有那样发疯，”我说，“也许还有办法。我是指我们俩。”

这话使他一下子来了劲。“谁发疯？”他又咧了咧嘴，“是谁开车送谁到医院？”

“要不是因为你，”我说，“我也用不着被送到医院去。”

“这样说话不公平，你也知道。”他说。

“你的话没有错，”我说，“是不公平。我很高兴你开车送我上了医院。”

原谅男人竟是如此容易，比原谅女人容易多了。

“你上哪儿？我陪你走走。”我们来到外面的人行道上时他说。这我倒愿意。现在我跟他相处得这么好，不会出什么问题的。我现在看出来当初自己为什么会爱上他。但如今我已没有了那种爱的劲头。

“行了。”我说。我不想承认我不知道自己要上哪儿去。“多谢你把工作室借我用。要到里面取什么跟我说一声。”虽然我知道我住那里时他不会来，但一旦他真的来，两个人一起关在那扇门背后，事情依然会太别扭，太冒险。

“也许我们还可以在一起喝一杯。以后吧。”他说。

我说：“也许可以吧。”

离开乔之后我沿着王后大街往东走，一路上经过那些兜售性感露骨的T恤衫的商贩，经过展览着吊袜腰带和缎料内裤的商店橱窗。此刻我心里想的是我多年前画过的一幅画。画的名字叫《坠落的女人》。那时候我的许多画都始于我对文字的一种混乱不清的概念。

这幅画中没有男人，但它说的是男人，那种导致女人堕落的男人。我不是将女人的堕落归罪于男人的故意引诱。男人就像天气，他们没有什么脑子。他们只是或者将你浇个湿透，或者像闪电一样击中你，事后继续向前，如暴风雪似的盲目而没有思想。他们又像是岩石，一排锋利、湿滑、犬牙交错的岩石。你可以在岩石间小心翼翼地往前走，留心着脚下的每一步，但一旦滑倒，你就会伤了自己，可因此而责怪岩石是没有用的。

所谓坠落的女人一定就是这个意思了。坠落的女人是那些跌到男人身上而自己伤了自己的女人。这其中隐含了某种违背自己意愿但也并非他人强迫的往下坠落的行为。坠落的女人不是被拽落的女人，也不是被推倒的女人，坠落就是坠落。当然，从前有所谓夏娃与“堕落”，但那个故事中没有任何涉及坠落的事，它只讲到了吃，跟大多数儿童故事没什么两样。

《坠落的女人》画的是三个女人，她们似乎是意外地从一座桥上往下掉，风将她们的裙子吹得像喇叭一样张开，头发呈流线型往上飘。她们往下跌，跌向男人身上；这些男人犹如险恶的岩石，毫无意识地躺在底下很远的地方，黑乎乎的，不见身影。

48

我两眼紧盯着一个裸体女人。如果是出现在画里，她就是一幅裸体画，然而她并不是在画里。除了我照镜子时看到自己的裸体之外，这还是我生平第一次看到活生生的裸体女人。中学里那些女生在更衣室换衣服时总是穿着内衣内裤，所以跟这个女人不是一回事，而杂志广告上那些身着“莱克拉”弹力连体泳装以护住关键部位的女人也和她不一样。

即便这个女人也不是全裸，因为她弄了一长段布搭在她的左大腿上并夹在两腿之间，所以没有露出阴毛。她坐在一张凳子上，屁股瘫下来往两边鼓；她粗壮结实的背弯曲着，右腿膝关节处搁在左腿上，右胳膊肘搁在右腿膝盖上，左臂放在身后，左手放在凳子上。她两眼无神，头前倾，低垂着——她是被摆成这个姿势的。她看上去肌肉紧张很不舒服，还冷，我都能看到她两条胳膊上部的鸡皮疙瘩。她的脖子很粗。她的头发短而鬈曲，颜色是红的，根部颜色更深。我怀疑她嘴里在嚼口香糖：每隔一会儿，都可以看到她的下巴慢慢地、偷偷地往边上那么一动。她是不应该动的。

我在试着画这个女人，用的工具是一根炭条。我要设法画出那流畅的线条。老师将她摆成这样的姿势就是要我们把这流畅的线条画出来。我倒宁肯用硬的铅笔作画，木炭条弄到手指上乌黑乌黑的，而且完全不适合用来画头发。这个女人也使我吓了一跳：她身上的肉很多，尤其是腰以下的地方，整个腹部的肉一叠又一叠；她的乳房挂下来，很松，上面是两颗巨大的黑奶头。耀眼的日光灯直照到她身上，将她的眼窝变成了两个窟窿，突出了从鼻子到下巴一路下去的那些线条。可是，她那硕大的身体使她的脑袋看上去像是事后想起来又加上去似的。她不漂亮，我害怕自己以后也变成她的样子。

这里是夜校班。课程名叫“人体素描”，每周二在多伦多艺术学院一间没有陈设的大教室里上课；教室之外是一个纯实用的楼梯，楼梯外面相继是麦克尔大街和王后大街（王后大街上可见到酒鬼和有轨电车的路轨），再过去就是四四方方像只盒子似的多伦多市了。我们一共有十几个人在这教室里上课；我们带着希望，带着那几乎是全新的布里斯托画板来学画，手指尖弄得黑乎乎的。学员中有两个年龄较大的妇女，八个年轻男人，一个与我同龄的女孩，再加上我。我并不是这儿的学生，但即使不是学生，在某种条件下依然可以报名参加这个班。这条件就是：你得让老师相信你是真正想来学画的。不过我还不清楚自己到底会在这儿坚持多久。

老师是赫毕克先生。他三十五六岁，长着浓密鬈曲的黑发，小胡子，鹰钩鼻，眼睛看上去像桑葚一样几乎是紫色的。他习惯于一句话不说地盯着你看，像是不用眨眼。

当我前去接受他的面试时，首先引起我注意的就是他的这双眼睛。他坐在学院里他那间很小的满是纸张的办公室里，仰靠在椅子上，嘴里嚼着一支铅笔头。见到我时他把铅笔放了下来。

“你多大啦？”他问。

“十七。”我说，“快十八了。”

“喔。”他说罢叹了口气，好像这是什么坏消息似的，“你弄了些什么？”

这话听上去像是他在指控我做了什么错事，但很快我就明白了他的意思：我应该将一种所谓“近期代表作”的东西——也就是我画的画——带上，这样他就可以对我的水平做出评判。可是我没有什么东西好带的。我与艺术的唯一接触发生在我九年级时所上的“艺术欣赏”课上，那时我们听《月光奏鸣曲》，听完后要用蜡笔画出波浪一样的线条以示对作品的诠释，要不就画一支郁金香插在花瓶中。虽然我曾在《生活》杂志上读到过一篇介绍毕加索的文章，但画廊却从未进过。

在过去的这个夏天，为了挣一些额外的零花钱，我曾在慕斯科卡一处旅游胜地找了一份整理床铺及打扫卫生间的工作。这期间我在那里的一家旅游用品商店买了一小套油画工具。那些小小的颜料软管上印着的名字倒像是口令似的："钴蓝""深赭""胭脂红"。休息的时候，我会拿着这套油画工具来到岸边；我靠着一棵树坐下来；地上的松针从下往上戳，蚊子聚集到我的周围；我一眼望去，前面是金属薄片似的平平的一片水，水面上有船只在轻轻移过，由红木做的船的内侧板亮光闪闪，船尾飘着小旗。在这些船里有时也有别的一些整理房间的女服务员，这种女孩子会上人家房间去参加一些非法的聚会，喝倒在纸杯里的干姜水和黑麦威士忌，据说还会同人家发生性关系。在洗衣房那些叠好的床单上就曾发生过冲突，搞得人家女孩子哭哭啼啼的。

我不知道怎么画，连该画什么也没有数，但我知道我一定得开始。过了一会儿，我画出了一只没有标签的啤酒瓶，一棵形状似用坏的笤帚一样的树，还有几张模模糊糊、颜色如淤泥的画，画中是一些石头，背景是一条碧蓝碧蓝的湖。另外我还画了日落，看上去有点像人们有时会泼洒到自己身上的某种东西。

我将夹在黑色的文件夹中一直随身带在身边的这些画拿了出来。赫毕克先生皱皱眉头，弄弄铅笔，一句话也没有说。我一下子泄了气，同时也对他生出几分敬畏，因为他在我面前有权力，他有权力不让我进这个班。我看得出来他认为我的画很糟糕。它们确实很糟糕。

"还有吗？"他说，"有没有什么素描？"

绝望之中我把用硬铅笔画出的并且上了明暗色彩的生物学课上的部分旧示意图也带了来。我知道自己素描比绘画要好，我画素描的时间较长。反正我也没有什么可损失的，我就将这些示意图拿了出来。

“这张东西叫什么？”他拿起最上面的一张问，纸都拿倒了。

“这是一条蚯蚓的内部结构。”我说。

他没有表示惊讶。“这张呢？”

“这是一条涡虫。上了色的剖面图。”

“这张呢？”

“这是青蛙的生殖系统。一只雄青蛙。”我加了一句。

赫毕克先生抬起他那闪亮的紫色的眼睛紧紧地盯着我。“你为什么想参加这个班？”他问。

“这是我唯一能进的一个班。”我说。说完我就意识到这话听起来有多糟。“这是我唯一的希望。我不知道您之外还有谁能教我。”

“你为什么想学画？”

“我不知道。”我说。

赫毕克先生拿起铅笔将它的一端像支香烟似的朝嘴巴边上一塞。随后他又将笔拿了出来。他的几根手指捻弄着头发。“你整个儿是个新手。”他说，“但这有时候反而更好。我们可以从零开始。”他对我笑笑，这还是他第一次对我笑。

他的牙齿很不整齐。“我们来看看能把你培养成什么样子。”他说。

赫毕克先生在教室里来回地走。他对我们，对我们大家，还包括那个模特儿，都很绝望；模特儿时不时偷偷地嚼一下口香糖可把他给气疯了。“保持不动！”他对她说，同时紧紧地拽一下自己的头发。“口香糖嚼够了没有！”模特儿向他投以恶毒的一瞥后将牙床紧紧咬住。他拨弄着她的两条胳膊和那颗阴沉着脸的脑袋重新给她摆姿势，好像她是一个人体模型似的。“我们重新试试。”

他迈着大步在我们中间走来走去，一边居高临下地往下看，一边自顾自地嘀咕着什么。教室里尽是木炭条擦在纸上的沙沙声。“不！不！”他对一个年轻的小伙子说，“这是个仍体！”他把“人体”这个音念成“仍体”。“这不是一辆汽车。你得想象手指触摸这肌肉的感觉，想象手在这身体上来回抚摸的感觉。这必须要画出质感来。”我努力想象他要我那么做是什么感觉，但我立即就打住了。我可不想用自己的手指到这个女人满是鸡皮疙瘩的肉上摸来摸去。

对那两个年龄较大的女人中的一个他是这么说的：“我们不要漂亮。这仍体可并不像花一样漂亮。是什么样就画成什么样。”他走到我身后时停了下来，我心里一缩，等着他开口。“我们不是在画医学教材。”他对我说，“你画出来的是一具尸体，不是一个驴人。”他把“女人”这个词的音发得跟“驴人”似的。

我看看我画的东西，他没有说错。我画得很仔细、很精确，但我画出的只是一只形状像人的瓶子，呆板而缺乏生命。勇气，将我带到这地方来的那点勇气，像水一样从我身上流走了。我没有画画的天分。

但当这堂课结束，模特儿站起僵直的身子，将那块布紧紧地拽着裹住身子跑开去穿衣服，我也在将木炭条收起来的时候，赫毕克先生走过来站到了我的身边。我一下子将画好的画撕下，打算将它们揉掉，但他很快用手按住我的手。“这些留着。”他说。

“为什么？”我说，“画得一点都不好。”

“你可以留着以后看看，”他说，“那样你就会看出自己进步有多大。你画东西画得很好。但有生命的东西现在还画不出来。上帝先是用泥土做了一个仍体，之后向他鼻孔里吹了口气使他有了灵魂。泥土和灵魂，两者都需要。”他冲我这么简短地一笑，又紧紧地捏了一下我的上臂。“得有激情啊！”

我犹豫不决地看着他。他的话可是一种逾越：人们只有在谈论疾病时才谈到身体，在教堂里才说起灵魂，而所谓激情人们一般也不说，除非是指性。但赫毕克先生于我是个生人，这方面的事他是不可能知道的。

“你是个还没完成的驴人。”他压低嗓子加了一句，“但你将在这里得到完成。”他不知道所谓“完”意思是“完蛋”或“了结”。他说这话是想给我鼓励。

49

我坐在安大略省皇家博物院楼下那灯光调得暗暗的礼堂里，背靠在硬邦邦的椅子上，椅子的座面上铺着长绒毛，人坐在上面感觉痒痒的，鼻子里吸进的是灰尘、沉闷的空气、旧垫料、旧帷幔以及其他学生涂在脸上的甜腻腻的粉的味道。我感觉我的眼睛瞪得越来越圆，瞳孔放大跟猫头鹰的眼似的。整整一个小时我一直在看幻灯片；幻灯片已经泛黄，有时焦距没有调好，幻灯片上是那些用大理石雕成的头部扁平的女人。这些女人头顶着石头做的柱顶楣构，看上去十分沉重，也难怪头顶呈扁形了。这些用大理石雕成的女人叫作“女像柱”，原本指的是卡雅地区的阿耳特弥斯女祭司。但现在她们不再是女祭司了，她们成了一种装饰手段，兼作支撑建筑物的柱子。

柱子的幻灯片也不少，这些柱子来自不同的时期，风格各异，有多利安型、爱奥尼亚型、科林斯型等。多利安型最结实、最简单，科林斯型则最轻、最富于雕饰，上面是一排排莨菪叶形装饰，绕柱盘曲向上，形成漂亮优美的盘蜗和螺旋。一根长长的教鞭从屏幕边没有光的地方伸出来落到盘蜗和螺旋上，向看幻灯片的人指明哪个是哪个。幻灯片上那些文字我以后要用到，考试时我得逐字逐句地引用，因此我想把它们抄录到自己的笔记本上。我将头低下来贴近纸，这样我才能看清楚。如今我有许多时间花在摸黑记录那些模糊不清的文字上。

我指望下个月一切会好些，那时我们将丢开古希腊和古罗马进入中世纪和文艺复兴。对我而言，“古典”已逐渐成为淡化与破毁的代名词。希腊和罗马的人体雕塑大都有一些部分不见了，它们的胳膊、腿和鼻子普遍有些破损，这我慢慢也了解了，更不用提被敲掉的阴茎。我也能理解为什么那些东西普遍是灰色或白色，不过我惊讶地得知，所有这些大理石雕像原来都绘着鲜艳的颜色，黄头发、蓝眼睛以及不同色调的肌肉，有时雕像还穿着真正的衣服，跟洋娃娃似的。

这个班上的是概论课。它计划中是为我们以后上更专业的课作准备从而最终为我们定下方向。这是多伦多大学艺术与考古专业的一部分，是唯一一条被认可的、通向艺术领域的道路。另外这也是我唯一能上得起的一个班：我获得了一份大学的奖学金，这是意料中的事。“你应该好好利用上帝赐予你的脑袋。”这是我父亲习惯说的一句话，不过我们俩心里都明白，他认为我的天分其实是他给我的。假如我离开大学，放弃奖学金，他是不会愿意存下现金供我去干别的事情的。

当我第一次跟我父母说无论如何我也不读生物而要当艺术家时，他们的反应是惊恐和忧虑。我母亲说如果我确确实实想当艺术家那也很好，可他们还是担心，我怎么谋生呢？虽说艺术作为一种业余爱好玩玩可以，就像弄弄贝雕、搞搞木刻一样，但你可不能靠它来维持生计。不过艺术与考古倒是消除了他们的疑虑：我可以逐渐转向，慢慢往考古方面发展，从事挖掘工作，那可比搞艺术来得正经而严肃。

学这个专业出来我至少还可以有个学位，而有了学位教教书总可以吧？不过关于教书我私下里还有些保留的想法：我想起了在伯恩汉姆中学上艺术欣赏课的老师克莱顿小姐；克莱顿小姐长得矮矮胖胖，老是受到学生的围攻，她常常被一些油头粉面穿皮装的男生锁进存放纸张和颜料的材料供应室。

我母亲的一个朋友跟她说，艺术这东西永远可以在家里搞，在业余时间里搞。

艺术与考古专业中的其他学生除一人外都是女孩，正如教授中除一人外都是男人一样。不是女孩的那个学生和不是男人的那位教授都被认为是怪人，前者的皮肤状况很不幸，后者一紧张说话就结巴。女生中没有一个想当艺术家，相反，她们都想到中学去当艺术教师，偶然也会有个把人想当艺术馆馆长。要不就是对自己想干什么还糊里糊涂不清楚，这实际上意味着她们打算早点结婚成家，从而也就用不着再去做别的这些事了。

她们穿的是开士米两件套，驼毛外衣，好的粗花呢裙子，戴的是纽扣状的珍珠耳环。她们穿中跟的无带浅口轻便鞋，定做的衬衣或无袖连衣裙，或是那种配有专门的裙子和纽扣的小马甲。这些东西我也穿，我设法要和她们融为一体。课间我与她们坐在各处的公共休息室、饮食服务点或咖啡店，喝咖啡，吃炸面圈。她们谈论服装，谈论和她们外出约会的男生，常常是一边谈一边舔着落在手指上的炸面圈上的糖霜。其中有两个人已经定情了。在这样的谈话中，她们的眼睛看上去跟露水似的，朦朦胧胧，水汪汪，很容易受伤害，仿佛刚生出来的小猫咪那尚未完全显露出来的眼睛，但同时又狡猾又好奇，充满了贪婪与欺骗。

和她们在一起我感到很不自在，我在这里仿佛是顶了虚假的伪装似的。赫毕克先生和他的所谓人体的质感不适合艺术与考古这个专业；我笨手笨脚画裸体女人的努力将被视作浪费时间。艺术，人家早就在别的地方做出了成就。剩下的唯一可做的事是记住那些成就。整个人体素描课将被视为炫耀给人看的、荒唐可笑的行为。

但这是我的生命线，是我真正的生命。我逐步开始排除一切与它不一致、不相符的东西，让自己的心慢慢收拢起来。第一次去上课的时候我犯了一个错：我穿了一件花格呢的无袖裙和一件小圆领的白衬衫，不过我很快明白了我该穿什么。我改穿男孩子们以及另外那个女孩穿的服装：黑色的高领毛衣和牛仔裤。这身装束倒不是伪装，它是我衷心从众的表示，最终我鼓起勇气大白天也穿着它上艺术与考古系去；不过一切都敢穿，牛仔裤还是不行，那里没人穿这东西。我改穿黑裙子。我让中学时剪的刘海儿继续长，其余头发用夹子夹在后面，那样就不会挡到脸上去，这么做也是希望自己看起来朴素无华，端庄大方。大学里的女生身穿开司米毛衣，耳戴珍珠耳环，她们大开附庸风雅的“垮掉的一代”的玩笑，跟我也不怎么说话。

人体素描班上的两个年龄大一点的女人也注意到了我形象上的变化。“喔，谁死了？”她们问我。她们的名字分别叫芭布斯和玛乔丽，都是职业画家。她俩都画肖像，芭布斯画儿童，玛乔丽画狗和狗主人；她们说来上这人体素描课的目的是复习进修。她们自己不穿黑色的高领毛衣，而是穿工作罩袍，跟孕妇似的。她们彼此以“孩子”相称，评论起对方的作品时嗓子能喊哑；她们还在洗手间吸烟，仿佛那是什么调皮捣蛋的好玩事似的。由于她俩的年龄和我母亲一样大，我与她们以及那个裸体模特儿同处一室就感觉很别扭。同时我发现她俩也没有什么威严。不过，她们让我想起的更多的倒不是我母亲，而是我家隔壁的费恩斯坦恩夫人。

费恩斯坦恩夫人开始迷上那种定做的很合身的红颜色套

装和饰有樱桃边的时髦漂亮的筒状帽子。她偶然见到了我的一身新装束，很是失望。“她看起来像个意大利寡妇。”她跟我母亲说，“她是在放任自己。太可惜了！要是剪个好发型再稍稍化点妆，她可以光彩照人！”我母亲把她这话传达给我听，微笑着好像这话很好玩似的，但我知道这是母亲表达忧虑的一种方式。我把自己弄得离邋遢肮脏不远了。“放任自己”的概念是一种警告，用来指那些变得又胖又邋遢的老妇女，也用来指那些廉价出售的便宜货。

当然，这话有几分道理。我是在放任自己。

50

我和人体素描班上的其他学生一起在一家啤酒店喝着一毛钱一杯的生啤酒。满脸愠色的服务员走过来，手上托着一只圆形的托盘，然后“咚”一下将玻璃杯放了下来；玻璃杯和普通的喝水杯没有两样，只是倒满了啤酒。泡沫往上冒了出来。我不太喜欢啤酒的味道，但如今我已经知道怎么喝啤酒了。我甚至知道在上面撒上些盐以减少啤酒的沫沫。

这家啤酒店里铺着脏兮兮的红地毯，黑桌子油腻腻的，椅子的靠背和坐垫都是塑料，灯光昏暗不足，整个店散发出汽车里烟灰缸的那种臭味；我们也上别的啤酒店喝过，里边的情况差不多。这些店起有各种各样的名字，如“朗迪胡同”“枫叶酒馆”等等；甚至在大白天它们也是黑乎乎的，因为不允许开窗户，以免人们从大街上能看到店里的一切。这么做是为了避免堕落的未成年人入内。我自己就是个未成年人——饮酒的法定年龄是二十一岁——但是服务员中没有一个向我索要过身份证。乔说我的样子长得太年轻了，那些服务员认为我肯定是真的过了饮酒的法定年龄，否则绝不会有勇气来以身试法。

啤酒店被分隔成两个部分。“男宾部”是吵吵嚷嚷的酒鬼和饮摩擦醇成瘾的人厮混的地方；那里的地上撒着锯木屑，空气中飘荡着溢出的啤酒、搁放多时的小便以及人生病时发出的味道。有时你还能听到从里边传出叫喊声和玻璃杯砸碎的声音，或是看到两个块头如摔跤运动员似的服务员将一个流着鼻血挥舞着胳膊的男人赶出酒店的情景。

“女宾及其护驾部”比较清洁安静，比“男宾部”斯文，味道也好些。如果你是男人，不带女人不能进入“女宾及其护驾部”，如果你是女人，不能进入“男宾部”。这种规定为的是防止妓女进来纠缠男士，或者防止狂饮的男性酒徒前去骚扰女士。来自英国的科林跟我们说到酒吧的情况；他说酒吧里安有壁炉，你可以在酒吧里玩飞镖，可以到处逛，甚至还可以唱歌，但在啤酒店里这些事一样都不允许。啤酒店只供人们喝啤酒，没别的。如果你老在里面大笑，人家就可能让你走路。

人体素描班上的学生比较喜欢上“女宾及其护驾部”，但他们需要女人带着才能进去。这就是他们为什么要请上我的缘故，他们甚至还买啤酒给我喝。我成了他们的通行证。有时候我是他们下课后唯一能找到的女性，因为与我同龄的那个女孩苏茜经常谢绝他们的邀请，而玛乔丽和芭布斯又要回家，她俩有丈夫，而且大家也不很拿她们当回事。男孩子们管她俩叫“太太画家”。

“如果她们叫太太画家，我该叫什么呢？”我问。

“少女画家。”乔开玩笑地说。

科林还稍稍有几分风度，他解释说：“如果你很糟，大家就叫你太太画家，否则只喊你画家。”他们不说“艺术家”。对他们而言，任何自称是艺术家的画家都是傻驴一头。

我已经对旧时的约会方式不抱什么希望了；不知为什么，约会好像也不再是件严肃的事情。另外，自从黑色的高领毛衣出现后，我也没有像从前那样经常性地受到邀请：穿色彩鲜艳的上装和白衬衣的那类男孩子知道什么女孩子对他们合适。不论怎么说，他们都还是男孩，不是男人。他们粉红色的脸颊，几人搞在一起时的傻笑，那种“好女孩”“坏女孩”的分类方法，那种急吼吼打着哆嗦要来松吊袜带、解胸罩的企图都不再能吸引我的注意。能吸引我注意的是有些历史的小胡子，被尼古丁熏黄的手指头，历经沧桑的皱纹，厚厚重重的眼袋，厌世主义的宽容，是那些口吐烟圈后不假思索地又将烟从鼻孔吸入的男人。我搞不清楚这样一幅画面是从哪里来的。它似乎从半空突然来到我的心中，而且已完全成形。

人体素描班上的学生不是这样，不过他们倒也不穿那种色彩鲜艳的上装。他们故意穿那种劣质而布满颜料的衣服，他们的脸上刚长出胡子，他们正由男孩向男人过渡。虽然他们也说话，但他们不相信语言；其中有个男生，他叫雷吉，来自萨斯喀彻温省，这人吐字极不清楚，平时几乎跟哑巴似的，但这种沉默寡言倒给了他一种特殊的地位，好像视觉的天分把他脑子的一部分给吃掉了，让他变成了一个白痴圣徒。大家也不信任英国人科林，倒不是因为他话说得太多，而是因为他话说得太漂亮。真正的画家只会咕咕哝哝地说话，像马龙·白兰度一样。

但他们能够让别人明白他们的内心感受。表达的方式有耸耸肩，小声而含混不清地说话，句子说一半，还有的用手势，比如戳戳手指，挥挥拳头，几个指头摊开来，抽筋似的在空中画个雕塑，等等。有时这种手势语被用来指别人的画。“什么狗屁东西！”他们会这么说；或者很偶然地也会来一句：“操他妈的是漂亮！”他们点头说好的东西可不多。另外，他们认为多伦多简直是个破垃圾场。“这儿什么活动也没有！”是他们常说的话。他们的许多谈话都围绕着如何逃离这个城市的种种打算。巴黎是没戏了，而连英国人科林都不想再回英国去。“他们那边的画全是黄不拉叽的绿颜色。”他说，“黄不拉叽的绿颜色，跟鹅粪似的，沉闷得要人命！”纽约之外哪儿都不行。那是一切活动发生的地方，那是可以干事情的地方。

这些人几杯啤酒下肚之后也可能会谈论起女人。他们谈起自己的女朋友，有些跟他们同居了，被叫作“我那老太太”。有时他们拿人体素描班上每晚都更换的模特儿开玩笑。他们说到跟模特儿上床是什么情景，好像跟人家上床全由他们有无兴趣而定。对跟模特儿上床这事有两种可能的态度：一种是啧啧欣赏，一种是恶心反感。“臭婆娘！”他们说，“丑货！”“根本没人要的东西！”有时他们说这些话的时候一只眼睛会看向我这边，看看我是什么反应。当身体上那些部分说得太具体、太详细时——“臭屄跟大象屁眼似的！”“哦？你怎么知道的？老日大象怎么的？”——他们也会发出嘘声让彼此压低声音，就像在母亲面前说话似的，就像他们还没有最终看出我究竟是个什么人似的。

对这些我一点不反感。相反，我觉得自己享受了特权：我是个例外，而在哪方面是个例外我甚至还不明白。

我坐在黑暗中，四周是啤酒及香烟的味道，空气又闷又热，让人觉得头微微发晕。我嘴巴闭着，眼睛睁开。我觉得我能清楚地看到他们，因为我不指望从他们身上得到任何东西。但事实上我指望的却很多。我指望自己能被他们接受。

他们所做的事情中有一件我不喜欢：他们取笑赫毕克先生。赫毕克先生的名字是约瑟夫，他们喊他“约大叔”，因为他留着小胡子，说话带东欧口音，而且发表意见时很是专断。这是不公平的，因为我知道——至此我们所有的人都已经知道——由于战乱，他被迫在四个不同的国家到处流浪，一度被困于铁幕之后，以垃圾一样的食物为生，差一点饿死；匈牙利革命期间得以逃脱，那也十有八九是冒了生命危险才跑出来的。确切情形怎么样他从来没有提起过。事实上，他在班上对那一切都只字未提。尽管如此，他的事大家都知道。

但这一切并没有改变男生们的看法。画画他妈的还是叫人讨厌，赫毕克先生就是个返祖者。他们管他叫“D. P.”，意思是“流落他乡的人”。我记得这是中学里常用的一句侮辱人的老话，过去人们用它指来自欧洲的难民，也指又蠢又粗不能与社会融合的人。他们模仿他的口音，模仿他说人体时的方式。他们之所以上人体素描是因为这是必修课。人体素描不是目前的活动，“行为绘画”才是，而搞“行为绘画”你他妈的根本就不用知道怎么去画。你尤其不用知道怎么画不穿衣服的臭婆娘。尽管如此，他们还是来上人体素描班的课，拿着木炭条在那儿擦啊擦的，弄出来一批又一批他们各自眼中的乳房和屁股，大腿和脖子；有的晚上则和我一样，画出的只是几只脚，别的什么也没有；这期间赫毕克先生迈着大步在教室里来回地走，他狠命地拽自己的头发，对学生的表现彻底绝望。

男生们脸上的表情显得无动于衷。在我看来，他们的轻蔑是很明显的，但赫毕克先生并没有注意到。我为他感到难过；我也感激他，是他让我进了这个班。另外我也崇拜他。战争离现在已经很远了，不再是什么浪漫的事，而他经历过那场战争。我在想：他身上有没有子弹留下的洞呢？或者别的什么光荣标记？

今晚，在枫叶酒馆“女宾及其护驾部”的不仅仅是我与那些男生，苏茜也在这儿。

苏茜是黄头发，我看得出来她那头发是卷后定型过的，后来又散下来将发梢染成了烟白色。她也穿牛仔裤和黑色的高领毛衣，但她的牛仔裤是紧紧地绷在身上；另外她脖子上通常都挂着点东西，一条银链子或者一件圆形金属挂坠。她将眼睑勾成一道浓黑的线，跟克娄巴特拉[1]似的，眼睫毛染成黑色，眼影是烟灰及深蓝色，因此她的眼睛有个蓝蓝的框子，看上去青青紫紫的，仿佛给什么人打了一拳；她还用白

[1] 克娄巴特拉（前69—前30），埃及托密勒王朝末代女王（前51—前30）。此处指克娄巴特拉在舞台上的形象。

色的搽脸粉和浅粉色的口红，这使她看上去一副病容，或是仿佛连续几个星期都在熬夜似的。她的臀部很丰满，而两只乳房就她的个头来说过于大了，倒很像是一个叽叽作响的橡皮玩具，从头顶往下这么一推，推到了乳房的位置就鼓在了那里。她说话的声音有点气急，笑起来声音不响，好像受了惊吓似的；连她的名字念起来都像是个粉扑。我把她看作一个傻女孩，因为太笨上不了大学，就在艺术学校里混混日子，不过对男孩我是不会这样去评判人家的。

“约大叔今晚在胡言乱语。”乔说。乔个子很高，留着鬓角，长着一双大手。他穿的是一件劳动布夹克，夹克上尽是按扣。除英国人科林外数他口才最好了。他常用“纯洁”“画面”之类的词，但也只在两三个人中间用用，全班人在一起时从来不说。

“啾！”苏茜说，轻轻一笑，上气不接下气，好像那口气不是在往外跑而是在往她体内钻。“这话可太损！你不该那么叫他！”

这话把我激怒了，因为她说出了我本该说却没有胆量说的话，还因为她过于谄媚了，甚至使这句辩护听起来也像是猫蹭大腿，像是在用崇拜的手抚摸二头肌。

“自命不凡的老屁虫！”科林说，为的是把苏茜的一部分注意力吸引到他自己身上。

苏茜转过她那双蓝眼眶的眼睛冲着科林。“他可不老，”

她一本正经地说，“他才三十五。”大家全笑了。

可她是怎么知道的呢？我看着她心里就在想。我想起那一次我一早到了班上。模特儿还没到呢，我一个人在教室，这时苏茜走了进来，她的外套先已脱掉，而紧随其后的就是赫毕克先生。

苏茜走到我坐的地方，说：“这鬼下雪天你恨不恨！”平时她是不跟我说话的，而刚才在外面雪地里走的是我，她看上去可是暖烘烘满面红光。

51

二月里的一个白天。博物院灰色的礼堂里湿外套热气腾腾，冬靴上沾的雪泥在一点点融化。许多人在咳嗽。

我们已经学完中世纪那一段，圣盒和身体被拉长的圣徒雕像，正快速经过文艺复兴，直抵高潮。到处是圣母马利亚，仿佛一个巨大的圣母马利亚养了整整一大帮女儿，其中大多数跟她有几分相似，可也不完全相似。她们已褪去了金叶光环，没有了过去石头和木头雕像中拉长脸、扁胸部的模样，胸部比以前丰满了。她们也不像以前的作品中那样经常升入天堂。有些圣母马利亚被处理成面团脸，神情严肃地坐在壁炉边或那个时代的椅子上，也有的坐在打开的窗户旁，背景中还能看到正在施工中的屋顶；有的圣母看上去表情焦虑不安，还有的看上去是喝牛奶长大的，肌肤白里透红，头顶一圈丝线一般粗细的光环，几绺漂亮的金鬈发从头巾下面溜出来，远处则是意大利澄明的天空。她们俯身看着耶稣诞生的摇篮，或是将耶稣抱在膝盖上。

耶稣的形象有些麻烦，他看上去不像个真正的婴儿，因为他的胳膊和腿太长太细了。即使看上去真的像婴儿了，也绝不是个新生婴儿。新生婴儿我见过，他们看上去瘪瘪皱皱的，像颗干瘪的杏子，而这些耶稣没有一个是那种样子。他们好像长到一周岁时才生下来，要不就是一副皱缩的男人形象。这些画中有大量的红色和蓝色，还可见到不少喂奶的情景。

黑暗中那个粗粗糙糙的声音着重在介绍作品构图的形式特征，为突出人体的浑圆而对衣服皱褶所做的处理，肌理的处理，拱门及脚下地砖的透视使用，等等。我们跳过了喂奶那一部分：那根不知从何处伸过来的教鞭从来不落在裸露的乳房上，这些乳房有的被画成一种叫人不舒服的粉中透绿的样子，显出皮肤下的青筋，有时还有一只手按着乳头，甚至还能看到真的乳汁。看到这种情景，座位上的人便骚动不安了：谁都不想去想喂奶的事，教授不想，毫无疑问女孩子们也不想。喝咖啡的时候这些女孩子说起这个浑身发抖：她们自身在这件事情上可十分挑剔讲究，她们将来一定要用奶瓶喂奶，不论怎么说，用奶瓶总要更卫生些。

“母乳喂养的意义，”我说，“在于圣母能屈尊把自己降到平民的位置亲自喂奶。那时候的妇女如果有条件多数是请别人来当自己孩子的奶妈。”我曾经在图书馆成堆的书中挖到那么一本，从中读到了这方面的介绍。

“啾，伊莱恩，”她们说，“你简直是个才女！”

“还有一点：基督是作为哺乳动物来到这个世上的。”我说，“我不知道马利亚是用什么来做尿布的。那尿布要是留到今天就是件文物了：可以叫‘圣尿布’。怎么会没有基督坐在便盆上拉屎的画？我知道附近什么地方有一幅画叫《圣包皮》，但《圣屎》呢？这样的画在哪里？”

“你真可恶！”

我咧嘴一笑。我将一只脚的脚踝搁到另一条腿的膝盖上，双肘搁在桌上。我喜欢以这种细小、琐碎的方式来纠缠侵扰这些女孩子，它表明我和她们不一样。

这是一种生活，是我白天的生活。我的另一种生活，我真正的生活，发生在夜间。

我一直在密切关注着苏茜，注意着她的所作所为。苏茜实际跟我不同岁，她比我大两岁还要多，快二十一了。她不和她父母一起住在家里，而是住在圣克莱尔北面林荫路上那些刚刚耸立起来的高楼中的一套单身女青年住的公寓房里。大家认为是她父母出钱为她租的这套房子，要不然她哪来这钱呢？这些大楼里都有电梯，宽敞的门厅里摆着一些植物，这些门厅起着诸如“蒙特卡洛”[1]这样的名字。住在这样的大楼里要有胆量，被认为是老练而有经验的人做的事，不过画家们却对此嗤之以鼻，因为有好几个三人一伙的护士也住在那里头。画家们自己住在布洛尔街或王后大街上那些五金店或手提箱批发商的楼上，有的则住在有外来移民居住的小街小巷。

苏西下课后留着不走，且一早就来到班上，她老在那儿晃来晃去的；真正上课的时候她却只是从侧面偷偷地看赫毕克先生。我曾碰见她从赫毕克先生的办公室里出来，她大吃一惊，然后冲我一笑，接着转过身做作而又过分响亮地说：“谢谢你，赫毕克先生！下周再见！”她还微微招了招手，尽管门部分关着，赫毕克先生不可能看到她；这手是招给我看的。现在我猜到了，我本该当即就看出来的：她和赫毕克先生在闹一场风流韵事。另外她还认为，这件事尚无人察觉。

这她可想错了。我曾偷听到玛乔丽和芭布斯拐弯抹角地谈论此事：“听着，孩子，这可是通过这门课的一种手段。”这是她们的话。“真希望我光靠躺那儿动动身子让他干就能过这门课。”“你别做梦了！那样的日子早就一去不复返了，

[1]　摩纳哥公国城市，濒临地中海，世界著名赌城。

呃？”说完她们舒心地笑了，仿佛正在发生的一切什么也不是，或者滑稽可笑。

我根本不认为这场风流韵事滑稽可笑。我是把它当风流韵事对待的；我无法将“韵事”一词和“风流”一词分开来，只是谁先找的谁风流就不清楚了。我觉得是赫毕克先生爱上了苏茜，或者说，也不是他真的就爱她，而是他被苏茜弄昏了头。我喜欢“被弄昏了头”这个词，它让人联想到黏糊糊、潮漉漉、喝糖浆喝得醉醺醺的苍蝇。苏茜本人是不会爱的，她没有能力，她太浅薄了。我认为她是清醒的一方，是控制着局面的一方：她是在同赫毕克先生闹着玩，所用的一套手段直接出自四十年代的电影海报，海报上那些女影星涂着指甲油，感情生硬冷酷，如钉子般直来直去不讲感情；我甚至知道那钉子是什么颜色的：“火”与“冰”。[1] 虽然她看上去一副容易受伤害的样子，一副讨好邀宠的样子，其实这才是她的真面目。她扔弃心中的内疚如同散发身上的香气一样简单，而赫毕克先生一闻到这香气就昏了头，踉踉跄跄地奔向自己命中注定的这一份安排。

当苏茜意识到班上的人都知道——芭布斯和玛乔丽有散布自己所知消息的办法——后，她反而变得更大胆了。她开

[1] “钉子”与“指甲”在英文中是同一个词：nail。伊莱恩由“钉子”联想到科迪莉亚曾经涂成“火”与“冰”两种颜色的指甲。

始直接叫赫毕克先生的名字，说起话来动不动就是“约瑟夫认为——”“约瑟夫说——”。她永远知道赫毕克先生的行踪。有时他上蒙特利尔[1]度周末，那儿的旅馆比这儿的好得多，喝的葡萄酒也相当不错。虽然她从未到过蒙特利尔，这方面的消息她可是说得十分肯定。她往外抖搂关于赫毕克先生的一些内情：他是在匈牙利结的婚，但他夫人没跟他一起上加拿大来，如今他离婚了。他有两个女儿，她俩的照片他一直放在自己的皮夹子里。与两个女儿分开不在一起简直要了他的命——“这事真要他命了！”她轻声地说，两只眼睛雾蒙蒙的。

玛乔丽和芭布斯贪婪地听着这一切。在她俩看来，苏茜已开始由娼变良。她们怂恿她：“听着，我可不怪你！我觉得他确实像嫩芽一样可爱！”“我能把他给吞了！但那样就是逼人家做小丈夫了，呃？”在卫生间，这两个女人并排坐在两个小隔间里，一边潇潇地撒着尿，一边大声地说话，而我站在镜子前偷听。“我希望他知道自己现在的所作所为。像她这么好的孩子！”她们的意思是他应该娶她。或者她们是说：假如她已怀孕他就应该娶她，那样做才比较体面。

但另一方面，那些画家却对她变得很不客气。“天哪！你能不能闭上臭嘴不提约瑟夫！你恨不得认为他屁眼里能放

[1] 加拿大东南部港口城市。

光！”但她就是闭不了嘴。她抖抖呵呵，道歉似的傻笑着，想以此求得同情，却进一步把画家们给惹怒了。她也惹怒了我，这副泪水盈盈的可怜模样我从前见识过。

我觉得赫毕克先生需要保护甚至营救。我还不知道一个男人可以在许多方面令人崇拜，而在别的方面是一个头脑简单的傻瓜！另外我还尚未搞懂：男人身上的侠肝义胆换到女人身上便成了白痴行为——男人救完人可以全身而退，而女人面对同样的情形想要抽身可就难多了。

52

我依旧在家里住着，这可是很丢面子的事，但大学还在同一座城市，我又为什么要额外出钱去住宿舍呢？这是我父亲的意见，也是蛮有道理的。他哪里知道我心中想的并不是什么宿舍楼，而是一座摇摇晃晃眼看要倒塌的没有电梯的大楼上的一个套间；套间的楼下是一家面包店或香烟店，外面有轨电车隆隆开过，天花板上贴满了从装鸡蛋的纸板箱上拆分下来的硬纸板，都漆成了黑色。

但我不再睡我小时候那个装着香草色灯具、安有窗幔的房间。我退隐进了地下室，借口在那底下可以更好地学习。就在那下面紧挨着炉子的一间光线昏暗的储藏室里，我筑起了一个人造垃圾的王国。我从满满一大橱的旧野营用品中挖出一张行军小床和一只鼓鼓囊囊高低不平的卡其布睡袋，我母亲想把我原来的床移到地下室去的计划便因此落了空；她本想让我有个像模像样的床垫。我用胶带将一些在本地剧院演出的节目的海报贴到墙上——贝克特的《等待戈多》，萨特的《没有出口》等——海报上还故意搞上一些指纹和一些蘸着黑墨水写的字母，影影绰绰的人物看上去像在水中浸过似的；海报之外我还将自己精心画出的几只脚贴到了墙上。我母亲觉得剧院的招贴画气氛太沉闷了，而我画的那几只脚她压根儿看不懂，她认为脚总得长在身体上。我知道还是不解释的好，就对她挤挤眼睛。

至于我父亲，他认为我画画的天分是很了不起的，可是被浪费了。这天分要是用来画海藻的细胞、花草的茎的剖面图就更好了。在他看来，我是想当植物学家而终未能如愿。

我父亲的人生观自班纳杰先生回印度之后变得灰暗了。围绕这事家里有些遮遮掩掩的。我母亲说是班纳杰先生想家了，言下之意好像他得了神经衰弱，但实际问题不止这些。“他们不肯晋升他。”我父亲说。这“他们”（不是“我们”）及“不肯”（不是“没有”）的背后可是大有名堂。“他没有得到应有的赏识。”我想我明白这话的意思。我父亲对人类本性的看法一向比较悲观消极，但从事科学的人不包括在内，而今却包括了。他感到自己被出卖了。

我听到头顶上父母亲的脚步在踱来踱去；家中的各种声

响，“搅拌王”、电话、远方来的消息……一点点渗漏到地下室中的我的耳朵里，隐隐约约，好像我是在病中似的。我眨巴着眼睛从地下室冒出来吃饭；我痴痴呆呆地坐着，几乎不说话；我有一口没一口地吃着煎鸡块和土豆泥，听母亲说我怎么没有胃口，脸色如何苍白，父亲则还当我是小孩似的跟我说些有用而有趣的事：我有没有意识到氮肥因为助长了水藻的超量繁殖而正在摧毁鱼类的生命？我有没有听说过这么一种新的疾病：它能将我们每一个人全都变成畸形的呆小病患者，除非那些造纸公司被强行停制向河流内倾倒水银？我没有意识到，我也没有听说过。

“你现在睡眠足不足，亲爱的？”我妈问。

“足。”我说的不是实话。

我爸在报上注意到一则广告，那是关于一只能发出原子辐射的魔鬼昆虫的电影广告。“你知道，”他说，“那些巨型的蚱蜢实际上永远不可能存在。要长到那么大，它们的呼吸系统会崩裂的。”

我不知道。

四月，花蕾还没有绽放，我正在为考试用功呢，我哥斯蒂温忽然被捕了。这事的发生也可以说在意料之中。

斯蒂温本该坐在这餐桌旁帮我解决功课上的难题的，可是他没在这儿，整整一年他都没在家了。他正满世界地疯跑。他在加利福尼亚的一所大学里学习天体物理；大学本科的学位人家要读四年，他两年就完成了。目前他在读研究生。

我从未去过加利福尼亚，它什么样我脑子里没有清晰的概念，不过我把那地方想象成终日阳光明媚，温暖如春。天空是鲜亮的苯胺蓝，树木超常地绿。我想象那里到处是被晒成棕褐色的漂亮的男人，他们戴着墨镜，穿着印有棕榈树的运动衬衫，而身边是实实在在的棕榈树；女人也都个个晒得黝黑，她们飘着金发，长着修长的大腿，乘坐在白色的游艇上。

在这样一些戴着墨镜、衣着时髦的人中间，我哥简直是个怪物。自从离开他那所男子学校后，他重又恢复了原先不修边幅的样子，穿着软帮鞋和肘部已磨穿的套头毛衣到处乱走。除非有人提醒，他是不理发的，可又有谁在那里提醒他呢？他走在那些棕榈树中间，吹着口哨，毫不理会周围的一切，脑子完全没在一圈看不见的数字的光环之中。加州人会怎么看他？他们觉得他可能是个流浪汉一类的人物。

出事的这一天，他带着自己的双筒望远镜和蝴蝶标本簿，骑一辆二手自行车一头向乡下奔去，他要去寻找加利福尼亚蝴蝶。他来到一片有希望找到蝴蝶的田野，骑下去，然后锁上自行车；在有些事情上他还是足够谨慎的。他一头冲进田野，那里面一定有长得高高的草和一些小灌木丛。他发现两只奇异的加州蝴蝶后就开始追，又停下来用望远镜仔细观察；但在这个距离之内他还是无法辨认，每次往前一动，两只蝴蝶便立即飞走。

他跟着蝴蝶一直到了田野的尽头，那儿有一长条钢丝网眼栅栏。蝴蝶飞进网眼，他则越过栅栏爬了过去。栅栏的另一边又是另一块田野，它比前面这一块平坦，草木也更少。有一条烂泥路从这块田地中穿过，可他管都没管，只顾紧紧跟着那蝴蝶；蝴蝶的颜色红白黑相间，身上的图案中间细瘦形同沙漏，这种东西他以前从未见过。在这片田野的另一边是另一条栅栏。它比第一条栅栏还要高，他也攀了过去。接着，蝴蝶终于停了下来，歇在一处开着粉红色花的低矮的热带灌木上。就在斯蒂温单膝跪地调着望远镜焦距的时候，三名穿制服的男人开着一辆吉普车冲了过来。

“你在这里头干什么？”他们问。

“在什么里头？”我哥说。他对他们很不耐烦，他们惊动了蝴蝶，蝴蝶又飞走了。

“你没看到标牌吗？”他们说，“标牌上写着：危险，禁止入内。”

“没看到。”我哥说，“我在追赶那两只蝴蝶来着。”

“蝴蝶？”其中的一个人说。第二个人用一根手指在自己的耳朵边做了个旋转的动作，意思是说疯狂。“神经病！”他说。第三个人则问：“你指望我们相信你的话？”

“相不相信是你们自己的事。”我哥说，或者大致就是那意思吧。

“你小子真聪明！”他们说。这是美国人的漫画书中常见的一句话。我又在自己的想象中给这几个人添了几笔：嘴边叼着香烟，身上别着手枪和其他几件武器，脚蹬皮靴。

原来这三个人是军事人员，而这地方是一个军事试验区。他们将我哥带回他们的司令部关了起来。他们还没收了他的那架双筒望远镜。他们不相信一个搞天体物理的研究生会跑到外边来追什么蝴蝶，他们认为他是个间谍，然而他们又弄不明白他对此为何竟如此坦言：间谍小说中——我和搞军事的都知道但我哥不知道——尽是一些假装成与人无害的蝴蝶爱好者的间谍。

最后他们同意让他打个电话，通知他大学的导师必须来将他保释出去。当他再回原地取自行车时，自行车已经被偷走了。

我是一边吃着炖牛肉一边听我父母将这个故事的大致框架告诉我的。他们不知道对此是应该感到好笑还是震惊。不过，从我哥那里我什么消息也没听到。相反，我收到了他的一封信，那是用铅笔写在从活页笔记本上撕下的一张纸上的。他的信从来没有抬头称呼，信末也从来不署名，仿佛每封信都只是一封长信的一个部分，犹如一卷没有尽头的纸巾，随着时光在一段段打开。

他说他写这封信的时候人正爬在一棵树的树顶上呢！他在那儿越过体育场的围墙看一场足球比赛——这样看比买票看来得便宜——一边还吃着夹花生酱的三明治——这又比上饭店吃少花钱；他不喜欢跟人发生金钱上的交易。事实上这信纸上有好几处油斑。他信上说他能看到一帮浑身盖满了彩旗、看上去像一只只被阉割的公鸡似的人在那边上蹿下跳。这些人肯定是啦啦队的队长。他目前住在学生宿舍里；楼里有不少黏黏虫，他们无所事事，一心只垂涎女生，再就是被美国啤酒灌得整日里晕乎乎的。在他看来喝到这样子还有点难度呢，因为那玩意儿比洗发剂还要淡，而口味倒和洗发剂差不多。每天早晨他都吃先冻后热的煎鸡蛋；这鸡蛋形状方方的，可以看到结在中间的蛋黄里的小冰粒。他说这可是现代技术的非凡成就。

除此之外他倒是过得很开心，因为他在很努力地研究"宇宙的本质"。令人焦虑的问题是：宇宙是更像一艘在不断变大的巨型飞艇呢，还是更像一颗一张一缩的心脏？它是在膨胀还是在收缩？我很可能要被这个悬念弄得十分痛苦，但无论如何总还得有几年才能等到他找到最终答案。"且听我下一回激动人心的分解吧。"他用大写字母这么写道。

"我听说你干上画画这个行当了。"他用正常大小的字体继续写道。"这种东西我小时候也玩过。但愿你还在吃鱼肝油丸，但愿你没惹麻烦。”信就这么结束了。

我想象我哥坐在加州一棵树顶上的情景。他再也不知道自己是在给什么人写信了，因为我无疑已变得面目全非。而我也不再知道是谁在写信。我总把他想象成和原来一样没有变化，可这当然是不可能的。长到现在他一定懂得了一些从前不明白的东西，就像我一样。

还有：如果他吃三明治和写信这两件事同时进行，他用什么抓住树枝呢？他像个狙击手似的栖息在高处似乎还开心得很呢！不过他还是得多加小心。我原来一直认为他身上有种勇敢的东西，但这种勇敢有可能只是对严重后果的无知。他自认为很安全，因为他说他一直就是这个样子。可他是在露天里啊，周围尽是陌生的人，陌生的事。

53

我和约瑟夫坐在一家法国餐馆里喝着白葡萄酒吃着蜗牛。这是我有生以来第一次吃蜗牛，这也是我有生以来第一次进法国餐馆。听约瑟夫说，这是多伦多唯一的一家法国餐馆。它的名字叫“La Chaumière”，约瑟夫说意思是“盖茅草的村庄”。然而，“La Chaumière”却并不是什么“盖茅草的村庄”，而只是一座平淡无奇、邋里邋遢的楼，跟多伦多别的建筑没有什么两样。那些蜗牛本身看上去像一大块一大块深颜色的鼻涕，吃的时候要用一把钳形的叉子。我觉得蜗牛的味道相当不错，只是嚼起来韧韧的有点像橡胶。

约瑟夫说这些并不是新鲜蜗牛，它们是从罐头里倒出来的。他说这话的时候腔调悲凉，一副无可奈何的样子，那意思仿佛是说："完了。"而到底什么东西"完了"又不清楚。他说许多东西时都是这副腔调。

比如，他第一次说我的名字时就是这腔调。那还是五月份最后一周人体素描课上的事。我们每个人都要和赫毕克先生分别见面作个人评估，议一议一年当中我们取得的进步。玛乔丽和芭布斯排在我前面，她俩端着咖啡在走廊里站着。"嗨，孩子。"她俩互相这么叫着。玛乔丽正在讲述一个男人如何在联合车站向她暴露自己的生殖器的故事；她是去车站接从金斯敦坐火车过来的女儿的。她女儿和我同岁，在上女王学校。

"他当时穿着一件雨衣，信不信由你。"玛乔丽说。

"啾，上帝！"芭布斯说。

"因此我就盯着他的眼睛——是眼睛——说：'你就这么点能耐吗？'我是指他那一根香肠似的小阴茎。难怪这可怜的笨蛋要到各个火车站里乱跑，想方设法要人家来看他那玩意儿！"

"后来呢？"

"听着，上去的东西总得下来，呃？"

她俩鼻孔里哼了一声，喷出小小几滴咖啡来，又咳嗽咳得全是烟味。和平时一样，我觉得她们这么做有点小小的不道德：总是要对那些根本不是玩笑材料的事大开玩笑。

苏茜从赫毕克先生的办公室出来了。“嗨，伙计们！”她说，努力做出开心的样子。她的眼影弄得脏兮兮的，眼睛呈浅粉色。我一直在读现代法国小说，还在读威廉·福克纳[1]。我知道爱应该是什么样子：着魔，暗地里还有几分恶心。苏茜就是追求这种爱的女孩子。她会奴颜婢膝，她会死揪活拽地赖着人家。她会躺倒在地，呻吟着，紧抱着赫毕克先生的双腿，头发披下来像金色的海草散落到他的黑皮鞋上（赫毕克先生会穿着皮鞋，他正准备迈开大步出门而去）。从这个角度看去，赫毕克先生膝盖以上部分被截开看不到了，苏茜的脸也看不到。她将被强烈的情感压垮，整个儿被摧毁。

然而我并不为她感到难过。我只是有几分忌妒。

“可怜的小兔兔！”芭布斯看着她渐渐远去的背影说。

“欧洲人就是这德行。”玛乔丽说，“我一分钟也没相信过他离过什么婚。”

“听着，也许他甚至从来就没有结过婚。”

[1] 福克纳（1897—1962），美国小说家，美国“南方文学”流派的代表人物，其作品多反映美国南方社会的历史状况，代表作有《喧嚣与骚动》《村子》等，获一九四九年诺贝尔文学奖。

“那他的那两个孩子是怎么回事？”

“很可能是他的侄女什么的。”

我对她俩皱皱眉。她们说话的声音太响了，赫毕克先生会听到的。

她俩走后就轮到我了。我走进去，站好，赫毕克先生坐着；我的代表作摊在他的桌上，他在一张张地过。我觉得正是这样的时刻把我搞得很紧张。

他一声不响快速翻动着一页页的画：手，头，屁股……嘴里还嚼着他那支铅笔。“这张不错。”他终于说话了，“你有进步。这张更放松，这儿这条线。”

“哪儿？”我一手撑在桌子上前倾着身子问。他把头转向一边，冲着我。喏，那就是他的眼睛：根本不是紫色，而是深褐色。

“伊莱恩，伊莱恩。”他悲凉地说。他将手按到了我的手上。一阵冰凉直冲上我的胳膊，冲进我的胃里；我站那儿僵住了，彻底地自我暴露了。我总想着要来营救他，而这难道就是我一直企图得到的结果吗？

他摇摇头，那样子仿佛是他已经放弃了什么或是别无选择，然后一把将我拖倒在他的两膝之间。他甚至没有站起身来。这样我双膝跪在了地上，头往后仰着，他的双手轻抚着我的后脖子。我以前还从来没有以这种姿势被人亲吻过，感觉像是在做一个香水广告：陌生，危险，暗暗地还觉得有几分丢人。我可以爬起来夺路就逃，但假如我这么待着不动，哪怕只是多待一分钟，从此就再也不会有到汽车座位上或电影院摸摸索索那一套，再不会为了解开胸罩上的搭扣跟对方又打又闹。不会再胡闹，不会再瞎混。

我俩坐出租车前往约瑟夫的公寓套间。在出租车里约瑟夫隔着我好一段距离坐着，不过他的一只手一直按在我的膝盖上。那时我还不习惯坐出租车，总以为司机在后视镜里看着我们。

约瑟夫的公寓套间在黑兹尔敦大街上；这儿虽说不是贫民窟，离贫民窟也差不多了。这儿的房子很旧，紧紧地连在一起，一色单调乏味的前花园、尖屋顶，门廊一圈尽是朽坏的涡卷形木制装饰。沿旁边的人行道停靠着一辆挨一辆的汽车。这些房屋大部分两两成对，有一边是连在一起的。约瑟夫就住在这摇摇欲坠的、尖屋顶的、两幢为一组的破房子里。他住的是二楼。

一位年纪较大的胖男人穿着衬衣系着背带，正躺在约瑟夫隔壁房子门廊里的安乐椅上轻摇着。当约瑟夫付钱给出租车司机、我们接着又走上房子前面的台阶时，那胖男人一直盯着我们看。“天气不错啊。”他说。

“可不是嘛！”我说。约瑟夫没去理他。当我们爬上窄窄的内楼梯时，他将手轻轻地放在我的后脖子上。无论他碰在我什么地方感觉都是重重的。

他住的这套房子有三个房间：前面一间，中间一间带个小厨房，后面一间。房间都很小，几乎没什么家具。看样子像是他刚刚搬入或者正准备搬走。他的卧室被漆成浅紫色。卧室的墙上挂着好几幅印刷品，上面画的是一些被拉得细细长长的人物，颜色上得灰灰暗暗的。这间屋子里除地上放着块床垫，床垫上铺着条墨西哥毛毯外再没有别的东西。我看看地上的床，心想看到了成年人的生活。

约瑟夫亲吻我；这次他是站着，不过我倒感觉很别扭。我害怕有人会从窗户里看进来。我还害怕他会叫我把衣服脱掉，然后将我这样摆弄摆弄那样摆弄摆弄，再隔着一段距离看着我。我不喜欢被人从后面盯着看，对这么一个视角我毫无控制的能力。但假如他要我那么做我也只好服从，因为我这头只要稍有迟疑都将被置于让他不屑的境地。

他在床垫上躺下，眼睛向上看好像在等待。过了一会儿，我躺到了他的身边；他再一次亲吻我，同时轻柔地解我的扣子。扣子是一件超大号的棉衬衣上的；眼下天气转暖，我就脱掉高领毛衣换上了这件衬衣。我伸过两只胳膊将他搂住。我在想：这人可是经历过战火的。

“苏茜怎么办？”我说。话刚出口，我意识到这是个中学生问的问题。

“苏茜？”约瑟夫说，好像他在努力回忆这名字到底是谁似的。他的嘴凑在我耳边，说这名字时仿佛听到了一声令人懊丧的叹息。

那条墨西哥毛毯盖在身上痒痒的，但它并没有碍我的事：第一次过性生活据说会不舒服。我还等着闻避孕套的味道，等着疼痛的到来，但结果倒并不像大家说的那样疼，也没有出多少血。

约瑟夫没有想到会疼。“把你搞疼了吗？”他中间一度停下来问。“没有。”我蜷缩着身子说，他因此继续。他也没想到会有血。他得清洗他这条毛毯了，不过这事他没有提。他行事周到体贴，不断轻抚着我的大腿。

整个儿夏天约瑟夫都是这么闹过来的。有时他带我上餐馆，餐馆的餐桌上铺着格子图案的台布，还有蜡烛插在装意大利勤地红酒的酒瓶子里；有时他带我去人数不多的小剧场看讲述瑞典人和日本人故事的外国电影。但每一次结束后我们都会回到他的公寓套间，不是钻到那条墨西哥毛毯底下，就是躺在它的上面。他做爱不可捉摸，有时急不可耐，有时像例行公事，有时则涂鸦似的心不在焉。让我痴迷心醉的多少就是他的这种不可捉摸。这一点连同他的需求，有时在我看来显得无助而难以控制。

“别离开我！”他说，双手在我浑身上下抚摸着，这抚摸总是在做爱前而不是完事后，“我会受不了的！”说这种话是一种老式过时的事了，要是换了另一个人我会觉得滑稽可笑，但从约瑟夫的嘴里说出来我却没有这种感觉。我恋上了他的需求。光是想到这个就让我感到浑身弥散着一种情思，人痴痴的一丝力气也没有，又湿又软跟西瓜瓤似的。因为这个原因，我还取消了回慕斯科卡旅游胜地的计划，我本打算像去年夏天一样回那里去打工的。这样我就在布洛尔街的“瑞士休闲农舍”找了一份工作。这地方除提供鸡肉外什么也没有；牌子上写的是“烤鸡”。鸡肉和蘸酱，酸卷心菜丝和小圆面包，还有就是单味的冰淇淋，那是用勃艮第的樱桃做的，带一层强烈的紫色。我身穿一套统一的工作服，自己的名字用针缝在口袋上，跟中学上体操课时的做法一样。

有时候约瑟夫下班后去那里接我。“你身上全是鸡的味道。”他在出租车里咬着我的耳朵说，脸紧贴着我的脖子。我现在坐出租车已全然不讲什么端庄稳重了；我靠在他身上，他的手搂着我，放在我胳膊下，按在我乳房上，要不我就头枕着他的大腿在出租车的座位上横躺下来。

另外，我已从家中搬了出来。我跟约瑟夫在一起的晚上，他要我通宵留在他那里。他希望自己醒来时我睡在他的身边，他可以不把我弄醒就开始和我做爱。我跟父母说我只是这个夏天搬出去住，因为这样我可以离“瑞士休闲农舍”近些。他们觉得这么做是浪费钱。他们这时正在北方的什么地方快活呢，家中的房子我本可以独自享用，但我对我自己的看法和我父母对我的看法再也碰不到一起去了。

要是我去了慕斯科卡，这个夏天也不会住在家里，但人在同一座城市而不住家感觉还是不一样。目前我和“瑞士休闲农舍”中另外两个女孩住一起，她们也和我自己一样是在这里打工的学生。我们的住地是哈伯德街一个形状像走廊一样的套间。卫生间的上方像系了一根彩带似的，上面挂满了袜子和内裤；一只只卷发筒搁在厨柜上，状如浑身长刺的毛虫；洗槽中盘碟上的脏物都已经板结了。

我和约瑟夫一周见两次面，别的时间里我很知趣，尽量不给他打电话或是去见他。他那时要么不在家，要么跟苏茜在一起，因为他并没有停止和她见面，根本没有。但是我们不打算把我的事告诉她，我们将守住这个秘密。“要是跟她说她可就伤惨了！”他说。谁必须来背负知道真相的重负呢？要是排排队，苏茜也是最后一个；如果要有人受伤害的话，受伤害的首先必须是我。但我感觉自己受约瑟夫的信任：在保护苏茜免遭伤害这件事上我俩是共谋。这是为她好。其中我得到了一切秘密所能带来的那种满足，那就是：我知道的事她不知道。

苏茜不知怎么发现了我在“瑞士休闲农舍”打工的事——很可能是约瑟夫为了避免她发觉假装很随意地告诉她

的，也很可能是因为他一想到我俩在一起便兴奋不已，所以告诉了她——每隔一段时间她偶然会来这儿喝杯咖啡，通常是下午晚些时候，里边几乎没什么人。她稍稍长了点体重，脸颊上的肉圆圆的。我能想象出她要是不多加注意再过十五年会是什么模样。

我对她比以前任何时候都要好。同时我又防着她几分。万一她发现了真相，她会不会彻底失控抓过一把牛排餐刀向我扑来？

她想和我聊聊。她想找个时间我们一起聚聚。她还在说“我和约瑟夫”怎么怎么。她看上去满脸愁苦。

约瑟夫和我谈起苏茜时仿佛是在谈一个“问题儿童”。“她想结婚！”他说。他言下之意好像是说苏茜不讲道理，但要拒绝她这件事，拒绝给她这一份过于昂贵的玩具，他同样又觉得深深伤心。我是没打算和她同流合污，没有理智，胡搅蛮缠。我不想跟约瑟夫或者别的任何人结婚。我已逐步视婚姻为一种不道德的、粗俗的交易，而不是一件自由的礼物。即便只是想想结婚，也会毁了约瑟夫，将他置于不知所措的境地。举凡需要谋划的事情中就没有他的位置。他的位置是做一个情人，他可以守着他的秘密和他几乎空无一物的房间，守着他的不幸与痛苦的记忆，守着他的噩梦。不论怎么说吧，反正我是将自己置于婚姻之外了。我能回想起自己早年关于结婚的念头，那时自己天真无邪，头上饰着彩带，就像小孩儿玩的洋娃娃。那样的我一去不复返了！我不要结婚，我将致力于绘画。最终我还要染头发，穿奇装异服，戴沉重而奇异的银质珠宝。我要走四方。也许，我还会喝酒。

（当然，还有怀孕的幽灵。子宫帽你是弄不到的，除非你已婚；柜台下倒是出售避孕套，可只卖给男人。有些女孩在汽车的后座上搞得过分了，怀了孕，结果上中学时就辍学；要不就出一些奇奇怪怪的、永远也解释不清的“事故”。形容这事还有一些令人发笑的成语呢，什么“壶嘴播种”[1]“炉生面包”[2]。但这种厕所里说说的玩笑话与约瑟夫毫无关系，在他那浅紫色的卧室里他可是个老手。它们也与我毫无关系，虽然我正深深地陷于那严肃的沉醉之中。不过我在自己那本袖珍日历上几乎不做什么有关月经、排卵期之类的记号，因为做不做都一样。）

在休息的日子里，如果不是和约瑟夫见面，我就试着画画。有时我用彩色铅笔画。我画的是这个套间里的家具：从赛莉　安旧货店里买来的塞垫得鼓鼓囊囊的沙发，沙发上抛满了脱下来的衣服；由同室的母亲借我们用的一盏球茎状的台灯；厨房用的凳子。更多的时候我没劲画画，所以最后常常躺在浴缸里看充满神秘的凶杀小说。

---

[1][2]　分别指“授精”与“怀孕”。

约瑟夫不愿意跟我讲关于战争的事，也不愿意告诉我匈牙利革命期间他是怎么从匈牙利跑出来的。他说这些事对他来说太烦心了，他只想把它们忘掉。他说死的方式有好多种，有的方式不如别的来得那么舒服。他说我是幸运的，永远也不用知道类似这样的事。“这个国家没有什么英雄。”他说，“你们应该让它保持这个样子。”他跟我说我还未被触碰过。他说他要我就是要的这个。他说这些东西的时候双手在我皮肤上摸来摸去，仿佛在给我擦拭，仿佛要将我磨光似的。

但他倒是把自己做的梦告诉我了。他对这些梦大有兴趣，但事实上它们和我记忆中听说过的事完全不同。在他的这些梦里出现了红色的天鹅绒窗帘、红色的天鹅绒沙发、红色的天鹅绒房间。另有两头垂着流苏的、白色的丝绸绳子；注意的焦点许多是在织物上。另外还有几只正在衰坏的茶杯。

他梦见了一个浑身裹着玻璃纸（甚至脸上蒙着玻璃纸）的女人，梦见的另一个女人身穿白色的寿衣正在一处阳台的扶栏边走着，还有一个女人脸朝下躺在浴缸里。他跟我说这些梦的时候实际并不真的在看着我；他似乎在看着我脑袋里面几英寸深的某一点。我不知道该做出什么样的反应，于是微微一笑。我有几分忌妒他梦中的这些女人：她们中一个也不是我。约瑟夫一声叹息，然后拍了拍我的手。“你真年轻！”他说。

虽然我感觉自己并不年轻了，对他的这句话我却无言以对。此时此刻，我觉得自己像个古人；我感到自己工作过度，感到这地方太热。老是闻烤鸡的味道把我的胃口给搞没了。正值七月下旬，多伦多湿度很大，城市的上空像罩了一层沼气似的，而今天，“瑞士休闲农舍”的空调又坏了。有人在抱怨。不知是谁将一只装有二十五分币和几只小圆面包及蘸酱的大托盘打翻在了厨房的地上，弄得人走路时打滑。厨师长骂我是蠢狗。

“我没有祖国。”约瑟夫悲伤地说。他轻柔地碰碰我的脸，两眼逼视着我的眼睛。“现在你就是我的祖国了。”

我又吃了一只从罐头里倒出来的、叫人觉得不可靠的蜗牛。我忽然觉得很伤心，对此我却是毫无准备。

54

科迪莉亚从家里跑了出来。她自己可不是这么说的。

她通过我母亲找到了我的行踪。我是在她出来喝咖啡时与她见面的，那是在我下午休息的时候，地点不在“瑞士休闲农舍”。我在“瑞士休闲农舍”喝咖啡是可以免费的，但如今我能离开那里就尽量离开那里，我不想闻后面房间里生禽的恶臭味，不想看到一排排挂在那儿的如死婴一般的光鸡，也不想看到捣成烂糊状的、温热的、狗食一般的顾客们的残羹剩菜。这样我们就上公园广场饭店那条街上的默里餐厅去了。这里卫生条件中等，虽然没有空调，天花板上倒是装有电扇。在这里我至少看不到厨房里正在进行的一切。

科迪莉亚如今更瘦了，差不多只剩骨头了。长长的脸上能看出那高高的颧骨，一双灰绿色的眼睛在脸上显得特别大。每只眼睛的四周画了一圈绿色的线。她的皮肤晒得黝黑，嘴唇涂成粉红中带点橘黄的颜色，颇不惹眼。她的两条胳膊瘦骨嶙峋，脖子很优美；她的头发像芭蕾舞演员那样一起梳向后面。虽然眼下正是夏季，她却穿着黑色的长筒丝袜；脚上是一双凉鞋，不过不是女人们夏天穿的那种精巧雅致的凉鞋，而是厚厚的底，有艺术气息，还带有原始的、农家型的搭扣。另外她还穿着一件汤匙领、短袖子黑色针织紧身上衣，胸口能看到乳房；一条暗淡的蓝绿色全棉短裙，上面是一些抽象的黑圆圈、黑方块样式的图案；还有就是一条宽宽的黑皮带。她手指上戴着两只沉甸甸的戒指，其中一只上面还镶有一块绿松石；耳朵上戴着厚实的方形耳环；手腕上还戴着一只银手镯，那是墨西哥白银。你不会说她这模样就是漂亮，但你会和我一样对她刮目相看：她生平第一次看上去给人以雍容华贵的感觉。

我们一见面便伸出手互致问候，还若即若离地拥抱了一下，发出惊讶而兴奋的叫喊；女人一段时间没见面，再次互相碰见就会发出这样的叫喊。我在默里餐厅可是栽了，我喝着淡而无味的咖啡，听着科迪莉亚侃侃而谈，心想：自己为什么要同意和她上这儿来呢？我此刻处于劣势：我身上穿的是皱巴巴沾满肉汁的“瑞士休闲农舍”的工作服，我的胳肢窝里全是汗，我的脚在疼，我的头发在这潮湿的气候里又湿又不服帖，卷卷曲曲像一根根烧煳的羊毛。眼睛底下还出现了黑黑的一圈，因为昨晚是跟约瑟夫在一起的一夜。

科迪莉亚正在另一头向我炫耀着。她想叫我看看：自从她懒散度日、拼命吃喝的失败日子以来，她已变成什么样了。她已将自己彻底改造。她镇静自若，嘴里冒出来的全是些零零碎碎的消息。

现阶段她在斯特拉特福莎士比亚戏剧节上找了一份工作。她扮演跑龙套的角色。“干些十分次要的事。”她说着不屑一顾地挥了挥戴着手镯和戒指的手，而这样的动作却表明，那些事并非像她说的那样“次要”。“你知道，扛扛矛什么的。当然，我才不扛呢。”她笑笑，接着点了一支烟。我不知道科迪莉亚是否吃过蜗牛，又觉得这样的东西对她很可能并不陌生，想到这个我觉得沮丧。

斯特拉特福莎士比亚戏剧节举办到现在已经相当有名气了。它是多年以前在斯特拉特福镇[1]开始举办的，该镇有艾

[1] 又名艾冯河畔的斯特拉特福，英国英格兰中部城镇，因莎士比亚诞生于此而闻名全球。

冯河横贯其中，还可见到黑白两种颜色的天鹅。这一切我都是在杂志上看到的。人们乘火车或公共汽车前往那里，或者带着野餐食品篮自己驾车前去；有时人们整个周末都留在那儿，一部接一部看上三四部莎士比亚的戏剧。起初，这个戏剧节是在一个巨大的帐篷里举行的，其情形仿佛一个马戏团。但现在已搭起了一座真正的建筑，一座新奇而现代化的圆形建筑。“你得面向三面观众表演，扯着嗓子拼命喊。”科迪莉亚说着很不以为然地笑了笑，好像全是她一个人在那里表演或扯着嗓子喊似的。她就像那种一边往前走一边打扮自己的人。她是在即兴表演。

“你父母亲怎么看呢？”我说。这问题近来我自己也一直在想：做父母的会怎么看呢？

一瞬间，她收起了脸上的笑容。“他们很高兴我现在有点事情做做。”她说。

“潘迪和米瑞怎么样？”

“你知道潘迪的，”她脸绷得紧紧地说，“永远一副贬损人奚落人的鬼样。不过我的情况差不多了吧。你觉得我怎么样？”这是她老一套的玩笑话，我笑笑。“说正经的，这些日子你在忙什么呢？”这是我记忆犹新的腔调：很客气，但并不见得她有多少兴趣。“自从上次我见到你之后你都在忙什么呢？”

想起这上一次我还心中有愧。“噢，没忙什么。”我说，

“就是上学，你知道。”此时此刻看起来我还真没忙什么。整个一年我实际都干了些什么？学了点艺术史的皮毛，抓着木炭笔胡乱涂抹了几下。没有任何可以展示的东西。当然，有个约瑟夫，但确切地说，约瑟夫又不能算是我的什么成绩，我打算不提他的事。

“上学！”科迪莉亚说，“我好开心再也不用上学了！天哪，上学多没劲！”不过斯特拉特福戏剧节只在夏季举行。也还得考虑考虑冬天该干点别的什么。也许在各中学巡回演出的厄尔利·格雷剧团可以考虑。也许她可以准备好上那团里演出。

科迪莉亚是在厄尔利·格雷的一个堂兄弟的帮助下找到斯特拉特福戏剧节上这份工作的，那人还记得她当时在伯恩汉姆中学披着条床单上场演出的情景。“人托人的事。”她说。她在《暴风雨》中扮演普洛斯彼罗的一名妖怪侍从；她得身穿衣裤相连的紧身内衣，还得从头上套一件薄纱似的服装，演出中有人往她身上撒枯树叶和闪闪发光的小圆片。“真讨厌！”她说。她还在第一场戏中扮演一名海员；因为她个子高，演这个角色不会露馅。在《理查三世》中她扮演的是一名宫廷贵妇，而在《一报还一报》中她演的是那个主要的尼姑。她在这部戏中真的说了几句台词。她用一种甜蜜蜜的仿英国腔为我朗诵道：

那么，假如你说话，你就不许露脸，
或者，假如你露脸，你就不许说话。

“彩排的时候我老是搞混掉。”她说。她扳着手指头数道：“说话，藏脸，露脸，闭嘴。”她双手合十做祈祷状，头低下来鞠躬向前。随后她站起身，完完整整行了个《理查三世》中那种宫廷屈膝礼，引得在默里餐厅喝茶的购物者们一个个看呆了。“明年我希望能在‘高地苏格兰人’[1]中扮演第一女巫这个角色。‘我们三个何时再相逢，打雷时？闪电时？还是在雨中？’老头儿说我可以准备演这一角色。他认为找个年轻的来演第一女巫将妙不可言。”

她所说的“老头儿”原来是指来自英国的导演泰龙·古思里，这人太有名了，我无法假装没有听说过。“那太好了！”我说。

“还记得‘高地苏格兰人’在伯恩汉姆的演出吗？还记得那棵卷心菜吗？”她说，“我当时真是丢死人了！”

我不想去记过去的事。过去已经变得断断续续了，就像埋在水中要一块块跳着从上面走的石头，就像一张张明信片：我瞥见了我自己的一个形象，随后是黑黑的一段空白，接着又是一个形象，一段空白。我曾经穿过蝙蝠衫和平绒拖

[1] 指《麦克白》。

鞋吗？我曾经穿着那像浅色糖稀一样的衣裙去参加过正式的舞会吗？我曾拖着那身衣裙在地板上转来转去？还搂着个陌生人？他的腹股沟顶着我的腹股沟？男孩子们送我的干胸花早就被扔了出去，毕业证书、班级徽章和相片一定被放到了我母亲的地下室，和扁行李箱中那些正渐渐失去光泽的银器在一起。我在想象中很快地瞥了一眼那些相片；那一排排嘴上抹着口红、一绺鬈发垂于额前的孩子呵！因为那些相片，我永远不会露出笑容。我将铁板着脸凝视远方，将我青春期出现的这些插曲抛在一边。

我记得我那张刻薄的尖嘴，我记得我曾经以为自己是多么聪明。然而那时我并不聪明。如今我聪明了。

“还记得我们以前是怎么扒摸人家东西的吗？”科迪莉亚说，“整个那段时间里那是唯一一件我真正喜欢的事。”

“为什么？”我问。我并没有那么喜欢。我总是担心会被人逮住。

“那是一件我能拥有的事。”她说。我摸不准她到底是什么意思。

科迪莉亚从她的背包中拿出一副墨镜戴上。就在她那蒙在眼上的镜片里，我看到了我自己：一式两份，单色，而镜片中的我比真人要小许多。

科迪莉亚为我弄了一张斯特拉特福戏剧节的免费票，这样我就可以看她的演出了。我上了公共汽车。这是场日戏，我可以上演出地，看完演出再乘公共汽车回来，正来得及赶到“瑞士休闲农舍”上夜班。演的剧目是《暴风雨》。我注意看科迪莉亚；当普洛斯彼罗的侍从伴着音乐和摇曳的灯光效果上场的时候，我十分费劲地盯着台上看，竭力想认出在服装的掩盖下到底哪一个是科迪莉亚。然而，我没有能看出。

55

约瑟夫在重新摆弄着我。“你应该把头发散下来。”他说着就将发夹从快要散乱的发髻上拔了下来，随即用双手插进我的头发将其抖松。“你看起来像个绝妙的吉普赛人！”他将嘴紧紧地压到我的锁骨上，又将他披在我身上的床单撩开。

我一动不动站着让他做这一切。他喜欢什么我就让他做什么。时值八月，天气热得人不想动。阴霾如一层湿漉漉的烟笼罩在城市的上空；它落满了我的皮肤，形成油腻腻的薄薄一层盖子；它渗透进了我的肌肉。我像个木头人似的挨过每一天，一个小时一个小时毫无方向地这么过着。我已经停止画套间里的这些家具了；我在浴缸里注满凉水然后爬进去，但我不再躺在其中看书。不久又该回学校去了。这事我几乎不能去想。

“你应该穿紫色的连衣裙。”约瑟夫说，“那样会更好看。”他让我在暮色的窗口站好，又将我转过来转过去，自己稍稍往后退几步，手在我身体一侧摸上摸下。我不再在乎是否有人会看到这屋子里的一切。我感到我的双膝开始发软，我的嘴微微松开。我俩在一起的时候，他不会来回踱步或者猛拽自己的头发，他行动缓慢、轻柔，十分镇定从容。

约瑟夫带我来到公园广场饭店的屋顶花园。我穿着新买的紫色连衣裙。这裙子上半身紧贴在身上，领口很低，下摆很大，走路时在我没穿袜子的腿上来回摩擦。我的头发散着，潮乎乎的。我想它看上去像支拖把。但就在我们乘电梯往上去的时候，我意外地从电梯烟灰色的镜面墙上偶然瞥见了我自己的模样，一瞬间，我看到了约瑟夫看到的这个形象：一个身材苗条的女人，头发似云雾，瘦削而白皙的脸上长着一双沉思而忧郁的眼睛。我认出这风格来了：十九世纪晚期风格。拉斐尔前派风格。我手中再拿一支罂粟花才好。

我们坐在外面的露天平台上，一边喝着曼哈顿鸡尾酒一边越过石头栏杆往前面看。约瑟夫近来发现自己对曼哈顿鸡尾酒产生了兴趣。这幢建筑是周围最高的建筑之一。我们脚下，多伦多在傍晚的炎热中溃烂着，树木延伸开去形同一簇簇被毁的苔藓，远处的湖犹如镀了一层锌，熠熠发光。

约瑟夫告诉我他曾经开枪打了一个人的脑袋；让他感到

不安的是，当初干这事的时候怎么就那么容易。他说他讨厌这个人体素描班的课，他不会永远这么教下去，不会甘心困守着这个乡野的、死水一般的破地方教一帮白痴所谓人体素描的入门基础。“我来自一个不复存在的国家。”他说，“你却来自一个尚未完全存在的国家。”要是在从前，我可能会觉得他的话极其深刻。如今我不明白他到底是什么意思。

至于多伦多，他说，根本无快乐无灵魂可言。不论怎么说，绘画本身只是从欧洲过去的历史中流传下来的一种东西。“它不再那么重要了。”他说着用一只手不屑一顾地挥了挥。他想到美国去干电影，他想当导演。只要事情一安排好他就立即上那儿去。他有一些很好的关系。比方说，有整整那么一帮匈牙利人。匈牙利人，波兰人，捷克斯洛伐克人。在那边，至少可以说电影业的机会总要多些吧，因为这个国家生产的仅有的几部电影都是正片开始前放映的几部短片，拍的是树叶打着转飘下来落进池塘，或者花儿在延时摄影的镜头中伴着长笛绽放。他认识的其他一些人在美国都混得很好。他们会拉他入伙的。

我拉着约瑟夫的手。这些日子里他做爱时心事重重，仿佛心里在想着别的什么事情。我发现我有几分醉意了，另外我也发觉自己恐高。以前我还从未到过空中这么高的地方。我想象自己紧挨着石头扶栏站着，然后慢慢翻落下去。从这里你能看到美国，那是地平线上薄薄的一团雾。约瑟夫只字不提我跟他一起上那儿的事。我也只字不问。

相反他却说:“你好安静。”他碰碰我的脸颊。“好神秘!”我并不感到神秘，而是空落落的。

“你能为我做一切吗?”他紧逼着我的眼睛问。我将目光从遥远的大地上收回，转过身来向着他。答一个“能”字该是多么的容易。

“不!”我说。我自己也吃了一惊。我不知道这意想不到的、任性固执的实在话是从哪里来的。它听上去很没有礼貌。

“这我可没有想到。”他伤心地说。

一天下午，乔忽然出现在“瑞士休闲农舍”。开始我没有认出他，因为我并没有在看他。我在拿着一块洗碗布抹桌子，每一个动作都很吃力，人懒洋洋的，胳膊重得很。昨夜我和约瑟夫在一起，但今夜就不了，因为今夜不属于我，今夜是苏茜的。

这些日子约瑟夫难得提到苏茜，就是提起也带着一种怀旧的情绪，仿佛她已经是过去的一个东西，或者如诗中的某个人物一样美丽地死去了。但这也有可能只是他说话的一种方式。他俩有可能在一起过着平淡无奇的家居式夜生活，男的看报纸，女的端上砂锅。尽管约瑟夫声称我是一个秘密，但他俩也有可能在一起像以前我和约瑟夫谈论苏茜那样谈论我。想到这个叫人心里不舒服。

我更愿意把苏茜想象成这样一个女人：她被关在林荫路“蒙特卡洛”那边一座高高的塔里，两眼透过窗户，越过那被油漆得如金属薄片般闪闪发亮的阳台上部往下眺望，一边嘤嘤啜泣，一边盼着约瑟夫出现。我无法想象她除此还会有什么别的生活。我无法想象她，比方说，洗内裤，然后用块毛巾包着将它拧干，最后晾到卫生间的毛巾架上；我就是这么做的。我无法想象她会吃饭。她疲软，没有意志，被爱折腾得没了骨气，就像我似的。

“好久不见。”乔说。他隔着我抹桌子的胳膊猛一下跃入我的视野，冲着我咧嘴一笑，露出黝黑的脸上的一口白牙。我记忆中他的脸没有这么黑。他靠在我正在抹的这张桌子上，身上穿着一件灰色的T恤衫，一条旧牛仔裤从膝盖上面被剪断，脚上一双跑鞋，没穿袜子。他看上去比冬天更健康。在此以前我还从未在大白天见过他。

我意识到我身上油渍斑斑的工作服。我身上是不是散发出胳肢窝的汗臭味？或者鸡油味？“你是怎么进来的？”我说。

“走进来的呀！”他说，“来杯咖啡怎么样？”

他在工程部找了一份夏季的工作，工作内容是填道路上的小坑，或是用沥青补由冻胀引起的路面上的裂缝；他身上还真的可闻到一股隐隐的沥青味儿。他不是那种你称之为干净的男人。“待会儿去喝杯啤酒怎么样？”他说。这是他以前常说的一句话；他这时又像平时一样，想找张进“女宾及其护驾部”的通行证。我接下来没什么事，于是就说：“好啊！不过我得换身衣服。”

下班后我注意先冲了个澡，然后穿上我那条紫色的连衣裙。我在枫叶酒馆和他碰面然后一起进入“女宾及其护驾部”。我们在昏暗中坐着，喝着生啤，这儿至少比较凉快。单独和他一个人在一起很是别扭，以前我都是跟他们一帮人在一起的。乔问我近来在忙什么，我说没忙什么。他问我有没有在什么地方见到过约大叔，我说没有。

“很可能他掉进苏茜的裤衩里去不见了。”他说，“小子艳福不浅！”他依然把我当个名誉男孩看待，依然说着这种关于女人的粗话。我对他用“裤衩”一词感到惊讶。他一定是从英国人科林那里学来的。我在想，我的事他是否也了解？他是否也在我背后说这种裤衩不裤衩的话？但是，他怎么会呢？

他说在工程部干活很来钱，不过他没有向别的伙计透露他是个画画的，尤其没有向那些老的正式工透露。“要是说了他们就会认为我是个好欺负的傻瓜什么的。”他说。

我喝了不少生啤酒，我不该喝这么多的。灯光一亮一熄，关门的时间到了。我俩走出酒馆，来到外面夏夜这炎热的大街上，而我这时却不想独自一人回家。

“你一人回去能行吗？”乔问。我一言不发。“来，我送你。”他说。他把一只手搭在我的肩上，我闻到沥青和室外灰尘以及他那被太阳晒过的皮肤的味道，我开始哭了。我站在马路上，只见酒鬼们跌跌撞撞走出“男宾部”；我双手捂住嘴，我在哭，我感到自己很傻。

乔惊呆了。“嗨，伙计！”他说，不知所措地拍了拍我，“怎么啦？”

“没什么。”我说。被叫作“伙计”使我哭得更厉害了。我感觉自己像一只湿袜子，我感觉自己很丑。但愿他认为我是酒喝多了。

他伸出一只胳膊紧紧地搂了我一下。“来，”他说，“我们去喝咖啡。”

我们沿街走着，我止住了哭。我们来到一家手提箱批发商店旁边的门口，他掏出一把钥匙，我们随后摸黑上楼。到了楼上门里边，他用他那张又是沥青味又是啤酒味的嘴巴吻了我。屋子里没有开灯。我伸出双臂搂住他的腰，我紧紧地抱住他仿佛要跌入烂泥里去似的，他就将我如烂泥似的扶起来，抱着我穿过黑黑的房间，又是撞墙又是撞家具，终于一起滚到了地板上。

第十一章　坠落的女人

56

我沿着王后大街继续向东，因为中饭时喝了酒，这时候依然有点头晕。以前会说“醉醺醺”这个词。酒精只是一种抑制剂，人酒醒之后心情总会很坏，但此刻我却还很快活，我微张着嘴，自顾自哼哼着。

就在眼前这地方出现了一群雕像，铜绿色，黑乎乎的污水从上往下淌，仿佛金属血：一名坐着的妇女，手里拿着一根节杖，三名年轻的战士团聚在她周围呈前进的姿势；三人的腿上绑着像绷带一样的护腿，他们在保卫着帝国，他们的脸庄重严肃，一副决一死战的神情，这表情已凝固在时间的永恒中。在这几个人上方的一块石板上站立着另一名妇女，这名妇女长着一对天使的翅膀：象征胜利还是死亡？也许既象征胜利又象征死亡。这座纪念碑是为差不多九十年前的南非战争而立。我不知道是否还有谁记得那场战争，不知道所有这些“唰唰”往前猛冲的车子里是否有谁甚至还能顾得上看它一眼。

我掉头向北走上大学路，经过几家医院的无菌区，沿着当年圣诞老人游行队伍的老路线往前走。动物学大楼已经被拆除，它肯定是多年前就被拆除了。我曾经坐在这大楼的一个窗台上，一边看楼下一个个湿漉漉的小精灵，看空中冰凉得要让人生冻疮的雪花，一边呼吸着大楼内蛇、防腐剂和老鼠的味道——这窗台如今已荡然无存。除了我还有谁会记得它从前的位置呢？

这条路上下两头如今都有喷泉，还有一方方花床，另外还新立了几座奇异的雕塑。我沿着议会大厦周围的圆弧路线走着，大厦的外形如一名蹲坐在那里的维多利亚时代的老年贵妇：暗暗的粉红色，裙子被风吹得鼓起，一脸古板漠然的表情。那面我从前永远也画不好的旗如今已降格为省旗，它在议会大厦前飘扬着，鲜红鲜红的，旗的上部一角是英国国旗，稍下一点的位置全是复杂得叫人不可思议的头盔面甲及树叶装饰图案。新定的国旗也飘扬在那里，那是两竖段红色的带子，一片红色的枫叶自由伸展在白色的背景上，看上去犹如廉价人造黄油的一个商标，又如一只被猎杀在雪地上的猫头鹰。虽然他们很久以前就已改过国旗，我却依然觉得这面旗是新面孔。

我穿过马路，折到一座小教堂的后面；这里已经重新开发，而我被困在这里摸不着头脑。礼拜天的布道通知出在一块告示牌上，其做法和超市宣传特价商品的手段完全相同：*信不信，看看就知道*。告示牌上罩着一块竖纹的平板玻璃。在被磨得发亮的门面的后面，只见一束束起绒的布料、擦得锃亮的皮革以及一些精巧的银质小摆设。意大利面食，人们为了它可以不要命。这些年来神学已经变味了："奖赏"曾经是每个人最终都可以指望获得的结果。如今这里变成了一家专做糕点的餐馆。他们唯一要做的只是良心一抹，在其中加上个"S"。[1]

我拐过一个角落走上一条偏僻的小街，这里是两排价格昂贵的时装店，其中出售手工织品、法式孕妇服和面上饰满缎带的香皂、进口烟草，等等。有豪华饭店，其间用的都是细脚的玻璃酒杯；这种地方他们卖的其实是市口，收的是酒菜以外的其他费用。有出售标明设计师姓名的牛仔裤的大型商场，有专售威尼斯纸折小玩意儿的商店，还有专卖长筒丝袜的时装店，店里跷着一条用霓虹灯做的大腿。

这些房子过去跟动物住的窝差不多，约瑟夫以前生活的区域就在这里；那时常常可以看到一肚子啤酒的胖男人坐在

[1] "奖赏"原文是"deserts"，宗教上指善有善报，加上个"s"变成"desserts"，意思成了"甜点"。

这些屋子的前门廊里，八月份炎热的气温烤得他们浑身淌汗；他们的孩子又喊又叫，他们的狗用已经磨损的绳子拴在栅栏上，躺在地上喘着粗气；木制装饰上的油漆往下剥落，沿开裂的走道种了一路的万寿菊被猫浇了尿，垂头丧气，已经枯萎凋谢了。当时找准地方投下个几千美金如今就可以做百万富翁了，但谁又能摸得准呢？我是摸不准。我那时爬着窄窄的楼梯上约瑟夫二楼的住处，呼吸越来越急促，他一只手重重地按在我小小的脊背上；那是夏夜的黄昏，光线越来越暗，我们一步一步爬得很慢，不敢放肆，心里感觉着一种略带悲哀的快活。

如今，我比那时更理解约瑟夫了。我之所以理解是因为我年岁增加了。我理解他的忧郁，他的志向，他的绝望，他内心那些需要有东西去填补的空虚的角落。我理解他的危险处境。

比方说，他当初跟两个小他十五岁的女人在一起干什么呢？要是我的两个女儿中有一个爱上了这样一个男人，我是要发狂的。这就仿佛那次萨拉和她最好的朋友从学校冲回家来，告诉我她们在公园里第一次看到有人向她们露阴。“妈咪，妈咪，有个男人把他的裤子拉了下来！”

在我看来这意味着恐惧，意味着一种狂怒。你要碰一碰他们我就宰了你！但在她们看来，这不过是一件值得她们注意的、滑稽可笑的事情。

或者也可以说我的心情和我有了萨拉后第一次看到我自己的厨房时一样。我把她从医院里带回家，心里想：*所有那些刀！所有那些尖利的东西和滚烫的东西！*我所能看到的一切全是：什么东西有可能会伤了她？

也许我的两个女儿中有一个已经找了个像约瑟夫或乔这样的男人，她将他们悄悄地藏进了她的生活。谁知道孩子们为了自己的需要，或只是为了显示与我不同，驯服了什么样的邋遢少年或中年大叔呢？而整个过程中她们一直在保护着我免遭她们的伤害，因为她们知道，万一我了解了真相，我会吓坏的。

我在报纸的头版上看到了一些从前绝不会大声说出的字眼，更不用提印出来了——“性交”，“流产”，“乱伦”——于是我想蒙住她们的眼睛。虽说她们已经是成人了，或者被当作成人了，我依然不愿她们看到这样的字眼，因为我是一个母亲，我会被这样的东西强烈地震惊到，而这种感受是我没做母亲的时候从未有过的。

我应该为她们每一个人准备一份小礼物，就像我在她俩年纪还小或我出远门时做的那样。从前我凭本能就知道她们会喜欢什么样的东西。如今再也不知道了。我也很难再确切地记得她俩已到了什么年龄。从前当我自己的母亲老是记不得我是个成人时我会生气，而今我自己也快要到这个老糊涂的年龄段了，我会翻找出那些泛黄的孩提时的相片，痴痴地望着上面一绺绺的头发出神。

我眯着眼睛在看橱窗里的一些意大利丝巾，丝巾的颜色富丽得让人眼花缭乱，有灰蓝，有海绿，正在这时，我忽然感到有人碰了一下我的胳膊，不禁打了个寒噤。

“科迪莉亚！”我说，同时转过身来。

然而，这不是科迪莉亚。这不是我认识的任何人。她是个女人，确切地说还是个女孩，那种中东地区的女孩：一条下摆很宽的长裙垂到脚踝以上，印花棉布，下面一双很不相配的加拿大橡胶底靴子；一件短夹克，纽扣一直扣到脖子根；额头上横扎着一条方巾，两端各打一褶，形同修女的头巾。碰我的那只手上戴着北方人常戴的连指手套，看上去又笨又大；手套与夹克袖口之间露出的手腕肤色发棕，仿佛加了高脂厚奶油的咖啡。一双眼睛大大的，犹如绘画中出现的流浪儿。

“求求您！”她说，“他们把许多人的活路给断了。”她没有说在哪里。有可能是在许多地方，也有可能是在一地与另一地之间；无家可归如今已成了一种国籍。从某种程度上说，那场战争根本从未结束，它只是分散成许多碎片散向各处，它遍及各地，人们无法将其挡出。互相残杀在当今没完没了，它成了一种工业，其中有金钱，而要区分好的一方和坏的一方真是相当不容易。

“是的。”我说。斯蒂温就是在这场战争中丢的命。

“有些人就在这里。他们没有东西，他们什么也没有。他们会被逼死的……”

“是的。”我说，“我明白了。”这就是我走路走出来的结果。如果在车里，能够更好地和这些事情隔开。但我又怎么知道她如她自己说的那样正身处绝境呢？有可能她只是个瘾君子。在随时会有人上当的市场处处充满了阴谋与欺诈。

“我有一家四口。两个孩子。他们跟我在一起，这是我的，这是我自己的责任。”她在说“责任”一词时稍稍打了个顿，但终于还是说出来了。她很腼腆，她不喜欢她眼下做的这种事，这种在大街上强拉住人家要钱的事。

“还有吗？”

“我还是做了。”我们彼此看看对方。她是在做着这样的事。“二十五美元可以喂一家四口一个月。”

他们能吃什么样的东西呢？变了味的面包？人家扔弃的甜甜圈？她是指一个星期吧？如果她真的相信自己说的这句话，我给她这点钱还值得。我脱下手套，伸手到钱袋里猛翻；钞票被翻得窸窸窣窣地响，粉色的，蓝色的，紫色的。有此力量助人真可憎，因毫无力量而受人恩惠同样可憎。她很可能是恨我的。

“拿去。”我说。

她点点头。她没有表示感激，只是确认了她对我的判断，抑或她对自身的判断。她脱下编织得粗粗笨笨的连指手套来接我的钞票。我看看我们两个的手：她的很光滑，指甲像一个个浅白色的小月亮；我手上的表皮却已满是裂口，皮肤像初生的癞蛤蟆一样。她将钞票塞进夹克的纽扣之间。她一定在那里边放了只钱袋，别人够不着，不会被抢了去。接着她又很快地将手套套上；手套是暗红色的，上面用粉色的羊毛绣了一片叶子。

“上帝会赐你幸福的。”她说。她没有说“真主”会赐福于我。如果她说的是“真主”，我或许还会信她的话。

我将手套拉上手，离开她走了。每天都有更多这样的事发生，更多的受饥挨饿者伸出双手，发出无声的哀号——帮助帮助！救命救命！——永无绝时。

57

九月我离开“瑞士休闲农舍”回到学校。我也回到了我父母住的那座房子的地下室，因为我负担不起接下来的房租。这两处所在都充满了危险：我目前的生活分成好几个部分，我自己也裂成了碎片。但是，我再不像前阶段那样懒懒散散了。相反，我警觉而精神，虽然夏末的炎热依然很厉害，我却表现出一阵阵生气。使我变得如此兴奋的是我的阴谋，即隐瞒我所有的欺骗行为：我需要对父母隐瞒约瑟夫的事，至于乔，我需要对所有人隐瞒。我上哪儿都偷偷摸摸，心提到嗓子眼儿，生怕露了马脚；我尽量不在深夜活动，避人耳目，走路踮着脚尖。说来也怪，这一切不仅没有使我感到更不安全，反而使我感觉比之前更安全。

两个男人比一个男人好，或者说，至少他们让我感觉比较好。我告诉自己我是在与两个人恋爱，而拥有两个男人意味着我不用拿定主意跟定他们中的任何一方。

约瑟夫给我的是他长期以来一直给我的东西，现在则加上了害怕。他用当初告诉我他开枪打人脑袋那种漫不经心的态度对我说，除了在这个国度，大多数国家的女人只属于一个男人，假如一个男人发现他的女人跟另一个男人在一起，他会杀死这一对，每个人都会原谅这男的。他没有说一个女人碰到另一个女人闯入时会怎么样。他跟我说这话的时候用手慢慢往我胳膊上摸，摸过肩膀，最后轻轻地横着从我脖子上摸过，而这时我在想：他怀疑到什么了吗？他现在已开始要求我多说话了，要不就用他的手捂我的嘴。我闭上眼睛，感受着他作为一种力的源泉是何情景：朦朦胧胧，变幻莫测。我怀疑，假如我能客观地看这个人，他身上或许会有某种愚蠢可笑的东西。但是我不能。

至于乔，我知道他能给我什么。他给予的是逃避，从大人们身边远远地逃避。他给予的是乐趣，是混乱。他给予的是恶作剧般的胡闹。

我也考虑过告诉他关于约瑟夫的事，看看会有什么样的结果。但这么做可能会出现另外一种危险。他会笑话我跟约瑟夫这样的人上床睡觉；他认为约瑟夫又老又可笑。他会不理解我竟会把这么一个人当真，他也不会理解我为什么非和约瑟夫割舍不断。他不会像原来那样看得起我了。

乔住的公寓套间在一家卖行李箱的商店的楼上，它长而窄，里边一股丙烯酸树脂和穿过的旧袜子的味道。它只有两个房间，外加一个卫生间。卫生间是紫颜色，一侧墙上由下至上画着一个个红色的脚印，脚印踏过天花板，再由上而下从对面墙上一路画下来。前面的房间被漆成纯白色，另一个房间——卧室——则是亮闪闪的黑色。乔说卧室漆成黑色是为了报复无赖的房东。“我搬出去之后，他得漆上十五遍才能将那黑颜色完全盖住。”他说。

有时乔一个人住在这套房子里，有时还会有其他一两个人在那儿，他们睡睡袋，在地板上搞“野营”。来的这些人也是画画的，他们从各自窝了一肚子火的房东那里跑了出来，要不就是在做临时工的中间忽然偷偷溜了。当我在楼下按门铃时，我永远不知道开门的会是谁或者屋子里在闹些什么：通宵达旦的聚会到了早晨还意犹未尽？七嘴八舌天南海北的争论？有人到厕所里狂吐一通？“狂吐一通”是乔的说法。他觉得这事很好玩。

楼梯上常有不同的女人上上下下从我身边经过；有时我

也发现她们在那间白色屋子的尽头徘徊，那里有一个用轻便煤气灶和一把电壶临时凑的厨房。永远也搞不清楚这些女人和谁是一对；她们中偶然也会有几个别的学艺术的学生，随便串到这儿来聊聊天。不过她们彼此间说话不多。她们只和男的说话，要么就保持沉默。

乔画的画挂在那间白色的屋子里，有的则一堆堆靠墙放着。他的画几乎每星期都要更换：乔是个多产画家。他画画非常快，用的是那种色彩强烈得灼眼睛的丙烯酸树脂材料，比如红色、粉色、紫色，画出来的是一个个情绪狂暴的弧啊圈的。我感觉我应该崇拜这样的画，因为我自己画不出来，而我也用几个简单的单音节词跟自己说，我的确崇拜这些画。但私下里我又不是很喜欢这画：我曾在公路边见过类似这样的东西，某样东西被车子压过之后就只剩下些弧啊圈的。

然而，不要以为从这些画中能看出任何东西来，它们什么也不是。它们只是过程中的某个瞬间，被捕捉到了帆布上。它们是纯绘画。

乔喜欢纯粹，但只是艺术上的纯粹：纯粹一词根本不能用到他对屋子的收拾整理上，这方面他跟所有的母亲尤其是他自己的母亲大唱反调。他也洗盘子，但是在浴缸里洗，洗过之后总能看到排水孔堵着些皮皮壳壳或一粒粒的罐头玉米。他起居室的地板仿佛度过周末后的一片海滩。他的床单本身就是“过程中的某个瞬间”，不过是个已经进行了一段时间的瞬间。比较而言，我还算是喜欢他的睡袋的面子，它看起来没有那么乌七八糟。卫生间则跟北方人迹罕至偏僻的公路上那些加油站的厕所没有两样：马桶里有一圈褐黄的污渍，还可能浮着几个烟屁股；毛巾上——要是有毛巾的话——全是手印子，地上则东一张西一张到处是纸，说不上来是干什么用的。

眼下我还没有动手要帮他搞清洁的意思。这么做就越权了，显得俗气而不冷静。“你是谁？要做我妈吗？”我曾听到他对一个女人说；那女的在他那儿转来转去，抖抖呵呵，总想帮他整理一部分乱得太不像话的东西。我可不想做他妈，相反，我想成为他的同伙。

和乔做爱不像和约瑟夫那样不慌不忙，磨得人昏昏欲睡，而是粗暴得像小狗在烂泥地里打滚似的。和乔做爱很脏，仿佛是在街头打架，又好似荤话中的情景。完事之后我俩躺在他的睡袋上面，一边吃着袋子里的炸薯条一边无端地傻笑。乔不认为女人是无依无靠不能自立的花朵，也不像约瑟夫那样认为女人只是供他摆弄或审视的人体。他认为女人不是聪明就是愚蠢。这就是他的分类法。“听着，伙计，”他对我说，“你比多数人有头脑。”这话让我听了开心，但同时也算是把我给打发了。我可以自己照顾自己。

约瑟夫开始盘问我的行踪和行动。我的回答狡黠而漫不经心。我把乔当作对付他的一张王牌：如果他能耍两面派，我也能耍。不过他现在再也不谈起苏茜的事了。

我上一次见到苏茜是八月下旬我离开“瑞士休闲农舍”之前。那次她一个人来店里吃饭，要了半只鸡，又要了点勃艮第樱桃冰淇淋。她的头发比原来更黑更直，她一直没去管它；她的身体变得又粗又短，脸也圆了。她机械地吃着，仿佛例行公事，不过所有的东西她全吃完了。她有可能是为了得到安慰才来吃的，原因在约瑟夫：别的事也许可能，但无论如何他决不会和她结婚，这一点她自己也一定明白。我估计她上这儿来是想和我谈谈他的事；我回避了，我不置可否地笑了笑没有理她。她坐的那张桌子不归我管。

但就在她离开前，她径直走到我的跟前。“你见到约瑟夫了吗？”她问。她的声音悲悲切切，让我觉得很恼火。

我撒了个谎，但撒得不好。“约瑟夫？”我说，脸刷一下就红了，“没有。我为什么会见到他？”

“我只是觉得你可能会知道他在什么地方。”她说。她没有责备我的意思，可是很绝望。她走了出去，弯着腰低着头犹如一个人到中年的妇女。弄成这副驴样，我想，也难怪约瑟夫要躲她远远的了。约瑟夫是不喜欢那种瘦得皮包骨头的女人，可朝相反方向长也总得有个限度。苏茜是放开来什么也不顾了。

然而此刻她却给我打来了电话。已经是下午接近傍晚的时候了，我正在地下室用功，我妈忽然把我喊上去接电话。

电话中苏茜的声音成了软软的、绝望的呜咽。“伊莱恩，”她说，“请过来一下。”

“怎么啦？”我说。

“我不能告诉你，你就过来一下吧。”

吃安眠药了，我想。她会来这一套的。但为什么她要找我而不是打电话给约瑟夫呢？我真想掴她的耳光。

“你没问题吧？”我问。

“不！”她说，嗓门提高了，“我有问题。我出事了。”

我没有想到叫辆出租车。出租车是约瑟夫爱坐的，我上哪儿都习惯坐公共汽车、有轨电车或地铁。到“蒙特卡洛”差不多花了我一个小时的时间。苏茜刚才没有告诉我她套间的号码，我也没有想起来问她，因此我只有先找到看门的人。可当我敲响她的门时没人应答，我只好再次求助于门卫。

“我知道她在里面。”我说，看门的犹犹豫豫不肯为我把那门打开，“她刚才打电话给我了。有急事！”

当我终于进入里面时，屋子里黑黑的；窗幔拉上了，窗户紧闭，只闻到一股奇怪的气味。到处都散落衣服：牛仔裤，冬天穿的靴子，一条我曾见苏茜披过的黑色纱巾也在那里。家具看样子像是她父母为她挑选的：一张方扶手的浅绿色沙发，一块小麦色地毯，一张咖啡桌，两盏玻璃纸还蒙在灯罩上的台灯。没有一样东西跟我想象中的苏茜能配得上。

地毯上有一个黑色的脚印。

苏茜人在一块将她的睡觉区与别处相隔的帘子后面。她身穿一件粉色的尼龙短睡衣在床上躺着，看上去白白的像只待烧的鸡，两眼紧闭。床罩和粉红色的植绒床毯掉在地上。在她身底下的床单上是一大块新鲜的血迹，血迹正朝她身体的两边扩展，仿佛长出了一对鲜红的翅膀。

一种孤立无助之感席卷我的全身：说不上来为什么，我觉得自己像是被人遗弃在这地方。

接下来的感觉是恶心。我跑到卫生间吐了起来。这可更糟，因为马桶里全是暗红色的血。黑白相间的地砖上是一个个血脚印。洗槽上是血手印。废纸篓里装着满满一篓子湿答答的卫生巾。

我用苏茜那块婴儿蓝的毛巾擦了擦嘴，又在溅满血迹的洗槽里将手洗净。我不知道下一步该怎么办；无论这里出了什么事，我都不想卷入其中。我脑子里忽然闪过一个荒唐的念头：万一她死了，我将被指控犯有谋杀罪。我想到悄悄地溜出这套间，将房门在身后关上，把我上这儿的踪迹隐藏起来。

然而我没有这么做，相反，我又回到床边，摸了摸苏茜的脉搏。我知道这种时候人们应该先摸摸脉搏。苏茜还活着。

我找到门卫，他叫来了一辆救护车。我也给约瑟夫打了电话，他不在家。

我坐在救护车的后部和苏茜一起上医院。这时她已经半醒了，我握着她的手，手又冷又小。“别告诉约瑟夫。”她轻轻地对我说。她那件粉色睡衣让我痛感到：她完全不是我原来想的那个样子，她从来就不是。她只是个很好的女孩，梳妆打扮，演演戏而已。

但是，她所做的事把她跟别人区别开来了。它属于那种从来都不说出口的事情，仿佛一处淹没的风景，像浸到水下的小山头一样处在人们的日常言谈之外。和我同龄的人谁都知道这事。但谁也不议论这事。举凡谣言只在私下里流布，厨房餐桌上的勾当，暗中的金钱交易；邪恶的老女人，非法行医的大夫，羞辱，残杀。私下里尽是恐怖。

两名护理的态度漫不经心，充满鄙夷。这种事他们以前见过。

“她用的是什么东西？打毛线的针吗？”其中一个问。他的口气是在指责我：他也许认为是我帮她干的。

“我不知道。”我说，“我甚至几乎不认识她。”我不想让自己牵连进去。

“这种事通常就是这样。”他说，“傻孩子。你可能还觉得她们有脑子不会这么做呢！”

我同意他的说法，她是一直很傻。同时我也知道，假如我处在她的位置，我也会和她一样傻。我会做出和她相同的事，一点点，一步步。像她一样，我会惊慌失措；像她一样，我不会告诉约瑟夫；像她一样，我会不知道该上哪儿。发生在她身上的一切完全可能同样发生在我的身上。

然而，从我脑海的某个深处又传来另一个声音，一个小小的、刻薄的声音，它古老而得意：她活该！

当约瑟夫最终被找到时，他被吓垮掉了。“可怜的孩子！可怜的孩子！”他说，“她为什么不告诉我呢？”

“她以为你会对她发疯的。”我冷冷地说，“就和她父母一样。她以为怀了孕你会将她一脚踢出门去。”

我们俩都明白这是有可能的。“不，不。”约瑟夫含含糊糊地说，“我会管好她的。”这话可以有好几种含义。

他给医院打去了电话，但苏茜拒绝见他。她内心有某种东西已经改变了，变硬了。她告诉约瑟夫她可能永远不能生孩子了。她不爱他了。她永远不想再见到他。

这下是约瑟夫痛苦得要打滚了。“我对她做什么了？”他猛拽着自己的头发呻吟道。

他变得比以前任何时候都更加忧郁；他不想外出吃饭。他不想做爱。他待在他的套间里；套间里不再整整齐齐、空空荡荡，而是逐渐被他杂乱无章的生活内容填满，比如中国食品的外卖盒，放着没洗的脏床单……

他说他永远无法从对苏茜做的一切中恢复过来。他是这么想的：他犯了事，对苏茜犯了事，侵害了她无知又无邪的肉身。同时他也受了苏茜的伤害：她怎么能像这样对待他呢？一下子把他从自己的生活中切了出去！

他指望我来安慰他，为了他自己的内疚，也为了他所受的伤害。但我不擅此道。我已开始不喜欢他了。

“那可是我的孩子。”他说。

“你会跟她结婚吗？”我问。看到他那受苦的样子不仅没有使我心生同情，反而让我对他冷酷无情。

“你对我真残忍！”约瑟夫说。这是他从前常说的一句话，是我俩过性生活时说的，那时他在逗弄我。现在他可是当真了。现在他还真没有说错。

没有了苏茜，也就没有了先前一直在我与她之间维持均势的一切因素。约瑟夫整个重心全落到了我身上，可他对于我实在是太重了。我无法使他幸福，我对自己的失败感到愤恨：我对他是不够的，我不合格。如今我把他看得很弱，觉得他拼命拽着我不放，犹如一条被抽取了内脏的鱼。一个男人居然允许自己被女人弄成这副熊样，我无法对这样的男人表示敬意。我看到他悲愁可怜的目光，心里只觉得鄙夷。

我开始在电话里找借口。我告诉他我很忙。一天晚上我没有去赴他的约会。这件事让我有一种深深的满足感，以至于我又干了一次。他上学校找到我，蓬头垢面，胡子拉碴，突然显得那样苍老，他在我课间散步的时候求我。我被他这种随意闯入我的世界的行为激怒了。

“刚才那人是谁啊？”身穿开司米套装的几个女生问。

“以前认识的一个人。”我满不在乎地说。

约瑟夫在博物馆外面将我拦住并对我宣布说：我已经把他逼到了绝望的地步，由于我这样对他，他打算永远离开多伦多。他并没有骗我：他反正原来也打算这么做。我这张刻薄的嘴接话说：

“很好！”

他给我投来受伤的、充满责备的目光；他挺直身子，摆出一副骄傲的、做作的、仿佛棍子捅了屁眼的、斗牛士的姿势。

我离开他走了。这一离开的举动给我以巨大的快感。仿佛我有了一种能力，可以随我高兴让人出现或消失。

我没有梦见约瑟夫。相反我倒是梦见了苏茜，她穿着黑色的高领毛衣和牛仔裤，个子却没有她真人高，剪着个童花头。她站在一条我知道却一时认不出来的街上，周围是一堆堆闷燃着的秋叶；她手拿一圈跳绳，嘴里吮着一根吃了一半的橘黄色冰棍。

她不像我上一次看到她时那样精力耗尽而没有一丝力气。相反，她目光狡黠，心里在盘算着什么。“你不知道‘双胞胎毛衣’是什么吗？”她充满恶意地说。[1]

她继续舔着她的冰棍。我知道我做了件错事。

58

时光流逝，苏茜渐渐淡出，约瑟夫再也没有出现。

这下只剩我和乔了。我有一种感觉：乔就像一对书立中的一个，单独一人是不完整的。现在我感觉自己很忠贞，因为我不再对他有任何隐瞒。不过，这对他却没有任何区别，因为他从一开始就不知道我在瞒着他什么。他现在搞不明白，我为什么对他在其他时间里的行动不像原先那样不闻不问了。

我觉得我是爱上他了。不过我很精明，我不说爱他：他也许反对“爱”这个词，或者会认为自己被拴住了。

我依然上他那个长长的、一白一黑两个房间的套间去，完事后依然总是在他那个睡袋上面躺着；不过这事并没有什么规律，乔不喜欢事先做好安排，也不喜欢回忆。有时我到了他楼下的门口却没人开门。要不就是他因为欠费电话被掐

[1] 苏茜的话意指伊莱恩与她彼此彼此。

了。从某种程度上说，我们是一对，然而我们没有为彼此确定任何事情。他和我在一起时就是和我在一起，这差不多就是他对我俩这种尚未确立的关系的定位。

他那里常有乌烟瘴气、烟雾缭绕的聚会，通常是关了灯点上蜡烛，蜡烛插在瓶子里，烛光摇曳。在场的有其他一些画家，还有形形色色穿高领毛衣的女人，她们以直飘飘的从中间分开的长头发开始出现在我的眼前。大家三五成群地坐在黑暗中的地板上，一边听着讲述女人被短剑刺杀的民歌，一边抽着大麻香烟——这是眼下纽约那边人的时尚。他们把这种香烟称作"麻醉品"或"大麻"，声称其有让艺术获得灵性的作用。

任何种类的香烟都会让我窒息，所以我不抽烟。有些晚上我会最终同一两个画家在后面的厅里待着，因为乔可能会对那些蓄着直线型头发的女孩胡来，我还是不见为好。不论他做了什么，我希望他私下里悄悄地搞。可他的感觉是对任何事都没有必要躲躲藏藏：性占有是布尔乔亚趣味，它不过是从所谓私有财产圣洁的观念中遗留下来的一部分残余。谁也不占有谁。

所有这些他并没有说出来。他所说的只是："嗨，我又不是你的！"

有时候其他画家只是吸大麻后神志恍惚，或者喝醉了，但有时候他们也想跟我说说他们的问题。他们吞吞吐吐，说说停停，用的都是些简短的词。他们的问题多数是关于女朋友的。不久，这些人会将他们的袜子拿来让我补，把扣子拿来叫我缝。他们使我感觉自己像个姨妈。我做了这些事，没有去吃醋，因为吃醋不会带来什么好处。或者我是这么看的。

乔已经不再画那种弧圈或内脏似的东西了。他说这种画过于浪漫，太多情，太脆弱，太伤感。如今他的画中所有的形体要么是直线，要么是完美的圆。他用遮蔽胶带来为所画的线条取直。他画出不分层次的非立体的大色块，画面上不见任何厚涂的痕迹。

他给这些画起了诸如《迷惘：蓝与红》《变奏：黑与白》《作品 36 号》之类的名字。你看这些画的时候眼睛会有一种刺痛感。乔说其意义就在这里。

白天，我上学校去。

艺术与考古系的课介绍的作品比去年介绍的更为朦胧，画面更为柔滑，充满了厚涂与明暗对比。依然还有表现圣母马利亚的作品，但圣母的身体已失去原先那种通体光明的特质，更多地出现在夜晚场景中。表现圣徒的作品也还有，但圣徒们不再是坐在安静的房间或沙漠里，脚边摆着象征死亡的骷髅头或像狗一样蹲着的狮子；相反，他们摆出浑身痛苦扭动的姿势，全身上下射满了箭，或者被绑在树桩上。《圣经》题材有往暴力方向发展的倾向：犹滴割下荷罗孚尼的脑袋成了这时流行的内容[1]。还有许多其他的古代男神和女神。和前面介绍的一样，仍有战争、打仗、屠杀，然而画面更为混乱，充满了缠结在一起的胳膊和大腿。仍有为有钱人画的肖像画，只是他们身上的衣服色彩比以前暗了。

随着我们一个世纪一个世纪往下学，又出现了不少新的内容：纯粹的船。纯粹的动物比如狗和马等。纯粹的农民。风景（有的带马，有的不带马）。纯粹的花。装有水果或一片片切好的肉的盘子；有的肉盘中还放着龙虾，也有的没有。龙虾是画家最喜爱表现的内容之一，因为其色彩鲜艳而丰富。

还有裸体女人。

有大量作品的部分题材与前阶段是相同的：戴花环的女神，身旁立着几条狗；着衣或未着衣的《圣经》人物，有的加上了动物、树木和船，有的则没有；假装男神或女神的有钱人，等等。水果与屠杀通常不会被联系在一起，神与农民也是如此。表现裸体女人的方法与表现盘中肉及死龙虾的方法相同，都注重烛光照在皮肤上那种摇曳变幻的效

---

[1] 基督教《次经》故事。相传亚述大将荷罗孚尼（Holofernes）率兵攻占耶路撒冷，古犹太寡妇犹滴（Judith）趁荷氏熟睡之际割下其头颅而救全城。

果，都注重一种肉感，一种处理得非常丰富的、令人赏心悦目的细节，一种对质感的审美的喜悦。（注意我的用词："处理得非常丰富"，"对质感的审美的喜悦"。）他们看上去呼之欲出。

我不喜欢这种多阴影、看上去十分滞重的画。我还是比较喜欢早期的作品，它们具有一种白昼般的明洁清爽，姿态镇定从容。我也已对油画颜料感到绝望；我越来越不喜欢它们的厚度；用它们画线条，画着画着就画不出来了；它们看上去像是被人舔过的嘴唇；我也越来越不喜欢它们将人们的视线引向画家的笔触而不是画本身。用这样的颜料我什么也弄不出来。我所希望的是那种看上去完全出乎自然的画。我希望能画出可以释放出光的气息的物体，画出一片光灿灿的画面。

我用彩色铅笔作画，要不就画蛋彩画。这原是僧侣们创造的一种技法，如今不再有人传授了，因此我查遍图书馆，设法寻找这方面的指导材料。蛋彩画颜料很难掌握，容易搞得一团糟，十分费事，刚开始时真叫人伤透脑筋。我为了熬出底料，将我妈厨房里的地板以及坛坛罐罐搞得一塌糊涂；画则毁了一张又一张，最后总算找到一种画得上去的方法，勉强弄出一层平整光滑的可以用的表面。有时我把装蛋黄和水的那些瓶子整个儿给忘了，结果蛋黄变质，发出硫黄一样的味道，把地下室弄得臭气熏天。我用掉了大量的蛋黄。至于蛋清，我小心翼翼地将其分开，然后拿到楼上给我妈，她用它做出蛋白曲奇饼。

家中没人的时候，我会到楼上起居室里的观景窗边作画，或者在地下室窗口就着日光作画。晚上作画时我用的是两盏各有三个灯头的鹅颈台灯。它们并不能给我提供足够的光线，但我所能找到的也只有这些。以后，我想，我一定要搞一间带天窗的大工作室，虽然我现在还完全说不清在这样一间工作室里我到底会画些什么。不论画什么，再往后一些时间，我都将让它们变成彩色的印刷品或者印到书上，就像列奥纳多·达·芬奇的作品那样；我一直在仔细研究达·芬奇那些手、脚、头发以及死人的习作。

我对玻璃和其他一些有反光效果的表面变得着迷起来。我研究其中有珍珠、水晶、镜子、发光的黄铜细部等内容的作品。我在凡·爱克[1]的《阿诺芬尼的婚礼》上花了大量时间，曾拿着放大镜认真研究印在我课本上的那幅作品的彩色照片（色彩印得不足）；让我着迷的并不是那两个微妙的、面无血色的、似乎没有肩膀的、手牵着手的人物，而是他俩身后墙上那面大穿衣镜，镜子的凸透面上不仅映着他俩的背部，而且映着另外两个根本不在主画面中的人物。这几个反

---

[1] 杨·凡·爱克（1390—1441），文艺复兴时期尼德兰画家，使油画技巧达到新高度，与其兄胡伯特·凡·爱克合作的《根特祭坛画》是欧洲油画史上第一件重要作品。《阿诺芬尼的婚礼》为其代表作之一。

映在镜子中的人物形象稍稍有些歪，似乎镜子内部存在着另外一种不同的地心吸力和另外一种空间安排；他们被锁定在玻璃中，被封了起来，其情形仿佛纸底下压了个东西，一下被压歪了似的。这面圆镜子就像一只眼睛，单独的一只眼睛，然而它所看到的却比任何一个正在那里看的人还要多；镜子的上方写着："约翰斯 · 德 · 爱克于此。[1]1434。"字写得很仓促，仿佛厕所里的涂鸦，那种人们用喷漆喷在墙上的东西。

我们家里没有可供我练习的大穿衣镜。因此我画干姜水瓶，画玻璃酒杯，画冰箱里做出的冰块，画上了釉的茶壶，画我母亲的假珍珠耳环。我还画被磨得发亮的木头，画金属，其中有一只铜底的平底锅（从底下看是铜的），还有一只双层铝锅。我在细部上胡弄一气，我弓着身子站在自己的画前，用很细的毛笔一点一点轻轻描着那些高光部分。

我心里明白我的这种趣味不入时尚，因此就在私下里悄悄地搞。比如说乔吧，他会把我这种东西叫作"插图"。就他而言，无论什么画，只要画出的东西可以被辨认，他都说成是"插图"。他会说这种作品缺少不借助外力的、自发的能量。缺少过程。我或许还是干摄影的好，要不就做个像诺

[1] 原文为拉丁文。约翰斯 · 德 · 爱克即凡 · 爱克。

尔曼·罗克韦尔[1]那样的插图画家。有些日子里我还真同意他的意见，因为到现在为止我都干了些什么啊？画出来的东西没有一样不像是从《伊顿目录图册》的“家用器皿部”中随意挑出的一件样品。但我还是一如既往地画着。

星期三晚上我又上了另外一门夜课，不是人体素描（这门课今年由一个好激动的南斯拉夫人任教），而是“广告艺术”。班上的学生和人体素描班的那一拨相当不一样。他们多数来自艺术学院的商贸分部而非美术分部。和那个班一样，学生也多数是男孩子。他们中有些人有很严肃的艺术抱负，不过他们不像那个班的男生那样猛喝啤酒。他们更干净、认真，毕业后想找一份挣钱的工作。我也想找这么一份工作。

任课教师是个上了年纪的男人，瘦瘦的，一副失意的样子。他认为自己在现实世界中是个失败者，不过他以前曾经为猪肉豆子罐头创作过一幅著名的广告画，那画我小时候就知道，到现在还能记得。战争期间我们曾吃过大量的猪肉豆子罐头。这位老师的专长是对笑容的处理，要点是能画出牙齿，画出漂亮整齐的白牙齿，但不将单个牙齿之间的隙缝画

[1]　诺尔曼·罗克韦尔（1894—1978），美国插图画家，以绘《星期六晚邮报》的封面画而闻名，其招贴画《四大自由》在第二次世界大战中流布甚广，获“总统自由勋章”（1977）。

出，否则会使人物的笑容看上去非常像狗的笑容，或者非常像是人物装了一口假牙（他自己就装着一口假牙）。他跟我说我表现出了描绘笑容的能力，可以朝这方面发展。

乔取笑我上这门夜课，不过取笑得没有我原先想象的那么厉害。他称这位老师叫比尼·威尼先生[1]，别的没有多说。

59

我从大学毕业了，却发现拿着我那个学位也并没有多少我可以干的事。或者说，无论什么我都不想干。我不想继续读研究生，不想到中学教书，也不想到博物馆去当馆长的马屁精。

至此我一共听过艺术学院的五门夜课，其中四门是商贸方面的，我带着这些课的成绩和我的代表作品上好几家不同的广告代理公司求职；这些作品包括我画的笑容、焦糖布丁和罐头中被切成半个半个的桃子。因为上门求职，我还专门买了一套米色的羊毛服（便宜货），配了一双中跟的无带浅口轻便鞋，纽扣形珍珠耳环，以及在辛普森买的一条颇雅致的丝围巾（便宜货）；这些都是在我去年的一位夜课老师的推荐下买的，那老师给我们上“版面与设计”，是个女的。

[1] Mr Beanie Weenie，大意为“戴童帽的窝囊废先生”。

她还给我推荐了一种发型，但我不愿搞得太过分，只做了个卷筒形的；我用几只大卷发筒、定形发胶以及好几个扁发夹将发型精心梳出。我最终找到了一份排排版面的粗活，另外还得到一个配家具的两居室的小套间；套间在布洛尔街以北的阿耐克斯一座快要倒塌的大房子里，有一间小厨房和一个单独的入口。我把第二间卧室用来画画，它的门则一直让它封着。

这地方有一张真正的床，还有一只真正的厨房用的洗槽。乔来这儿吃饭时取笑我，他取笑我买的那些毛巾（便宜货），取笑我好不容易搞来的耐烫的碟子，还取笑我的浴帘子。“搞出个更好的家更好的花园来了，呃？”他说。他也取笑我那张床，不过他爱在上面睡觉。现在是他上我这儿来，我倒不怎么上他那儿去了。

我父母卖了房子搬到北方去了。我爸已经离开大学又回去搞研究了；他现在是苏圣马里[1]森林昆虫实验室的头儿。他说多伦多正变得人口过剩，另外污染也严重。他说五大湖[2]的南部地区是世界上最大的污水沟，他说假如我们了解

[1]　北美洲苏必利尔湖和休伦湖之间的双联市，分属加拿大和美国，位于运量巨大的苏圣马里运河两岸，有铁路桥梁相通。

[2]　美国和加拿大之间的五个大湖的总称，位于北美洲中东部，除密歇根湖属美国外，苏必利尔、休伦、伊利、安大略四湖均为两国共有。

什么样的东西正在进入我们的饮用水，我们每个人就只肯喝酒了。至于空气，其中尽是化学物质，我们都该戴防毒面具。在北方你至少还能呼吸。

我妈倒不是很乐意离开她的花园，但真要离开也就离开了。“至少有机会扔掉地下室里那一大堆垃圾了。”她说。他们又在苏圣马里那边新搞了个花园，不过那边可以种东西的季节比这儿要短。这倒也没关系，因为夏天他们多数是在路上跑，开着车子从一处赶到另一处，总是奔着昆虫大批出没的地方而去。无论如何，活生生的昆虫从不会短缺。

我不想我的父母。还不知道想。或者说得更确切一点，是不想跟他们一块儿住。我很开心被留下来，没人管，我可以随心所欲翻花样瞎胡闹。现在我吃东西可以很随意了，我可以随便吃些劣质小吃或外卖食品而不用去担心什么饮食平衡，我可以想什么时候睡觉就什么时候睡觉，可以留着换下的脏衣服不洗任它发臭，可以毫不理会餐后的脏盘子。

我得到了一次晋升。一段时间之后我调到一家出版公司的艺术部搞封面设计。晚上，只要乔不在我就画画。有时我会忘记睡觉，直到突然发现天亮了，又得换上工作服上班去。那些日子我昏昏沉沉，不大能听得清别人在对我说些什么，不过倒也没人在意。

我收到我妈寄给我的明信片，偶尔也会收到她的一封短信；信和明信片是从德卢斯和卡普斯开辛那样的地方寄来的。她说路上越来越拥挤了。“太多太多的挂车！”她说。我回信告诉她我在工作、住房方面的消息，也说到天气。我没有提乔的事，因为并没有什么消息。所谓消息应该是某种已经明确而且可以对外宣布的东西，比方说订婚。

我哥斯蒂温时而在这儿，时而在那儿。他变得更不爱说话了：他如今也是用明信片和我联系。有一张明信片是从德国寄来的，上面是一个穿着皮短裤的男人和一行话：“巨型粒子加速器”；还有一张寄自美国内华达州，上面是一棵仙人掌和这么一行字：“有趣的生命形式”。他还去了玻利维亚，我估计是上那儿度假去了；他从那里寄来一张抽着雪茄烟、头戴高帽子的女人的照片，上面写道：“美妙的蝴蝶。祝好。”某个时候他忽然结婚了，这消息是他在一张寄自旧金山的明信片上通知我的；明信片上印着金门大桥和一轮落日，还有他写的一行字：“已结婚。阿妮特问你好。”这是我听到的他这方面的全部消息，直到几年之后他又从纽约寄来一张印有自由女神像的明信片，说：“已离婚。”我猜想结婚和离婚这两件事把他给搞糊涂了，仿佛事情并不是他自己有意要做的，而是落到他头上的偶然事件，正如不小心在哪儿踢了一下脚趾头。我想象他走进婚姻就像在夜里走进一个异国的公园，全然意识不到其中可能会有什么损害。

他忽然又在多伦多冒了出来，在一个会议上做讲座；这事他事先通知了我，他从波士顿寄来一张印有保罗·里维尔[1]雕像的明信片，上面写道："十二号星期天到。我的论文星期一宣读。再见。"

我参加了他的讲座，倒并不是因为我自己对此抱有很高的希望——讲座的题目是"最初几个皮秒[2]及对统一场论的探索：几点小小的思考"——而是因为他是我哥。我坐在那儿啃手指头，这时学校礼堂的听众越来越多，其中大部分是男的。他们中的多数看上去像是我中学时不愿与之约会的那种人。

接着我哥进来了，同时进来的还有那个将为他作介绍的男人。我已有好几年没见到我哥了；他比以前瘦了，头发开始从前额往后掉。他需要戴着眼镜念稿子，我能看到他胸前口袋中露在外头的那副眼镜。不知是谁使他的行头上了一个档次，他居然穿了西装戴了领带。然而，这些改变并没有使他的模样变得更加正常，相反显得更加不正常，仿佛他是个来自外星的怪物，只是披了件人的衣服作为伪装。他看上去具有令人震惊的才智，似乎他的脑袋随时会闪亮并变得透明，露出其中巨大且颜色鲜艳的一个大脑来。同时，他又看

---

[1] 保罗·里维尔（1735—1818），美国独立战争时期的爱国者，银匠。1775年4月18日，里维尔连夜将英军即将入侵的消息骑马驰报波士顿居民，使该市军民得以及时做好迎战准备。

[2] 时间单位，指10—12秒，符号为psec或ps，也叫皮可秒、微微秒。

上去凌乱而迷惘，仿佛刚从一个好梦中走出，忽然发现自己身边围了一帮另一个世界的小矮人。

为我哥作介绍的那个人说我哥其实不需要介绍，接着列举了他写的论文、获得的奖项以及所做的贡献。我哥在掌声中走上讲台。他在一块白色的投影屏幕前站住，清了清嗓子，一只脚换到另一只脚，然后戴上眼镜。这时他看上去像以后会在邮票上出现的某个人。他显得很不安，我都为他感到紧张。我以为他话都要说不清楚了，但一开口却非常好。

“当我们凝视夜空的时候，”他说，“我们看到的是过去的断片。我这话并不只是从以下这个意义上说的，即：我们现在所看到的星星只是时空上多少光年以前发生的事件的回响；事实上，那天上的一切和这地上的一切都是一种化石，是世界创造之初那几个皮秒中的一种残余，那时我们的宇宙从最初的同质等离子体中形成了。第一个皮秒时的情形几乎已无法想象了。假如我们能乘着时间机器回到最初爆炸的一刻，我们将发现自己身处一个充满了各种我们根本不懂的能的宇宙，这其中还将充满各种以奇怪方式作用着的力，这种力畸变得叫我们完全无法辨认。我们越往前探索，这些情形就越变得极端。目前的实验条件只能带我们在这条道路上稍稍往前走一段，过了这个点，理论就是我们唯一的向导。”这段话之后，他继续往下讲，用的是一种听起来像英语其实却不是英语的语言，因为他说的我一个字也听不懂。

幸好还有东西可看。屋子里暗下来，屏幕上亮起来，上面出现了宇宙，或者说宇宙的一部分：空空的一片黑，其中缀着星系和星球，有白热，有蓝热，有红，显得很突出。其间只见一个箭头在屏幕上移来移去，寻找着它要找的目标。之后出现了一些图表、一行行数字以及相关的内容，这一切在场的每一个人似乎都认得，只有我是例外。很显然，维度远不止四个。

人们怀着极大的兴趣轻声说着什么，说话声似涟漪在屋子里荡漾开去；只听见耳语声和窸窸窣窣的翻纸声。最后，屋里的灯重新亮起，我哥又开始说话。“但是，最初那一刻以前又是什么样呢？”他说，“或者说，用‘以前’这么一个词究竟有没有意义？因为没有空间，时间不能存在，而没有事件，时空不能存在，没有物能，则事件不能存在，可是以前肯定还是有某种东西存在的。这种东西就是理论框架，即一些参数，能量定律一定在这样的参数范围内起作用。从目前我们所能得到的少量然而正在逐渐增多的证据来看，假如宇宙是根据上帝一声‘要有光’[1]的命令而创造出来的话，表达这声命令的一定不是拉丁文，而是唯一真正的宇宙语言：数学。”这话在我听来很像玄学，但听众中的那些人却

[1] 语出《圣经·创世记》。原文为拉丁文。

并没有见怪。掌声响起。

我参加了讲座后的招待会，招待会上提供的是大学里常见的那种食物：劣等雪利酒，浓茶，袋装曲奇饼，等等。这些研究数字的人在三五成群地低声说话，彼此握手。夹在他们中间我感觉自己过分惹眼，极不相称。

我找到我哥。“讲得太好了！”我对他说。

“很高兴你也听出点名堂来了。”他以嘲讽的口吻说。

“呃，数学从来不是我真正的强项。”我说。他宽厚地笑笑。

我们互相交换了一下有关父母的消息；上一次我得到他们的音讯时两人是在克诺拉，还在往西部去。“我估计还在那儿数着从前那些蛾幼虫吧。”我哥说。

我回想起他从前常在路边呕吐的情景，回想起他身上雪松铅笔的味道。我回想起我们当年住帐篷和伐木营时的生活，回想起伐下的木材、汽油、被压垮的草以及变质奶酪的味道，回想起我们在黑暗中偷偷摸摸四处乱窜的情景。我回想起他那涂着橘黄色血的木头短剑，回想起他收藏的漫画图书。我又看到了他蹲在又软又湿的地上，嘴里喊着：“躺下，你死了！”我还看到他拿着叉子对洗槽里的盘子做出俯冲轰炸的姿势。我脑子里所有他早期的影像是那样清晰分明，色彩斑斓：他的裤腿肥得像两只口袋的短裤，他的条纹T恤衫，他的被太阳晒得颜色变淡的乱蓬蓬的头发，他的冬天穿的马裤和皮防风帽……一切都历历在目。接着出现了一个断裂，而当他重新在裂口的另一端出现的时候，似乎只增加了两岁，让人难以置信。

“还记得你从前常唱的那支歌吗？”我说，“是战争年代的事了。有时你吹着口哨唱：‘归来，乘着翅膀念着祷告。’”

他一脸茫然，稍稍皱了皱眉头。“不能说我还记得。”他说。

“你过去常画那些爆炸的场面。你还借我的红铅笔用，因为你自己的用完了。”

他看看我，神情仿佛说，并不是他自己已忘了这一切，而是他很困惑我怎么都还记得。“那时你还不会很大吧？”他说。

我在想，对他来说，有一个小妹妹整天像条小尾巴似的在屁股后面跟着会是什么感觉？对我而言，他的存在是已知的事实，没有一刻他是不存在的。但对他而言，我可不是什么已知的事实。本来只有他一个，我是硬插进去的。我不知道我出生的时候他是否对我反感。也许那时他觉得我是个讨厌鬼；毫无疑问，他有时确实是这么想的。不过，考虑到一切，总的说来他还是勉勉强强接受了有我的事实。

“还记得你埋在桥底下的那一坛弹子吗？”我说，“你从来不肯告诉我为什么要这么做。”那是些最好的弹子，红蓝相间的纯弹子，水婴弹子，猫眼，就那么埋到了地下，谁也无法弄到。他本来还可以在坛子上面放些泥土，踏紧，然后再撒些树叶。

“我想这事我还记得。”他说，仿佛并不完全愿意让我令他回忆起小时候的那个自己。让我感到困惑的是，他自己的事情他只能记得一些，另一些则记不得；他失忆或记错的那些事如今只为我而存在了。如果他忘记了这么多，我又忘记了什么呢？

“也许弹子依然在那下面。”我说，“我不知道他们造那座新桥的时候是否有人发现了这些东西。那张地图你也埋了。”

“可不是嘛！”他说罢一笑，还是从前那副神神秘秘的样子，真叫人受不了。他还是不透露他的秘密，我反而感到宽慰了：尽管他已改换“门脸”，头发变稀，还临时弄了件西装穿在身，骨子里却依然是从前的那个他。

他又回去了，也不知接下来去了哪儿。我在考虑给他弄一颗以他的名字命名的星星，届时作为送他的生日礼物。我曾看到干这种事的一则广告：寄上钱，你就能获得一张附星球图的证书，你自己的那颗星星会标在上面。这种事他可能会觉得很滑稽。然而我不确定的是，“生日”一词对他是否还有意义。

60

乔已经不再画他那种伤眼睛的、几何形的画了，他目前画的东西看上去像商业插图：巨大的冰棍，巨形盐瓶和胡椒瓶，蜜在糖浆里的半只桃子，装满炸土豆条的纸盘子，等等。他不再谈什么纯艺术，而是大谈运用普通的文化符号系统来反映我们这个时代中各种庸凡图像的必要性。我想我可以根据自己的职业经验给他一点指点：比方说，他画的那些半只桃子可以处理得更加光亮一些。然而，这话我没有说。

慢慢地，乔越来越经常地上我的起居室来画这些东西。他逐步将他的东西搬进来，先是搬颜料和画布。他说在他那个地方无法画画，因为来人太多。这倒是真的：前面那个房间几乎被逃避服兵役的美国人塞满了；这些人常换，并不固定，所有的人都似乎是朋友的朋友。乔经常得从他们的身上跨过去才能走到墙边，因为他们身下铺着睡袋满屋子乱躺，脸上是愁苦的表情，嘴里吸着大麻，心里琢磨着下一步到底该干什么。他们感到沮丧是因为多伦多并不如他们想象的那样是没有战争的美国，而是某个他们无意间偶然闯入的、专门安置被遗忘的人们的聚集地，进来了就出不去了。多伦多什么也不是，这里什么活动也没有。

乔一个星期在我这儿度过三到四个晚上。别的晚上他干些什么我不过问。

他估计我需要某种东西，他认为自己正在对此做出很大让步。也许，我还真的需要这种东西。当我独自一人的时候，我让脏盘子在洗槽里挨个儿往上堆，我听凭一罐罐吃剩的菜上长出彩色的毛，我把所有的内裤用到一条不剩后才开始洗。但是，乔却使我变成了一个爱整洁、讲效率的模范。我早上起来给他冲咖啡，我在餐桌上摆好两个位置，用的是我新搞来的柔白色带斑点的防烫陶器。我甚至毫不介意将他换下的衣服和我的一道放到自助洗衣店里洗。

乔还不习惯看到所有这些洗得干干净净的衣服。“你是那种应该结婚成家的女孩。”他有一天说；当时我正拿了一摞叠好的衬衣和牛仔裤出现在他的眼前。我想他这话可能是在骂我，可是又吃不准。

“那你自己的衣服自己洗吧。”我说。

“嗨，”他说，“别那样啊！”

星期天我们睡得很识，我们做爱，我们手牵着手出去散步。

一天，什么变化也没有，没有人做也没有发生任何有别平常的事，我发现我怀孕了。我的第一个反应是不相信。我数了又数算了又算，等一天，再等一天，静听着我身体内部有什么动静，就像听脚步声似的。最后，我拿瓶子装了一点小便偷偷上了药店，感觉像个罪犯。已婚妇女找自己的医生，未婚女人只能这样。

药店的人告诉我检查结果是阳性。“祝贺啦！”他说，口气中带着责备和讥讽。我干了什么事他一眼就看穿了。

我不敢告诉乔。他会希望我去把它弄出来，就像拔一颗牙。他会用“它”这个字。或者他会叫我坐到浴缸里，由他来往“它”身上浇开水。他会叫我喝杜松子酒。要不他就消失得无影无踪。他说过——说得还真不算少——艺术家不能像别的人那样生活，不能受家累，不能被昂贵的物质财产拴死。

我想起自己曾经听说过的一些事，什么喝大量的杜松子酒，什么用编织针、挂衣钩等，但有了这些东西怎么弄呢？我想起苏茜和那两摊翅膀似的鲜红血迹。无论她是怎么弄的，我不会学她的样。我太害怕了。我拒绝她那种下场。

我回到自己的公寓套间，在地板上躺下来。我的身体木木的，僵僵的，什么知觉也没有。我几乎不能动，我几乎不能呼吸。我感觉自己处在虚无的中心，处在完全空无一物的一块漆黑的正方形的中心；我感觉自己好像在慢慢地爆炸，行将进入冰冷地燃烧着的空间的虚空中。

我醒来时已是夜半。我不知道自己身在何方。我以为我又回到了父母家中我从前那间装着云纹吊灯的房间，躺在地板上是因为我从床上掉了下来；我们睡行军床时我经常会从上面掉下来。但我知道那房子已经卖掉，我父母再也不住那里了。从某种程度上说，我已没有人关心，被他们抛下了。

这只是一个梦的残余。我爬起来，打开灯，给自己冲了点热牛奶；我坐到餐桌旁，冷得直打哆嗦。

直到现在我一直画那些实际出现在我眼前的东西。如今我开始画一些眼前没有的东西。

我画了一台银色的烤箱，老式那种，有把手和小门。其中的一扇门半开着，露出里边烧得红红的烤架。我画了一把玻璃咖啡壶，清清的水中聚集了一串泡泡，一滴深色的咖啡滴入水中，正开始向四周扩散。

我画了一台带绞干机的洗衣机。洗衣机是个矮矮的圆筒形，白色的搪瓷面子。绞干机本身是一种叫人感觉不安的近于肉色的粉红色。

我知道这些东西一定是记忆中之物，可它们并没有记忆中之物的特点。它们的边缘并非朦朦胧胧，而是轮廓清晰、毫不含糊。它们就这么到了我的笔下，与任何东西都没有关联；它们就在那儿，孤零零的，仿佛大街上随意瞥见的一件东西。

我的眼前没有出现我自己与这些东西发生关系的图像。它们充满了渴望，但那不是我自己的渴望。渴望存在于这些东西自身。

我画了三张沙发。一张是印花布的，用的是脏兮兮的玫瑰红；一张是栗色天鹅绒的，还带着几块小垫子。中间一张用的是苹果绿。中间沙发的中间垫子上画了一只蛋杯，五倍于实物大，里边有一片打碎的蛋壳。

我画了一只玻璃瓶，插在里面的一束天仙子像一股烟似的冒在外面，仿佛魔瓶中冒出的一股黑烟。天仙子的茎互相缠结，枝头缀满了红红的浆果，还开着紫色的花。几乎不为人觉察的是景深处那丛浓密光鲜的叶子处几只猫的眼睛。

白天我上班，回家，说话，吃饭。乔过来，吃饭，睡觉，离开。我远远地注视着他；他什么也没有发觉。我的每一个动作都充满了虚幻感。没有人在身边的时候，我咬自己的手指。我需要有一种肉体上的痛感，需要在我自己与日常生活之间建立联系。我的身体已经脱离我成了另一样东西。它像只钟似的滴答滴答走着，时间在它里面。它已经背叛了我，我为此感到恶心。

我画史密斯夫人。在我完全没有准备的情况下，她无缘无故就浮现了，仿佛一条死鱼，渐渐成形于我正画着的一张沙发上：先是她那没有脚踝的、稀稀拉拉长着几根毛的、白白的两条腿，接着是她的粗腰和土豆脸，最后是框在金丝边眼镜里的那双眼睛。那条阿富汗毛毯搭在她的大腿上，橡胶榕像把扇子似的立在她身后。她头上是那顶她礼拜天常戴的毡帽，其样子犹如一件胡乱捆扎的包裹。

她从油画的平面上看着我，这时人物已呈三维形象了；她闭着嘴，似笑非笑，神情中带着得意，又似责备。不论我身上发生了什么，一切都是我自己的错，是我自身出了毛病。

史密斯夫人知道这毛病是什么。她只是不说。

史密斯夫人的画一张接一张地完成了。她像细菌似的繁殖，不断从墙上冒出来，站着的，坐着的，飞着的，穿衣服的，不穿衣服的；她好像长了许多双眼睛，我走到哪儿她跟到哪儿，那眼睛就像你在蹩脚的街头小店中可以买到的立体贺卡上耶稣的眼睛似的。有时我将她的脸背过去，让画反挂在墙上。

61

我用婴儿车推着萨拉沿街走着，绕过一小堆一小堆正在融化的雪泥。她虽然已经两岁多了，可穿着那双红色的橡胶靴子还是走不快，在我们上街买东西时跟不上我们的步伐。这么推着她出来我倒是能将杂货袋子挂到小推车的把手上，或者塞到她身子周围。如今我已经知道许许多多类似这样的小窍门儿，包括一些小物件、小玩意儿，怎样重新安排空间，等等，而在以前这一切我都用不着知道。

我们三个现在住在一个比原先大的地方：那是布洛尔街西边与它平行的一条小街上一座半独立的红砖房最上面的两层，房子的木头门廊已开始塌陷，其中撑着几根方形柱子。这附近住了许多意大利人。一些年龄较大的妇女，其中包括已婚的和做了寡妇的，都穿着黑颜色的衣服，脸上也不用化妆，倒跟我从前一样。在我怀孕后的最后几个月里，她们经常对我微笑，就好像我差不多已成了她们中的一员似的。现在她们首先是对萨拉笑。

我自己穿原色的超短裙，里面穿紧身衣裤，脚上一双靴子，一件长及脚踝的外套从上面直挂下来。我对这身穿着并不完全满意，穿着它往下坐很困难。另外，自从有了萨拉后我的体重也有所增加。这些用料很少的短裙以及一点点大的紧身胸衣原本是为比我瘦得多的女人设计的，这样的东西如今似乎有几十种、几百种之多。那些脸长得跟鼬鼠似的女孩将长头发一直挂到应该是她们屁股的位置，胸脯则扁平得像块胶合板，比较之下，我感觉到自己的简直是两个球。

和这些女孩一起诞生的还有一些新的词汇。她们会说："新潮"，"盖了"，"我都要晕了"，"顶尖"，"潇洒自如"。我觉得自己太老了，不适合用这样的词汇；它们属于年轻人，我已不再年轻。我已在左耳朵的后面发现了一根白头发。再过两年我就三十岁了。要开始走下坡路了。

我推着萨拉走上回家的路，解开系在她身上的搭扣，把她放在门廊台阶的下面，松开钩子拎出装满杂货的购物袋，收起小推车。我带萨拉走上台阶来到前门口；这些台阶可能会很滑。我回到下面取购物袋和小推车，拎着它们吃力地走上台阶，在钱包里摸钥匙，开门，把萨拉抱进去，再拎袋子和推车，关门，锁上。我带萨拉上屋内的楼梯，打开里面的门，把她放到屋内，关上那扇婴儿小门；下楼取袋子，拎上楼，开门，进屋，关门，进厨房，将袋子放到桌上，开始从里边往外拿东西：鸡蛋，卫生纸，奶酪，苹果，香蕉，胡萝卜，热狗，小面包。我担心给萨拉吃的热狗太多了：在我小时候热狗是狂欢节上吃的食物，人们认为它对健康不利。吃热狗可能会得小儿麻痹症。

萨拉饿了，因此我停止往外拿那些购买的杂货，先去给她倒了杯牛奶。我疯爱着她，又常常被她惹得生气。

生她后的第一年我始终很累，而且荷尔蒙把人搞得整天糊里糊涂。但现在我已开始摆脱这种状态了。我已开始关注周围的一切。

乔进屋来，一把将萨拉抱起，亲她一下，又用胡子在她脸上蹭痒痒，随后尖叫着抱她进了起居室。“咱们躲起来不让妈咪找到。”他说。他有办法把他们俩结成同伙，扮成一个同盟来跟我作对；这事其实也不应该让我生气的，可是我却很恼火。另外我也不喜欢他妈咪妈咪那么叫。我不是他的妈咪，而是萨拉的妈咪。不过他很爱萨拉。这可是个意外，而我至今都为此感激他。我尚未将萨拉视为我送给他的一件礼物，而是将其看作他允许我拥有的一件礼物。正是因为她，我们才上市政厅结了婚；理由也算是最古老的一种了，几乎已过时而为人所不屑了，然而我们当时并不知道。

乔原先是尼亚加拉瀑布地区的一名路德会教友，现已脱教，他认为我们应该上那儿去度蜜月。说到“蜜月”这个词他忍不住大笑。他觉得这有点跟开玩笑似的，老一套过时的东西，自己也有数，就像画一只巨型的可乐瓶。“令人震惊的广告画呗。”他说。他想带我去蜡像馆，去看花钟，去看“雾中少女”。他想给我们俩每人弄件缎子衬衫，衬衫的口袋上绣上我们的名字，背后印上“尼亚加拉瀑布”几个大字。但是我私下里很不乐意他以这样的安排来开始我们的婚姻。不论我们还在做着别的什么安排，时间在一周周地过去，而我的身体也像一只肉气球似的正在慢慢鼓起来，这可不是闹着玩的。于是我们最终还是没有去。

刚结婚那阵子，我沉湎于感官享受，堕入深深的慵懒之中。我的身体就像一张用羽毛做的床，温暖，无骨，让人觉得极度舒服，我被紧紧地裹着躺在这茧一样的身体里。也许是怀孕将我的精力像海绵吸水似的一点一点吸尽了。也许是宽慰。乔犹如阳光下的一枚李子，色彩那么丰富，外形那么完美，他为我而闪亮。我常常在床上紧挨他躺着，或者坐在餐桌旁，眼睛像一双手似的在他浑身上下移动着。我对他的倾慕是肉体上的，无言的。我会在心中感叹：“啊！”再也不想说什么了。就像呼出的一口气。或者我也会像个孩子似的想，他是“我的”。明知道这不是真的，我会想：“永远保持这样吧！”然而他不能。

我和乔开始吵架了。我们的吵架是在夜里萨拉睡着后悄悄进行的，是那种压着嗓子的拌嘴。我们不让萨拉知道，因为如果说吵架对我们来说很吓人的话——确实很吓人——又会把她吓成什么样子呢？

我们本以为我们是在逃离成人的世界，而今我们自己就是成人了，这便是问题的关键所在。我们俩谁也不想承担责任，不想承担全部责任。比方说，在谁的身体更不好的事情上我们常常较劲。假如我说头痛，他就说他偏头痛。如果他说背疼，我就说我的脖子疼得吃不消了。谁也不想管家里的药箱。我们都为争取继续做小孩的权利而斗争。

起初，在这样的吵架中总是我输，因为爱。或者我自己这么觉得。假如我要赢，世界的秩序就要改变，而我对此尚无准备。因此我输，要别的手段。我耸耸肩，嘴巴紧闭做无言的斥责，我在床上背对着他，他问问题我不理。我说：“你想怎么样就怎么样。”激起他一肚子的火气。他希望的不只是我有条件的投降，而是对他本人及其思想的崇拜与热情，得不到时，他感觉自己受了欺骗。

乔现在有了一份工作，他在一家合作组织的平面设计工作室当业余指导。我也是干业余。我们两个人干活挣钱，勉强能对付房租。

乔不再在帆布上画画了，或者说不再在任何平面的东西上画画了。事实上他已经不再画画。平面的、上面用颜料的东西他称之为“墙上艺术”。没有理由非要让艺术上墙，没有理由在它四周框个框子然后涂上颜料。相反，他开始搞制作，用的是他从垃圾堆收集来的或者这里一点那里一点找来的材料。他制作带一个个小隔层的木头箱子，每个小隔层里装一件不同的物件：三条超大号的荧光色女短衬裤，一只用石膏做的手，上面粘着长长的假指甲，一只灌肠包，一副男子假发。他制作了一只装有发动机的、毛茸茸的卧室拖鞋，一开发动机能够自己在地板上四处跑；还制作了一组装有魔鬼影片中那种眼睛和嘴巴的子宫帽，下面安有两条腿，能够在桌子上到处蹦，形同受了辐射伤害的牡蛎。他将我们的卫生间装饰成红色和橘黄色，墙上画上正在游泳的紫色美人鱼；他设计制作出一种马桶座圈，一掀开就能播放《铃儿响叮当》。这是为萨拉设计的。他还给她做玩具；他自己制作的时候会让萨拉玩玩他做剩的木料、布片以及他的一些不太危险的工具。

这就是他在家时做的事。这可绝不意味着他大部分时间都在家。

萨拉出生后的头一年里我一笔没画。那时我是个自由职业者，在家里干，但光是赶我接的几个封面设计任务就已经很吃力了。我感到行动阻滞，仿佛穿着衣服游泳。如今我每天工作半天，感觉要好一些。

我也做了些我称之为“自己的活儿”的事，不过做的时候很是犹豫：我的手好久不练已经生疏，眼睛也是。我画的大部分是素描，因为准备画面、费力地打底、集中给细节上蛋彩等对我来说实在太累人了。我已经失去了信心：也许我的将来不过是继续这样下去。

我正坐在舞台上的一把木制折叠椅上。大幕拉开，我可以看到下面的礼堂；礼堂很小，空空的，破损严重。舞台上还摆着一台布景，那是刚刚结束的一部剧的布景，尚未拆除。布景中还有为接下来演出的剧目而设的，那只是稀稀拉拉的几件家具，但此外也包括许多根黑色的圆柱子和几段没有任何装饰的楼梯。

根据安排，这些柱子周围的几把木椅上坐着女人，楼梯上也零散地坐着女人，加起来一共是十七位。每一个都是艺术家，或者说艺术家之类的人。有几名女演员，两名舞蹈演员，三位画家（我之外）。有一名杂志作家，一名来自我那家出版公司的编辑。有一个女的是个电台播音员（主持日间古典音乐），有一个为儿童演木偶戏，还有一个是名专业的丑角演员。有一个女的是搞舞台布景设计的，这也是我们为什么会在这儿的原因：是她为我们的这次会议找了这么个空间。我之所以知道这一切是因为我们得绕着圈依次说出各自的名字和职业。不是指为谋生而从事的那份职业：要说谋生就不一样了，尤其对那几个女演员而言。对我而言也是如此。

这是一次会议。这样的会议我并不是第一次参加，可还是觉得挺震惊。就说一点吧，参加者全是女人！这本身就不同寻常，有一种神神秘秘、偷偷摸摸的气氛，还有一种目标游移不定却颇诱人的肮脏感：我上一次参加全是女人出席的会议还是上中学时的生理卫生课上，那时老师将女生和男生分开以便对她们介绍月经的知识。倒并没有用“月经”这个词。为大家普遍接受的、正式的说法叫“那几天”。老师解释说，月经棉条虽不推荐给年轻的女孩子——我们知道是指处女——使用，但那玩意儿也不会掉在体内最终跑到人的肺里去。不少人听了偷偷地笑，而当老师将“血”——B-L-O-O-D——一字拼出时，一名女生竟然昏倒了。

今天没有人偷偷地笑，也没有人昏倒。这个会议谈论的是愤怒。

大家正在谈论的是我以前从未有意识思考过的事情。有人正在颠覆这样的事情。比方说，我们为什么要除掉我们腿上的毛？为什么要涂口红？为什么要穿线条毕露的紧身服？为什么要改变自己的体形？我们现在这模样到底有什么不对？

问这些问题的人叫乔迪，也是我们中的一位画家。她不梳妆打扮也不改变体形。她穿的是工作靴和条纹工作服，衣裤上下连在一起。她拉起一条裤腿叫我们看里边那条真腿：金灿灿的腿毛昭示着她对传统的公然对抗。我想到我自己那两条裸腿，我是没有勇气留着那腿毛；我感觉被乔迪洗了脑子，因为我知道我无法做得像她那样彻底。我最多只能走到不除腋毛这一步。

让我们感觉我们现在这模样有毛病的正是男人。

大家说了许多关于男人的事。这些女人中有两个，比方说，曾遭强奸。有一个曾遭毒打。其他几个曾经在工作中受到歧视或轻视；要么就是她们的艺术遭到嘲讽，被贬为脂粉气太重而遭拒绝。还有人开始将自己的工资跟男人的工资做比较，结果发现自己拿的不如男人多。

我不怀疑所有这一切都是真的。强奸犯确实存在，还有那些对儿童进行性骚扰或勒死女孩子的人。他们存在于阴影中，就像潜伏在沟壑里的那些凶险的男人一样，不过那些男人我一个也不曾见过。他们残暴，寻衅闹事，杀人。他们工作干得比别人少，钱拿得比别人多。他们把家务事全推到女人身上。

他们麻木不仁，拒绝面对自己的感情。他们很容易受骗，而且还希望受骗；比方说，女人只要呼哧呼哧喘几声粗气就能骗得他们相信自己是功夫不凡的性超人。听到这话有人偷偷一笑表示同意。我开始怀疑：我是否一直在假装有性高潮而不自知呢？

但是，在这个大家纷纷证明男人不是好东西的会上，我的立场却摇摆不定，原因是我正和一个男人生活在一起。像我这样有丈夫带孩子的女人被人略带轻蔑地称为“核心家庭分子”。“鼓励提高人口出生率”[1]忽然之间成了一个不好的词。这一群人当中另外还有几个“核心家庭分子”，但她们只是少数，没说任何为自己辩护的话。女人带个孩子但不跟男人生活似乎还更好些。那样的话你算是苦头吃完了。要是你跟男人生活在一起，无论遇上什么问题全是你自己的错。

所有这些意思其实都没有明说出来。

这样的会议理应使我感觉自己更有力量，从某些方面来看，它们也确实做到了。愤怒能使大山移。另外，它们也让我震惊：听到这样一些东西从女人的嘴里冒出来确实令人震撼，叫人激动。我开始产生这样的想法：我一直以为愚蠢或

[1] 加拿大幅员辽阔，但除少数几个大城市外大部分地区人口稀少，故政府鼓励提高人口出生率。

懦弱无能的女人，其实也许只是一直藏着心里的话不说而已，我就是这样。

但这样的会议同时又让我觉得紧张，我不知道为什么。我说得不多，我表达得很别扭而且犹犹豫豫，因为无论我说什么，真要是说了，也许都是错的。我还没有受够罪，我还没有吃够苦头，我没有说话的权利。我感觉自己似乎站在一扇紧闭的大门的外面，而门里边人们正在做出决定，正在宣布关于我的否定的判断。与此同时，我又想取悦于这些人。

我对自己说，姐妹之情于我是个不易理解的概念，因为我从未有过姐妹。兄弟之情倒不难明白。

我夜里工作，那时萨拉已经入睡，要不就一大早干。眼下我正在画圣母马利亚。我把她画成蓝色，面纱还是常见的白色，但换了母狮的头。基督以一头虎仔的形象躺在她的膝上。如果基督是一头狮子——在传统的宗教题材中，他的形象是一头狮子，那圣母马利亚为什么不能是一头母狮呢？不论怎么说，与艺术史上那种没有血性、如稀释牛奶般淡而无味的传统圣母画相比，这母狮的形象在我看来似乎更能准确地传达出母性的感觉。我画的圣母马利亚凶猛，野性，对危险十分警觉。她用她那双黄色的狮子眼睛平视着看她的人。一根被啃过的骨头躺在她的脚边。

我画的圣母马利亚正从高处向被白雪和雪泥覆盖的大地

走来。她蓝色的长袍外罩着一件冬装，一只钱袋斜挂在肩膀上。她抱着两只装满杂货的牛皮纸袋。有几样东西已从纸袋里掉了出来：一只鸡蛋，一只洋葱，一只苹果。她一脸倦容。

我给她取名为《永远保佑我们的圣母马利亚》。

乔不喜欢我夜里画画。“我还有什么其他时间能画呢？”我说，“你倒是告诉我。”答案只有一个，只要不牺牲他自己的时间就行，那就是：根本不要画。但是，这话他没有说出来。

他没有说他对我的画是什么看法，可不管怎么样我知道。他认为我的这些画毫无意义。在他看来，我所画的和那些专门画花的女人的作品可以被归为一路货。就是这个词：“一路货”。艺术活动目前正是现在进行时，概念一个接一个地被抛弃，而我则悄悄离开，来到边上某一处，摆弄着我的蛋彩和平面，好像二十世纪从来没有发生过一样。

这其中有自由：因为我做什么并不重要，重要的是我能够做我喜爱的。

我们开始乒乒乓乓地关门，开始扔东西了。我扔的东西有我的钱包、烟灰缸、一包巧克力片等，其中巧克力片被砸得粉碎。我们好几天都在捡巧克力片。乔扔的是一杯牛奶；当然，是泼牛奶，不是扔杯子：虽然我不知道，但他自己知道他有多大劲。他还扔了一盒未打开的开心牌面早点。

我扔的那些东西比较糟糕，可是没有打中人。他扔的东西打中了我，然而并无伤害。

我倒要开始看看，有意演戏与真正破家之间的那一步究竟是怎么被跨越的。

乔砸东西，完了又用胶水将一块块碎片按原样粘好。我能看出来为什么砸东西对他有这样的吸引力。

乔坐在起居室和一位画家喝着啤酒。我在厨房，围着坛坛罐罐把东西弄得乒乓直响。

“她怎么啦？”那位画家问。

“她发疯呢，因为她是个女人。”乔说。这话我从中学毕业以来可是多少年没有听到了。以前，一个男人要这么说你是很没有面子的，可以一下把你说得哑口无言。它可以暗指古怪，畸形，性无能。

我走到起居室门口。“我发疯并不因为我是个女人。”我说，“我发疯因为你是头蠢驴！”

62

我们参加这种聚会的人中有几个正在办一个群展，只展出关于女人题材的作品。这是件冒险的事，我们也知道。乔迪说，地位已经确立的传统男性艺术家可能会把我们贬损得一钱不值。男性艺术家当今的方针乃所谓伟大的艺术是超越性别的。但乔迪对此看得很清楚，她认为，到目前为止，艺术多半还是男人们在互相崇拜。女性艺术家受到男人崇拜只是被作为边线，是一种奇特的例外。“没有乳房的怪物。”乔迪说。

我们这样站出来，把自己推向前沿，同样可能被女人们贬损得一钱不值。我们可能会被称为“自封的精英”。陷阱何其多。

我们共有四人参展。卡罗琳称自己是一位“编织艺术家”，她长着一张天使般可爱的满月脸，黑黑的刘海儿，荷兰式齐耳短发像个镜框似的框在她那张圆脸的周围。她的作品中有几件拼缝起来的被子，设计很富创意。其中一件是几只塞着月经棉条（未用过的）的避孕套，用胶水粘在被子上，形状是一个个的字母，拼出来是：*爱是什么？*另一件做成花形，上面嵌了一句话：

> 起来
> 亮出你的
> 宣言吧！

卡罗琳的其他作品是一些壁挂：她把卫生纸扭成绳一样

的东西，或者用一卷卷过期的女影星画报——那种曾经被称为“艺术电影”的东西——编成一条条的辫子。“用过的黄色货。”她兴高采烈地说，“为什么不重新利用呢，呃？”

乔迪还真的储存了一些人体模型，她将它们锯开，再用胶粘出各种令人不安的姿势。她在适当的地方涂上颜料塞上钢绒，将模型组装拼合起来。有一件模型心口处套在一把肉钩上，在那里挂着；还有一件满脸画着树啊花的，样子像漂亮的文身，手法细腻，我一看便毫不怀疑是出自乔迪手笔。另外一件模型的腹部连着六七个旧洋娃娃的脑袋。我认出其中的几个为：斯巴克尔·普伦蒂，贝特西·韦特西，芭芭拉·安·斯科特。

悉拉是个金发女郎，长得很单薄，很像几年前那些弱不禁风的街头卖花女。她称自己的作品叫“棉绒风景”。它们是由积聚在干燥机滤器上那一团团像毡一样的毛茸茸的材料做成的，这种东西可以从滤器上一层层地剥下来。我自己在将这种东西往废纸篓里塞的时候便对它们很倾慕；它们的质地，它们那柔和的颜色。悉拉买来了好几块不同色泽的毛巾，将它们反复地放在干燥机中以获取粉红、灰绿、柔白以及标准的“床下灰”等各种不同的色度。她将这些东西剪好，摆好形状，然后小心翼翼地用胶水贴到背景上，做成类似云景的、多层次的各式图案。我被这种东西迷住了，真希望是自己首先想到了这一点子。“这就像做蛋奶酥。”悉拉说，“一阵冷气吹来你做的东西会彻底完蛋。”

乔迪是总负责人，她把我的画过了一遍，然后选定要展出的几幅。她选了几张静物，有《绞干机》《烤箱》《致命的天仙子》和《三个女巫》。《三个女巫》就是那幅画了三张不同的沙发的画。

静物之外，我展出的多数是象征性作品，不过也有两件分别用饮料吸管和未煮的通心面做的构成派作品；另外一件构成派作品叫《锡纸》。我本不打算将这些东西放进去，可乔迪喜欢。“家用材料嘛。”她说。

圣母马利亚那几张都展出了，还有就是所有那些关于史密斯夫人的画。我觉得有关她的画太多了，可是乔迪要这些作品。“这是作为反性感少女而出现的女人。”她说，“为什么总是画那些年轻漂亮的女人呢？看到有人怀着同情来画这正在逐渐衰老的女人的身体，这很好，有点变化嘛。”这就是乔迪写在作品目录中的话，只是写的时候更为夸张。

展览是在布洛尔街西头一家已经停业的小型超市里举行的。这家超市不久将被改造成一处专卖汉堡包的极乐地，但其间它空着，我们四个女人中有一个认识那位房主（一名开发商）的太太的远亲，想办法说服了房主让我们使用两周。她跟他说，文艺复兴时期，最有名气的公爵都以其美学品位以及对艺术的资助而著名，这一说法对他很有吸引力。他不知道这是个全是女人参加的展览；她只是告诉他："就是几个艺术家。"房主说只要我们不把这地方搞脏，他那里是没有问题的。

"还能怎么把它搞脏？"卡罗琳说。我们环顾四周。她没有说错，这里已经够脏的了。货柜和货架已被完全拆除，原先铺着油地毡的地面上撕出一个个窟窿，露出底下光秃秃的宽木板，电灯挂在灯箱里荡啊荡的，其中只有几只还能亮。不过付款台倒还在原处，几张已成碎片的标示牌在墙上耷拉下来，什么"特价：九毛五分任选三样"，"刚从加州运到"，"尽善尽美理想肉"……

"我们可以让这个空间为我们服务。"乔迪说。她双手插在她衣裤连在一起的工作服口袋里，跨着大步在屋子里到处走。

"怎么服务？"悉拉问。

"我以前的柔道也不是白学的。"乔迪说，"巧用对手的冲力，使他自已将自己摔倒。"[1]

具体做的时候，她这句话的意思是指：她拿来人家那块"尽善尽美理想肉"的标示牌，把它做进她的一件构成派作品中去。那是一件显得特别暴力的作品：一个女性人体

[1]　这是指巧妙利用劣势，变不利因素为有利因素，以取得自己理想中的成功或胜利。

模型被肢解得支离破碎，原本身上只穿着几根绳子和皮背带，最后做出来的样子却是她的脑袋被颠倒着夹在自己的腋下！

“假如你是个男的，做出这样的作品要被人踩死。”卡罗琳对她说。

乔迪甜甜一笑。“可我不是男的。”

乔迪布置了又布置，一共干了三天。在把所有那些玩意儿安排到位之后，还要去租桌子，然后把它们一张张拼起来以便开酒会，还要去买喝的和吃的。“喝的”和“吃的”是乔迪的话。我们买来以加仑计的大罐大罐的加拿大葡萄酒，买来端酒的聚苯乙烯泡沫塑料杯，买来椒盐脆饼和土豆条、包在塑料薄膜中的大块大块的切达干酪、“利兹”饼干等。这些东西是我们所能买得起的；另外我们彼此之间也有一条未说出口的规定，即食物一定要买平民型的，对此决不动摇。

我们的作品目录是几张油印的纸，上端一角用订书针钉在一起。这份目录理应是集体努力的结果，但实际上主要是乔迪的手笔，因为她具有那种写作的本领。卡罗琳用床单制作了一面旗帜，还给它染上色，看上去好像是有人把血弄到了上面。这面旗被挂到了外面大门的上方，上面是这样的字：

自由属于大家

“这么说是什么意思啊？”乔问。他上这儿假说是来接我，其实是想来看个究竟。他疑心我跟一帮女人泡在一起到底在干什么，不过他不会降低身份把这话说出来。尽管如此，他还是称她们几个为“女孩儿”。

“这‘自由属于大家’是个双关语。”我告诉他，不过我知道他已经看出来了。“这中间还夹裹着‘我们的’这个词呢。”[1]“夹裹着”也是乔迪说出来的词。

他没有发表评论。

正是这面旗将报社的记者引来了：这种事是新鲜的，以前没有过，它是一次事件，很有可能引起骚动。一家报社事先派来了一名摄影记者，他以开玩笑的口吻说：“来，姑娘们，弄几副胸罩烧给我看看。”说着对我们拍起照来。

“猪！”卡罗琳压低着嗓子说。

“冷静点。”乔迪说，“你一激动他们正高兴。”

展览开幕前我早早地来到画廊。我绕着展品踱来踱去，

[1] 原文“F（OUR）FOR ALL”既指“自由属于大家”，又指“我们四人属于大家”。F本来指“自由”（Free），但因为其中“夹裹着”“0UR”（我们的）一词，因而成为“四”（FOUR）字，一语双关。

又在这地方原先那几个过道里以及付款台四周来回地走。乔迪的雕塑就在付款台那儿，其姿态犹如T形舞台上的一个个模特儿。我从展着卡罗琳那些构成派被子的墙边走过；作品在呐喊，对传统秩序公然发出挑战。我认为这是很有力量的作品。比我的有力量。即便是悉拉那些面纱似的作品在我看来也具有一种自信和精义，有一种把握，而这些却是我自己的画所缺少的。在这么一个场合，与她们的作品相比，我的画显得太完整、太富于装饰性、太漂亮，仅仅是漂亮。

我偏离了主题，我没有能发出自己的声明。我只敲了一下边鼓。

我喝了几口糟糕透顶的葡萄酒，接着又喝了几口，感觉好了一些；不过我知道，待会儿我只会感觉更糟。那玩意儿口味跟你用焖罐炖东西时往里边放的可以使食物不老的东西差不多。

我靠在大门边的墙上站着，手不离那只泡沫塑料杯。我之所以站这儿是因为这是出口，同时也是入口；人们开始到来，接下来有更多的人到来。

这些人中许多，不，大多数，是女人。是各种各样的女人。她们留着长发，穿着长裙、牛仔裤或工装裤，戴着耳环或建筑工人式的帽子，披着淡紫色的纱巾。她们中有些也是画家，有些只是看上去像画家。这时卡罗琳、乔迪和悉拉也都来到了门口，只听到彼此在打招呼，有人在她们的胳膊上紧紧捏一下，在脸颊上吻一下，或兴奋地叫一声。她们的朋友似乎都比我多，那种关系密切的女性朋友。这事，这种没有朋友的情况，我以前还真是没有考虑过，我以为其他这几个女人也和我一样。她们是和我一样，那是以前。现在可不一样了。

当然，我有科迪莉亚。但我已多少年没有见到她了。

乔还没有到，不过他说他会来的。为了他能来我们甚至还临时请了个带小孩的保姆。我想也许我可以跟什么人调调情，跟某个完全不相称的什么人调调情，为了看看会有什么样的结果；然而机会不多，因为到的男人没有几个。我又倒了一塑料杯那可怕的、像红色腌泡汁一样的葡萄酒，端着它从人群中走过，努力不去感受身在众人外的滋味。

就在我身后，只听得一个女人的声音说："嗬，它们还确确实实与众不同！"这是典型的多伦多中产阶级太太们的贬损，是极度否定。说起贫民窟时她们就是用的这样的话。把这种东西挂到沙发上方不好看，这就是她的意思。我扭过头看看她：一身裁剪得很合身的银灰色套装，珍珠项链，一条光亮的围巾，一双昂贵的绒面革皮鞋。她对自己这话的公正性以及发表这评论的权利深信不疑：我以及我这类人之所以能在这儿办展览，完全是她们宽容大度的结果。

“伊莱恩，我想让你见见我母亲。”乔迪说。想到这个女人竟是乔迪的母亲真让我吃惊不小。“妈，那幅花是伊莱恩画的。你喜欢那幅？”

她指的是《致命的天仙子》。“噢，是的。”乔迪的母亲热情地微笑着说，“你们这些女孩子都这么有才气。那幅画我确实很喜欢，颜色漂亮极了。不过所有那些眼睛在那里面干什么？”

这话和我自己母亲可能会说的话是如此相似，我真是不存任何奢望了。我希望我母亲在这儿。这些作品中大多数她都不会喜欢，尤其是那些被分割得支离破碎的人体模型。她根本不会理解。可是她会微笑着找出一些漂亮好听的话说说。即便在最近，我也会对这种言不由衷的本领大加嘲讽。但此时我却需要这样的本领。

我又给自己倒了一杯葡萄酒，拿了一块上面涂了点干酪的“利兹”饼干。我的目光在人群中费力地寻找乔，寻找任何一个我可能认识的人。然而，我所看到的是那一个个脑袋上方的史密斯夫人的形象。

史密斯夫人正注视着我。她躺在沙发上，头上戴着她那顶如穆斯林妇女用的头巾似的礼拜日帽，身上裹着那条阿富汗毛毯。因为画中人物的姿态，也因为她身后那棵像芭蕉扇一样的橡胶榕，我给此画取名为《多伦多浴女：向安格尔致敬》[1]。她坐在一面镜子前，一半脸上的皮挂下来，很像我从前曾经看过的一本连环漫画书上的那个恶棍；这一幅名为《堕落》。她站在洗槽前，一只手上拿着那把恶毒的水果刀，另一只手上是一颗削了一半皮的土豆。这一幅名为《以·眼·还·眼》。

这画的旁边是《白色礼物》，共有四帧组成。在第一帧中，史密斯夫人被白色的手纸裹得严严实实，犹如一罐午餐肉或一具木乃伊，只有那颗脑袋露在外面，脸上挂着似笑非笑的表情，嘴巴紧闭。在接下来的另外三帧画中，包裹在她身上的东西逐步打开：先是看到她穿着印花连衣裙和围嘴似的围裙；接着是看到她穿着《伊顿目录图册》上那种读者感兴趣的肉色紧身胸衣——我估计这种东西她是不会有的；最后一帧画中，只见她穿着裤腿松垮肥大的棉布内裤，一只巨乳画了个横断面，露出里边她那颗心脏来。她的心脏是一只正在死亡的海龟的心脏，爬行动物的心脏，暗红色，已经有病。在这一帧画的底下从左到右印着一行字：上帝·的·天国·在·你·心中。

我为什么这么恨她，于我依然是个谜。

我的目光离开史密斯夫人，结果又看到另一个史密斯夫

[1]　安格尔（1780—1867），法国著名画家，古典主义画派的最后代表，长于肖像画，《浴女》是其代表作之一，画中人物妩媚动人。

人，唯一在动的一个！她刚刚进门，正一头冲我这边走来。她和画中的史密斯夫人年龄相同。她仿佛是从那墙上、那所有的墙上刚走下来似的：一样的生土豆似的圆圆脸，一样庞大的骨架，一样闪亮发光的眼镜，一样插满夹子的发冠。我的胃因恐惧而一下子紧缩起来，接着那可怕的仇恨在一瞬间直冲我心头。

但是，这当然不可能是史密斯夫人；到今天，史密斯夫人肯定比这人的年龄要大得多。也确实不是史密斯夫人。那插满夹子的发冠是一种视觉上的错觉：原来只是头发，只是开始灰白而被剪短了的头发。这是格雷斯·史密斯，毫无魅力，一副正义道德的面孔；她身着没有形也看不出年龄的色彩灰暗的衣服；她没戴戒指，也没有任何别的修饰。从她那高视阔步的样子——僵挺而浑身发颤，从她那抿得死紧的嘴唇，从突现在她那树根一样白色皮肤上的一块块似被臭虫叮咬过的雀斑，我看得出来，无论我报以多么柔和的笑容，我都无法将这次接触变成一场轻松的社交。

不管怎么样我还是试试。“是格雷斯吗？”我问。在一旁的好几个人话正说了一半，这时全都停了下来。这不是那种经常光顾艺术馆开幕式的女人，不管什么样的开幕式。

格雷斯迈着重重的脚步毫不客气地走上前来。她的脸比过去更胖了。我回想起她那些穿得走了形的鞋，那用莱尔线织的长筒袜，那一家人洗得薄而发白的内衣内裤，那贮藏着煤的地下室。我害怕她。倒不是怕她会对我做什么，而是怕她对我的评判。这不，评判来了。

“你真恶毒！”她说，“你是在亵渎神明。你为什么要伤人？”

能说什么呢？我可以称史密斯夫人并非格雷斯的母亲而只是一种创作。我可以提一提作品的形式价值，提一提精细的色彩运用。然而，《白色礼物》不是创作，它是史密斯夫人的一些照片，而且还是很粗鄙的一些照片。它是厕所里那种粗俗的刻画，只是处理得更有条理而已。

格雷斯避开我的眼睛注视着墙上：惊世骇俗的粗画不只是一张两张，而是许多张。史密斯夫人被处理成变形的样子，一幅接着一幅全都如此；她赤身裸体，被暴露，遭污蔑，一起遭殃的还有栗色天鹅绒长沙发，那棵神圣的橡胶榕，以及上帝的几个天使。我做的是太过分了。

格雷斯的双手变成了两只拳头，她那全是脂肪的下巴在颤抖，她的眼睛水汪汪的，呈粉红色，仿佛供实验用的兔子的眼睛。那是一滴泪吗？我倒吸了一口冷气，同时感到深深的满足。她出洋相了，终于出洋相了，而我正稳稳地控制着局面。

但我又看了一下，更仔细地看了一下：这个女人不是格雷斯。她看上去甚至根本不像格雷斯。格雷斯跟我年龄一样大，她不会这么老。只是类型上相似吧，仅此而已。这是个陌生女人。

“你应该为自己感到羞耻！”不是格雷斯的这个女人说。她眯起镜片后的那双眼睛。她举起了一只拳头，我手中那杯葡萄酒掉了下去。墙上地上溅了一片红。

她握得铁紧的手中原来是抓着一瓶墨水。颤抖着，她将墨水瓶的盖子旋开，我屏住呼吸，满心恐惧同时又心生好奇：她拿这东西是要砸我吗？因为她显然是想砸人。只听我们周围有人在喘着粗气，事情一触即发，卡罗琳和乔迪拨开人群朝前面冲来。

不是格雷斯的这个女人将瓶子连同墨水一齐径直朝《白色礼物》砸去。墨水瓶翻倒，“噔”一声落到地毯上，墨水从画中的天空部分往下泻，给史密斯夫人罩上了一层“派克牌可清洗蓝”的面纱。那女的投我以胜利的一笑，然后转身，这时却不是高视阔步，而是兔子似的朝门口直窜过去。

我双手掩口似乎要发出尖叫。卡罗琳将我揽进她的怀抱，紧紧地搂了我一下。她身上的气息如同一位母亲。“我打电话给警方。”她说。

“不。”我说，“画会恢复它原来的样子的。”这确实很有可能，因为《白色礼物》上了罩光漆而且是画在木头上的。也许连个凹口也不会留下。

有好几个女人朝我身边围过来，只听得她们的衣服在窸窸窣窣地响，只听得她们喁喁低语。她们抚慰我，安慰我，充满珍爱地在我身上轻轻地拍一下仿佛我受了什么惊吓似的。也许她们是出于诚意，也许她们真的喜欢我。事关女人，我实在说不清楚。

“刚才那人是谁啊？”她们问。

“某个宗教狂人。”乔迪说，“极端保守分子。”

这下人们可要以尊敬的目光对我刮目相看了：画出来的画居然能激起人家对着它扔墨水瓶，居然能激发如此狂怒的暴力行动，居然能叫对方发出如此怒吼，居然能如此招人耳目，这样的画一定具有一种奇特的、革命性的力量。在别人的眼中我将显得勇敢而具有大胆的创新精神。我的身上又被加上了某种英雄主义的特点。

报上称：女人打闹，羽毛飞舞。登的那张照片上只见我蜷缩在一边，两手捂嘴，背景是赤条条一丝不挂的史密斯夫人以及正在往下滴的墨水。我就是从这里了解了女人打斗为什么会成为新闻：这其中有一种挠痒痒似的逗人的东西，颠倒而富有喜剧性，犹如男人穿女晚礼服和高跟鞋。用报上的话说叫作“母鸡打架”。

展览本身招来了一些很不好的形容词，什么“生硬粗暴”“有攻击性”“尖刻伤人”等等。获此称号的主要是乔迪的雕塑和卡罗琳的被子。悉拉的棉绒风景被称为“主观”“含蓄”“脆弱”。和她们几个相比，我得以轻松逃脱：“未经正规训练的超现实主义，含着一块女权主义的柠檬。”

卡罗琳又做了一面鲜黄色的旗帜，上面用红色写着“生硬粗暴”“有攻击性”以及“尖刻伤人”的字样，并将旗帜挂到了门外。人们蜂拥而至。

63

我在等着，在一间等候室等着。等候室里有几把难以形容的淡颜色的木头椅子，椅子座位上套着橄榄绿的皮革，椅子之外还有三张茶几。这家具是对十年或十五年前早期斯堪的纳维亚式家具的笨拙模仿，如今已彻底过时。在其中的一张茶几上摆了几本被翻脏了的留有众人指印的《读者文摘》和《麦克利恩》杂志，另一张茶几上是一只烟灰缸，白色，玫瑰花芽状的边饰。地毯是橙绿色，四壁是劣等的黄色。墙上有一幅画，平版印刷品，画的是两个忸忸怩怩模样可憎的儿童，身着假农民的服装，依稀像是奥地利人，正撑着棵蘑菇当雨伞。

房间里散发出一股陈腐的香烟味、旧橡胶味以及紧贴着肉穿了很长时间的衣服的味道。而盖过这一切的，还是从远处走廊那边慢慢传过来的清洗地面的消毒剂的味道。房间没有窗户。这屋子让我感到紧张不安，就像手指甲在黑板上划过时发出的尖厉声那样让人紧张不安。它又像一间牙科医生的候诊室，或是那种你等待工作面试时待的屋子，而那份工作你其实并不想接受。

这是一所秘密开设的私家精神病院，名叫休养所，“多萝西·琳德威克休养所”。它是这么一种地方：那些有钱人，因为不想让家中被认为不适合在公共场合四处乱跑的成员被强行带到王后大街九百九十九号——那是个既惹眼又不属私家的所在，就私下里将他们悄悄送到这儿来了。

王后大街九百九十九号既是个真实的地方，又是中学生们用来指一切可能想象得到的疯人院、精神病院或关疯子的地方的一个简称。那时候，因为我们从未见过这种地方，只好发挥想象力。我们常常说：“王后街九九九”，说着将舌头伸出来歪到嘴的一边，或扮斗鸡眼，或用食指在耳旁做画圆的动作。疯子的形象或动作那时被认为很有趣，就像其他现实生活中其实令人恐惧和极其丢脸的事一样。

我等的是科迪莉亚。或者说，我认为应该是科迪莉亚：电话里她的声音听起来不像是她的，而是比从前要慢，并且似乎有点被搞坏了。“我看到你了。”这就是她电话里的话，那意思好像我们仅仅五分钟之前还在一块说话似的。其实我们彼此不见面已有七年、八年或九年了，上一次相见还是她在斯特拉特福莎士比亚戏剧节上演出的时候，是我和约瑟夫在一起的那年夏天。“在报纸上。”她又加了一句。接着是短暂的停顿，仿佛那是问我的一个问题似的。

“没错。”我说，随即我提到，我知道我应该这么说，“咱们聚一聚吧。”

“我出不去。”科迪莉亚说，还是那放得很慢的声音，“你得上这儿来。”

于是我到了这里。

科迪莉亚从房间远处那一头的门进来了，她小心翼翼地挪着步子，似乎在保持着身体的平衡，又像是瘸了腿。可是她并没有瘸腿。在她身后是另一个女人，一脸带薪护理员的乐观假笑，笑起来满口是牙。

我费了好一会儿工夫才认出科迪莉亚，因为她看上去跟原来完全不一样了。或者说得更确切一点，跟我上一次见到她时不一样了；那时她穿着下摆很宽的棉布裙，戴着很粗的原始手镯，样子优雅而自信。如今，她要么处在身体早期的突变期，要么处在晚期的突变期：原本品位高雅的柔绿色粗花呢以及裁剪得很合身的衬衣这时候穿在她身上显得人肥肥胖胖跟妇女似的，因为她已经长体重了。她真长体重了吗？肉是见长了，但肉是朝她身体的中间部位发展，仿佛烂泥朝山下滑去似的。长长的骨头往上去，在脸的表面凸出来，骨上的皮往下坠，仿佛受到无法抵御的地心吸力的牵引。我能想象她老了会是什么模样。

有人帮她做了头发。她是不会做的。她永远也不会将头发做成像这样的一个个小小紧紧的波浪。

科迪莉亚很犹豫地站在那里，她稍稍眯起眼睛，头往前冲着，身子极其轻微地左右摇摆，几乎察觉不到，这样子就跟大象或某种动作迟缓、困顿的动物无异。“科迪莉亚。”我说着站了起来。

“这是你的朋友。”那女的说。她一直在笑着。她拉着科迪莉亚的胳膊，还轻轻地拖了她一下叫她朝我这个方向走来。“你原来在这里！”我说。我已经跌入一个圈套，对她说话跟对小孩子说话似的。我迎上前，很别扭地吻了她一下。令我吃惊的是，我居然发现自己见到她很高兴。

“迟见到总比永远见不到好。”科迪莉亚说，用的还是我在电话里听到的那种迟疑而沉重的声音。那女人把她引到我对面的椅子，稍稍推了她一下叫她坐下，那情形仿佛科迪莉亚已经上了年纪而且脾气还很倔似的。

我突然感到一阵愤怒。没有人有权利如此对待科迪莉亚。我绷着脸瞪了一眼那女人，她说：“你能来真好！科迪莉亚喜欢有人来看她，是不是，科迪莉亚？”

“你可以带我出去。”科迪莉亚说。她抬头看看那女人，希望得到她的同意。

“是的，没错。”那女人说，“喝喝茶什么的可以。只要你保证把她带回来，我是这个意思！”她开心一笑，好像这是句玩笑话似的。

我把科迪莉亚带到了外面。多萝西·琳德威克休养所在海厄公园内，这是我以前从未来过的郊区，附近的路很不熟悉，但是往前走几个街区有一家街头咖啡店。科迪莉亚知道那家店，也熟悉那边的路。我不知道该不该牵着她的胳膊，所以没有牵；我挨着她往前走，每到交叉路口就十分当心，仿佛她是个盲人，脚步也慢下来跟她保持一致。

“我一点钱也没有。”科迪莉亚说，“他们不让我身上有一点钱。我抽的烟都是他们给买的。”

“那样也好。”我说。

我们动作缓慢地进入一个小隔间，点了咖啡和两份丹麦烤酥皮饼。东西是我点的，我不想叫女服务员瞪着眼睛看我们。科迪莉亚摸摸索索掏出了一支香烟。她点烟的手在抖。“耶稣的绿头睾丸熊熊燃烧！”[1]她费力地说出这几个字的音节来。“能从那个地方跑出来真好。”她努力一笑，我也跟着一笑，同时感到我应为此事负责并受到指责。

我应该问问她的情况：我们彼此没有相见的这些年她在干些什么？她表演的事怎么样了？后来情况如何？她有没有

[1] 科迪莉亚神经错乱说出的一句疯话。但也可能指她手中擦亮的一根火柴。

结婚、生小孩？到底发生了什么事，最终将她弄到了现在这个地方？但所有这些都无关紧要。它们跟什么东西似的，既可拆下又可加上。关键的是科迪莉亚，她眼下的状况。

“他们他妈的到底让你服了什么？”我问。

“某种镇静剂。”她说，“我恨这种东西。我服了会淌口水。”

“为什么服镇静剂？”我说，“你究竟怎么最后会到这精神病院来的？你和我一样一点也不疯啊。”

科迪莉亚看着我，吐了一口烟。“那时我的情况不太好。”她过了一会儿说。

“结果呢？”我说。

“结果，我就吞安眠药了。”

“啾，科迪莉亚！”我的心中像有一块刀片从中割过，又如眼看着一个孩子跌下去，嘴巴张着磕到了石头上，“为什么？”

“我不知道。就那么来了。我当时很累。”她说。

告诉她干这样的事不应该已毫无意义。我还是用中学时的老办法：问她细节。“那么你昏死过去了吗？”

“是的。”她说，“为了干这事，我登记住进了一家旅馆。可是他们察觉了——是那个经理还是谁。我得洗胃。那可真是难受死了！搞得人要吐，不妨这么说吧。”

她做出一个像是要笑的动作，只是她的脸太僵硬了。我觉得自己可能要哭了。与此同时我又对她感到愤怒，我也不知道为什么。好像科迪莉亚把她自己摆到了我以外的地方，我够不着，我力不能及。她放纵了对自己的看法。她迷失了。

“伊莱恩，”她说，“带我出去。”

“什么？”我说，猛地一下回过神来。

“帮我离开这地方。你不知道这里的情况。人一点隐私都没有。”这是她有生以来最近乎恳求的话了。

我忽然想到一句话，那还是当年男孩子们星期六下午看连环漫画书时留下来的：选对手就要选和自己能耐相当的人。“我怎么做呢？”我说。

“你明天来看我，我们找辆出租车就走。”她见我犹豫不决，“或者把打车钱借我。你需要做的就是这个。我可以把早上的药片藏起来不吃，这样我就没问题了。我知道都是那些药把我弄成现在这个样子。我需要的只是二十五块钱。”

“我身上没带多少钱。”我说。这可是真话，不过也是个托词。“他们会逮着你的。他们会知道你没吃药。他们能看出来。”

“我随便哪一天都能糊弄他们。”科迪莉亚说，一瞬间又亮出了她从前那点狡猾。那当然啦，我心想，她是演员嘛。或者说，她过去是演员。她什么东西都能装。“不管怎么说，那些医生也太蠢了。他们问所有那些问题，我说什么他们都相信，还都记下来。”

这么说，这里还有医生。还不止一个。“科迪莉亚，我怎么负得了这个责？我连谈都没有谈，跟任何人都没有谈一下。”

“他们全是蠢驴。”她说，“我什么毛病也没有。你知道，你刚才自己说过。”在那张紧锁着的、肌肉已开始往下挂的脸的后面，我看到的是一个发狂的孩子。

我的眼前出现一幅营救科迪莉亚、将她偷偷带走的图像。我可以这么做，或者做类似这样的事；可是，之后她又落到哪里去呢？藏到我们家的套间，睡在临时搭起的床上，就像以前那些逃避兵役的人，或者像个难民，像个被迫离开家园的流浪者，跑到厨房间猛抽烟，这样会搞得乔一肚子纳闷这女的究竟是他娘的谁，怎么跑这儿来了！眼下，我和乔之间的事还没有扯平，我说不准能否负担起科迪莉亚的生活。乔脑子里本来就一直在算着账，要是再加上科迪莉亚这么一笔，我可是又横添了一条罪状。另外，我自己眼下也感觉四分五裂，碎片还没有用胶水粘回去。

还有萨拉要考虑。萨拉会不会喜欢这个“科迪莉亚阿姨”？科迪莉亚对小孩子怎么样？而且，不论怎么说，她的脑子到底病到什么程度？哪天我回到家发现她躺在卫生间的地上人已经冷了，或者更糟，这样的事会离我多远？也许就在某个血色的黄昏。乔的工作台简直是个军库，上面到处散放着小锯子、小凿子。也许只是一场闹剧，很浅的在皮肤上拉那么一两道口子，不过是她的老一套：演戏给人看，只是演戏的人不会比她怕冒险，而是更冒险。为了角色的利益，演戏的人往往什么都可以牺牲。

“我不能，科迪莉亚。”我温和地说。可是我对她没有温和的感觉。我在沸腾，我满腔怒火，这怒火既无法解释又表达不清。*你竟敢来求我？*我想扭断她的胳膊，我想把她的脸摁到雪地里来回地擦。

女招待将账单拿来了。“你吃好了吗？”我对科迪莉亚说，试图将气氛搞得轻松一点，也是想换个题目谈谈。但科迪莉亚从头起就没有傻过。

“这么说你是不愿意了。”她说。然后，她一脸哀愁地说：“我猜想你一直在恨我。”

“不。”我说，“我为什么要恨你？我没有！”我十分震惊。她为什么会说这样的话？我记不得曾经恨过科迪莉亚。

“无论怎样我都要出去！”她说。此时她的声音已不再沉重、犹豫。她又露出我记得的她多年前那副倔强、反叛的表情：*那又怎么样？*

我陪她走回去把她安顿下来。“我会来看你的。”我说。我是有这样的打算，但同时也知道机会很少。我对自己说，她会好的。中学快念完的时候她就像这样，后来一切都好转了。以后一切也会好转的。

在回来的有轨电车上，我看到了一些广告：有啤酒，有巧克力，有正在变成一只鸟的胸罩。我假装轻松。我感到自由，身轻如燕。

然而我并没有自由，我摆脱不了科迪莉亚。

我梦见科迪莉亚从一处悬崖或是桥上往下掉，背景是黄昏；她双臂展开，裙子吹起像一只喇叭，在空空荡荡的空中现出一个白雪天使的形象来。她永远没有碰到什么东西，也没有落地；她只是在往下掉，掉；我醒来时心咚咚地跳，身底下的引力被割断，仿佛人在一部失去控制直往下坠落的电梯之中。

我梦见她站在从前那所玛丽女王学校的校园里。学校已经不在了，除了一块地，除了后面那座长着矮小的常绿树木的小山，别的什么也没有了。她穿着她那件滑雪夹克，可她不是个孩子，她是她现在的年龄。她知道我已将她抛弃，并因此而愤怒。

一个月之后——也许是两个月，三个月，我给科迪莉亚写了一封短信，用的是那种写字空间不多的印花信笺。我特意购买了这种信笺。我的信尽写些虚情假意的开心话，我几乎不忍心舔湿信封口盖将信封起来。在信里，我提出再去看望她一次。

但是，我的信被退了回来，上面潦潦草草涂着一行字："地址不详。"我从每个角度仔细看这笔迹，试图辨出它可不可能是科迪莉亚仿照别人写的。如果不是，如果她不再在那家休养所，她又上哪里去了呢？她可能随时按响我们家的门铃，随时来电话。她去哪儿都可能。

我梦见一个人体模型的雕塑，就像乔迪在展览上展出的一件作品，它被劈开，然后又被重新粘到一起。它除了一件薄纱似的、缀满闪闪发光的小饰片的服装外什么也没有穿。雕塑到脖子那儿就没有了。在它的胳膊底下，用一块白布裹着的，是科迪莉亚的脑袋。

第十二章　一只翅膀

64

在一处停车场的角落，在那些奢华的时装店中间，他们重新搭建了一家四十年代的小餐馆。它取名为“四 D 餐馆”[1]。不是翻修改造，是全新的。

这样的破玩意儿他们一度拆都来不及拆。

餐馆里面倒还颇像那么回事，只是看上去过分清洁了，而且与其说是四十年代还不如说是五十年代初更确切。他们做了一张摆有汽水桶的工作柜台，沿柜台摆放着一排酸橙绿面子的坐凳；那一个个用聚乙烯塑料薄膜贴墙的小隔间亮闪闪发着紫颜色的光，看上去颇像是早期折篷游艇上装着的鲨鱼鳍板的皮。一台投币式自动唱机，几个铬合金衣帽架，墙

[1] 原文为“4—D’S Diner”。“4—D’S”发音与“forties”（四十年代）十分相近，故实为“四十年代的餐馆”之意。

上几张粒子很粗的黑白相片，这些倒都是真正的四十年代小餐馆的摆设。女招待穿着饰有黑色搭襻的白制服，不过她们口红的色度还不太对，她们应该将口红在嘴边周围那么绕一圈。男招待头上斜戴着冷饮柜服务员戴的帽子；他们的发型是对的，脖子后头就是那种齐根短发。他们的生意做得很红火。大多数是些二十来岁的小孩子。

说真的，它像“阳光坡”，不过重新装修了一下，搞得像个博物馆似的。他们倒可以把我和科迪莉亚制成标本或做成蜡像摆到这里来，可以让我们穿上宽袖蝙蝠衫，扎上肚带，喝着奶昔，一脸无精打采。

上一次我见到科迪莉亚时，她在穿过那家休养所的大门往里去。那是我最后一次跟她说话。然而，这可不是她最后一次跟我说话。

没有球芽甘蓝和豆芽三明治，咖啡也不是经蒸汽加压煮出的浓咖啡，馅饼夹的是椰子奶油，倒一点也不比当年差。我吃的就是这咖啡和馅饼；我坐在其中一间紫颜色的包间里，看着年轻人因为这个在他们看来是古色古香的氛围而欢呼雀跃。

人身在过去之中是不觉得它多么古色古香的。只有等到后来，等到过了可靠的一段时间之后才会有此感觉，那时你会把过去看成是一种装点，而不会把它看作自己的人生被硬挤入其中的那个框架。

如今他们还弄来了用绿皮密生西葫芦做的埃尔维斯·普雷斯利[1]的模型：当西葫芦还很小的时候，你用这种模型紧紧地固定在它的周围，随着西葫芦慢慢长大，它便逐渐变成埃尔维斯·普雷斯利的头形。这就是他唱歌的原因吗？为的是变成一只西葫芦？时下素食主义和生死轮回观念十分流行，但这扯得太远了。我要是有来世还是做一只潮虫好了，我是说我自己；或者做一只被人用旺火煸炒的虾子。当然，我猜想人们的看法总的来说还是善意的，总比下地狱要好吧。

“你们搞得不错。”我对女招待说，“当然价格都不对。那时候一份咖啡是一毛钱。”

“真的。”她说。她没有说成：“真的？”出于职业要求，她冲我微微一笑，意思好像在说：讨厌的老古董！她年龄只有我的一半，却已经在过着一种我无法想象的生活。无论她有什么样的过失，无论她有什么样的仇恨或恐惧，都跟从前人的不一样了。面对艾滋病，这些女孩采取了什么措施？她们不可能像我们当年那样只是在干草堆上乱滚一气。如今的求婚仪式是否包含互相交换医生的电话号码以便就有关事情

[1] 埃尔维斯·普雷斯利（1935—1977），美国著名流行歌星，人称“猫王”。

向他们咨询？对于我们，怀孕是件吓人的事，是一个性陷阱，碰上这种事你就完了。如今再也不是这情形了。

我付了账，又多给了点小费，收起我的几只包，其中有送给我两个女儿的意大利围巾，她们一人一条，还有送给本的一支自来水笔。自来水笔又成时尚了。在地狱边境的某一处，所有那些旧装置、旧用具、旧服装全都排好了队伍，在等着轮到自己重新进入人们的生活。

我沿着大街往拐角走去。下一条街就是约瑟夫曾经住过的那条街了。我一间间地数着那些房子。这一间肯定是他的了。房子的门面已被拆除，全都换成了玻璃，草地成了铺路石。从橱窗中可以看到里面有一匹古董似的儿童木马，一条磨损得已露出线头的破被子，一个脸已被毁坏、脑袋是木制的洋娃娃。一度是要扔弃的废物，一回收便成金钱。没有什么比价格标签这样的东西更随意了，上面所标的价格简直无耻，叫人无法容忍。

我不知道约瑟夫最终怎么样了。假如他还活着应该是六十五岁或者更老。如果说他那时就是个可鄙的老家伙，如今又该是怎样的可鄙了呢？

他还真的搞了一部电影。我想是他做的；不论怎么说，那导演的名字和他的一模一样。我是在一个电影节上偶然看到那部影片的。那是很久以后的事了，其时我已住在温哥华。

电影说的是两个性格朦胧头发也朦胧的女人的故事。她俩在田野里漫无目的地走，风将她们薄薄的衣裙吹得紧贴在大腿上；她们凝视的目光不可捉摸。其中一个因为神经错乱拆了一台收音机，将零件扔进了一条小溪，吃了一只蝴蝶，还割了一只猫的喉管。假如这女的不是金发碧眼，相貌脱俗，而是很丑，她干的这些事也不会那么吸引人。另一个女的用一把曾经属于她祖父的老式折叠剃须刀在自己大腿上划了几道小小的口子。影片快结束的时候，她从一座铁路立交桥上跳入了一条河中，跳时衣裙飘起形同一片翻起的窗帘。除了头发的颜色不同外，两人难分彼此。

影片中的男主人同时爱上了这两个女的，他拿不定主意，因而导致两人发疯。我之所以坚信这片子的导演肯定是约瑟夫，原因也在这里：他不会想到，两个女人发疯除了有来自男人的因素外，可能还有其自身的原因。

这部片子中的血没有一滴是真血。女人对于约瑟夫来说是非真实的，一如他在我眼中是非真实的一样。这也是我之所以能以那样的蔑视与冷漠对待他的痛苦的原因：他是非真实的。我之所以从未梦见他，是因为他已经属于一个梦的世界了：不连贯，荒诞无理性，令人困惑。

当然，我是对他不公平，但是我不那样的话自己会落到什么地步呢？遭束缚，受控制。年轻女人需要不公平，这是她们不多的几种防卫手段之一。她们还需要皮厚，需要无知。她们在黑暗中沿着高高的悬崖边走，自个儿哼着曲子，以为别人伤害不到自己。

我不能因为这部影片而指责约瑟夫。和我一样，他有权做出自己的解释，有权有自己的构想。我也许已经满足了他的愿望，然而他也满足了我的愿望。

比方说，此时此刻有《人体素描》这么一幅作品在画廊的墙上挂着，约瑟夫形同一只味道可口的花色肉冻冷盘。他在画面的左侧，赤条条一丝不挂，只是身体半扭着背对观众，这样你看到的先是那个屁眼，接着是他躯干的侧面。画面的右边是乔，姿势和约瑟夫一样。他俩的身体多少有几分理想化：体毛不如实际的多，一组组的肌肉线条也比实际的分明而清晰，皮肤很有光泽。考虑到多伦多的实际，我曾想给他俩加一条乔基牌三角短裤，但最终还是决定不加。他们俩都长着极漂亮的屁股。

两个人都在画画，每人的画都在画架上。约瑟夫画的是一个性感而并不过分肥胖的女人，她坐在一张凳子上，两腿之间很随意地搭着一块布，双乳裸露着；她那张脸是拉斐尔前派风格的，沉思着，有意识地显出神秘的样子。乔的画是一系列内脏似的弧圈，颜色有热烈的粉红、波纹状的树莓绛红和勃艮第樱桃紫。

模特儿坐在他俩中间的一张椅子上，脸朝前，赤着的双脚平放在地板上。她身上是一条白色的床单，床单紧紧地裹着她乳房以下的身子。一双手样子很好看地叠放在腿上。她的头是蓝兮兮的一个玻璃球。

我和乔坐在公园广场饭店屋顶酒吧的一张桌子旁喝着白葡萄汽酒。想再看一看这地方是我的建议。从外面看，建筑物的空中轮廓线已经改变：公园广场饭店已不再是周围最高的建筑，而成了过去留下来的一个矮子，与周围拔地而起的线条流畅分明的高塔一样的玻璃建筑一比真是相形见绌。饭店的正南是 CN 电视塔，高高地耸立在那里犹如一根倒挂的巨型冰柱。这种建筑人们过去只在科幻的连环漫画书上见到，看到这种建筑被扁扁地贴在湖天一色的背景之下，我感到在时间上我不是往前跨了一步，而是往旁边跨了一步，跨进了一个只有两维的宇宙。

但是在酒吧里边倒没有太多的变化。这地方看起来依然像个摄政时期的高级妓院。甚至那些头发梳理得一丝不乱、神情苦恼、提心吊胆的男招待们样子也还跟从前一样；他们很可能真是跟从前的男招待一样。饭店的管理部门过去还为那些忘记戴领带的先生们在存衣处准备了领带。“忘记”这个词是用对了，因为毫无疑问，没有哪位先生会故意不戴领带就前来此地。当年，穿了裤套装的女人强行进入这里可是件大事。那是一名漂亮时髦的黑人模特儿干的；他们还不能拒绝让她进来，因为她可以以对方搞种族歧视为由对他们加以抨击。即使对这一事件的记忆，以及伴随这记忆的一点胜利的小小激动，也显出我老了，落伍了：如今，什么样的女人还会认为穿一身裤套装居然是解放的表示呢？

我过去不跟乔来这儿。那时，对时兴的用皮革蒙面的椅子，对从明晃晃的威士忌广告上剪下的男男女女，乔见了一定会嗤之以鼻。我是跟约瑟夫常来这儿；我常常将手伸过桌面去摸约瑟夫的手，不像现在这样，摸的是乔的手。

我摸的是他的手指尖，只是轻轻地摸。这一次我们没有多说话，从前吃午饭时那种激烈的斗嘴此刻一点也没有了。我俩之间有一种共同的语汇，那便是寡言和沉默；我们知道我们为什么会上这儿来。乘电梯下楼去的时候，我朝墙上那烟灰色的镜子里看去，我看到被岁月模糊了的这面黑乎乎的镜子里我的那张脸。镜子仿佛一块长满了苔藓的石头。镜中的我可以是任何年龄。

我们打车回到那座仓库；在车上时我们的手并排安放在座位上。我们爬上通向工作室的楼梯，爬得很慢，以防爬得上气不接下气；我们俩谁也不愿叫对方逮住，说到底也都人到中年了。乔把手放在我的腰部。这是一个熟悉的位置，就像你知道自己曾经住过却多年没有回去的屋子里的电灯开关在什么位置一样。我们到了工作室的门口，进门前，他轻轻拍了拍我的肩膀；这是一个鼓励的举动，一个充满怀旧的、个性归于平淡的举动。

“别开灯。”我说。

乔伸出双臂抱住我，他的脸扭过来看着我的脖子。这姿势与其说意味着欲望，还不如说显示着疲惫。

工作室里呈秋天黄昏特有的灰中带紫的颜色。石膏做的胳膊和腿发着白光，犹如废墟中被捣碎的雕塑。角落里散放着我的衣服；工作台上，窗户旁边，东一只西一只到处放着空杯子，它们占着地方，标示出我每天在这里活动的迹象。这间屋子如今看上去倒像是我的了，无论我还去过别的什么地方或做过别的什么事，我一直生活在这间屋子里。离开这儿的是乔，如今他终于回来了。

我们开始互相脱衣服；从前开始时我们常常这样，现在只是更不好意思了。我不想显得笨手笨脚。我很高兴此时已是黄昏；我感到紧张，我意识到我大腿的后部是何模样，意识到膝盖以上皮肤已开始起皱，意识到腹部那一叠软沓沓的肉——虽说确切讲来还不是脂肪而只是皮肉松皱。他胸口的毛已经发灰，真让我一惊。我避免去看他身上长出的那个小啤酒肚，不过我意识到它的存在，意识到他身体上出现的变化，正如他肯定也已经意识到我身体上出现的变化一样。

我们亲吻，亲吻时郑重其事，这是我们从前所缺少的。从前我们是急不可耐的，自私的。

我们做爱，为的是享受那份舒服。我认出他的风格，即便在完全的黑暗中我依然能认出他的风格。每个男人做爱时都有其独特的节奏，而这一节奏将保持始终。在这其中人得到一种宽慰，仿佛老朋友的问候似的。

我并没有觉得我是在对本不忠，我只是在忠于某种比他先到、与他无关的东西。偿还一笔旧账。

另外，我也知道这样的事我永远不会再做。仿佛是人在离开某个曾经游览过、奢享过而清楚自己不会再回去的地方前，最后再看它一眼。在一个黄昏对着尼亚加拉瀑布最后一瞥。

我们一起相拥在羽绒被下。以前究竟为什么事打闹此刻已很难想起来了。过去的愤怒已经消失，随之消失的还有我们曾经对对方怀有的那种夹带了紧张不安与猜忌的欲望。剩下的是柔情，是后悔。渐趋平淡。

“来参加我的开幕式吗？”我说，“我想要你来。”

“不。”他说，“我不想来。”

“为什么不想来？”

“我会感觉很糟糕的。”他说，“我不愿看到你那种样子。”

“什么样子？”我问。

“所有那帮人缠着你喋喋不休的样子。”

他说这话的意思是他不想只做一个旁观者，而所有那一切事都没他的份儿。他是对的。他不愿意只是以我前任丈夫的身份出现。他会觉得自己被剥夺了一切，一无所有，既失去了我，也失去了他自己。我意识到我也不想叫他来，我并不是真的要他来参加开幕式。我需要他来，可是我又不想叫他来。

我翻过身，侧靠在枕头上；我再一次亲吻他，这次是在脸上。他耳朵后面的头发已开始发白。我想，刚才那事我们干得正及时，不然就怕是太晚了。

65

和乔在一起的生活像是从楼梯上往下跌。到目前为止一直还只是最初的跌跌绊绊，跌倒了又爬起来，努力抓住一切可以搭手的东西。但是现在，所有的平衡都已失去，我们俩掉头朝下猛跌下去，弄出许多声音，也不顾样子好不好看，一边跌一边还在不断地积蓄势头、增添摩擦。

我带着一腔怒火入睡，害怕醒来，而当我真的醒来时却依然在乔那个熟睡的身体旁躺着，在我们的床上躺着；我听着他有节奏的一呼一吸，非常痛恨他依然能控制得像个没事人一样。

连续几个星期他都比平时更少言寡语，也比平时更少回家。说他更少回家是指我在家的时候。我上班不在家的时候他会在家，即使萨拉去了幼儿园也是如此。我开始发现一些迹象，发现一些小小的线索，它们犹如故意撒落在路上的面包屑，障我耳目：带着粉红色唇印的香烟，洗槽中两只用过的玻璃杯，枕头底下一只并不属于我的发夹，等等。我一声不响收拾起这些东西，将它们像宝贝似的藏好，以便将来更需要它们的时候能用得着。

“有个叫莫妮卡的人打电话找你。”我告诉他。

这是早上，还有一整天的时间需要挨过。一整天互相躲着，一整天强压着怒气，一整天假装风平浪静。到如今，我们早已不再互相扔东西了。

他正在看报纸。“喔？”他说，“她要干吗？”

“她说只要告诉你莫妮卡来过电话。”我说。

他夜里很晚才回来；我已上床，我假装睡觉，脑子里却在翻江倒海。我在想可以耍一些花招：检查他的衬衣看看是否有香水味，跑到街上盯梢，藏在衣橱里，发现情况即跳出来喷火。我还想到我可以采取别的措施。我可以带着萨拉出走，上某个并不确定的地方去。或者我可以要求我们一起把事情谈谈清楚。我也可以装着什么事都没有发生，一如既往地继续我们的生活。这是十年前的女性杂志可能会提供给人们的忠告：等待暴风雨渐渐消退。

我把这些都看作是电影的分镜头脚本，供演出使用，演完即扔弃。也许是在同一时间里演，互不干涉。

在实际生活中，日子还是照常进行，只是变得越来越灰暗，犹如严冬。无言的沉闷。

“你跟约大叔有过事，是吗？”乔很随意地问了一句。这是一个星期六，我们试图做出一副日子过得还很正常的样子，将萨拉带到格兰其公园去玩雪。

“谁？”我说。

“你知道。叫约瑟夫什么的。那个老呆瓜。”

“喔，他。”我说。萨拉已跟其他几个小孩跑到远处的秋千那儿去玩了。我们将一张长凳上的雪弄掉在上面坐着。我觉得我应该去堆一个雪人，或者干点好母亲应该干的别的什么事。然而我太累了。

“有过，是吗？”乔说，“就在跟我好的同时。”

“你怎么会有那样的想法？”我说。我清楚他是在指控我。我在心里盘点着可以用来回敬他的一发发炮弹：发夹，口红，女人的来电，洗槽中的玻璃杯。

“我不是个弱智，你知道。我那时就察觉了。”

这么说他自己也是妒忌的，也有他自己的伤口要舔。那是我加到他心头的痛苦。我应该撒个谎，把一切推得干干净净。但是我不想。此时此刻，约瑟夫让我感到有几分小小的骄傲。

“那是许多年前的事了。”我说，“几千年前的事，无关紧要。”

“狗屎！”他说。我以前曾经想，假如他发觉了约瑟夫的事他会讥笑我的。令我吃惊的是，他竟然还很把对方当回事!

那天夜里我们做爱了，如果还可以用做爱这个词的话。它没有爱的形，也没有爱的色彩，而是粗糙，充满火药味，像金属与金属的碰撞。有些事情被证实了，有些被否定了。

到了早上他说:“还有谁？”突如其来，没头没脑。“我怎么知道你那时没有往周围每一个下三烂的狗窝里蹦？”

我叹了一口气。“乔，”我说，“别孩子气了。”

“比尼·威尼先生怎么样？”他还是不放。

“欧，得了，”我说，“你那时也算不上什么天使。你那地方满地爬着那些皮包骨头的女孩子。你不讲任何原则，还记得吗？”

萨拉还在她的小床上没有醒。我们是安全的，我们可以好好谈谈这事，说说那些也并非全都属于事实的臭事。这种事你一旦开了个头还真不容易刹住，其中甚至还别有一番风味。

“至少我那是公开的。”他说，“我没有鬼鬼祟祟。我没有像你那样装得他妈的那么纯洁那么忠贞。”

“也许我那时爱你。”我说。我注意到自己用的是过去时。他也注意到了。

“你在爱情上栽了，哪会懂得什么是爱！”他说。

“莫妮卡不是吗？”我说，“你现在就不是很光明正大。我在我自己的床上发现了这些头发夹子。你们至少也可以讲点脸面找个别的地方去搞啊！”

“你又怎么样？”他说，“你老是出去，你到处跑。”

“我？”我说，“我可没有那工夫。我没有工夫思考，没有工夫画画，几乎连拉屎的工夫都没有。我满世界的忙，忙着挣钱付他妈的房租。”

我说出了最糟糕的话，我做得太过分了。“是这样。”乔说，“总是你，总是你做出贡献，总是你在忍耐。从来都不是我。”他拿过夹克，一头朝门口冲去。

“去会莫妮卡？”我说，尽可能将恶毒的话挖出来刺他。我讨厌这种校园里常见的斗嘴。我希望得到拥抱，眼泪，谅解。我希望这些能自动到来，不需要我这方做任何努力，就像雨过天晴后自动出现彩虹。

“特里莎，”他说，“莫妮卡只是个朋友。”

是冬天了。暖气一会儿有一会儿没有，全无规律。萨拉感冒了。她夜里咳嗽，我起来用调羹喂她喝咳嗽糖浆，又给她弄水喝。到了白天，我们俩都筋疲力尽。

这个冬天我自己也经常生病。萨拉的感冒老传染给我。周末早上我常常躺在床上不起，我看着头顶的天花板，脑袋木木的跟堵了棉花似的。我想喝杯干姜水或榨橘子汁，想听到从远处传来的收音机里的声音。但这一切永远地过去了，如今没有任何东西会有人端着托盘送到你跟前。如果我想喝干姜水，我就得上商店或厨房，要么买要么自己动手倒。萨拉在那间主厅看她的卡通片。

我完全不再画画了。我无法考虑画画的事。虽然我收到了政府一个艺术项目一笔数目不大的资助金，我却不能收拾身心举笔作画。我每一点时间都很紧，我得上班，上银行取钱，上超市买吃的。有时我也看看电视里播放的日间肥皂剧，剧中危机不断，衣物光鲜，而实际生活中并非如此。我还要照顾萨拉。

别的任何事我都不干了。我不再参加那种女性的聚会，因为它们只会让我感觉更糟。乔迪来电说我们应该聚聚，可我把她敷衍过去了。她会用甜言蜜语哄我入伙，提些令人振奋的、富有建设性的积极建议来诱我，而我知道自己做不到，要辜负她的期望，那样的话我只会更加觉得自己是个失败者。

我不想见任何人。我躺在卧室里，窗帘紧闭，一任空虚似波浪般慢慢袭来将我淹没。无论我身上正在发生什么，一切都是我自己的错。我做了一件错事，这事那么大，我连看都看不分明，它正在一点点将我吞灭。我不合格，我愚蠢，我没有价值。我或者还是死了的好。

一天夜里乔没有回来。这很反常，他这么做可不是我们无言的约定：即使他在外边待到很晚，到半夜总归会回家。这一天我们没有闹，我们只是没怎么说话。他没有打电话回来说他在哪里。他的企图很清楚：他已将我扔下，弃我在寒冷中了。

黑暗中，我蜷缩在卧室里，身上裹着乔那只旧睡袋；我听着萨拉呼哧呼哧的呼吸声，听着雨夹雪轻轻地敲打着窗子。爱情会模糊人的视线，但消退之后你会比之前任何时候都看得更清楚。这好比是退潮，潮水退去，一切扔弃的和沉积的都会显露出来：破瓶子，旧手套，生锈的汽水罐头，啃过的鱼的尸体，骨头……你睁着眼睛坐在黑暗中不晓得未来会怎样时，便会看到这种情景。自己一手造成的废墟。

我的身体毫无生气，毫无意志。我觉得我应该保持运动以便血液循环，就像人在碰到暴风雪时应该保持运动一样，那样才不至于冻死。我强迫自己站起来。我要进厨房去冲杯茶。

屋外一辆汽车从泥泞的雪地里滑过，发出闷闷的冲刷声。主厅里除了街灯透过窗户射进来的灯光之外一片漆黑。昏暗朦胧中，乔工作台上的那些东西闪着亮光：一把凿子扁扁的凿口，一把锤子的头。我能感觉到大地对我的拉力，感觉到大地引力那黑黑的圆弧线在猛拽着我，感觉到原子与原子之间那些人轻易可以从中穿过的空间。

我就是在这个时候听到了那个声音，它根本不是在我脑子里，而是在房间里，那么清晰：干吧！来啊！干吧！这个声音没有提供什么选择，它具有一种命令的力量。那可是自动跳下去与被人推下去之间的区别。

我用的是他那把精工细刀，我用它拉了一条深长的口子。我甚至没有感觉到疼，因为口子刚一割开，我就听到一个很轻的声音，随即空间闭合，我躺倒在了地上。乔发现我的时候就是这副样子。黑暗中血是黑的，不反光，所以等他打开灯才看到发生的一切。

我跟急诊室的人说这是一次意外。我说我是一名画家。我在裁画布，一不小心失了手。我割的是左手的手腕，所以这么说听起来似乎还有点道理。我很害怕，我想隐瞒实情：我不打算让他们把我像处理品一样塞到王后街九百九十九号去，现在不想，永远都不想！

“半夜里裁画布？”医生问。

“我经常在夜里工作。”我说。

乔帮我说话，他和我一样也吓坏了。他用一条茶巾扎住我的手腕，然后开车送我上医院。我的血渗过茶巾滴落在汽车的前座上。

“萨拉呢？”我忽然记起她来了，问。

“她在楼下。”乔说。楼下住的是房东，一位意大利中年寡妇。

“你跟她是怎么说的？”我问。

“我说你的盲肠炎发了。”乔说。我轻轻一笑。“活见鬼，你脑子里到底在想什么？”

“我也不知道。”我说，“这车你得洗一洗了。”我感到自己很苍白，血被抽干了；我感到自己在受着关爱，身心净化了。我感到很平静。

“你肯定你不想找个什么人谈谈吗？”急诊室的医生说。

“我现在很好。”我说。我最不想做的事就是和谁谈谈。我知道他所谓找个“什么人”谈谈是指谁：精神病医生。找个人，他来告诉我我大脑有毛病。我知道哪种人会听到那种虚幻的声音：酗酒者，吸毒以刺激大脑者，翻越阳台护栏者。我感到完全镇定了，我甚至不再焦虑。我已经想好怎么做了，接下来怎么做，明天怎么做。我要找一根绷带将手臂吊起，然后跟人说我把手腕扭了。这样我就用不着告诉他或乔或任何人，我听到了那个虚幻的声音。

我知道那个声音其实并不存在。可我也知道我真的听到了。

这声音本身并不吓人。它并不险恶而是兴奋，仿佛在建议人玩一个恶作剧、一个玩笑、一个令人开心的游戏。某种秘密的、被珍爱的东西。那是一个九岁儿童的声音。

66

冰雪消融，只剩下脏兮兮的透雕细工般的花样图案；风围着冬天留下的沙砾直打转；荒凉的、被踩扁的草坪上，番红花顶破烂泥冒出头来。继续在这里待下去我会死的。

我需要离开这个城市，这种欲望我想和离开乔的欲望一样强烈。这是一个正在慢慢夺去我生命的城市。

它会突然之间夺去我的生命。我会走在大街上，心无旁骛，却突然转身跳到街中央，被一辆飞驰的汽车碾过。我会在完全没有预感的情况下栽倒在地铁的列车前，我会情不自禁稀里糊涂地从桥上纵身跳下。我能听到的将只有那个小小的声音，它诱惑着我，仿佛要与我共谋，幸灾乐祸地催促着我快快行动。我知道我是有可能做这样的事的。

（更糟糕的是：虽然我害怕这样一个念头并为它羞愧，虽然白日里我也觉得它闹剧似的荒唐可笑，并不愿意相信它，可同时我又珍爱着它。这就好比嗜酒如命的人悄悄藏起自己的酒瓶；此时此刻我或许还没有要用它的欲望，但知道它存在着，心里便觉得更加可靠踏实。它是一条退路，虽是一种堕落，可也是一个出口。它是一件武器。）

夜里，我坐在萨拉的小床边，看着她做梦时轻轻跳动的眼睑，听着她的呼吸。她将被一个人丢下。或者说也并不是一个人，因为她还有乔。没有母亲的孩子。这是不可想象的。

我打开起居室的灯。我知道我必须开始收拾行装，可不知道应该带些什么。衣服，萨拉的玩具，她那只毛茸茸的小兔子。这事看来太不容易，于是我上床了。乔已经上了床，面朝墙壁躺在那里。我们已经过了假惺惺的休战与悔过阶段，如今一头陷入僵局。我没有把他叫醒。

早上，他离开后，我把萨拉像个包裹似的捆扎好往童车里一塞，又上银行提了一部分政府的艺术项目给我的资助款。我不知道要上哪儿去。所能想到的只是离开。我给我们母女俩买了到温哥华的票，那边有一点好，就是气候比较暖和，或者说我自己这么猜想。我把我们俩的东西塞进几只行李包，这包是我在出售军用剩余物资的商店里买的。

我希望乔能回家来制止我，因为尽管我已开始行动，我还是不能相信我真的在干着这件事。然而他没有回来。

我留了一张条子。我做了一块花生酱三明治。我将三明治切成两半，一半给了萨拉，又给了她一杯牛奶。我叫了一辆出租车。我们穿好外套坐在餐桌旁，一边吃三明治、喝牛奶，一边等出租车。

这时，乔回来了。我继续吃着三明治。

“真见鬼！你以为你这是要上哪儿去？”他说。

“温哥华。”我说。

他在餐桌边坐下来，两眼瞪着我。虽然他近来睡得很多，甚至睡过了头，看上去却像是好几个星期没有睡觉似的。“我拦不住你。”他说。这是在陈述实际情况，并不是耍手段：他不会吵闹，他会平平静静放我们走的。他也累了。

“我想那是我们要的出租车来了。”我说，“我会写信的。”

离家这种事我要算内行了，诀窍是将自己整个儿封闭。耳朵别听，眼睛别看。不要回头。

我们没有坐卧铺，因为我需要省钱。我通宵坐着，萨拉四仰八叉地躺在我腿上陷入沉睡。她也哭闹了一阵子，可她太小了，还意识不到我所做的以及我们正在做的到底是怎么回事。其他乘客把他们自己的地盘一直延伸到过道里；到处放着行李，污浊的空气中香烟弥漫，盥洗间积满了食物的包装纸。车厢前头，一场牌局正在啤酒的助兴下进行着。

列车向西北方向驶去，穿过几百英里高高低低的树林和花岗岩露头，经过几百个蓝色的无名小湖，湖边是沼泽、香蒲及死掉的云杉，阴影处残雪犹在。我透过列车窗户的玻璃往外看，玻璃上是一条条和着灰尘的雨线，这里是我儿时的风景，朦朦胧胧，闻不到，摸不着，飞速地向后退去。

偶尔，列车穿过一条满是沙砾或窄窄的、铺着沥青的公路，路中间刷着一条白线。这看上去空虚而寂静，可是对于我，它既不空虚也不寂静，相反，它充满了回声。

“家——”我想。但是哪里是家呢？我再也回不去了。

情况比我预想的要糟，但也可以说更好。

有些日子，我觉得我这么做是在发疯，而别的时候我又认为这是我多少年来所采取的最明智的举动。

温哥华的消费比较便宜。在假日酒店作短暂停留之后，我找到一所自己能承担得起房租的房子。房子在凯切莱诺海滨后的山坡上，像玩具城中的房子一样，看上去小，里面却蛮大。从这里能一览港湾以及港湾对面群山的风景，夏季从早到晚光线一直很充足。我给萨拉找了一所合作幼儿园。一段时间里我靠那份资助金维持生计。我先是干了一段时间的自由职业，后来找到一份为一名古董商重新修饰家具的临时工作。我喜欢这工作，因为它不需要动脑子，而且家具也不会说话。我太渴望安静了。

我躺在地板上，空虚淹没了我，我咬咬牙挺着。夜里我哭泣。我害怕听到声音，或者说，害怕听到那个声音。我已经走到大地的边缘。我可能会被一把推下边缘去。

我想也许我是应该去看一看精神病医生，因为心理失去平衡的人找精神病医生如今已是一件为大众接受的事情，而我正是这样一个失去了心理平衡的人。最终我真的去了。精神病医生是个男的，很不错的一个人。他要我告诉他我六岁以前发生的一切，六岁以后的事不要谈。他是在暗示，人一长到六岁，性格就如铸铜般定型了，之后发生的一切并不重要。

我的记忆力很好。我跟他说了关于战争的事。

我把用精工细刀割手腕的事也告诉他了，但没有告诉他我听到的那个声音。我不想让他认为我是个神经病。我想叫他对我有个好印象。

我把我的空虚感告诉了他。

他问我是否有性高潮。我说那不是问题的关键。

他认为有些事情我在瞒着他。

一段时间之后我再没去找他。

慢慢地，我双手的能力又恢复了。我开始在萨拉醒来前早起画画。我发现，多伦多那次展览后我糊里糊涂有了一点小小的名气，我被邀请参加一些聚会。起初，人们对我的态度还带有一点反感，因为我来自所谓的“东部那边”，那地方在人们的想象中能给人以不少不公平的优势；过了一段时间，我在这里住得够久了，能够冒充本地人，此后我自己也可以对东部人表示反感，每每以假乱真。

我也被邀请参加了好几次群展，多数是女人邀请的：她们听说过扔墨水瓶的事，也看过那些蛮横无理的评论文章，所有这些倒使我的行为在她们的眼中变得合情又合法，虽然我是个东部人。这里有形形色色的女艺术家，形形色色的女人，她们骚动不安；困在一个小地方，有力无处使，内心便沸腾着这种被压抑的能量，沸腾着一切宗教活动在早期纯粹主义阶段时的那股热诚。仅是口头讲讲或者只是赞成男女同工同酬是不够的，得有一个改变，发自内心的改变。或者说，这是她们所传达出的意思。

袒露心扉这种做法很是普遍，不是袒露自己的过错缺点，而是袒露自己在男人手中所受的苦。痛苦的经历很重要，但只能是某些特定种类的痛苦：女人的痛苦，男人的痛苦则不谈。谈自己的痛苦叫作有苦同当。我不想这样与人有苦同当，另外我也没有足够的伤疤。我一直过的是一种较受优待的生活，我从未遭毒打、强奸，也从未挨过饿。当然，钱的事是个问题，但乔和我一样贫穷。

固然，可以说说乔。但我并没有觉得他赢了我。无论他对我做了什么，我都予以回敬，或许还变本加厉。如今他痛苦不堪，因为他想念萨拉。他来过长途，电话里他的声音时隐时现犹如战争时期的广播，充满了失败的悲苦，带着一种老掉牙的忧伤，听起来和一般男人共有的那种忧伤越来越没有什么两样了。

不要怜悯他，那些女人会说。我倒不是怜悯他，我只是感到难过。

这些女人中有一些是同性恋，她们或是刚刚宣布或是由异性恋改成了同性恋。这事既源于勇气，同时也是应人要求。按照有些人的说法，同性恋是女人可能享受到的唯一平等的性关系，不搞同性恋你就不真诚。

我自己是不情愿，也缺少欲望，为此我感到惭愧；但实际情况是：跟一个女人上床我将感到恐怖！女人们会收集苦水，发牢骚，修改相貌。她们互相传递着尖刻却又合理的判断，不像男人，半盲似的瞎猜一气，云里雾里，要么是浪漫主义，要么是无知、偏见和主观意愿。女人知道的太多，她们既不能被欺骗，也不能被信任。我能理解为什么男人怕女人，就像人们总说的那样。

在聚会上，她们开始问我一些诱导性的问题，这些问题听起来是要探究我的底细：她们对我的立场、信条等有兴趣。我很惭愧我几乎没有什么立场或信条；我知道我属于非正统，令人失望的异性恋者，一个母亲，私下里是个怯懦无用的人，届时会做出背叛她们的事来。我的心充其量也只是个不确定的对象，污渍斑斑，靠不住。我仍然在除腿上的毛。

我避免和这些女人相聚，我行我素，既怕受到她们的洗礼，也怕被她们绑到火刑柱上活烤。我想她们一定在背后议论我。她们让我感到从未有过的紧张，因为她们希望我成为她们为我设计的某种样子，而我不是那种样子。她们想把我改造得更好。有时我会十分反感：她们有什么权利指使我应该怎么想？我不是她们想象中的女人，也决不会任她们摆布变成那样的女人。“臭娘们儿，”我暗暗地想，“别来对我指手画脚！”

但与此同时，我又羡慕她们的信念，她们的乐观主义，她们的满不在乎，她们对男人的无所畏惧，她们彼此间同志般的情谊。我好比某个站在边线旁观的人，羞怯地挥动着手中的手绢，眼睁睁看着部队唱着勇敢的歌曲，雄赳赳气昂昂开赴前线作战。

我交了几个女性朋友，并不是那种关系很密切的朋友。和我一样，她们也是单身母亲。我是在幼儿园与她们结识的。我们彼此交换小孩让他们到对方家里过夜，也在一块儿说些无害的牢骚话。我们避免触及彼此更深的伤口。就像我从前那个人体素描班上的芭布斯和玛乔丽一样，我们都有种喜中带悲的感觉。对于女人，这是一种年纪较老时的模式，但如今我们也确实比原来老了。

乔来这儿看我们，这是他寻求和解的一次试探性举动。

我觉得我也希望和解。和解没有成功，最终我们在长途电话里离婚了。

我父母亲也来这儿看我们。我觉得他们惦记萨拉甚于惦记我。我找了种种不回东部过圣诞节的借口。在山的背景的衬托下他们显得有点皱缩，很不协调。他们在信中要更像他们自己。他们为我、为我这个他们很可能以为已经破裂的家庭感到伤心，不知道对此该说些什么。“唉，亲爱的，”谈起乔时我母亲说，“我一向觉得他这个人过分紧张。”这是个很糟糕的词，等于说是麻烦。

我带他们去斯坦利公园，那里有许多大树。我在海藻中踩来踩去，将太平洋指给他们看。我还让他们看了一条巨大的鼻涕虫。

我哥斯蒂温寄来了明信片。他给萨拉寄了一条做成标本的恐龙。他寄了一把玩具水枪。他寄了一本教孩子数数的书，讲的是蚂蚁和蜜蜂的故事。他寄了做成活动塑料雕塑的太阳系，还寄了星星，你可以把这些星星贴到天花板上，到了夜里它们就会闪闪发亮。

一段时间之后我发现，在艺术这个小小的世界里（说它小是因为谁又真正对这个世界了解呢？它并没有上电视），那些弧圈、方块、巨型汉堡包之类的玩意儿已经过时，别的玩意儿开始流行，而我突然之间竟被推到了一个小小浪潮的前沿！这种事情就是这样，一阵风而已。我有更多的画被人买走，价格比原来要高。如今我有两家固定画廊做我的代理，一家在东部，一家在西部。我还把萨拉托付给我的一位单身母亲朋友，到纽约待了很短的一段时间，参加由加拿大政府组织的一次群展，许多在贸易委员会工作的人来参观了展览。我穿了一身黑。我走在大街上，与那里那些似乎都在自言自语的人相比，我感到自己是唯一神志清醒的。我回到了温哥华。

偶尔，当我陷入某种绝望的时候我也找男人。这些风流事草草而过，颇不如意：我没有时间去追求更细腻的东西。就是这些短暂的小插曲，于我也已经是够累人的了。

这些男人没有一个厌弃我。我不给他们这样的机会。我知道什么东西对我来说是危险的，所以努力避免事情发展到边缘状态。我避开任何过分光明、过分清晰的东西。我避开失眠。每当我开始感觉摇摇晃晃我就躺下来，什么也不想，这时它会降临，用一朵黑色的空虚的大浪将我整个儿淹没。我知道我能够等到风平浪静。

又过了一段时间，我遇到了本。他是在超市里以最最平常的方式和我搭上的。事实上他是在问我能不能帮我拿那几只购物袋，因为它们看上去很重，也确实很重，于是我就让他帮忙拿了，同时感到滑稽又老派，所以还先看了看周围，以保证没有我认识的女人在一旁注视着我们。

要是在多年前，我会认为他这个人做得太明显，太乏味，差不多可以说是头脑简单。而那之后的几年中，我又会觉得他是个大男子主义者，只是属于较为和蔼可亲的那一种罢了。这些东西都可以往他头上安，可他同时又如一只苹果，一番持续时间很久的、贪婪的狂饮作乐后吃到的一只苹果。

他上我这儿来，用他自己的锯子和榔头帮我修理后门廊，仿佛很久以前的女性杂志上介绍的故事；修完之后就坐到草坪上喝啤酒，也跟广告中看到的情形无异。他给我讲笑话，这样的笑话我自中学毕业后就没再听到过。我感激他给了我这样一些世俗的欢娱，这让我感到吃惊。然而我并不依赖他，我并不需要靠他给我输血过活。相反，他只是让我开心。这么简单地感到满足也是一种幸福。

就像在杂货店听到的那些浪漫故事一样，他带我去了墨西哥。他刚刚买下这家小小的旅游企业；他做这件事纯粹是作为一种嗜好：钱他早些年做房地产时已经赚到了。但他也喜欢摄影，喜欢在阳光底下坐坐。做自己喜爱的事，同时赚到钱，这是他一生的理想。

他在床上很腼腆，动不动便会吃一惊，两三下就满足。

我第三次搬家找到了一所更大的房子，我们将两个家搬到了一起。又过了一段时间我们结婚了。这事没有任何戏剧性。对他而言，结婚似乎颇合适，对我则很反常：这是对传统的一种公然蔑视，然而这种传统他闻所未闻。他不会知道我认为自己目前的所作所为有多奇怪。

他比我大十岁。他自己也离过一次婚，有一个已经成人的儿子。他先前一直想要个像萨拉一样的女儿，因此我们不久就有了安。我把安当作我的第二次机会。她没有萨拉那么忧郁、心事重重，但个性更刚强。萨拉已经懂得，人并不是总能如愿以偿。

本认为我还不错，我也不去动摇他的信念：他不需要知道我那些更为难听的真相。因为我是搞艺术的，他认为我有几分脆弱。我需要像盆景似的得到照顾，稍稍剪点枝，浇点水，除点草，整修整修，把我身上最优秀的东西培养出来。他为了我画画的商业目的还做了一套本子：卖出了什么画，价格多少。他告诉我在我个人所得税的报表上哪些项目是可以扣除的。他帮我填写报表。他将调味品按字母顺序一样样摆放在厨房里一个专门的架子上。架子是他自己动手做的。

没有这些我也可以过活。我从前没有这些也活得很好。尽管如此，我依然喜欢我目前所拥有的。

至于对我的那些画，他的态度是既赞叹又疑惧，就像小孩子看蜡烛时的感觉一样。他注视的焦点是我如何能把手画得那么好。他知道手很难画。他说他自己从前曾想过干类似这样的事，但因为要谋生，永远没抽出时间来搞。这非常像是画廊的开幕式上人们对我说过的那种话，但从他嘴里说出来我就原谅了。

他很明智，隔一段时间会因公出一次差，倒给了我想念他的机会。

我坐在壁炉前，他的一只胳膊搂着我，稳稳实实，犹如椅子的靠背。我在温哥华温柔的细雨中沿防波堤走着，走在海滨落晖下的明暗之间，脚边的细浪轻轻拂过。我面前是太平洋，它无偿奉献出一次又一次的落日供我观赏；我的背后是不可思议的群山，群山之外还隔着一片茫茫的土地。

多伦多就在这片土地后面遥远的地方，在我的想象中如罪恶之城蛾摩拉[1]一样燃烧着。对之我目不敢视。

---

[1] 古城蛾摩拉因其居民罪恶深重而被神毁灭，被称为“罪恶之城”。见《圣经·创世记》。

第十三章　皮秒

67

我醒来时已经不早了。我吃了一只橘子，几片吐司，一只在茶杯里被搅成糊糊的鸡蛋。在鸡蛋壳底部戳个洞的目的并不像科迪莉亚说的那样是为了阻止女巫下海。那是为了打破蛋壳与蛋杯之间的真空以便取出蛋壳。弄明白这个道理为什么竟花了我四十年呢？[1]

我穿上我的另一套慢跑运动服，樱桃红那一套，先在乔这屋子的地板上随意做些伸胳膊踢腿的运动。又是乔的地板了，它不属于我了。我感觉我已经把它还给了他，一起还给他的还有我一直保存到如今的他的生活的全部断片，或者说，我俩在一起生活时的全部断片。我还记得所有那些中世

[1]　蛋杯是一种专门用来盛放带壳的煮鸡蛋的蛋形小杯子，鸡蛋放入其中与杯子紧紧相贴，若不在蛋壳底部打一小洞就很难将蛋取出。“阻止女巫下海”云云为西方民间传说，用以哄骗儿童，具体见前文。

纪的绘画：高举的手，手心打开表明没抓武器——“和平地离开吧”。放他们过去，并且为他们祝福。我处理的方法并非和圣徒们的方法完全相同，效果却似乎完全一样。赐他人以和平者自己也得到和平。

我下楼去取晨报。我很快地翻了一遍，并没有怎么细细地读。我知道我是在挨时间。我几乎已忘记自己到这儿是干什么来的了；我急着要离开，我要回到西海岸，回到我如今生活着的那个时区去。然而我暂时还不能这么做。我被悬在这儿，就像人在机场或牙医的候诊室里一样，等待着另一个既无质感又无法激起人欲望的插曲，那感觉仿佛人服了止痛药或坐在机舱内等待飞机起飞似的。这就是我对即将到来的晚上的展览开幕式的感觉：希望一切顺利，别出乱子。

我应该到画廊去一下，检查检查看是否一切已安排妥当。我至少应该履行这最起码的礼节。然而我没有，相反，我乘上地铁，到公墓的主门附近下车，朝着南边和东边漫步。我拖拉着脚步走在落叶之中，眼睛搜寻着两旁的阴沟；我低头看人行道，注意是否还能见到锡纸、硬币或飘落的果子。我仍然相信这些东西的存在，仍然相信自己还能找到它们的身影。

这时若是稍稍推我一下，叫我跌下那个界限模糊的边缘去，我在别人的眼中便会是一个捡破烂的女人的形象。都是出于同一种本能：到垃圾堆中翻拣，在废弃物里扒摸，寻找某种已被人当作无用之物扔弃却依然可以挖出来重新利用的东西。对捡破烂的女人而言，要捡的是空间的碎片，在我则是时间的碎片。

这是我从前放学回家的路线。我曾经沿着这条人行道走，有时跟在别人之后，有时走在别人之前。在这些灯柱之间，我那投在冬天雪地上的影子常常先伸在我身子的前面，接着与我的身体重叠，变短，然后消失。街灯在其周围投下一圈光晕，看上去形同雾中的月亮。这儿曾是科迪莉亚往后仰倒、在雪地上躺出一个天使印子的那块草地。这儿曾是她奔跑过的地方。

房子还是那些房子，不过不再刷着渐次剥落的、被冬天冻得发灰的白漆，也不再像战争刚刚结束时那样邋里邋遢。喷砂工已经来过这儿，他们是一些清扫天窗的人；房子内部，安息香树和热带攀缘植物已经取代了曾经养在厨房窗台上的癞皮癣似的非洲紫罗兰。透过这些房子，我能看到它们从前的模样；我能看到从前盖在墙上的那些颜色：尘灰似的玫瑰色，烂泥似的绿色，蘑菇色，还有那不复存在的印花布窗帘。这一切实际应归入什么时代呢？归入它们自己的时代，还是归入我那个时代？

我沿着大街往前走，路稍稍呈上坡状，一帮回家吃午饭的小孩子正零零散散在路上走着。女孩子们虽然穿着显示自由的牛仔裤，却不像从前的女孩子那样吵吵嚷嚷；既听不到哼唱，也听不到尖叫。她们拖着脚步费劲而顽强地朝前走，或者说，在我看来她们是以这副样子在那里走着。也许这是因为我此时已不再和她们处在同一水平线上：我站的位置高了，所以她们的声音往上传到我耳朵里时像是经过了过滤似的。或许这是因为我：某个她们认为是成人的人出现在了她们当中，而成人身上总是有那么一种力量。

她们中有几个瞪着我看，大多数则没有。有什么好看的呢？一个中年妇女，两手插在外套口袋里，慢跑运动裤的两条裤腿收紧鼓在靴子的上部；和大多数人相比，这副模样并没有多怪异，很容易被忘记。

有些人家的门廊上摆放着南瓜，刻出的脸或开心或悲伤或狰狞，都在等着今晚的到来。这是万灵节[1]前夜，已故者的亡灵这时将回到活着的人身边，他们打扮成女芭蕾舞演员、可口可乐饮料瓶、太空人或米老鼠的模样，活着的人们为了阻止亡灵作恶就发糖果给他们吃。我现在依然能回忆起那个节日的滋味：寒丝丝的空气，孩子们嘴里嚼着的焦

---

[1] 天主教节日（十一月二日），俗称“鬼节”。

糖，等在人家门口时心中的那份渴望，所有孩子都认为理所当然的对空手即可讨得东西的信念……不过，孩子们如今再也要不到那种自家做的爆米花南瓜球或家种的苹果了；到处听到人在传，给孩子们的食物中藏有剃须刀片，有的可能还下了毒。甚至当我自己的孩子还小时，我们就已经在担心苹果有问题了。放纵而不受约束的歹毒行为太多了，到处都能听到。

墨西哥人过这个节日的方式倒很合适，他们不用伪装。用鲜艳的糖果摆成骷髅，一家人上墓地野炊，给每一位赴会的鬼客准备一只碟子，点一支蜡烛照亮亡灵。离去时人人都快乐，包括已故的人。我们却拒绝生死之间这种简单的交流：我们希望不提死者，我们拒绝说出他们的名字，我们拒绝给他们食物，其结果是我们的死者比人家的瘦弱，阴郁，饥饿，他们的心声也难以被我们听到。

68

我哥斯蒂温五年前死了。我不应该说死，他是被杀。我努力不去想那是一场谋杀（尽管它是），而把它想象成某种意外事故，就像火车爆炸。要么我把它想成一场自然灾难，比如泥石流。用他们保险业的话说叫作天灾。

他死于以眼还眼，或者说死于某些人的这一信条。他因这世上有着太多的正义而死。

他其时坐在一架飞机上。他坐的是靠窗户的位置。这一点已经很清楚了。

在他前面的尼龙网袋里摆放着一本供乘客飞行途中翻阅的杂志，上面有一篇介绍骆驼的文章，他已经读过；另一篇讲的是如何提高职业装的档次，他没有读。另外还有一副耳机和一只呕吐袋。

在他前面的座位底下，在他那双赤脚——他把鞋袜都脱了——前，摆放着他的公文包，其中有他自己撰写的一篇论述宇宙的可能构成的论文。他曾经认为，宇宙很可能由三十二种不同颜色的无穷小的弦组成。这些弦太细了，所谓“颜色”只是一种修辞方式。但如今他又产生了疑问：从理论上说，别的可能性也是存在的，他在自己的论文里简要论述了其中的两种。宇宙是很难说得清楚的，当你看它时它就变了，仿佛拒绝被人们了解似的。

本来他应该是前天到法兰克福宣读自己的论文。本来他还能听到别人的论文。本来他是可以有所收获的。

和他的公文包一起塞在座位底下的还有他的上装，那是他如今所有的三件上装中的一件。他将衬衣袖子往上卷起，但这也没怎么解决问题：空调出了故障，机舱内的空气酷热难当。另外机舱内的味道也很糟：至少一间厕所坏了，而人在飞机上的屁比平时要多，我哥因为常坐飞机出差，从前有机会观察到这一现象。这一情形再加上眼下的惊恐就更糟糕了，因为惊恐很不利于消化。从他这里再过去两个位子，一个秃顶的胖男人张着嘴巴大打呼噜，释放出一股隐形的臭气。

窗子上的遮阳窗帘都被拉了下来。我哥知道，如果他把自己座位旁的窗帘推上去，就会看到一条热气蒸腾的跑道，跑道外是一片陌生如月亮的暗褐色风景，背景则是一片令人目眩的大海；他还会看到几幢长方形的棕色平顶建筑，机上的人能否暂免一死就取决于那楼里的人了。所有这一切他是在窗帘被拉下来之前看到的。他不知道那几幢建筑是在哪个国家。

他从今早起就没有吃到一点东西。在那以前曾有人从外边送来了三明治，那是一种样子奇怪的、表面呈颗粒状的面包，上面的黄油已成液体，还涂了某种米黄色的肉酱，叫人联想起尸毒。另外还有一块用塑料纸包着的、颜色灰灰的、像在冒汗的奶酪。他吃了这奶酪和三明治。此时他的手闻上去有一股从前吃野炊时的味道；那还是战争期间，我们常在公路边吃午饭。

水还是四个小时前分到一点时喝的。他吃了一片救生牌薄荷糖；他出差时总带着这种糖，以便途中颠簸时可以用。他曾分了一片给刚才坐在他边上的那位戴着一副超大号眼镜、身穿格子图案的裤套装的中年妇女。她离开后，他多少松了一口气：她那无声无色抽着鼻子的哭泣单调乏味，已经开始让他感到心烦了。妇女和儿童被允许离开飞机，可他既不是妇女也不是儿童。留在飞机上的每一个人都是男的。

他们被两两相隔，每一组人之间隔着一张空座位。他们的护照已被搜走。那几个搜护照的人彼此隔着一段距离站在飞机的过道里。他们总共有六个人，三个拿着轻型机关枪，另外三个身上还能看到带着手榴弹。他们的头上全套着飞机上用的那种枕套，枕套上只划了几个洞露出眼睛和嘴巴，昏暗的光线下洞里分别闪出白色和粉红色。枕套下面（枕套是红色的），他们穿的是普通的衣服：一套休闲服，一条灰色的法兰绒宽松长裤，一件白衬衫束在裤子里，还可看到一件老式过时的海军蓝上装的下半部分。

很自然，他们是伪装成乘客才登上这飞机的，但他们的武器是如何通过安检的呢？所有的人都在猜测。他们肯定得到了机场方面什么人的帮助，因此才得以在飞机飞越英吉利海峡某处时忽然跳起来（他们就是这么跳的），开始大声叫喊着发号施令，同时摆动手中的火器。事情的经过要么是这样，要么是东西已经预先被安排藏到了飞机的某个位置，因为金属物品如今没有一样能逃过 X 光的眼睛。

另有两名也可能是三名男子正在前面的飞行员座舱里通过无线电与控制塔谈判。他们还没有告诉乘客他们是谁，想要干什么；他们用口音浓重却尚能听得懂的英语所说的唯一的话是：机上的所有人要么一起活，要么一道死。其余全是边用手指比画边发出的几个单音节词，比如：“你，来！”由于这些人全部套着一模一样的枕头套，不容易说出他们一伙总共有多少人。他们很像是从前漫画书中那种具有双重身份的人物。那种人物在变换身份的中途被人发觉：他们的身体与普通人无异，然而却长着很厉害的、超自然的脑袋，这脑袋朝着或英雄主义，或为非作歹的方向畸形发展。

我不知道当时我哥脑子里是否是这么想的。但如今我确实替他做了一番这样的想象。

和他旁边那个张着嘴直打呼噜的人不同，我哥无法入睡。于是，他便让自己沉浸到理论上的种种设想中去：假如他处在他们的位置，处在那几个头上套着枕套的人的位置，他会做出什么事呢？尽管乘客们已经疲乏，身体松软，正乖乖地听从命运的安排，但机舱内依然充满了这伙人的紧张、一触即发的激动以及如服了毒品似的亢奋。

假如他是他们，他当然会做好死的准备。这是一件预先就可以知道结果的事，没有这样的准备，如此行动将毫无意义，不可想象。然而为什么而死呢？很可能存在着一种宗教动机，但首先还是为了某种更为直接的东西：金钱。别的一些人因为干了与现在这帮人多少相同的事，曾被囚在阴沟口一样的监狱里，他们是这么说的。将什么东西炸毁，或者威胁要炸毁它。或者将某人枪杀。

不知怎么，这一切似乎很熟悉。他仿佛很久以前便经历过；尽管眼前的事叫他不舒服，令他恼火，使他既厌倦又害怕，但他心中依然生出某种同情。他希望这些人能保住自己的脑袋，成功地处理好这件事，且不管它究竟是什么。他希望乘客中不要有人哭哭啼啼或吓得尿了裤子，不要有人忽然发疯似的尖叫起来，引来一场神经质的大屠杀。他希望乘客们手要冷静，眼要沉稳。

一名男子从飞机的前部走了进来，开始同其余人中的两个谈话。看上去像是在争论什么：他们打起手势，提高了音量。其余站着的人十分紧张，他们那方方的红脑袋犹如一个个奇异的雷达在乘客身上扫描着。我哥知道他应该避免与对方对视，应该一直低着头。他看着他前面的那只尼龙网袋，悄悄地剥了一片救生牌薄荷糖。

新进来的男子开始沿着飞机的过道走过来，他那长方形的、露着三个孔的脑袋从一边转到另一边。说来也怪，飞机上的内部通信系统这时忽然传来录制好的音乐，甜甜的，催人欲眠。那男子停了下来，他那颗特大号的脑袋迟缓地转向左边，仿佛某个视力很差、智力迟钝的怪物。他伸出一只胳膊，用手做了个手势：*起来*！他指的是我哥。

下面我不再是编故事。我找证人和幸存者谈过，所以我知道我哥站起身，轻轻地从靠过道坐着的人身边走过，嘴里说道："对不起。"他脸上的表情好奇中带着迷惑：这几个人深不可测，不过多数人都深不可测。也许他们错把他当成别的什么人了。或者他们想让他去帮助谈判，因为他们这时正朝飞机的前部走去，那边另一个套枕套的人正站在那里等着。

就是这个人，像一名礼貌的宾馆门卫一样为我哥打开了飞机的门，让白昼耀眼的光一下射了进来。先是半黑，随即便是刺目的强光，我哥站在那儿直眨眼睛，才慢慢看清楚眼前的景象原来是沙滩和大海，倒是很像明信片上的度假胜地。接着他直落下去，速度比光还要快。

我哥就这样走进了过去。

我换了几次飞机，转经几座机场，十五小时后到了那地方。之后，我看到了那几幢楼，看到了大海，看到了远远延伸下去的机场跑道。那架飞机本身已不见踪影。几名劫机分子最后得到了安全出境许可。

我不想去辨认尸体，或者说根本不想看到尸体。如果不看到尸体，还比较容易相信没有人死。但我确实想知道，他们到底是先枪杀了他然后把他推出了飞机，还是先把他推出飞机然后才开的枪？我希望是后者，那样他还能有一种瞬间的逃脱感，可以享受到片刻的阳光，片刻假想中的飞翔。

这次外出我没有熬夜。我不想看到星星。

人的身体自有其抵御外物的种种能力。政府说我这人真是好极了，他们的意思是我没有缠着他们给他们找麻烦。我没有垮掉也没有出洋相；我和记者谈，我在有关的表格上签字，我做出了所有的决定。有许多东西我是事后好长时间才想明白或考虑到的。

当时我想到的只是那对双胞胎中进入太空的一个，他上星际间去了一趟，一周后回来时发现他的兄弟已长他十岁。

我当时想，这下我要变老了，而我哥不会。

69

对于斯蒂温的死，我父母永远都不能理解，因为这死没有理由，或者说没有一点与他挨得上的理由。他们也一直没能从丧子之痛中恢复过来。此前，他们活跃，机敏，充满活力；此后，他们像花儿一样慢慢凋谢。

“他们年龄多大没有关系。”我母亲说，“他们永远都是你的孩子。”她跟我说这话是想叫我明白我以后需要知道的一个道理。

我父亲变得又矮又小，眼看着人萎缩了；他长时间地坐着，什么事也不干。不像是他这个人。这些是我母亲在长途电话里告诉我的。

儿子不应该先父亲而去。这是违反自然的，这是秩序错乱。因为那样的话谁来延续血脉呢？

我父母亲自己是正常死亡，死于上了年纪的人常见的死因；我自己以后也将因此而死，不过我死得可能比预想的要早。我父亲一眨眼工夫就去了，我母亲则在一年之后死于一种慢性的、更为痛苦的疾病。“你爸那样走了也好。”她说，“如果像我这样他要恨死了。”她一句也没有提她自己就痛恨这身疾病。

我的两个女儿早些时候过来待了一个星期，那是夏天快结束的时候，我母亲还住在苏圣马里的家中，我们大家都假装这不过是又一次探亲而已。女儿走后我留了下来，我到花园里锄草，帮母亲洗碗，因为她从来没买过洗碗机；还到楼下的自动洗衣机上洗衣服，不过洗完之后还是晾到外面的晾衣绳上，因为她觉得用甩干机太费电。我给烤松饼的模子上润滑油。我完全将自己扮作了一个小孩子。

我母亲累了，可她还是一歇不歇。她不肯睡午觉，坚持要散步到拐角处的那家商店。“我能行。”她说。她不要我给她做饭。“你永远都找不到这间厨房里的东西。”她说，实际意思却是：要是我开始在厨房里乱弄一气，她自己以后将一样东西都找不到。我将冷冻的电视餐悄悄地买回家放进冰箱，然后哄她吃掉，我说她要是不吃就浪费了。浪费对她来说依然是一件令人忧虑和恐惧的事情。我带她去看电影，事先先搞清楚电影中没有暴力、性以及死亡。我带她上中国餐馆。在北方，从前只有中国餐馆是唯一可以信赖的。其他餐馆尽卖些白面包和加了肉汁的三明治、不冷不热的烘豆子，以及粘在硬纸盒里的馅饼。

她要服止痛药，后来则服效力更强的止痛药。她卧床的时候比以前多了。“我很高兴我用不着上医院去做手术。”她说，“我唯一一次上医院还是生你们两个孩子的时候。生斯蒂温时他们给我用了乙醚。我当时像一盏灯似的忽然就熄灭了，醒过来的时候，他已经出生了！”

她的许多话题都是关于斯蒂温的。“还记得他用他那套化学品弄出来的那些味道吗？那天我在搞桥牌聚会！我们不得不把所有的门都打开，那时正是冬天。”或者她会说：“还记得他悄悄藏到他床底下的那些连环漫画书吗？太多了都留不下来。他走后我就把它们给扔了。但是有人收藏这种东西，我看到过这方面的介绍；要是留到今天，这些书还能值一笔钱呢。那时我们总想它们不过是一大堆垃圾。”她说起这事仿佛在说自己的一个笑话。

她谈起斯蒂温时，斯蒂温在她嘴里永远超不过十二岁。过了十二岁，母亲就管不住他了。我已渐渐意识到，过去，或者说现在，母亲对他的态度是敬畏，她稍稍有几分怕他。

她本来没打算要生这么一个人。

“那几个女孩儿可叫你受了苦。”有一天母亲说。我给我们俩各沏了一杯茶——这事她倒同意让我干。我们坐在餐桌边喝着茶。她见我喝茶依然觉得奇怪，几次问我是否还是喝牛奶。

“什么女孩儿？”我问。我的手指已糙得不像样子，就在桌面底下她看不到的地方悄悄地撕手指上的皮；我一紧张便这么做，似乎戒不掉这个旧习惯了。

“那几个女孩儿。科迪莉亚和格雷斯，还有一个，卡罗尔·坎贝尔。”她看看我，目光里略带几分狡黠，似乎想考考我是否还能记得起来。

“卡罗尔？”我说。我想起一个身材粗粗短短、甩着一根跳绳的女孩来。

“当然，科迪莉亚是你中学时最好的朋友。”她说，“我从来都不认为她是幕后的人。在幕后操纵的是那个格雷斯，不是科迪莉亚。格雷斯把她推到了前台，我一直是这么看的。科迪莉亚后来怎么样了？”

“我不知道。”我说。我不想谈科迪莉亚。当初离开她扭头就走，没有帮她，我至今依然十分内疚。

“我那时候不知道怎么办才好。”她说，“那天她们来跟我说，你因为对老师没有礼貌被留在了学校。是那个卡罗尔说的。我当时不相信她们说的是真话。”只要有可能，她总是避免用“撒谎”一词。

“哪天啊？”我小心地问。我不知道她指的是哪一天。因为服那些药，她开始把事情搅混在一起。

“就是你差点儿冻死那天。要是我相信了她们的话，我就不会去找你了。我沿着公墓旁的路一路走去，可是你不在那儿。”她急切地盯着我看，仿佛在琢磨我会有什么话说。

“噢，是的。”我说，假装自己知道她在说些什么。我不想把她搞糊涂了。但我自己却变得越来越糊涂。我的记忆在颤动，仿佛一口气吹在水面上。一瞬间，我看到科迪莉亚、格雷斯和卡罗尔正穿过雪地里刺目的白光向我走来，她们的脸全部在阴影里。

“我当时真担心死了！”她说。她希望得到我的原谅，可是原谅什么呢？

有些日子里她的身体要强健些，给人以健康在逐步改善的错觉。今天她要我帮她整理地下室里的东西。“这样你到了以后就用不着一样样地收拾那许多破旧玩意儿了。”她话说得颇微妙。她不愿意说“死”，是不想叫我伤心。

我不喜欢地下室。这个地下室没有彻底完工：灰灰的水泥，上头的椽子裸露着。我让通向楼上的门务必一直开着。“这楼梯上你得做一个扶栏。”我说。楼梯很窄，叫人不能放心。

“我能行。”我母亲说。从前她说“我能行”是真能行，如今却未必然。

我们挑选整理那些旧杂志、大小不同的各种硬纸盒、一架架自洗净后一直没用过的坛坛罐罐。搬家时她本来可以扔掉不少东西的，可是她没有扔，或者她慢慢又积攒了许多。我将东西搬到楼上堆在车库里。放在那里后，它们像是得到了妥善处理。

我父亲的鞋子和靴子有整整一架，它们一双双地排列在那里：鞋头带孔眼的城市鞋，罩靴，橡胶套鞋，钓鱼时穿的蹚水靴，在森林中穿的厚底靴（这双靴子上涂着薄薄的一层猪油，鞋带是皮的）。有些肯定有五十年历史了，或者还不止。我知道我母亲不愿意将它们扔掉，可她也不提起。我能感觉到，在克制自己感情方面她希望我届时能做到哪 步。在父亲的葬礼上我表现得十分悲伤。她现在还不需要来对付一个泪水涟涟的孩子。

我想起那座旧动物学大楼来，那时每逢星期六我们会上那里去；我想起那走在上面吱吱作响的、暖气开得过足的走廊，想起那盛着眼球的一只只玻璃瓶，想起那叫人感到抚慰的甲醛和老鼠的气味。我想起和科迪莉亚坐在餐桌旁，听着父亲给我们洗脑，警告我们说水被污染了，树被毒害了，一个又一个的物种像被踩死的蚂蚁似的灭绝了。我们当时没觉得这些话是预言。我们那时以为它们很乏味，不过是大人们的一种闲谈，与我们没什么关系。如今他的话全成了现实，只是实际情况有过之而无不及。我生活在他当年的噩梦之中，那噩梦虽不可见，却比什么都要真实。这空气虽说还能呼吸，但又能呼吸多久呢?

与父亲悲凉的预言形成对照的是母亲的乐观，然而现在回想起来，她的乐观也是强做出来的。

我们先从那只扁行李箱开始。我记得这还是我们住在多伦多家中时用过的那只；我现在依然觉得它神秘，觉得它是个收藏着宝物的宝库。我母亲也把整理这箱子当作一件令人激动的事：她说她多少年没有打开这箱子看看了，不知道里边是些什么东西。她并没有因为自己快不行了就缺乏生气和活力。

我打开箱子，一股樟脑丸的味道直往上冲。出现在眼前的是几件叠好包在绵纸中的婴儿衣服，有的是带花朵纹饰的银色，有的是已泛黄的黑色。“这些给你女儿留着。”她说，“你留着这件。”婚礼服，结婚照，那些亲戚的照片已呈深褐色。一包羽毛。几颗带穗子的桥牌签子，两双白色的娃娃手套。“你爸舞跳得极好。”她说，“那是在我们结婚前。”这我倒从不知道。

我们一层一层往下翻，找出来不少东西：我上中学时的照片，照片上的我嘴上搽着口红，没有笑容；装在一只信封里的什么人的头发；单独一只用毛线编织的婴儿袜。旧连指手套，旧领结。一条围裙。有些东西要留着，其余的要么扔掉要么送人。有些我要带回去。我们将东西分成几堆。

我母亲很兴奋，而我也有几分被她的这种兴奋感染了：她就像是打开了一只圣诞袜。然而，也并不纯粹是快乐。

发现了斯蒂温的一盒盒用来跟别人交换的飞机牌，这些牌子用已经开始发烂的橡皮筋扎在一起。还有他的剪贴簿，他画的那些爆炸场面的画，他以前的成绩报告单。这些，母亲把它们另外放到了一边。

我自己的画和剪贴簿。其中有些小女孩的图片，我现在想起来了，她们穿着泡泡袖和粉红色的短裙，头发上扎着蝴蝶结。然后是那几本剪贴簿，其中有一些从杂志上剪下的显得陌生的照片：穿着四十年代服装的女人身体，上面却用胶水粘着其他女人的脑袋。这是一只正注视着你的看护鸟。

“你那时多爱这些杂志呀，”我母亲说，“生病在床的时候着了迷似的一看就是几个小时。”

剪贴簿底下是我那本旧相册，一页页的黑纸，用一根鞋带一样的带子扎着。现在我想起来了，我是上中学之前将它放到这箱子里去的。

“我们送你这相册，”我母亲说，“是作为圣诞节的礼物，正好配你那架相机一起用。”相册里有我哥，他拿着雪球摆了一个姿势；还有头上戴着花环的格雷斯·史密斯。几颗大鹅卵石，底下用白笔写着它们各自的名字。还有我自己，穿着一件袖子过短的夹克，靠着一家汽车旅馆的小木屋的门站在那里。9 号门。

“我在想那架相机后来到哪里去了？”我母亲说，“我肯定是送人了。你那时用了一阵子之后就对它没了兴趣。”

我意识到我俩之间有一种隔阂。这隔阂存在已久。我一直恨这么一种隔阂。我想伸出双臂去拥抱母亲。可是我被挡住了。

“那是什么？”她说。

“我的旧钱包。”我说，“我从前带着它上教堂。”是这么回事。此时我还能想象那教堂的样子，那尖顶上形状像洋葱一样的排气扇，教堂里一排排的长椅，彩色的玻璃窗。天·国·在·你·心·中。

“唉，你说怪不怪？我不知道怎么把这个也留了下来！”我母亲微微笑了笑说，“把它放到要扔掉的那一堆里。”钱包被压扁了，针脚边上红色的塑料已经开裂。我将钱包拿起来，挤挤拍拍叫它恢复原来的形状。有东西在咔啦啦响。我拉开钱包，拿出我那颗蓝色的猫眼。

“弹子！”我母亲说，像小孩子一样开心，“还记得斯蒂温收藏的所有那些弹子吗？”

“记得。”我说。但这一颗是我的。

我往这弹子里看，看到了我生活的全部。

70

沿着这条街向前是那家商店以前的所在地。我们那时在这店里买红色的甘草棒棒糖、泡泡糖、橘汁冰棍以及吃到最后只剩下一枚小颗粒的黑色硬糖球。这店里的有些东西你花刻有国王头像的一分钱硬币就可以买到。*受神之惠的乔治六世。*

我心理上对长大成人后的女王一直不习惯。每当在钱币上看到她截去了身体其余部分的头像，我总觉得她只有十四岁，穿着女童子军的制服，腰板挺直（老师当年要求我们像她那样挺直腰板），从兰姆莉小姐贴在我们四年级教室黑板上的发黄的剪报上看着坐在下面的我；我还想到剪报上她站在电台丑陋的菱形麦克风前的形象：眉头紧皱，神情庄重，即便有恐惧也被掩饰得很好，号召着三军振奋斗志，勇敢面对德国法西斯对伦敦的狂轰滥炸。我们随着兰姆莉小姐那根常常威胁我们生命的木头教鞭的挥动，高唱《英国永在》。我想这一切时心里混淆了时间，我们唱歌是八年以后的事，那时女王不是十四而是二十二岁。

从那时到现在，女王已经有了儿孙，戴掉了几千顶帽子，长成了大胸脯，而且——这么想她真是大逆不道——开始有双下巴了。不过所有这些都没有使我糊涂。她的另一副形象依然存在于我心中的某一处。

我走过下面几个街区，拐过角，希望还能看到我所熟悉的、颜色灰暗的长方形校舍；校舍是用红砖砌成的，经风受雨，当年呈现出干缩的猪肝似的颜色。学校的操场上铺着煤渣，高而薄的窗户上贴满了为诸圣日前夕[1]准备的橘黄色纸南瓜和纸黑猫，刻在大门上方的字——“男生”和“女生”——样子像十九世纪晚期陵墓上镌刻着的铭文。

可是学校不见了。取而代之的是海市蜃楼般瞬间竖起的一所新学校：淡颜色，方块状，亮光闪闪，气息摩登。

我感到肠胃深处被什么击了一下。旧学校被抹掉了，被从空间擦去了。它好像压根儿就没存在过。我靠到一根电话线杆上，心中一片迷惘，仿佛有什么东西从我脑子里被割了出去。我忽然感到彻骨的疲惫。我想睡觉。

过了一会儿，我朝这所新学校走去；我走进它的大门，绕着它慢慢地走。显而易见，男生和女生分别从两扇不同的门进出的做法已经被废除，只是彼此间依然隔着一道铁丝网栅栏。操场上这里几个秋千，那里几副爬杆和滑梯，都漆成了鲜艳的三原色；只见几个孩子吃过中饭已早早回到学校，正在四处攀缘。

---

[1] 基督教节日，即10月31日之夜。

一切都那么干净整洁，那么开阔。毫无疑问，在装着玻璃的、白色的门背后，再没有长长的木头教鞭，再没有黑黑的橡胶皮鞭，再没有一排排硬邦邦的木课桌；穿着一身僵直的华服的国王及女王像也不会有了；不会有墨水池；不会有人为了内裤的事偷偷地笑；不会有尖酸阴毒长着胡须的老妇女；不会有人刻薄地揭人隐私。一切类似的东西统统不会再有了。

我绕到学校后面的角落，这儿便是那座受着风吹雨打的小山，山上稀稀落落长着几棵树。它倒基本还是当年的模样。

山上没有人。

我爬上那木头台阶，站到当年我常站的位置。站在这个位置上，我感觉自己似乎从来没有离开过。孩子们的声音从下面的操场上传上来，这声音可以是任何儿童、任何时代的声音。树底下的光线渐渐暗下来，变得充满恶意。恶意包围了我。我感到呼吸困难。我感到自己仿佛在使劲地往外推着什么，推着一种正向我扑来的压力，其情其景犹如顶着暴风雪要将门打开。

把我从这里弄出去，科迪莉亚。我被困住了。

我不想永远做九岁的孩子。

空气软软的，是秋日的空气；太阳照耀着。我静静地站着。然而我终于低着头走了，走进了静止的风中。

第十四章　统一场论

71

我穿上新连衣裙，用乔的钢丝钳将裙子上的价签剪掉。我终于还是选择了一身黑。随后我进了卫生间，眯起眼睛看那面满是油污的、都不能算是镜子的镜子里的自己：现在我穿上了这身东西，它看上去和我曾经有过的几件黑连衣裙大致相似。我检查身上看看是否哪里露着线头；我涂上粉红色的口红；在我自己看来，最后算是收拾得蛮漂亮的了。漂亮，但不惹眼。

我可以稍稍让自己活泼一点。我应该戴一副晃晃荡荡的耳环，或是一件手镯，找一根细链子扎一个银色的蝴蝶结在身上，应该围一条伊莎多拉·邓肯围的那种超大号纱巾（邓肯围着它不小心把自己勒死了[1]），我还应该开玩笑似的别

[1] 伊莎多拉·邓肯（1878—1927），美国女舞蹈家，建立舞蹈动作完（转下页）

一枚品位很差的三十年代那种莱茵石胸针。但是这些东西我一样也没有，而这时候出去买又太晚了。我只能穿成这样去赴会了。从前人们搞聚会，你去参加时可以本来什么样就什么样，不做刻意的打扮。我还是本来什么样就什么样吧。

我提前一小时来到画廊。查娜和另外几个都不在这儿，她们也许出去吃东西了，更有可能是换装去了。不过一切都已就绪：租来的粗脚酒杯，一瓶瓶劣等酒，为滴酒不沾的人准备的矿泉水（总不能到水龙头接纯质的氯化自来水给他们喝）；奶酪的边缘已开始发硬；浸透硫黄的葡萄闪着蜡一样的光泽，看上去赏心悦目，颗粒饱满得仿佛其中鼓胀着加利福尼亚那些行将死去的田间工人的血。这方面的事知道得太多没有好处，否则到头来你把什么东西放进嘴里都会尝到死亡的滋味。

负责吧台的是个目光严峻的年轻妇女，她头上抹着发胶，穿着一身没有章法的黑衣服，正在那张临时充作吧台的长桌子后面擦酒杯。我向她讨得一杯酒。她在这吧台上服务只是为了钱，她那漫不经心的态度表明，她真正的野心在别处。她给我倒酒时嘴唇紧闭：她并不认可我。可能她也想当

（接上页）全自由的舞蹈体系，为现代舞的发展铺平了道路。1921 至 1924 年侨居苏联，曾与著名诗人叶赛宁结婚。一次外出参加社交活动，下车后所围的超大号长纱巾缠住汽车轮子而不自知，汽车开动，人被纱巾勒死。

一名画家，并以为我已屈服于成功，牺牲了自己本来的原则。我自己也曾多么陶醉于这种自高一等呵！自高一等曾经那么容易！

我绕着画廊慢慢地走，一边小口呷着杯中的酒，一边破例放开来认真地看展品；说真的，这还是我生平第一次。哪些画在这儿，哪些不在这儿。查娜做了一份目录，是那种看上去很专业的由电脑和激光打印机搞出来的东西。我想起我第一次展览上用的那份目录；那是在油印机上做的，满是油污，字迹模糊，其穷酸倒是一种真诚的标志。我想起滚轴滚动的声音，想起那油墨刺鼻的气味，也想起那时我胳膊上的疼痛。

展览最终定为以作品年代的先后为顺序：早期那些东西安排在东边的墙上，被查娜称为中期作品的布置在尽头的墙上，西边墙上则是我以前从未展出过的五幅近作。在过去的一年中我总共只画了这五幅画。近来，我画得比以前要慢。

这儿是那几幅静物。用查娜的话说是："瑞斯利早期对女性象征主义的初步尝试，也显示了家常物品迷人的内质。"换言之，是指我画的那只烤箱、咖啡壶、我母亲用的那台绞干机、三张沙发和锡纸。

再往前去是乔和约瑟夫那一幅。我带着几分温情看着他俩，看他俩的肌肉，心中想起他们云山雾罩般的关于女人的糊涂概念。他们的年轻令人恐怖。我当初怎么会让自己落到这种乳臭未干的毛头小子手里呢?

他俩旁边是史密斯夫人。画她的画有好多。史密斯夫人坐着，站着，躺着（背后是她那棵神圣的橡胶榕），飞着（史密斯先生紧贴在她背上，像甲壳虫似的在交媾）；史密斯夫人穿着兰姆莉小姐那条深蓝色的灯笼内裤——不知怎么兰姆莉小姐和她像是令人恐惧的共生的一对。史密斯夫人从白色的绵纸中被一层层地剥开。史密斯夫人比她真人大，比她以前任何时候的形象都大。她快要把上帝遮蔽了。

我费了不少工夫来画这个假想中的人体；她白如牛蒡的根，肌肉松软如猪油，一身茸毛似耳朵洞。我画得很吃力，现在看来，我画它时怀着极大的毒念。但这些画也不仅仅是讥嘲，不仅仅是亵渎。我也投入了光明。每一条苍白得失去血色的腿，每一只戴着金丝边眼镜的眼睛，都还是像原来那样明明白白地在那里。我画的时候曾对自己说:“瞧着点!”我也曾自己答道:“我明白。”

我现在注意看的是她那双眼睛。我过去一直认为这双眼睛自以为是，在金丝边的眼镜框内似猪眼一般转着，沾沾自喜，而现在也还是如此。但这也是一双被击败的眼睛，迷惘，忧郁，载满了并不热爱的责任的重负。在有的人眼中，上帝是个年老的施虐狂，史密斯夫人长着和这种人一样的眼睛；有的人从小镇来，衣衫褴褛还死讲面子，史密斯夫人的眼睛又跟这种人的相似。她是从某个比这座城市小得多的地方移植到这儿来的。一个被迫离开故土的流浪者，就像我一样。

通过我画的史密斯夫人的这双眼睛，我现在也能看到我自己是什么形象：一脸疲惫的一个孩子，衣衫褴褛，天知道来自何方，几乎是个吉普赛人；父亲不信上帝，母亲万事不在乎，穿着便裤四处游逛采集野草。我未曾受洗，这可是罪恶的渊薮：她怎么能知道我心中正在产生亵渎神灵和不信上帝的萌芽呢？然而她依然接纳了我。

这其中有些内容肯定是真实的。我一直没有公平地对待此事，或者说得更确切一点，我没有宽以待人。相反，我走上了报复之路。

以眼还眼只会导致更大的盲目。

我转到西墙跟前，那几幅新画的画就挂在这儿。它们的规格比我通常用的规格要大，布置在墙上很是好看。

第一幅画题为《皮秒》。“这是一种思想游戏。”查娜说，“它呈现出‘七人画派’的风格，并且用现代派实验手法与后现代拼贴手法重塑了该画派的风景视野。”

其实，这只是以油料画出的一幅风景画：蓝蓝的水，紫颜色打底，陡峭的岩石，乱蓬蓬当风的树，用的是二三十年代那种厚涂法。这部分风景占取了此画的很大一块空间。在画的右下角，可见到我父母亲在准备午饭，他俩所在的那个僻远的位置和勃鲁盖尔[1]画中伊卡罗斯那双正在消失的腿[2]的位置大致相同。我父母生着一堆篝火，篝火上方悬了一只铁罐。我母亲穿着花格呢上装俯着身子正在搅罐子里的东西，我父亲则在往火堆上加木棍。背景中停着我们那辆斯图德贝克车。

画他俩我用的是另一种风格：光滑，细腻，柔和，如快照般写实。仿佛照到他们身上的是另一种不同的光，仿佛这风景画本身开了一扇窗户，要给人看其后或其中的内容，而观者正透过这窗户看着他俩。

在他俩身底下，是一个仿佛从地下冒出将他们托起的平台；平台上画着一排看上去代表某种意象的象征符号，其画风是埃及墓室壁画那种平涂不求质感的风格；每个符号被裹在一个白色的球体内，其中有一朵红玫瑰，一片橘黄色的枫叶，一只贝壳。其实它们是四十年代那种老式汽油泵的广告标识。由于人为刻画的痕迹很明显，这些东西使人们对风景以及人物的真实性产生了怀疑。

---

[1]　勃鲁盖尔（1525？—1569），佛兰德斯画家，擅画农村景色，反映农民生活和社会风俗，主要作品有《农民的婚礼》《盲人的寓言》等。

[2]　这是勃鲁盖尔所作《伊卡罗斯的坠落》一画中的情景。伊卡罗斯是希腊神话中建筑师及雕刻家代达罗斯之子，与其父双双以蜡翼粘身飞离克里特岛，因飞得太高，蜡被阳光融化，坠落爱琴海而死。此处所谓“正在消失的腿”即指伊卡罗斯坠海的情景。

第二幅画题为《三个缪斯》。查娜在评论此画时碰到了一些麻烦。她说："对人们习以为常的性别以及它与人们同样习以为常的权力之间的关系，尤其当它们涉及超自然的意象时，瑞斯利继续着其令人难堪的解构。"如果我屏声静气眯起眼睛仔细看这幅画，我能明白她指的是什么：缪斯理应全是女性，但画中的一位却不是。[1] 也许我应把此画叫作《舞者》，这样查娜在写她的评论时就不会那么痛苦了。可这三人不是舞者。

画的右侧是一个矮个子的女人，穿着一件带花头的家常便服，脚上一双真毛皮拖鞋。她的头上是一顶饰有樱桃的红色圆筒形帽子。她长着黑黑的头发，戴着一副很大的金耳环，手上拿着一个大小如浮水气球的圆形物体，实际是一只橘子。

画的左侧是一个年纪更大一些的女人，蓝灰色的头发，穿一件淡紫色的中长绸袍。她的袖子里塞着一块花边手绢，鼻子和嘴巴上蒙着一只护士戴的纱布口罩。口罩上方，她那双明亮的蓝眼睛正注视着画面之外；眼睛的边角已起皱纹，如粗针脚似的清晰可见。她的手上捧着一只地球仪。

---

[1] 缪斯，宙斯和记忆女神之女，希腊神话中司文艺和科学的九位女神之一。此处提到的《三个缪斯》的画中人有一位是印度人班纳杰先生（参见下文），故有此说。

画面中央是一个瘦削的男子，中度褐色的皮肤，洁白的牙齿，露出含糊的笑容。他穿着一身做得十分精致华丽的金红色的东方服装，那样子使人联想起杨·戈萨特《东方三博士朝圣》中巴尔萨泽穿的那身衣服，只是没有像巴尔萨泽那样戴花冠、围围巾。他手上也捧了一件圆形物体：扁扁的如一块圆碟，看上去像由彩色玻璃做成。圆碟的表面似乎很随意地画着一些鲜亮的粉红色物体，颇像是抽象画中可以见到的那些东西。其实，它们只是云杉上那些蛾幼虫的卵，我画的是这些卵的剖面；不过，我估计除生物学家之外，谁也不会认出它们来。

对这三个人物的安排使人回想起古典画中对美惠三女神的处理，要不就令人联想到我从前上主日学校时，学校教科书封面上那几个身着不同颜色服装的儿童在耶稣身边围成一圈的情景。不过那些人物是脸朝里，而我画中的这些人物是脸朝外。他们向前捧出各自的礼物，仿佛要将它们呈献给画面之外某个坐着或站着的人。

这三个人物分别是：费恩斯坦恩夫人，我的小学老师斯图亚特小姐，班纳杰先生。我刻画的并非他们本来的形象，至少不是他们自己心中的自我形象：天知道在他们看来自己在生活中是什么样子的，或者他们是怎么想象自己的。在战争刚结束的那些年里，谁知道费恩斯坦恩夫人脑子里每天都飘过集中营中哪些难友的骨灰？[1]班纳杰先生在这里的街上走过多半要担惊受怕，怕被人推推搡搡，怕被人私下议论或大声呵斥。[2]斯图亚特小姐当年从三千英里外强遭劫掠的苏格兰故乡来到这儿过流亡生活，而苏格兰至今在不断地衰落。对于他们，我只是其人生中偶然的插曲，他们对我的爱是随意的，不占多少分量的；我敢肯定他们付出后再也没有多想，或者根本没有意识到那份友爱的意义。但是，如果我诚心想报答他们，又有什么不应该呢？扮作上帝，把他们带入不朽的荣耀，永生在我的颜料中。我这么做并非为了让他们知道，他们也许永远也不会知道。如今他们肯定已不在世，或者上年纪了。在这个世界的别的什么地方。

第三幅画题为《一只翅膀》。这是我哥死后我为他画的。

这是一组三折屏。两侧各有一帧略小的画。其中一帧画的是一架二战时的飞机，用的是画香烟牌那种风格；另一帧画的是一只很大的、淡绿色的月形天蚕蛾。

在中间那帧较大的画中，一名男子正从天空坠落。说他坠落而不是飞翔是因为从他的姿态可以看得很清楚：他几乎是头朝下脚朝天，伴着几朵云斜向坠落；然而，他显得很平

---

[1] 费恩斯坦恩夫人是犹太人，但小说没有提到她如何逃出了集中营。

[2] 此处影射种族歧视，因为班纳杰先生来自印度，属有色人种。

静。他身着二战时加拿大皇家空军的制服。他没有降落伞。在他的一只手中是一柄儿童的木剑。

人们做这样的事，为的是缓解痛苦。

查娜认为这作品表现的是男人，同时也表现了少年眼中战争的实质。

第四幅画题为《猫眼》。这差不多可以算一幅自画像。我的头在前景的右部，不过画面展示的只是鼻子中部以上的部分：实际只是鼻子的上半部、目视前方的一双眼睛以及额头和额发。我还加上了刚刚出现的那几道皱纹，它们如小鸡爪子似的出现在眼角。另有几根白头发。这却是骗骗人的，因为现实生活中我把它们都拔了。

在我那颗只画出一半的脑袋后面，在画面中央那空旷的天空中，挂着一面大穿衣镜；这是一面凸透镜，边上镶有一圈华丽的框子。镜子里可以看到我后脑勺的一个剖面，不过镜中的头发不一样，看上去比实际样子年轻。

远处，在镜子那弯曲的空间里，浓缩着三个小人物，她们穿着四十年前女孩子们穿的那种冬装。她们在朝前走，她们的脸在阴影里，背景是一地白雪。

最后一幅画是《统一场论》。这是一幅长方形画，竖向，比另外几幅都大。在画面三分之一略上一点的位置横向画着一座木桥。桥的两边是几棵树的树冠，树上光秃秃的没有叶子，盖着雪，犹如一场湿润的大雪后的情景。这雪同样也落在桥的护栏和撑架上。

在桥的护栏顶部上方的位置，是一个穿着一身黑衣服的女人，但她的脚没有完全接触到桥的护栏；一条黑色的头巾或面纱蒙着她的头发。在她那黑黑的衣服或是斗篷上可见到东一处西一处的光点。她身后是落日后的天空；在这天空的最上方画着半个月亮。她的脸有一部分处在阴影之中。

她就是收留一切迷途者的圣母马利亚。在她两手间与心脏平行的位置，她捧着一件玻璃物体：一颗超大号的、中心为蓝色的猫眼弹子。

桥底下仿佛是透过望远镜看到的那种夜空。星星挨着星星，红，蓝，黄，白，旋转的星云，星系挨着星系：宇宙，白光中的宇宙，黑暗中的宇宙。或者是你想象中的宇宙。但那底下还有一些石头，还有甲壳虫和小树根，因为这是大地底面那一部分。

在画的下边缘处，黑暗变淡，渐渐消融在另一种更淡的色调之中；那是澄蓝的水的色调，因为那条小溪就流淌在那里，它自公墓流出，流在地下，流在桥下。那是一块死人之地。

我走到吧台那儿，又要了一杯酒。这酒的质量还是比我们以前为举办这类活动所购买的烂肠子的劣等酒要好。

我漫步整个房间，被自己描绘的时光包围着；它不是某个地方，而只是一片朦胧斑驳，一段我们生活在其中的移动着的边缘；它是流动的，会在运动中回归自身，犹如一朵浪花。我也许曾经认为自己是在保存岁月中的某种东西，是在抢救某种东西，就像几百年前所有那些画家那样，以为自己是在将天堂、上帝的启示和永恒的星星带入尘世，却终遭厄运，听凭一件件木板或石膏板被他人偷盗、乱放、焚烧、劈成碎片，或毁于腐朽与霉变。

漏雨的天花板，一根火柴加一点煤油，就可以叫所有这一切毁个精光。这样的念头为什么突然出现在我的脑海中——不是作为一种恐惧，而是作为一种诱惑？

因为我再也无法控制这些画，再也无法叫它们去表达什么意思。无论它们具有什么样的能量，这能量全都出自我身。我如今只是一个残留的躯壳。

72

这时，查娜急匆匆向我走来，她身穿淡紫色的皮装，仿金耳环晃得叮当直响。她赶着我直往后面的办公室里走：她不要我在这空空荡荡的画廊里四处闲荡，不知所措地等着第一批寻开心的人稀稀拉拉地到来；她不要我看上去显得急切，一点成功画家的派头都没有。她要等听到里边有了足够的人声再随我一道步入。

“你可以在这儿放松放松。”她说。这是不可能的。在她的办公室我喝下第二杯酒，在房间的空地里踱来踱去。这好比开生日聚会，彩条、气球全都准备就绪了，热狗也在厨房里预备好了，但要是没人来怎么办？来，还是不来，哪一种结果更糟？一会儿门就开了，一伙尖刻险恶的小女孩将挤进来对着我的画指指戳戳、窃窃私语，而我还得低头哈腰表现出一副感激的样子。

我的手心开始出汗。我想再来一杯酒可以让我平静下来；这可不是个好迹象。我要出去找个人调调情，只为图个好玩刺激，看看我是否还能引起人的兴趣。但也许根本找不到可以调情的人，那样的话我就喝醉算了。不论酒精是否过量，我恐怕都得上厕所吐上一通。

在别的地方我可不像这样，没有这么糟糕。我不该回这儿来的，不该回到这个跟我过不去的城市。我本以为我可以逼视它，瞪得它在我面前低下头来。然而它依然具有一种力；它就像一面镜子，显示的仅仅是你被毁的那一半脸。

我想到逃跑，从后边跑出去。我可以随后发一份电报，声称自己病了。那样立即会有人四处传言：我正被一种看不见的疾病所缠绕。这倒也好，可以使我永远摆脱这样的事情。

但就在这时，查娜及时地重新出现在门口，她满脸通红，兴奋不已。“已经有不少人到了。”她说，“他们想见你想得都要急死了。我们都非常为你骄傲！”这话多像是家里人说的，比如母亲或者姨妈说的，我一下被搞得没了防备。这家里人是谁？又是谁的家？我被置于画面的中心：犹如钢琴独奏会前那个极不情愿上台的孩子，或者说得更确切一点，犹如一匹弹痕遍体的战马，早年参加过一些如今几乎已无人记起的战斗的老功臣，这时有人要来给它献金表，和它握手，表达衷心的感谢。一圈由蓝墨水组成的快要褪去的光环黏附在我的周围，挥之不去。[1]

突然，查娜向我伸出胳膊，结结实实地飞快拥抱了我一下。这份温暖也许是真诚的，也许我应该为自己那些抑郁的、乖戾的想法感到羞愧。也许她真的喜欢我，希望我好。这一点我差不多可以相信了。

我站在画廊的主厅里，从头到脚一身黑，手上端着我的第三杯红葡萄酒。查娜此时又离开了我，她到人群中去找那些急等着要见我的人。我现在听凭她的安排。我伸长脖子穿过人群往前看；人群将画挡住了，能看到的只有画中几个人物的头顶，一点天空，一点背景以及几朵云。我一直等待或

[1] 指伊莱恩首次画展上作品遭人用墨水袭击一事。

者说害怕着我应该认识或已经认识的人出现，而我将表现得又像认识他们又像不认识他们。他们会跨着大步走上前来，向我伸出双手；我上中学时认识的女生如今也许已经发福了，也有可能萎缩了，她们的皮肤会皱起，眉头说不定总是紧缩着；三十年前肌肤光滑的男朋友这时可能谢顶，或是蓄上了胡须，再或已经成了干瘪的小老头。“伊莱恩！真想不到！见到你太高兴了！”他们认出我比较便利，因为海报上有我那张脸印在那里。我将露出欢迎的微笑，同时脑子里拼命地搜索往日的记忆，竭力要把这些人的名字想出来。

实际上，我盼望的是科迪莉亚，科迪莉亚是我真正想见到的人。有一些事情我需要问她。我倒不是要问她当年在我迷失的日子里到底发生了什么，因为这事我现在已经知道了。我只是要问她为什么那么做。

但愿她还记得。也许她已经忘了那些坏事，忘了她曾经对我说过的话干过的事。或者，她倒还记得那些事，却以为微不足道，仿佛是回忆起一场游戏，或那种女孩子们说过就忘的玩笑或小秘密。

她将会有她自己的解释。我不是她的故事的中心，因为那中心是她自己。但我可以给她某种只有从另一个人身上才能得到的东西：你在外人眼中的形象。一种映像——我可以将她自身的这一部分还原给她。

我俩就像旧寓言故事中的双胞胎，每人都被给予了半把钥匙。

科迪莉亚将穿过参加开幕式的人群向我走来；一个难辨其确切年龄的妇女，穿着发闷的绿颜色的爱尔兰粗花呢衣服，戴着四周镶金的珍珠母耳环，脚上一双漂亮的鞋；收拾打扮得齐整又漂亮，用人们以前的说法叫作一身光鲜。像我一样，她正在保养自己。她的头发将薄染轻霜，她的笑容将夹带嘲弄。我将认不出她是谁。

这个厅里有不少女的，有几个也是画家，还有一些有钱人。查娜拽过来见我的主要是这些有钱人。我跟她们握手，看她们的嘴巴说话时一动一动的样子。在别的地方，我对这类事，对这种自我暴露的行为，耐受力还强一些，我可以厚着脸皮硬挺过去。但在这儿，我感到好像被人剥了个精光。

一名年轻女孩从有钱人的缝隙中拨开一条路走了过来。她是一名画家，这不用说也能看得出来，可她不管怎样还是说了。她穿着一条超短裙，腿上绷着紧紧的连裤丝袜，脚上一双笨重的黑色平跟鞋，鞋上系着带子；她的头发在脑后剃得很薄，和我哥过去一样，是四十年代后期街头男孩的那种发型。她的一切都是“后什么”，她是比“后什么”还要后的画家。她会是我之后的画家。

“我原来很喜欢你早期的作品。”她说，“《坠落的女人》，我喜欢那幅画。我的意思是，它有点像是对一个时代的总结，不是吗？”她说这话并非故意对我不敬，可她不知道她刚刚已将我降作一堆灰尘，把我和手摇电话机、鲸须胸衣这类老古董等而视之了。要是在从前，我肯定要说点什么恶毒辛辣的话将她驳个体无完肤，可是眼下我却一下子什么都想不起来。我已经缺少锻炼，我已开始心里发虚。而且，不论怎么说，即便驳斥了她的话又有什么意思呢？她用过去时表达的崇敬还是真诚的嘛。我应该表现得和蔼可亲。我站在那儿，露齿而笑，但笑容渐渐变得程式化，变得像石头般冰冷而僵硬。名人的身份就像是坏疽，顺着我的大腿一点点往上爬。

“我很高兴。”我好不容易找到了这么一句话。当你对自己的态度还吃不准时，需要从牙缝中挤出一句谎言来搪塞了事。我算幸运，自己的牙齿依然健在，谎言可以由此而出。

我背靠墙站着，手上又重新倒了满满一杯酒。我伸长脖子越过人群中一颗颗收拾得像模像样的脑袋看过去：科迪莉亚应该出现了，然而她没有。我的心中越来越失望，难耐，接着是焦虑。她一定已经朝这个方向动身了。她一定是在来这儿的路上出了点什么事。

这种局面继续着，其间我还在跟人握手，说话，直到大厅里的人渐渐散去。

“这事办得很漂亮！”查娜说。她叹了口气，我想她是松了一口气。“你刚才的表现真是太好了！”她很高兴，因为我没有咬任何人，没有将我手中的酒泼到他们的腿上，也没有反过来表现得像个十足的艺术家。“和我们大家一块儿吃个饭吧？”

“不了。”我说，“不，谢谢。我累得骨头要散架了。我想我还是回去吧。”我再一次环顾四周：不见科迪莉亚的身影。

“累得骨头要散架了”，这是我母亲常说的一句老话。可是骨头本身是并不会累的。它们很牢很结实，它们有很强的耐力；身体的其他部分废了，骨头却依然可以许多年又许多年地存在下去。

我正向这样的未来走去：被人用什么硬撑着勉强瘫坐在轮椅中；掉头发，流口水，等着某个陌生的年轻人用调羹将捣烂的食物送进我嘴里，而我还站在那桥下的雪地里，站着，站着，看着科迪莉亚一点点消失，再消失。

我走到外面，来到画廊外暮色中的人行道上。我想招一辆出租车，可是累得几乎连手都抬不起来了。

我对几乎一切都做了准备，只是未曾想到科迪莉亚会不出现，会悄无音信。

73

我坐出租车回到画室，爬上那四段楼梯；夜间，楼梯内开着昏暗的灯，我每上一层平台都会歇息一会儿。我静听自己的心脏，它在一层层衣服的底下单调而快速地跳动着。一颗已现裂痕的心脏，一颗开始衰弱的心脏。我不该喝那么多酒的。这儿很冷；他们真小气，暖气总是给得不足。我呼吸的声音传回到我耳朵里；这是一种灵魂出窍的喘息，仿佛呼吸的不是我，而是别人。

“科迪莉亚就有一种存在的倾向。”

我摸索着将钥匙插进钥匙孔，摸到了电灯开关。假如这里边不是到处放着这些人体模型，我不开灯都可以。我向厨房走去，步子稍稍有些踉跄；因为冷，我罩在外面的衣服一直没有脱。

我此刻需要的是咖啡。我冲了一点，双手捧着热烘烘的杯子将它拿到工作台上；我在那满是电线和开口锋利的工具中间理出一点空间来放胳膊。明天我就离开这个城市了，那一刻快快到来吧，越快越好。在这儿，过去岁月的印痕太多，太多。

呵，科迪莉亚，你也吃我一拳！

永远不要祈求上帝叫别人受惩罚，因为你自己很可能受到惩罚。

我喝咖啡，可端杯子的手在抖，滚热的液体溅到我的下巴上。好在我不在饭店里。女人醉酒可不是什么雅观的事。

男人喝醉了酒比较容易受到人们原谅，大家不太会追究他们的责任，可是为什么呢？大家一定以为男人醉酒有更充分的理由。

我用衣袖从自己的脸上抹过。脸上湿了，因为我在哭泣。这种事情我可得留神：无缘无故便哭，丢人现眼。尽管没有人在一旁注视，我依然觉得这是丢人现眼。

你死了，科迪莉亚。

不，我没有。

是的，你死了。你死了。

躺下。

第十五章　桥

74

我的头晕乎乎的，仿佛我正在从病中恢复。我蜷缩着身子睡在羽绒被中，身上依然穿着那件黑色连衣裙，而我连脱下它的力气都没有了。中午时分我醒来，脑袋壳涨得大大的，里边像塞了一团棉；酒后的残醉没有完全消退，脉搏在怦怦地跳，这时我才发现自己的航班已经延误了。无论喝什么酒，喝这样多已许久不曾有过。和其他许多事情一样，我本该清楚自己的能耐。

时间已近傍晚。天空柔而灰，低低的，湿漉漉的，朦朦胧胧犹如一团潮湿的吸墨纸。一天下来感觉空空荡荡，仿佛每个人都已离开，仿佛再不会有什么事到来。

我离开我那所已被拆毁不复存在的学校，沿着人行道一步步往前走。这是我从前常走的方向，即便蒙住眼睛我依然摸得清道路。和原来一样，在这些街道上我总感觉自己不讨人喜欢。

我的下方就是那座桥。从这儿往下看，桥灰蒙蒙的。我站在小山顶上，深深地吸了一口气。接着，我开始往山下走。

令我惊讶的是，这儿几乎没有什么变化。两边的房子依然如旧，只是那条泥泞的小路不见了，取而代之的是一条整洁的水泥路，路的边上还加了一道小小的漂亮的扶手。落叶的味道，那种叶子落在地上等着慢慢腐烂的刺鼻的气味，依然如故。但是，天仙子的藤蔓连同那紫色的花、血滴似的红红的浆果、野草以及人们随意堆放的瓦砾碎片等，全都被清除了，一切修整得有模有样，颇有城市气息。

然而，依然可闻一种窸窸窣窣的声音；在那虚假的整洁的背后，芜生蔓长的杂草丛中依然听得到猫及其猎物鬼鬼祟祟又抓又挠且夹带臭味的微弱声音。在表面这一层景观之下，另一种更为荒乱芜杂的景观正在慢慢崛起。

我们可以从气味中记得过去的事，就像狗一样。

悬垂于小路上方的柳树犹在。虽然它们已经长高了，但我也已经长老了，所以我们之间的年龄差实际保持未变。当然，桥本身已经不是原来的样子，它由水泥建成，夜间还有灯火照明，不像原来那座木桥，摇摇欲坠，一股腐烂味。尽管如此，桥总还是那座桥。

斯蒂温那一坛子亮晶晶的东西就在桥下的某个地方埋着。

一年中的这个时候天总是早早黑了。此刻很寂静，听不到孩子们的声音；只有一只乌鸦在一声声单调地叫着，在这叫声的后面还可听到远处车辆传来的大海般的声音。我双臂搁在水泥桥栏上，眼睛穿过光秃秃如干珊瑚般的树枝朝桥底下看去。我过去曾经想，假如我从桥上往下跳，样子可能不像是坠落，更像是在跳水，即便我那样死掉，死相也会很柔缓，比如淹死。可是，在桥下很远的地上有一只南瓜，它是被人从上面抛在那里的，已经被砸开，看上去像一颗人头，叫人很不舒服。

沟壑中的灌木和树比从前更多了。在它们中间依然是那条小溪，流淌着清澈然而不宜饮用的水。他们已经将其中的垃圾清除，包括那些生锈的汽车零件和废弃的轮胎；这里已不再是一个未经官方许可的垃圾倾倒地，如今它成了一条慢跑者的路线。我身底下那条铺着鹅卵石的整洁跑道向山上伸去，一直通向远处的路，通向公墓，而已故的人们就在那里等待着，慢慢忘掉自身，如冰柱般渐渐消融，然后流下来，流进溪里。

那就是我当年掉进水里的地方，那就是我当初挣扎着爬上来的溪岸。我曾经站在那地方，由飞雪落满全身，鼓不起一丝意志令自己动弹一下。那也是我当初听到那个声音的地方。

当时并没有什么声音。没有人从桥那边的空中走来，没有什么穿着黑斗篷的女士向我俯身。虽然她的形象如今重又出现在了我的眼前，绝对清晰，每一个细部鲜明而强烈——桥上灯光映照下她那披着头巾的身形，斗篷底下那一颗红红的心——然而我知道所有那一切并没有发生。只有黑暗和寂静。没有任何人，也未曾出现任何东西。

有一个声音：是一只鞋子踩到一块松动的石头上的声音。

该回去了。我将自己从桥的水泥护栏上推开，天空仿佛向两边移动了一下。

我知道，此刻我要是回一下头，顺着小路的方向朝前看，就会看到有个人在那里站着。开始我会以为那是我自己，穿着我那件旧夹克，戴着那顶蓝色的编织帽。可随后我发现那是科迪莉亚。她正站在上山的半途中，扭着头往回凝视着什么。她穿着她那件灰色的滑雪夹克，夹克的风帽挂在后面，脑袋裸露着。她还是穿着那双绿色的羊毛中筒袜，袜子拉拉挂挂倒翻下来，堆在脚踝处；学校发的那双棕色的粗皮鞋鞋头已经磨破，一根鞋带已断，还打着死结；头发褐中带黄，几根刘海儿挂下来，挡着她那双灰绿色的眼睛。

天很冷，越来越冷。我听得到冻雨的沙沙声，听得到冰面下的水流声。

我知道她在看我，嘴巴撇向一边露出一丝笑意，脸却紧绷着，一副凛然不可侵犯的样子。我体内依然感觉到当年的羞辱，不禁一阵恶心；我依然意识到我自己的委屈、尴尬和软弱，依然渴望着被爱，依然感受着那份孤独，那份恐惧。但是，这一切已不再是我今天的情感了，它们是科迪莉亚的情感，它们从来都是科迪莉亚的情感。

如今我是长者，我是强者。假如她再在这里待下去，她就要冻死；她将被丢弃在这儿，在这个不该被丢下的时候。再不救她几乎就来不及了。

我向她伸出双臂，俯下身；我摊开双手向她表明我手上没有武器。“好了。”我对她说，“现在你可以回家去了。”

我眼中的飞雪如轻烟般渐渐隐去。

当我最终转过身去时，科迪莉亚已不在那里。只有一名中年妇女从山上向我走来，她面颊粉红，脑袋裸露，身穿一条牛仔裤和一件厚厚的白色套衫，手上一根绿色的皮带牵着一条狗。一只㹴犬。她经过我身边时微微一笑，笑得彬彬有礼，又不露底细。

再没有其他什么我可以看的了。桥不过就是一座桥，河不过就是一条河，天空也不过就是天空。这一处风景如今已被清空了，它成了周末跑步者的一片场地。也许并没有被清空：它依然挤满了人与物，无论今天的这里究竟存在些什么——当我不看它的时候。

75

我坐在飞机上，正飞向，或者说正被载着飞向波光粼粼的西海岸，飞向风光如画的群山。在我的前方，从窗子往外看，只见太阳西沉，粗野的血色与红、紫、橙交织在一起，呈现出一片无法描绘的灿烂辉煌；在我身后，平常的暗夜翻涌而来。身下的大地上，大草原如一幅画卷渐渐展开，辽阔，平常，似幻亦真，又见白雪点点，河流纵横。

我坐的是靠窗的座位。在我旁边的两个座位上坐着两个老太太，年迈的女人；她俩都穿着一件针织的开衫，都长着白中泛黄的头发，都戴着镜片很厚的眼镜（眼镜上系着一根链子挂在脖子上），干枯的嘴唇上都不顾一切地涂着鲜红的口红。她俩放下面前的托盘，正在一边喝茶一边玩着呼"同"牌戏，手摸索着滑溜的纸牌，谁要赖或出错了牌，两人就大笑一气，笑声如同汽车从沙砾上开过。她们不时十分费劲地解开安全扣站起来，一瘸一拐地走到飞机的后部去吸烟或排队等候上厕所。回到座位上时会开些厕所玩笑，都是些关于尿了裤子、手纸没够用之类的俏皮话；她俩一边说一边还用眼睛狡黠地眄我。我在想，在她们身体这一层伪装，也不知她们究竟认为自己有多大岁数了；或者，她们认为我有多大岁数了。在她们眼中，我看着也许像是她们的母亲。

在我的眼中，她俩显得极其无忧无虑。她们存钱是为了这次旅行；虽然一个患关节炎，另一个腿肿，可她们绝对会玩个痛快。她们吵吵嚷嚷，她们精力旺盛；她们如十三岁少年一般强壮粗蛮，她们天真、邋遢，她们万事不烦。一切责任都已从身上卸下，义务，宿怨，悲伤；此刻，哪怕只是短暂的一会儿，她们又能像孩子似的嬉闹玩耍了，而这一次玩耍已全然没有我当年的痛苦。

这就是我所怀念的，科迪莉亚：不是某件已经逝去的事情，而是某件永远不会发生的事情——两个老太太，就着一杯茶，开心地咯咯大笑。

此刻已是完全的暗夜。夜空澄澈，不见月亮，只是满天星斗；星星并非我们过去认为的那样永恒不朽，也并非就在我们认为的那个位置。假如星星是声音，那声音便是几百万年以前发生的某个事情的回响：一个由数字做成的词。光的回响，从空无一物中射出的光的回响。

这是古老的光，且所剩无多。但借它照耀，已经足矣。